CLIVE
CUSSLER

Die Ajima-Verschwörung

Roman

Deutsch von Dörte
und Frieder Middelhauve

BLANVALET

Die Originalausgabe erschien unter dem Titel »Dragon«
bei Simon & Schuster, Inc., New York

Umwelthinweis:
Alle bedruckten Materialien dieses Taschenbuches
sind chlorfrei und umweltschonend.

Blanvalet Taschenbücher erscheinen
im Goldmann Verlag, einem Unternehmen
der Verlagsgruppe Random House.

Taschenbuchausgabe Dezember 2002

Umschlaggestaltung: Design Team München
Umschlagillustration: Zefa/Frink
Druck: Elsnerdruck, Berlin
Titelnummer: 35811
UH · Herstellung: Heidrun Nawrot
Made in Germany
ISBN 3-442-35811-6
www.blanvalet-verlag.de

1 3 5 7 9 10 8 6 4 2

Den Frauen und Männern, die in den Geheimdiensten unserer Nation tätig sind und deren Hingabe und Loyalität selten Anerkennung finden.

Und deren Anstrengungen Amerikanern mehr Tragödien erspart haben, als man sich vorstellen kann, und die niemals enthüllt werden können.

Dennings' Demons

6. August 1945
Shemya Island, Alaska

Der Teufel hielt mit seiner Linken eine Bombe umklammert, mit der Rechten eine Mistgabel und grinste spitzbübisch. Er hätte vielleicht drohend gewirkt, wenn da nicht die hochgezogenen Brauen und die Schlitzaugen gewesen wären. Sie verliehen ihm eher das Aussehen eines verschlafenen Koboldes als die satanische Miene, die man vom Herrscher der Hölle erwartete. Doch er trug den gewohnten roten Umhang, die vorschriftsmäßigen knospenden Hörner und einen langen gezackten Schwanz. Die klauenförmigen Zehennägel krampften sich seltsamerweise um einen Goldbarren, auf dem ›24 Karat‹ geschrieben stand.

Die schwarzen Buchstaben oberhalb und unterhalb der Figur auf dem Rumpf des B-29 Bombers bildeten die Worte *Dennings' Demons*.

Das Flugzeug, nach Kommandeur und Mannschaft benannt, hockte wie ein trauriges Gespenst in den Regenschauern, die vom Wind der Bering See südwärts über die Inseln der Aleuten getrieben wurden. Eine Batterie transportabler Scheinwerfer beleuchtete den Platz unter dem offenen Bauch des Flugzeugs und warf die zitternden Schatten der Bodenmannschaft auf den glitzernden Aluminiumrumpf. Kurze Blitze, die in regelmäßigen Abständen das Dunkel über dem Flugfeld durchbrachen, verstärkten die Unwirklichkeit der Szene.

Major Charles Dennings hatte sich gegen die Zwillingsreifen des Steuerbordfahrwerks gelehnt, die Hände tief in den Taschen seiner ledernen Fliegerjacke vergraben, und beobachtete das Treiben rund um sein Flugzeug. Das gesamte Gebiet wurde von bewaffneter Militärpolizei und K-9 Patrouillen überwacht. Eine kleine Kameramannschaft filmte das Ereignis. Leicht beklommen beobachtete er, wie die dicke Bombe vorsichtig in den umgebauten Bombenschacht der B-29 gehievt wurde. Sie war zu groß für die Bodenfreiheit des Bombers, deshalb mußte sie von einer Grube aus an Bord genommen werden.

In den zwei Jahren, die er als einer der erfolgreichsten Bomberpiloten mit über vierzig Einsätzen in Europa verbracht hatte, hatte er niemals ein derartig häßliches Ding gesehen. Die Bombe kam ihm vor wie ein gigantischer, zu prall aufgeblasener Fußball, der an einem Ende mit völlig unsinnigen Flossen versehen war. Der runde Mantel der Bombe war hellgrau gestrichen, und die Klammern, die ihn in der Mitte zusammenhielten, erinnerten an einen riesigen Reißverschluß.

Dennings hatte vor dem Ding, das er fast dreitausend Meilen weit transportieren sollte, Angst. Am Nachmittag des vorangegangenen Tages hatten die Wissenschaftler vom Los Alamos-Projekt, die die Bombe auf dem Rollfeld zusammengebaut hatten, Dennings und seine Crew über die Waffe informiert. Den jungen Männern war ein Film der Trinity-Test-Detonation vorgeführt worden, und fassungslos hatten sie dagesessen und die fürchterliche Detonation dieser Waffe mitangesehen, die in der Lage war, eine ganze Stadt auszuradieren.

Er stand noch eine weitere halbe Stunde da, bis schließlich die Bombenklappen zuschwangen. Die Atombombe war scharf und gesichert, das Flugzeug aufgetankt und startklar.

Dennings liebte sein Flugzeug. In der Luft wurde er mit der großen, komplexen Maschine eins. Er war das Gehirn, sie der Körper. Am Boden war das etwas anderes. Wie sie so dastand, im Schein der Lampen, vom eisigen Regen gepeitscht, sah er in ihr, in diesem wunderschönen, geisterhaften silbernen Bomber, sein Grab.

Dennings schob den morbiden Gedanken beiseite und rannte durch den Regen auf eine Wellblechbaracke zu, in der die letzte Einsatzbesprechung mit seiner Mannschaft stattfinden sollte. Er trat ein und nahm neben Captain Irv Stanton, dem Bordschützen, einem gutgelaunten, rundgesichtigen Mann mit mächtigem Schnauzbart, Platz.

Stanton gegenüber lümmelte sich mit ausgestreckten Beinen Captain Mort Stromp, Dennings Copilot, ein ruhiger Südstaatler, der sich mit der Behendigkeit eines dreizehigen Faultiers bewegte. Unmittelbar dahinter saßen Lieutenant Joseph Arnold, der Navigator, und Navy Commander Hank Byrnes, der Waffenmeister, der während des Fluges für die Bombe verantwortlich sein würde.

Die Einsatzbesprechung fing damit an, daß ein Offizier des Geheimdienstes eine Tafel enthüllte, an die Luftaufnahmen der Zielgebiete gepinnt waren. Das erste und eigentliche Ziel war das Industriegebiet von Osaka; zweites Ziel, im Falle dichter Bewölkung, bildete die historisch bedeutende Stadt Kyoto. Man empfahl den direkten Anflug, und Stanton machte sich in aller Seelenruhe Notizen.

Ein Offizier des meteorologischen Dienstes zeigte Wetterkarten und prognostizierte leichten Gegenwind und aufgelockerte Bewölkung über den Zielgebieten. Er warnte Dennings auch vor Turbulenzen, die über Nordjapan zu erwarten seien. Um ganz sicherzugehen, waren eine Stunde zuvor zwei B-29-Bomber gestartet, um auf der Flugroute das Wetter und über den Zielen die Wolkendecke zu beobachten.

Dennings übernahm, als die dunkel getönten Schweißerbrillen ausgegeben wurden. »Ich will euch keine Märchen erzählen«, sagte er und sah das erleichterte Grinsen auf den Gesichtern seiner Männer. »Wir haben in einem Monat das Training eines Jahres absolviert, aber ich weiß, daß wir diesen Einsatz durchziehen können. Nach meiner unmaßgeblichen Meinung seid ihr die verdammt beste Bombermannschaft der Air Force. Wenn wir unsere Sache gut machen, könnten wir dadurch den Krieg beenden.«

Dann nickte er dem Kaplan der Flugbasis zu, der ein Gebet für einen sicheren und erfolgreichen Flug sprach.

Während die Männer nacheinander hinaus- und auf die wartende B-29 zugingen, trat General Harold Morrison auf Dennings zu. Morrison war der Adjutant von General Leslie Groves, dem Leiter des Manhattan-Projekts.

Einen Moment lang betrachtete Morrison Dennings prüfend. In die Augenwinkel des Piloten hatte sich Müdigkeit eingegraben, doch die Augen selbst glühten erwartungsvoll. Der General streckte die Hand aus. »Viel Glück, Major.«

»Danke, Sir. Wir werden den Job erledigen.«

»Daran zweifle ich keine Sekunde«, erwiderte Morrison, merklich um einen zuversichtlichen Ton bemüht. Er wartete auf eine Erwiderung, doch der Pilot schwieg.

Nach einem Moment des Zögerns fragte Dennings: »Wieso gerade wir, General?«

Morrisons Lächeln war kaum zu bemerken. »Wollen Sie kneifen?«

»Nein, meine Mannschaft und ich werden die Sache durchziehen. Aber wieso wir?« wiederholte er. »Entschuldigen Sie meine Frage, Sir, aber ich kann nicht glauben, daß wir die einzige Flugzeugbesatzung der Air Force sind, der man zutrauen kann, eine Atombombe quer über den Pazifik zu befördern, mitten in Japan abzuladen, um danach mit kaum mehr als ein paar Tropfen Benzin in den Tanks auf Okinawa zu landen.«

»Am besten ist, Sie wissen nur das, was man Ihnen gesagt hat.«

»Damit wir keine Geheimnisse verraten können, wenn wir gefaßt und gefoltert werden?« erkundigte sich Dennings unbewegt.

Der General sah ihn unwirsch an. »Ihre Mannschaft und Sie wissen Bescheid. Jeder hat eine Todeskapsel mit Zyanid erhalten.«

»Mund auf und runter damit, falls einer von uns den Absturz über feindlichem Territorium überleben sollte«, rezitierte Dennings kalt. »Warum nicht einfach die Bombe über dem Meer abwerfen? Dann hätten wir zumindest eine Chance, von der Navy aufgefischt zu werden.«

Morrison schüttelte ernst den Kopf. »Allein die Möglichkeit, daß die Waffe in feindliche Hände fallen könnte, ist ganz und gar undenkbar.«

»Verstehe«, murmelte Dennings. »Dann bestünde die einzige Alternative, falls wir über Japan von der Flak oder von Jägern getroffen werden, darin, den Vogel runterzubringen und die Bombe detonieren zu lassen, damit sie nicht verschwendet ist.«

Morrison sah ihn an. »Das hier ist kein Kamikazeangriff. Jede nur denkbare Maßnahme wurde getroffen, um Ihr Leben und das Ihrer Mannschaft zu schützen. Vertrauen Sie mir, mein Sohn. Der Abwurf von *Mother's Breath* auf Osaka wird ein Kinderspiel sein.«

Dennings hätte ihm beinahe geglaubt; einen Augenblick lang hatte er sich von Morrison fast überzeugen lassen, doch dann entdeckte er die Sorge in den Augen und in der Stimme des Älteren.

»Mother's Breath.« Dennings wiederholte die Worte langsam und tonlos wie einer, der unaussprechliches Grauen beschreibt. »Welches kranke Hirn hat sich nur einen dermaßen abartigen Codenamen für die Bombe einfallen lassen?«

Resigniert zuckte Morrison die Achseln. »Ich glaube, es war der Präsident.«

Siebenundzwanzig Minuten später starrte Dennings angestrengt an den hin- und herrasenden Scheibenwischern vorbei. Der Regen war stärker geworden, und er konnte durch den nassen Dunst hindurch nur knapp zweihundert Meter weit sehen. Beide Füße auf die Bremsen gestemmt, erhöhte er die Drehzahl auf 2200 Umdrehungen pro Minute. Flugingenieur Sergeant Robert Mosely meldete, daß Außenbordmotor Nummer vier fünfzig Umdrehungen zuwenig machte. Dennings beschloß, diese Meldung zu ignorieren. Zweifellos war die feuchte Luft für den leichten Abfall der Umdrehungszahl verantwortlich. Er zog die Gashebel zurück, die Motoren liefen im Leerlauf.

Mort Stromp, der rechts neben Dennings auf dem Platz des Copiloten saß, nahm die Starterlaubnis des Towers entgegen. Er senkte die Landeklappen. Die zwei Mann, die in den Rumpftürmen der Bordkanonen saßen, bestätigten, daß sich die Landeklappen gesenkt hatten.

Dennings schaltete die Bordsprechanlage ein. »Auf geht's, Jungs.«

Er schob die Gashebel wieder vor, kompensierte das ungeheure Drehmoment, indem er die linken Motoren etwas mehr beschleunigte als die rechten, und löste dann die Bremsen.

Dennings' Demons wog vollbeladen an die achtundsechzig Tonnen. Die Tanks waren mit 28000 Litern Flugbenzin bis zum Rand gefüllt, der vordere Bombenschacht enthielt eine sechs Tonnen schwere Bombe, und die Maschine hatte eine zwölfköpfige Mannschaft an Bord. Jetzt rollte sie langsam an. Sie hatte nahezu acht Tonnen Übergewicht.

Die vier 54,9 Liter Wright Cyclone Motoren bebten an ihren Aufhängungen, und insgesamt 8800 Pferdestärken trieben die fünf Meter langen Propeller an, die die windgepeitschte Feuchtigkeit durchschnitten. Die Auspuffe der Motoren spuckten blaue Flammen, und mit gischtverhüllten Flügeln donnerte der mächtige Bomber in die Dunkelheit hinein.

Die Maschine beschleunigte quälend langsam. Die lange Startbahn, herausgesprengt aus dem schwarzen Lavagestein, dehnte sich vor ihr aus und endete abrupt fünfundzwanzig Meter über dem eiskalten Meer. Ein am Horizont aufflammender Blitz tauchte die neben der Startbahn abgestellten Feuerwehren und Ambulanzen in ein unheimliches blaues Licht. Bei achtzig Knoten spürte Dennings, wie das Ruder reagierte, und gab für die Motoren auf der rechten Seite Vollgas. Grimmig umfaßte er den Steuerknüppel, fest entschlossen, die Maschine hochzubringen.

Stanton, der Schütze, der vor den Piloten in der Nase des Bombers saß, beobachtete besorgt, wie die Startbahn schnell kürzer wurde. Selbst der lethargische Stromp reckte sich auf seinem Sitz und versuchte vergeblich im Dunkel vor ihnen auszumachen, wo die Startbahn endete und das Meer begann.

Drei Viertel der Startbahn lagen schon hinter ihnen, und noch immer klebte die Maschine am Boden. Die Zeit verschwamm. Sie alle hatten das Gefühl, ins Leere zu fliegen. Dann plötzlich durchdrangen die Scheinwerfer der Jeeps, die neben der Startbahn parkten, den Regenschleier.

»Allmächtiger!« stieß Stromp hervor. »Zieh sie hoch!«

Dennings wartete noch weitere drei Sekunden und zog dann behutsam den Knüppel an die Brust. Die Räder der B-29 lösten sich vom Boden. Die Maschine hatte kaum dreißig Fuß an Höhe gewonnen, als die Startbahn unter ihr verschwand.

Morrison stand im kalten Regen vor der Radarhütte, sein vier Mann starker Stab wartete pflichtgemäß hinter ihm. Den Start von *Dennings' Demons* verfolgte er eher im Geiste als mit den Augen. Er konnte kaum mehr als das langsame Vorankriechen des Bombers ausmachen, als Dennings Gas gab und die Bremsen löste, bevor die Maschine von der Dunkelheit verschluckt wurde.

Die Hände an den Ohren, lauschte er dem Dröhnen der Motoren, das sich in der Ferne verlor. Das ungleichmäßige Geräusch war kaum zu hören. Niemand außer einem Mechanikermeister oder einem Flugingenieur konnte es auffallen, und Morrison hatte in beiden Funktionen zu Beginn seiner Karriere im Army Air Corps Dienst getan.

Ein Motor lief etwas unruhig. Einer oder mehrere der achtzehn Zylinder hatten Zündaussetzer.

Besorgt lauschte Morrison auf ein Anzeichen, daß der Bomber nicht abheben würde. Wenn *Dennings' Demons* beim Start zu Bruch ging, würde innerhalb von Sekunden jedes Lebewesen auf der Insel verbrannt sein.

Dann brüllte der Radarbeobachter durch die offene Tür: »Sie sind in der Luft.«

Morrison stieß einen Seufzer aus. Erst jetzt wandte er dem erbärmlichen Wetter den Rücken zu und ging hinein.

Nun blieb nichts weiter zu tun, als General Groves in Washington davon in Kenntnis zu setzen, daß Mother's Breath auf dem Weg nach Japan war. Jetzt hieß es Abwarten und Hoffen.

Doch tief im Innern machte sich der General Sorgen. Er kannte Dennings. Der Mann war zu starrköpfig, um mit einem defekten Motor umzukehren. Dennings würde die Maschine nach Osaka bringen, und wenn er sie auf dem Buckel dorthin tragen müßte.

»Möge Gott ihnen beistehen«, murmelte Morrison leise. Er wußte mit beängstigender Sicherheit, daß diese ungeheure Operation ein Gebet dringend nötig hatte.

»Fahrwerk einziehen«, befahl Dennings.

»Bin ich froh, das zu hören«, grunzte Stromp und griff nach dem Hebel. Die Fahrwerksmotoren surrten, und die drei Rädergruppen hoben sich in ihre Gehäuse unter dem Bug und den Tragflächen. »Fahrwerk eingezogen und eingerastet.«

Die Geschwindigkeit nahm zu, und Dennings gab weniger Gas, um Treibstoff zu sparen. Er wartete, bis der Geschwindigkeitsmesser 200 Knoten anzeigte, bevor er in einen leichten Steigflug ging. Unterhalb der Steuerbordtragfläche, außer Sichtweite, wand sich die Inselkette der Aleuten leicht nach Nordosten.

»Was macht Motor Nummer vier?« fragte er Mosely.

»Zieht, aber die Temperatur ist eine Spur zu hoch.«

»Sobald wir auf fünftausend Fuß sind, lasse ich ihn ein paar Umdrehungen langsamer laufen.«

»Könnte nicht schaden, Major«, erwiderte Mosely.

Arnold gab Dennings den Kurs, den sie die nächsten zehneinhalb Stunden beibehalten würden. In 4900 Fuß Höhe überließ Dennings Stromp das Ruder. Er entspannte sich und blickte in den schwarzen Himmel. Kein Stern zu sehen. Als Stromp die Gewitterwolken durchflog, konnte man im Flugzeug die Turbulenzen spüren.

Als sie schließlich den schlimmsten Teil des Unwetters hinter sich hatten, schnallte Dennings sich los und kletterte aus seinem Sitz. Er drehte sich um und sah durch ein Backbordfenster unter sich den engen Gang, der zur Mitte und zum Heck des Flugzeugs führte. Er konnte gerade noch einen Teil der Bombe ausmachen, die in ihrem Geschirr hing.

Man hatte den Gang um den Bombenschacht herum verengt, um Platz für das Ungetüm zu schaffen. Dennings schlängelte sich an ihm vorbei und ging am anderen Ende in die Hocke. Dann zog er die kleine, luftdichte Tür auf und schlüpfte hinein.

Er zog eine Taschenlampe aus der Oberschenkeltasche und ging langsam über den abgetrennten Gang mit den Gitterrosten, der an den beiden Bombenschächten entlangführte, die man zu einem einzigen umgebaut hatte. Die ungeheuerlichen Ausmaße der Bombe sorgten für drangvolle Enge. In der Länge unterschritt sie den Abstand zwischen den Schotts nur um drei Zentimeter.

Zögernd griff Dennings nach unten und berührte sie. Unter seinen Fingerspitzen fühlte sich der Stahlmantel eiskalt an. Es gelang ihm nicht, sich die hunderttausend Menschen vorzustellen, die innerhalb von Sekunden zu Asche verbrannten, noch die schrecklichen Brandwunden und Verletzungen, die die Strahlung herbeiführte. Er sah in ihr nur ein Mittel, den Krieg zu beenden und damit Hunderttausenden seiner Landsleute das Leben zu retten.

Auf dem Rückweg zum Cockpit blieb er kurz stehen und unterhielt sich mit Byrnes, der eben die Zeichnungen der Schaltkreise des Bombenauslösers überflog. Dann und wann warf der Bombenschütze einen kurzen Blick auf den Schaltkasten, der über seinem Schoß montiert war.

»Könnte das Ding losgehen, bevor wir dort sind?« fragte Dennings.

»Durch einen Blitzschlag könnte das passieren«, antwortete Byrnes.

Dennings warf ihm einen entsetzten Blick zu. »Bißchen spät für die Warnung, oder? Seit Mitternacht fliegen wir mitten durch ein Unwetter.«

Byrnes blickte hoch und grinste. »Am Boden hätten wir ebensogut in die Luft gehen können. Was, zum Teufel, soll's? Wir haben's doch geschafft, oder?«

Dennings begriff Byrnes sachliche Art nicht. »War General Morrison das Risiko klar?«

»Mehr als jedem anderen. Er war von Anfang an an dem Projekt beteiligt.«

Dennings schauderte es, und er wandte sich ab. Wahnsinn, dachte er, diese Operation war der blanke Wahnsinn. Es wäre ein Wunder, wenn einer von ihnen überlebte, um die Geschichte anderen erzählen zu können.

Nach fünf Stunden Flug und 8000 Litern verbrauchtem Treibstoff ging Dennings mit der B-29 auf zehntausend Fuß in Horizontalflug über. Die Stimmung innerhalb der Crew stieg, als die frühe Dämmerung den Himmel im Osten rötlich färbte. Der Sturm lag weit hinter ihnen, und jetzt konnten sie die rollende Dünung des Meeres und ein paar verstreute, weiße Wolken erkennen.

Dennings' Demons flog gemächlich mit 220 Knoten auf südwestlichem Kurs. Glücklicherweise hatten sie einen leichten Rückenwind erwischt. Als der Tag anbrach, befanden sie sich mutterseelenallein über der weiten Leere des Nordpazifiks. Ein einsames Flugzeug, das aus dem Nirgendwo kam und ins Nirgendwo flog, dachte Bombenschütze Stanton, während er durch die Glasfenster am Bug schaute.

Dreihundert Meilen vor der japanischen Hauptinsel Honshu ging Dennings in einen langsamen, stetigen Steigflug über, der sie auf 32000 Fuß bringen würde, die Höhe, aus der Stanton die Bombe auf Osaka abwerfen sollte. Arnold, der Navigator, stellte fest, daß sie fünfundzwanzig Minuten vor dem Zeitplan lagen. Wenn sie die gegenwärtige Geschwindigkeit beibehielten, so schätzte er, würden sie in etwas weniger als fünf Stunden auf Okinawa landen.

Dennings warf einen Blick auf die Tankanzeige und fühlte sich in Hochstimmung. Selbst mit einem hundert Knoten starken Gegenwind würden sie es mit einer Reserve von 1600 Litern schaffen.

Nicht alle waren so guter Laune. Mosely, der am Platz des Flugingenieurs saß, beobachtete besorgt die Temperaturanzeige von Motor vier. Was er sah, gefiel ihm gar nicht. Von Zeit zu Zeit klopfte er mit dem Finger auf die Anzeige.

Die Nadel zitterte und wanderte in den roten Bereich.

Er kroch nach hinten durch den Gang und sah sich durch ein Backbordfenster die Unterseite des Motors an. Auf der Verkleidung entdeckte er Ölstreifen, und aus dem Auspuff drang Rauch. Mosely kehrte ins Cockpit zurück und hockte sich in den schmalen Gang zwischen Dennings und Stromp.

»Schlechte Neuigkeiten, Major. Wir werden Nummer vier abschalten müssen.«

»Können Sie den Motor nicht noch ein paar Stunden hätscheln?« fragte Dennings.

»Nein, Sir. Da kann sich jederzeit ein Kolben festfressen, und dann fängt er Feuer.«

Stromp warf Dennings einen ernsten Blick zu. »Ich bin dafür, wir schalten Nummer vier eine Weile ab und lassen den Motor abkühlen.«

Dennings wußte, daß Stromp recht hatte. Sie mußten ihre gegenwärtige Höhe von 12000 Fuß beibehalten und pfleglich mit den drei übrigen Motoren umgehen, um sie vor Überhitzung zu bewahren. Für den Steigflug und den Angriff konnten sie Nummer vier wieder starten.

Er wandte sich an Arnold, der über das Navigationsbord gebeugt den Kurs verfolgte, und fragte: »Wie lange noch bis Japan?«

Arnold registrierte das leichte Abfallen und stellte eine schnelle Berechnung an. »Eine Stunde und siebenundzwanzig Minuten bis zur Hauptinsel.«

Dennings nickte. »Okay, wir stellen Nummer vier ab, bis wir den Motor wieder brauchen.«

Noch während er das sagte, nahm Stromp Gas weg, schaltete die Zündung ab und trimmte den Propeller auf Segelstellung. Danach schaltete er den Autopiloten ein.

»Wir haben Landberührung«, stellte Arnold fest. »Eine kleine Insel, ungefähr zwanzig Meilen voraus.«

Stromp sah durchs Fernglas. »Sieht aus wie ein Hot dog, das im Meer schwimmt.«

»Reine Felsenküste«, bemerkte Arnold. »Keinerlei Anzeichen für einen Strand.«

»Wie heißt die Insel?« fragte Dennings.

»Ist nicht mal auf der Karte eingezeichnet.«

»Irgendein Lebenszeichen? Die Japse könnten sie als Vorposten benutzen.«

»Sieht unbewohnt und verlassen aus.«

Im Augenblick fühlte sich Dennings sicher. Feindliche Schiffe waren nicht gesichtet worden, und von der Küste waren sie zu weit entfernt, um von Jägern abgefangen zu werden. Er machte es sich in seinem Sitz wieder gemütlich und starrte geistesabwesend aufs Meer.

Die Männer entspannten sich, reichten Kaffee und Salamisandwiches herum und bemerkten weder die donnernden Motoren noch den winzigen Fleck, der zehn Meilen entfernt 7000 Fuß über der Spitze ihrer Backbordtragfläche aufgetaucht war.

Die Besatzung von *Dennings' Demons* hatte keine Ahnung, daß sie nur noch wenige Minuten zu leben hatte.

Lieutenant Sato Okinaga entdeckte unter sich das kurze Aufglitzern in der reflektierenden Sonne. Er beschrieb eine Kurve und ging in einen leichten Sinkflug über, um die Sache zu überprüfen. Ein Flugzeug, keine Frage. Wahrscheinlich eine weitere Patrouillenmaschine. Er griff nach dem Schalter seines Funkgeräts, doch dann zögerte er. In ein paar Sekunden würde er die andere Maschine genau identifizieren können.

Okinaga war jung und unerfahren, doch er hatte Glück gehabt. Aus einer Gruppe von zweiundzwanzig Piloten, die wegen Japans verzweifelter Lage schnell durch die Ausbildung geschleust worden waren, hatte man ihn und drei weitere ausgewählt, Küstenpatrouillen zu fliegen. Die übrigen waren zu Kamikaze-Einheiten abkommandiert worden.

Okinaga war tief enttäuscht. Frohen Herzens hätte er für den Kaiser sein Leben gegeben, doch er akzeptierte den langweiligen Patrouillendienst als vorübergehenden Einsatz und hoffte, man würde ihn zu ruhmreicheren Aufgaben rufen, wenn die Amerikaner an den heimatlichen Küsten landeten.

Das einsam dahinfliegende Flugzeug wurde größer, und Okinaga traute seinen Augen nicht. Er rieb sie und blinzelte. Bald sah er ganz deutlich den dreißig Meter langen Rumpf aus poliertem Aluminium, die riesigen Tragflächen mit achtunddreißig Metern Spannweite und das drei Stockwerke hoch aufragende Querruder einer amerikanischen B-29.

Restlos verblüfft starrte er das Flugzeug an. Der Bomber kam aus nordöstlicher Richtung über das weite, unbefahrene Meer und flog 20000 Fuß unter der normalen Einsatzhöhe. Tausend Fragen, auf die es jetzt keine Antwort gab, schossen ihm durch den Kopf. Woher kam die Maschine? Weshalb flog sie mit einem abgeschalteten Motor auf Japan zu? Welchen Auftrag hatte die Besatzung?

Wie ein Hai, der auf einen blutenden Wal zuschoß, ging Okinaga bis auf weniger als eine Meile heran. Die Mannschaft schien zu schlafen oder hatte vor, Selbstmord zu begehen.

Okinaga hatte keine Zeit, weitere Vermutungen anzustellen. Der Bomber ragte mit seinen riesigen Tragflächen vor ihm auf. Er schob den Gashebel seiner Mitsubishi A6M Zero bis zum Anschlag vor und ging in einer flachen Kurve nach unten. Die Zero folgte dem Ruder wie eine Schwalbe; die 1300 Pferdestärken ihres Sakae-Motors brachten sie schnell hinter und ein paar Fuß unter die schlanke, glänzende B-29.

Zu spät entdeckte der Heckschütze das Jagdflugzeug, und zu spät eröffnete er das Feuer. Okinaga drückte auf den Auslöser an seinem Steuerknüppel. Die Zero erbebte, als ihre zwei Maschinengewehre und die beiden zwanzig-Millimeter-Kanonen Metall und menschliches Fleisch durchschlugen.

Eine leichte Ruderbewegung, und die Leuchtspuren fraßen sich durch die Tragfläche und den Motor Nummer drei der B-29. Die Abdeckung wurde zerfetzt und löste sich; Öl strömte aus den Einschlägen, Flammen schlugen heraus. Der Bomber schien einen Augenblick in der Luft zu verharren, dann kippte er auf die Seite und raste aufs Meer zu.

Erst bei dem unterdrückten Aufschrei des Heckschützen und dem kurzen Feuerstoß, den er abgab, merkten die *Dämonen*, daß sie angegriffen wurden. Die Männer hatten keine Ahnung, aus welcher Richtung der feindliche Jäger gekommen war. Sie hatten sich kaum von dem Schock erholt, als die Kugeln der Zero sich bereits durch die Steuerbordtragfläche fraßen.

Stromp stieß einen erstickten Schrei aus. »Uns hat's erwischt!« rief er.

Dennings brüllte in die Bordsprechanlage, während er darum kämpfte, den Bomber wieder in die Horizontale zu bringen. »Stanton, wirf die Bombe ab! Wirf die verdammte Bombe ab!«

Der Bombenschütze, der von der Zentrifugalkraft gegen sein Bombenzielgerät gedrückt wurde, schrie zurück: »Die fällt nicht, solange Sie's nicht schaffen, uns in den Horizontalflug zu bringen!«

Motor Nummer drei brannte lichterloh. Der plötzliche Verlust von zwei Motoren, die beide auf derselben Seite lagen, hatte den Vogel derart aus dem Gleichgewicht gebracht, daß er jetzt auf einer Tragfläche zu stehen schien. Dennings und Stromp kämpften gemeinsam am Steuerknüppel, um das sterbende Flugzeug in die Horizontale zu bringen. Dennings nahm Gas weg und schaffte es, den Bomber wieder auszubalancieren, der jedoch gleichzeitig bedrohlich weit abrutschte.

Stanton zog sich hoch und öffnete die Bombenklappen. »Halten Sie sie ruhig«, schrie er verzweifelt. Er hielt sich nicht damit auf, das Bombenzielgerät zu beobachten. Er drückte auf den Auslöser.

Nichts passierte. Das gewaltige Drehmoment hatte die Atombombe in ihrem engen Gehäuse verkantet.

Kreidebleich im Gesicht schlug Stanton mit der Faust auf den Auslöser, doch die Bombe verharrte starrköpfig an ihrem Platz. »Sie klemmt!« schrie er. »Sie fällt nicht!«

Dennings kämpfte weiter um ihrer aller Leben, obwohl er genau wußte, daß sie alle sich mit Zyanid das Leben nehmen mußten, falls sie überlebten, und versuchte den tödlich getroffenen Vogel aufs Meer hinunterzubringen.

Beinahe hätte er es geschafft. Es gelang ihm, bis auf zweihundert Fuß über dem ruhigen Meer hinunterzugehen, wo er die *Demons* oder ihren Bauch hätte aufsetzen können. Doch das Magnesium in den Hilfsaggregaten und im Kurbelgehäuse von Motor Nummer drei flammte auf wie eine Brandbombe, fraß sich durch die Aufhängungen und die Streben der Tragfläche. Der Motor löste sich aus seiner Verankerung und nahm die Steuerkabel des Flügels mit.

Lieutenant Okinaga zog eine enge Kurve und umkreist mit seiner Zero die getroffene B-29. Er beobachtete den schwarzen Rauch und die orangenen Flammen, die wie ein Buschfeuer zum Himmel emporzüngelten. Er sah, wie das amerikanische Flugzeug in einer Säule schäumenden Wassers im Meer aufschlug.

Er flog weitere Kreise, hielt nach Überlebenden Ausschau, konnte jedoch nur ein paar treibende Trümmer entdecken. Voller Hochstimmung über seinen ersten Abschuß, der auch sein letzter sein sollte, umflog Okinaga die Rauchsäule noch einmal, bevor er wieder Kurs auf Japan und seinen Horst nahm.

Während Dennings' zerschossenes Flugzeug mitsamt seiner toten Besatzung zweitausend Fuß unter der Wasseroberfläche auf dem Meeresboden aufsetzte, machte sich eine B-29 in einer späteren Zeitzone, sechshundert Meilen südöstlich, für ihren Bombenangriff bereit. Die *Enola Gay*, mit Colonel Paul Tibbets am Steuer, war über der japanischen Stadt Hiroshima angekommen.

Die beiden Flugzeugkommandanten wußten nichts voneinander. Beide Männer waren der Meinung gewesen, ihr Flugzeug und ihre Mannschaft habe die erste Atombombe an Bord, die in diesem Krieg abgeworfen werden würde.

Dennings' Demons hatte ihr Rendezvous mit dem Schicksal verpaßt. Die Stille auf dem Meeresboden war so tief wie das Schweigen, das sich über dem Geschehen ausbreitete. Der heroische Versuch Dennings' und seiner Mannschaft wurde in den Kellern der Bürokratie vergraben und fiel der Vergessenheit anheim.

ERSTER TEIL

Big John

3. Oktober 1993
Westpazifik

1

Der schlimmste Teil des Taifuns war vorüber. Das wütende Toben des Meeres war abgeklungen, doch die Wellen stiegen noch immer am Bug hoch, überfluteten grün und bleigrau die Decks und hinterließen ein schaumiges Chaos. Die dichten, schwarzen Wolken brachen auf, und der Wind flaute zu dreißig Knoten schnellen Böen ab. Im Südwesten brachen die ersten Sonnenstrahlen durch und zauberten blaue Kreise auf die anrollenden Wogen.

Captain Arne Korvold stand trotz des Windes und der Gischt auf der offenen Brücke des Passagier-Fracht-Liners der Norwegischen Rindal Linie und richtete sein Fernglas auf ein riesiges Schiff, das bewegungslos in der von Schaumkronen übersäten See lag. Es war groß, und so wie es aussah, handelte es sich um einen japanischen Autotransporter. Seine Aufbauten erstreckten sich vom elegant geschwungenen Bug bis zum scharf abgeschnittenen Heck, das wie eine rechteckige, flache Schachtel wirkte. Abgesehen von der Brücke und den Mannschaftsquartieren auf dem Oberdeck waren am Rumpf des Schiffes weder Bullaugen noch Fenster zu entdecken.

Das Schiff schien eine Zehn-Grad-Schlagseite zu haben, legte aber bis zu zwanzig Grad über, wenn die Wogen gegen seine ungeschützte Backbordseite anliefen. Das einzige Lebenszeichen war eine Rauchfahne, die aus seinem Schornstein stieg. Mit grimmiger Miene stellte Korvold fest, daß die Rettungsboote zu Wasser gelassen worden waren, auf der unruhigen See jedoch weit und breit nicht das Geringste von ihnen zu entdekken war. Er richtete das Glas wieder auf das Schiff und entzifferte den englisch geschriebenen Namen unter den japanischen Schriftzügen am Bug.

Es handelte sich um die *Divine Star.*

Korvold trat wieder in die Behaglichkeit des Brückenhauses zurück und steckte den Kopf durch die Tür des Funkraums. »Noch immer keine Antwort?«

Der Funker schüttelte den Kopf. »Nichts. Kein Pieps, seit wir das Schiff gesichtet haben. Die müssen das Funkgerät abgeschaltet haben. Kaum zu glauben, daß sie das Schiff verlassen haben, ohne einen einzigen Notruf abzugeben.«

Schweigend sah Korvold durch die Scheiben der Brücke zu dem japanischen Frachter hinüber, der weniger als einen Kilometer von seiner Steuerbordseite entfernt dahintrieb. Er war gebürtiger Norweger, ein kleiner, vornehmer Mann, der immer ruhig und gelassen wirkte. Seine eisblauen Augen blinzelten nur selten, und um seine Lippen unter dem gestutzten Bart schien stets ein leichtes Lächeln zu spielen. Seit sechsundzwanzig Jahren fuhr er zur See, den größten Teil davon auf Kreuzfahrtschiffen. Er hatte ein warmes, freundliches Wesen und wurde von seiner Mannschaft respektiert und von den Passagieren bewundert.

Jetzt zupfte er an seinem kurzen, ergrauenden Bart und fluchte leise vor sich hin. Der Tropensturm hatte unerwartet nach Norden, auf seinen Kurs, umgeschwungen und dafür gesorgt, daß er mit seiner Fahrt vom Hafen Pusan in Korea nach San Francisco beinahe zwei Tage hinter dem Zeitplan lag. Seit achtundvierzig Stunden hatte Korvold die Brücke nicht verlassen, und jetzt war er erschöpft. Gerade als er sich etwas hinlegen wollte, hatten sie die allen Anschein nach verlassene *Divine Star* gesichtet.

Jetzt sah er sich mit einem Rätsel und der zeitraubenden Suche nach den Rettungsbooten des japanischen Frachters konfrontiert. Gleichzeitig trug er die Verantwortung für 130 Passagiere, von denen die meisten seekrank in den Kojen lagen, und die sicherlich keinerlei Verlangen nach einer barmherzigen Rettungsaktion verspürten.

»Habe ich Ihre Erlaubnis, mit ein paar Mann rüberzufahren, Captain?«

Korvold blickte in das wie aus Stein gemeißelte nordische Gesicht Oscar Steens, seines Ersten Offiziers. Die Augen, die ihn ansahen, waren von einem tieferen Blau als die Korvolds. Der Erste Offizier war schlank und hielt sich kerzengerade; er war tief gebräunt, und das Haar war von der Sonne gebleicht.

Korvold antwortete nicht gleich, sondern ging zu einem Brückenfenster hinüber und sah hinunter auf das zwischen den beiden Schiffen liegende Meer. Die Wellen maßen vom Kamm bis zum Tal immer noch drei bis vier Meter. »Ich habe nicht die Absicht, Menschenleben zu riskieren, Mr. Steen. Besser wir warten, bis der Seegang etwas abgeflaut ist.«

»Ich habe schon bei schlimmerem Wetter Boote geführt.«

»Wir haben keine Eile. Das da drüben ist ein totes Schiff, so tot wie eine Leiche, die in der Leichenhalle aufgebahrt ist. Und wie es aussieht, ist die Ladung verrutscht, und das Schiff nimmt Wasser auf. Besser, wir lassen die *Divine* in Ruhe und suchen nach den Booten.«

»Dort drüben könnten Verletzte sein«, meinte Steen.

Korvold schüttelte den Kopf. »Kein Kapitän würde sein Schiff verlassen, wenn noch verletzte Besatzungsmitglieder an Bord sind.«

»Kein Kapitän, der seine fünf Sinne beisammen hat, vielleicht. Aber welcher Mann würde ein unversehrtes Schiff verlassen und die Boote mitten in einem Sturm mit Windstärken von fünfundsechzig Knoten aussetzen, ohne Mayday zu funken?«

»Ja, das ist seltsam, stimmt«, pflichtete ihm Korvold bei.

»Und dann ist da auch noch die Fracht zu berücksichtigen«, fuhr Steen fort. »Seinem Tiefgang nach zu urteilen, ist das Schiff voll beladen. Es sieht aus, als könne es mehr als siebentausend Autos transportieren.«

Korvold warf Steen einen prüfenden Blick zu. »Denken Sie an eine Bergung, Mr. Steen?«

»Ja, Sir. Sicher. Wenn das Schiff mit voller Ladung verlassen wurde und wir es in einen Hafen bringen können, dann könnten die Bergegeldansprüche dem halben Wert, möglicherweise noch mehr, entsprechen. Gesellschaft und Mannschaft könnten sich gut und gerne fünf bis sechshundert Millionen Kronen verdienen.«

Korvold sann einen Moment darüber nach. In seinem Innern rangen Gier und eine starke Vorahnung drohenden Unheils miteinander. Die Gier obsiegte. »Versammeln Sie eine Prisenmannschaft und nehmen Sie den Zweiten Ingenieur mit dazu. Wenn der Schornstein raucht, müßten die Maschinen noch funktionieren.« Er schwieg. »Mir wäre es dennoch lieber, wenn Sie warten würden, bis das Meer sich beruhigt hat.«

»Keine Zeit«, verkündete Steen ungerührt. »Wenn das Schiff noch weitere zehn Grad Schlagseite bekommt, könnten wir zu spät kommen. Ich beeile mich lieber.«

Captain Korvold seufzte. Er handelte gegen seine Überzeugung, doch andererseits – wenn die Lage, in der sich die *Divine Star* befand, erst einmal bekannt war, würde jeder Schlepper im Umkreis von tausend Meilen mit voller Kraft voraus auf ihre Position zuhalten.

Schließlich zuckte er die Achseln. »Sobald Sie sich davon überzeugt haben, daß niemand von der Mannschaft der *Divine Star* mehr an Bord ist und Sie das Schiff in Fahrt bringen können, melden Sie sich, und wir beginnen mit der Suche nach den Booten.«

Steen war schon weg, kaum daß Korvold zu Ende gesprochen hatte. Innerhalb von zehn Minuten hatte er seine Männer zusammengetrommelt und wurde mit ihnen in das wirbelnde Wasser gehievt. Die Prisenmannschaft bestand aus ihm selbst, vier Matrosen, dem Zweiten Ingenieur Olaf Andersson und David Sakagawa, dem Funker und einzigen Besatzungsmitglied an Bord der *Narvik*, das Japanisch sprach. Die Matrosen sollten das Schiff erkunden, während Andersson den Maschinenraum überprüfte. Steen sollte den Autofrachter offiziell in Besitz nehmen, wenn man ihn verlassen vorfand.

Die an Bug und Heck spitz zulaufende Barkasse mit Steen am Ruder wühlte sich durch die schwere See, kämpfte sich über die Wellenkämme, die sie immer wieder zu verschlingen drohten, bevor sie auf der anderen Seite hinunterstürzte. Der große Volvoschiffsmotor grummelte ohne Aussetzer, während sie mit achtern einfallendem Wind und auflaufender See auf den Autofrachter zuhielten.

Als sie noch etwa hundert Meter von der *Divine Star* entfernt waren, entdeckten sie, daß sie nicht allein waren. Ein Haifischschwarm umkreiste das zur Seite geneigte Schiff, als verrate den Fischen eine Art siebter Sinn, daß die *Divine* sinken würde und möglicherweise ein paar leckere Happen dabei für sie abfielen.

Der Matrose am Ruder ließ das Boot unter das gedrungene Heck an Lee gleiten. Die Männer hatten das Gefühl, als würde die *Divine Star* sie jeden Augenblick unter sich begraben, wenn die Wellen sich an ihrem Rumpf brachen. Als das große Schiff sich senkte, schleuderte Steen eine dünne Nylonstrickleiter, an deren Ende ein Aluminiumhaken befestigt war, nach oben. Beim dritten Versuch verfing sich der Enterhaken am oberen Ende des Schanzkleids.

Steen kletterte als erster die Strickleiter hoch über die Reling, gefolgt von Andersson und den anderen Männern. Sie sammelten sich neben den riesigen Ankerwinden und erstiegen eine Art Feuerleiter, vorbei am fensterlosen vorderen Schott. Nachdem sie fünf Decks hochgeklettert waren, gelangten sie auf die weiträumigste Brücke, die Steen in den fünfzehn Jahren, die er zur See ging, gesehen hatte. Verglichen mit dem kleinen, rationell eingerichteten Brückenhaus der *Narvik* wirkte dies hier wie ein Ballsaal, und das eindrucksvolle elektronische Instrumentarium füllte nur einen kleinen Teil in der Mitte des Raumes aus.

Hier befand sich kein Mensch, doch die Brücke war mit Karten, Sextanten und anderen Navigationsgeräten übersät, die aus den offenen Schränken gefallen waren. Zwei Mappen lagen offen auf einem Tisch, so als hätten ihre Eigentümer nur mal eben kurz die Brücke verlassen. Alles sah nach einer panischen Flucht aus.

Steen inspizierte die Hauptkonsole. »Vollautomatisch«, bemerkte er zu Andersson gewandt.

Der Zweite Ingenieur nickte. »Und nicht nur das. Die Kontrollinstrumente werden akustisch gesteuert. Da braucht man weder Hebel umzulegen noch dem Steuermann Kursbefehle zu geben.«

Steen drehte sich zu Sakagawa um. »Können Sie das Ding hier in Gang kriegen und ihm Befehle geben?«

Der in Norwegen geborene Asiate beugte sich über die Computerkonsole und studierte sie ein paar Sekunden lang. Dann drückte er nacheinander schnell auf ein paar Knöpfe. Die Lichter auf der Konsole blinkten auf, und das Gerät gab ein summendes Geräusch von sich. Mit dünnem Lächeln sah Sakagawa Steen an. »Mein Japanisch ist zwar eingerostet, aber ich glaube, ich kann damit kommunizieren.«

»Erfragen Sie den Status des Schiffes.«

Sakagawa murmelte etwas auf japanisch in den kleinen Empfänger und wartete gespannt. Einen Augenblick später antwortete eine Männerstimme, langsam und sehr betont. Als sie verstummte, starrte Sakagawa Steen verblüfft an.

»Die Stimme sagt, die Ventile sind offen und der Wasserspiegel im Maschinenraum erreicht mittlerweile zwei Meter.«

»Befehlen Sie, die Ventile zu schließen!« fuhr Steen ihn an.

Nach einem kurzen Wortwechsel schüttelte Sakagawa den Kopf. »Der Computer behauptet, die Ventile seien blockiert. Sie könnten elektronisch nicht geschlossen werden.«

»Damit wäre wohl klar, was ich zu tun habe«, meinte Andersson. »Ich gehe besser mal runter und sehe zu, ob ich sie schließen kann. Und befehlen Sie diesem verdammten Roboter, er soll die Pumpen anwerfen.« Während er sprach, gab er zweien der Matrosen einen Wink, ihm zu folgen, und sie eilten über einen Niedergang, so schnell sie konnten, in den Maschinenraum.

Einer der zurückgebliebenen Matrosen kam auf Steen zu, leichenblaß und mit weit aufgerissenen Augen. »Sir... ich habe eine Leiche gefunden. Ich glaube, es ist der Funker.«

Steen eilte in die Funkkabine. Eine beinahe konturlose Leiche hing auf einem Stuhl sitzend über dem Funkgerät. Es mochte sich einmal um einen Menschen gehandelt haben, als er an Bord der *Divine Star* gekommen war – jetzt war er keiner mehr. Er hatte keine Haare, und wären da nicht die entblößten Zähne gewesen, hätte Steen unmöglich sagen können, ob er das Gesicht oder den Hinterkopf vor sich hatte. Dies entsetzliche Monstrum sah aus, als sei die Haut in Blasen aufgelöst, das darunterliegende Fleisch verbrannt und teilweise zusammengeschmolzen.

Andererseits war nicht das leiseste Anzeichen von außergewöhnlicher Hitze oder Feuer zu entdecken. Die Kleider des Mannes waren sauber und gebügelt, als habe er sie gerade erst angezogen.

Der Mann schien von innen heraus verbrannt zu sein.

2

Der fürchterliche Gestank und der schockierende Anblick erschütterten Steen. Er brauchte eine volle Minute, um sich zu fangen. Dann schob er den Stuhl beiseite und lehnte sich über das Funkgerät.

Glücklicherweise war der digitale Frequenzanzeiger mit arabischen Ziffern beschriftet. Nach ein paar Minuten fand er die richtigen Hebel und funkte Captain Korvold auf der *Narvik* an.

Korvold meldete sich augenblicklich. »Bitte kommen, Mr. Steen«, erwiderte er. »Was haben Sie entdeckt?«

»Hier ist irgend etwas ganz Unheimliches passiert, Captain. Bis jetzt haben wir ein verlassenes Schiff mit einer Leiche, dem Funker, die bis zur Unkenntlichkeit verbrannt ist, vorgefunden.«

»Ist an Bord Feuer ausgebrochen?«

»Dafür gibt's keinerlei Anzeichen. Das Computer-Kontrollsystem zeigt beim Feuerwarnsystem nur grüne Lämpchen.«

»Irgendein Hinweis, weshalb die Mannschaft in die Boote gegangen ist?« fragte Korvold.

»Nichts, was ins Auge fiele. Scheinen in Panik von Bord gegangen zu sein, nachdem sie versucht haben, das Schiff absaufen zu lassen.«

Korvold preßte die Lippen aufeinander, und seine Knöchel traten weiß hervor, als er den Funktelefonhörer fester faßte. »Wiederholen Sie das.«

»Die Ventile waren geöffnet und blockiert. Andersson ist gerade dabei, sie zu schließen.«

»Weshalb in aller Welt sollte die Mannschaft ein unversehrtes Schiff mit Tausenden neuer Autos an Bord selbst versenken?« fragte Korvold.

»Die Lage muß vorsichtig erkundet werden. Irgend etwas stimmt hier nicht. Die Leiche des Funkers ist gespenstisch. Er sieht aus, als habe man ihn auf einem Grill geröstet.«

»Wollen Sie, daß der Schiffsarzt rüberkommt?«

»Hier gibt's für den guten Doktor nichts zu tun, außer eine Obduktion durchzuführen.«

»Verstanden«, erwiderte Korvold. »Ich bleibe noch weitere dreißig Minuten auf Posten, bevor ich weiterfahre, um die vermißten Boote zu suchen.«

»Stehen Sie in Kontakt mit der Gesellschaft, Sir?«

»Bis jetzt noch nicht; ich wollte erst sichergehen, daß sich von der ursprünglichen Besatzung niemand an Bord befindet, der unseren Anspruch auf Prisengeld anfechten könnte. Forschen Sie weiter. Sobald Sie absolut sicher sind, daß das Schiff verlassen ist, werde ich an den Direktor unserer Gesellschaft eine Nachricht übermitteln und ihn von unserer Inbesitznahme der *Divine Star* in Kenntnis setzen.«

»Ingenieur Andersson ist wie gesagt schon dabei, die Ventile zu schließen und das Schiff trockenzupumpen. Die Motoren funktionieren, und wir müßten bald Fahrt aufnehmen können.«

»Je eher, desto besser«, erklärte Korvold. »Sie treiben auf ein ozeanographisches Forschungsschiff der Briten zu, das eine stationäre Position innehat.«

»Wie weit noch?«

»Schätzungsweise zwölf Kilometer.«

»Das ist weit genug.«

Korvold fiel nichts mehr ein, also sagte er nur kurz: »Viel Glück, Oscar. Sichere Fahrt zum Hafen.« Und dann brach er das Gespräch ab.

Steen wandte sich vom Funkgerät ab und vermied es, die verstümmelte Leiche auf dem Stuhl anzusehen. Er merkte, wie ihm ein kalter Schauer über den Rücken lief. Er erwartete fast, den geisterhaften Kapitän des Fliegenden Holländers auf der Brücke hin- und hergehen zu sehen. Es gab nichts so Morbides wie ein verlassenes Schiff, dachte er grimmig.

Er befahl Sakagawa, sich zu beeilen und das Logbuch des Schiffes zu übersetzen. Den beiden Matrosen, die oben geblieben waren, gab er den Befehl, die Autodecks zu überprüfen, während er selber systematisch die Mannschaftsquartiere durchsuchte. Er hatte das Gefühl, durch ein Geisterhaus zu laufen.

Bis auf ein paar herumliegende Klamotten sah alles so aus, als könnte die Mannschaft jede Minute zurückkommen. Anders als bei der Unordnung auf der Brücke schien hier alles belebt und aufgeräumt. In den Räumen des Kapitäns stand ein Tablett mit zwei Teetassen, die während des Sturms seltsamerweise nicht auf den Boden gefallen waren, auf dem Bett lag eine Uniform, und auf dem Teppichboden stand ein Paar auf Hochglanz gewienerte Schuhe. Das gerahmte Bild einer Frau und drei Jungen im Teenageralter war umgefallen und lag auf einem aufgeräumten und sauberen Schreibtisch.

Steen war nicht wohl dabei, in den persönlichen Dingen und Erinnerungen anderer Menschen herumzustöbern.

Sein Fuß stieß gegen etwas, das unter dem Schreibtisch lag. Er beugte sich hinunter und hob den Gegenstand auf. Es war eine Pistole vom Kaliber neun Millimeter. Eine österreichische Steyr GB-Automatic. Er schob die Waffe in seinen Gürtel.

Das Klingen eines an der Wand angebrachten Chronometers ließ ihn zusammenzucken, er fluchte und spürte, wie ihm die Haare zu Berge standen. Steen beendete seine Durchsuchung und ging eilig zur Brücke zurück.

Sakagawa saß im Kartenraum, die Füße auf ein kleines Schränkchen gelegt, und studierte das Logbuch des Schiffes.

»Sie haben's gefunden«, stellte Steen fest.

»In einer der offenen Aktentaschen.« Er wandte sich wieder den aufgeschlagenen Seiten zu und fing an vorzulesen: »*Divine Star*, Länge siebenhundert Fuß, übergeben am sechzehnten März neunzehnhundertachtundachtzig. Im Dienst und im Eigentum der Sushimo Steamship Company, Limited. Heimathafen Kobe. Auf dieser Fahrt befördert sie siebentausendzweihundertachtundachtzig Autos der Marke Murmoto nach Los Angeles.«

»Irgendwelche Hinweise, wieso die Mannschaft das Schiff verlassen hat?« fragte Steen.

Sakagawa schüttelte verwirrt den Kopf. »Hier ist weder von einem Unglück noch von einer Epidemie oder Meuterei die Rede. Der Taifun ist auch nicht erwähnt. Der letzte Eintrag ist ein bißchen seltsam.«

»Lesen Sie ihn vor.«

Sakagawa nahm sich einen Moment Zeit, um sicherzugehen, daß seine Übersetzung der japanischen Schriftzeichen weitgehend richtig war. »Was ich daraus entnehme ist: ›Wetter verschlechtert sich. Seegang wird stärker. Mannschaft leidet an unbekannter Krankheit. Alle krank, auch der Kapitän. Verdacht auf Lebensmittelvergiftung. Unser Passagier, Mr. Yamada, ein sehr bedeutender Direktor der Gesellschaft, verlangt in einem hysterischen Anfall, daß wir das Schiff verlassen und es versenken. Kapitän glaubt, Mr. Yamada hat einen Nervenzusammenbruch erlitten, und hat befohlen, ihn in seinem Quartier einzuschließen.‹«

Steen blickte mit ausdrucksloser Miene auf Sakagawa hinunter. »Ist das alles?«

»Der letzte Eintrag«, erklärte Sakagawa. »Danach folgt nichts mehr.«

»Welches Datum?«

»Erster Oktober.«

»Das war vor zwei Tagen.«

Sakagawa nickte abwesend. »Kurz danach müssen sie von Bord gegangen sein. Seltsam, daß sie das Logbuch nicht mitgenommen haben.«

Langsam, ohne Eile, ging Steen in die Funkkabine. Er versuchte, aus dem letzten Eintrag schlau zu werden. Plötzlich blieb er stehen und streckte die Hand im Eingang aus, um sich abzustützen. Der Raum schien vor seinen Augen zu verschwimmen; ihm war schwindlig, und er glaubte, sich übergeben zu müssen. Aber der Anfall ging ebenso schnell vorüber, wie er gekommen war.

Leicht schwankend ging er zum Funkgerät hinüber und funkte die *Narvik* an. »Hier ist der Erste Offizier Steen, bitte Captain Korvold. Over.«

»Ja, Oscar«, antwortete Korvold. »Machen Sie Ihre Meldung.«

»Verschwenden Sie keine Zeit mit Suchoperationen. Dem Logbuch der *Divine Star* zufolge verließ die Mannschaft das Schiff, bevor es von der vollen Stärke des Sturms getroffen wurde. Die Männer sind bereits vor fast zwei Tagen von Bord gegangen. Mittlerweile dürften die Winde sie zweihundert Kilometer weit abgetrieben haben.«

»Vorausgesetzt, sie haben überlebt.«

»Eher unwahrscheinlich.«

»In Ordnung, Oscar. Ich bin ebenfalls der Meinung, daß eine Suche der *Narvik* zwecklos sein würde. Wir haben alles getan, was man von uns erwarten kann. Ich habe die amerikanischen Seenotrettungseinheiten auf Midway und Hawaii und sämtliche Schiffe im weiteren Umkreis alarmiert. Sobald Sie Fahrt aufnehmen, werden wir wieder Kurs auf San Francisco nehmen.«

»Verstanden«, erwiderte Steen. »Ich gehe jetzt in den Maschinenraum, um die Sache mit Andersson abzuklären.«

Steen hatte gerade aufgehört zu funken, als das Schiffstelefon klingelte. »Hier Brücke.«

»Mr. Steen«, meldete sich eine schwache Stimme.

»Ja, was ist?«

»Matrose Arne Midgaard, Sir. Können Sie sofort runter zu Ladedeck C kommen? Ich glaube, ich habe etwas gefunden –«

Midgaard hielt abrupt inne, und Steen hörte, wie sich jemand erbrach.

»Midgaard, sind Sie krank?«

»Bitte beeilen Sie sich, Sir.«

Dann verstummte die Leitung.

Steen schrie nach Sakagawa. »Welchen Knopf muß ich drücken, um Verbindung mit dem Maschinenraum zu bekommen?«

Keine Antwort. Steen betrat wieder den Kartenraum. Sakagawa saß totenbleich da und atmete schwer. Er sah auf und keuchte bei jedem Wort. »Der vierte Knopf... klingelt den Maschinenraum an.«

»Was fehlt Ihnen?« fragte Steen besorgt.

»Weiß nicht. Ich... fühle... mich... entsetzlich... zweimal gekotzt.«

»Halten Sie durch«, knurrte Steen. »Ich hole die anderen. Wir machen, daß wir von diesem Todeskahn runterkommen.« Er schnappte sich das Telefon und rief im Maschinenraum an. Keine Antwort. Angst stieg in ihm auf. Die Angst vor etwas Unbekanntem, das gegen sie losschlug. Er spürte, wie der Gestank des Todes das ganze Schiff durchdrang.

Steen warf einen schnellen Blick auf das Diagramm der Decks, das an einem Schott befestigt war, und sprang dann, sechs Stufen auf einmal nehmend, den Niedergang hinunter. Er wollte auf die weitläufigen Stauräume, die die Autos bargen, zulaufen, doch die Übelkeit verkrampfte seinen Magen, und er schwankte durch die Gänge wie ein Betrunkener durch eine Hinterhofgasse.

Zuletzt stolperte er durch den Eingang des Ladedecks C. Vor und hinter ihm erstreckte sich hundert Meter weit ein Meer von Autos in allen Farben. Erstaunlicherweise standen sie trotz der Erschütterung durch den Sturm und der Schlagseite alle noch an ihrem Platz.

Steen brüllte laut nach Midgaard, und seine Stimme wurde von den stählernen Schotts zurückgeworfen. Doch Schweigen war die einzige Antwort. Dann entdeckte er es; es fiel auf wie ein Mann, der mitten in einer Menschenmenge ein Schild hochhält.

Bei einem der Wagen war die Motorhaube geöffnet.

Er stolperte zwischen den langen Reihen hindurch, knallte gegen Türen und Kotflügel und stieß mit den Knien gegen vorstehende Stoßstangen. Während er sich dem Wagen mit der offenen Motorhaube näherte, rief er wieder: »Ist hier jemand?«

Diesmal hörte er ein schwaches Stöhnen. Mit zehn Schritten hatte er den Wagen erreicht und blieb beim Anblick Midgaards, der neben einem Reifen lag, wie angewurzelt stehen.

Das Gesicht des jungen Seemanns war mit eiternden Schwären bedeckt. Aus seinem Mund rann eine Mischung aus Speichel und Blut. Seine Augen starrten ins Leere. Die Arme waren, als Folge innerer Blutungen, purpurrot. Er schien vor Steens Augen zu zerfallen.

Steen sackte voller Entsetzen gegen den Wagen. Hilflos und verzweifelt barg er seinen Kopf in den Händen und merkte, wie ihm büschelweise das Haar ausfiel, als er ihn sinken ließ.

»Warum, um Gottes willen, sterben wir?« flüsterte er und sah seinen eigenen gräßlichen Tod in Midgaard vor sich. »Was bringt uns um?«

3

Das Tiefseetauchboot *Old Gert* hing an einem großen Kran, der am Heck des britischen Meeresforschungsschiff *Invincible* angebracht war. Das Meer hatte sich so weit beruhigt, daß die *Old Gert* zu Wasser gebracht werden konnte, um auf dem Meeresboden in 5200 Metern Tiefe wissenschaftliche Erkundungen durchzuführen. Die Mannschaft des Tauchboots befaßte sich gerade mit den strengen Sicherheitsüberprüfungen.

An dem Tauchboot war nichts veraltet. Es handelte sich um die allerneueste Konstruktion. Die *Old Gert* war im vergangenen Jahr von einem britischen Raumfahrtunternehmen gebaut worden und nun bereit für ihren ersten Tauchversuch, der sie zur Mendocino-Bruchzone führen sollte, einer riesigen Spalte im Boden des Pazifiks, die sich von der Küste Nordkaliforniens die halbe Strecke bis Japan hinzog.

Ihr Äußeres unterschied sich grundsätzlich von der aerodynamischen Form anderer U-Boote. Statt des zigarrenförmigen Rumpfes mit der rundlichen Wölbung darunter, bestand das Tauchboot aus vier transparenten Kugeln, die aus einer Titan-Polymer-Mischung hergestellt waren, verbunden durch tunnelartige Röhren, die ihr das Aussehen eines Spielzeugroboters gaben. Eine Kugel enthielt eine komplexe Kameraausrüstung, eine andere barg die Luft- und Ballasttanks und die Batterien. Die dritte Kugel enthielt den Sauerstoffvorrat und die Elektromotoren. Die vierte Kugel, die größte, war über den übrigen dreien angeordnet und bot Platz für Mannschaft und Steuerung.

Die *Old Gert* war gebaut worden, um dem ungeheuren Druck in den tiefsten Tiefen der Weltmeere standzuhalten. Ihre Hilfssysteme waren darauf ausgelegt, einer Mannschaft achtundvierzig Stunden Überlebenszeit zu garantieren, und ihr Antrieb gestattete es ihr, mit einer Geschwindigkeit von bis zu acht Knoten die dunklen Abgründe zu durchfahren.

Craig Plunkett, Leitender Ingenieur und Kapitän der *Old Gert*, zeichnete die letzten Prüfberichte ab. Er mochte fünfundvierzig oder fünfzig sein und hatte ergrauendes Haar, das er nach vorne kämmte, um die Glatze zu verbergen. Sein Gesicht war rötlich, die Augen mittelbraun mit schweren Tränensäcken darunter, ähnlich denen eines Bluthundes. Er war am Entwurf der *Old Gert* beteiligt gewesen und betrachtete sie jetzt als seine Privatyacht.

Um sich gegen die zu erwartende Kälte am Meeresboden zu wappnen, zog er einen dicken Wollpullover über und schlüpfte in ein Paar weiche, pelzgefütterte Mokassins. Dann stieg er durch den Eingangstunnel und schloß die Luke hinter sich. Er ließ sich in die Steuerkugel fallen und schaltete die elektronisch gesteuerten Systeme an.

Dr. Raul Salazar, Meeresbiologe an der Universität von Mexiko, hatte bereits Platz genommen und justierte das Bodensonar.

»Wenn Sie fertig sind, kann's losgehen«, erklärte er. Er war ein kleines Energiebündel, mit einem dichten schwarzen Schopf, schnellen Bewegungen und schwarzen Augen, die ständig hin- und herhuschten und nie länger als zwei Sekunden auf einem Menschen oder einem Gegenstand verweilten. Plunkett mochte ihn. Salazar war ein Mann, der seine Daten ohne viel Aufhebens zusammentrug und das Sammeln von Tiefsee-Bodenproben eher als normales Geschäft und nicht so sehr als akademische Übung betrachtete.

Plunkett warf einen schnellen Blick zum leeren Sitz auf der rechten Seite der Kugel hinüber. »Ich dachte, Stacy sei an Bord.«

»Das ist sie auch«, erwiderte Salazar, ohne den Blick von seinen Instrumenten abzuwenden. »Sie ist in der Kamerakugel und überprüft noch ein letztes Mal ihre Videosysteme.«

Plunkett beugte sich über den Tunnel, der zur Kamerakugel führte, und sah zwei Füße, die in dicken Socken steckten. »Wir sind bereit zum Tauchen«, sagte er.

Eine hohl klingende Frauenstimme antwortete. »Bin in einer Sekunde fertig.«

Plunkett schob seine Füße unter die Bedienungskonsole und machte es sich gerade in seinem Liegesitz bequem, als Stacy Fox sich in die Kontrollkugel zurückschlängelte. Ihr Gesicht war durch die Arbeit, die sie mit dem Kopf nach unten erledigt hatte, rot angelaufen.

Stacy war zwar keine atemberaubende Schönheit, aber attraktiv. Das lange, glatte, blonde Haar rahmte ihr Gesicht ein, und oft schleuderte sie es mit einer kurzen Kopfbewegung nach hinten. Sie war schlank und hatte für eine Frau breite Schultern. Was ihren Busen anging, so war die Mannschaft auf Spekulationen angewiesen. Natürlich hatte niemand je ihre Brüste zu Gesicht bekommen, und immer trug sie locker sitzende

Pullover. Doch gelegentlich, wenn sie gähnte und sich räkelte, ahnte man die festen Formen.

Sie wirkte jünger als vierunddreißig. Ihre Augenbrauen waren dicht, die Augen, mit blaßgrün schimmernder Iris, lagen weit auseinander. Ihre Lippen über dem entschlossen wirkenden Kinn verzogen sich nahezu jederzeit bereitwillig zu einem strahlenden Lächeln, das ihre ebenmäßigen Zähne entblößte.

Stacy hatte zu den braungebrannten Strandmädchen Kaliforniens gehört, bevor sie am Choninard Institute in Los Angeles ihr Examen als Fotografin abgelegt hatte. Nach dem Abschluß hatte sie sich in der Welt herumgetrieben und Meeresfauna aufgenommen, die noch nie zuvor fotografiert worden war. Sie war zweimal verheiratet gewesen und wieder geschieden, hatte eine Tochter, die bei ihrer Schwester lebte. Offiziell war sie an Bord der *Old Gert*, um Unterwasseraufnahmen zu machen, aber das war in Wirklichkeit die Tarnung für eine weit anspruchsvollere Aufgabe.

Sobald sie ihren Platz auf der rechten Seite der Kugel eingenommen hatte, signalisierte Plunkett ›Okay‹. Der Kranführer bugsierte das Tauchboot behutsam über eine schräge Rampe, die durch das ausgeschnittene Heck des Schiffes verlief, nach unten und senkte es ins Meer.

Der Sturm war abgeflaut, doch noch immer erreichten die Wellen eine Höhe von ein bis zwei Metern. Der Kranführer paßte den Zeitpunkt des Absetzens so ab, daß *Old Gert* gerade noch den Kamm einer Welle berührte, und ließ das Boot ins darauffolgende Wellental gleiten. Dort lag es ruhig und hob und senkte sich mit dem Seegang. Das Kabel des Krans wurde elektronisch gelöst, und ein paar Taucher überprüften noch ein letztes Mal die Außenhaut des Bootes.

Fünf Minuten später erklärte Jimmy Knox, ein fröhlicher Schotte, der die Operation über Wasser leitete, daß das Boot klar zum Tauchen sei. Die Ballasttanks wurden geflutet, und *Old Gert* sank schnell unter die glitzernde Meeresoberfläche und machte sich auf den Weg zum Boden des Ozeans.

Obwohl es sich bei *Old Gert* um den allerneuesten Entwurf eines Tauchboots handelte, tauchte sie nach dem altbewährten System, bei dem die Ballasttanks mit Meerwasser geflutet werden. Um wieder zur Meeresoberfläche aufzusteigen, mußten verschiedene große Eisengewichte abgeworfen werden, um den Auftrieb zu verstärken, denn die Pumptechnologie der Gegenwart war nicht in der Lage, den Gegendruck großer Tiefen zu bewältigen.

Stacy erlebte das langsame Absinken in der endlosen Weite des Meeres wie im Trancezustand. Die Spektralfarben des von der Oberfläche gebrochenen Lichts verblaßten nach und nach und wurden zu undurchsichtigem Schwarz.

Wenn man von den Bedienungskonsolen absah, die jeder von ihnen vor sich hatte, hatte die Besatzung nach vorn einen ungehinderten Rundumblick. Das durchsichtige Polymer mit den dünnen Titanverstärkungen bot eine Auflösung, die ungefähr der eines großflächigen Fernsehschirms entsprach.

Salazar nahm weder die Schwärze noch die gelegentlichen Leuchtfische richtig wahr, die draußen vorbeischwammen. Er machte sich vielmehr Gedanken darüber, was sie auf dem Boden finden würden. Plunkett beobachtete aufmerksam den Tiefenmesser und die Instrumente der Versorgungseinheit und achtete sorgfältig auf Störungen, während der Druck anstieg und die Temperatur mit jedem Augenblick weiter absank.

Die *Invincible* hatte kein Ersatztauchboot für den Notfall an Bord. Falls sich ein unerwarteter Unglücksfall ereignete, sie sich in Felsen verfingen oder die Technik versagte, so daß *Old Gert* nicht mehr zur Meeresoberfläche zurückzukehren vermochte, konnten sie die Kontrollkugel abtrennen und damit, wie in einer großen Blase, wieder nach oben steigen. Doch dabei handelte es sich um ein komplexes System, das noch nie zuvor unter Hochdruckbedingungen getestet worden war. Wenn diese Möglichkeit versagte, gab es keinerlei Hoffnung auf Rettung, sondern nur die Gewißheit, durch Sauerstoffmangel umzukommen und in der ewigen Nacht der Tiefe ein unbekanntes Grab zu finden.

Ein kleiner aalähnlicher Fisch schlängelte sich vorbei, und sein Leuchtkörper sonderte Lichtblitze ab wie eine Autoschlange, die durch mehrere Kurven fuhr. Seine Zähne waren im Verhältnis zum Kopf unverhältnismäßig lang, und er hatte Reißzähne wie ein chinesischer Drachen. Vom Licht im Innern des Bootes angezogen, schwamm er furchtlos auf die Kontrollkugel zu und warf aus geisterhaften Augen einen Blick ins Innere.

Stacy richtete ihre Batterie von Fotoapparaten und Videokameras auf das Tier und erwischte ihn mit sieben Objektiven, bevor er verschwunden war. »Stellt euch mal vor, das Ding wäre sechs Meter lang«, murmelte sie voller Abscheu.

»Glücklicherweise leben die Blackdragons in der Tiefe«, erklärte Plunkett. »Der Druck der Tiefsee verhindert, daß sie größer als ein paar Zentimeter werden.«

Stacy schaltete die Außenscheinwerfer an, und die Schwärze verwandelte sich ganz plötzlich in einen grünen Schleier. Nichts. Kein Lebewesen zu entdecken. Der Blackdragon war verschwunden. Sie schaltete die Scheinwerfer wieder aus, um die Batterien zu schonen.

In der Kugel stieg die Luftfeuchtigkeit an, und die zunehmende Kälte fing an, die dicken Wände zu durchdringen. Stacy sah, wie sich Gänsehaut auf ihren Armen bildete. Sie blickte auf und umfaßte fröstelnd ihre Schultern. Plunkett bemerkte das und schaltete eine kleine Heizung ein, die kaum etwas gegen die Kälte ausrichten konnte.

Die zwei Stunden, die es dauerte, bis sie den Boden erreichten, wären noch langsamer vergangen, wenn nicht jeder seine Aufgaben zu erledigen gehabt hätte. Plunkett machte es sich bequem, beobachtete den Sonarmonitor und das Echolot und hielt ein wachsames Auge auf die Elektro- und Sauerstoffanzeigen. Salazar war damit beschäftigt, ein Muster für die Untersuchungen zu entwerfen, die durchzuführen waren, wenn sie den Boden erreicht hatten. Stacy bemühte sich, mit ihren Kameras die Bewohner der Tiefe zu erwischen, wenn sie gerade nicht auf der Hut waren.

Plunkett bevorzugte als Hintergrundmusik die Klänge von Johann Strauß, doch Stacy bestand darauf, ihre »New Age-Musik« in den Kassettenrecorder einzulegen. Sie behauptete, diese Musik sei entspannender und weniger aufregend. Salazar bezeichnete sie als »Gedudel«, doch er kam ihrer Bitte nach.

Jimmy Knox' Stimme klang geisterhaft, als sie durch das Unterwasser-Akustiktelefon der *Invincible* drang.

»Bodenberührung in zehn Minuten«, teilte er mit. »Ihr sinkt ein bißchen schnell.«

»In Ordnung«, erwiderte Plunkett. »Ich habe den Boden auf dem Sonar.«

Salazar und Stacy hielten in ihrer Arbeit inne und blickten auf den Sonarmonitor. Die Digitalvergrößerung zeigte den Meeresboden dreidimensional. Plunketts Blick schoß zwischen Bildschirm und Wasser hin und her. Er vertraute dem Sonar und dem Computer zwar, doch nicht mehr als seinen eigenen Augen.

»Achtung«, warnte Knox sie. »Ihr geht an der Wand einer Schlucht nach unten.«

»Hab' ich gemerkt«, erwiderte Plunkett. »Die Klippen münden in einem weiten Tal.« Er griff nach einem Hebel und warf eines der Ballastgewichte ab, um den Abstieg zu verlangsamen. Dreißig Meter über dem Boden warf er ein weiteres ab, so daß das Tauchboot beinahe perfekt neutralen Auftrieb bekam. Dann schaltete er die drei Scheinwerfer ein, die an die Außenenden der drei unteren Kugeln montiert waren.

Langsam wurde der Boden als zerklüftete, unebene Schräge im Jadeschimmer des Wassers sichtbar. So weit man sehen konnte, erblickte man groteske Formen eines seltsamen schwarzen Gesteins.

»Wir sind neben einem Lavafluß runtergekommen«, stellte Plunkett fest. »Der Rand des Vorsprungs liegt ungefähr einen Kilometer vor uns. Danach folgt noch ein dreihundert Meter tiefer Abhang bis zum Talboden.«

»Notiert«, erwiderte Knox.

»Was sind das bloß für wurmartige Gesteinsformen?« fragte Stacy.

»Kissenlava«, antwortete Salazar. »So was entsteht, wenn die heiße Lava auf das kalte Meer trifft. Die Außenhaut kühlt sich ab und formt eine Röhre, durch die weiterhin Lava dringt.«

Plunkett schaltete das Höhen-Positionssystem ein, das das Tauchboot automatisch in einer Höhe von vier Metern über der Schräge hielt. Während sie über das zerklüftete Plateau glitten, entdeckten sie auf gelegentlichen Sandflächen Spuren von Tiefseekriechtieren. Möglicherweise stammten sie von Seesternen, Garnelen oder auf dem Meeresgrund lebenden Seegurken, die in der Dunkelheit jenseits der Scheinwerfer herumkrabbelten.

»Achtung«, sagte Plunkert, »gleich geht's abwärts.«

Ein paar Sekunden nach der Warnung versank der Boden wieder im Dunkel; das Tauchboot kippte nach vorn und fiel in die Tiefe, immer in vier Metern Entfernung von den steilen Wänden der Schlucht.

»Ihr befindet euch in einer Tiefe von fünf-drei-sechs-null Metern«, drang Knox' Stimme wieder durch das Unterwassertelefon.

»Jawohl. Ich lese dasselbe ab«, erwiderte Plunkett.

»Wenn ihr den Talboden erreicht«, sagte Knox, »seid ihr genau in der Mitte der Frakturzone.«

»So sieht's aus«, murmelte Plunkett und konzentrierte sich auf Steuerpult, Computerbildschirm und einen Videomonitor, der jetzt das Gebiet unter den Landekufen von *Old Gert* zeigte. »Woanders können wir gar nicht hin.«

Zwölf Minuten vergingen, und dann schimmerte ebener Boden vor ihnen, und das Boot richtete sich wieder auf. Unterwasserpartikel, die durch eine leichte Strömung aufgewirbelt wurden, trieben wie Schneeflocken an der Kugel vorbei. Sandstreifen erstreckten sich im Lichtkegel vor ihnen. Doch es handelte sich nicht um reinen Sand. Tausende schwarzer Partikel, rund wie alte Kanonenkugeln, bedeckten in einer dicken Schicht den Meeresboden.

»Manganknollen«, erklärte Salazar, als halte er eine Vorlesung. »Niemand weiß genau, wie sie sich geformt haben, obwohl man vermutet, daß Haizähne oder Ohrknochen von Walen den Kern gebildet haben könnten.«

»Sind die was wert?« fragte Stacy und schaltete ihre Kamerasysteme ein.

»Außer dem Mangan enthalten sie kleine Mengen Kobalt, Kupfer, Nickel und Zink. Ich vermute, daß diese Konzentration hier sich über Hunderte von Meilen quer durch die Frakturzone erstreckt und pro Quadratkilometer ungefähr acht Millionen Dollar wert sein dürfte.«

»Vorausgesetzt, man kann die Rohstoffe gewinnen und zur fünfeinhalb Kilometer entfernten Meeresoberfläche transportieren«, fügte Plunkett hinzu.

Salazar gab Plunkett den Kurs, den sie bei ihrem Forschungsvorhaben verfolgen wollten, und *Old Gert* glitt leise über den knollenbedeckten Sand. Dann schimmerte backbord etwas auf. Plunkett ging leicht in die Kurve und hielt auf das Objekt zu.

»Was habt ihr entdeckt?« fragte Salazar und blickte von seinen Instrumenten auf.

Stacy sah nach unten. »Einen Ball!« rief sie. »Einen riesigen Metallball mit seltsam aussehenden Klampen. Ich schätze ihn auf einen Durchmesser von drei Metern.«

Plunkett winkte ab. »Muß von einem Schiff gefallen sein.« Aus der mangelnden Korrosion ließ sich schließen, daß das noch nicht übermäßig lange her sein konnte.

Plötzlich sichteten sie einen breiten Sandstreifen, der vollkommen frei von Manganknollen war. Er sah aus, als sei ein gigantischer Staubsauger mitten durch das Manganfeld gefahren.

»Eine ganz saubere Stelle!« rief Salazar. »Solche völlig freien Stellen gibt es normalerweise auf dem Meeresboden nicht. Zu perfekt, zu sauber, das muß von Menschenhand stammen.« Stacy starrte erstaunt auf die Stelle.

Plunkett schüttelte den Kopf. »Unmöglich. Nicht in derartiger Tiefe.

Keine Minengesellschaft auf der Welt ist in der Lage, in einer solchen Tiefe zu schürfen.«

»Und keine geologische Störung, von der ich je gehört hätte, vermag eine derart saubere Straße quer über dem Meeresboden zu hinterlassen«, stellte Salazar entschieden fest.

»Diese Abdrücke im Sand, am Rande, sehen aus, als könnten sie zu dem riesigen Ball passen, den wir entdeckt haben.«

»Okay«, murmelte Plunkett skeptisch. »Was für eine Art Gerät könnte wohl den Boden in dieser Tiefe absaugen?«

»Eine gigantische Hydraulikpumpe, die durch Rohrleitungen die Knollen zu einem Schiff an der Meeresoberfläche befördert«, mutmaßte Salazar. »Seit Jahren beschäftigt man sich mit dieser Idee.«

»Man beschäftigt sich auch mit dem bemannten Flug zum Mars, aber die Raketentechnik, die dazu notwendig wäre, muß erst noch entwickelt werden. Genauso ist es bei dieser riesigen Hydraulikpumpe. Ich kenne eine ganze Reihe Leute, die auf dem Gebiet der Meerestechnik arbeiten, und mir ist auch nicht das leiseste Gerücht über ein solches Projekt zu Ohren gekommen. Keine Schürfoperation dieser Größenordnung würde geheim bleiben. Dazu wären eine Überwasserflotte von mindestens fünf Schiffen und Tausende von Männern nötig, die jahrelang daran arbeiteten. Es besteht nicht die geringste Möglichkeit, eine solche Sache durchzuziehen, ohne von vorbeikommenden Schiffen oder Satelliten entdeckt zu werden.«

Stacy warf Salazar einen ratlosen Blick zu. »Haben Sie irgendeine Ahnung, wann das hier passiert ist?«

Salazar zuckte die Achseln. »Könnte gestern gewesen sein, aber auch schon vor Jahren.«

»Aber um wen könnte es sich dabei gehandelt haben?« murmelte Stacy vor sich hin. »Wer ist im Besitz einer derartigen Technologie?«

Niemand antwortete. Ihre Entdeckung widersprach allem, was sie bisher angenommen hatten. Ungläubig starrten sie auf den leergefegten Streifen. Die Angst vor dem Unbekannten ließ sie erschaudern.

Schließlich gab Plunkett eine Erklärung, die von irgendwo außerhalb des Tauchboots zu kommen schien. »Niemand auf der Erde; kein menschliches Wesen.«

4

Steen stand vollkommen unter Schock. Dumpf starrte er auf die Blasen, die sich auf seinen Armen bildeten. Er zitterte unkontrolliert, auch wegen des plötzlich auftretenden unerträglichen Schmerzes. Er krümmte sich zusammen und erbrach, rang mühsam nach Atem. Alles schien gleichzeitig auf ihn einzustürmen. Sein Herz fing an, wild zu rasen, und sein Körper glühte im Fieber.

Er fühlte sich zu schwach, noch zur Funkkabine zurück zu gelangen und Korvold zu warnen. Wenn der Kapitän des norwegischen Schiffs keine Antwort auf seine Funksprüche bekäme, würde er eine weitere Prisenmannschaft losschicken, um zu erfahren, was da schiefgelaufen war, und noch mehr Männer würden sinnlos in den Tod gehen.

Steen war schweißgebadet. Seine Augen blitzten haßerfüllt, als er auf den Wagen mit der geöffneten Motorhaube starrte. Sein verwirrter Geist sah in seiner Benommenheit in dem Gemisch aus Stahl, Leder und Gummi etwas unbeschreiblich Böses.

Wie mit einer letzten Geste des Widerstands, nahm Steen Rache an dem bedrohlichen Gefährt. Er zog die Steyr-Automatik, die er in den Räumen des Kapitäns gefunden hatte, aus dem Gürtel und zielte. Dann drückte er auf den Abzug und jagte die Kugeln in die Schnauze des Wagens.

Zwei Kilometer weiter östlich starrte Captain Korvold unverwandt durch sein Fernglas auf die *Divine Star*, als das Schiff plötzlich in die Luft flog und sich innerhalb eines Augenblicks vollkommen auflöste.

Ein riesiger Feuerball explodierte mit einem bläulichen Blitz, der heller war als die Sonne. Weißglühende Gase fegten über ein Gebiet von vier Kilometern Durchmesser. Eine hemisphärische Dunstwolke bildete sich und verbreitete sich zu einem Pilz, dessen Inneres infolge des Feuerballs kurz darauf aufbrach.

Die Meeresoberfläche senkte sich in einem Radius von dreihundert Metern wie eine riesige flache Schüssel. Dann schoß eine ungeheure Wassersäule zum Himmel empor, aus deren Wänden Tausende horizontaler Geysire schossen, jeder so groß wie die *Narvik*.

Die Schockwelle brandete vom Feuerball aus wie ein sich vergrößernder Ring nach außen; ihre Geschwindigkeit erreichte fast fünf Kilometer in der Sekunde. Sie traf auf die *Narvik* und verwandelte das Schiff in einen formlosen Klumpen.

Korvold, der im Freien auf einem Flügel der Brücke stand, sah die Vernichtung nicht mehr. Seinen Augen und seinem Verstand blieben keine Zeit, das Geschehene zu begreifen. Innerhalb einer Mikrosekunde verkohlte er in der Hitzewelle des Feuerballs. Sein Schiff hob sich aus dem Wasser und wurde, wie von einem gigantischen Schmiedehammer getroffen, wieder zurückgeschleudert. Ein Regen geschmolzener Stahlteile und Staub von der *Divine Star* ergossen sich über die zerstörten Decks der *Narvik*. Aus dem zerrissenen Rumpf schlugen Flammen und hüllten das zerstörte Schiff ein. Dann folgten tief im Innern Explosionen. Die Container auf dem Frachtdeck wurden davongewirbelt wie Blätter von einem Wirbelsturm.

Es blieb keine Zeit für heisere, schmerzerfüllte Schreie. Jeder Mensch, der sich auf Deck befand, flammte auf wie ein Streichholz und verbrannte spurlos. Das gesamte Schiff wurde für insgesamt zweihundertfünfzig Menschen, Mannschaft und Passagiere, zum Krematorium.

Die *Narvik* bekam Schlagseite und sank schnell. Fünf Minuten nach der Explosion kenterte sie, bald war nur noch ein kleiner Teil ihres Bodens zu sehen, dann glitt sie unter das aufgewühlte Wasser und verschwand in der Tiefe.

Fast ebenso schnell, wie sich die *Divine Star* in Luft auflöste, war das Ganze vorüber. Die große, pilzförmige Wolke, die sich über dem Feuerball gebildet hatte, zerfaserte und war bald von der Bewölkung nicht mehr zu unterscheiden. Das schimmernde, aufgewühlte Meer glättete sich, und die Wasseroberfläche lag, von der hohen Dünung abgesehen, wieder ruhig da.

Zwölf Kilometer entfernt lag die *Invincible* noch auf dem Wasser. Die unglaubliche Kraft der Schockwelle hatte kaum nachgelassen, als sie mit voller Wucht das Forschungsschiff traf. Seine Aufbauten wurden eingedrückt und fortgerissen, so daß die Schotts im Innern des Schiffes zum Vorschein kamen. Der Schornstein wurde aus seiner Verankerung gerissen und wirbelte ins brodelnde Wasser. Die Brücke verschwand in einem wilden Wirbel von Stahl und zerfetzten Menschenleibern.

Jimmy Knox wurde gegen ein Stahlschott geschleudert, taumelte zurück und rang verzweifelt nach Luft. Er fand sich auf dem Rücken liegend wieder, Arme und Beine von sich gestreckt, und starrte zu einem klaffenden Loch empor, das wie von Geisterhand in die Decke geschnitten worden war.

Er lag da, wartete darauf, daß der Schock nachließ, versuchte krampfhaft, sich zurechtzufinden und wie durch einen Nebel hindurch sich klarzuwerden, was passiert war. Langsam blickte er sich in der Kajüte um, sah die eingedrückten Schotts, die zerstörte Elektronikausrüstung, die wie ein Roboter aussah, dem man die Eingeweide herausgerissen hatte; der Rauch des Feuers drang ihm in die Nase, und er wurde von der Panik eines Kindes ergriffen, das in der Menge seine Eltern verloren hat.

Durch das Loch über sich konnte er direkt in den Brückenaufbau und den Kartenraum sehen. Beide hatten sich in ein Durcheinander von verbogenen Streben und Trägern verwandelt. Die qualmenden Überreste des Ruderhauses waren zum Grab für verbrannte und zerschmetterte Leiber geworden, deren Blut in die Kajüten darunter tropfte.

Knox rollte sich auf die Seite und stöhnte vor Schmerz. Er griff hoch, rückte seine Brille zurecht, überrascht, daß sie nach dieser unglaublichen Zerstörung immer noch auf seiner Nase saß.

Langsam teilte sich der dunkle Vorhang des Schocks, und sein erster Gang galt der *Old Gert*. Wie in einem Alptraum sah er das Unterseeboot vor sich: beschädigt, ohne Kontakt zur Oberfläche in der schwarzen Tiefe.

Wie in Trance kroch er auf allen vieren über das Deck, unterdrückte seine Schmerzen, bis er nach oben greifen und sich den Hörer des Unterwassertelefons angeln konnte.

»*Gert?*« brach es voller Angst aus ihm heraus. »Hört ihr mich?«

Er wartete einige Sekunden. Keine Antwort. Knox fluchte leise und unablässig vor sich hin.

»Verdammt, Plunkett! Melden Sie sich, Sie Arschloch!«

Schweigen. Sämtliche Kommunikationsstränge zwischen der *Invincible* und *Old Gert* waren unterbrochen. Seine schlimmsten Befürchtungen waren Wirklichkeit geworden. Die Kraft, die das Forschungsschiff zerstört hatte, mußte sich im Wasser fortgesetzt und das Tauchschiff, das ohnehin schon einem unglaublichen Druck ausgesetzt war, zerstört haben.

»Tot«, flüsterte er. »Zerquetscht.«

Plötzlich fielen ihm seine Mannschaftskameraden ein. Er rief nach ihnen. Doch er hörte nur das Knirschen und Bersten von Metall des sterbenden Schiffes. Seine Augen wanderten zum Eingang und blieben an fünf Leichen hängen, die dort wie nicht mehr gebrauchte Schaufensterpuppen übereinanderlagen.

Er setzte sich hin, vor Entsetzen und Hilflosigkeit wie gelähmt. Ganz am Rande bemerkte er, wie das Schiff erbebte, das Heck herumwirbelte und in einem Strudel im Wasser versank. Um ihn herum Erschütterungen. Die *Invincible* war drauf und dran, ihre Reise in den Abgrund anzutreten.

Überlebenswille erfaßt Knox, er krabbelte über das schräge Deck nach oben. Er war viel zu verwirrt, um die Schmerzen seiner Verletzungen zu spüren. Voller Panik schob er sich durch die Tür auf das Krandeck hinaus und kletterte über Leichen und Stahltrümmer von Ausrüstungsgegenständen, die überall herumlagen. Jetzt trat Angst an die Stelle des Schocks, und sein Magen krampfte sich zusammen.

Er kam zu den verbogenen Überresten der Reling. Ohne einen Blick zurückzuwerfen, kletterte er darüber und ließ sich ins Meer fallen. Der abgesplitterte Teil einer Holzkiste dümpelte ein paar Meter weiter entfernt im Wasser. Langsam schwamm er darauf zu, bis er einen Arm darüber legen und sich treiben lassen konnte. Erst jetzt wandte er sich um und sah zur *Invincible* hinüber.

Sie sank am Heck weg. Der Bug hob sich hoch über die Dünung des Pazifiks. Eine Minute lang schien er in der Luft zu hängen, als wolle er in Richtung Himmel fahren, dann sackte die *Invincible* immer schneller ab und ließ ein paar Wrackteile und einen unruhigen Wasserwirbel zurück, der sich bald in ein paar Blasen verwandelte, die durch das ausgelaufene Öl in sämtlichen Regenbogenfarben schillerten.

Aufgeregt suchte Knox das Meer nach weiteren Besatzungsmitgliedern der *Invincible* ab. Jetzt, da das Stöhnen des sinkenden Schiffes verklungen war, hörte man nur noch das Geräusch einer milden Brise. Rettungsboote waren nicht in Sicht, auch keine Köpfe von Männern, die im Meer schwammen.

Knox erkannte, daß er der einzige Überlebende einer Tragödie war, für die es keinerlei Erklärung gab.

5

Unter der Meeresoberfläche setzte sich die Schockwelle mit einer Geschwindigkeit von ungefähr 6500 Kilometern in der Stunde durch das nicht komprimierbare Wasser kreisförmig fort und zerstörte auf ihrem Weg jegliches Leben. Nur die Wände des Tals bewahrten die *Old Gert* vor der sofortigen Zerstörung. Sie überragten das Tauchboot und schützten es dadurch vor der Hauptschlagkraft des Explosionsdrucks.

Dennoch wurde das Boot gewaltig durchgerüttelt. In einem Augenblick lag es auf ebenem Kiel, im nächsten schon überkugelte es sich wie ein von einer Turbulenz herumgewirbelter Fußball. Die Kugel, in der sich Hauptbatterien und Antriebssystem befanden, krachte auf die Lavabrocken, barst und implodierte aufgrund des ungeheuren Drucks. Glücklicherweise hielten die Befestigungen zu beiden Seiten der Verbindungsröhre, sonst wäre das Wasser mit der Wucht eines Rammbocks in die Kabine der Mannschaft geschossen und hätte die Insassen zu blutigem Brei zermalmt.

Das Krachen der Explosion drang wie Donnerhall durch das Unterwassertelefon, unmittelbar gefolgt vom Geräusch der Schockwelle, das sich wie das Vorüberrumpeln eines Schnellzugs anhörte. Das Geräusch verklang, und die nun in der Tiefe eintretende Stille hatte etwas Bedrohliches. Dann wurde die Ruhe erneut unterbrochen, diesmal vom Kreischen und Ächzen zerreißenden Metalls, als die zerstörten Überwasserschiffe in die Tiefe glitten, sich verzogen und zusammengedrückt wurden, bevor sie in großen pilzartigen Schlickwolken auf dem Meeresboden aufschlugen.

»Was ist das?« schrie Stacy und klammerte sich an ihrem Sitz fest, um nicht herausgeschleudert zu werden.

Ob es nun der Schock war oder die unerschütterliche Hingabe, mit der er seiner Arbeit nachging – Salazars Augen hatten sich jedenfalls nicht von der Konsole gelöst. »Das ist kein Erdbeben. Die Instrumente zeigen eine Erschütterung an der Meeresoberfläche an.«

Plunkett verlor nun, da die Lenktriebwerke ausgefallen waren, jegliche Kontrolle über die *Old Gert*. Ihm blieb nichts anderes übrig, als fassungslos mit anzusehen, wie das Tauchboot über das Feld mit den Manganknollen geschleudert wurde. Automatisch schrie er in das Unterwassertelefon hinein, ohne irgendwelche Formalitäten zu beachten.

»Jimmy, wir sind in unerklärliche Turbulenzen geraten! Haben unsere Antriebskugel verloren! Bitte melden.«

Jimmy Knox konnte ihn nicht hören. Er kämpfte hoch über ihm in den Wellen ums Überleben.

Noch immer war Plunkett verzweifelt dabei zu versuchen, die *Invincible* zu erreichen, als das Tauchboot seinen unkontrollierten Flug endlich beendete, in einem Winkel von fünfundvierzig Grad auf dem Boden aufschlug und auf der Kugel mit der elektrischen Ausrüstung und dem Sauerstoffvorrat liegenblieb.

»Das ist das Ende«, murmelte Salazar, dem gar nicht ganz klar war, was er damit meinte; er war vollkommen durcheinander und stand unter Schock.

»Das ist es nicht, zum Teufel!« fuhr Plunkett ihn an. »Wir können immer noch Ballast abwerfen und das Ding an die Oberfläche schaffen.«

Schon während er das sagte, erkannte er, daß der Abwurf der eisernen Ballastgewichte das zusätzliche Wasser in der zerstörten Kugel und den Sog des Schlicks möglicherweise nicht zu kompensieren vermochte. Er legte die Hebel um, und mehrere hundert Pfund totes Gewicht lösten sich von der Unterseite des Tauchboots.

Ein paar Augenblicke lang passierte gar nichts, dann hob sich *Old Gert* Zentimeter für Zentimeter vom Boden ab und stieg so langsam nach oben, als schöben die unterdrückten Atemzüge und wild schlagenden Herzen der drei Menschen in der Hauptkugel sie an.

»Höhe zehn Fuß«, sagte Plunkett eine Stunde später, wie es allen schien, doch in Wirklichkeit waren nur dreißig Sekunden vergangen.

Old Gert schwebte jetzt auf ebenem Kiel, und sie alle wagten wieder zu atmen. Vergebens versuchte Plunkett weiterhin mit Jimmy Knox Kontakt aufzunehmen. »Jimmy... Plunkett hier. Melden Sie sich.«

Stacy starrte den Tiefenmesser so angestrengt an, daß sie dachte, das Glas über der Instrumentenskala müsse zerspringen. »Weiter... weiter«, flehte sie.

Und dann wurde, ganz ohne jede Vorwarnung, ihr schlimmster Alptraum wahr. Die Kugel, die die elektrischen Anlagen und den Sauerstoffvorrat barg, implodierte. Der Aufprall auf dem Meeresboden hatte ihre Festigkeit verringert, sie gab plötzlich nach und wurde von dem gnadenlosen Druck wie ein Ei zerquetscht.

»Verdammte Scheiße!« keuchte Plunkett, als das Boot mit einem Krachen wieder im Schlick landete.

Wie um den entsetzlichen Rückschlag noch zu unterstreichen, gingen die Lichter aus, und in der Kugel war es mit einem Mal stockdunkel. Die Bedrohlichkeit totaler Finsternis ist ein Grauen, das nur Blinde kennen. Im Bewußtsein derer, die sehen können, beschwört die plötzliche Desorientierung Vorstellungen von einem Ansturm namenloser Mächte herauf, die von außerhalb eines sich immer enger zuziehenden Kreises auf einen eindringen.

Schließlich brach Salazars rauhe Stimme das Schweigen. »Heilige Mutter Gottes, jetzt sind wir endgültig geliefert.«

»Noch nicht«, stellte Plunkett klar. »Wir können es immer noch bis zur Oberfläche schaffen, wenn wir die Kontrollkugel absprengen.« Seine Hand fuhr über die Konsole, bis seine Finger einen bestimmten Hebel berührten. Mit hörbarem Klick flammte die Notbeleuchtung auf und erhellte das Innere der Kugel.

Stacy stieß einen Seufzer der Erleichterung aus und entspannte sich für einen Augenblick. »Dem Himmel sei Dank. Wenigstens können wir etwas sehen.«

Plunkett programmierte den Bordcomputer für den Notausstieg. Dann aktivierte er den Lösemechanismus und wandte sich Stacy und Salazar zu. »Haltet euch fest. Das könnte ein bewegter Aufstieg werden.«

»Egal, Hauptsache wir kommen hier weg«, grunzte Salazar.

»Nur zu«, murmelte Stacy leichthin.

Plunkett löste die Sicherung über dem Griff, packte fest zu und zog.

Nichts geschah.

Dreimal durchlief Plunkett fieberhaft diesen Vorgang. Doch die Kontrollkugel weigerte sich hartnäckig, sich vom Hauptteil des Tauchboots zu lösen. Verzweifelt gab er dem Computer den Befehl, den Grund des Versagens zu suchen, und in Sekundenbruchteilen blinkte die Antwort auf.

Der Lösemechanismus war durch den schrägen Aufprall auf den Meeresboden verbogen und verklemmt. Eine Möglichkeit, den Schaden zu beheben, gab es nicht.

»Tut mir leid«, erklärte Plunkett frustriert, »aber es sieht so aus, als müßten wir hier ausharren, bis wir gerettet werden.«

»Darauf besteht wohl kaum Aussicht«, bemerkte Salazar sarkastisch und wischte sich mit dem Ärmel seines Daunen-Skianoraks den Schweiß vom Gesicht.

»Wieviel Sauerstoff haben wir noch?« fragte Stacy.

»Unser Hauptvorrat wurde abgeschnitten, als die Kugel implodierte«, erwiderte Plunkett. »Aber die Notbehälter und der Lithium-Hydroxid-Filter, der das ausgeatmete Kohlendioxid auffängt, müßten uns für zehn bis zwölf Stunden mit Luft zum Atmen versorgen.«

Salazar schüttelte den Kopf und zuckte ergeben die Achseln. »Sämtliche Gebete in sämtlichen Kirchen der Erde vermöchten uns nicht rechtzeitig zu retten. Es würde mindestens zweiundsiebzig Stunden dauern, um ein anderes Tauchboot an Ort und Stelle zu bringen. Und selbst dann wäre noch zweifelhaft, ob es uns an die Oberfläche transportieren könnte.«

Stacy sah Plunkett in der Erwartung an, in dessen Augen einen leisen Hoffnungsschimmer zu entdecken, doch es gelang ihr nicht. Er wirkte seltsam entrückt. Sie hatte den Eindruck, daß der Verlust seines kostbaren Tauchboots ihm mehr zu schaffen machte als die Aussicht, bald zu sterben. Er riß sich zusammen, als er ihren Blick bemerkte.

»Raul hat recht«, stellte er knapp fest. »Ich geb's nur ungern zu, aber damit wir jemals die Sonne wiedersehen, wäre schon ein Wunder notwendig.«

»Aber die *Invincible*«, rief Stacy. »Die werden doch Himmel und Hölle in Bewegung setzen, um mit uns Verbindung zu kriegen.«

Plunkett schüttelte den Kopf. »Da oben ist irgend etwas Tragisches geschehen. Das letzte Geräusch, das wir gehört haben, kam von einem Schiff, das auf seinem Weg zum Meeresboden auseinanderbrach.«

»Aber es waren doch noch zwei weitere Schiffe in Sicht, als wir tauchten«, protestierte Stacy. »Es könnte sich doch auch um eines von denen gehandelt haben.«

»Spielt keine Rolle«, erwiderte Plunkett müde. »Nach oben ist uns der Weg jedenfalls versperrt. Und die Zeit ist für uns zu einem Feind geworden, den wir unmöglich besiegen können.«

Tiefe Verzweiflung machte sich in der Kugel breit. Jegliche Hoffnung auf Rettung war reines Wunschdenken. Die einzige Gewißheit, die sie hatten, war die, daß irgendwann, in ferner Zukunft, eine Hilfsoperation stattfinden würde, um *Old Gert* und die Leichen zu bergen.

6

Dale Nichols, Assistent des Präsidenten für besondere Aufgaben, paffte seine Pfeife und blinzelte über den Rand seiner altmodischen Brille hinweg, als Raymond Jordan sein Büro betrat.

Jordan zwang sich trotz der dichten Tabakschwaden, die wie unter einem Tiefdruckkeil im Büro hingen, zu einem Lächeln. »Guten Tag, Dale.«

»Regnet's immer noch?« fragte Nichols.

»Nieselt fast nur noch.«

Jordan merkte, daß Nichols unter Druck stand. Er war ein effizienter Beamter, doch sein dichtes kaffeebraunes Haar wirkte jetzt wie ein Kornfeld, durch das ein Sturmwind getobt hatte; die Augen schossen schneller als gewöhnlich hin und her, und in sein Gesicht hatten sich tiefe Falten gegraben, die Jordan zuvor noch nie aufgefallen waren.

»Der Präsident und der Vizepräsident warten«, erklärte Nichols eilig. »Sie sind äußerst gespannt darauf, die letzten Neuigkeiten über die Explosion im Pazifik zu hören.«

»Ich habe den neuesten Bericht«, versicherte Jordan.

Obwohl er zu den fünf mächtigsten Männern der Washingtoner Regierung zählte, war Jordan der Allgemeinheit kein Begriff. Auch mit den meisten Bürokraten oder Politikern stand er nicht auf vertrautem Fuß. Als Direktor der Central Intelligence leitete Jordan den Nationalen Sicherheitsdienst und war direkt dem Präsidenten verantwortlich.

Er bewegte sich in der zwielichtigen Welt der Spionage und der Nachrichtendienste, und nur wenige Außenseiter wußten um die Desaster und Tragödien, die er und seine Agenten dem amerikanischen Volk schon erspart hatten.

Jordan wirkte auf Außenstehende keineswegs wie ein Mann von brillantem Intellekt, der über ein fotografisches Gedächtnis verfügte und fließend sieben Sprachen beherrschte. Er sah ebenso durchschnittlich aus wie die Männer und Frauen, die in aller Welt in seinen Diensten standen. Er war mittelgroß und untersetzt, hatte eine gesunde Gesichtsfarbe und silbergraues Haar, einen leichten Bauchansatz und freundliche, braune Augen. Seit siebenunddreißig Jahren war er seiner Frau ein treuer Ehemann. Das Paar hatte Zwillingstöchter, die zum College gingen und beide Meeresbiologie studierten.

Der Präsident und der Vizepräsident saßen in eine ruhige Unterhaltung vertieft im Oval Office, als Nichols Jordan hineinbat. Beide Männer wandten sich um, und Jordan stellte fest, daß sie in einer ebenso angespannten Verfassung waren wie der Assistent des Präsidenten für besondere Aufgaben.

»Vielen Dank, daß Sie gekommen sind, Ray«, begrüßte ihn der Präsident tonlos und deutete nervös auf eine grüne Couch, die unter einem Portrait von Andrew Jackson stand. »Bitte nehmen Sie Platz und berichten Sie uns, was zum Teufel da draußen im Pazifik vor sich geht.«

Jordan amüsierte sich im stillen immer über die Unruhe, die die Politiker angesichts drohender Krisen ergriff. Keiner der gewählten Würdenträger besaß die Ruhe und Erfahrung der Karrierebeamten, wie beispielsweise des Direktors der Central Intelligence, und nie konnten sie sich durchringen, die ungeheure Macht, die Jordan und seine Gegenspieler besaßen, um internationale Zwischenfälle zu kontrollieren und zu steuern, anzuerkennen und zu akzeptieren.

Jordan nickte dem Präsidenten zu, der ihn gut um Kopfeslänge überragte, und setzte sich. Ruhig und, wie es den übrigen schien, mit nervenaufreibender Gelassenheit stellte er einen großen Aktenkoffer auf dem Boden ab und öffnete ihn. Dann zog er bedächtig eine Akte hervor.

»Haben wir eine Situation?« fragte der Präsident ungeduldig; dies war die offizielle Bezeichnung für eine unmittelbare Bedrohung der Zivilbevölkerung, etwa durch einen Atomangriff.

»Ja, Sir, unglücklicherweise haben wir die.«

»Um was geht's genau?«

Jordan warf nur der Wirkung wegen einen Blick auf den Bericht. Sämtliche dreißig Seiten hatte er sich bereits eingeprägt. »Genau um elf Uhr vierundfünfzig ereignete sich im Nordpazifik, ungefähr neunhundert Kilometer nordöstlich der Midway-Inseln, eine Explosion gewaltigen Ausmaßes. Einer unserer Pyramider-Spionagesatelliten fotografierte mit seinen Kameras den Blitz und die atmosphärische Erschütterung und zeichnete die Schockwelle auf, die von geheimen Unterwasserbojen übertragen wurden. Diese Daten wurden direkt dem Nationalen Sicherheitsdienst überspielt und dort analysiert. Danach wurden die Daten der militärischen seismografischen Stationen, die NORAD unterstehen, aufgefangen. NORAD hat diese Informationen an die CIA-Techniker in Langley übermittelt.«

»Die Schlußfolgerung?« hakte der Präsident nach.

»Sie stellen übereinstimmend fest, daß es sich um eine Nuklearexplosion handelt«, sagte Jordan bedächtig. »Sonst hätte sie unmöglich derartig gewaltig sein können.«

Bis auf Jordan, der so entspannt wirkte, als sehe er sich im Fernsehen gerade eine Familiensendung an, blickten die übrigen drei Männer im Oval Office angesichts der nun offen ausgesprochenen entsetzlichen Vorstellung ziemlich finster drein.

»Sind wir schon in DEFCOM-Alarmbereitschaft gegangen?« fragte der Präsident, der damit auf die verschiedenen Alarmstufen bei einem bevorstehenden Atomangriff verwies.

Jordan nickte. »Ich habe mir die Freiheit genommen, NORAD vorsichtshalber sofort DEFCOM-Stufe drei zu befehlen und, je nachdem wie die Sowjets reagieren, auf DEFCOM-Stufe zwei zu gehen.«

Nichols starrte Jordan an. »Haben wir einen Aufklärer hochgeschickt?«

»Vor zwanzig Minuten ist von der Edwards Air Force Base eine Casper SR-Ninety gestartet, um die Angelegenheit zu überprüfen und weitere Daten zu sammeln.«

»Steht es fest, daß die Schockwelle von einer Atomexplosion ausgelöst wurde?« fragte der Vizepräsident. Er war erst Anfang vierzig und nur sechs Jahre Kongreßmitglied gewesen, bevor man ihn zum zweiten Mann im Staat nominiert hatte. Als leidenschaftlicher Politiker fühlte er sich bei dieser Geheimkonferenz nicht so recht wohl. »Es könnte sich doch auch um ein Unterwasserbeben oder einen Vulkanausbruch handeln.«

Jordan schüttelte den Kopf. »Die seismographischen Aufzeichnungen wiesen den unvermittelten Ausschlag auf, der für Atomexplosionen typisch ist. Bei einem Erdbeben sind die Kurven flacher und werden über einen längeren Zeitraum aufgezeichnet. Diese Fakten werden durch die Computervergrößerung unterstützt. Sobald die Casper Strahlungsproben aus der Atmosphäre entnommen hat, müßten wir, in Kilotonnen gemessen, eine ziemlich genaue Vorstellung von der Energie bekommen.«

»Was vermuten Sie?«

»Solange noch nicht alle Daten zur Verfügung stehen, schätzen wir, daß es sich um eine Größenordnung von zehn bis zwanzig Kilotonnen handelt.«

Der Präsident hatte Angst, die nächste Frage zu stellen; er zögerte. »Könnte... könnte es sich um eines unserer Atom-U-Boote gehandelt haben, das da explodiert ist?«

»Keines unserer Schiffe hat sich in einem Umkreis von fünfhundert Kilometern von dieser Stelle aufgehalten.«

»Ein russisches vielleicht?«

»Nein«, erwiderte Jordan. »Ich habe das bei meinem russischen Gegenspieler, Nikolai Golanow, überprüft. Er hat geschworen, daß alle sowjetischen atomgetriebenen Überwasserschiffe und U-Boote überprüft wurden, und natürlich beschuldigt er unsere Seite wegen des Zwischenfalls. Ich bin hundertprozentig sicher, seine Leute und er wissen, daß wir für den Vorfall nicht verantwortlich gemacht werden können. Trotzdem wollen die Russen uns die Schuld in die Schuhe schieben und geben nicht zu, daß sie ebenso im dunkeln tappen wie wir.«

»Der Name ist mir nicht geläufig«, bemerkte der Vizepräsident. »Gehört der Mann zum KGB?«

»Golanow leitet das Direktorium für Auslands- und Staatssicherheit des Politbüros«, erklärte Jordan geduldig.

»Vielleicht lügt er«, gab Nichols zu bedenken.

Jordan warf ihm einen vorwurfsvollen Blick zu. »Nikolai und ich kennen uns seit sechsundzwanzig Jahren. Wir haben uns bestimmt so manchen Streich gespielt, aber wir haben uns nie angelogen.«

»Wenn wir dafür nicht verantwortlich sind und die Russen auch nicht«, überlegte der Präsident, und seine Stimme klang eigenartig sanft, »wer ist es dann?«

»Außer uns sind noch mindestens zehn weitere Länder im Besitz der Bombe«, stellte Nichols fest. »Jedes von denen könnte einen Atombombentest durchgeführt haben.«

»Nicht sehr wahrscheinlich«, entgegnete Jordan. »Man könnte die Vorbereitungen vor den westlichen und östlichen Nachrichtendiensten nicht geheimhalten. Ich vermute, daß es sich um einen Unfall handelt, um einen Nuklear-Sprengkopf, der überhaupt nicht explodieren sollte.«

Einen Augenblick wirkte der Präsident nachdenklich, dann fragte er: »Ist uns die Nationalität der Schiffe bekannt, die sich in der Gegend befanden, in der sich die Explosion ereignete?«

»Sämtliche Einzelheiten liegen noch nicht vor, aber es scheint so, als wären drei Schiffe beteiligt oder zumindest zufällig in der Region gewesen. Ein norwegischer Passagierfrachter, ein japanischer Autotransporter und ein britisches Forschungsschiff, das den Meeresboden der Tiefsee erforschte.«

»Er muß Verluste gegeben haben.«

»Die Aufnahmen unseres Satelliten vor und nach dem Ereignis zeigen, daß alle drei Schiffe verschwunden und wahrscheinlich während oder nach der Explosion gesunken sind. Es ist äußerst unwahrscheinlich, daß es Überlebende geben wird. Wenn der Feuerball und die Schockwelle sie nicht ausgelöscht haben, dann werden sie sehr bald an der schweren radioaktiven Verseuchung sterben.«

»Ich nehme doch an, daß eine Rettungsoperation geplant ist«, bemerkte der Vize-Präsident.

»Einheiten der Marine von Guam und Midway wurden zur Unglücksstelle beordert.«

Der Präsident starrte auf den Teppich, als könne er dort etwas erkennen. »Ich kann mir nicht vorstellen, daß die Briten einen Bombentest durchführen würden, ohne uns davon in Kenntnis zu setzen. So etwas würde der Premierminister nie hinter meinem Rücken tun.«

»Die Norweger ganz sicher ebenfalls nicht«, fügte der Vizepräsident entschieden hinzu.

Die Miene des Präsidenten verriet Ratlosigkeit. »Auch die Japaner nicht. Es gibt außerdem keinen Hinweis darauf, daß sie überhaupt eine Atombombe gebaut hätten.«

»Der Sprengsatz könnte gestohlen sein«, meinte Nichols. »Vielleicht hat man das den nichtsahnenden Norwegern oder Japanern als Kuckucksei ins Nest gelegt.«

Jordan zuckte gleichmütig die Achseln. »Ich glaube nicht, daß er gestohlen wurde. Ich bin bereit, ein Monatsgehalt darauf zu verwetten, daß der Sprengsatz mit voller Absicht zu einem vorbestimmten Ziel transportiert wurde.«

»Und das wäre?«

»Einer von zwei kalifornischen Häfen.«

Kühl und nachdenklich sahen die Männer Jordan an, während ihnen die Tragweite dieser ungeheuerlichen Angelegenheit langsam immer klarer wurde.

»Die *Divine Star* lief planmäßig von Kobe aus mit über siebentausend Murmoto-Autos Los Angeles an«, fuhr Jordan fort. »Die *Narvik*, mit hundertdreißig Passagieren und einer gemischten Ladung koreanischer Schuhe, Computer und Küchenmaschinen war auf dem Weg von Pusan nach San Francisco.«

Der Präsident grinste schmallippig. »Das dürfte unser Handelsdefizit ein bißchen verringern.«

»Mein Gott«, murmelte der Vizepräsident und schüttelte den Kopf. »Ein erschreckender Gedanke. Ein ausländisches Schiff, das eine Atombombe in die Vereinigten Staaten schmuggelt.«

»Was empfehlen Sie, Ray?« fragte der Präsident.

»Wir setzen sofort verschiedene Gruppen darauf an. Vorzugsweise Tauchrettungsschiffe der Marine, um die gesunkenen Schiffe in Augenschein zu nehmen und in Erfahrung zu bringen, welches die Bombe transportiert hat.«

Der Präsident und Nichols wechselten wissende Blicke. Dann sah der Präsident Jordan an. »Ich glaube, Admiral Sandecker und seine Meeresingenieure von der NUMA sind für Tiefseeoperationen besser ausgerüstet. Ich überlasse es Ihnen, Ray, ihn von der Operation in Kenntnis zu setzen.«

»Verzeihen Sie, Mr. President, wenn ich Ihnen in diesem Punkt nicht zustimme. Wenn wir die Navy einsetzen, können wir die Angelegenheit besser unter Verschluß halten.«

Der Präsident warf Jordan einen leicht blasierten Blick zu. »Ich verstehe Ihre Sorge. Aber vertrauen Sie mir. Die National Underwater and Marine Agency vermag diese Operation durchzuführen, ohne daß auch nur das geringste an die Medien durchsickert.«

Jordan erhob sich von der Couch. Der Gedanke, daß der Präsident etwas wußte, wovon er keine Ahnung hatte, störte ihn als Profi ganz empfindlich. Er würde der Sache bei nächster Gelegenheit nachgehen.

»Wenn Dale den Admiral benachrichtigt, fahre ich sofort zu seinem Büro.«

Der Präsident streckte die Hand aus. »Vielen Dank, Ray. Ihre Leute und Sie haben in so kurzer Zeit erstklassige Arbeit geleistet.«

Nichols begleitete Jordan, als er das Oval Office verließ, um sich auf den Weg zum NUMA-Gebäude zu machen. Sobald sie draußen auf dem Gang waren, fragte Nichols mit leiser Stimme: »Ganz unter uns – wer, glauben Sie, steckt hinter diesem Bombenschmuggel?«

Jordan dachte einen Augenblick nach und erwiderte dann mit ruhiger, besorgter Stimme: »Innerhalb der nächsten vierundzwanzig Stunden werden wir die Antwort kennen. Die entscheidende Frage jedoch, die mir wirklich eine Heidenangst einjagt, ist, weshalb und zu welchem Zweck.«

7

Die Luft im Innern des Tauchboots hatte sich verschlechtert, und die Luftfeuchtigkeit war stark angestiegen. Kondenswasser rann an den Wänden der Kugel herunter, und der Kohlendioxydgehalt näherte sich langsam der tödlichen Grenze. Keiner rührte sich, und es wurde nur wenig gesprochen, um Luft zu sparen. Nach elfeinhalb Stunden war der lebenserhaltende Sauerstoffvorrat nahezu aufgebraucht, und das wenige, was in den Notbatterien an elektrischer Energie noch vorhanden war, würde die CO_2-Filtereinheit nicht mehr lange in Gang halten können.

Angst und Panik waren allmählich der Resignation gewichen. Bis auf die kurze Zeit, alle fünfzehn Minuten, in der Plunkett das Licht einschaltete, um die Instrumente abzulesen, saßen sie schweigend im Dunkeln, jeder allein mit seinen Gedanken.

Plunkett konzentrierte sich darauf, die Instrumente zu überwachen, beschäftigte sich mit seinen Geräten und schob den Gedanken, sein geliebtes Tauchboot könne nicht auf seine Anweisungen reagieren, einfach beiseite. Salazar hockte regungslos wie eine Statue in seinem Sitz. Er wirkte in sich gekehrt, schien kaum noch bei Bewußtsein. Er sah keinen Sinn darin, das Unausweichliche weiter hinauszuschieben. Er wollte sterben, damit endlich alles vorüber war.

Stacy beschwor Phantasiebilder aus ihrer Kindheit herauf und versetzte sich in Gedanken in eine andere Zeit an einen anderen Ort. Plötzlich neigte sie den Kopf, als lausche sie. Irgend etwas stimmte nicht. Die Melodie, die sie eben in Gedanken gehört hatte, stammte nicht aus den Mittsiebzigern. Sie klang eher nach einer alten Jazzweise als nach Rock.

Stacy schrak auf, öffnete die Augen und sah nur Finsternis. »Die spielen die falsche Musik«, murmelte sie.

Plunkett schaltete das Licht ein. »Was hast du gesagt?«

Sogar Salazar sah verständnislos hoch und murmelte: »Die spinnt!«

»Hört ihr es denn nicht?« stammelte Stacy mit leiser, krächzender Stimme. »Die kommen näher.«

»Die ist verrückt«, keuchte Salazar.

Plunkett hob die Hand. »Ruhe! Ich höre auch etwas. Da draußen ist tatsächlich etwas.«

Salazar antwortete nicht. Er war schon zu weit weggetreten, um noch zusammenhängend sprechen oder denken zu können. Ein eisernes Band schien sich immer enger um seine Lungen zu ziehen. Die Gier nach Luft beherrschte all seine Gedanken. Er betete, der Tod möge schnell eintreten.

Stacy und Plunkett starrten beide in die Dunkelheit, die die Kugel umgab. Eine seltsame Gestalt mit einer Art Rattenschwanz schwamm durch den dämmrigen Lichtschein, der aus dem Innern von *Old Gert* nach außen drang. Sie hatte keine Augen, doch sie umrundete die Kugel in einem Abstand von zwei Zentimetern, bevor sie sich in den Tiefen wieder ihrem eigenen Geschäft zuwandte.

Plötzlich schimmerte das Wasser. In der Ferne bewegte sich irgend etwas. Etwas Riesengroßes. Dann tauchte ein seltsamer blauer Schein in der Dunkelheit auf, und Stimmen wurden hörbar, die eine Melodie sangen, aber vom Wasser so verzerrt wurden, daß man die Worte nicht verstehen konnte.

Stacy starrte fasziniert in die Richtung, während Plunketts Nackenhaar sich sträubte. Das muß etwas Schreckliches, etwas Übernatürliches sein, dachte er. Ein Ungeheuer, eine Ausgeburt seines sauerstoffgeschädigten Gehirns. Es war einfach nicht möglich, daß dieses Ding, das sich da näherte, wirklich existierte. Wieder hatte er das Gefühl, es mit einem Außerirdischen, einem Wesen aus einer anderen Welt, zu tun zu haben. Angespannt und ängstlich wartete er darauf, daß es näher herankam, entschlossen, die restliche Energie der Notbatterie für die Außenscheinwerfer zu nutzen. Egal, ob es sich um ein Ungeheuer aus der Tiefe handelte oder nicht – er wußte, es war das letzte, was er auf Erden erblicken würde.

Stacy kroch auf die Seite der Kugel und preßte ihre Nase gegen die Innenwand. In ihren Ohren summte ein Chor von Stimmen. »Ich hab's euch gesagt«, wisperte sie angestrengt. »Ich hab' euch gesagt, ich hätte ein Singen gehört. Horcht mal.«

Plunkett konnte jetzt gerade eben die Worte verstehen, wenn auch nur sehr schwach und wie aus weiter Ferne. Er hatte das Gefühl durchzudrehen und versuchte sich einzureden, Sauerstoffmangel spiele seinen Augen und Ohren einen Streich. Doch das blaue Licht wurde immer heller, und er erkannte das Lied.

Oh, what a time I had with Minnie the Mermaid
Down at the bottom of the sea.

I forgot my troubles there among the bubbles.
Gee but she was awfully good to me.

Er legte den Schalter für die Außenscheinwerfer um und saß regungslos da. Er war fix und fertig, verzweifelt. Sein strapaziertes Gehirn weigerte sich, das, was da aus der Finsternis auftauchte, zu begreifen. Er wurde ohnmächtig.

Stacy war so schockiert, daß sie den Blick von der Gestalt, die auf die Kugel zugekrochen kam, nicht abwenden konnte. Ein riesiges Raupenfahrzeug, das ähnlich wie ein Traktor aussah, mit einem länglichen Aufbau darüber, unter dessen vorderem Teil zwei dünne, ferngesteuerte Arme vorragten, schob sich langsam heran und hielt im Licht der Scheinwerfer der *Old Gert*.

Eine menschliche Gestalt mit verschwommenen Gesichtszügen saß nur zwei Meter von der Kugel entfernt im durchsichtigen Cockpit des seltsamen Gefährts. Stacy kniff die Augen zu und öffnete sie wieder. Jetzt konnte sie den anderen deutlich erkennen. Er trug einen türkisfarbenen Overall, der am Hals ein Stück offen stand. Die schwarzen Haare auf seiner Brust paßten zu den dunklen Locken auf seinem Kopf. Sein Gesicht war verwittert, maskulin, rauh, und die Fältchen um die beiden unglaublich grünen Augen wurden durch das leichte Grinsen auf seinen Lippen vertieft.

Nachdenklich, interessiert sah er sie an. Dann griff er hinter sich, legte eine Schreibunterlage auf seine Knie und schrieb etwas auf ein Stück Papier.

Nach ein paar Sekunden riß er das Blatt ab und drückte es gegen seine Scheibe.

Stacy strengte die Augen an, um die Schrift zu entziffern. Auf dem Blatt stand: »Willkommen im Schlamm. Halten Sie durch, wir schließen eine Sauerstoffleitung an.«

»Ist das der Tod?« fragte Stacy sich. Sie hatte von Leuten gelesen, die durch Tunnel geschritten waren, bevor sie ans Licht gelangten, und dort

Menschen erblickt hatten, Verwandte, die vor ihnen gestorben waren. Doch dieser Mann hier war ihr völlig fremd. Woher kam er?

Bevor sie die Puzzlesteinchen zusammenfügen konnte, fiel die Jalousie herunter, und sie wurde ohnmächtig.

8

Dirk Pitt stand alleine mitten in einer großen Kammer mit gewölbter Decke, die Hände in den Taschen seines NUMA-Overalls vergraben, und sah sich *Old Gert* an. Seine Opalaugen starrten ausdruckslos das Tauchboot an, das wie ein zerstörtes Spielzeug auf dem ebenen schwarzen Lavagrund lag. Dann kletterte er langsam durch die Einstiegsluke, ließ sich in den Liegesitz des Piloten gleiten und musterte die in die Konsole eingelassenen Instrumente.

Pitt war ein hochgewachsener Mann, muskulös und breitschultrig, und obwohl er etwas schlaksig war, bewegte er sich mit einer katzenhaften Geschmeidigkeit, die den Eindruck vermittelte, als sei er jederzeit sprungbereit. Er strahlte eine eiskalte Härte aus, die sogar von Fremden wahrgenommen wurde, dennoch mangelte es ihm weder innerhalb noch außerhalb der Regierung an Freunden und Bekannten, die ihn wegen seiner Treue und Intelligenz zu schätzen wußten. Pitt war umgänglich, besaß einen trockenen Humor – Wesenszüge, die schon eine ganze Reihe Frauen sehr anziehend gefunden hatten –, und obwohl er weibliche Gesellschaft schätzte, galt seine Liebe in erster Linie dem Meer.

Als Leiter für Sonderprojekte der NUMA verbrachte er fast ebensoviel Zeit auf und unter dem Wasser wie an Land. Er hielt sich vor allem durch Tauchen fit und betrat nur höchst selten einen Fitneßraum. Schon vor Jahren hatte er das Rauchen aufgegeben, achtete auf seine Linie und trank wenig. Er arbeitete viel, war dabei ständig in Bewegung und legte täglich bis zu acht Kilometer zu Fuß zurück. Abgesehen von seiner Arbeit bestand seine Lieblingsbeschäftigung darin, durch den geisterhaften Rumpf eines gesunkenen Schiffes zu tauchen.

Von der Außenseite des Tauchboots hörte man Schritte auf dem Felsboden unter den leicht gebogenen Wänden des Gewölbes herankommen. Pitt drehte sich in seinem Sessel um und blickte seinem langjährigen Freund und Kollegen bei der NUMA, Al Giordino, ins Gesicht.

Giordino hatte schwarzes lockiges Haar. Im Schein der Natriumdampflampen, die an der Decke angebracht waren, schimmerten seine glatten Gesichtszüge rötlich, seine Lippen waren wie üblich zu einem verschmitzten Lächeln verzogen. Giordino war klein und reichte Pitt gerade bis an die Schulter, aber er hatte gewaltige Muskeln, einen ungeheuer breiten Brustkorb und einen so entschlossenen Gang, daß der Eindruck entstand, er würde durch eine Absperrung oder Mauer oder was ihm auch im Wege sein mochte, einfach hindurchmarschieren.

»Na, was hältst du davon?« fragte er Pitt.

»Da haben die Briten ausgezeichnete Arbeit geleistet«, meinte Pitt bewundernd, während er durch die Luke ausstieg.

Giordino musterte die zertrümmerten Kugeln und schüttelte den Kopf. »Die hatten Glück. Noch fünf Minuten, und wir hätten nur noch ihre Leichen gefunden.«

»Wie geht's ihnen?«

»Die erholen sich schnell«, erwiderte Giordino. »Halten sich in der Kombüse auf, machen sich über unsere Nahrungsmittel her und bitten darum, zu ihrem Schiff an der Meeresoberfläche gebracht zu werden.«

»Hat ihnen schon jemand die Lage geschildert?« fragte Pitt.

»Sie durften sich, deiner Anordnung gemäß, bisher nur in den Mannschaftsquartieren aufhalten, und jeder, der in ihre Nähe kommt, gebärdet sich, als sei er taubstumm. Das bringt unsere Gäste so langsam auf die Palme. Sie würden alles drum geben, endlich herauszubekommen, wer wir sind, woher wir kommen und wie wir in dieser Tiefe des Ozeans eine Station bauen konnten, in der man leben kann.«

Pitt warf erneut einen Blick auf die *Old Gert* und umschloß dann mit einer Hand die Kammer. »Jahre geheimer Arbeit dahin«, murmelte er plötzlich wütend.

»Ist nicht deine Schuld.«

»Wäre besser gewesen, sie da draußen sterben zu lassen, als unser Projekt zu enthüllen.«

»Willst du mich auf den Arm nehmen?« lachte Giordino. »Ich war dabei, wie du verletzte Hunde von der Straße aufgelesen und zum Tierarzt gefahren hast. Sogar die Rechnung hast du bezahlt, obwohl du das Tier gar nicht überfahren hattest. Du bist weichherzig. Dich kümmern Geheimoperationen einen Dreck. Du hättest diese Menschen selbst dann gerettet, wenn sie an Tollwut, Lepra und Pest erkrankt wären.«

»Bin ich so leicht zu durchschauen?«

Giordino lächelte nachsichtig. »Ich habe dir im Kindergarten ein blaues Auge verpaßt, und du hast mir dafür beim Baseball die Nase blutig geschlagen. Ich kenne dich besser, als deine Mutter dich kennt. Du magst vielleicht eine harte Schale haben, aber im Kern bist du butterweich.«

Pitt sah zu Giordino hinunter. »Dir ist hoffentlich klar, daß wir uns in der Rolle der Barmherzigen Samariter bei Admiral Sandecker und dem Verteidigungsministerium ganz schön in Schwierigkeiten gebracht haben.«

»Das versteht sich von selbst. Und da wir gerade vom Teufel sprechen – die Nachrichtenabteilung hat eine verschlüsselte Botschaft aufgefangen. Der Admiral befindet sich auf dem Weg von Washington hierher. Sein Flugzeug wird in zwei Stunden erwartet. Kann man kaum als frühzeitige Warnung bezeichnen. Ich habe befohlen, ein Tauchboot klarzumachen, das zur Meeresoberfläche aufsteigt und ihn abholt.«

»Der hat sie wohl nicht alle«, meinte Pitt.

»Ich wette, diese seltsame Störung steckt hinter seinem Überraschungsbesuch.«

Pitt nickte und lächelte. »Dann haben wir also nichts zu verlieren, wenn wir unseren Gästen reinen Wein einschenken.«

Pitt ging neben Giordino auf den runden Eingang zu einem Gewölbe zu, das vor sechzig Jahren wohl die Vision eines Architekten von einem futuristischen Flugzeughangar hätte darstellen können, doch diese Konstruktion hier bot keinem Flugzeug Schutz vor Regen, Schnee oder Sonnenschein. Die mit Kohlenstoff und Keramik verstärkten Plastikwände bargen 5400 Meter unter dem Meere die Tiefseeausrüstung. Auf dem eingeebneten Boden neben *Old Gert* stand ein riesiges traktorenähnliches Vehikel mit einem Aufbau, der an eine Zigarre erinnerte, und daneben befanden sich zwei kleinere Tauchboote, die wie stumpfnasige Atom-U-Boote aussahen, bei denen man das Mittelteil des Rumpfes herausgeschnitten und anschließend Heck und Bug wieder zusammengeschweißt hatte. Ein paar Männer und eine Frau waren eifrig dabei, die Fahrzeuge zu warten.

Pitt lief voraus durch einen engen Rundtunnel, der aussah wie ein normales Abwasserrohr und durch zwei Räume mit gewölbten Decken hindurchführte. Nirgendwo gab es rechte Winkel oder scharfe Ecken. Sämtliche Innenwände waren abgerundet, weil dadurch stärkerer Widerstand gegen den enormen Wasserdruck von außen gewährleistet war.

Sie betraten einen abgeschlossenen, spartanisch eingerichteten Speiseraum. Der lange Tisch und die Stühle waren aus Aluminium; die Küche selbst war nicht größer als ein Küchenabteil im Speisewagen eines Zuges. Zwei Männer der NUMA standen zu beiden Seiten des Eingangs und behielten die unwillkommenen Gäste im Auge.

Plunkett, Salazar und Stacy saßen am anderen Ende des Tischs und waren in eine leise Unterhaltung vertieft, als Pitt und Giordino eintraten. Ihre Stimmen verstummten abrupt, und mißtrauisch blickten sie den beiden Fremden entgegen.

Um nicht von oben herab mit ihnen reden zu müssen, ließ Pitt sich auf einen in der Nähe stehenden Stuhl fallen und musterte wie ein Polizeiinspektor bei einer Gegenüberstellung ein Gesicht nach dem anderen.

Dann sagte er höflich: »Guten Tag. Mein Name ist Dirk Pitt. Ich leite das Projekt, über das Sie hier zufällig gestolpert sind.«

»Gott sei Dank!« stieß Plunkett hervor. »Endlich jemand, der reden kann.«

»Und dazu noch Englisch«, fügte Salazar hinzu.

Pitt wies auf Giordino. »Mr. Albert Giordino, hier unten Mädchen für alles. Es wird ihm ein Vergnügen sein, Sie auf einer Besichtigungstour zu begleiten, Ihnen ein Quartier anzuweisen und Sie mit allem Nötigen auszustatten, wie Kleidung, Zahnbürsten und was sonst gebraucht werden sollte.«

Man stellte sich gegenseitig vor und reichte sich über dem Tisch die Hände. Giordino bestellte eine Runde Kaffee, und die drei Besucher von der *Old Gert* fingen endlich an, sich zu entspannen.

»Ich spreche in unser aller Namen«, erklärte Plunkett ernst, »wenn ich sage: Vielen Dank, daß Sie uns das Leben gerettet haben.«

»Al und ich waren froh, daß wir Sie noch rechtzeitig erreichen konnten.«

»Ihrem Akzent nach zu urteilen sind Sie Amerikaner«, bemerkte Stacy.

Pitt bedachte sie mit einem vernichtenden Blick. »Ja, wir stammen alle aus den Staaten.«

Stacy schien Pitt zu fürchten wie ein Reh den Berglöwen und sich gleichzeitig irgendwie zu ihm hingezogen zu fühlen. »Sie sind der Mann, den ich in dem seltsamen Tauchboot gesehen habe, bevor ich ohnmächtig wurde.«

»Ein TSSF«, korrigierte Pitt sie. »Abkürzungen für Tiefsee-Schürf-Fahrzeug, auch bekannt unter dem Namen *Big John*. Es dient dazu, geologische Proben vom Meeresboden zu sammeln.«

»Dann handelt es sich also um ein amerikanisches Minenunternehmen?« fragte Plunkett ungläubig.

Pitt nickte. »Ein absolut geheimes Unterwasser-Schürf- und Forschungsvorhaben, das von der Regierung der Vereinigten Staaten finanziert wird. Hat acht Jahre gedauert – von den ersten Entwürfen über den Bau bis zum Einsatz.«

»Unter welcher Bezeichnung läuft das Ganze?«

»Da gibt's natürlich so einen komischen Decknamen, aber wir bezeichnen es lieber als den ›Schlamm‹.«

»Wie ist so etwas geheimzuhalten?« fragte Salazar. »Sie brauchen doch eine Nachschubflotte an der Meeresoberfläche, die leicht von einem vorbeikommenden Schiff oder Satelliten ausgemacht werden kann.«

»Unsere kleine Behausung ist autark. Ein High-Tech-Versorgungssystem filtert Sauerstoff aus dem Meereswasser und ermöglicht es uns, hier unten unter Luftdruckbedingungen zu arbeiten, die denen an der Meeresoberfläche ähneln. Wir haben eine Entsalzungsanlage, die uns mit Frischwasser versorgt, beziehen die Wärme über Wärmetauscher vom Meeresboden, und unsere Nahrung besteht aus den Miesmuscheln, Venusmuscheln, Shrimps und Krabben, die in der Nähe der Wärmetauscher leben. Wir sonnen uns unter ultraviolettem Licht und nehmen antiseptische Duschen, um das Wachsen der Bakterien zu vermeiden. Der Nachschub, den uns die Recyclinganlagen nicht liefern können, wird aus der Luft abgeworfen und unter Wasser aufgesammelt. Wenn es notwendig wird, jemanden von der Mannschaft auszutauschen, steigt eines unserer Tauchboote an die Meeresoberfläche und wird dort von einem Düsenflugboot erwartet.«

Plunkett nickte stumm. Er hatte das Gefühl zu träumen.

»Da müssen Sie ja eine einzigartige Kommunikationsmethode mit der Außenwelt haben«, meinte Salazar.

»Eine Boje mit Sender, mit der wir über Kabel verbunden sind. Übertragungen und Empfang laufen über Satellit. Nichts Außergewöhnliches, aber sehr leistungsfähig.«

»Wie lange sind Sie schon hier unten?«

»Wir haben seit etwas mehr als vier Monaten kein Tageslicht mehr gesehen.«

Verblüfft starrte Plunkett in seine Kaffeetasse. »Ich hatte keine Ahnung, daß Ihre Technologie so weit entwickelt ist, daß Sie in einer derartigen Tiefe eine Forschungsstation unterhalten können.«

»Man könnte sagen, daß dies ein Pionier-Unternehmen ist«, sagte Pitt stolz. »Wir verfolgen mehrere Projekte gleichzeitig. Unsere Ingenieure und Wissenschaftler testen nicht nur unsere Ausrüstung, sondern analysieren das Leben im Meer, die geologische Beschaffenheit und Minerale des Meeresbodens. Die Ergebnisse der Forschungsarbeiten werden auf Computern gespeichert. Die Schürfoperationen im engeren Sinne liegen noch vor uns.«

»Wie viele Leute gehören zu Ihrer Mannschaft?«

Pitt nahm einen Schluck Kaffee, bevor er antwortete. »Nicht viele. Zwölf Männer und zwei Frauen.«

»Soweit ich sehen kann, haben die Frauen bei Ihnen die traditionellen Pflichten übernommen«, stellte Stacy säuerlich fest und wies mit dem Kopf auf eine attraktive rothaarige Frau Mitte Zwanzig, die in der Kombüse Gemüse schnitt.

»Sarah hat sich freiwillig gemeldet. Sie ist auch für unsere Computeraufzeichnungen verantwortlich und hat damit zwei Jobs, wie die meisten von uns.«

»Ich vermute, die andere Frau arbeitet gleichzeitig als Putzfrau und Mechanikerin.«

»Beinahe ins Schwarze getroffen«, erwiderte Pitt und grinste sie an. »Jill hilft tatsächlich als Ingenieurin für Unterwasserausrüstung aus. Gleichzeitig arbeitet sie hier als Biologin. Und an Ihrer Stelle würde ich sie nicht über Frauenrechte auf dem Meeresboden belehren. Sie hat bei einem Miss-Colorado-Bodybuildingwettbewerb den ersten Preis gewonnen und stemmt zweihundert Pfund.«

Salazar schob seinen Stuhl vom Tisch zurück und streckte die Beine aus. »Ich wette, das Militär ist an diesem Projekt beteiligt.«

»Hier unten finden Sie keine Militärs«, wich Pitt aus. »Wir sind alle beamtete Wissenschaftler.«

»Bitte erklären Sie mir doch eines«, bat Plunkett. »Wie konnten Sie wissen, daß wir in Schwierigkeiten steckten und wo Sie uns finden würden?«

»Al und ich folgten den Spuren einer früheren Forschungsfahrt, auf der wir Gesteinsproben gesammelt hatten. Wir waren auf der Suche nach einem Golddetektor-Sensor, der sich irgendwie von *Big John* gelöst hatte, als wir in die Reichweite Ihres Unterwassertelefons kamen.«

»Wir fingen Ihre äußerst schwachen Hilferufe auf und haben dann auf Ihre Position zugehalten«, ergänzte Giordino die Erklärung.

»Als wir Ihr Tauchboot gefunden hatten«, fuhr Pitt fort, »konnten wir Sie nicht einfach aus Ihrem Boot in unser Fahrzeug holen, denn der Wasserdruck hätte Sie zu Brei zerquetscht. Die einzige Hoffnung bestand darin, mit Hilfe von *Big Johns* Greifarmen eine Sauerstoffverbindung zu Ihrer Notverbindungsvorrichtung auf der Außenseite herzustellen. Glücklicherweise paßten die Adapter perfekt aufeinander.«

»Dann haben wir das Tauchboot mit den Greifarmen an den Haken der Aufhängung gepackt«, warf Giordino ein, »und es zu unserer Kammer für technische Ausrüstung transportiert – wobei wir durch unsere Druckschleuse gefahren sind.«

»Sie haben die *Old Gert* gerettet?« fragte Plunkett, plötzlich hocherfreut.

»Das Boot ist in der Kammer«, sagte Giordino.

»Wie bald können wir zu unserem Schiff zurückgebracht werden?« Salazars Frage klang eher wie eine Forderung.

»Wird noch eine Weile dauern, fürchte ich«, meinte Pitt.

»Wir müssen die Überwassermannschaft doch davon in Kenntnis setzen, daß wir noch am Leben sind«, protestierte Stacy. »Sie könnten doch bestimmt Kontakt zum Schiff herstellen.«

Pitt blickte angespannt zu Giordino hinüber. »Auf dem Weg zu Ihrem Tauchboot kamen wir an einem schwer beschädigten Schiff vorbei, das kurz zuvor gesunken war.«

»Nein, doch nicht die *Invincible!*« murmelte Stacy ungläubig.

»Sie war auseinandergebrochen und sah aus, als hätte sich eine schwere Explosion ereignet«, erwiderte Giordino. »Ich glaube nicht, daß es Überlebende gegeben hat.«

»Es waren noch zwei andere Schiffe in der Nähe, als wir getaucht sind«, flüsterte Plunkett. »Es muß sich um eines von denen gehandelt haben.«

»Das kann ich nicht sagen«, gab Pitt zu. »Irgend etwas muß da oben passiert sein. Eine Art ungeheurer Turbulenz. Bisher hatten wir keine Zeit, der Sache nachzugehen, und daher haben wir noch keinerlei schlüssige Erklärungen.«

»Sie haben doch bestimmt auch die Schockwelle bemerkt, die unser Tauchboot beschädigt hat.«

»Unsere Anlage befindet sich in einem geschützten Tal vor der Frakturzone, dreißig Kilometer von der Stelle entfernt, an der wir Sie und das gesunkene Schiff gefunden haben. Die Ausläufer der Schockwelle sind über uns hinweggegangen. Wir haben lediglich eine sanfte Strömung und einen Staubsturm beobachtet, als der Boden aufgewühlt wurde. Das Ganze erinnerte an einen Schneesturm an Land.«

Stacy warf Pitt einen wütenden Blick zu. »Haben Sie eigentlich vor, uns als Gefangene hierzubehalten?«

»So würde ich es nicht unbedingt bezeichnen. Aber da es sich hierbei um ein absolut geheimes Projekt handelt, muß ich Sie in der Tat bitten, unsere Gastfreundschaft noch ein wenig länger in Anspruch zu nehmen.«

»Was meinen Sie mit ›ein wenig länger‹?« fragte Salazar ergeben.

Pitt warf dem kleinen Mexikaner einen zynischen Blick zu. »Planmäßig kehren wir erst in sechzig Tagen an die Oberfläche zurück.«

Stille. Plunkett sah Salazar an, dann Stacy, dann wieder Pitt. »Verdammte Scheiße!« fluchte er erbittert. »Sie können uns doch nicht zwei Monate lang hier festhalten.«

»Meine Frau«, stöhnte Salazar. »Sie wird glauben, ich sei tot.«

»Ich habe eine Tochter«, sagte Stacy kleinlaut.

»Glauben Sie mir«, erklärte Pitt ruhig, »ich weiß, daß ich Ihnen wie ein herzloser Tyrann vorkommen muß, aber Ihre Anwesenheit hat mich in eine äußerst schwierige Lage gebracht. Sobald wir mehr darüber in Erfahrung gebracht haben, was an der Oberfläche passiert ist, und ich mit meinen Vorgesetzten gesprochen habe, können wir uns etwas einfallen lassen.«

Pitt hörte auf zu reden, als sein Blick auf Keith Harris fiel, den am Projekt beteiligten Seismologen, der im Eingang stand und ihm mit einem Nicken bedeutete, er würde außerhalb des Raumes gerne mit ihm sprechen.

Pitt entschuldigte sich und ging zu Harris hinüber. Sofort entdeckte er den besorgten Ausdruck in dessen Augen.

»Probleme?« fragte er angespannt.

»Die Erschütterung hat zu einer wachsenden Anzahl Beben im Meeresboden geführt. Bis jetzt sind sie unbedeutend und nicht sehr stark. Wir können sie noch gar nicht wahrnehmen. Doch Intensität und Stärke nehmen zu.«

»Und was schließen Sie daraus?«

»Wir befinden uns direkt über einer Verwerfung, die verdammt instabil ist«, fuhr Harris fort. »Sie ist vulkanischen Ursprungs. Die Festigkeit der Erdkruste läßt in einem Maße nach, wie ich es noch nie erlebt habe. Ich fürchte, wir müssen uns auf ein größeres Erdbeben mit einer Stärke von 6,5 Punkten auf der Richterskala einstellen.«

»Das würden wir nie überleben«, erklärte Pitt ruhig. »Ein Riß in einer unserer Stützstreben, und der Wasserdruck zerquetscht die gesamte Basis.«

»Das befürchte ich auch«, stimmte Harris bedrückt zu.

»Wieviel Zeit bleibt uns?«

»Das kann man nicht mit Sicherheit vorhersagen. Ich weiß selbst, daß es keinen Trost bedeutet, und ich stelle nur eine Vermutung an, aber wenn man die Steigerungsrate hochrechnet, dann schätze ich vielleicht noch zwölf Stunden.«

»Genügend Zeit, die Basis zu evakuieren.«

»Ich kann mich irren«, gab Harris zögernd zu bedenken. »Wenn wir es tatsächlich mit Vorbeben zu tun haben, dann wäre es möglich, daß das

Hauptbeben nur wenige Minuten später folgt. Andererseits könnten die Beben auch schwächer werden und ganz aufhören.«

Er hatte die Worte kaum ausgesprochen, als sie beide eine leichte Erschütterung unter ihren Füßen spürten und die Kaffeetassen auf ihren Untertassen klirrten.

Pitt sah Harris an, und seine Lippen verzogen sich zu einem angespannten Grinsen. »Scheint so, als hätten wir die Zeit nicht auf unserer Seite.«

9

Die Beben wurden mit erschreckender Geschwindigkeit stärker. Ein fernes Rumpeln schien immer näher zu kommen. Dann waren scharfe Klopfgeräusche zu hören, als kleine Felsbrocken die Abhänge herunterrollten und gegen die Gebäude unter dem Meer flogen. Alle hatten den Blick auf die große gewölbte Decke der Kammer gerichtet, in der die technische Ausrüstung untergebracht war. Eine winzige Öffnung, und das Wasser würde mit der vernichtenden Gewalt von tausend Kanonen hineinschießen.

Alles war ruhig, es herrschte keine Panik. Außer den Kleidungsstükken, die jeder am Leib trug, wurden nur die Computeraufzeichnungen mitgenommen. Die Mannschaft brauchte nur acht Minuten, um sich zu versammeln und zum Einsteigen in die Tauchboote fertigzumachen.

Pitt war sofort klar, daß einige von ihnen zum Tode verurteilt waren. Jedes der beiden Tauchboote war darauf ausgelegt, maximal sechs Leute zu transportieren. Möglicherweise konnte man sieben Menschen an Bord quetschen, was insgesamt vierzehn ergab, genau die Anzahl der Leute also, die am Projekt mitarbeiteten, sicherlich nicht mehr. Jetzt hatten sie noch die nicht eingeplante Mannschaft der *Old Gert* am Hals.

Die Beben wurden jetzt stärker und folgten dicht aufeinander. Pitt sah keine Möglichkeit, daß ein U-Boot die Oberfläche erreichen, die Überlebenden entladen und rechtzeitig wieder zurückkehren konnte, um die Zurückgelassenen zu retten. Die Fahrt hin und zurück dauerte mindestens vier Stunden.

Giordino konnte an Pitts Miene die entsetzliche Wahrheit ablesen. »Wir müssen zwei Fahrten machen. Besser, ich warte auf die nächste –«

»Tut mir leid, alter Junge«, unterbrach ihn Pitt. »Du steuerst das erste U-Boot. Ich folge im zweiten. Fahr zur Meeresoberfläche, lad deine Passagiere in die Schlauchboote und tauch was du kannst, um die abzuholen, die zurückbleiben müssen.«

»Ich schaff's bestimmt nicht rechtzeitig«, brummte Giordino.

»Hast du eine bessere Idee?«

Niedergeschlagen schüttelte Giordino den Kopf. »Wer zieht den Kürzeren?«

»Das britische Forschungsteam.«

Giordino erstarrte. »Freiwillige sind nicht gefragt? Sieht dir nicht ähnlich, eine Frau zurückzulassen.«

»Ich muß zuerst unsere Leute unterbringen«, antwortete Pitt kalt.

Giordino zuckte die Achseln, seine Miene drückte Mißfallen aus. »Erst retten wir sie, und dann unterschreiben wir ihr Todesurteil.«

Ein langandauerndes, knirschendes Beben erschütterte den Meeresboden, gefolgt von einem tiefen, bedrohlichen Rumpeln. Zehn Sekunden. Pitt sah auf seine Armbanduhr. Das Beben dauerte zehn Sekunden. Dann war alles wieder ruhig. Totenstill.

Ausdruckslos starrte Giordino einen Moment in die Augen seines Freundes. Er sah nicht das leiseste Anzeichen von Angst. Pitt wirkte ganz und gar ungerührt. Giordino zweifelte keine Sekunde daran, daß Pitt log. Er hatte gar nicht die Absicht, das zweite U-Boot zu steuern. Pitt war entschlossen, als Letzter die Station zu verlassen.

Jetzt war es zu spät zu argumentieren, keine Zeit für einen langen Abschied. Pitt nahm Giordino beim Arm; halb schob, halb hob er den kleinen, rauhbeinigen Italiener durch die Luke des ersten Tauchboots.

»Du müßtest eigentlich gerade rechtzeitig ankommen, um den Admiral empfangen zu können«, sagte er. »Bestell ihm einen Gruß von mir.«

Giordino hörte ihn nicht. Pitts Stimme ging im Gepolter herabfallender Felsbrocken unter, die gegen die Decke prallten und alles rundherum erzittern ließen. Dann schlug Pitt die Luke zu und war verschwunden.

Die sechs großen Männer, die sich im Innern zusammenquetschten, schienen jeden Millimeter der Kabine auszufüllen. Sie sprachen kein Wort und vermieden es, sich gegenseitig anzusehen. Dann sahen sie erwartungsvoll zu, wie Giordino sich wie ein Aal zwischen ihren dichtgedrängten Körpern hindurchwandt und in den Sitz des Piloten fallen ließ.

Schnell überprüfte er die Elektromotoren, die das Tauchboot über Schienen in die Luftschleuse beförderten. Eilig überflog er die Check-Liste, und gerade hatte er den Computer programmiert, als die massive Innentür sich schloß und das Wasser durch speziell konstruierte Druckventile von der eisigen Außenseite einzuströmen begann. Sobald die Schleuse gefüllt und der immense Wasserdruck ausgeglichen war, öffnete der Computer automatisch die äußeren Türen. Giordino ging auf Handsteuerung über, stellte den Antrieb auf maximale Energie ein und lenkte das Tauchboot auf die Wellen an der Meeresoberfläche zu.

Während Giordino und seine Passagiere noch in der Schleuse steckten, wandte Pitt seine Aufmerksamkeit sofort der Bemannung des zweiten U-Boots zu. Er befahl, daß zuerst die Frauen des NUMA-Teams an Bord gehen sollten. Dann nickte er schweigend Stacy zu, sie möge folgen.

An der Luke zögerte sie und warf ihm einen gequälten, fragenden Blick zu. Stocksteif stand sie da, so als könne sie nicht fassen, was um sie herum geschah.

»Müssen Sie sterben, weil ich Ihren Platz einnehme?« fragte sie leise.

Pitt schenkte ihr ein verwegenes Lächeln. »Halten Sie sich einen Termin für einen Rum-Collins bei Sonnenuntergang an der Lanai des Halekalani Hotels in Honolulu frei.«

Sie suchte nach Worten, um ihm zu antworten, doch bevor sie sie gefunden hatte, schob der ihr folgende Mann sie nicht allzu sanft ins U-Boot.

Pitt ging hinüber zu Dave Lowden, dem Leitenden Transportingenieur des Projekts. Verschlossen wie eine Auster zog Lowden mit der einen Hand den Reißverschluß seiner kurzen Lederjacke hoch, während er mit der anderen seine randlose Brille auf der Nase zurechtrückte.

»Soll ich als Co-Pilot mitfahren?« fragte Lowden mit gedämpfter Stimme.

»Nein, Sie bringen das Boot alleine nach oben«, befahl Pitt. »Ich warte, bis Giordino zurückkommt.«

Lowdens Gesichtsausdruck verriet seine Traurigkeit. »Es wäre besser, wenn ich an Ihrer Stelle hierbliebe.«

»Sie haben eine bildhübsche Frau und drei Kinder. Ich bin Junggeselle. Quetschen Sie Ihren Arsch ins U-Boot, und beeilen Sie sich.« Pitt drehte Lowden den Rücken zu und ging hinüber zu Plunkett und Salazar.

Plunkett war nicht das kleinste bißchen Angst anzumerken. Der massige Ingenieur sah so zufrieden aus wie ein Schäfer, der während eines Regenschauers im Frühjahr seine Herde betrachtet.

»Haben Sie Familie, Doc?« fragte Pitt.

Plunkett schüttelte leicht den Kopf. »Ich? Um Gottes willen! Ich bin ein überzeugter Hagestolz.«

»Das habe ich mir schon gedacht.«

Salazar rieb sich nervös die Hände. In seinen Augen stand Furcht. Schmerzhaft war ihm seine Hilflosigkeit bewußt, und er war sicher, daß er sterben mußte.

»Ich glaube, Sie haben gesagt, Sie hätten eine Frau?« fragte Pitt an Salazar gewandt.

»Und einen Sohn«, murmelte er. »Sie sind beide in Veracruz.«

»Für einen ist noch Platz. Beeilen Sie sich, und steigen Sie ein.«

»Ich wäre der achte«, sagte Salazar erschüttert. »Ich dachte, in Ihr U-Boot passen nur sieben.«

»Ich habe die größten Männer im ersten Boot untergebracht und die kleinsten sowie die drei Frauen ins zweite U-Boot einsteigen lassen. Es müßte noch genügend Platz sein, daß ein Mickerling wie Sie sich dazuquetschen kann.«

Ohne ein Wort des Dankes krabbelte Salazar ins Tauchboot, und Pitt schlug die Einstiegsklappe hinter ihm zu. Dann verriegelte Lowden sie von innen.

Während das Tauchboot in die Luftschleuse rollte und die Tür sich mit erschreckender Endgültigkeit schloß, schlug Plunkett Pitt mit seiner Pratze auf den Rücken.

»Sie sind wirklich ein tapferer Mann, Mr. Pitt. Die Rolle Gottes hätte niemandem besser gestanden.«

»Tut mir leid, daß für Sie kein Platz mehr war.«

»Macht nichts. Es ist mir eine Ehre, in Ihrer Gesellschaft zu sterben.«

Pitt sah Plunkett leicht überrascht an. »Wer hat denn was von Sterben gesagt?«

»Kommen Sie schon, Mann. Ich kenne das Meer. Man muß nicht unbedingt ein seismographisches Genie sein, um zu wissen, daß Ihr Projekt uns jeden Augenblick um die Ohren fliegt.«

»Doc«, erwiderte Pitt während eines heftigen Bebens in ruhigem Gesprächston, »vertrauen Sie mir.«

Plunkett warf Pitt einen mehr als skeptischen Blick zu. »Wissen Sie etwas, das ich nicht weiß?«

»Sagen wir mal, wir springen auf den letzten Zug, der aus dem Schlamm abfährt.«

Zwölf Minuten später kamen die Beben in endloser Folge. Felsbrocken stürzten tonnenweise die Wände der Schlucht hinunter und trafen mit verheerender Wucht auf die Gebäude.

Zuletzt implodierten die angeschlagenen Wände des Unterwassergebäudes, und Milliarden von Litern eiskalten, schwarzen Wassers schossen herab und fegten alles hinweg, was dort von Menschenhand errichtet worden war, als sei es nie gewesen.

10

Das erste Tauchboot schoß in einem Wellental an die Oberfläche und machte einen Luftsprung wie ein Wal, bevor es dümpelnd im blaugrauen Meer liegenblieb. Das Meer hatte sich einigermaßen beruhigt, der Himmel war kristallklar, und die Wellen erreichten eine Höhe von kaum einem Meter.

Giordino griff schnell nach dem Lukenverschluß über seinem Kopf, faßte in die Speichen des Handrads und drehte. Nach zwei Umdrehungen ging es leichter, bis das Rad bis zum Anschlag aufgedreht war und der Deckel aufgeschoben werden konnte. Ein dünnes Wasserrinnsal ergoß sich ins Tauchboot, und die zusammengedrängten Passagiere atmeten dankbar die reine, saubere Luft ein. Für einige war es seit Monaten die erste Fahrt zur Oberfläche.

Giordino kletterte durch die Luke in den kleinen ovalen Turm, der den Zugang vor dem Wellengang schützte. Er hatte erwartet, einen verlassenen Ozean vor sich zu sehen, doch als er den Horizont absuchte, fiel ihm vor Schrecken und Verblüffung der Unterkiefer herunter.

Kaum fünfzig Meter entfernt hielt eine Dschunke, das klassische Segelschiff der Chinesen, auf das treibende Tauchboot zu. Sie hatte ein rechteckiges Deck, das den Bug überragte, und ein hohes, ovales Heck, drei Masten mit quadratischen Mattensegeln, die an Bambusstangen und einem modernen Klüver festgemacht waren. Die aufgemalten Augen zu beiden Seiten des Bugs schienen von oben auf Giordino herunterzublicken.

Einen kurzen Augenblick konnte Giordino dieses unglaubliche Zusammentreffen überhaupt nicht fassen. In der ganzen weiten Leere des Pazifiks war er offenbar gerade an der richtigen Stelle aufgetaucht, um von einem Schiff gerammt zu werden. Er beugte sich über den Turm des U-Boots und schrie ins Innere.

»Alles raus! Beeilung!«

Zwei Männer von der Dschunke sichteten das türkisfarbene Tauchboot, als es von einer Welle hochgehoben wurde, und schrien dem Rudergänger zu, hart Steuerbord zu halten. Doch die Dschunke hatte die Entfernung von fünfzig Metern schon beinahe durchmessen. Von einer steifen Brise angetrieben, hielt der schimmernde Teakrumpf mit schäumender Bugwelle auf die Leute zu, die aus dem Boot kletterten und ins Wasser sprangen.

Die Dschunke kam immer näher, Gischt löste sich vom Bug, das massive Ruder stemmte sich hart gegen die Strömung. Die Mannschaft stand wie angewurzelt an der Reling und starrte verwundert auf das U-Boot, das so unerwartet direkt vor ihnen auftauchte. Sie befürchteten, der Zusammenprall könne den Kiel der Dschunke zerschmettern und das Schiff auf den Meeresboden schicken.

Der Schatten des großen, vorspringenden Bugs fiel auf Giordino, als er nach der ausgestreckten Hand des letzten Mannes im Innern des Boots griff. Er war gerade dabei, ihn herauszuziehen, als der Bug der Dschunke sich auf einer Welle hob und sich dann auf das Heck des U-Boots senkte.

Es gab keinen lauten Aufprall, nur ein leises Klatschen, gefolgt von einem Gurgeln, als das Tauchboot sich nach Backbord überlegte und das Wasser durch die offene Luke einströmte.

Dann erschollen Schreie auf den Decks der Dschunke; die Mannschaft holte die Segel ein. Sie fielen nach unten wie Jalousien. Der Motor des Schiffes sprang an, die Schraube lief volle Kraft achteraus, während Rettungsringe über die Seite geworfen wurden.

Giordino wurde von der Dschunke beiseite geschleudert, während sie in Armeslänge an ihm vorbeifuhr. Er fiel nach hinten und wurde vom Gewicht des Mannes, den er gerade als letzten durch die Luke gezerrt hatte, unter Wasser gedrückt. Er war geistesgegenwärtig genug, den Mund geschlossen zu halten, doch das Salzwasser drang ihm in die Nase. Er schnaubte und sah sich um. Dankbar zählte er sechs Köpfe über den Wellen. Einige Männer ließen sich treiben, ein paar schwammen auf die Rettungsringe zu.

Doch das Tauchboot war schnell vollgelaufen und hatte den Auftrieb verloren. Wütend und frustriert sah Giordino zu, wie das Boot zuerst mit dem Heck unterschnitt und dann sank.

Er blickte zur vorbeirauschenden Dschunke auf und las den Namen auf dem kunstvoll bemalten Heck. Sie hieß *Shanghai Shelly.* Wie war das nur möglich, fluchte er, vom einzigen Schiff in einem Umkreis von Hunderten von Kilometern gerammt zu werden? Er fühlte sich schuldig und war verzweifelt, weil er seinen Freund Pitt im Stich ließ.

Er wußte nur eins – er mußte sich das zweite Tauchboot schnappen und Pitt retten, gleichgültig wie vergeblich ein solcher Versuch auch sein mochte.

Sie standen sich näher als Brüder, und er war es diesem verrückten Abenteurer einfach schuldig, ihn nicht kampflos seinem Schicksal zu überlassen. Nie im Leben würde er vergessen, wie oft Pitt ihm in Zeiten, in denen er bereits alle Hoffnung aufgegeben hatte, zu Hilfe geeilt war. Doch eins nach dem anderen.

Er sah sich um. »Wer verletzt ist, Hand heben«, rief er.

Nur die Hand eines jungen Geologen hob sich. »Ich glaube, ich habe einen verstauchten Knöchel.«

»Wenn das alles ist«, grunzte Giordino, »dann können Sie sich verdammt glücklich schätzen.«

Die Dschunke drehte bei, wurde langsamer und kam zehn Meter luvwärts von den Überlebenden des Tauchboots zum Stehen. Ein älterer Mann mit einer schneeweißen, windzerzausten Mähne und einem langen, lockigen Bart lehnte sich über die Reling. Er legte die Hände trichterförmig an den Mund und schrie: »Ist jemand verletzt? Sollen wir ein Boot zu Wasser lassen?«

»Lassen Sie Ihre Gangway runter«, rief Giordino zurück. »Wir kommen an Bord.« Dann fügte er hinzu: »Halten Sie die Augen offen. Gleich taucht noch ein weiteres Boot auf.«

»Verstanden.«

Fünf Minuten nach dem Wortwechsel stand die gesamte Mannschaft der NUMA auf dem Deck der Dschunke. Der junge Geologe mit dem verletzten Knöchel wurde mit einem Netz über die Seite gehievt. Der Mann, der sie angerufen hatte, kam heran und breitete bedauernd die Hände aus.

»Mein Gott, es tut mir wirklich leid, daß Sie Ihr Schiff verloren haben. Wir haben Sie erst gesichtet, als es zu spät war.«

»Ist nicht Ihr Fehler«, erklärte Giordino und trat einen Schritt vor. »Wir sind beinahe unter Ihrem Kiel hochgekommen. Ihr Ausguck war mehr auf Draht, als wir hätten erwarten dürfen.«

»Fehlt jemand?«

»Nein, es sind alle da.«

»Gott sei Dank. Das war mal ein verrückter Tag. Wir haben knapp zwanzig Kilometer westlich noch einen Mann aus dem Meer gefischt. Schwerverletzt. Sagt, sein Name sei Jimmy Knox. Ist das einer von Ihren Männern?«

»Nein«, sagte Giordino. »Der Rest meiner Mannschaft folgt in einem zweiten Tauchboot.«

»Ich hab' meinen Leuten befohlen, auf der Hut zu sein.«

»Sehr freundlich von Ihnen«, erwiderte Giordino automatisch. Seine Gedanken überschlugen sich.

Der Fremde, der das Kommando zu haben schien, warf einen Blick aufs offene Meer. Er sah ziemlich verwirrt aus. »Woher kommen Sie überhaupt alle?«

»Das erklären wir Ihnen später. Darf ich mal Ihr Funkgerät benutzen?«

»Natürlich. Übrigens, ich bin Owen Murphy.«

»Al Giordino.«

»Bitte hier entlang, Mr. Giordino«, bat Murphy und unterdrückte seine Neugierde. Er wies auf den Eingang zur großen Kabine auf dem Achterdeck. »Ich werde mich darum kümmern, daß Ihre Männer ein paar trockene Klamotten bekommen, während Sie beschäftigt sind.«

»Vielen Dank«, rief Giordino über die Schulter zurück, während er nach achtern lief.

Nachdem er knapp dem Tauchboot entkommen war, tauchte vor Giordinos Augen immer wieder das Bild Pitts und Plunketts auf, die hilflos warteten, bis Millionen Tonnen Wasser auf sie niederdonnerten. Bei kühler Überlegung war ihm klar, daß es vielleicht schon zu spät war; die Chancen, daß sie noch lebten, waren gleich Null. Doch es wäre ihm nicht im Traum eingefallen, sie im Stich zu lassen, sie einfach aufzugeben. Er war fest entschlossen, zum Meeresboden zurückzukehren, egal was für ein Alptraum ihn dort erwarten mochte.

Das NUMA-Tauchboot, das von Dave Lowden gesteuert wurde, tauchte einen halben Kilometer querab von der Dschunke auf. Dank der geschickten Manöver von Murphys Rudergänger kam die *Shanghai Shelly* keine zwei Meter vom Turm des Tauchboots entfernt zum Halten. Diesmal gelangte die ganze Mannschaft, bis auf Lowden, trocken an Bord der Dschunke.

Giordino eilte zurück an Deck, nachdem er Admiral Sandecker über die Situation in Kenntnis gesetzt und den Piloten des Flugboots angewiesen hatte, neben der Dschunke zu landen. Er sah auf Lowden hinunter, dessen Oberkörper aus dem Tauchboot ragte.

»Bleiben Sie drin«, rief Giordino. »Ich will sofort tauchen.«

Lowden schüttelte den Kopf. »Geht nicht. Wir haben ein Leck in der Batterieeinheit. Vier Batterien sind kurzgeschlossen. Für eine weitere Tauchfahrt ist bei weitem nicht genug Energie da.«

Eisiges Schweigen breitete sich aus. Völlig fassungslos angesichts dieses Versagens auf der ganzen Linie hieb Giordino mit der Faust auf die Reling. Die Wissenschaftler und Ingenieure der NUMA, Stacy und Salazar, sogar die Mannschaft der Dschunke, beobachteten erschüttert, wie sich die Verzweiflung auf seinem Gesicht breitmachte.

»Das ist nicht fair«, murmelte er, und Wut stieg in ihm auf. »Einfach nicht fair.«

Lange Zeit stand er da und starrte hinunter auf das erbarmungslose Meer, als wolle er mit seinen Augen die Tiefe durchdringen. Als sich Admiral Sandeckers Flugzeug aus dem bewölkten Himmel näherte und die bewegungslos daliegende Dschunke umkreiste, stand er immer noch genauso da.

Stacy und Salazar wurden in die Kabine gebracht, in der Jimmy Knox lag, kaum bei Bewußtsein. Ein Mann mit grauem Haar und freundlichem Zwinkern erhob sich von einem Stuhl neben dem Bett und nickte.

»Hallo, ich bin Harry Deerfield.«

»Dürfen wir eintreten?« fragte Stacy.

»Kennen Sie Mr. Knox?«

»Wir sind Kollegen vom selben britischen Forschungsschiff«, antwortete Salazar. »Wie geht es ihm?«

»Ruht jetzt«, erklärte Deerfield, doch seine Miene drückte alles andere als Hoffnung auf eine baldige Genesung aus.

»Sind Sie Arzt?«

»Eigentlich Kinderarzt. Ich hab' mir sechs Wochen Urlaub genommen, um Owen Murphy zu helfen, sein Boot von der Werft nach San Diego zu bringen.« Er wandte sich an Knox. »Ist Ihnen nach Besuch, Jimmy?«

Knox, bleich und stumm, hob zur Bestätigung schwach eine Hand. Sein Gesicht war verquollen und voller Blasen, doch sein Blick war klar, und die Augen leuchteten merkbar auf, als er Stacy und Salazar erkannte. »Gott sei Dank, ihr habt es geschafft«, krächzte er. »Ich hätte nie gedacht, daß ich euch beide wiedersehen würde. Wo steckt dieser verrückte Plunkett?«

»Wird auch bald hier sein«, erklärte Stacy und gab Salazar mit einem Blick zu verstehen, er möge nichts sagen. »Was ist passiert, Jimmy? Was ist mit der *Invincible* geschehen?«

Knox schüttelte schwach den Kopf. »Ich weiß nicht. Ich glaube, es hat eine Art Explosion gegeben. In einem Augenblick sprach ich noch übers Unterwassertelefon mit euch, und im nächsten wurde das ganze Schiff auseinandergerissen und ging in Flammen auf. Ich erinnere mich, daß ich versucht habe, Verbindung mit euch aufzunehmen, aber ich erhielt keine Antwort. Dann kletterte ich über Trümmer und Tote, während das Schiff unter mir wegsackte.«

»Untergegangen?« murmelte Salazar, der es einfach nicht glauben wollte. »Das Schiff gesunken, und die Mannschaft tot?«

Knox nickte kaum wahrnehmbar. »Ich habe gesehen, wie es untergegangen ist. Ich habe geschrien und die ganze Zeit über nach weiteren Überlebenden Ausschau gehalten. Keine Menschenseele weit und breit. Ich weiß nicht, wie lange ich getrieben bin und es gedauert hat, bis Mr. Murphy und seine Mannschaft mich entdeckt und aus dem Meer gefischt haben. Die haben das Gebiet abgesucht, aber weiter niemanden gefunden. Sie haben mir gesagt, ich sei wohl der einzige Überlebende.«

»Aber was ist mit den beiden Schiffen, die in der Nähe waren, als wir getaucht sind?« fragte Stacy.

»Hab' nichts von ihnen gesehen. Die sind auch verschwunden.«

Knox' Stimme verlor sich in Geflüster, und es war offensichtlich, daß er den Kampf, bei Bewußtsein zu bleiben, langsam verlor. Der Wille war zwar da, doch sein Körper war zu erschöpft. Die Augen schlossen sich, und sein Kopf fiel leicht zur Seite.

»Wird er wieder gesund werden?« fragte Stacy leise.

»Das kann ich nicht sagen«, meinte Deerfield zögernd.

»Was fehlt ihm denn genau?«

»Er hat, soweit ich das ohne Röntgenaufnahme beurteilen kann, zwei oder mehrere Rippen gebrochen. Einen geschwollenen Knöchel, entweder verstaucht oder gebrochen. Quetschungen und Verbrennungen ersten Grades. Mit diesen Verletzungen werde ich fertig. Doch die restlichen Symptome entsprechen in keiner Weise dem, was ich von einem Mann, der eine Havarie überlebt hat, erwarten würde.«

»Was meinen Sie damit?« fragte Salazar.

»Fieber, Hypotonie – so heißt bei uns verrückten Ärzten niedriger Blutdruck – Erytheme, Magenkrämpfe und eigenartige Blasen.«

»Die Diagnose?«

»Fällt nicht in mein Gebiet«, erklärte Deerfield zögernd. »Ich habe nur mal ein paar Artikel in medizinischen Fachzeitschriften darüber gelesen, aber ich bin ziemlich sicher, daß Jimmys äußerst ernster Zustand einer tödlichen Strahlendosis zuzuschreiben ist.«

Stacy schwieg einen Moment und fragte dann: »Radioaktive Strahlung?«

Deefield nickte. »Ich wünschte, ich würde mich irren, aber die Fakten sprechen dagegen.«

»Hängt sie auf!« schrie Knox auf einmal, und alle zuckten zusammen. Plötzlich riß er die Augen auf und sah durch die Menschen, die in der Kabine standen, hindurch auf irgendein Bild jenseits des Bullauges. »Hängt die Schweinehunde auf! Mörder!«

Verblüfft starrten sie ihn an. Salazar stand vollkommen erschüttert da. Stacy und Deerfield sprangen auf das Bett zu, um Knox zu beruhigen, der sich vergeblich aufzurichten versuchte.

»Hängt die Schweinehunde auf!« wiederholte Knox wie besessen. Es klang, als verfluchte er jemanden. »Sie werden erneut morden. Hängt sie auf!«

Bevor Deerfield ihm noch eine Beruhigungsmittel injizieren konnte, bäumte Knox sich auf, seine Augen glitzerten kurz, dann legte sich ein Schleier über sie. Er fiel zurück, keuchte noch einmal schwer und blieb reglos liegen.

Deerfield versuchte es sofort mit einer Herzmassage; er befürchtete, daß Knox infolge der Strahlenkrankheit zu erschöpft war, um wiederbelebt werden zu können. Er machte weiter, bis er vor Anstrengung keuchte und ihm in der Schwüle der Schweiß in Rinnsalen über den Körper floß. Schließlich erkannte er traurig, daß er alles in seiner Macht Stehende getan hatte. Kein Mensch und kein Wunder konnten Jimmy Knox wieder zum Leben erwecken.

»Tut mir leid«, murmelte er keuchend.

Wie hypnotisiert verließen Stacy und Salazar langsam die Kabine. Salazar schwieg, während Stacy leise zu weinen anfing. Ein paar Augenblicke später wischte sie sich mit dem Handrücken die Tränen ab und riß sich zusammen.

»Er hat etwas gesehen«, murmelte sie.

Salazar blickte sie an. »Was gesehen?«

»Er wußte es, unerklärlicherweise wußte er es.« Sie wandte sich um und warf durch die offene Tür einen Blick auf die stumme Gestalt auf der Koje. »Kurz vor seinem Ende hat Jimmy erkannt, wer für den fürchterlichen Massenmord und die Zerstörung verantwortlich ist.«

11

Seine Gestalt, schlank, beinahe ausgemergelt, ließ darauf schließen, daß er ein Fitneß- und Ernährungsfanatiker war. Er war klein, hatte Kinn und Brust kampfeslustig vorgestreckt, trug ein schickes, dünnes, blaues Golfhemd, farblich dazu passende Hosen und einen Panama-Strohhut, den er fest auf sein kurzgeschnittenes, rotes Haar gedrückt hatte, um ihn vor dem Wegfliegen zu bewahren. Er hatte einen exakt gestutzten, roten Vandyke-Bart, der so spitz zulief, daß man befürchten mußte, er könne jemanden damit erdolchen.

Jetzt stürmte er die Gangway der Dschunke hoch, eine dicke Zigarre zwischen den Zähnen, die in der Brise Funken sprühte, und wirkte so unnahbar wie ein hofhaltender Fürst. Wenn für dramatische Auftritte Preise verliehen worden wären, so wäre Admiral James Sandecker, Direktor der National Underwater and Marine Agency, NUMA, als unangefochtener Sieger aus dem Wettbewerb hervorgegangen.

Die bedrohlichen Neuigkeiten, die er während des Fluges von Giordino erhalten hatte, hatten seine Miene verfinstert. Sobald er das Deck der *Shanghai Shelly* betrat, gab er dem Piloten des Flugboots ein Zeichen; Giordino winkte bestätigend zurück. Das Flugzeug drehte in den

Wind und schoß über die Wellenkämme, bis es abhob und mit einem graziösen Bogen nach Südosten in Richtung auf die Hawaii-Inseln verschwand.

Giordino und Murphy traten vor. Sandecker musterte den Eigner der Dschunke.

»Hallo, Owen. Hätte nie gedacht, daß ich Sie hier treffen würde.«

Murphy grinste, und die beiden schüttelten sich die Hände. »Geht mir ebenso, Jim. Willkommen an Bord. Schön, Sie wiederzutreffen.« Er schwieg und deutete auf die Männer und Frauen der NUMA, die sich mit ernsten Gesichtern auf dem Deck um sie versammelt hatten. »Jetzt könnte mir vielleicht mal jemand verraten, was es mit diesem großen, hellen Blitz und dem Donner, den man gestern am Horizont sehen konnte, auf sich hatte, und wieso all diese Leute hier mitten im Ozean auftauchen.«

Sandecker antwortete nicht gleich. Er warf einen Blick über das Deck, hinauf zu den Segeln. »Was haben Sie sich denn da zugelegt?«

»Hab' ich mir in Shanghai machen lassen. Meine Mannschaft und ich segeln die Dschunke nach Honolulu und dann weiter nach San Diego, wo wir anlegen wollen.«

»Sie kennen sich?« fragte Giordino.

Sandecker nickte. »Der alte Pirat und ich haben zusammen die Marineakademie in Annapolis besucht. Nur daß Owen klüger war. Hat seinen Abschied von der Navy genommen und eine Elektronikfirma gegründet. Jetzt hat er mehr Geld als das US-Schatzamt.«

Murphy grinste. »Schön wär's.«

Sandecker wurde plötzlich ernst. »Was gibt's Neues von der Basis, seit Sie mich über Funk benachrichtigt haben?« fragte er Giordino.

»Wir fürchten, sie wurde zerstört«, erwiderte Giordino ruhig. »Die Anrufe über das Unterwassertelefon unseres zweiten U-Boots wurden nicht mehr beantwortet. Keith Harris nimmt an, daß die Basis vom Hauptbeben getroffen wurde, kurz nachdem wir sie geräumt hatten. Wie ich bereits berichtete, war in den beiden Tauchbooten nicht genug

Platz, um alle zu evakuieren. Pitt und ein britischer Wissenschaftler haben sich freiwillig bereit erklärt, unten zu bleiben.«

»Was wurde unternommen, um die beiden zu retten?« wollte Sandekker wissen.

Giordino blickte deprimiert zu Boden. »Wir konnten nichts mehr machen.«

Sandeckers Miene wurde kalt. »Sie haben versagt, Mister. Sie haben mich in dem Glauben gelassen, Sie gingen im Ersatz-Tauchboot wieder runter.«

»Das war, bevor Lowden mit kaputten Batterien aufgetaucht ist«, erwiderte Giordino wütend. »Das erste Tauchboot war gesunken, das zweite funktionierte nicht mehr – wir konnten nichts unternehmen.«

Sandeckers Miene entspannte sich, die Kälte verschwand aus seinem Blick, und er sah Giordino traurig an. Wie schrecklich mußte dies für ihn sein. Allein mit der Vermutung, der kleine Italiener hätte nicht sein Bestes gegeben, hatte er ihm unrecht getan, und jetzt bedauerte er seine Bemerkung. Doch der wahrscheinliche Tod Pitts erschütterte auch ihn.

Pitt war ihm der Sohn gewesen, den er selbst nie gehabt hatte. Er hätte eine ganze Armee von Spezialisten mit Geheimausrüstung, deren Existenz der amerikanischen Öffentlichkeit gänzlich unbekannt war, in Marsch gesetzt, wenn ihm vom Schicksal noch weitere sechsunddreißig Stunden Zeit vergönnt gewesen wären.

»Besteht die Möglichkeit, die Batterien zu reparieren?« fragte er.

Giordino nickte über die Reling zum Tauchboot hinüber, das zwanzig Meter entfernt in den Wellen rollte und mit einer Leine an der *Shanghai Shelly* festgemacht worden war. »Lowden schuftet wie ein Verrückter, um den Schaden schnellstens zu beheben, aber er ist nicht besonders optimistisch.«

»Wenn jemand die Schuld trifft, dann mich«, erklärte Murphy ernst.

»Pitt könnte noch am Leben sein«, meinte Giordino und ignorierte Murphy. »Er gehört nicht zu den Männern, die leicht sterben.«

»Ja«, murmelte Sandecker, schwieg eine Weile und fuhr dann beinahe abwesend fort: »Das hat er in der Vergangenheit schon viele Male bewiesen.«

Giordino sah den Admiral an; in seinen Augen funkelte ein Hoffnungsschimmer. »Wenn wir ein weiteres Tauchboot hierhertransportieren könnten...«

»Die *Deep Quest* kann bis zu einer Tiefe von zehntausend Metern tauchen«, erklärte Sandecker und fing sich wieder. »Sie befindet sich in unseren Docks im Hafen von Los Angeles. Ich kann sie an Bord einer C-5 der Air Force laden lassen. Bei Sonnenuntergang wäre sie auf dem Weg hierher.«

»Ich wußte nicht, daß eine C-5 wassern kann«, unterbrach Murphy.

»Kann sie auch nicht«, erwiderte Sandecker. »Die *Deep Quest* wird aus der Luft durch die Ladeluke abgeworfen.« Er warf einen Blick auf seine Uhr. »In ungefähr acht Stunden, von jetzt an gerechnet.«

»Sie wollen ein Zwölf-Tonnen-Tauchboot mit Fallschirmen aus einem Flugzeug abwerfen?«

»Warum, zum Teufel, nicht? Es würde eine Woche dauern, das Boot mit dem Schiff hierher zu transportieren.«

Giordino blickte nachdenklich aufs Deck hinab. »Wir könnten eine ganze Reihe von Problemen ausschalten, wenn wir von einem Versorgungsschiff aus arbeiteten, das über Hebe- und Rettungseinrichtungen verfügt.«

»Die *Sounder* ist das dieser Gegend am nächsten befindliche Meeresforschungsschiff, das dafür in Frage käme. Sie kartographiert gegenwärtig mittels Sonar den Meeresboden südlich der Aleuten. Ich werde den Captain anweisen, seinen Einsatz abzubrechen und so schnell wie möglich unsere Position anzulaufen.«

»Wie kann ich behilflich sein?« fragte Murphy. »Nachdem ich Ihr Tauchboot versenkt habe, ist es wohl das mindeste, daß ich Ihnen die Dienste meiner Mannschaft und meines Schiffes zur Verfügung stelle.«

Giordino verbiß sich ein Lächeln, als Sandecker die Arme hob und Murphy an den Schultern packte. Pitt hatte das immer als ›Handauflegen‹ bezeichnet. Sandecker bat sein unschuldiges Opfer nicht einfach um einen Gefallen, er gab ihm das Gefühl, etwas ganz Besonderes zu sein.

»Owen«, erklärte der Admiral in todernstem Ton, »die NUMA stünde tief in Ihrer Schuld, wenn wir Ihre Dschunke als Befehlsschiff der Flotte benutzen könnten.«

Owen Murphy war keineswegs so naiv, nicht zu merken, wenn er über den Tisch gezogen wurde. »Welche Flotte?« fragte er mit gespielter Unschuld.

»Na, die halbe Navy der Vereinigten Staaten läuft unsere Position an«, antwortete Sandecker, als handele es sich bei der geheimen Nachricht, die er von Jordan erhalten hatte, um eine allgemein bekannte Tatsache. »Würde mich überhaupt nicht überraschen, wenn ein Atom-U-Boot in dieser Sekunde unter unserem Rumpf kreuzte.«

Das war die verrückteste Geschichte, die Murphy je in seinem Leben gehört hatte. Doch niemand an Bord der *Shanghai Shelly*, ausgenommen der Admiral selbst, hatte die leiseste Ahnung, wie prophetisch seine Worte waren. Die Männer und Frauen wußten auch nicht, daß der Rettungsversuch nur das Vorspiel war und die Hauptsache erst noch folgen würde.

Zwanzig Kilometer entfernt näherte sich das Jagd-U-Boot *Tucson* in einer Tiefe von vierhundert Metern der Position der Dschunke. Das Boot war früh dran. Der Kapitän der *Tucson*, Commander Beau Morton, hatte das Boot mit Höchstfahrt in Richtung des Explosionsgebiets jagen lassen, nachdem er in Pearl Harbor seine Befehle erhalten hatte. Er sollte Tests über die Unterwasserverstrahlung durchführen und sämtliche treibenden Wrackteile aufsammeln, die sicher an Bord gebracht werden konnten.

Morton lehnte lässig am Schott, an einer Hand ließ er eine leere Kaffeetasse baumeln, und sah Lieutenant Commander Sam Hauser vom Radiological Defense Laboratory der Navy bei der Arbeit zu. Der Wissenschaftler der Navy nahm Mortons Gegenwart gar nicht wahr. Aufmerksam beobachtete er seine radiochemischen Instrumente und gab Beta- und Gamma-Werte in den Computer ein.

»Glühen wir schon im Dunkeln?« fragte Morton sarkastisch.

»Die Radioaktivität wird ganz schön unregelmäßig abgegeben«, erwiderte Hauser. »Aber hauptsächlich weit unter der zulässigen Höchstgrenze. Lediglich der Spitzenwert liegt darüber.«

»Eine Explosion auf der Wasseroberfläche?«

»Ein Schiff, ja, kein U-Boot. Der größte Teil der Kontamination ging in die Luft.«

»Besteht für diese Chinesendschunke nördlich von uns Gefahr?«

Hauser schüttelte den Kopf. »Die Besatzung müßte sich in ausreichender Entfernung leeseits befunden haben und dürfte allenfalls eine ganz geringe Dosis abgekriegt haben.«

»Und jetzt fahren die genau durch das Gebiet, in dem die Explosion stattgefunden hat«, meinte Morton.

»Wegen der Windströmung in großer Höhe und der aufgewühlten See während und unmittelbar nach der Explosion«, erklärte Hauser geduldig, »wurde der größte Teil der Radioaktivität in die Atmosphäre getragen und hat sich weit nach Osten verlagert. Die Besatzung müßte dort, wo sie sich befindet, sicher sein.«

Das Telefon läutete. Hauser nahm den Hörer ab. »Ja?«

»Ist der Captain da, Sir?«

»Bleiben Sie dran.« Er reichte Morton den Hörer.

»Hier ist der Captain.«

»Sir, Kaiser, Sonarraum. Ich habe eine Verbindung. Ich meine, Sie sollten sich das anhören.«

»Bin sofort da.« Morton legte auf und fragte sich, wieso Kaiser ihn nicht wie üblich über die Bordsprechanlage angerufen hatte.

Er traf Richard Kaiser über seine Konsole gelehnt und mit gerunzelten Brauen angestrengt in seine Kopfhörer lauschend an. Mortons Erster Offizier, Lieutenant Commander Ken Fazio, hielt ein zweites Paar Kopfhörer an die Ohren gepreßt. Er wirkte wie vom Donner gerührt.

»Sie haben eine Verbindung?« erkundigte Morton sich.

Kaiser antwortete nicht gleich, sondern lauschte noch einen Moment. Schließlich schob er die Hörmuschel über seinem linken Ohr nach oben und murmelte: »Das ist verrückt.«

»Verrückt?«

»Ich empfange ein Signal, das es überhaupt nicht geben dürfte.«

Fazio schüttelte den Kopf, als wolle er zustimmen. »Keine Ahnung, was das ist.«

»Würde es Ihnen etwas ausmachen, wenn Sie das Geheimnis mit mir teilten?« fragte Morton ungeduldig.

»Ich leg's auf die Lautsprecher«, sagte Kaiser.

Morton sah erwartungsvoll zu den Lautsprechern empor. Die Verbindung war nicht perfekt, aber es reichte, um die Klänge auszumachen. Es waren Stimmen, die sangen.

»And every night when starfish came out,
I'd hug and kiss her so.
Oh, what a time I had with Minnie the Mermaid
Down in her seamy bungalow.«

Morton fixierte Kaiser mit kaltem Blick. »Und was ist daran komisch?«

»Gar nichts, Sir.«

»Muß von der Chinesendschunke kommen.«

»Nein, Sir. Weder von der Dschunke noch von sonst einem Überwasserschiff.«

»Einem anderen U-Boot?« fragte Morton skeptisch. »Vielleicht einem russischen?«

»Kaum, es sei denn, sie bauen ihre inzwischen zehnmal stärker als wir unsere«, sagte Fazio.

»Entfernung und Kurs?« wollte Morton wissen.

Kaiser zögerte. »Kein horizontaler Kurs, Sir. Das Singen kommt vom Meeresboden, fünftausend Meter senkrecht aus der Tiefe.«

12

Gelber Dunst, der vom mikroskopisch kleinen Rippenwerk einer Meerespflanze, der sogenannten Diatom, stammte, trieb langsam in Spiralwolken vorbei, verschleiert durch die vollkommene Schwärze der unendlichen Tiefe.

Der Boden der Schlucht war dort, wo sich die NUMA-Schürfstation einmal befunden hatte, von Sand und Steinlawinen in eine zerklüftete, unebene Fläche verwandelt worden, übersät von halb vergrabenen Felsbrocken und Trümmern. Nach dem letzten Rumpeln des Erdbebens hätte sich eigentlich eine tödliche Stille ausbreiten müssen, doch der verzerrte Chor, der »Minnie the Mermaid« sang, erklang aus der Tiefe unterhalb dieser Wüstenei und durchdrang die Leere des Meeres.

Plötzlich durchschnitt ein Lichtkegel den Dunst, gefolgt von einer mechanischen Hand, die wie ein Löffel geformt und im Handgelenk beweglich war.

Die stählerne Erscheinung verharrte und richtete sich dann auf wie ein Präriehund, der sich auf die Hinterbeine setzt, um den Horizont nach Koyoten abzusuchen.

Dann verschwand der Löffel wieder nach unten, grub sich in den Meeresboden und hob einen tiefen Graben aus, der wie eine Rampe zum anderen Ende nach oben führte. Wenn der Greifarm auf einen Felsbrocken stieß, der nicht in die Kelle paßte, tauchte daneben wie von Geisterhand eine große Metallklaue auf. Die wie Zangen geformten Krallen der Klaue legten sich um den Felsen, hoben ihn aus dem Sediment und ließen ihn in einer aufstiebenden Sandwolke neben den Graben fallen. Dann schwang die Klaue wieder zurück, und der Löffel setzte seine Arbeit fort.

»Gute Arbeit, Mr. Pitt«, sagte Plunkett und grinste vor Erleichterung. »Bis Mittag werden Sie uns freigeschaufelt haben, und zur Teezeit können wir wieder durch die Landschaft fahren.«

Pitt legte sich in dem Liegesitz zurück und blickte zu einem Fernsehmonitor hoch. »Noch haben wir es nicht geschafft.«

»Das Tiefseeschürffahrzeug zu besteigen und es in die Luftschleuse zu fahren, bevor das Hauptbeben begann, war wirklich eine geniale Idee.«

»Soweit würde ich nicht gehen«, murmelte Pitt, während er den Computer des Fahrzeugs so programmierte, daß sich der Winkel zwischen Löffel und Greifarm leicht veränderte. »Man könnte es als Anlehnung an Mr. Spock's Logik bezeichnen.«

»Die Wände der Luftschleuse haben gehalten«, meine Plunkett. »Wir haben es einer Laune des Schicksals zu verdanken, daß wir nicht wie Wanzen zerquetscht worden sind.«

»Die Kammer war darauf ausgelegt, einem vierfach stärkeren Druck standzuhalten als die übrigen Gebäude«, erklärte Pitt ruhig und selbstsicher. »Die Laune des Schicksals, wie Sie es nennen, hat uns die Zeit gegönnt, für den Druckausgleich zu sorgen, das äußere Tor zu öffnen und, bevor die Lawine niederging, weit genug vorzufahren, um Löffel und Klaue einzusetzen. Sonst hätten wir länger in der Falle gesessen, als ich mir vorstellen möchte.«

»Ach, verdammt«, lachte Plunkett. Nichts machte ihm jetzt noch groß etwas aus. »Was spielt das schon für eine Rolle, solange wir uns um unser Grab herummogeln können.«

»Ich wünschte, Sie würden das Wort ›Grab‹ vermeiden.«

»Entschuldigung.« Plunkett saß leicht nach hinten versetzt neben Pitt. Er sah sich im Innern des Fahrzeugs um. »Eine verdammt gelungene Konstruktion. Mit welcher Energie wird das Fahrzeug angetrieben?«

»Ein kleiner Atomreaktor.«

»Ein Atomreaktor? Ihr Yankees überrascht mich doch immer wieder. Ich wette, wir könnten dieses Monster geradewegs über den Meeresboden bis nach Waikiki Beach steuern.«

»Gewonnen«, erklärte Pitt mit leichtem Grinsen. »Der Reaktor und die Versorgungssysteme würden uns dorthin bringen. Allerdings würden wir eine gute Woche, bevor wir ankämen, verhungern.«

»Haben Sie denn kein Lunchpaket eingepackt?« erkundigte sich Plunkett gutgelaunt.

»Nicht mal einen Apfel.«

Plunkett warf Pitt einen verschmitzten Blick zu. »Selbst der Tod wäre eine Erlösung, wenn ich dann diese grauenvolle Melodie nicht mehr zu hören brauchte.«

»Gefällt ›Minnie‹ Ihnen etwa nicht?« erkundigte Pitt sich mit gespielter Verwunderung.

»Nachdem ich den Chor zum zwölften Mal gehört habe, nein.«

»Da das Gehäuse des Funktelefons zerschmettert wurde, besteht unsere einzige Verbindung zur Oberfläche im Akustik-Radio-Übertragungsgerät. Das Gerät ist bei weitem nicht stark genug, um sich damit zu verständigen, aber es ist alles, was uns zur Verfügung steht. Ich könnte Ihnen noch die Walzer von Strauß oder die Melodien der Big Bands aus den vierziger Jahren anbieten, doch damit würde es nicht funktionieren.«

»Von Ihrem Musikprogramm halte ich nicht viel«, brummte Plunkett. Dann sah er Pitt an. »Wieso geht Strauß nicht?«

»Eine Instrumentalaufnahme«, erwiderte Pitt. »Unter Wasser könnten Violinenklänge sich anhören wie die Töne, die Wale oder andere Meeressäuger von sich geben. Minnie ist eine Vokalaufnahme. Wenn jemand an der Oberfläche mithört, dann weiß er, daß es hier unten noch menschliche Lebewesen gibt. Egal wie verzerrt, gutes altes menschliches Gebrabbel ist nicht zu verkennen.«

»Ist doch wohl nutzlos«, sagte Plunkett. »Selbst wenn eine Rettungsaktion unternommen wird, gibt's ohne Druckschleuse keine Möglichkeit, aus diesem Vehikel herauszukommen. Eine Vorrichtung, die Ihrem ansonsten bemerkenswerten Gefährt leider fehlt. Wenn ich mal realistisch sein darf, dann sehe ich für die Zukunft nur unser unvermeidliches Ableben voraus.«

»Mir wäre lieber, wenn Sie auch das Wort ›Ableben‹ vermeiden würden.«

Plunkett griff in eine Tasche seines weiten Wollpullovers und zog eine kleine Flasche hervor. »Sind zwar nur vier Schluck übrig, aber die dürften uns noch eine Weile bei Laune halten.«

Pitt griff gerade nach der angebotenen Flasche, als ein gedämpftes Rumpeln durch das riesige Kettenfahrzeug lief. Der Löffelbagger hatte sich in eine Steinmasse vergraben und versuchte, sie aus dem Weg zu räumen. Wie ein Gewichtheber bei der Olympiade, der sich Chancen auf eine Goldmedaille ausrechnet, stemmte der Löffelbagger die massive Last hoch über den Meeresboden und ließ sie auf den sich auftürmenden Wall neben dem Graben fallen.

Die Außenscheinwerfer konnten die Schlammwolken nicht mehr durchdringen, und die Monitore im Innern der Kabine zeigten nur die ständig wechselnden Farben Gelb und Grau. Doch auf dem Computermonitor war ein dreidimensionales Sonarbild zu sehen, das den Fortschritt der Grabungsarbeiten zeigte.

Volle fünf Stunden waren vergangen, seit Pitt mit der Grabung begonnen hatte. Jetzt hatte er zumindest ein vergrößertes Bild vor sich, das einen schmalen, doch verhältnismäßig freien Korridor zeigte, der bis zur Oberfläche des Meeresbodens führte.

»Wir werden uns zwar die Farbe von den Stoßstangen abscheuern, aber ich glaube, wir können uns durchquetschen«, meinte Pitt zuversichtlich.

Plunketts Miene erhellte sich. »Geben Sie Gas, Mr. Pitt. Ich bin diesen widerlichen Dreck gründlich leid.«

Pitt wandte leicht den Kopf und zwinkerte ihm mit einem grünen Auge zu. »Wie Sie wünschen, Mr. Plunkett.«

Er schaltete die Steuerung vom Computer auf Hand um und rieb sich dann die Handflächen wie ein Pianist, kurz bevor er zu spielen anfängt. »Klopfen Sie auf Holz, damit die Ketten auf dem Grund greifen, sonst sitzen wir hier fest.«

Behutsam schob er den Gashebel nach vorne. Die breiten Ketten zu beiden Seiten *Big Johns* fingen langsam an, sich zu bewegen und wurden schneller, als Pitt mehr Gas gab. Zentimeter für Zentimeter schoben sie sich vorwärts. Dann griff eine der Ketten auf einer dünnen Gesteinsschicht und ließ die gigantische Schürfmaschine auf die gegenüberliegende Wand des Grabens hin abschwenken. Pitt kämpfte darum, die Richtung zu korrigieren, doch die Wand gab nach, und der Sandwall ergoß sich über die eine Seite des Fahrzeugs.

Er schob den Gashebel bis zum Anschlag vor und zog ihn dann zurück, legte den Rückwärtsgang ein und ließ *Big John* vor- und zurückschaukeln. Der kompakte Atomreaktor hatte zwar genug Kraft, doch die Ketten fanden einfach keinen Halt. Felsbrocken und Schlick lösten sich von den Kettengliedern, während sie im schlüpfrigen Schlamm durchdrehten.

Immer noch saß das Gefährt in seinem engen Gefängnis fest.

»Vielleicht sollten wir damit aufhören und erst einmal den Schlamm abtragen«, schlug Plunkett todernst vor. »Oder noch besser, wir machen eine Pause und überlegen, was zu tun ist.«

Pitt hielt nur einen Moment lang inne, um den Briten mit einem durchdringenden, eisigen Blick zu bedenken. Plunkett schwor anschließend, Pitts Augen hätten einen Gutteil seiner Gehirnzellen weggebrannt.

»Eine Menge Leute und ich haben lang und hart gearbeitet, um die erste Tiefseestation zu bauen«, erklärte er mit einer Stimme, die fast bösartig klang. »Und irgendwer, irgendwo, ist für ihre Zerstörung verantwortlich. Und das sind dieselben Menschen, denen der Verlust Ihres Tauchboots, Ihres Versorgungsschiffs und seiner Mannschaft angelastet werden. So sieht es aus! Was mich angeht, so werde ich mich durch diese Scheiße hindurchwühlen, und wenn ich dem Ding die Eingeweide rausreißen muß, mich heil und ganz zur Meeresoberfläche durchkämpfen, die Schweinehunde, die hinter diesem Unglück stecken, finden und ihnen die Zähne einschlagen.«

Dann drehte Pitt sich um und ließ die Ketten in ihrem Bett aus Schlick und Stein wieder durchdrehen. Mit einem leichten Rütteln griff die große Maschine und schob sich einen Meter vor, dann zwei Meter. Plunkett saß wie versteinert da, vollkommen eingeschüchtert und doch überzeugt. Mein Gott, dachte er, ich glaube, der Kerl schafft das wirklich!

13

Curtis Meeker parkte den Mercury Cougar seiner Frau und ging die drei Blocks bis zu Ford's Theatre zwischen den Straßen E und F auf der Zehnten Straße zu Fuß weiter. Ihn fröstelte in der Herbstluft, und er knöpfte seinen Mantel zu und schloß sich einer Gruppe älterer Mitbürger an, die sich an diesem späten Samstagabend auf einer Besichtigungstour durch die Hauptstadt befanden.

Ihr Führer ließ sie vor dem Theater, in dem John Wilkes Booth Abraham Lincoln erschossen hatte, stehenbleiben und hielt einen kurzen Vortrag, bevor er seine Herde über die Straße zum Peterson Haus trieb, in dem der Präsident gestorben war. Unbemerkt löste Meeker sich von der Gruppe, zeigte dem Portier seinen Dienstausweis und betrat die Lobby des Theaters. Er unterhielt sich kurz mit dem Manager und nahm dann auf einem Sofa Platz, wo er sich in aller Ruhe in ein Programm zu vertiefen schien.

Auf jeden Spätankömmling, der die erste Abendvorstellung besuchte und schnell an Meeker vorbei zu seinem Platz eilte, wirkte er wie ein gelangweilter Theaterbesucher, dem die Wiederholung des Stücks aus dem ausgehenden neunzehnten Jahrhundert, das sich mit dem Spanisch-Amerikanischen Krieg befaßte, auf die Nerven ging und der es vorzog, das Ende draußen in der Lobby abzuwarten.

Doch Meeker war weder Tourist noch Theaterbesucher. Er bekleidete den Rang eines Stellvertretenden Leiters für Schwierige Technische Operationen, und abends ging er selten woanders hin als in sein Büro, in dem er dann die Fotos geheimer Aufklärungssatelliten studierte.

Im Grund war er ein schüchterner Mann, der selten mehr als ein oder zwei zusammenhängende Sätze sprach, doch in Geheimdienstkreisen war er als einer der besten Fotoanalytiker im Geschäft hochgeachtet. Er gehörte zu den Männern, die Frauen ›gutaussehend‹ fanden – graumeliertes Haar, ein freundliches Gesicht, ein nettes Lächeln und Augen, aus denen Gutmütigkeit sprach.

Während seine Aufmerksamkeit sich scheinbar völlig auf das Programm richtete, schob er seine Hand in die Tasche und drückte auf den Knopf eines Senders.

Im Theater kämpfte Raymond Jordan gegen den Schlaf an. Seine Frau warf ihm einen scharfen Seitenblick zu, als er beim Anhören des hundert Jahre alten Dialoges gähnte. Zum Glück für die Zuschauer, die auf den altmodischen, harten Stühlen saßen, waren die Stücke und Schauspiele, die im Ford's Theatre gegeben wurden, kurz. Jordan rutschte auf seinem harten Holzsitz herum, bis er eine bequemere Position gefunden hatte, und hing seinen Gedanken nach.

Plötzlich wurden seine Träume von drei leisen Piepsern, die seine Digitaluhr abgab, unterbrochen. Es handelte sich um eine Delta-Uhr, benannt nach dem Code, den sie empfangen konnte, und sie sah wie eine ganz normale Uhr aus. Mit der rechten Hand schirmte er das Kristall-Display ab, das jetzt aufleuchtete. Der Delta-Code alarmierte ihn nur im Ernstfall und bedeutete, daß jemand ihn abholen oder sich mit ihm treffen würde.

Flüsternd entschuldigte er sich bei seiner Frau, bahnte sich seinen Weg zum Gang und ging hinaus in die Lobby. Als Jordan Meeker erkannte, verfinsterte sich seine Miene. Obwohl er jede Unterbrechung begrüßte, war er doch nicht glücklich, daß es sich um eine Krise zu handeln schien.

»Was ist los?« fragte er ohne jede Einleitung.

»Wir wissen, welches Schiff die Bombe an Bord hatte«, antwortete Meeker und stand auf.

»Hier können wir nicht reden.«

»Der Manager des Theaters stellt uns ein Vorstandszimmer zur Verfügung. Dort kann ich Sie über die Angelegenheit informieren.«

Jordan kannte den Raum. Er ging voraus, Meeker im Schlepptau, und betrat einen Vorraum. Er schloß die Tür und sah Meeker an. »Sind Sie sicher? Irrtum ausgeschlossen?«

Meeker schüttelte ernst den Kopf. »Das Foto eines Wettersatelliten, der die Gegend kurz vorher überflog, zeigt drei Schiffe in diesem Gebiet. Wir haben unseren alten Sky King Spionagesatelliten aktiviert, als er nach der Explosion das Gebiet überflog, und zwei der Schiffe ausmachen können.«

»Wie?«

»Durch Computer-Vergrößerung mittels eines Radar-Sonar-Systems, das es uns ermöglicht, durch Wasser zu sehen, als sei es transparent.«

»Haben Sie unsere Leute davon in Kenntnis gesetzt?«

»Ja.«

Jordan sah Meeker in die Augen. »Ihre Schlußfolgerungen sind hieb- und stichfest?«

»Ich habe keinerlei Zweifel«, erwiderte Meeker gerade heraus.

»Die Beweise sind unumstößlich?«

»Ja.«

»Ihnen ist klar, daß Sie mitverantwortlich sind, wenn Sie Mist gebaut haben?«

»Sobald ich meinen Bericht fertiggestellt habe, gehe ich nach Hause und werde seelenruhig schlafen... na ja, ziemlich seelenruhig.«

Jordan entspannte sich und nahm auf einem Stuhl am Tisch Platz. Erwartungsvoll blickte er zu Meeker auf. »Okay, was haben Sie?«

Meeker zog eine ledergebundene Akte aus der Innentasche seines Mantels und legte sie auf den Tisch. Er schlug die Akte auf und breitete fünf Fotografien aus. Die drei ersten zeigten detailgenau die Schiffe auf der Meeresoberfläche. »Hier sehen Sie den norwegischen Passagierfrachter, der den treibenden japanischen Autotransporter umkreist.

Zwölf Kilometer entfernt ist das britische Forschungsschiff im Begriff, ein Tauchboot ins Meer abzusenken.«

»Das Foto *davor*«, bemerkte Jordan.

Meeker nickte. »Die beiden folgenden stammen vom Sky King, wurden nach der Explosion aufgenommen und zeigen zwei zerstörte Schiffsrümpfe auf dem Meeresgrund. Das dritte Schiff wurde vollkommen atomisiert. Abgesehen von ein paar verstreuten Maschinenteilen auf dem Meeresboden ist buchstäblich nichts davon übriggeblieben.«

»Um welches Schiff handelt es sich?« fragte Jordan langsam, als ahne er die Antwort bereits.

»Wir haben die beiden Schiffe, die gesunken sind, identifiziert.« Meeker machte eine Pause, wandte den Blick von den Fotos ab und sah Jordan an, als wolle er seiner Antwort besonderes Gewicht geben. »Das Schiff, das die Bombe transportierte, war der japanische Autotransporter.«

Jordan seufzte und lehnte sich auf seinem Stuhl zurück. »Kommt nicht sehr überraschend, daß Japan die Bombe hat. Die Technologien dafür hatten sie seit Jahren.«

»Die Sache wurde ruchbar, als sie den Flüssigmetall-Schnellbrüter bauten. Bei der Neutronenspaltung erzeugt der Brüter mehr Plutonium, als er verbrennt. Das ist der erste Schritt, um Nuklearwaffen herzustellen.«

»Sie haben Ihre Hausaufgaben gemacht«, gab Jordan zu.

»Ich muß nur wissen, wonach ich zu suchen habe.«

»Beispielsweise nach einer geheimen Atomwaffenfabrik, die erst noch entdeckt werden muß«, erwiderte Jordan schneidend.

Meeker sah ihn ungerührt an und lächelte dann. »Ihr Geheimdienst hat auch keine Ahnung, wo sie hergestellt werden.«

»Stimmt«, gab Jordan zu. »Die Japaner haben so ungeheuer gut dichtgemacht, daß deren Regierung, soviel ich weiß, ebenso im dunkeln tappt wie wir.«

»Wenn sich die Fabrik über der Erdoberfläche befindet, hätte unsere neue Satellitenaufklärung sie entdeckt.«

»Seltsam, daß es keine Gebiete mit ungewöhnlicher Radioaktivität gibt.«

»Abgesehen von den Reaktoren, die der Stromerzeugung dienen, und einer Atommülldeponie in der Nähe der Küstenstadt Rokota haben wir nichts entdeckt.«

»Ich habe die Berichte gesehen«, erklärte Jordan. »Die Japaner haben einen viertausend Meter tiefen Schacht in den Boden getrieben, um ihren Abfall darin zu vergraben. Könnte es sein, daß wir da etwas übersehen haben?«

Meeker schüttelte den Kopf. »Wir haben bisher keinerlei Anzeichen für eine größere Fabrik oder irgendwelche auffälligen Manöver entdekken können.«

»Verdammt!« fluchte Jordan. »Japan befördert Bomben über das Meer, die für Häfen in den Vereinigten Staaten bestimmt sind, und wir sitzen auf unserem fetten Arsch und kennen weder die Fabrik, in der die Dinger gebaut werden, noch ihren endgültigen Bestimmungsort oder den Plan, der sich hinter der ganzen Operation verbirgt.«

»Haben Sie ›Bomben‹ gesagt, Plural?« fragte Meeker.

»Die Auswertungen des seismographischen Zentrums in Colorado zeigen, daß eine Millisekunde nach der ersten Explosion eine zweite erfolgte.«

»Schade, daß Sie nicht schon vor zehn Jahren eine größere Aktion gestartet haben, um darauf die Antwort zu finden.«

»Mit welchen Mitteln denn?« brummte Jordan. »Die letzte Regierung hat die Budgets der Geheimdienste gekappt. Die Politiker interessieren sich nur für Rußland und den Nahen Osten. Das allerletzte Volk, bei dem das Außenministerium uns gestatten würde herumzustochern, sind unsere guten Freunde in Japan. Zwei pensionierte Agenten sind die einzigen, die wir dort noch unter Vertrag haben. Israel ist ein weiteres Land, um das wir uns nicht kümmern dürfen. Sie würden nicht für möglich halten, wie oft wir schon wegschauen mußten, während der Mossad Operationen durchzog, die später den Arabern zur Last gelegt wurden.«

»Sobald Sie ihm den Ernst der Situation vor Augen führen, muß der Präsident Ihnen freie Hand lassen.«

»Das werde ich morgen früh wissen, nachdem ich ihn in Kenntnis gesetzt habe.« In Jordans glatte, maskenhafte Miene kam etwas Bewegung, und seine Stimme wurde eiskalt. »Egal, wie wir diese Sache angehen, wir sind im Hintertreffen. Was mir wirklich Sorgen bereitet, mir eine Heidenangst einjagt, ist die Tatsache, daß es schon zu spät sein könnte, um diese Geschichte noch mittendrin abzuwürgen.«

In der Lobby erhoben sich Stimmen. Das Stück war zu Ende, und die Besucher strömten in den Vorraum.

Jordan stand auf. »Wir müssen Schluß machen, ich muß mich sehen lassen, sonst spricht meine Frau auf dem Heimweg kein Wort mit mir. Vielen Dank, daß Sie mir von der Entdeckung durch den Satelliten berichtet haben.«

»Da gibt's noch etwas«, erklärte Meeker. Er zog eine weitere Fotografie aus der Akte und hob sie ins Licht.

Jordan musterte das Objekt mitten auf dem Foto. »Sieht aus wie eine Art Traktor. Was soll das bedeuten?«

»Was Sie da sehen, ist ein unbekanntes Tiefsee-Fahrzeug, das fünftausend Meter unter der Meersoberfläche, kaum zwanzig Kilometer von dem Explosionsherd entfernt, auf dem Meeresboden fährt. Wissen Sie, wem das gehört oder was es da unten zu suchen hat?«

»Ja...« erwiderte Jordan langsam. »Ich wußte es nicht, aber jetzt ist es mir klar. Danke, Curtis.«

Jordan wandte sich von dem völlig verblüfften Meeker ab, öffnete die Tür und tauchte in der Menge, die das Theater verließ, unter.

14

Wie er versprochen hatte, fuhr Pitt das übel zugerichtete Gefährt aus seinem Gefängnis unter der Erde heraus. Die Metallketten kreischten, als sie sich Zentimeter um Zentimeter durch das Lavagestein gruben. Quälend langsam bahnte sich das große Fahrzeug den Weg zur Oberfläche des Meeresbodens, ließ Felsbrocken und Schlamm, der wie eine riesige Staubwolke vom Heck herabwehte, hinter sich und rollte aufs freie Terrain.

»Wir haben's hinter uns«, rief Plunkett erleichtert. »Gut gemacht.«

»Gut gemacht«, äffte Pitt ihn nach. Er schaltete die Computersteuerung ein und ließ eine Serie geografischer Abbildungen auf dem Monitor erscheinen. »Ein Wunder, daß wir ohne Drucklecks oder mechanische Schäden durchgebrochen sind.«

»Mein lieber Junge, mein Glaube an Sie ist so tief wie das Meer ... unter dem wir uns, äh, befinden. Ich habe nicht einen Augenblick an Ihrer Stärke gezweifelt.«

Pitt sparte sich eine Antwort.

»Nachdem wir also jetzt dem Erdrutsch entkommen sind, wie sieht der weitere Plan aus?« erkundigte Plunkett sich so ruhig, als bäte er um eine Tasse Tee.

»Der Plan sieht vor, nach oben zu gelangen«, gab Pitt zurück und deutete an die Decke.

»Diese Raupe hat aber keinen Auftrieb, und wir haben fünf Kilometer Ozean über uns, wie wollen Sie das Unmögliche denn bewerkstelligen?«

Pitt grinste.

»Lehnen Sie sich einfach zurück und genießen Sie die Meereslandschaft. Wir werden ein bißchen durchs Gebirge fahren.«

»Willkommen an Bord, Admiral.« Commander Morton salutierte zackig und streckte seine Hand aus, doch die Begrüßung war rein offiziell. Er war ganz und gar nicht begeistert und machte aus seinem Herzen keine Mördergrube. »Passiert selten, daß wir während einer Patrouillenfahrt an die Meeresoberfläche befohlen werden, um Besucher aufzunehmen. Ich darf sagen, daß ich das keineswegs schätze.«

Sandecker unterdrückte ein Lächeln, während er von der Barkasse der *Shanghai Shelly* den nur ein Stück aus dem Meer aufragenden Turm der *Tucson* betrat. Lässig und selbstsicher griff er nach Mortons Hand.

»Ich habe nicht meine Verbindungen spielen lassen und Ihre Operation unterbrochen, um bei Ihnen an Bord ein paar Cocktails zu nehmen, Commander. Ich bin auf persönlichen Befehl des Präsidenten hier. Doch wenn meine Anwesenheit Ihnen Ungelegenheiten bereitet, bin ich gerne bereit, zur Dschunke zurückzukehren.«

Morton machte ein gequältes Gesicht. »Ich wollte Sie keineswegs beleidigen, Admiral, aber die sowjetischen Satelliten –«

»Werden uns in leuchtenden Farben fotografieren, und deren Geheimdienstanalytiker können sich einen herrlichen Tag machen. Ja, ja, aber eigentlich ist es uns doch vollkommen egal, was die sehen oder denken.« Sandecker wandte sich um, als Giordino an Bord kletterte. »Mein Assistent, Al Giordino, Projektleiter.«

Geistesabwesend nickte Morton Giordino zu und stieg dann mit ihnen durch die Klappe ins Befehlszentrum des U-Boots. Sie folgten dem Commander in eine kleine, abgetrennte Abteilung mit einem durchsichtigen, beleuchteten Zeichentisch, in dessen Innerem das dreidimensionale Sonarbild des Meeresbodens dargestellt war.

Lieutenant David DeLuca, Navigationsoffizier der *Tucson*, beugte sich gerade über den Tisch. Jetzt richtete er sich auf und lächelte höflich.

Morton warf DeLuca einen kurzen Blick zu und nickte zum Tisch hinüber. »Der Admiral ist an Ihrer Entdeckung außerordentlich interessiert.«

Einen Moment wirkte DeLuca unsicher. »Wir haben eine seltsame Musik aufgefangen –«

»Minnie, the Mermaid?« platzte Giordino heraus.

DeLuca nickte. »Zu Anfang, ja. Aber jetzt klingt es eher nach den Märschen von John Philip Sousa.«

Mortons Augen verengten sich. »Woher, um alles in der Welt, konnten Sie das wissen?«

»Dirk«, erklärte Giordino überzeugt. »Er lebt noch.«

»Das wollen wir hoffen«, sagte Sandecker. Er sah DeLuca an. »Können Sie die Musik immer noch hören?«

»Ja, Sir. Nachdem die Peilung erst einmal stand, war es uns möglich, die Quelle zu verfolgen.«

»Bewegt sie sich?«

»Mit ungefähr fünf Kilometern pro Stunde auf dem Meeresboden.«

»Plunkett und er müssen das Beben überlebt haben und in *Big John* entkommen sein«, schloß Giordino.

»Haben Sie versucht, Kontakt aufzunehmen?« erkundigte Sandecker sich bei Morton.

»Wir haben es versucht, aber unsere Systeme sind nicht darauf ausgelegt, in Tiefen unter tausend Meter zu übertragen.«

»Wir könnten über das Unterwassertelefon im Tauchboot mit ihnen Kontakt aufnehmen«, erklärte Giordino.

»Es sei denn...« Sandecker zögerte. Er sah Morton an. »Könnten Sie die Männer hören, wenn sie versuchten, zu einem Überwasserschiff Kontakt aufzunehmen, Commander?«

»Wenn wir die Musik hören können, dann könnten wir auch die Übertragung menschlicher Stimmen auffangen. Die Töne mögen zwar gestört und verzerrt sein, aber ich glaube, daß unser Computer sie zu einer entsprechenden Meldung zusammensetzen könnte.«

»Haben Sie derartige Töne aufgefangen?«

»Überhaupt keine«, erwiderte Morton.

»Dann muß die Kommunikationsanlage defekt sein«, vermutete Sandecker.

»Wieso ist es ihnen dann aber möglich, Musik zu übertragen?«

»Die kommt von einem Notlautsprechersystem, mit dem man das Fahrzeug orten kann, wenn es liegen bleibt«, antwortete Giordino. »Ein Rettungsfahrzeug kann dann auf die Geräuschquelle zuhalten. Aber das

System taugt nicht für die Übertragung menschlicher Stimmen oder deren Empfang.«

Morton ging nervös auf und ab. Er schätzte es gar nicht, an Bord eines von ihm kommandierten Schiffs eine Situation nicht im Griff zu haben. »Darf ich fragen, wer diese Leute in *Big John,* wie Sie das Fahrzeug nennen, sind, und wie es kommt, daß sie auf dem Boden des Pazifiks spazierenfahren?«

Sandecker machte eine abwehrende Handbewegung. »Tut mir leid, Commander. Es handelt sich um ein Geheimprojekt.« Er wandte sich wieder DeLuca zu. »Sie sagten, die Männer bewegten sich vorwärts.«

»Ja, Sir.« DeLuca drückte auf ein paar Knöpfe, und das im Tisch eingelassene Display gab in dreidimensionaler Holographie einen Abschnitt des Meeresbodens aus. Den Männern, die um den Tisch herumstanden, kam es vor, als schauten sie vom Rand eines Aquariums hinunter auf einen unter Wasser liegenden Grand Canyon. Die Einzelheiten wurden durch die komplizierte Computer- und Sonar-Kartographie vergrößert und zeigten die Abbildungen in verwaschenen Farben, größtenteils in Blau- und Grüntönen.

»Die neueste Unterwasser-Sicht-Technologie«, betonte Morton stolz. »Wurde zuallererst auf der *Tucson* installiert.«

»Codename ›The Great Karnak‹«, nickte Sandecker ungerührt. »Weiß alles, sieht alles. Unsere NUMA-Ingenieure waren an der Entwicklung beteiligt.«

Morton wurde rot und konnte seinen Ärger über diese Abfuhr kaum verbergen. Doch er riß sich zusammen, entschlossen, sich nicht unterkriegen zu lassen. »Nun, Lieutenant, dann zeigen Sie dem Admiral mal, wie sein Spielzeug funktioniert.«

DeLuca nahm eine stabartige Sonde zur Hand und zeichnete einen Lichtstrahl über den Boden auf dem Bildschirm. »Ihr Unterwasserfahrzeug tauchte an diesem Punkt in einem kleinen Tal neben der Hauptfrakturzone auf und fährt nun im Zickzack die Hänge hinauf, auf den oberen Rand der Frakturzone zu.«

Mit ernstem Blick starrte Giordino auf das eingeebnete Gebiet, wo früher einmal die Einrichtungen des Schürfobjekts gestanden hatten. »Nicht mehr viel übrig vom ›Schlamm‹«, stellte er traurig fest.

»Wurde ja auch nicht für die Ewigkeit gebaut«, tröstete Sandecker ihn. »Die Resultate machen den Verlust mehr als wett.«

Ohne darum gebeten worden zu sein, vergrößerte DeLuca das Bild, bis man *Big John* undeutlich erkennen konnte, der sich gerade einen steilen Abhang hochquälte. »Schärfer kann ich's nicht bringen.«

»Genügt schon«, meinte Sandecker.

Während sie auf den kleinen Fleck vor der unendlichen Wüste starrten, konnte sich niemand von ihnen vorstellen, daß in diesem Fahrzeug zwei Männer saßen, die lebten und atmeten. Die Bewegungsprojektion war derart wirklichkeitsgetreu, daß sie sich zusammennehmen mußten, nicht danach zu greifen und das Fahrzeug berühren zu wollen.

»Ich sehe keine Möglichkeit, die beiden aus derartiger Tiefe nach oben zu holen«, sagte Sandecker resigniert.

»Ich frage mich, wo er hin will«, murmelte DeLuca.

»Was haben Sie gesagt?« fragte Sandecker, als sei er plötzlich aufgewacht.

»Seit ich seinen Weg verfolge, hat er verschiedene Richtungen eingeschlagen. Ein paarmal ist er zurückgefahren, wenn der Abhang zu steil wurde, doch sobald er flacher wurde, hat er seinen ursprünglichen Kurs wieder aufgenommen.«

Sandecker starrte DeLuca an, und plötzlich dämmerte es ihm. »Dirk fährt nach oben. Mein Gott, beinahe hätte ich ihn abgeschrieben, ohne zu überlegen, was er im Sinn hat.«

»Bestimmen Sie seinen ungefähren Kurs«, befahl Morton DeLuca.

DeLuca fütterte seinen Navigationscomputer mit den Daten und warf dann einen Blick auf den Monitor, auf dem die Richtungsprojektion angezeigt werden würde. Beinahe im selben Augenblick tauchten die Zahlenangaben auf dem Bildschirm auf.

»Admiral, Ihr Mann steuert Kurs drei-drei-vier.«

Giordino wandte sich an DeLuca. »Bitte vergrößern Sie den Sektor, der vor *Big John* liegt.«

DeLuca nickte und holte die Abbildung der von Giordino gewünschten Richtung näher heran.

»Dirk fährt direkt auf Conrow Guyot zu«, stellte Giordino mit ausdrucksloser Stimme fest.

»Guyot?« fragte DeLuca.

»Ein Seegebirge mit flachem Gipfel«, erklärte Sandecker. »Ein Unterwasservulkan, dessen Gipfel vom Wellengang abgetragen wurde, als er langsam unter der Wasseroberfläche versank.«

»In welcher Tiefe liegt der Gipfel?« fragte Giordino DeLuca.

Der junge Navigationsoffizier zog eine Karte aus einem Schrank unter dem Tisch hervor und breitete sie auf der durchsichtigen Tischoberfläche aus. »Conrow Guyot«, las er laut vor. »Tiefe dreihundertzehn Meter. Etwa sechsundneunzig Kilometer von *Big John* entfernt.«

»Bei acht Kilometern in der Stunde«, kalkulierte Giordino, »und der doppelten Entfernung, da man unebenes Terrain und Umwege um Einschnitte berücksichtigen muß, dürften sie den Gipfel des Conrow mit etwas Glück morgen um diese Zeit erreichen.«

Morton blickte skeptisch drein. »Wenn sie den Guyot rauffahren, dann kommen sie zwar näher an die Meeresoberfläche, aber ihnen fehlen immer noch ungefähr dreihundert Meter oder fast viertausend Fuß. Wie will der Kerl –«

»Sein Name ist Dirk Pitt«, warf Giordino ein.

»Okay, Pitt. Wie will er denn an die Meeresoberfläche kommen – will er schwimmen?«

»Nicht aus dieser Tiefe«, erwiderte Sandecker prompt. »Der Druck in *Big John* beträgt eine Atmosphäre, hat also den gleichen Wert wie hier an der Meeresoberfläche. Der Wasserdruck da unten ist dreiunddreißigmal höher. Selbst wenn wir ihn mit High-Tech-Tauchgeräten und einer Helium-Sauerstoff-Mischung für Tiefseebeatmung ausrüsten könnten, sind ihre Chancen immer noch gleich Null.«

»Wenn der plötzliche Druckanstieg beim Ausstieg aus *Big John* sie nicht gleich umbringt«, fügte Giordino hinzu, »dann mit Sicherheit die Dekompression auf dem Weg nach oben.«

»Aber irgendwas führt er doch im Schilde, oder?«

Giordinos Augen schienen in die Ferne hinter dem Schott zu blicken. »Ich kenne die Antwort nicht, aber es wäre besser, wenn sie uns verdammt schnell einfallen würde.«

15

Die sterile graue Fläche ging in einen Wald seltsam geformter Schlote über, die aus dem Meeresboden emporragten. Sie erhoben sich wie gedrehte Schornsteine und spuckten schwarze Dampfwolken – 365 Grad Celsius heiß – aus, die im kalten Ozean schnell abkühlten.

»Unterwasser-Geysire«, stellte Plunkett fest, der sie im Scheinwerferlicht von *Big John* identifizierte.

»Sind sicher von Meerestier-Kolonien umgeben«, sagte Pitt, ohne die Augen von der Navigationsanzeige auf seinem Kontrollmonitor abzuwenden. »Wir haben während der geologischen Vermessung mehr als ein Dutzend davon kartographiert.«

»Wäre besser, Sie drehten ab. Ich würde nicht gerne drüber hinwegfahren.«

Pitt grinste, schaltete auf Handsteuerung um und drehte mit dem Schürffahrzeug ab, um an der abgelegenen Kolonie exotischer Seelebewesen vorbeizufahren, die dort ohne Sonnenlicht ihr Leben fristete. Die breiten Ketten des störenden Monsters rollten unmittelbar an den dampfenden Schornsteinen und den verschlungenen Massen riesiger Röhrenwürmer vorbei, die sich in der leichten Strömung wie Schilf im Wind wiegten.

Doch Pitt warf nur einen flüchtigen Blick auf das unglaubliche Bild draußen. Er hatte nicht die Zeit, sich ablenken zu lassen. Zu viel hing von seinen Augen und Reflexen ab. Zweimal wäre er mit *Big John* fast in klaffende Abgründe gestürzt, einmal hatte er gerade noch einen Meter vom Rand entfernt anhalten können. Das zerklüftete Terrain erwies sich oft als so unpassierbar wie die Lavahänge auf Hawaii, und er mußte den Computer hastig auf den am wenigsten gefährlich erscheinenden Umweg umprogrammieren.

Von der Anstrengung begannen langsam seine Muskeln und seine Augen zu schmerzen, und Pitt beschloß, das Lenkrad eine Weile Plunkett zu überlassen, der schnell begriffen hatte, wie *Big John* gefahren werden mußte.

»Wir haben gerade die Zweitausend-Meter-Marke passiert«, stellte Pitt fest.

»Sieht gut aus«, erwiderte Plunkett frohgemut. »Wir haben schon mehr als die Hälfte geschafft.«

»Darauf würde ich mich nicht verlassen. Der Hang ist steiler geworden. Wenn die Neigung noch um weitere fünf Grad zunimmt, verlieren unsere Ketten die Haftung.«

Pitt deutete auf die Kontrollkonsole. »Sie übernehmen. Bitte denken Sie daran, ein Auge auf die geologischen Anzeigen auf dem Monitor zu haben, und sich weniger um Quallen mit Leuchtreklamen zu kümmern.«

Pitt lehnte sich in seinem Sitz zurück, schloß die Augen und war sofort eingeschlafen.

Zwei Stunden später wachte Pitt von einem lauten Knall auf, der wie ein Gewehrschuß klang. Sofort spürte er, daß Ärger im Verzug war. Er fuhr hoch, warf einen Blick auf die Konsole und sah ein Rotlicht aufblinken.

»Eine Störung.«

»Wir haben ein Leck«, informierte Plunkett ihn prompt. »Das Rotlicht leuchtete gleichzeitig mit dem Knall auf.«

»Was sagt der Computer zum Schaden und zur Stelle, wo er aufgetreten ist?«

»Tut mir leid. Sie haben mir den Code für das entsprechende Programm nicht verraten.«

Pitt gab schnell den korrekten Code auf die Tastatur ein. Sofort erschien die Meldung auf dem Monitor.

»Wir haben Glück«, erklärte Pitt. »Die Versorgungs- und Elektronikabteilungen sind unversehrt. Gleichfalls das abgeschirmte Reaktorgehäuse. Das Leck befindet sich weiter unten, irgendwo in der Nähe der Maschinen- und Generatorabteilung.«

»Das nennen Sie Glück?«

»Dort unten ist Platz genug, um sich zu bewegen, und man kommt gut an die Wände heran, um das Loch abzudichten. Die Schinderei, die dieses Gefährt hat durchmachen müssen, muß im Unterteil des Rumpfs ein mikroskopisch kleines Loch verursacht haben.«

»Der Wasserdruck, der von außen auf ein Loch von Stecknadelkopfgröße trifft, vermag das Innere dieser Kabine in zwei Stunden vollaufen zu lassen«, meinte Plunkett beunruhigt. Nervös rutschte er hin und her. Aus seinen Augen war jeder Optimismus gewichen, als er ausdruckslos den Monitor anstarrte. »Und wenn sich das Loch vergrößert und der Rumpf nachgibt...« Er verstummte.

»Diese Wände geben nicht nach«, sagte Pitt überzeugt. »Die sind dafür konstruiert, dem Sechsfachen des Drucks, der in dieser Tiefe herrscht, standzuhalten.«

»Dann bleibt immer noch das Problem, daß da unten ein winziger Wasserstrahl mit der Energie eines Laserstrahls eindringt. Im Bruchteil einer Sekunde vermag er ein Elektrokabel durchzutrennen – oder den Arm eines Menschen.«

»Dann müssen wir wohl vorsichtig sein, oder?« murmelte Pitt, während er aus seinem Sitz glitt und auf das hintere Ende der Kabine zukroch. Die ganze Zeit über mußte er sich gut festhalten, um in dem Fahrzeug, das über das unebene Terrain rumpelte, nicht hin- und hergeworfen zu werden. Kurz bevor er die Tür des Ausstiegs erreichte, beugte er sich nach unten, zog eine kleine Falltür auf und schaltete die Beleuchtung ein, die das kleine Maschinenabteil erhellte.

Das scharfe Zischen, das er hörte, übertönte das Summen der Dampfturbine, doch er konnte nicht erkennen, wo es herkam. Über den Bodenblechen stand das Wasser bereits einen Viertelmeter hoch. Er blieb stehen, lauschte und versuchte, das Geräusch zu lokalisieren. Es war nicht ratsam, blind in einen rasiermesserscharfen Strahl zu laufen.

»Sehen Sie's?« rief Plunkett ihm zu.

»Nein!« gab Pitt nervös zurück.

»Soll ich anhalten?«

»Auf keinen Fall. Halten Sie weiter auf den Gipfel zu.«

Er beugte sich durch die Fußbodenöffnung nach unten. Das tödliche Zischen hatte etwas noch Bedrohlicheres als die feindselige Welt da draußen. Hatte das Leck bereits lebenswichtige Systeme beschädigt? War der Wassereinbruch zu stark, um noch gestoppt werden zu können? Jedenfalls war keine Zeit zu verlieren; es spielte überhaupt keine Rolle, ob er nun vom mörderischen Wasserstrahl zerschnitten wurde, ertrank oder der erbarmungslose Druck der Tiefsee ihn zerquetschte.

Er ließ sich durch die Falltür nach unten und blieb einen Augenblick im Innern des Motorraums hocken. Er hatte Glück gehabt, noch war er unverletzt. Das Zischen kam ganz aus der Nähe, schien beinahe zum Greifen nahe, und er fühlte das Brennen der Spritzer, als der Strahl auf etwas vor ihm Liegendes traf. Doch in dem Nebel, der den Raum füllte, konnte er das Leck nicht entdecken.

Pitt tastete sich vorsichtig näher. Dann kam ihm eine Idee, er zog einen Schuh aus, hielt ihn vor sich und schwang ihn, wie ein Blinder seinen Stock, von einer Seite zur anderen. Plötzlich wurde ihm der Schuh fast aus der Hand gerissen. Ein Teil des Absatzes war säuberlich abgetrennt worden. Und jetzt entdeckte er es auch, ein kurzes Glitzern rechts vor ihm.

Der nadelscharfe Strahl traf auf die Bodenverankerung der kompakten

Dampfturbine, die die riesigen Ketten des DSMV antrieb. Der massive Titansockel widerstand der konzentrierten Energie des Wasserstrahls, doch die rauhe Oberfläche wies bereits Kratzer und Dellen auf.

Pitt hatte das Problem jetzt zwar eingekreist, doch damit war es bei weitem nicht gelöst. Weder Dichtung noch Versiegelung oder Isolierband konnten gegen diesen Strom, der, wenn er genug Zeit hatte, selbst Metall durchschnitt, etwas ausrichten. Pitt blieb stehen und schob sich dann um die Turbine herum zu einem Schrank, in dem Werkzeug und Ersatzteile verstaut waren. Einen Augenblick lang musterte er den Inhalt und zog dann ein Hochdruck-Ersatzrohr für den Dampfgenerator heraus. Als nächstes entnahm er dem Schrank einen schweren Vorschlaghammer.

Als er mit seinen Vorbereitungen fertig war, war das Wasser um einen weiteren halben Meter gestiegen. Seine Behelfskonstruktion mußte einfach funktionieren. Wenn nicht, gab es nicht das Geringste, was Plunkett und er noch tun konnten, außer darauf zu warten, entweder zu ertrinken oder vom Druckanstieg zerquetscht zu werden.

Langsam, unendlich vorsichtig, beugte er sich, das Rohr in der einen und den Hammer in der anderen Hand, nach vorn. Ganz ruhig stand er im schnell steigenden Wasser, atmete tief durch, hielt den Atem einen Moment lang an und stieß ihn wieder aus. Dann schob er das eine Ende des Rohres über das Leck, vorsichtig das andere Ende von sich entfernt haltend, und rammte es blitzschnell gegen die Wölbung des dicken Schotts, das Turbinenraum und Reaktorgehäuse voneinander abtrennte. Wie wild hämmerte er das untere Ende des Rohres fest, bis es dicht saß und nur noch ein feiner Sprühregen oberhalb und unterhalb des Rohrs austrat.

Die behelfsmäßige Abdichtung war geschickt durchgeführt, doch noch immer drang Wasser ein. Es war nur eine Frage von Stunden, bis sich das Leck verbreiterte oder das Rohr unter der laserstarken Energie platzte. Sie brauchten schon etwas Glück, um bis dahin den Gipfel erreicht zu haben.

Pitt sank nach hinten, kalt, naß und viel zu erschöpft, um das Wasser zu spüren, das um seinen Körper schwappte. Komisch, dachte er, wie man im Eiswasser sitzen und trotzdem schwitzen konnte.

Zweiundzwanzig elende Stunden, nachdem das unermüdliche Fahrzeug sich aus seinem Grab gebaggert hatte, war es so weit bergan gefahren, daß der Gipfel in Sichtweite war. Pitt hatte die Steuerung wieder übernommen, die Zwillingsketten gruben sich ein, drehten durch und krallten dann ihre Glieder in das sandbedeckte Lavagestein, kämpften sich Meter für Meter weiter aufwärts, bis sich die riesige Raupe schließlich über den Rand auf ebenen Grund schob.

Erst jetzt hielt *Big John* an, und die Motoren verstummten, während sich ringsum auf den abgeflachten Gipfel des Conrow Guyot langsam eine Sandwolke senkte.

»Wir haben's geschafft, alter Junge«, lachte Plunkett aufgeregt und schlug Pitt auf den Rücken. »Wir haben's tatsächlich geschafft.«

»Ja«, stimmte Pitt erschöpft zu, »aber wir haben noch ein weiteres Hindernis zu überwinden.« Er nickte in Richtung des digitalen Tiefenmessers. »Noch dreihundertzweiundzwanzig Meter.«

Plunketts Freude verflüchtigte sich schnell. »Irgendwas von Ihren Leuten zu sehen?« erkundigte er sich ernst.

Pitt fuhr die Sonarsonde aus. Auf dem Bildschirm lag der zehn Quadratkilometer große Gipfel wie ein Tischtuch leer und eben vor ihnen. Das erwartete Rettungsfahrzeug war nicht eingetroffen.

»Niemand zu Hause«, stellte er ruhig fest.

»Kaum zu glauben, daß niemand an der Oberfläche unsere plärrende Musik gehört und unsere Fahrt verfolgt haben sollte, oder?« meinte Plunkett eher verärgert als enttäuscht.

»Die hatten sehr wenig Zeit, ein Rettungsunternehmen in Gang zu setzen.«

»Dennoch hätte ich eigentlich erwartet, daß eines Ihrer Tauchboote zurückkommen und uns Gesellschaft leisten würde.«

Pitt zuckte müde die Achseln. »Technisches Versagen, schlechtes Wetter; die könnten mit allen möglichen Problemen konfrontiert sein.«

»Wir sind doch nicht so weit gefahren, um hier an diesem Höllenort zu sterben.« Plunkett sah hinauf zur Wasseroberfläche. Das Pechschwarz hatte sich in schwaches Dunkelblau verwandelt. »Doch nicht so kurz vorm Ziel.«

Pitt war sicher, daß Giordino und Admiral Sandecker Himmel und Hölle in Bewegung gesetzt hatten, Plunkett und ihn zu retten. Er schob die Möglichkeit, daß sie seinen Plan nicht erkannt haben könnten, einfach beiseite. Schweigend stand er auf, ging nach hinten und hob die Tür zum Motorenraum. Das Leck hatte sich vergrößert, und der Wasserstand lag über einem Meter. Noch weitere vierzig Minuten, vielleicht auch eine Stunde, und das Wasser würde die Turbine erreichen. Wenn sie absoff, dann würde der Generator ausfallen. Ohne Versorgungssysteme würden auch Pitt und Plunkett es nicht mehr lange machen.

»Die kommen«, sagte sich Pitt mit unerschütterlichem Vertrauen. »Die werden kommen.«

16

Zehn Minuten vergingen, dann zwanzig. Die furchtbare Einsamkeit legte sich drohend über sie. Das Gefühl, auf dem Meeresboden allein zu sein, die unendliche Dunkelheit, das bizarre Meeresleben um sie herum – dies alles war wie ein schrecklicher Alptraum.

Pitt hatte *Big John* direkt in der Mitte des Unterwasserberges geparkt und den Computer anschließend darauf programmiert, das Leck im Motorraum zu überwachen. Erschöpft sah er zu, wie die Ziffern anzeigten, daß der Wasserspiegel sich bis auf wenige Zentimeter dem Generator genähert hatte.

Obwohl durch die Fahrt bergauf, in eine geringere Tiefe, der Wasserdruck beträchtlich gesunken war, hatte sich das Leck vergrößert, und Pitt konnte nichts weiter tun, als etwas Luft abzulassen, um den infolge des hereindringenden Wassers gestiegenen Druck auszugleichen.

Plunkett streckte den Arm aus und tippte Pitt mit seiner großen Faust gegen die Schulter. »Starke Leistung, Mr. Pitt. Sie haben uns aus dem Abgrund fast bis in Sichtweite der Wasseroberfläche gebracht.«

»Das langt aber nicht«, murmelte Pitt. »Uns fehlt die entscheidende Trumpfkarte.«

»Wie hatten Sie es sich eigentlich vorgestellt, uns ohne geeignete Schleuse und Rettungskapsel zur Oberfläche zu bringen?«

»Meine ursprüngliche Idee war, nach Hause zu schwimmen.«

Plunkett hob eine Augenbraue. »Ich hoffe doch nicht, daß Sie von uns erwartet hatten, so lange den Atem anzuhalten?«

»Nein.«

»Gut«, stelle Plunkett befriedigt fest. »Was mich angeht, wäre ich erstickt, bevor ich noch dreißig Meter aufgestiegen wäre.« Er zögerte und sah Pitt neugierig an. »Schwimmen, das kann doch nicht Ihr Ernst gewesen sein?«

»Eine verrückte Hoffnung, aus der Verzweiflung geboren«, erwiderte Pitt philosophisch. »Natürlich ist mir bewußt, daß unsere Körper den extremen Druck und die Dekompression nie hätten aushalten können.«

»Sie sagten, das war Ihre ursprüngliche Idee. Haben Sie denn noch eine andere – vielleicht, dieses Monstrum nach oben treiben zu lassen?«

»So ähnlich.«

»Sie müssen schon eine sehr lebhafte Phantasie haben – das Vehikel wiegt immerhin fünfzehn Tonnen.«

»Es hängt alles von Al Giordino ab«, erwiderte Pitt nachdenklich. »Wenn er meine Gedanken gelesen hat, dann kommt er mit einem Tauchboot herunter, das mit –«

»Aber er hat Sie im Stich gelassen«, sagte Plunkett und deutete mit weitausholender Bewegung seines Arms auf die Leere des Meeres.

»Dafür muß es einen verdammt guten Grund geben.«

»Niemand wird kommen, Mr. Pitt. Das wissen Sie so gut wie ich. Nicht in den nächsten Stunden, Tagen oder überhaupt. Sie haben auf ein Wunder gesetzt und verloren. Wenn die wirklich eine Suchaktion starten, dann wird das bei den Überresten Ihrer Schürfanlage sein, nicht hier.«

Pitt antwortete nicht, sondern spähte hinaus ins Meer. Die Scheinwerfer ihres Fahrzeugs hatten einen Schwarm Fische angelockt. Silberne Fische mit dicken Köpfen, flachen Seiten und schlanken Schwänzen, die schnelle, wedelnde Bewegungen machten, wobei man die helleren Organe unten in ihren Körper liegen sehen konnte. Ihre Augen waren überproportional groß und stachen aus aufgestülpten Wölbungen hervor. Pitt sah zu, wie sie graziös in langsamen Spiralen um den breiten Bug von *Big John* schwammen.

Auf einmal beugte er sich vor, als horche er auf etwas, dann ließ er sich wieder nach hinten sinken. »Ich hatte den Eindruck, ich hätte was gehört.«

»Ein Wunder, daß wir bei der plärrenden Musik überhaupt noch etwas hören können«, brummte Plunkett. »Mein Trommelfell dürfte eigentlich schon gar nicht mehr funktionieren.«

»Erinnern Sie mich dran, daß ich Ihnen gelegentlich eine Beileidskarte schicke«, sagte Pitt. »Oder wäre es Ihnen lieber, wir gäben auf, fluteten die Kabine, und Schluß mit allem?«

Plötzlich erstarrte er, die Augen auf die Fische gerichtet. Ein großer Schatten kroch über ihnen dahin, und Licht schoß über sie hinweg, dann waren sie wieder in Dunkelheit getaucht.

»Stimmt etwas nicht?« fragte Plunkett.

»Wir haben Gesellschaft«, erklärte Pitt mit einem ›Hab' ich's nicht gesagt‹-Grinsen. Er drehte sich auf seinem Sitz um, neigte den Kopf zur Seite und spähte durch das obere Sichtfenster.

Eines der Tauchboote der NUMA-Schürfstation hing bewegunglos, leicht nach hinten versetzt, über ihnen. Giordino grinste breit. Neben ihm saß Admiral Sandecker gutgelaunt hinter dem großen Bullauge und winkte.

Das war der Moment, den Pitt sich herbeigesehnt hatte, um den er im stillen gebetet hatte; und Plunketts stürmische Umarmung verriet ihm, daß er diesen Augenblick der Freude mit ihm teilte.

»Dirk«, sagte er ernst, »ich bitte ergebenst um Entschuldigung für meine mangelnde moralische Unterstützung. Das hier ist unfaßbar. Sie sind ein verdammt gerissener Schweinehund.«

»Ich tue, was ich kann«, gab Pitt zurück.

Pitt hatte selten etwas auch nur halb so Wunderbares erblickt wie Giordinos Gesicht, das ihn jetzt aus dem Innern des Tauchboots angrinste. Und wo kam der Admiral plötzlich her? fragte er sich. Wie hatte der so schnell auf dem Schauplatz auftauchen können?

Giordino verlor keine Zeit. Er wies mit dem Kopf auf eine kleine Öffnung, hinter der der Elektroaußenanschluß lag. Pitt nickte zurück und drückte auf einen Knopf. Die Klappe verschwand in einem verdeckten Gehäuse, und in weniger als einer Minute hatte einer der vorspringenden Roboterarme des Tauchboots ein Kabel angeschlossen.

»Versteht ihr mich?« drang Giordinos Stimme klar und deutlich über das Lautsprechersystem.

»Du hast keine Ahnung, wie wir's genießen, deine Stimme zu hören, Junge«, antwortete Pitt.

»Tut mir leid, daß wir uns verspätet haben. Das andere Tauchboot ist an der Oberfläche gekentert und gesunken. Das hier hatte einen Kurzschluß in den Batterien, und wir haben Zeit mit der Reparatur verloren.«

»Alles vergeben und vergessen. Schön, Sie zu sehen, Admiral. Ich hatte Ihre geschätzte Anwesenheit hier unten nicht erwartet.«

»Hören Sie mit dem Süßholzgeraspel auf«, strahlte Sandecker. »Wie ist die Lage?«

»Wir haben ein Leck, das unsere Energieversorgung innerhalb der nächsten vierzig oder fünfzig Minuten lahmlegen wird. Abgesehen davon ist alles in Ordnung.«

»Dann machen wir uns besser an die Arbeit.«

So schnell es ging, manövrierte Giordino das Tauchboot, bis sein Boot auf derselben Höhe lag wie der untere Teil der Breitseite von *Big John.* Dann schaltete er die Arbeitsarme ein, die vorne unter der Kontrollkabine angebracht waren. Sie waren kleiner als das Armsystem von *Big John* und viel komplizierter konstruiert.

Geschickt entrollte der Robotarm ein Drahtseil, das von einem kleinen Gehäuse durch eine große Öse verlief.

Das Gelenk des rechten Arms war mit vier verschiedenen Metall-Trennscheiben versehen. Die Scheiben hatten unterschiedliche Schneiden und konnten, je nach Härte des Materials, das zerschnitten werden sollte, ausgewechselt werden.

Pitt warf einen neugierigen Blick auf die Ausrüstung des linken Arms. »Ich wußte, daß sich an Bord des Tauchboots Trennscheiben befanden, aber wo hast du den Schneidbrenner aufgetrieben?«

»Hab' ich mir von einem vorbeifahrenden U-Boot ausgeborgt«, erwiderte Giordino lässig.

»Logisch.« In Pitts Stimme schwang eine müde Gleichgültigkeit mit; er war nicht sicher, ob ihn sein Freund auf den Arm nahm.

»Abtrennung beginnt«, erklärte Giordino.

»Während ihr uns freischneidet, werde ich einige Atmosphären Luftdruck zugeben, damit das Gewicht des zusätzlichen Wassers, das durch das Leck eingedrungen ist, kompensiert wird.«

»Gute Idee«, stimmte Sandecker zu. »Sie können jedes bißchen an Auftrieb gebrauchen. Aber achten Sie auf die Druckgrenzwerte, sonst haben Sie später Probleme bei der Dekompression.«

»Die Zeitpläne für die Dekompression werden von unserem Computer überwacht«, versicherte Pitt ihm. »Weder Dr. Plunkett noch ich liebäugeln mit der Caissonkrankheit.«

Während Pitt Sauerstoff in die Steuer- und Maschinenräume pumpte, brachte Giordino das Tauchboot so in Position, daß die beiden Roboterarme und -hände unabhängig voneinander in Aktion treten konnten.

Die Hand mit den drei ausgebildeten Fingern brachte den dicken Schweißbrenner an einem Bolzen, der in einer Öse saß, in Stellung. Der Schweißbrenner war die Anode, *Big John* die Kathode. Ein heller Lichtbogen flammte plötzlich auf, als Schweißgerät und Bolzen Kontakt bekamen. Das Metall glühte und schmolz, Funken sprühten, während die Aufbauten des Transporters abgetrennt wurden.

»Die Lichtbogenschweißung funktioniert«, erklärte Pitt Plunkett. »Die werden sämtliche Halterungen, Lenkwellen und Elektroverbindungen durchtrennen und so die Kabine von Hauptrahmen und Fahrwerk lösen.«

Plunkett begriff und nickte, während Giordino den anderen Arm ausfuhr, bis ein Funkenregen verriet, daß die Trennscheiben ihre Ziele in Angriff genommen hatten. »Das also ist das Ticket nach oben. Wir trudeln wie eine leere Flasche Veuve Cliquot an die Meeresoberfläche.«

»Oder wie eine leere Flasche Coors-Bier.«

»In der ersten Kneipe, an der wir vorbeikommen, übernehme ich die Drinks, Mr. Pitt.«

»Vielen Dank, Mr. Plunkett. Ich nehme Ihre Einladung gern an, vorausgesetzt, wir haben genug Auftrieb, um an die Oberfläche zu treiben.«

»Pumpen Sie das Ding nur genug auf«, forderte Plunkett unbekümmert. »Lieber riskiere ich die Caissonkrankheit als den sicheren Tod durch Ertrinken.«

Pitt stimmte ihm in diesem Punkt nicht zu. Die fürchterlichen Schmerzen, die Taucher im Laufe der Jahrhunderte infolge fehlenden Druckausgleichs immer wieder hatten erleiden müssen, überstiegen alles, was Menschen sich an Folterungen ausdenken konnten, bei weitem. Der Tod war in dem Fall eine Erlösung, und bei Überlebenden blieb oft ein deformierter, von nicht endenden Schmerzen geschüttelter Körper zurück. Aufmerksam beobachtete er die Digitalanzeige, während die Zahlen sich langsam auf drei Atmosphären zubewegten – den Druck, der in ungefähr zwanzig Metern Wassertiefe herrschte. In der kurzen Zeit, die ihnen blieb, bevor sich in ihrem Blut Stickstoff zu bilden begann, würden ihre Körper den höheren Druck dieser Tiefe sicher aushalten, vermutete er.

Fünfundzwanzig Minuten später, als er seine Berechnungen gerade noch einmal durchging, war plötzlich ein immer lauter werdendes Knirschen zu hören. Dann folgte ein tiefes Rumpeln, das durch die Wassertiefe noch verstärkt wurde.

»Es ist nur noch ein Verbindungsstück übrig«, informierte Giordino sie. »Vorbereiten aufs Ablegen.«

»Verstanden«, erwiderte Pitt. »Sind bereit, sämtliche Energie- und Elektrosysteme abzuschalten.«

Sandecker fand es unerträglich, die Gesichter der Männer jenseits der Lücke, die zwischen den beiden Fahrzeugen lag, deutlich erkennen zu können und dabei zu wissen, daß sie möglicherweise sterben würden. »Wie sieht's gegenwärtig mit Ihrer Luftversorgung aus?« erkundigte er sich besorgt.

Pitt warf einen prüfenden Blick auf den Monitor. »Langt für den Heimweg, wenn wir nicht zwischendurch eine Pizza essen gehen.«

Dann folgte ein ohrenbetäubendes Kreischen. Das Steuerabteil erbebte plötzlich und richtete sich, Bug voran, auf. Irgend etwas gab nach, und es sah aus, als wolle die Kabine sich lösen. Pitt schaltete schnell die Energieversorgung des Hauptgenerators ab und das Notstromaggregat ein, damit Computer und Telefon weiter funktionierten. Dann hörte jede Bewegung auf, und sie hingen über dem riesigen Rahmen des Unterwasserfahrzeugs fest.

»Wartet mal«, erklang Giordinos zuversichtliche Stimme, »ich habe ein paar Hydraulikleitungen vergessen.« Er fügte hinzu: »Ich werde versuchen, in eurer Nähe zu bleiben, denn wenn wir zu weit auseinandertreiben, wird das Telefonkabel reißen, und wir verlieren den Sprechkontakt.«

»Beeil dich. Das Wasser dringt durch einige der durchtrennten Leitungen und Verbindungen ein.«

»Verstanden.«

»Sobald ihr an der Meeresoberfläche seid, müßt ihr den Ausstieg öffnen und so schnell wie möglich ausbooten«, befahl Sandecker.

»Hals über Kopf«, versicherte ihm Pitt.

Ein paar Sekunden lang entspannten sich Plunkett und Pitt und lauschten dem Klang der Trennscheiben, die sich durch das Schlauchgewirr fraßen. Dann gab es einen plötzlichen Ruck, gefolgt vom Geräusch reißenden Materials, und langsam stiegen sie über dem Gipfel des Unterwasserberges auf und ließen das Traktorchassis von *Big John* zurück. Unter ihrem Rumpf baumelten wie Eingeweide abgetrennte Kabel und die Überreste des beim Schweißen geschmolzenen Metalls.

»Wir sind auf dem Weg!« brüllte Plunkett.

Pitts Mund war ein schmaler Strich. »Zu langsam. Das einströmende Wasser hat unseren Auftrieb verringert.«

»Ihr habt noch einen ordentlichen Weg vor euch«, stellte Giordino fest. »Ich schätze eure Aufstiegsgeschwindigkeit auf nur zehn Meter pro Minute.«

»Wir schleppen Maschine, Reaktor und eine Tonne Wasser mit uns rum. Unser Volumen liegt nur knapp über dem zusätzlichen Gewicht.«

»Eigentlich müßtet ihr etwas schneller aufsteigen, wenn ihr nahe der Wasseroberfläche seid.«

»Sieht nicht gut aus. Das einströmende Wasser wird den Druckabfall mehr als wettmachen.«

»Macht euch wegen des Kommunikationskabels keine Sorgen«, erklärte Giordino gutgelaunt. »Bei eurer Steiggeschwindigkeit kann ich leicht mithalten.«

»Schwacher Trost«, murmelte Pitt verbissen.

»Zwanzig Meter hoch«, sagte Plunkett.

»Zwanzig Meter«, bestätigte Pitt.

Beide Augenpaare hefteten sich auf die Tiefenanzeige, die auf dem Display ausgegeben wurde. Keiner der Männer sprach ein Wort, während die Minuten dahinkrochen. Die Welt des Zwielichts blieb zurück, und das Indigoblau des tiefen Wassers verblaßte wahrnehmbar beim ersten Licht, das von der Meeresoberfläche nach unten gefiltert wurde. An manchen Stellen schimmerte das Wasser grün, dann gelb. Ein kleiner Thunfischschwarm schwamm an ihnen vorüber. In einhundertfünfzig Metern Tiefe konnte Pitt allmählich die Ziffern auf seiner Armbanduhr erkennen.

»Ihr werdet langsamer«, warnte Giordino sie. »Eure Steiggeschwindigkeit ist auf sieben Meter pro Minute gesunken.«

Pitt gab die Zahlen für die Leckkontrolle ein. Was er dort zu lesen bekam, gefiel ihm überhaupt nicht. »Der Wasserstand hat den roten Bereich erreicht.«

»Können Sie Ihr Luftvolumen vergrößern?« fragte Sandecker. Die Sorge in seiner Stimme war unverkennbar.

»Nicht ohne an der Caissonkrankheit zu sterben.«

»Ihr werdet's schon schaffen«, versicherte Giordino zuversichtlich. »Die achtzig-Meter-Marke habt ihr schon hinter euch.«

»Wenn unser Auftrieb auf unter vier Meter fällt, dann versuch mit der Greifvorrichtung zuzufassen und uns zu schleppen.«

»Gemacht.«

Giordino fuhr nach vorne und brachte sein Boot in Schräglage, so daß das Heck zur Wasseroberfläche wies und er direkt hinunter auf Pitt und Plunkett blickte. Dann stellte er den Autopilot auf dieselbe Rückwärtsgeschwindigkeit ein, mit der die Kabine von *Big John* aufstieg. Doch bevor er den Robotarm ausfahren konnte, sah er, wie das Fahrzeug zurückblieb und der Abstand sich vergrößerte. Er reagierte umgehend und verringerte den Abstand wieder.

»Zwei Meter pro Minute«, stellte Pitt mit eiskalter Ruhe fest. »Besser, du koppelst uns jetzt an.«

»Schon dabei«, antwortete Giordino.

Bis es dem künstlichen Greifsystem des Tauchboots gelungen war, ein vorspringendes Wrackstück sicher zu packen zu kriegen, war die Kabine völlig zum Stillstand gekommen.

»Unser Auftrieb ist jetzt neutral«, meldete Pitt.

Giordino warf den restlichen Eisenballast des Tauchboots ab und programmierte das Schiff auf volle Fahrt zurück. Die Propeller fraßen sich durchs Wasser, und das Tauchboot mit der Kabine *Big John* im Schlepptau quälte sich wieder langsam auf die lockende Wasseroberfläche zu.

Achtzig Meter, siebzig, der Kampf, das Tageslicht zu erreichen, schien endlos zu dauern. Dann, bei siebenundzwanzig Metern oder rund neunzig Fuß Tiefe, gab es endgültig kein Fortkommen mehr. Das steigende Wasser im Maschinenraum drang mit der Gewalt einer Feuerwehrspritze durch neue Lecks in den erst kürzlich gekappten Rohren ein.

»Ich kann euch nicht mehr halten«, schrie Giordino entsetzt.

»Aussteigen, raus!« schrie Sandecker.

Das brauchte Pitt und Plunkett niemand zu befehlen. Die Kabine fing bereits an zu sinken und zog das Tauchboot mit sich. Ihre einzige Rettung war der Luftdruck im Innern der Kabine, der nahezu dem Wasserdruck auf der Außenseite entsprach. Doch das Schicksal war launisch. Die steigende Flut hätte keinen ungünstigeren Zeitpunkt erwischen können, um das Notstromaggregat kurzzuschließen und damit den Hydraulikantrieb der Ausstiegsluke lahmzulegen.

Fieberhaft löste Plunkett den Verschluß der Luke und bemühte sich, sie nach außen zu stoßen, doch durch den etwas höheren Wasserdruck gab er nicht nach. Dann war Pitt neben ihm, und sie verdoppelten ihre Anstrengung.

Im Tauchboot verfolgten Giordino und Sandecker den Kampf mit wachsender Angst. Der Negativauftrieb stieg schnell an, und die Kabine sank mit alarmierender Geschwindigkeit nach unten.

Langsam, so als klebe sie fest, gab die Luke nach. Wasser schoß durch die Ritze und füllte die Kabine. Pitt schrie: »Tief durchatmen, und vergessen Sie auf dem Weg nach oben nicht, Luft abzulassen.«

Plunkett nickte kurz, atmete ein paarmal tief durch, um das Kohlendioxid aus seinen Lungen zu verbannen, und hielt den letzten Atemzug an. Dann tauchte er mit dem Kopf in das durch die Luke herabstürzende Wasser und war verschwunden.

Pitt folgte, nachdem auch er tief durchgeatmet hatte, um die Luft länger halten zu können. Er stemmte seine Füße gegen die Lukenbefestigung und stieß sich in dem Augenblick ab, in dem Giordino den Griff der Robothand löste und die Überreste *Big Johns* im Dämmerlicht versanken.

Pitt wußte es nicht, doch er stieg exakt in zweiundvierzig Metern oder 138 Fuß Tiefe aus. Die glitzernde Wasseroberfläche schien kilometerweit entfernt zu sein. Er hätte liebend gern ein Jahresgehalt für ein paar Schwimmflossen gegeben. Außerdem wäre er auch gerne fünfzehn Jahre jünger gewesen. Mehr als einmal war er damals, mit Anfang Zwanzig, am Strand von Newport Beach, Kalifornien, nur mit einem Schnorchel bis auf achtzig Fuß Tiefe getaucht. Er war immer noch gut in Form, doch die Zeit und sein hartes Leben hatten ihren Tribut gefordert.

Mit weitausholenden, gleichmäßigen Zügen schwamm er auf die Meeresoberfläche zu, durch die Lichtstrahlen nach unten drangen. Er nahm über sich die Schatten zweier Schiffe war. Ohne Tauchermaske konnte er die Konturen ihrer Rümpfe nur verschwommen ausmachen. Bei dem einen schien es sich um ein größeres Boot zu handeln, während der andere Rumpf ihm gigantisch vorkam. Er änderte seinen Kurs, so daß er zwischen ihnen auftauchen würde. Unter ihm folgten Giordino und Sandecker im Tauchboot und feuerten die beiden Schwimmer an wie bei einer Kanalüberquerung.

Er erreichte Plunkett, der offensichtlich Schwierigkeiten hatte. Der Ältere sah aus, als wäre jede Kraft aus seinen Muskeln gewichen. Pitt war klar, daß Plunkett sich am Rande einer Ohnmacht befand. Er packte ihn am Kragen und zog den Briten hinter sich her.

Pitt stieß die verbliebene Luft aus seinen Lungen aus, hatte das Gefühl, die Oberfläche nie mehr zu erreichen, in seinen Ohren rauschte das Blut. Dann plötzlich, als er gerade seine letzten Kräfte zu einer letzten Anstrengung aktivierte, erschlaffte Plunkett. Der Brite versuchte einen letzten, tapferen Zug, bevor er ohnmächtig wurde, doch er war kein guter Schwimmer.

Dunkelheit trübte Pitts Blick, und hinter seinen Augen sprühte ein Feuerwerk. Sauerstoffmangel peinigte sein Gehirn, doch der Wunsch, die Wasseroberfläche zu erreichen, war überwältigend. Meerwasser brannte in seinen Augen und drang in seine Nase. Nur noch Sekunden trennten ihn vom Ertrinken, doch, verdammt noch mal, er würde nicht aufgeben.

Er legte den Rest seiner schwindenden Kraft in einen letzten Zug, um das Ziel zu erreichen. Plunketts schlaffe Gestalt hinter sich herziehend, paddelte er wie ein Besessener mit Händen und Füßen. Er konnte bereits die Spiegelung in der Dünung erkennen. Das Bild stand quälend nah vor seinen Augen und schien sich dennoch von ihm zu entfernen.

Er hörte ein lautes Platschen, als ob etwas ins Wasser fiele. Dann tauchten plötzlich vier schwarze Gestalten zu seinen beiden Seiten im Wasser auf. Zwei griffen sich Plunkett und zogen ihn fort. Einer der beiden anderen schob ihm ein Sauerstoff-Mundstück in den Mund.

Mit einem tiefen Atemzug sog er die Luft ein, immer wieder, bis der Taucher ihm schließlich sanft das Mundstück entzog, um selbst ein paar Atemzüge zu tun. Sicher, es war abgestandene Luft, die normale Mischung aus Stickstoff, Sauerstoff und einem Dutzend weiterer Gase, doch Pitt schmeckte sie wie die kühle trockene Brise, die nach einem Regenguß durch die Pinienwälder der Felsengebirge Colorados wehte.

Pitts Kopf kam aus dem Wasser, und fassungslos blickte er zur Sonne auf, als hätte er sie niemals zuvor gesehen. Nie waren ihm der Himmel blauer und die Wolken weißer erschienen. Das Meer war ruhig, der Wellengang erreichte kaum einen halben Meter.

Seine Retter versuchten ihm zu helfen, doch er schüttelte sie ab. Er rollte sich auf den Rücken, trieb dahin und blickte zum riesigen Turm eines Atom-U-Boots auf, der über ihm aufragte. Dann entdeckte er die Dschunke. Woher, um alles in der Welt, kam denn die? überlegte er. Das U-Boot war die Erklärung für die Marinetaucher, doch eine chinesische Dschunke?

Eine Menge Leute standen an der Reling der Dschunke. In den meisten erkannte er die Mitglieder seiner vermißten Mannschaft, die ihm wild zuwinkten. Er sah Stacy Fox und winkte zurück.

Seine Gedanken wandten sich jetzt schnell Plunkett zu, doch er hätte sich keine Sorgen zu machen brauchen. Der große Brite lag bereits auf dem Vorderdeck des U-Boots, von amerikanischen Matrosen umringt. Ihre Wiederbelebungsversuche hatten bald Erfolg; er fing an zu keuchen und erbrach sich dann über die Seite.

Kaum eine Armlänge von Pitt entfernt kam das Tauchboot der NUMA an die Wasseroberfläche. Giordino stemmte sich durch die Turmluke und sah aus wie einer, der in der Lotterie gerade den Hauptgewinn gezogen hatte. Er war Pitt so nahe, daß sie sich ganz normal unterhalten konnten.

»Siehst du jetzt, was für eine Aufregung du verursacht hast?« Er lachte. »Das wird uns einiges kosten.«

Überglücklich, unter den Lebenden zu weilen, verdunkelten sich Pitts Züge auf einmal, und Wut zeichnete sich auf seinem Gesicht ab. Als er antwortete, klang seine Stimme gepreßt und unnatürlich.

»Dich nicht, und mich auch nicht. Aber wer auch immer dafür verantwortlich sein mag, muß die Rechnung zahlen.«

ZWEITER TEIL

Das Kaiten-Projekt

6. Oktober 1993
Tokio, Japan

17

Seit dem Zweiten Weltkrieg war Yasukuni, das Ehrenmal all jener, die seit dem Revolutionskrieg von 1868 für die Sache des Kaisers ihr Leben gegeben hatten, zu einem Symbol geworden, um das sich die Konservativen und Militaristen vom rechten Flügel scharten, die immer noch ihrem Traum von einem Reich nachhingen, das von der Überlegenheit der japanischen Rasse getragen würde. Der alljährliche Besuch des Ministerpräsidenten Ueda Junshiro und seiner Parteiführer am Jahrestag der Niederlage Japans von 1945 wurde jedesmal lang und breit von der nationalen Presse kommentiert und von den Fernsehstationen übertragen. Normalerweise folgte leidenschaftlicher Protest aus den Reihen der Opposition, der Linken, der Pazifisten und nichtshintoistischen religiösen Gruppen sowie der Nachbarländer, die im Krieg unter der Besatzung Japans gelitten hatten.

Um offener Kritik und der Aufmerksamkeit kontroverser Diskussionen zu entgehen, waren die Ultranationalisten, die hinter dem wiedererwachten Wunsch nach der Herrschaft und der Verherrlichung der japanischen Rasse standen, gezwungen, nachts und in aller Heimlichkeit ihre Gebete am Schrein von Yasukuni zu verrichten. Wie Phantome kamen und gingen sie, die unermeßlich reichen hohen Regierungswürdenträger und die finsteren heimlichen Drahtzieher, deren Verbindungen bis in die feinsten Verästelungen der Machtstruktur reichten, dorthin, wo selbst die Regierung keinerlei Einfluß mehr hatte.

Der geheimnisvollste und mächtigste unter diesen Männern war Hideki Suma.

Leichter Nieselregen fiel, als Suma das Tor passierte und über den Kiespfad auf den Shokonsha-Schrein zuschritt. Es war lange nach Mitternacht, doch die Lichter Tokios, die von den tiefen Wolken reflektiert wurden, wiesen ihm den Weg. Unter einem großen Baum blieb er stehen und blickte sich auf dem Grundstück im Innern der hohen Mauern um. Das einzige Lebenszeichen stammte von einer Gruppe Tauben, die unter den Schindeln des geschwungenen Dachs nisteten.

Nachdem er sich vergewissert hatte, daß er von niemandem beobachtet wurde, unterzog sich Hideki Suma dem Ritual des Händewaschens in einem Steinbassin und benetzte seinen Mund mit einer kleinen Kelle Wasser. Dann betrat er die Halle des äußeren Schreins und traf auf den Hohen Priester, der ihn bereits erwartete. Suma hinterlegte eine Spende in der Kapelle und zog einen Stapel Schriftstücke, die in einer Tuchrolle verpackt waren, aus der Innentasche seines Mantels. Er reichte sie dem Priester, der sie auf den Altar legte.

Eine kleine Glocke wurde geläutet, um Sumas persönlichen Gott oder *Kami* herbeizurufen, und dann legten beide die Hände zum Gebet zusammen. Nach einer kurzen Andacht unterhielt sich Suma ungefähr eine Minute lang ruhig mit dem Priester, nahm die Rolle wieder an sich und verließ den Schrein ebenso unauffällig, wie er gekommen war.

Wie das glitzernde Naß eines Wasserfalls im Garten fiel der Streß der vergangenen drei Tage von ihm ab. Suma fühlte sich durch die mystische Macht und die Fürsorge seines *Kami* verjüngt. Seine heilige Aufgabe, die japanische Kultur vom Gift des westlichen Einflusses zu reinigen und die Macht seines Finanzimperiums zu verteidigen, standen unter göttlichem Schutz.

Suma wäre niemandem, der ihn im Nebel und Nieselregen gesehen hätte, aufgefallen. In seinem Overall und dem billigen Regenmantel eines Arbeiters wirkte er vollkommen gewöhnlich. Er trug keinen Hut, und seine Haare, dicht und weiß, waren schlicht nach hinten gekämmt. Die schwarze Mähne, die für beinahe alle Japaner und Japanerinnen typisch ist, war frühzeitig ergraut, was Suma wesentlich älter als neunundvierzig Jahre wirken ließ. Nach westlichen Maßstäben klein gewachsen, war er für einen Japaner mit seinen ein Meter siebzig größer als der Durchschnitt.

Nur ein Blick in seine Augen verriet, daß er sich von seinen Landsleuten unterschied. Die Iris war von einem durchdringenden Indigoblau, das Erbe eines frühen holländischen Händlers oder englischen Seemanns. In seiner Jugend war er schmächtig gewesen, doch mit fünfzehn Jahren hatte er mit dem Gewichtheben angefangen und nicht geruht, bis er seinen Körper in den eines Athleten verwandelt hatte. Dabei hatte seine größte Befriedigung nicht in der Zunahme seiner Kraft gelegen, sondern darin, daß er sein Fleisch und seine Sehnen nach seiner eigenen Vorstellung hatte formen können.

Moro Kamatori, der ihm gleichzeitig als Chauffeur und Leibwächter diente und jetzt hinter ihm das schwere Bronzetor schloß, war sein ältester Freund und Helfer. Toshie Kudo, seine Sekretärin, saß geduldig auf einer der beiden Sitzbänke im Fond einer speziell für Suma gebauten Murmoto-Limousine, die von einem Zwölfzylindermotor mit 600 PS angetrieben wurde.

Toshie war wesentlich größer als die meisten ihrer Landsmänninnen. Mit ihren langen Beinen, dem pechschwarzen Haar, das ihr bis zur Hüfte reichte, der makellosen Haut und wunderschönen, haselnußbraunen Augen sah sie aus, als sei sie einem James-Bond-Film entstiegen. Doch im Gegensatz zu den exotischen Schönheiten, mit denen sich der lebensfrohe Meisterspion umgab, verfügte Toshie über einen ausgeprägten Intellekt. Ihr IQ lag knapp unter 165, ihr Gehirn arbeitete auf Hochtouren.

Sie blickte nicht auf, als Suma den Wagen bestieg. Ihre Gedanken richteten sich auf einen kompakten Computer, der auf ihrem Schoß stand.

Kamatori telefonierte. Seine Intelligenz lag vielleicht nicht auf gleicher Stufe wie die Toshies, doch er war peinlich genau und außerordentlich gerissen, wenn es um die Durchführung von Sumas Geheimprojekten ging. Sein besonderes Talent lag in der unauffälligen Finanzierung aus dem Hintergrund, sowie darin, die richtigen Fäden zu ziehen und Suma zu vertreten, der es vorzog, sich nicht im Rampenlicht der Öffentlichkeit zu bewegen.

Kamatori hatte ein massives, willensstarkes Gesicht, flankiert von übergroßen Ohren. Unter den schweren, schwarzen Brauen blickten dunkle, leblose Augen durch eine Brille mit dicken Gläsern. Nie umspielte ein Lächeln seine schmalen Lippen. Er war ein Mann ohne Emotionen oder Überzeugungen. Suma war er fanatisch ergeben, und seine größte Begabung lag darin, andere Menschen zur Strecke zu bringen. Wenn jemand, wie reich oder in welch hoher Stellung auch immer, im Regierungsapparat für Sumas Pläne ein Hindernis darstellte, räumte Kamatori ihn für gewöhnlich auf eine so geschickte Art und Weise aus dem Weg, daß es entweder wie ein Unfall aussah oder die Schuld der Gegenseite in die Schuhe geschoben werden konnte.

Kamatori führte über seine Morde Tagebuch mit peinlich genauen Notizen. Im Laufe der vergangenen fünfundzwanzig Jahre war die Summe seiner Opfer auf 237 angestiegen.

Er brach sein Gespräch ab, klemmte den Hörer in die Halterung an der Armlehne und sah Suma an. »Admiral Itakura von unserer Botschaft in Washington. Seine Quellen haben bestätigt, daß das Weiße Haus darüber informiert ist, daß es eine Atomexplosion war, die sich auf der *Divine Star* ereignet hat.«

Suma antwortete mit stoischem Schulterzucken. »Hat der Präsident bei Premierminister Junshiro formellen Protest eingelegt?«

»Die amerikanische Regierung hat sich eigenartigerweise zurückgehalten«, antwortete Kamatori. »Allerdings regen sich die Norweger und Briten wegen der Verluste ihrer Schiffe auf.«

»Aber nichts von den Amerikanern?«

»Nur vage Berichte in ihren Nachrichten.«

Suma lehnte sich vor und tippte mit seinem Zeigefinger auf Toshies nylonbestrumpfes Knie. »Ein Foto von der Explosionsstelle, bitte.«

Toshie nickte respektvoll und gab den erforderlichen Code in den

Computer ein. In weniger als dreißig Sekunden rollte ein Farbfoto aus der Faxmaschine, die in die Trennwand zwischen Fond und Fahrer eingebaut war. Sie reichte Suma das Foto. Er schaltete die Innenbeleuchtung ein und ließ sich von Kamatori ein Vergrößerungsglas reichen.

»Dieses Infrarotfoto wurde vor anderthalb Stunden bei einem Überflug unseres Akagi-Spionagesatelliten aufgenommen«, erklärte Toshie.

Wortlos blickte Suma durch das Vergrößerungsglas. Dann blickte er fragend auf. »Ein amerikanisches Atom-Jagd-U-Boot und eine chinesische Dschunke? Die Amerikaner reagieren nicht wie erwartet. Seltsam, daß sie nicht die halbe Pazifikflotte in Marsch gesetzt haben.«

»Verschiedene Marineeinheiten laufen auf das Explosionsgebiet zu«, erklärte Kamatori, »dazu ein Meeresforschungsschiff der NUMA.«

»Was ist mit der Weltraumbeobachtung?«

»Die amerikanischen Geheimdienste haben bereits extensives Datenmaterial durch ihre Spionagesatelliten vom Typ Pyramider und von den SR-90-Aufklärungsflugzeugen zusammengetragen.«

Suma tippte mit dem Finger auf ein kleines Objekt. »Zwischen den Schiffen schwimmt ein Tauchboot. Woher kommt das?«

Kamatori sah über Sumas Finger auf das Foto. »Sicher nicht von der Dschunke. Muß vom U-Boot sein.«

»Die werden von der *Divine Star* keine Wrackteile finden«, murmelte Suma. »Vom Schiff ist nichts mehr übriggeblieben.« Er reichte Toshie das Foto zurück. »Bitte eine Übersicht von den Autotransportern, die unsere Produkte befördern, ihren gegenwärtigen Standorten und Zielhäfen.«

Toshie warf ihm über den Monitor einen Blick zu, als könne sie seine Gedanken lesen. »Ich habe die Daten, die Sie haben wollen, Mr. Suma.«

»Ja?«

»Die *Divine Moon* hat in der vergangenen Nacht ihre Autoladung in Boston gelöscht«, berichtete sie und überflog die japanischen Schriftzeichen auf dem Bildschirm. »Die *Divine Water*... hat vor acht Stunden im Hafen von Los Angeles angelegt und ist gerade beim Löschen.«

»Sonst noch welche?«

»Zwei Schiffe befinden sich noch auf See«, fuhr Toshie fort. »Die *Divine Sky* soll planmäßig innerhalb der nächsten achtzehn Stunden in New Orleans anlegen, und die *Divine Lake* erreicht Los Angeles in fünf Tagen.«

»Vielleicht sollten wir die Schiffe, die sich noch auf See befinden, anweisen, Häfen außerhalb der Vereinigten Staaten anzulaufen«, schlug Kamatori vor. »Die amerikanischen Zollbeamten könnten angewiesen sein, nach Spuren von Radioaktivität zu suchen.«

»Wen haben wir in Los Angeles als Agenten?« erkundigte sich Suma.

»George Furukawa leitet Ihre Geheimaktivitäten im Südwesten der USA.«

Suma lehnte sich, offensichtlich erleichtert, zurück. »Furukawa ist ein guter Mann. Der wird auf alle Schwierigkeiten, die die Amerikaner bei der Zollabfertigung machen könnten, vorbereitet sein.« Er wandte sich wieder an Kamatori, der bereits ins Telefon sprach. »Lenken Sie die *Divine Sky* nach Jamaica um, bis uns weitere Daten zur Verfügung stehen, aber lassen Sie die *Divine Lake* nach Los Angeles weiterfahren.«

Kamatori verneigte sich gehorsam und griff nach dem Telefon.

»Gehen Sie nicht das Risiko einer Entdeckung ein?« fragte Toshie.

Suma preßte die Lippen zusammen und schüttelte den Kopf. »Die Agenten der amerikanischen Geheimdienste werden die Schiffe durchsuchen, doch die Bomben werden die nie finden. Wir werden sie mit unserer Technologie schlagen.«

»Die Explosion an Bord der *Divine Star* hat sich zur Unzeit ereignet«, meinte Toshie. »Ob wir jemals erfahren werden, was sie ausgelöst hat?«

»Daran bin ich nicht interessiert, es kümmert mich nicht«, erwiderte Suma kalt. »Ein tragischer Unfall, der den Abschluß des Kaiten-Projekts jedoch nicht verzögern darf.« Suma schwieg, und sein Gesicht verzog sich zu einer brutalen Grimasse. »Wir haben genug von den Dingern plaziert, um jede Nation zerstören zu können, die unser neues Reich bedroht.«

18

George Furukawa nahm den Telefonanruf seiner Frau in seinem eleganten Büro bei den angesehenen Samuel J. Vincent Laboratorien, deren Vizepräsident er war, entgegen. Sie erinnerte ihn an seinen Zahnarzttermin. Er bedankte sich, sagte ihr noch ein paar zärtliche Worte und legte auf.

Die Frau am anderen Ende der Leitung war nicht seine Frau, sondern eine von Sumas Agentinnen, die die Stimme von Mrs. Furukawa vollkommen imitieren konnte.

Die Geschichte mit dem Zahnarzttermin war ein Code, den er bereits bei fünf früheren Gelegenheiten erhalten hatte. Er bedeutete, daß ein Schiff, das Murmoto-Automobile transportierte, im Hafen angelegt hatte und mit dem Löschen der Ladung anfing.

Nachdem er seine Sekretärin informiert hatte, daß er den Rest des Nachmittags beim Zahnarzt verbringen würde, stieg Furukawa in den Aufzug und drückte auf den Knopf zur Garage im Keller. Er ging ein paar Schritte zu seinem Privatparkplatz, schloß die Tür zu seinem Murmoto-Sportwagen auf und nahm hinter dem Steuer Platz.

Furukawa griff unter den Sitz. Der Umschlag war an Ort und Stelle, einer von Sumas Leuten hatte ihn in seinen Wagen gelegt, nachdem er ins Büro gekommen war. Er überprüfte den Inhalt auf die notwendigen Dokumente, die es ihm gestatteten, drei Autos aus dem Freihafen zu herauszubringen. Die Papiere waren vollständig in Ordnung, wie immer. Zufrieden ließ er die starke, 5,8 Liter, Achtzylinder, 32-Ventilmaschine mit ihren 400 PS an. Er fuhr auf das massive Stahlgitter zu, das in die zementierte Einfahrt eingelassen war und drohend vor der Motorhaube des Murmoto aufragte.

Ein Wärter kam aus dem Pförtnerhaus und beugte sich lächelnd nach unten. »Nehmen Sie heute geheime Unterlagen mit nach Hause, Mr. Furukawa?«

»Nein. Ich habe meine Aktentasche im Büro gelassen.«

Der Wächter trat auf einen Knopf, der die Barriere im Boden verschwinden ließ, und gab mit einer Handbewegung die zweispurige Einfahrt frei, die zur Straße führte.

Die Vincent Laboratorien, die in einem hohen, verglasten Gebäude untergebracht waren, das sich den Blicken von der Straße her durch eine Gruppe Eukalyptusbäume entzog, war ein Forschungs- und Entwicklungszentrum, das einem Unternehmenskonsortium aus dem Raum- und Luftfahrtbereich gehörte. Die Arbeit war streng geheim, und die Resultate wurden schon deshalb argwöhnisch bewacht, weil ein großer Teil der Mittel aus Militärverträgen der Regierung stammte. Hier wurden am Fortschritt in der Luft- und Raumfahrttechnologie gearbeitet. Die vielversprechendsten Projekte gingen dann in Konstruktion und Produktion, während die Fehlschläge zu weiteren Forschungszwecken auf Eis gelegt wurden.

Furukawa war das, was man in Geheimdienstkreisen einen ›Schläfer‹ nennt. Seine Eltern gehörten zu den vielen tausend Japanern, die kurz nach dem Krieg in die Vereinigten Staaten eingewandert waren und schnell mit den Amerikanern japanischer Abstammung verschmolzen, die nach ihrer Entlassung aus den Internierungslagern ihr ursprüngliches Leben wieder aufnahmen.

Die Furukawas hatten den Pazifik nicht überquert, weil sie die Liebe zu Japan verloren hatten. Weit gefehlt. Sie haßten Amerika und sein Kulturgemisch.

Seine Eltern kamen als solide, hart arbeitende Bürger, die den ausdrücklichen Wunsch hatten, ihr einziger Sohn möge eine führende Stellung in der amerikanischen Wirtschaft erringen. Keine Ausgabe war zu hoch, um dem Kind die beste Ausbildung angedeihen zu lassen, die das Land zu bieten hatte. Das notwendige Geld floß auf geheimnisvolle Weise über japanische Banken und sammelte sich auf den Familienkonten. Die unglaubliche Geduld und die langen Jahre, in denen sie hinter falscher Fassade leben mußten, zahlten sich aus, als Sohn George in Aerodynamik promovierte und schließlich eine einflußreiche Stellung bei den Vincent Laboratorien einnahm. In den Kreisen der Flugzeugingenieure hochgeachtet, war es Furukawa nun möglich, enorme Informationsmengen zur neuesten amerikanischen Luftfahrttechnologie zusammenzutragen, die er an Suma Industries weiterleitete.

Die geheimen Unterlagen, die Furukawa für ein Land gestohlen hatte, in dem er noch nie gewesen war, sparten Japan Milliarden Dollar an Forschungs- und Entwicklungskosten. Beinahe ganz auf sich allein gestellt, hatte er mit seinen verräterischen Aktivitäten die Zeit, in der Japan weltweit führend auf dem Flugzeugmarkt werden konnte, um fünf Jahre verkürzt.

Bei einem Treffen mit Hideki Suma auf Hawaii war Furukawa ebenfalls für das Kaiten-Projekt rekrutiert worden. Er hatte sich hochgeehrt gefühlt, weil die einflußreichsten Führer Japans ihn für eine heilige Mission ausgewählt hatten. Seine Aufgabe bestand darin, dafür zu sorgen, daß Wagen, die in speziellen Farben lackiert waren, im Dock abgeholt und an einen unbekannten Bestimmungsort gebracht wurden. Furukawa stellte keine Fragen. Daß er nicht wußte, worum es bei der Operation ging, bereitete ihm keinerlei Kopfzerbrechen. Aufgrund der Befürchtung, daß seine eigentliche Aufgabe, US-Technologie zu stehlen, entdeckt werden konnte, war es nicht möglich, ihn tief in diese Sache zu verstricken.

Der Verkehr zwischen den Stoßzeiten hatte während seiner Fahrt zum Santa Monica Boulevard nachgelassen. Einige Kilometer weiter südlich bog er auf den San Diego Freeway ab. Zehn Minuten später kam er am Frachthafen an und bog in eine Allee ein, wo er an einem riesigen Sattelschlepper vorbeikam, der hinter einem leerstehenden Lagerhaus stand. Die Türen des Fahrerhauses und die Seiten des Anhängers trugen die Firmenaufschrift einer bekannten Umzugs- und Lagerfirma. Furukawa hupte zweimal.

Der Fahrer des Sattelzugs hupte dreimal zur Antwort und hängte sich hinter Furukawas Sportwagen.

Nachdem sie sich durch eine dichte Menge Lastwagen gekämpft hatten, die in die Ladedocks hinein- und wieder herausfuhren, hielt Furukawa schließlich an einem der Tore eines Parkplatzes, auf dem die Importwagen ausländischer Hersteller abgestellt waren. Andere Plätze in der Nähe standen voller Toyotas, Hondas und Mazdas, die bereits von Schiffen gelöscht worden waren und anschließend auf zweistöckige Autotransporter geladen werden würden, die sie zu den Niederlassungen der Händler brachten.

Während der Wächter die Empfangspapiere aus dem Umschlag überprüfte, blickte Furukawa über das Meer von Wagen, die bereits von der *Divine Star* heruntergefahren worden waren. Mehr als ein Drittel der Autos war bereits entladen worden und stand in der Sonne Kaliforniens. Lässig zählte er die Wagenschlange, die von einer ganzen Armee Fahrer durch verschiedene offene Ladetüren im Schiffsrumpf über Rampen auf den Parkplatz gefahren wurden, und kam auf achtzehn Autos pro Minute.

Der Wächter reichte ihm den Umschlag zurück. »Okay, Sir. Drei SP-500 Sportwagen. Bitte geben Sie Ihre Papiere dem Auslieferer unten an der Straße. Er wird Ihnen behilflich sein.«

Der Mann, der sich um die Auslieferung kümmerte, hatte ein rotes, rundes Gesicht und paffte eine Zigarre. Er erkannte Furukawa. »Kommen Sie schon wieder wegen dieser scheußlich braunen Autos?« erkundigte er sich gutgelaunt.

Furukawa zuckte die Achseln. »Ich habe einen Kunden, der sie für seine Firma kauft. Ob Sie's glauben oder nicht, das ist die Markenfarbe des Unternehmens.«

»Was verkauft der denn? Eidechsenscheiße?«

»Nein, importierten Kaffee.«

»Verraten Sie mir bloß die Marke nicht. Ich will's gar nicht wissen.«

Furukawa schob dem Auslieferer eine Hundert-Dollar-Note in die Hand. »Wie bald kann ich die Lieferung übernehmen?«

Der Mann grinste. »Ihre Wagen sind aus der Ladung leicht herauszufinden. In zwanzig Minuten stehen sie bereit.«

Eine Stunde verging, bevor die drei braunen Wagen sicher im Innern des Sattelschleppers verstaut waren und den Frachthof verlassen durften. Furukawa und der Fahrer wechselten kein einziges Wort. Sogar Blickkontakt wurde vermieden.

Draußen vor dem Tor fuhr Furukawa an den Straßenrand und zündete sich eine Zigarette an. Neugierig, doch mit versteinerter Miene beobachtete er, wie der Lastzug wendete und auf den Harbour Freeway zufuhr. Der Anhänger trug ein kalifornisches Nummernschild, aber er wußte, daß es irgendwo auf einem Parkplatz in der Wüste gewechselt werden würde, bevor der Sattelschlepper die Staatsgrenze passierte.

Trotz seiner offen zur Schau gestellten Gleichgültigkeit fragte Furukawa sich instinktiv, was an diesen braunen Wagen so Besonderes war. Aus welchem Grund wurde ihr endgültiges Ziel so geheimgehalten?

19

»Zuerst surfen wir bei Sonnenaufgang am Makapuu Point«, erklärte Pitt und hielt Stacys Hand. »Später gehen wir in der Gegend von Hanauma Bay schnorcheln, bevor du mich mit Sonnenöl einreibst und wir einen faulen Nachmittag auf dem warmen Sand einer Bucht verbringen. Dann schlürfen wir einen Rum Collins auf der Lanai des Halekalani Hotels und genießen den Sonnenuntergang. Anschließend ist dieses intime, kleine Restaurant angesagt, das ich im Manoa Valley kenne.«

Stacy warf ihm einen amüsierten Blick zu. »Hast du jemals daran gedacht, einen Begleitservice zu gründen?«

»Ich bring's einfach nicht übers Herz, einer Frau die Kosten in Rechnung zu stellen«, erklärte Pitt freundlich. »Deshalb bin ich auch immer pleite.«

Er schwieg und sah durch das Fenster des großen zweimotorigen Air Force Helikopters, der durch die Nacht dröhnte. Der große Vogel war am frühen Abend des Tages von Pitts und Plunketts Rettung aufgetaucht und hatte die gesamte Schürfmannschaft und die Besatzung von *Old Gert* vom Deck der chinesischen Dschunke abgeholt. Als letztes wurde der Abtransport von Jimmy Knox vorgenommen. Sobald seine in Leintuch gehüllte Leiche an Bord war, hob sich die Maschine über der *Shanghai Shelly* und der *Tucson* in die Lüfte und machte sich auf den Weg nach Hawaii.

Das Meer schimmerte im Mondschein, als der Pilot ein Kreuzfahrtschiff überflog. Voraus, im Südosten, konnte Pitt bereits die Lichter der Insel Oahu ausmachen. Eigentlich hätte er ebenso wie Sandecker, Giordino und die übrigen tief schlafen müssen, doch die Anstrengungen der Flucht vor dem Sensenmann ließen ihn immer noch nicht zur Ruhe kommen. Und natürlich die Tatsache, daß Stacy wachgeblieben war, um ihm Gesellschaft zu leisten.

»Siehst du etwas?« erkundigte sie sich und gähnte.

»Am Horizont liegt Oahu. In fünfzehn Minuten müßten wir Honolulu überfliegen.«

Sie warf ihm einen spitzbübischen Blick zu. »Erzähl noch was von morgen, besonders was den Teil angeht, der nach dem Abendessen folgt.«

»Soweit war ich noch gar nicht.«

»Und?«

»Also gut. Da gibt's diese beiden Palmen.«

»Palmen?«

»Ja, genau«, erwiderte Pitt. »Und dazwischen hängt so eine gemütliche Hängematte für zwei.«

Der Helikopter, an dessen ultramodernem ferrariähnlichem Rumpf der übliche Heckrotor fehlte, schwebte einen kurzen Augenblick über dem kleinen, mit Gras bewachsenen Landeplatz am Rande des Stützpunktes Hickam Field. Die Umgebung wurde von einer Spezialeinheit der Army bewacht, von der in der Dunkelheit jedoch nichts zu sehen war. Ein

Lichtsignal am Boden verriet dem Piloten, daß die Gegend sicher war. Erst jetzt setzte er die riesige Maschine sanft auf dem weichen Gras auf.

Ein kleiner Bus kam sofort herangefahren und hielt unmittelbar außerhalb der Reichweite der Rotorblätter. Eine schwarze Ford-Limousine folgte, dann eine Army-Ambulanz, die Jimmy Knox' Leiche zur Autopsie ins Hospital bringen sollte. Vier Männer in Zivilkleidung stiegen aus dem Wagen und blieben vor der Tür des Hubschraubers stehen.

Als die erschöpften NUMA-Leute ausstiegen, wurden sie schnell im Bus untergebracht. Pitt und Stacy stiegen als letzte aus. Ein uniformierter Wachposten streckte den Arm aus und dirigierte sie zu dem Wagen, neben dem bereits Admiral Sandecker und Giordino standen.

Pitt schob den Arm des Wachpostens beiseite und ging zum Bus hinüber. »Auf Wiedersehen«, sagte er zu Plunkett. »Und achten Sie darauf, daß Ihre Füße trocken bleiben.«

Plunkett zerquetschte Pitts Hand beinahe. »Ich verdanke Ihnen mein Leben, Mr. Pitt. Wenn wir uns das nächste Mal treffen, gehen die Drinks auf meine Rechnung.«

»Ich werd's nicht vergessen. Champagner für Sie, Bier für mich.«

»Alles Gute.«

Während Pitt auf den schwarzen Wagen zuging, wiesen sich zwei Männer bei Admiral Sandecker mit goldenen Plaketten als Regierungsagenten aus.

»Ich handele auf direkten Befehl des Präsidenten, Admiral. Ich sollte Sie hier erwarten und Sie, Mr. Pitt, Mr. Giordino und Miss Fox unverzüglich nach Washington bringen.«

»Das verstehe ich nicht«, erwiderte Sandecker irritiert. »Wozu diese Eile?«

»Ich weiß es nicht, Sir.«

»Was ist mit meiner NUMA-Mannschaft? Die Leute haben vier Monate lang unter extremen Bedingungen im Rahmen eines Unterwasserprojekts gearbeitet. Sie verdienen die Ruhe, sich im Kreise ihrer Familien zu erholen.«

»Der Präsident hat absolute Geheimhaltung angeordnet. Ihre NUMA-Mannschaft wird zusammen mit Mr. Plunkett und Mr. Salazar zu einem sicheren Anwesen auf der anderen Seite der Insel eskortiert und dort festgehalten, bis die Nachrichtensperre aufgehoben ist. Danach steht es ihnen frei, auf Kosten der Regierung an jeden Ort zu reisen, den sie selbst bestimmen.«

»Wie lange werden sie festgehalten werden?« wollte Sandecker wissen.

»Drei bis vier Tage«, erwiderte der Agent.

»Sollte Miss Fox nicht zusammen mit den anderen fahren?«

»Nein, Sir. Meine Befehle lauten, daß sie mit Ihnen reisen soll.«

Pitt warf Stacy einen mißtrauischen Blick zu. »Haben Sie uns an der Nase herumgeführt, Lady?«

Ein seltsames kleines Lächeln umspielte ihre Lippen. »Schade um unseren ›Morgen‹ auf Hawaii.«

»Und das soll ich glauben?«

Ihre Augen weiteten sich leicht. »Ein andermal. Vielleicht in Washington.«

»Ich glaube nicht«, erklärte er, und seine Stimme war plötzlich kalt. »Du hast mich getäuscht. Getäuscht auf der ganzen Linie, angefangen bei deiner vorgeblichen Bitte um Hilfe in der *Old Gert.*«

Sie sah zu ihm auf; in ihren Augen lag eine eigenartige Mischung aus Ärger und verletzten Gefühlen. »Wir wären alle gestorben, wenn du und Al nicht aufgetaucht wärt.«

»Und diese geheimnisvolle Explosion? War das dein Werk?«

»Ich habe keine Ahnung, wer dafür verantwortlich ist«, gab sie ehrlich zu. »Davon wurde ich nicht in Kenntnis gesetzt.«

»In Kenntnis gesetzt«, wiederholte er langsam. »Kaum eine Formulierung, die eine freiberuflich tätige Fotografin verwenden würde. Für wen arbeitest du eigentlich?«

Eine unvermittelte Härte schlich sich in ihre Stimme. »Das wirst du schon bald herausfinden.« Sie drehte ihm den Rücken zu und stieg ein.

Auf dem Flug zur Hauptstadt schlief Pitt nur drei Stunden. Über den Rocky Mountains döste er ein und wachte wieder auf, als über West Virginia der Morgen dämmerte. Er saß im Heck des Gulfstream Jets der Regierung, ein gutes Stück von den übrigen entfernt. Er verspürte keine Lust auf Unterhaltung, sondern hing seinen eigenen Gedanken nach. Seine Augen starrten auf das Exemplar von *USA Today* auf seinem Schoß, ohne die Worte und Bilder wahrzunehmen.

Pitt war wütend, verdammt wütend. Ihn störte es, daß Sandecker den Mund hielt und seinen brennenden Fragen, was die Explosion anging, die das Erdbeben ausgelöst hatte, ausgewichen war. Auf Stacy war er wütend, weil er jetzt sicher war, daß das britische Tiefseeforschungsvorhaben eine Geheimdienstoperation gewesen sein mußte, um den »Schlamm« auszuspionieren. Es war einfach unwahrscheinlich, daß *Old Gert* rein zufällig genau an dieser Stelle getaucht war. Sie war eine Agentin. Er mußte nur noch herausfinden, für wen sie arbeitete.

Er war noch in seine Gedanken vertieft, als Giordino nach hinten kam und sich neben ihn setzte. »Du siehst fix und fertig aus, mein Freund.«

Pitt räkelte sich. »Bin froh, daß ich nach Hause komme.«

Giordino fiel Pitts üble Laune auf, er wechselte das Gesprächsthema und kam auf die Sammlung klassischer Automobile zu sprechen, die sein Freund besaß. »Woran arbeitest du eigentlich im Augenblick?«

»Du meinst, an welchem Wagen?«

Giordino nickte. »Am Packard oder am Marmon?«

»An keinem von beiden«, erwiderte Pitt. »Bevor wir zum Pazifik aufgebrochen sind, habe ich die Maschine des Stutz überholt; allerdings habe ich den Motor noch nicht wieder eingebaut.«

»Diese Limousine, Baujahr neunzehnhundertzweiunddreißig?«

»Genau die.«

»Wir kommen zwei Monate früher nach Hause als vorgesehen. Gerade rechtzeitig für das Oldtimerrennen in Richmond.«

»Noch zwei Tage«, überlegte Pitt. »Ich glaube nicht, daß ich den Wagen rechtzeitig fertig bekomme.«

»Ich helfe dir gerne«, bot Giordino ihm an. »Gemeinsam schaffen wir es, daß der alte grüne Bomber an den Start gehen kann.«

Pitts Miene verriet Skepsis. »Wahrscheinlich kriegen wir dazu gar nicht die Gelegenheit. Irgend etwas geht hier vor, Al. Wenn der Admiral so zugeknöpft ist, dann sitzen wir mächtig in der Tinte.«

Giordinos Lippen verzogen sich zu einem dünnen Lächeln. »Ich hab' auch versucht, ihn auszuhorchen.«

»Und?«

»Ich hab' schon ergiebigere Gespräche mit Laternenpfählen geführt.«

»Die einzige Bemerkung, die er fallengelassen hat«, sagte Pitt, »war, daß wir direkt nach der Landung zum Federal Headquarters Building fahren.«

Giordino sah ihn erstaunt an. »Von einem Federal Headquarters Building in Washington habe ich noch nie was gehört.«

»Ich auch nicht«, meinte Pitt, und seine Augen blitzten herausfordernd. »Noch ein Grund, weshalb ich glaube, daß wir in der Tinte sitzen.«

20

Wenn Pitt vorher schon den Eindruck gehabt hatte, im dunkeln zu tappen, so war er sich dessen endgültig sicher, als er das Federal Headquarters Building sah.

Der unauffällige Lieferwagen ohne Seitenscheiben, der sie in der Andrews Air Force Basis abgeholt hatte, bog von der Constitution Avenue ab, kam an einem Second Hand Bekleidungsladen vorbei, fuhr eine schäbige Allee entlang und hielt hinter einem Parkplatz vor den Stufen eines heruntergekommenen, sechsstöckigen Backsteingebäudes. Pitt schätzte, daß der Grundstein irgendwann in den Dreißigern gelegt worden war.

Das gesamte Gebäude schien in einem traurigen Zustand zu sein. Einige Fenster waren hinter den zerbrochenen Scheiben mit Brettern vernagelt, die schwarze Farbe an den gußeisernen Balkongittern blätterte ab; die Ziegel machten einen mitgenommenen Eindruck, bröckelten ab, und wie um das Bild noch zu vervollständigen, hockte ein ungewaschener Stadtstreicher auf den gesprungenen Zementstufen, eine Pappschachtel mit irgendwelchem dreckigen Krimskrams neben sich.

Die beiden Regierungsagenten, die sie von Hawaii bis hierher eskortiert hatten, stiegen vor ihnen die Stufen hinauf und betraten die Eingangshalle. Den heimatlosen Stadtstreicher ignorierten sie völlig, während Sandecker und Giordino ihn flüchtig ansahen. Die meisten Frauen hätten den armen Mann entweder mit einem mitleidigen oder einem angewiderten Blick bedacht, doch Stacy nickte ihm leise lächelnd zu.

Pitt blieb neugierig stehen und sagte: »Schöner Tag zum Sonnenbaden.«

Der Stadtstreicher, ein Schwarzer Ende Dreißig, blickte auf. »Sind Sie blind, Mann? Was habe ich von Sonnenbräune?«

Pitt bemerkte die scharfen Augen des professionellen Beobachters, der jetzt jeden Quadratzentimeter seiner Hände, seiner Kleider, seines Körpers und Gesichts, genau in dieser Reihenfolge, musterte. Das waren ganz sicher nicht die teilnahmslosen Augen eines heruntergekommenen Tippelbruders.

»Ach, ich weiß nicht«, erwiderte Pitt leichthin. »Könnte sich als nützlich erweisen, wenn Sie Ihre Pension nehmen und auf die Bermudas ziehen.«

Der Penner grinste und entblößte schneeweiße Zähne. »Einen ungestörten Aufenthalt wünsch ich Ihnen, Mann.«

»Ich werd' mich bemühen«, antwortete Pitt und amüsierte sich über die eigenartige Formulierung. Er passierte den ersten getarnten Sicherheitsring und folgte den anderen in die Halle des Gebäudes.

Das Innere war ebenso heruntergekommen wie das Äußere. In der Luft hing der durchdringende Geruch von Desinfektionsmitteln. Die grünen Fußbodenfliesen waren abgetreten, und von den Wänden lösten sich allmählich mehrere Tapetenschichten. Lautlos glitt die Tür eines altmodischen Aufzugs auf. Überrascht betrachteten die Männer von der NUMA das chromglänzende Innere der Kabine und einen Soldaten des U.S. Marine Corps, der als Aufzugführer Dienst tat. Pitt sah, daß Stacy sich so verhielt, als sei ihr das alles vertraut.

Pitt stieg als letzter ein und sah seine müden roten Augen und die Bartstoppeln, die von den chromglänzenden Kabinenwänden reflektiert wurden. Der Soldat schloß die Türen, und der Lift setzte sich lautlos in Bewegung. Pitt nahm überhaupt keine Bewegung wahr. Weder aufblitzende Lampen über der Tür noch Ziffern an der Bedienungstafel wiesen auf die Stockwerke hin, an denen sie vorbeifuhren. Nur sein Gefühl sagte ihm, daß sie verhältnismäßig weit nach unten fuhren.

Schließlich öffnete sich die Tür und gab den Weg in einen Vorraum und einen Flur frei, die beide so sauber und ordentlich waren, daß auch der pingeligste Kapitän seine helle Freude daran gehabt hätte. Die Regierungsagenten begleiteten sie zu einer Tür und gaben den Weg frei. Nachdem sie eine Luftschleuse passiert hatten, die dazu diente, den anschließenden Raum abhörsicher zu machen, fanden sie sich in einem weitläufigen Konferenzzimmer wieder, das von den Geräuschen der Außenwelt derart gründlich abgeschnitten war, daß die Leuchtröhren an der Decke wie Wespen zu summen schienen und ein geflüstertes Wort zehn Meter weit zu hören war. Es gab keinerlei Schatten, und normales Sprechen klang wie Gebrüll. In der Mitte des Zimmers stand ein massiver alter Bibliothekstisch mit einer Schale Jonathan-Äpfel darauf, und darunter lag ein schöner alter, blutroter Perserteppich.

Stacy ging zur anderen Seite des Tisches hinüber. Ein Mann stand auf und begrüßte sie in texanischem Tonfall. Er wirkte jung, war mindestens sechs oder sieben Jahre jünger als Pitt. Stacy machte sich nicht die Mühe, die beiden Männer einander vorzustellen. Seit sie in Hawaii zusammen den Gulfstream Jet bestiegen hatten, hatten Pitt und sie kein Wort mehr gewechselt. Sie drehte ihm den Rücken zu in dem ungeschickten Versuch, seine Gegenwart zu ignorieren.

Neben Stacys Bekannten saßen zwei Männer mit asiatischen Gesichtszügen. Sie unterhielten sich mit gedämpfter Stimme und machten sich nicht die Mühe aufzublicken, während Pitt und Giordino dastanden und sich im Raum umsahen. Ein weiterer Mann, Typ Harvard-Professor, saß etwas abseits und arbeitete sich durch einen Stapel Papiere.

Sandecker steuerte einen Stuhl neben dem Kopfende an, nahm Platz und zündete sich eine seiner speziellen Havannazigarren an. Er stellte fest, daß Pitt unsicher und nervös war, Züge, die so gar nicht zu seinem Charakter paßten.

Ein schlanker, drahtiger Mann um die Vierzig mit schulterlangem Haar, der eine Pfeife in der Hand hielt, kam auf sie zu. »Wer von Ihnen ist Dirk Pitt?«

»Das bin ich«, erwiderte Pitt.

»Frank Mancuso«, erklärte der Fremde und streckte die Hand aus. »Mir wurde gesagt, wir arbeiten zusammen.«

»Da haben Sie mir etwas voraus«, gab Pitt zurück, erwiderte den festen Händedruck und stellte Giordino vor. »Mein Freund Al Giordino und ich tappen bis jetzt noch vollkommen im dunkeln.«

»Wir haben uns hier eingefunden, um ein Expertenteam für einen Spezialauftrag zu bilden. Ein sogenanntes ›Multi Agency Investigative Team‹ oder kurz: MAIT.«

»Mein Gott«, stöhnte Pitt. »Auch das noch. Ich will einfach nur nach Hause, mir einen Tequila auf Eis eingießen und ins Bett fallen.«

Bevor er sich weiter beschweren konnte, betrat Raymond Jordan den Konferenzraum. Er wurde von zwei Männern begleitet, die aussahen, als kämen sie zu ihrer eigenen Beerdigung. Jordan ging geradewegs auf Sandecker zu und begrüßte ihn herzlich.

»Schön, Sie zu sehen, Jim. Ich weiß Ihre Kooperation in dieser Angelegenheit außerordentlich zu schätzen. Mir ist klar, daß es für Sie ein Schlag gewesen sein muß, Ihr Projekt zu verlieren.«

»NUMA wird eine neue Station bauen«, sagte Sandecker in seiner trockenen Art.

Jordan nahm am Kopfende des Tisches Platz. Seine Assistenten setzten sich neben ihn und stapelten einige Akten vor ihm auf. Dann wandte er sich direkt an Pitt, Giordino und Mancuso, die noch standen.

»Meine Herren, würden Sie es sich bitte bequem machen?«

Es herrschte eine kurze Stille, während Jordan die vor ihm liegenden Akten ordnete. Die Stimmung war gedämpft und verkrampft, Sorge und Anspannung lagen in der Luft.

Pitt saß vollkommen ausdruckslos da und dachte an etwas anderes. Auf eine ernsthafte Unterredung war er nicht vorbereitet, und körperlich war er von den Anstrengungen der vergangenen beiden Tage restlos erschöpft. Seine Gedanken kreisten nur noch um eine heiße Dusche und acht Stunden Schlaf, doch aus Respekt vor dem Admiral, der schließlich sein Chef war, zwang er sich, der Konferenz zu folgen.

»Ich möchte mich«, begann Jordan, »für die Ungelegenheiten, die ich Ihnen bereitet habe, entschuldigen, doch ich fürchte, daß wir es mit einem kritischen Notfall zu tun haben, der die Sicherheit unserer Nation berühren könnte.« Er schwieg, um einen Blick auf die Personalakten zu werfen, die vor ihm lagen.

»Einige von Ihnen kennen mich und haben in der Vergangenheit mit mir zusammengearbeitet. Mr. Pitt und Mr. Giordino, Sie beide sind insoweit im Nachteil, als ich einiges über Sie weiß, Sie jedoch kaum etwas über mich.«

»Klartext«, forderte Giordino und wich Sandeckers verärgertem Blick aus.

»Entschuldigung«, erwiderte Jordan liebenswürdig. »Mein Namen ist Ray Jordan, und ich bin vom Präsidenten persönlich ermächtigt, sämtliche Angelegenheiten der nationalen Sicherheit, sei es im Ausland oder im Inland, zu managen und zu dirigieren. Die Operation, die wir in Angriff nehmen wollen, betrifft beides. Um die Situation und den Grund Ihrer Anwesenheit zu verdeutlichen, gebe ich das Wort an den Stellvertretenden Leiter solcher Operationen, Mr. Donald Kern weiter.«

Kern war klapperdürr, klein und schmächtig. Der durchdringende

Blick seiner kalten blaugrünen Augen schien die innersten Gedanken eines jeden Anwesenden erraten zu können. Bis auf die Pitts. Als ihre Blicke sich trafen, war es, als prallten zwei Kugeln mitten in der Luft aufeinander, um dann regungslos zu verharren.

»Zunächst«, begann Kern mit überraschend tiefer Stimme, während er immer noch versuchte, Pitts Gedanken zu ergründen, »werden wir alle Teil einer neuen Regierungsorganisation, die aus Ermittlern, Spezialisten, Assistenten, Analytikern und Agenten vor Ort gebildet wird. Diese Oıganisation soll einer ernsthaften Bedrohung begegnen, der eine große Anzahl Menschen hier und in der übrigen Welt ausgesetzt ist. Auf einen Nenner gebracht: ein MAIT.« Er drückte auf einen der diversen Knöpfe auf dem Schaltpult, das er vor sich hatte, und drehte sich zu einer beleuchteten Wand um, auf der ein Organisationsschema abgebildet war. Oben befand sich ein kleiner Kreis, darunter ein größerer. Am unteren Kreis klebten vier kleinere Kreise wie Spinnenbeine.

»Der obere Kreis stellt das Kommandozentrum hier in Washington dar«, erklärte er. »Der untere ist unser Informationssammelpunkt auf der Pazifikinsel Koror, die zur Inselkette der Republik Palau gehört. Die dortigen Feldoperationen leitet Mel Penner.« Er schwieg und warf Penner, der zusammen mit Jordan und ihm selbst den Raum betreten hatte, einen vielsagenden Blick zu.

Penner nickte lässig und hob die Hand. Er sah die übrigen, die am Tisch saßen, nicht an, und lächelte auch nicht.

»Mel arbeitet unter dem Deckmantel eines Soziologen von der University of California in Los Angeles, der die Kultur der Ureinwohner studiert«, fügte Kern hinzu.

»Mel kommt uns nicht teuer«, grinste Jordan. »Die Einrichtung seines Hauses und des Büros umfaßt einen Schlafsack, ein Telefon, einen Reißwolf und einen Arbeitstisch, der zugleich als Eßtisch und als Gestell für seine Kochplatte dient.«

Scheiße für Mel, dachte Pitt und kämpfte darum, wach zu bleiben. Er fragte sich, wieso es so lange dauerte, bis die zur Sache kamen.

»Unseren einzelnen Teams werden Codenamen zugeteilt«, fuhr Kern fort. »Der Code besteht aus verschiedenen Automarken. Wir im Kommandozentrum firmieren als ›Team Lincoln‹. Mel Penner ist ›Team Chrysler‹.« Er schwieg, um auf die entsprechenden Kreise auf der Übersicht zu deuten, bevor er fortfuhr. »Mr. Marvin Showalter, Stellvertretender Leiter des Sicherheitsbüros im Außenministerium der Vereinigten Staaten, wird von unserer Botschaft in Tokio aus arbeiten und sich um die Probleme kümmern, die in Japan entstehen könnten. Sein Teamcode ist ›Cadillac‹.«

Showalter stand auf und verbeugte sich. »Ist mir eine Freude, mit Ihnen allen zusammenzuarbeiten«, sagte er höflich.

»Marv, Sie informieren bitte Ihre Leute, daß unsere MAIT-Agenten vor Ort aktiv sind – für den Fall, daß sie irgendwelche ungenehmigten Aktivitäten registrieren. Ich möchte vermeiden, daß unsere Arbeit durch Meldungen seitens der Botschaft erschwert wird.«

»Ich kümmere mich darum«, versprach Showalter.

Kern wandte sich Stacy und dem bärtigen Mann, der neben ihr saß, zu. »Miss Stacy Fox und Dr. Timothy Weatherhill, für diejenigen von Ihnen, die sich noch nicht kennen, werden die Nachforschungen im Inland führen. Sie beide werden unter dem Deckmantel eines Journalisten und einer Fotografin der *Denver Tribune* arbeiten und das ›Team Buick‹ bilden.« Danach nickte er den beiden Männern asiatischer Abstammung zu. »›Team Honda‹ besteht aus Mr. Roy Orita und Mr. James Hanamura. Sie übernehmen den kritischsten Teil der Nachforschungen – in Japan.«

»Bevor Don mit dem Lagevortrag fortfährt«, unterbrach Jordan, »gibt es irgendwelche Fragen?«

»Wie kommunizieren wir miteinander?« erkundigte sich Weatherhill.

»Greifen Sie nach dem Hörer und rufen Sie an«, erwiderte Kern. »Normale Telefonanrufe gehören zur Routine und erwecken keinen Verdacht.« Er drückte auf einen weiteren Knopf auf der Bedienungstafel, und auf dem Bildschirm tauchte eine Zahlenreihe auf. »Merken Sie sich diese Nummer. Wir richten für Sie einen sicheren Anschluß ein, der rund um die Uhr von einem Beamten besetzt ist, der in die Operation eingeweiht ist und weiß, wo er uns jederzeit erreichen kann.«

»Ich darf hinzufügen«, erklärte Jordan, »daß Sie sich alle zweiundsiebzig Stunden melden müssen. Wenn Sie das versäumen, wird sofort jemand losgeschickt, der nach Ihnen sucht.«

Pitt hob die Hand. »Ich habe eine Frage.«

»Mr. Pitt?«

»Ich wäre Ihnen außerordentlich verbunden, wenn mir jemand erzählen würde, worum alles in der Welt es hier eigentlich geht.«

Eisiges Schweigen senkte sich über die Anwesenden. Mit Ausnahme Giordinos starrten alle Pitt ungläubig und abweisend an.

Jordan wandte sich an Sandecker, der den Kopf schüttelte und spitz bemerkte: »Wie Sie es verlangt haben, wurden Dirk und Al nicht über die Situation informiert.«

Jordan nickte. »Tut mir außerordentlich leid, meine Herren, daß Sie noch nicht in Kenntnis gesetzt wurden. Mein Fehler. Entschuldigen Sie. Nach dem, was Sie durchgemacht haben, wurden Sie ausgesprochen schäbig behandelt.«

Pitt warf Jordan einen durchdringenden Blick zu.

»Stecken Sie hinter der Operation, die Schürfstation der NUMA auszuspionieren?«

Jordan zögerte und sagte dann: »Wir spionieren nicht, Mr. Pitt. Wir beobachten, und ja, ich habe die Anweisung gegeben. Ein britisches Tiefseeforschungsteam arbeitete zufällig im Nordpazifik, und die Briten kooperierten, indem sie die Operation in Ihre Gegend verlegten.«

»Und die Überwasserexplosion, die das britische Schiff mitsamt der Mannschaft in die Luft fliegen ließ und das Erdbeben auslöste, das acht Jahre intensiver Forschungsarbeit und Anstrengungen auslöschte, war das auch Ihre Idee?«

»Nein, das war eine unvorhergesehene Tragödie.«

»Vielleicht ist mir etwas entgangen«, knurrte Pitt, »aber ich war bisher der abwegigen Ansicht, wir stünden auf derselben Seite.«

»Das tun wir, Mr. Pitt. Ich versichere es Ihnen«, antwortete Jordan ruhig. Er nickte Admiral Sandecker zu. »Ihre Anlage – der Schlamm, wie Sie sie nennen – wurde unter derart strikter Geheimhaltung errichtet, daß keiner unserer Nachrichtendienste eine Ahnung hatte,.daß sie genehmigt worden war.«

Pitt unterbrach ihn. »Also mußten Sie, als Sie Wind davon bekamen und weil man Sie übergangen hatte, der Sache nachgehen.«

Jordan war nicht daran gewöhnt, in der Defensive zu sein, dennoch wich er Pitts Blick nicht aus. »Das ist nun nicht mehr zu ändern. Ich bedaure den Verlust so vieler Menschen, doch man kann uns nicht allein die Schuld daran geben, daß wir unsere Agenten zur falschen Zeit am falschen Ort eingesetzt haben. Wir hatten keinerlei Hinweis erhalten, daß ein japanischer Autotransporter Atombomben über den Ozean schmuggeln würde, und wir konnten auch nicht vorhersehen, daß diese Bomben zufällig fast genau zwischen zwei nicht beteiligten Schiffen und direkt über Ihrer Station explodieren würden.«

Einen Augenblick verschlug diese Enthüllung Pitt den Atem, doch dann verschwand seine Überraschung ebenso schnell, wie sie gekommen war. Die Puzzlestückchen ergaben auf einmal ein Bild. Er starrte Sandecker an und spürte dessen Unbehagen, während er sprach. »Sie wußten es also, Admiral. Sie haben es schon gewußt, bevor Sie Washington verließen und nichts gesagt. Die *Tucson* befand sich nicht in dem Gebiet, um Plunkett und mich zu retten. Das U-Boot sollte lediglich die Radioaktivität aufzeichnen und nach Wrackteilen Ausschau halten.«

Es war eine der seltenen Gelegenheiten, in denen Pitt und Giordino erlebten, daß Sandecker vor Verlegenheit rot anlief. »Der Präsident hat mich ersucht, mein Schweigen zu beeiden«, erklärte er langsam. »Ich habe Sie nie angelogen, Dirk, aber mir bleibt keine andere Wahl, als zu schweigen.«

Der Admiral tat Pitt leid. Er wußte, daß es für ihn schwer gewesen sein mußte, sich seinen beiden Freunden nicht anvertrauen zu können. Doch er gab sich keinerlei Mühe, seine Ablehnung Jordan gegenüber zu verbergen. »Warum also sind wir hier?« wollte er wissen.

»Der Präsident persönlich hat die Auswahl eines jeden Mitglieds im Team gutgeheißen«, erwiderte Jordan. »Sie alle verfügen über die Erfahrung und Kompetenz, die für den Erfolg dieser Operation unerläßlich sind. Der Admiral und Mr. Giordino werden ein Projekt entwickeln, in dessen Verlauf der Meeresboden nach Beweisstücken und Wrackteilen des Schiffes, das in die Luft geflogen ist, abgesucht wird. Nur für die Akten: ihr Codename ist ›Mercedes‹.«

Pitts müde Augen fixierten Jordan. »Sie haben meine Frage nur teilweise beantwortet.«

»Ich bin ja auch noch nicht fertig. Mr. Mancuso, Experte für Ausgrabungen jeder Art und jeden Umfangs, und Sie werden als Unterstützungs-Team fungieren.«

»Unterstützung wofür?«

»Für die Phase der Operation, in der es auf eine Suchaktion unter der Erde oder unter Wasser ankommt.«

»Wann und wo?«

»Wird noch entschieden.«

»Und unser Codename?«

Jordan sah Kern an, der einen Papierstapel durchblätterte und dann den Kopf schüttelte. »Den beiden wurde noch kein Name zugeteilt.«

»Dürfen sich die Betroffenen ihren eigenen Code wählen?« fragte Pitt.

Jordan wechselte einen Blick mit Kern und zuckte die Achseln. »Ich wüßte nicht, wieso nicht.«

Pitt lächelte Mancuso zu. »Haben Sie einen Vorschlag zu machen?«

Mancuso nahm die Pfeife aus dem Mund. »Das überlasse ich Ihnen«, erklärte er zuvorkommend.

»Dann bilden wir Team ›Stutz‹.«

Jordan neigte den Kopf zur Seite. »Wie bitte?«

»Hab' ich noch nie gehört«, knurrte Kern.

»Stutz«, wiederholte Pitt. »Einer der besten amerikanischen Oldtimer. Wurde zwischen 1911 und 1935 in Indianapolis, Indiana, gebaut.«

»Gefällt mir.« Mancuso nickte beifällig.

Kern musterte Pitt, und seine Augen blitzten frettchenhaft. »Sie machen auf mich nicht gerade den Eindruck, als nähmen Sie diese Operation ernst.«

Jordan zuckte ruhig die Achseln. »Wenn Sie's glücklich macht.«

»Okay«, erklärte Pitt unbewegt, »da jetzt die vitale Frage der Tarnung geklärt ist, werde ich mich auf den Weg nach Hause machen.« Er schwieg und blickte auf das orangene Display seiner alten Doxa-Tauchuhr. »Ich wurde gegen meinen Willen hierhergeschafft. In den vergangenen achtundvierzig Stunden habe ich ganze drei Stunden geschlafen und in der Zeit nur einmal gegessen. Ich muß aufs Klo und ich habe immer noch keine Ahnung, was hier abläuft. Ihre Zivilwachen und Ihre Marinesoldaten können mich natürlich aufhalten, aber wenn ich dabei verletzt werde, kann ich hier nicht mehr mitspielen. Ach ja, das gibt's noch was, das noch nicht erwähnt wurde.«

»Und was ist das?« fragte Kern. Langsam wurde er wütend.

»Ich erinnere mich nicht, daß Al und ich offiziell gebeten wurden, uns freiwillig zu melden.«

Kern sah aus, als müsse er eine Pfefferschote hinunterwürgen. »Wovon reden Sie überhaupt, freiwillig melden?«

»Wissen Sie, ich rede von jemandem, der freiwillig seine Dienste anbietet«, erklärte Pitt ungerührt. Er wandte sich an Giordino. »Hat man dich offiziell eingeladen, Al?«

»Nein, es sei denn, die Einladung wäre bei der Post verlorengegangen.«

Pitt sah Jordan herausfordernd in die Augen, als er sagte: »So sieht's aus.« Dann drehte er sich zu Sandecker um. »Bedaure, Admiral.«

»Gehen wir?« fragte Giordino.

»Ja. Auf geht's.«

»Sie dürfen nicht gehen«, erklärte Kern todernst. »Sie stehen im Dienst der Regierung.«

»Mein Arbeitsvertrag sieht eine Tätigkeit als Geheimagent nicht vor.« Pitts Stimme klang ruhig, völlig gelassen. »Und wenn es, seit wir vom Meeresboden zurückgekehrt sind, keine Revolution gegeben hat, befinden wir uns immer noch in einem freien Land.«

»Einen Moment, bitte«, sagte Jordan, der klugerweise Pitts Standpunkt akzeptierte.

Jordan hatte sehr viel Macht und war es gewohnt, die Fäden in der Hand zu halten. Doch er war auch gerissen und wußte, wann er mit dem Strom schwimmen mußte – selbst wenn dieser bergauf floß. Mit neugierigem Interesse musterte er Pitt. Er sah keinen Haß, keine Arroganz, nur einen völlig erschöpften Mann, von dem man zu viel verlangt hatte. Seine Personalakte hatte er schon zuvor studiert. Pitts früheres Leben las sich wie ein Abenteuerroman. Seine Leistungen waren gefeiert und er selbst vielfach ausgezeichnet worden. Jordan wußte, daß er sich verdammt glücklich schätzen konnte, einen solchen Mann in seinem Team zu haben, und daß es sehr unklug wäre, es sich mit ihm zu verscherzen.

»Mr. Pitt, wenn Sie sich noch einen kurzen Moment gedulden wollen, werde ich Ihnen sagen, was Sie wissen müssen. Einige Details sind geheim. Ich halte es nicht für angebracht, daß Sie und ein Teil der Anwesenden an diesem Tisch die Angelegenheit in allen Einzelheiten kennen. Mir persönlich ist das vollkommen egal, aber es dient Ihrer Sicherheit. Verstehen Sie?«

Pitt nickte. »Ich höre.«

»Japan besitzt die Bombe«, verriet der Chef des Nationalen Sicherheitsdienstes. »Wie lange die Japaner sie schon haben und wie viele Bomben gebaut wurden, ist uns nicht bekannt. Geht man von der fortgeschrittenen Atomtechnologie des Landes aus, dann verfügt Japan seit mehr als einem Jahrzehnt über die Fähigkeit, Sprengköpfe herzustellen. Und trotz der lautstarken Erklärungen zum Atomwaffensperrvertrag hat irgendwer oder irgendeine Gruppe innerhalb des Machtgefüges entschieden, daß man die Abschreckungsgewalt wegen des hohen Erpressungswertes brauchte. Das wenige, was wir wissen, gründet sich auf folgende Tatsache: Ein japanisches Schiff mit einer Ladung Murmoto-Automobile und zwei oder mehreren Atomsprengköpfen an Bord detonierte mitten im Pazifik und war für den Untergang eines norwegischen Passagierfrachters und des britischen Forschungsschiffs mitsamt ihren Besatzungen verantwortlich. Weshalb befinden sich Atombomben auf einem japanischen Schiff? Sie sollten in einen amerikanischen Hafen geschmuggelt werden. Zu welchem Zweck? Möglicherweise zu einer atomaren Erpressung. Japan besitzt zwar die Bombe, doch das Land hat nicht die Raketen oder Langstreckenbomber, um sie zu transportieren. Also, was würden wir an ihrer Stelle tun, um ein finanzielles Machtgefüge zu schützen, das bis in jede kleinste Klasse eines jeden Landes der Erde reicht? Wir würden Atomwaffen in jedes Land und in jede Ländervereinigung, wie die Europäische Gemeinschaft, schmuggeln, die eine Bedrohung unseres ökonomischen Imperiums darstellen könnten, und sie an strategisch wichtigen Stellen verstecken. Wenn dann ein bestimmtes Land, sagen wir mal die Vereinigten Staaten, böse wird, weil die japanische Führung versucht, dem Weißen Haus, dem Kongreß und der Wirtschaft ihren Willen aufzuzwingen, könnten die Amerikaner beschließen, die Dollarmilliarden, die dem Schatzamt in der Vergangenheit von japanischen Banken kreditiert worden sind, einfach nicht zurückzuzahlen. Extreme Maßnahmen, die Senator Diaz und die Kongreßabgeordnete Loren Smith gerade in diesem Augenblick drüben im Kapitol diskutieren. Und möglicherweise, nur vielleicht, könnte der Präsident, wenn er sich genug geärgert hat, seinen wesentlich stärkeren militärischen Kräften den Befehl geben, die japanischen Inseln zu boykottieren und sämtliche Öl- und sonstigen lebenswichtigen Rohstofflieferungen zu unterbinden, so daß die gesamte Produktion lahmgelegt wäre. Können Sie mir folgen?«

Pitt nickte. »Alles klar.«

»Dieses Szenario ist gar nicht so weit hergeholt; besonders dann nicht, wenn das amerikanische Volk eines Tages merkt, daß es einen Monat im Jahr dafür arbeitet, Schulden an ausländische, zum größten Teil japanische Kreditgeber, zurückzuzahlen. Machen sich die Japaner deshalb Sorgen? Nicht, wenn sie die Macht haben, auf einen Knopf zu drücken und jede beliebige Stadt auf der Welt rechtzeitig zu den Sechs-Uhr-Nachrichten in die Luft zu jagen. Weshalb sind wir hier zusammengekommen? Um sie aufzuhalten, indem wir ihre Bomben finden. Und um sie aufzuhalten, bevor sie merken, daß wir ihnen auf die Schliche gekommen sind. Hier liegt die Aufgabe von Team ›Buick‹. Stacy ist Agentin des Nationalen Sicherheitsdienstes. Timothy ist Atomwissenschaftler und hat sich auf die Entdeckung radioaktiver Strahlung spezialisiert. Team ›Honda‹, geführt von James und Roy, Topagenten der CIA, werden sich darauf konzentrieren, die Bombenfabrik und das Kommandozentrum, das deren Sprengungen kontrolliert, ausfindig zu machen. Ein schrecklicher Alptraum? Ganz sicher! Das Leben von fünfhundert Millionen Menschen in den Ländern, die mit Japan konkurrieren, hängt davon ab, was die an diesem Tisch anwesenden Personen in den nächsten paar Wochen fertigzubringen vermögen. In seiner Weisheit, die eher einer gewissen Ignoranz entspringt, hat das Außenministerium uns verwehrt, befreundete Nationen zu observieren. Wir stehen in vorderster Front des Frühwarnsystems unseres Landes und sind gezwungen, im Schatten zu arbeiten und ohne jede Anerkennung zu sterben. Bald werden die Alarmglocken schrillen und, ob Sie's glauben oder nicht, Mr. Pitt, dieses MAIT-Team ist die letzte Rettungsstation, bevor das Unglück über uns hereinbricht. Begreifen Sie jetzt?«

»Ja...«, erwiderte Pitt langsam. »Vielen Dank, Mr. Jordan. Mir ist einiges klargeworden.«

»Wollen Sie sich nun offiziell dem Team anschließen?«

Pitt stand auf, und zum Erstaunen aller Anwesenden, bis auf Giordino und Sandecker, sagte er: »Ich werd's mir überlegen.«

Dann verließ er den Raum.

Während er die Stufen zur Straße neben dem massiven alten Gebäude hinunterstieg, drehte Pitt sich um und sah zu den schäbigen Wänden und den mit Brettern vernagelten Fenstern hoch. Fassungslos schüttelte er den Kopf, blickte dann auf den Wachtposten in seinen Lumpen hinab, der immer noch auf den Stufen hockte, und murmelte vor sich hin: »Das also sind die Augen und Ohren dieser großartigen Republik.«

21

Pitt fuhr nicht direkt zu dem alten Flugzeughangar am Rande des Internationalen Flughafens von Washington, den er sein Zuhause nannte. Er gab Giordino ein paar Instruktionen und schickte ihn in einem Taxi fort.

Dann schlenderte er die Constitution Avenue entlang, bis er zu einem japanischen Restaurant kam. Er bat um einen ruhigen Eckplatz, setzte sich und gab seine Bestellung auf. Zwischen der klaren Muschelsuppe und dem roh servierten Sashimi stand er vom Tisch auf und ging zu einem Münzfernsprecher, der sich vor den Toiletten befand.

Er nahm ein schmales Adreßbuch aus seiner Brieftasche und blätterte die Seiten durch, bis er die Telefonnummer fand, die er suchte: Dr. Percival Nash (Payload Percy), Chevy Chase, Maryland. Nash war Pitts Onkel mütterlicherseits. Nash, der inzwischen zweiundachtzig war, erzählte oft, wie er damals, als Dirk ein Baby war, dessen Fläschchen mit Sherry angereichert hatte. Pitt warf Kleingeld ein, wählte und wartete geduldig.

»Dr. Nash«, meldete sich eine jugendliche, vollklingende Stimme.

»Onkel Percy, hier ist Dirk.«

»Mein Gott, Dirk. Wird Zeit, daß ich deine Stimme wieder mal höre. Du hast deinen alten Onkel seit fünf Monaten nicht angerufen.«

»Vier«, korrigierte Dirk ihn. »Ich war an einem Projekt in Übersee beteiligt.«

»Und wie geht's dir, Neffe? Bist du gesund?«

»Mir geht's gut, aber ich brauche deine Hilfe. Könntest du mich im NUMA-Gebäude treffen? Ich hab's auf dein Wissen abgesehen.«

»In welcher Hinsicht?«

»Atomreaktoren für Rennwagen.«

Nash wußte sofort, daß Pitt den wirklichen Grund am Telefon nicht nennen wollte. »Wann?« fragte er ohne Zögern.

»So bald wie möglich.«

»In einer Stunde, wäre das in Ordnung?«

»In einer Stunde, gut«, sagte Pitt.

Pitt nahm sich ein Taxi zum zehnstöckigen NUMA-Gebäude und fuhr mit dem Lift ins oberste Stockwerk. Hier war das Gehirn der NUMA untergebracht, waren sämtliche Informationen gelagert, die je über die Ozeane zusammengetragen worden waren. Auf diese weitläufige Abteilung mit ihren Computern und Datenbänken verwendete Sandecker einen beträchtlichen Prozentsatz des Budgets, das der NUMA zur Verfügung stand, und wurde dafür von einigen Leuten im Kongreß immer wieder scharf kritisiert. Dabei hatte diese enorme elektronische Bibliothek dazu beigetragen, riesige Geldsummen bei Hunderten von Projekten einzusparen, hatte den Weg zu zahllosen wichtigen Entdeckungen geebnet und verschiedene nationale Unglücksfälle zu vermeiden geholfen, über die in den Medien gar nicht berichtet wurde.

Der Leiter dieses komplizierten Daten-Supermarktes hieß Hiram Yaeger, ein außerordentlich kompetenter, unkonventioneller Mann, der wie ein Tier arbeiten konnte.

Pitt fand Yaeger an seinem Schreibtisch vor, der auf einer Drehbühne mitten im dem weitläufigen Raum stand. Yaeger hatte sie speziell entwerfen lassen, um dauernd ein Auge auf seine Milliarden Dollar-Domäne haben zu können. Er vertilgte gerade eine Pizza und trank ein alkoholfreies Bier, als er Pitt erblickte und mit breitem Lächeln aufsprang.

»Dirk, du bist zurück.«

Pitt stieg die Stufen zu Yaegers Altar, wie sein Stab die Konstruktion hinter seinem Rücken nannte, empor, und die beiden schüttelten sich die Hände. »Hallo, Hiram.«

»Hat mir leid getan, was ich über den Schlamm gehört habe«, erklärte Yaeger ernst, »aber ich bin wirklich froh, dich noch unter den Lebenden zu sehen. Mein Gott, du siehst aus wie ein Einsiedler, der gerade aus der Höhle gekrochen ist. Setz dich und ruh dich aus.«

Pitt nahm Platz und verputzte erst einmal eine große Pizza, die Yaeger ihm anbot, und drei Flaschen alkoholfreies Bier, das von dem Computergenie in einem kleinen Kühlschrank aufbewahrt wurde, der im Schreibtisch eingebaut war. Zwischen den Bissen erzählte Pitt Yaeger von den Ereignissen bis zu seiner Rettung und brach kurz vor seinem Flug nach Hawaii ab.

Yaeger hörte interessiert zu und lächelte dann wie ein skeptischer Richter bei der Scheidungsverhandlung. »Hast eine schnelle Heimreise gehabt, verstehe.«

»Es ist noch was dazwischen gekommen.«

Yaeger lachte. »Jetzt kommt's. Du bist also gar nicht so schnell nach Hause geflitzt, um mir meine Pizza wegzufressen. Was für gemeine Gedanken spuken durch dein Hirn?«

»Ich erwarte einen Verwandten, Dr. Percy Nash, der in ein paar Minuten eintreffen müßte. Percy war einer der Wissenschaftler beim Manhattan Projekt, die haben die erste Atombombe gebaut. Er ist ehemaliger Direktor der Atomenergiekommission, inzwischen aber pensioniert. Mit Hilfe der dir zur Verfügung stehenden Supercomputerintelligenz und Percys Wissen über Atomwaffen möchte ich ein Szenario entwerfen.«

»Das was beinhaltet?«

»Eine Schmuggeloperation.«

»Was schmuggeln wir denn?«

»Ich würde lieber alles erklären, wenn Percy kommt.«

»Etwas Materielles, ein massives Objekt, vielleicht so etwas wie einen Atomsprengsatz?« fragte Yaeger leicht überheblich.

Pitt sah ihn an. »Das wäre eine Möglichkeit.«

Yaeger kam lässig auf die Beine und stieg die Stufen hinab. »Während wir auf deinen Onkel warten, werfe ich schon mal meine CAD/CAM-Maschinen an.«

Er war schon auf und davon und zwischen den Computern verschwunden, bevor Pitt noch fragen konnte, was er damit meinte.

22

Ein großer, weißer Bart hüllte Payload Percys Gesicht ein und verdeckte zur Hälfte seinen Paisley-Schal. Er hatte eine Knollennase und die ausgeprägten Brauen und zusammengekniffenen Augen eines Treckführers, der fest entschlossen war, die ihm anvertrauten Siedler sicher durchs Indianerland zu bringen. Sein strahlendes Gesicht schien für eine Bierreklame im Fernsehen wie geschaffen zu sein, und er wirkte wesentlich jünger als die zweiundachtzig Jahre, die er tatsächlich zählte.

Percy verfügte über ein immenses Wissen, wenn es um die tödliche Kunst der Atomwaffen ging. Er war in Los Alamos von Beginn an beteiligt gewesen, hatte sich dann von der Atomenergiekommission einspannen lassen und ihr bzw. ihrer Nachfolgeinstitution fast fünfzig Jahre lang angehört. Manch einer der Führer der Dritten Welt hätte für Percys Talente liebend gern den gesamten Staatsschatz herausgerückt. Er gehörte zu dem sehr kleinen Kreis von Experten, die in ihren Garagen eine funktionierende Atombombe zum Preis eines Rasenmähers zusammenbasteln konnten.

»Dirk, mein Junge!« strahlte er. »Was für eine Freude, dich zu sehen.«

»Du siehst gut aus«, stellte Pitt fest, als sie sich umarmten.

Percy zuckte traurig die Schultern. »Die verdammte Zulassungsstelle hat mir den Führerschein abgenommen, aber meinen alten Jaguar XK-120 kann ich noch fahren.«

»Ich weiß es zu schätzen, daß du dir die Zeit nimmst, um mir behilflich zu sein.«

»Keine Ursache. Einer Herausforderung gehe ich nie aus dem Weg.«

Pitt stellte Hiram Yaeger Percy vor.

»Ist mir ein Vergnügen, Sie kennenzulernen, Hiram«, sagte Percy.

»Ebenfalls«, nickte Hiram.

»Wollen wir anfangen?« fragte Pitt.

Yaeger zog zwei weitere Stühle heran. Sie saßen vor einem Computermonitor, der dreimal so groß war wie ein normales Tischgerät.

»Das Allerneueste«, erklärte er. »Wird normalerweise als CAD/CAM bezeichnet, eine Akronym für Computer-Aided Design/Computer-Aided Manufacturing. In erster Linie ein Computergrafiksystem, gleichzeitig aber eine ausgefeilte Zeichenmaschine, die es Zeichnern und Ingenieuren erlaubt, herrliche Detailzeichnungen eines jeden nur vorstellbaren mechanischen Objekts anzufertigen. Ohne Zirkel, Lineal und Winkelmaß. Man programmiert die Toleranzen ein und skizziert dann mit einem Elektronikstift einfach die Umrisse auf dem Bildschirm. Danach wandelt der Computer sie in präzise, haargenau ausgearbeitete Formen um oder bildet sie dreidimensional ab.«

»Erstaunlich«, murmelte Percy. »Können Sie einzelne Sektionen aus Ihren Zeichnungen ausschneiden und die Details vergrößern?«

»Ja, und ich kann auch Farben hinzufügen, Umrisse ändern, Belastungsproben simulieren und die Änderungen bearbeiten. Anschließend können die Resultate gespeichert und wie bei einem Textverarbeitungsprogramm wieder abgerufen werden. Die Anwendungsvielfalt vom Entwurf bis hin zum fertigungsreifen Produkt ist atemberaubend.«

Pitt drehte seinen Stuhl herum. »Dann wollen wir mal sehen, ob uns das der Lösung näherbringt.«

»Also, wonach suchen wir?« wollte Percy wissen.

»Nach einer Atombombe«, erwiderte Pitt.

»Wo?«

»In einem Auto.«

»Soll eine über die Grenze geschmuggelt werden?« fragte Yaeger mit sicherem Instinkt.

»So ähnlich.«

»Auf dem Landweg oder übers Meer?«

»Übers Meer.«

»Hat das hier etwas mit der Explosion zu tun, die sich vor ein paar Tagen auf dem Pazifik ereignet hat?«

»Darüber darf ich nicht reden.«

»Mein Junge, im Trivial Pursuit bin ich unschlagbar, und ich verfolge auch die Fortschritte in der Atomindustrie. Und du weißt, daß ich, abgesehen vom Präsidenten, in der höchsten Geheimhaltungsstufe war.«

»Willst du mir damit irgend etwas zu verstehen geben, Onkel?«

»Würdest du mir glauben, wenn ich dir erzähle, daß ich der erste war, den Ray Jordan wegen dieser Detonation im Pazifik konsultiert hat?«

Pitt war geschlagen und lächelte. »Dann weißt du mehr als ich.«

»Ich weiß, daß Japan Atombomben in Autos im Land versteckt hat. Aber Jordan schien es nicht für angebracht zu halten, einen alten Mann für seine Operation anzuheuern, deshalb hat er mich nur um Rat gebeten und mich anschließend links liegengelassen.«

»Dann fühl dich hiermit angeheuert. Soeben bist du zum Mitglied im Team ›Stutz‹ ernannt worden. Du auch, Hiram.«

»Du wirst eine Menge Ärger bekommen, wenn Jordan herausfindet, daß du Verstärkung hinzugezogen hast.«

»Wenn wir Erfolg haben, wird er darüber hinwegkommen.«

»Worum geht's bei diesen japanischen Bomben?« fragte Yaeger mißtrauisch.

Percy legte ihm die Hand auf die Schulter. »Was wir hier zu lösen versuchen, Hiram, muß ganz geheim bleiben.«

»Hiram hat die Geheimhaltungsstufe Beta-Q«, erklärte Pitt.

»Dann können wir mit der Jagd beginnen.«

»Ich wäre Ihnen sehr verbunden, wenn Sie mir erst etwas über die Hintergründe erzählen würden«, erklärte Yaeger und sah Percy unverwandt an.

Der alte Atomexperte wich seinem Blick nicht aus. »In den dreißiger Jahren ist Japan in den Krieg gezogen, um ein unabhängiges Wirtschaftsimperium zu errichten. Jetzt, fünfzig Jahre danach, ist das Land erneut bereit zu kämpfen, diesmal um dessen Bewahrung. Unter höchster Geheimhaltung haben die Japaner ein Atomwaffenarsenal aufgebaut. Das für die Waffen aufbereitete Plutonium und Uran wurde aus den zivilen Atomwerken abgezweigt. Die Tatsache, daß die Japaner die Bombe besaßen, wurde auch deshalb übersehen, weil sie kein Trägersystem wie Langstreckenraketen, Cruise-Systeme, Bomber oder Raketen-U-Boote hatten.«

»Ich dachte, die Japaner hätten sich dem Atomwaffensperrvertrag unterworfen«, wandte Yaeger ein.

»Stimmt. Die Regierung und die Bevölkerungsmehrheit sind strikt gegen Atomwaffen. Doch die Machtzentren außerhalb der Bürokratie haben heimlich eine Atomstreitmacht aufgebaut. Das Arsenal wurde eher zur Verteidigung vor wirtschaftlicher Bedrohung denn zu militärischen Angriffszwecken errichtet. Dem Konzept zufolge sollen die Bomben zu erpresserischen Zwecken dienen, falls ein weltweiter Handelskrieg droht, der japanische Exportwaren von den Märkten der Vereinigten Staaten und Europas verbannt. Oder, im schlimmsten Fall, bei einer Seeblockade der Heimatinseln.«

»Sie wollen damit sagen, daß wir möglicherweise auf einer Atombombe hocken?« fragte Yaeger beunruhigt.

»Wahrscheinlich nur ein paar Häuserblocks davon entfernt«, erklärte Pitt.

»Das ist undenkbar«, murmelte Yaeger wütend. »Wie viele haben die denn ins Land geschmuggelt?«

»Wissen wir noch nicht«, erwiderte Pitt. »Es könnten bis zu hundert Stück sein. Außerdem sind wir nicht das einzige Land. Die sind über die gesamte Welt verteilt.«

»Es kommt noch schlimmer«, sagte Percy. »Wenn die Bomben tatsächlich in die größeren, internationalen Städte geschmuggelt wurden, dann haben die Japaner ein absolut sicheres Mittel totaler Vernichtung in der Hand. Eine sehr effektive Falle. Wenn die Bomben erst einmal plaziert sind, dann sind alle Möglichkeiten, die bei einem versehentlichen oder nicht genehmigten Raketenstart gegeben wären, unwirksam. Gegen diese Bomben gibt es keine Verteidigungsmöglichkeit; es bleibt keine Zeit, zu reagieren; das Star-Wars-System ist nutzlos; es gibt keine Warnung und keinen Zweitschlag. Wenn die auf den Knopf drücken, erfolgt sofort der Atomschlag.«

»Mein Gott, was können wir dagegen tun?«

»Sie finden«, erklärte Pitt. »Wir vermuten, daß die Bomben in Autotransportschiffen ins Land gebracht worden sind. Wahrscheinlich in importierten Wagen versteckt. Mit Hilfe deiner Computerintelligenz werden wir versuchen herauszufinden, wie.«

»Wenn die mit Schiffen hereinkommen«, sagte Yaeger bestimmt, »dann wären sie von den Drogenfahndern bemerkt worden.«

Pitt schüttelte den Kopf. »Das ist eine hochkomplizierte Operation, die von High-Tech-Profis durchgeführt wird. Die kennen ihr Geschäft. Sie haben die Bombe so konstruiert, daß sie als Teil des Wagens erscheint und bei einer oberflächlichen Durchsuchung gar nicht auffällt. Die Zöllner achten auf Reifen, Benzintanks, die Polsterung und sämtliche Hohlräume. Also muß die Bombe so versteckt sein, daß selbst der eifrigste unter ihnen sie übersieht.«

»Narrensicher, was die üblichen Durchsuchungsmethoden angeht«, stimmte Yaeger zu.

Percy blickte nachdenklich zu Boden. »In Ordnung, damit kämen wir zur Größe.«

»Das fällt in deinen Bereich«, lächelte Pitt.

»Dann gib mir mal einen Hinweis, mein lieber Neffe. Zumindest muß ich das Modell des Wagens kennen, und ich habe die Entwicklungen der japanischen Autoindustrie nicht verfolgt.«

»Es handelt sich um einen Murmoto, sehr wahrscheinlich um einen Sportwagen.«

Percys Miene verdunkelte sich. »Zusammenfassend kann also gesagt werden: Wir suchen einen kleinen Atomsprengsatz um die zehn Kilo, der in einem mittelgroßen Wagen nicht entdeckt werden kann.«

»Der jedoch gleichzeitig aus großer Entfernung aktiviert und gezündet werden kann«, fügte Pitt hinzu.

»Das ist klar, es sei denn, der Fahrer wäre ein Selbstmörder.«

»Wie groß ist die Bombe, über die wir reden?« fragte Yaeger.

»Die Bomben können in Form und Größe differieren – von einem Ölfaß bis zu einem Baseball«, erwiderte Percy.

»Einem Baseball«, murmelte Yaeger fassungslos. »Kann ein derart kleiner Sprengsatz denn nennenswerte Zerstörungen anrichten?«

Percy blickte zur Decke hoch, als sähe er dort die Verwüstung. »Ein hochwirksamer Sprengsatz, sagen wir mal, von drei Kilotonnen könnte wahrscheinlich das Stadtzentrum von Denver, Colorado, einebnen, und die Explosion würde weite Teile der Vororte in Flammen aufgehen lassen.«

»Die neueste Entwicklung auf dem Gebiet der Autobomben«, stellte Yaeger fest. »Keine angenehme Vorstellung.«

»Eine grauenvolle Vorstellung, aber damit wird man sich anfreunden müssen, wenn immer mehr Nationen der Dritten Welt Atomwaffen besitzen.« Percy deutete auf den leeren Bildschirm. »Von welchem Automodell gehen wir aus?«

»Vom neunundachtziger Ford-Taurus, unserer Familienkutsche«, erwiderte Yaeger. »Ich habe mal, um das System auszuprobieren, alle Teile aus dem Werkstatthandbuch in den Computer eingegeben. Ich kann Vergrößerungen bestimmter Teile oder die gesamte Karosserie auf den Bildschirm holen.«

»Der Taurus ist ein gutes Beispiel«, stimmte Pitt zu.

Yaegers Finger bewegten sich einige Sekunden lang über die Tastatur, dann lehnte er sich zurück und verschränkte die Arme. Auf dem Monitor erschien in leuchtenden Farben eine dreidimensionale Konstruktionszeichnung. Ein weiteres Kommando von Yaeger, und eine viertürige Taurus-Limousine, rot-metallic, drehte sich vor ihnen wie auf einer Drehscheibe und wurde ihnen aus jedem nur denkbaren Winkel vorgeführt.

»Kannst du uns ins Innere des Wagens bringen?« fragte Pitt.

»Wir steigen ein«, erwiderte Yaeger. Auf Knopfdruck schienen sie durch massives Blech hindurch in einzelne Abschnitte des Innenraums von Chassis und Aufbau einzudringen. Sie sahen genau jede Schweißnaht, jede Mutter und jede Schraube. Yaeger nahm sie mit ins Differential, in den Getriebetunnel, die einzelnen Gänge und schließlich ins Herz des Motors.

»Erstaunlich«, murmelte Percy bewundernd. »Als flöge man durch ein Elektrizitätswerk. Wenn wir so was nur damals, 1942, gehabt hätten. Dann hätten wir die Kriege in Europa und im Pazifik zwei Jahre früher beenden können.«

»Die Deutschen hatten Glück, daß Sie die Bombe nicht schon 1942 hatten«, stichelte Yaeger.

Percy warf ihm einen ernsten Blick zu und richtete seine Aufmerksamkeit dann wieder auf den Bildschirm.

»Was Interessantes entdeckt?« wollte Pitt wissen.

Percy strich sich über den Bart. »Das Antriebsgehäuse wäre ein passender Behälter.«

»Unwahrscheinlich. Der Motor oder die Kurbelwelle kommen nicht in Frage. Der Wagen muß ganz normal fahren können.«

»Das schließt eine falsche Batterie oder den Vergaser aus«, erklärte Yaeger. »Möglicherweise die Stoßdämpfer.«

Percy schüttelte kurz den Kopf. »Der Platz würde für eine Rohrbombe mit Plastiksprengstoff genügen, aber nicht für einen Atomsprengsatz.«

Während der folgenden paar Minuten, in denen Yaegers Befehle auf der Tastatur sie mit auf eine Reise durch ein Auto nahmen, wie sie nur wenige Menschen je erlebt hatten, musterten sie schweigend die Schnittzeichnungen. Achsen und Aufhängung, Bremssystem, Anlasser und Lenkgestänge, alles wurde untersucht und ausgeschlossen.

»Wir kommen jetzt zur Zusatzausstattung«, erklärte Yaeger.

Pitt gähnte und räkelte sich. Obwohl er sich sehr anstrengte, konnte er kaum noch die Augen offenhalten. »Könnte der Sprengsatz in der Heizung versteckt sein?«

»Die Größe haut nicht hin«, erwiderte Percy. »Was ist mit dem Wasserbehälter für die Scheibenwaschanlage?«

Yaeger schüttelte den Kopf. »Wäre zu offensichtlich.«

Plötzlich zuckte Pitt zusammen. »Die Klimaanlage«, rief er. »Der Kompressor der Klimaanlage.«

Yaeger programmierte den Computer eilig darauf, eine Innenansicht der Anlage auszugeben. »Der Wagen läßt sich fahren, und kein Zollinspektor würde zwei Stunden mit dem Zerlegen des Kompressors verplempern, nur weil er keine kalte Luft erzeugt.«

»Wenn man die Muttern entfernt, hat man ein ideales Gehäuse für eine Bombe«, erklärte Pitt mit einem Blick auf die Computerabbildung. »Was meinst du, Percy?«

»Die Leitungen des Kondenssystems könnten dahingehend geändert werden, daß sie einen Empfänger und das Zündsystem beherbergen könnten«, bestätigte Percy. »Ein hübsches kleines Paket. Ein außerordentlich hübsches kleines Paket. Mehr als genügend Raum, um einen Sprengsatz unterzubringen, der ein weites Gebiet in die Luft jagen kann. Gute Arbeit, meine Herren. Ich glaube, wir haben das Rätsel gelöst.«

Pitt ging zu einem leeren Schreibtisch hinüber und hob den Telefonhörer ab. Er wählte die Nummer der sicheren Leitung, die Kern bei der MAIT-Besprechung genannt hatte. Als sich eine Stimme meldete, sagte er: »Hier Mr. Stutz. Bitte teilen Sie Mr. Lincoln mit, das Problem liege in der Klimaanlage seines Wagens. Auf Wiederhören.«

Percy warf Pitt einen amüsierten Blick zu. »Du weißt wirklich, wie man Leuten etwas unterjubelt, was?«

»Ich bemühe mich.«

Yaeger saß da und musterte das Innere des Kompressors, der vergrößert auf dem Bildschirm dargestellt wurde. »Die Sache hat einen Haken«, sagte er ruhig.

»Welchen?« fragte Percy. »Was meinen Sie damit?«

»Wenn wir Japan einen Riegel vorschieben und die bei uns die Lichter ausgehen lassen, dann können die trotzdem nicht unsere sämtlichen Verteidigungsanlagen eliminieren, vor allem nicht unsere Atom-U-Boote. Unsere Zweitschlag-Kapazität würde genügen, die gesamte Inselkette in Schutt und Asche zu legen. Wenn ihr meine Meinung hören wollt, dann ist das Ganze überhaupt nicht realisierbar, Selbstmord. Es handelt sich meiner Meinung nach um einen großen Bluff.«

»Ihre Theorie hat nur einen kleinen Schwachpunkt«, erklärte Percy geduldig lächelnd. »Die Japaner haben die besten Geheimdienstleute, die im Geschäft sind, aufs Kreuz gelegt und die Weltmächte an ihrer Achillesferse erwischt. Aus deren Blickwinkel sind die Konsequenzen gar nicht so katastrophal. Wir haben mit den Japanern Verträge abgeschlossen, damit sie uns in der Forschung bei der Entwicklung strategischer Verteidigungssysteme zur Vernichtung anfliegender Raketensprengköpfe unterstützen. Während unsere Führung das Ganze als zu teuer und nicht durchführbar abschrieben, haben die Japaner mit ihrer üblichen High-Tech-Professionalität weitergemacht und ein System perfektioniert, das funktioniert.«

»Wollen Sie damit sagen, daß die unverwundbar sind?« fragte Yaeger schockiert.

Percy schüttelte den Kopf. »Noch nicht. Aber in zwei Jahren haben die ein funktionierendes ›Star-Wars-System‹ – und wir nicht.«

23

Im Capitol tagte hinter verschlossenen Türen ein ausgesuchtes Komitee, das den kulturellen und finanziellen Einfluß Japans auf die Vereinigten Staaten beziffern und abschätzen sollte. Diese unverfängliche Aufgabenbeschreibung war nur eine höfliche Art auszudrücken, daß gewisse Kongreßabgeordnete fuchsteufelswild waren, weil sie die Vereinigten Staaten mehr und mehr im Würgegriff des japanischen Kapitals wähnten.

Ichiro Tsuboi, Vorstandsvorsitzender von Kanoya Securities, dem größten Brokerhaus der Welt, saß an einem Tisch etwas unterhalb des langen, halbrunden, thekenartigen Schreibtischs des Kongreßkomitees. Rechts und links von ihm saßen vier seiner Hauptberater, die die Abgeordneten durch ihre laut schnatternden Erörterungen vor jeder Antwort, die Tsuboi auf die Fragen des Komitees gab, zusehends irritierten.

Tsuboi sah keineswegs wie ein finanzieller Gigant aus, dessen Brokerhaus über genug Kapital verfügte, um Paine Webber, Charles Schwab, Merrill Lynch und die restlichen bekannten Brokerhäuser von Wallstreet zu schlucken, ohne dabei auch nur einmal aufstoßen zu müssen. Tatsächlich hatte er bereits beträchtliche Anteile an diesen Unternehmen erworben. Tsuboi war klein und schlank und sah wie der freundliche Eigentümer eines Geisha-Hauses aus. Doch sein Äußeres täuschte. Es war ihm ein leichtes, sich einem protektionistischen aufgebrachten Kongreß gegenüber zu behaupten. Seine Konkurrenten in Japan und Übersee haßten und fürchteten ihn aus jahrelanger, bitterer Erfahrung. Tsuboi war ebenso rücksichtslos wie gerissen. Seine geschickten Finanzmanipulationen hatten ihn zu einer Kultfigur werden lassen, und seine Verachtung Amerikas und Europas stellten kaum ein wohlgehütetes Geheimnis dar. Verglichen mit dem Guru der Börse von Tokio waren die Unternehmensaufkäufer und cleversten Makler der Wallstreet die reinsten Unschuldslämmer. Er allein besaß beinahe schon die Macht, der amerikanischen Wirtschaft den Teppich unter den Füßen wegzuziehen.

Er saß da und beantwortete freundlich die Fragen des Komitees. Dabei lächelte er die ganze Zeit höflich und sprach so gelassen, als unterhielte er sich mit Gästen beim Mittagessen.

»Wenn die geschätzten Kongreßabgeordneten es zulassen, daß ein Gesetz verabschiedet wird, das japanische Unternehmen zwingt, die Mehrheitsanteile an ihren Tochtergesellschaften in den Vereinigten Staaten zu einem Bruchteil ihres wahren Wertes an amerikanische Unternehmen zu veräußern, so ist das kaum etwas anderes als Verstaatlichung. Das Ansehen der amerikanischen Wirtschaft würde dadurch weltweiten Schaden erleiden. Die Bankensysteme brächen gemeinsam mit den internationalen Währungen zusammen. Die Industrienationen gingen bankrott. Und zu welchem Zweck? Meiner bescheidenen Auffassung nach sind die japanischen Investoren das Beste, was dem amerikanischen Volk je widerfahren konnte.«

»Ein solches Gesetzgebungsverfahren wurde nicht eingeleitet«, gab Senator Diaz gereizt zurück. »Was ich sagte, war, daß die Unternehmen, die auf amerikanischem Boden arbeiten und hier Gewinne erzielen, denselben Regeln und Steuervorschriften unterliegen sollten wie amerikanische Betriebe. Ihr Kapitalmarkt ist uns verschlossen. Amerikaner haben keine Möglichkeit, Immobilien und Anteile an japanischen Unternehmen zu erwerben, während die japanischen Interessen dieses Land langsam erdrosseln, Mr. Tsuboi, und das wissen Sie verdammt gut.«

Der einzige, der sich nicht von Tsuboi einschüchtern ließ, war der demokratische Abgeordnete New Mexicos, Michael Diaz, Vorsitzender des Komitees und treibende Kraft hinter einer Bewegung, die ausländische Investitionen im Haushalt, in der Geschäftswelt und im Immobilienbereich nicht nur beschränken, sondern zurückführen wollte. Wenn es nach ihm gegangen wäre, wären auf sämtliche importierten japanischen Produkte längst Zölle erhoben worden.

Diaz war Ende Vierzig, Witwer, hatte tiefschwarze, nach hinten gekämmte Haare, ein rundes Gesicht mit dunklen Augen und weißen, ebenmäßigen Zähnen, die beim Lächeln oft aufblitzten. In Vietnam hatte er als Helikopterpilot Dienst getan, war abgeschossen und am Knie verwundet worden. Er war gefangengenommen und nach Hanoi gebracht worden, wo er zwei Jahre als Kriegsgefangener verbracht hatte. Der Feind hatte sich um sein Knie kaum gekümmert, daher humpelte er heute und ging am Stock.

Als entschiedener Gegner des Einflusses und der Verstrickung des Auslandes in die amerikanische Innenpolitik kämpfte Diaz für Handelsbeschränkungen und hohe Zölle und gegen das, was er als unfaire Handels- und Investmentpraktiken der japanischen Regierung ansah. Seiner Meinung nach war der Wettstreit mit Japan weniger ein ökonomischer Kampf, als vielmehr ein Finanzkrieg, in dem die Vereinigten Staaten sich bereits auf der Verliererseite befanden.

»Herr Vorsitzender?«

Diaz nickte einer attraktiven Frau zu, die ebenfalls dem Komitee angehörte. »Ja, Kongreßabgeordnete Smith, bitte sehr.«

»Mr. Tsuboi«, begann sie, »Sie haben zuvor geäußert, daß der Dollar durch den Yen ersetzt werden sollte. Halten Sie diesen Standpunkt nicht für reichlich extrem?«

»Nicht, wenn man bedenkt, daß japanische Investoren fünfzig Prozent Ihres Haushaltsdefizits finanzieren«, erwiderte Tsuboi mit einer lässigen Handbewegung. »Die Umwandlung Ihrer Währung in die unsere ist nur eine Frage der Zeit.«

Die Kongreßabgeordnete Loren Smith aus Colorado konnte kaum glauben, was sie da hörte. Sie war groß und hatte langes, kastanienbraunes Haar, das ein Gesicht mit hohen Wangenknochen und violetten Augen umrahmte. Loren Smith repräsentierte ein Gebiet im Westen des Kontinents. Sie war voller Energie, elegant wie eine Wildkatze und unerschrocken wie ein Wildfang. Ihrer politischen Klugheit wegen wurde sie sehr geschätzt und hatte im Kongreß eine recht gewichtige Stimme.

Viele einflußreiche Männer in Washington hatten versuchte, innerhalb und außerhalb des Capitols ihre Gunst zu gewinnen, doch sie lebte zurückgezogen und verabredete sich nur mit Männern, die weder mit der Wirtschaft noch mit der Politik etwas zu tun hatten. Mit einem

Mann, den sie aus tiefstem Herzen bewunderte, hatte sie eine lockere, geheime Affäre, und der Gedanke, daß sie beide nie als intime Freunde oder als Ehepaar zusammenleben konnten, war ihr angenehm. Jeder ging seiner Wege, und sie trafen sich nur, wenn es ihnen beiden paßte.

»Wie könnten wir noch enger zusammenrücken, als das im Augenblick schon der Fall ist?« fragte Loren. »Die Guthaben der Niederlassungen japanischer Banken in den Vereinigten Staaten übersteigen bereits bei weitem die Summe der Guthaben, die bei amerikanischen Banken gehalten werden. Mehr als eine Million Amerikaner sind in diesem Land bereits für japanische Arbeitgeber tätig. Ihre Lobbyisten haben die Regierung praktisch in der Tasche. Ihnen gehören in Amerika erstklassige Immobilien im Wert von vierzig Milliarden Dollar. Was Sie sagen wollen, Mr. Tsuboi, ist doch wohl, daß unsere beiden Nationen noch enger zusammenrücken sollten, damit Ihre Nation uns die Wirtschafts- und Außenpolitik diktieren kann? Stimmt das? Bitte beantworten Sie meine Frage.«

Tsuboi war es nicht gewöhnt, von einer Frau auf diese Weise angegriffen zu werden. Eine Frauenbewegung existierte in Japan so gut wie überhaupt nicht. In der Geschäftswelt Japans spielten Frauen keine Rolle. Niemals hätte ein Japaner Anweisungen von einer Frau entgegengenommen. Tsubois Haltung begann zu bröckeln, und seine Berater saßen mit offenem Mund da.

»Der Präsident und der Kongreß könnten zunächst einmal garantieren, daß Sie Ihre Märkte nie vor unseren Produkten oder Investitionen verschließen werden«, antwortete Tsuboi ausweichend. »Gleichfalls müßten Sie uns gestatten, ohne das Hindernis eines Visums in Ihr Land einreisen zu können.«

»Und wenn wir derartigen Vorschlägen nicht nachkommen?«

Tsuboi zuckte die Achseln und lächelte gehässig. »Wir sind eine Gläubigernation. Sie sind Schuldner, der größte der Welt. Wenn wir uns bedroht sehen, dann haben wir keine andere Möglichkeit, als unsere Kapitalanlagen im Sinne unserer Interessen zu verwenden.«

»Mit anderen Worten, Amerika ist von Japan abhängig.«

»Da die Vereinigten Staaten sich auf dem absteigenden Ast und meine Nation sich in einem ungeheuren Aufschwung befinden, sollten Sie sich vielleicht mit dem Gedanken anfreunden, unsere Vorgehensweise zu übernehmen. Die amerikanische Bevölkerung sollte unsere Kultur gründlich studieren. Vielleicht könnte sie dabei etwas lernen.«

»Ist das ein Grund, weshalb Ihre ausgedehnten Operationen außerhalb Japans von Ihren Landsleuten durchgeführt werden und nicht von Arbeitskräften des Gastlandes?«

»Wir heuern vor Ort Personal an«, erwiderte Tsuboi und tat gekränkt.

»Aber nicht für Führungspositionen. Sie stellen Manager für die untere Ebene, Sekretärinnen und Pförtner ein. Ich darf hinzufügen: auch nur sehr wenige Frauen und Angehörige von Minderheiten. Und Sie sind sehr erfolgreich, wenn es darum geht, die Gewerkschaften draußen zu halten.«

Die Kongreßabgeordnete Smith mußte auf eine Antwort warten, während Tsuboi sich auf japanisch mit seinen Mitarbeitern beriet. Die Tatsache, daß ihre leise Unterhaltung aufgezeichnet und übersetzt wurde, war ihnen entweder nicht bekannt oder gleichgültig. Innerhalb von Minuten hatte Diaz die Übersetzungen auf dem Tisch.

»Sie müssen verstehen«, erwiderte Tsuboi schließlich, »daß wir es einfach nicht für eine gute Geschäftspraktik halten, wenn wir Bürger aus dem Westen, die mit unseren Methoden nicht vertraut sind und denen unsere Gebräuche nichts bedeuten, in unseren Auslandsunternehmen mit hohen Positionen betrauen.«

»Das ist keine weise Geschäftspolitik, Mr. Tsuboi«, antwortete Loren knapp. »Ich glaube, ich spreche im Namen der meisten Amerikaner, wenn ich behaupte, daß wir uns in unseren eigenen vier Wänden nicht gerne von Ausländern mit Verachtung behandelt sehen.«

»Das ist bedauerlich, Kongreßabgeordnete Smith. Was mein Volk angeht, so befürchten wir eine derartige Interessenkollision nicht. Wir wollen lediglich Geschäfte machen, ohne irgend jemandem weh zu tun.«

»Ja, uns ist der krasse Egoismus der japanischen Geschäftswelt durchaus bekannt. Der Verkauf strategisch wichtiger Militär- und Computertechnologie an den sowjetischen Block beispielsweise. Für Wirtschaftsbosse wie Sie stellen die Sowjetunion, Ostdeutschland, Kuba, Iran und Libyen lediglich Kunden dar.«

»Die internationale Ideologie oder irgendwelche moralischen Aspekte spielen für uns keine Rolle. Unserer Auffassung nach ist es unsinnig, ihnen, was den Handel betrifft, Priorität vor praktischen Erwägungen einzuräumen.«

»Gestatten Sie noch eine weitere Frage«, sagte Loren. »Trifft es zu, daß Sie unserer Regierung angeboten haben, den Staat Hawaii zu kaufen, damit das Handelsdefizit mit Japan ausgeglichen werden kann?«

Diesmal konsultierte Tsuboi seine beiden Berater nicht, sondern antwortete wie aus der Pistole geschossen: »Ja, diese Maßnahme habe ich vorgeschlagen. Die Bevölkerung von Hawaii besteht zum größten Teil aus Japanern, und wir besitzen mittlerweile zweiundsechzig Prozent des Grundstücksmarkts. Ich habe ebenfalls vorgeschlagen, daß Kalifornien in einen gemischten Wirtschaftsraum umgewandelt werden sollte, der von Japan und Amerika gleichermaßen genutzt werden kann. Wir besitzen ein großes Arbeitskräftepotential, das exportiert werden kann, und unser Kapital ist in der Lage, Hunderte von Produktionsstätten zu errichten.«

»Ich halte Ihr Konzept für äußerst geschmacklos«, erklärte Loren, bemüht, ihre Wut hinunterzuschlucken. »Auf keinen Fall wird Kalifornien von der japanischen Wirtschaft vergewaltigt werden. Bedauerlicherweise ist mir zu Ohren gekommen, daß bereits eine Reihe von Wohngebieten auf Hawaii für Japaner reserviert sind und Amerikanern an gewissen Erholungsorten und auf einigen Golfplätzen der Zutritt verweigert wird.« Loren schwieg und musterte Tsuboi, bevor sie mit schmalen Lippen fortfuhr: »Was mich angeht, so werde ich jedes weitere japanische Vordringen mit allen mir zur Verfügung stehenden Mitteln bekämpfen.«

Zustimmendes Gemurmel wurde laut, einige klatschten. Diaz lächelte und bat mit einem kurzen Klopfen seines Hammers um Ruhe.

»Wer weiß schon, was die Zukunft für uns bereithält«, lächelte Tsuboi hochmütig. »Wir haben keinen geheimen Plan, der vorsieht, Ihre Regierung zu übernehmen. Sie haben es sich selber zuzuschreiben, daß Sie den ökonomischen Wettbewerb verloren haben.«

»Wenn wir ihn verloren haben, dann nur wegen der Unternehmensaufkäufe, die von Kanoya Securities unterstützt wurden«, gab Loren gereizt zurück.

»Ihr Amerikaner müßt lernen, den Tatsachen ins Auge zu sehen. Wenn wir Amerika aufkaufen, dann nur deshalb, weil Sie es feilbieten.«

Die wenigen zur Sitzung zugelassenen Zuschauer und die zahlreichen Kongreßangestellten fuhren bei dieser versteckten Drohung zusammen, und in ihren Augen zeigte sich wachsende Feindseligkeit. Tsubois Verhalten, eine seltsame Mischung aus Arroganz und Verbindlichkeit, Höflichkeit und Souveränität, schuf eine eigenartige, bedrohliche Atmosphäre im Raum.

Diaz' Blick war eisig, als er sich über den Tisch beugte. »Diese unerfreuliche Situation hat für unsere Seite zumindest zwei Vorteile.«

Zum ersten Mal wirkte Tsuboi verblüfft. »Von welchen Vorteilen sprechen Sie, Senator?«

»Erstens: Sie brauchen nur einen Schritt zu weit zu gehen, und Ihre Investitionen, die größtenteils aus Ziffern und Zahlen auf Papier und Datenmonitoren bestehen, werden gelöscht. Zweitens: Den häßlichen Amerikaner gibt es nicht mehr«, erklärte Diaz, aus dessen Stimme nun jegliche Verbindlichkeit gewichen war. »Der wurde durch den häßlichen Japaner ersetzt.«

24

Giordino nahm sich, nachdem er Pitt am Federal Headquaters Building zurückgelassen hatte, ein Taxi zum Handelsministerium an der Constitution Avenue. Er suchte einen Freund auf, der dort in der Abteilung für Nationale und Internationale Geschäfte tätig war, und ließ sich von ihm die Akte über den Import von Murmoto-Autos heraussuchen. Dann fuhr er mit dem Taxi weiter nach Alexandria, Virginia. Einmal ließ er halten, um in einem Telefonbuch eine Adresse nachzuschlagen. In dem Gebäude, das er suchte, befand sich die Distributionsabteilung der Murmoto Motor Corporation, die ein Gebiet von fünf Bundesstaaten bearbeitete. Er wählte die Nummer und erkundigte sich bei dem Telefonfräulein nach dem Weg dorthin.

Es war spät am Nachmittag, die kühle Brise des frühen Herbstes fegte durch die Bäume, und die Blätter rieselten herab. Das Taxi hielt am Gehsteig vor einem modernen Ziegelgebäude mit großen, bronzegetönten Scheiben. Ein Schild mit Kupferbuchstaben auf dem Rasen vor dem Haus verriet, daß es sich um die Murmoto Motor Distribution Corp. handelte. Giordino bezahlte den Fahrer, blieb einen Augenblick stehen und musterte den Parkplatz, der vollständig mit Murmoto-Wagen zugeparkt war. Kein amerikanisches oder europäisches Fabrikat weit und breit. Er betrat das Haus durch die doppelten Türen und blieb vor einer sehr hübschen japanischen Empfangsdame stehen.

»Kann ich Ihnen behilflich sein?« fragte sie entgegenkommend.

»Albert Giordino, Handelsministerium«, antwortete er. »Ich möchte wegen der letzten Autolieferungen mit jemandem sprechen.«

Sie überlegte einen Augenblick und sah dann in einer Personalübersicht nach. »Dann wäre Mr. Dennis Suhaka, unser Transportdirektor, der richtige Gesprächspartner. Ich werde ihn verständigen, daß Sie ihn sprechen möchten, Mr. Giordano.«

»Giordino, Albert Giordino.«

»Tut mir leid. Vielen Dank.«

Kaum eine Minute später erschien eine große, attraktive Sekretärin asiatischer Herkunft, die sich offenbar von einem Schönheitschirurgen die Augenfalten hatte beseitigen lassen, in der Lobby und begleitete Giordino zu Suhakas Büro. Während er durch einen langen, mit dicken Teppichen ausgelegten Gang schritt, amüsierte sich Giordino über die Titel an den Türen. Keine Manager, keine Leiter von irgend etwas, keine Vizepräsidenten, nur Direktoren dieses oder jenes Geschäftsbereichs.

Suhaka war rundlich und ausgesprochen herzlich. Er lächelte entgegenkommend, als er sich von seinem Schreibtisch erhob, um Giordino die Hand zu schütteln. »Dennis Suhaka, Mr. Giordino. Wie kann ich dem Handelsministerium behilflich sein?«

Giordino war erleichtert, weil Suhaka seine unrasierte Erscheinung nicht in Frage stellte und auch keinerlei Ausweis sehen wollte. »Es geht um nichts Besonderes. Der übliche bürokratische Papierkrieg wegen irgendwelcher Statistiken. Mein Vorgesetzter hat mich gebeten, auf dem Heimweg vorbeizuschauen und die Anzahl der Wagen, die importiert und zu den Händlern transportiert wurden, mit den Zahlen zu vergleichen, die uns von Ihrer Zentrale in Tokio genannt wurden.«

»Für welchen Zeitraum? Wir importieren eine enorme Anzahl Autos.«

»Für die letzten neunzig Tage.«

»Kein Problem«, erklärte Suhaka und ging ganz in seiner Rolle auf, behilflich zu sein. »Unsere Frachtlisten wurden alle per Computer erfaßt, ich kann sie Ihnen in zehn Minuten zusammenstellen lassen. Sie müßten übereinstimmen. Tokio begeht so gut wie keine Fehler. Möchten Sie eine Tasse Kaffee, während Sie warten?«

»Gern«, erwiderte Giordino. »Ich könnte wirklich eine Tasse vertragen.«

Suhaka begleitete ihn in ein kleines, leeres Büro, die hübsche Sekretärin brachte den Kaffee und tauchte, noch bevor er ihn ausgetrunken hatte, mit einem ordentlichen Stapel an Inventurlisten wieder auf.

In weniger als einer halben Stunde hatte Giordino gefunden, weshalb Pitt ihn hergeschickt hatte. Er lehnte sich zurück und döste, schlug die

Zeit tot, um für ein kleines Rädchen im Getriebe der Bürokratie gehalten zu werden, das bloß seinen Dienst versah.

Punkt fünf Uhr betrat Suhaka das Zimmer. »Die Belegschaft verläßt das Gebäude jetzt, aber ich habe noch zu arbeiten. Gibt es etwas, wobei ich Ihnen helfen könnte?«

»Nein«, erwiderte Giordino und schloß die Akten. »Ich würde auch gerne nach Hause gehen. Meine sieben Stunden sind um. Ich habe jetzt Feierabend. Vielen Dank für Ihr Entgegenkommen. Ihre Importzahlen werden in die Datenbank der Regierung eingegeben werden. Zu welchem Zweck? Das weiß bestimmt nur so ein kleiner Angestellter irgendwo im Keller.« Er schnappte sich die Akte aus dem Handelsministerium und war schon halb durch die Tür, als er sich plötzlich – ganz wie Peter Falk-Columbo – umdrehte, als sei ihm noch etwas aufgefallen. »Da gibt's noch etwas.«

»Ja?«

»Eine kleine Unregelmäßigkeit, kaum der Rede wert.«

»Ja?«

»Ich bin zufällig auf sechs Autos gestoßen, die Ihren Importinventarlisten nach in Baltimore von zwei verschiedenen Schiffen gelöscht wurden, die jedoch auf den Listen Ihrer Zentrale in Tokio nicht auftauchen.«

Suhaka wirkte vollkommen fassungslos. »Ist mir überhaupt nicht aufgefallen. Darf ich den Vorgang mit Ihren Zahlen vergleichen?«

Giordino breitete die Blätter mit den Zahlen, die er von seinem Freund im Handelsministerium ausgeborgt hatte, aus und schob sie neben die Ausdrucke, die er von Suhakas Sekretärin bekommen hatte. Dann unterstrich er die Wagen, die auf seiner Liste standen, die aber auf der aus Tokio fehlten, alle sechs SP-500 Sportwagen.

»Offiziell gesprochen, macht uns diese Diskrepanz kein Kopfzerbrechen«, erklärte Giordino gleichgültig. »Solange Sie bei der Einfuhr ins Land den Zoll gezahlt haben, hat Ihre Gesellschaft von der Regierung nichts zu fürchten. Ich bin sicher, es handelt sich lediglich um einen Fehler der Exportabteilung in Tokio, der seither sicherlich behoben wurde.«

»Ein unverzeihliches Versehen meinerseits«, erklärte Suhaka, als seien ihm die Kronjuwelen ins Klo gefallen. »Ich habe der Zentrale zu sehr vertraut. Irgend jemandem in meiner Abteilung hätte es auffallen müssen.«

»Nur aus Interesse – welche Händler haben denn diese Wagen erhalten?«

»Einen Augenblick.« Suhaka ging Giordino in sein Büro voraus, setzte sich an den Schreibtisch und hackte auf den Tasten seines PCs herum. Dann lehnte er sich zurück und wartete. Als die Daten auf dem Bildschirm auftauchten, war sein Lächeln wie weggewischt, und er wurde blaß.

»Die sechs Wagen wurden an verschiedene Händler geliefert. Es würde einige Stunden dauern, um den Weg eines jeden einzelnen zu verfolgen. Wenn es Ihnen nichts ausmacht, morgen noch einmal vorbeizukommen, dann nenne ich Ihnen gerne die Adressen.«

Giordino winkte ab. »Vergessen Sie's. Wir haben beide Dringenderes zu tun. Ich muß mich jetzt in den Feierabendverkehr stürzen und meine Frau zum Abendessen ausführen. Heute ist unser Hochzeitstag.«

»Gratuliere«, erwiderte Suhaka, und aus seiner Stimme klang Erleichterung.

»Vielen Dank, auch für die Zusammenarbeit.«

Suhakas strahlendes Lächeln war wieder da. »Ich bin immer froh, wenn ich helfen kann. Auf Wiedersehen.«

Giordino spazierte vier Häuserblocks weiter, bis er zu einer Tankstelle kam, und rief dann von einer Telefonzelle aus im Kommandozentrum an. Eine Männerstimme meldete sich mit einem schlichten »Hallo«.

»Hier ist Ihr freundlicher Mercedeshändler. Ich habe da ein Modell, an dem Sie interessiert sein könnten.«

»Sie befinden sich nicht in Ihrem normalen Geschäftsbereich, Sir. Sie sollten näher an der Küste verkaufen. Oder, noch besser, im Bereich des Pazifiks.«

»Toll«, grunzte Giordino. »Wenn Sie sich keinen guten deutschen

Wagen leisten können, dann versuchen Sie's mal mit einem Murmoto. Ich habe da sechs SP-500 Sportwagen an der Hand, bei denen ich Ihnen einen Sonderrabatt einräumen könnte.«

»Einen Moment.«

Eine Stimme meldete sich, die Giordino sofort als die Donald Kerns identifizierte. »Obwohl Sie auf fremden Territorium wildern, bin ich immer an einem Geschäft interessiert, bei dem ich Geld spare. Verraten Sie mir doch bitte, wo ich mir Ihre Sonderangebote ansehen kann.«

»Diese Informationen müssen Sie sich von der Murmoto-Marketingabteilung in Alexandria beschaffen. Deren Computerausdrucke weisen sechs Autos aus, die zwar importiert wurden, die Fabrik jedoch überhaupt nicht verlassen haben. Ich empfehle Ihnen, sich zu beeilen, bevor die Sache sich herumspricht und Ihnen irgend jemand zuvorkommt. Die eine Hälfte der Wagen wurde am vierten August im Freihafen von Baltimore ausgeladen. Die andere traf am zehnten September ein.«

Kern entzifferte Giordinos verschlüsselte Botschaft sofort. »Bleiben Sie dran«, befahl er. Er wandte sich an seinen Assistenten, der dem Gespräch über Lautsprecher gefolgt war. »Kümmern Sie sich drum. Verschaffen Sie sich Zugang zum Computersystem von Murmoto und besorgen Sie sich deren Frachtbriefe und die Standorte dieser sechs Wagen, bevor die Leute von der Angelegenheit Wind bekommen und die Daten löschen.« Dann wandte er sich wieder an Giordino. »Gute Arbeit. Alles vergeben und vergessen. Ach, übrigens, wie kommt es, daß Sie über die Sache gestolpert sind?«

»Der Gedanke stammt von Stutz. Haben Sie schon von ihm gehört?«

»Ja, er hat vor einer halben Stunde angerufen«, erwiderte Kern. »Er hat die Quelle des Problems entdeckt.«

»Hab' ich's mir doch gedacht. Wenn irgend jemand dahinterkommt, ist er es«, meinte Giordino.

25

Es war dunkel, als Yaeger Pitt am alten Hangar in einem abgelegenen Winkel des Washingtoner Internationalen Flughafens absetzte. Das Gebäude war 1936 errichtet worden und hatte früher einmal den Flugzeugen einer Luftfrachtgesellschaft Schutz geboten, die schon vor langem von American Airlines übernommen worden war. Wenn man von den Scheinwerfern von Yaegers Taurus absah, kam die einzige Beleuchtung vom Lichterglanz der Stadt auf der gegenüberliegenden Seite des Potomac und einer einsamen Straßenlaterne, zweihundert Meter weiter nördlich.

»Für jemanden, der vier Monate nicht zu Hause war, reist du wirklich mit leichtem Gepäck«, lachte Yaeger.

»Mein Gepäck liegt auf dem Meeresboden«, murmelte Pitt, die Augen halb geschlossen.

»Ich würde mir gern mal wieder deine Autosammlung ansehen, aber ich muß nach Hause.«

»Und ich muß ins Bett. Vielen Dank, daß du mich hergefahren hast. Und danke, daß du dir heute nachmittag Zeit für mich genommen hast. War wie immer eine blitzsaubere Arbeit.«

»Gern geschehen. Den Schlüssel zu deinen verdrehten Gedankengängen zu finden, ist immer wieder spannender als das Rätsel des Universums zu lösen.« Yaeger winkte, ließ zum Schutz gegen die kalte Nachtluft das Fenster hoch und verschwand in der Dunkelheit.

Pitt zog ein Ersatzfunkgerät, das er in seinem NUMA-Büro aufbewahrte, aus der Hosentasche und gab einen Code ein, der das Sicherheitssystem des Hangars ab- und die Innenbeleuchtung einschaltete.

Er schloß die alte, verwitterte Seitentür auf und betrat das Gebäude. Der schimmernde Zementboden im Erdgeschoß des Hangars sah aus wie ein Verkehrsmuseum. Ein altes Flugzeug mit drei Fordmotoren stand in einer Ecke neben einem Pullmannwagen aus der Zeit der Jahrhundertwende. Mehr als fünfzig Autos waren auf den restlichen zehntausend Quadratmetern geparkt. Europäische Exoten wie ein Hispano-Suiza, ein

Mercedes-Benz 540K und ein wunderschöner blauer Talbot-Lago standen amerikanischen Oldtimern wie einem Cord L-29, einem Pierce-Arrow und einer türkisfarbenen Stutz-Limousine gegenüber. Das einzige Stück, das völlig aus dem Rahmen fiel, war eine alte gußeiserne Badewanne, an deren Fußende ein Außenbordmotor montiert war.

Müde stieg Pitt die eiserne Wendeltreppe empor, die zu seiner Wohnung führte und von der aus man die Sammlung überblicken konnte. Er hatte die ehemaligen Büroräume in ein komfortables Apartment mit einem Schlafzimmer und einem weitläufigen Wohn- und Arbeitsraum umgebaut, dessen Regale voller Bücher und Schiffsmodelle in Glaskästen waren.

Aus der Küche drang ein appetitlicher Geruch. Auf dem Eßtisch stand eine Notiz, die an einem Paradiesvogel hing, der eine Vase zierte. Ein Lächeln huschte über sein Gesicht, als er sie überflog.

›Hab' gehört, daß Du wieder in der Stadt bist. Den widerlichen Schleim, der sich einen Monat, nachdem Du fort warst, in Deinem Kühlschrank breitgemacht hatte, habe ich weggeputzt. Hab' gedacht, Du hast vielleicht Hunger. Einen Salat habe ich kalt- und die Bouillabaisse in einem Topf auf dem Herd warmgestellt. Tut mir leid, daß ich nicht da sein kann, um dich zu begrüßen, doch ich muß an einem Abendessen im Weißen Haus teilnehmen.

In Liebe

L.‹

Einen Augenblick stand er unschlüssig da. Sollte er erst essen und dann duschen? Oder sollte er erst unter die Dusche springen? Er entschied, daß eine heiße Dusche ihn endgültig fertigmachen und er es dann nicht mehr bis zum Tisch schaffen würde. Er zog sich aus und schlüpfte in einen kurzen Bademantel. Dann aß er den Waldorfsalat und beinahe den ganzen Topf Bouillabaisse, dazu trank er zwei Gläser 1983er Cabernet Sauvignon, die aus einer Flasche aus dem Weinregal stammten.

Er war gerade fertig und spülte das Geschirr ab, als das Telefon klingelte.

»Hallo?«

»Mr. Pitt?«

»Ja, Mr. Jordan«, antwortete Pitt. Er erkannte die Stimme. »Was kann ich für Sie tun?«

»Ich hoffe, ich habe Sie nicht geweckt.«

»In zehn Minuten liege ich in den Buntkarierten.«

»Ich wollte mich mal erkundigen, ob Sie schon Nachricht von Al haben.«

»Ja, er hat mich angerufen, unmittelbar nachdem er mit Ihnen gesprochen hatte.«

»Trotz Ihres ungenehmigten Vorgehens erwies sich die Information als äußerst nützlich.«

»Was haben Sie auf dem Herzen?« fragte Pitt und warf einen sehnsüchtigen Blick auf sein Bett.

»Ich dachte, es würde Sie interessieren, daß wir die Bomben gefunden haben.«

»Sämtliche sechs Wagen?« fragte Pitt erstaunt.

»Ja. Sie standen in einem japanischen Bankgebäude mitten in Washington, in einer unterirdischen Garage abgestellt, um am Tage X entstaubt, zu ihren vorgesehenen Zielen und dort zur Explosion gebracht zu werden.«

»Das war schnelle Arbeit.«

»Sie haben Ihre Methoden, wir die unseren.«

»Haben Sie die Wagen unter Bewachung gestellt?«

»Ja, aber wir müssen behutsam vorgehen. Wir wollen unser Blatt nicht ausspielen, bevor wir nicht die Verantwortlichen zur Rechenschaft gezogen und ihre Befehlszentrale zerstört haben«, erklärte Jordan. »Giordino hätte die Operation heute nachmittag um ein Haar auffliegen lassen. Irgend jemand in der Marketingabteilung von Murmoto bekam es mit der Angst zu tun. Wir sind in deren Bestandssystem eingedrungen und waren erst ein paar Minuten wieder draußen, als die schon die Daten der Schiffsimporte gelöscht haben.«

»Die Daten haben Sie zu den Autos geführt?«

»Es war uns möglich, eine bekannte Fuhrgesellschaft in japanischem Besitz zu ermitteln, deren Sattelschlepper die Autos abgeholt hatte, und in deren Computersystem einzudringen. Die hatten natürlich keinerlei Zielbestimmung im Zusammenhang mit ihren Unterlagen einprogrammiert, doch wir konnten uns eine Kopie des Fahrtenbuchs ›ausleihen‹. Das verriet uns, wie viele Kilometer das Fahrzeug gefahren war, nachdem es den Freihafen verlassen hatte. Der Rest bestand aus gründlicher Nachforschung und ziemlichem Herumgerenne.«

»Und einem kleinen Einbruch.«

»Wir brechen nicht ein, wir verschaffen uns Zugang«, erklärte Jordan.

»Wenn durchsickert, daß unsere nichts ahnenden Bürger auf den Atombomben einer fremden Macht sitzen, dann bricht im Land eine Panik aus.«

»Keine angenehme Situation, da pflichte ich Ihnen bei. Der Aufschrei der Öffentlichkeit und der Ruf nach Vergeltung könnte die Japaner bewegen, die Autos in strategische Positionen zu bringen und auf den Auslöseknopf zu drücken, bevor wir die Wagen finden und unschädlich machen können.«

»Bei einer landesweiten Suchaktion könnte es zwanzig Jahre dauern, bevor wir sie alle gefunden hätten.«

»Das glaube ich nicht«, erklärte Jordan ruhig. »Wir wissen, wie sie vorgehen, und dank Ihnen und Giordino wissen wir auch, wonach wir suchen. Im Geheimdienstgeschäft kommen die Japaner nicht annähernd an unsere Profis heran. Ich wette, daß wir jeden Murmoto und jede Bombe innerhalb von dreißig Tagen gefunden haben.«

»Ich weiß Optimismus zu schätzen«, meinte Pitt, »aber was ist mit unseren Alliierten und den Russen. Bei denen könnten die Japaner ebenfalls Bomben versteckt haben. Wird der Präsident deren Regierungen vor dieser Möglichkeit warnen?«

»Im Augenblick noch nicht. Bei den NATO-Ländern kann man sich nicht darauf verlassen, daß ein derart kritisches Geheimnis nicht durchsickert. Andererseits könnte der Präsident das Gefühl haben, daß es die gegenseitigen Beziehungen festigen würde, wenn er den Kreml unterrichtet. Denken Sie mal darüber nach. Wir sitzen jetzt im selben Boot; beide Länder werden plötzlich von einer weiteren Supermacht bedroht.«

»Es gibt noch eine weitere ernstzunehmende Bedrohung.«

»Davon gibt's so viele. Welche habe ich übersehen?«

»Nehmen wir mal an, die Japaner zünden ein paar der Bomben entweder in den Vereinigten Staaten oder in Rußland. Jeder würde glauben, der andere hätte angegriffen, würde in den Krieg ziehen, und die verschlagenen Japaner wären der lachende Dritte.«

»Mit diesem Gedanken im Kopf möchte ich nicht gern ins Bett gehen«, meinte Jordan. »Am besten, wir nehmen die Dinge so, wie sie kommen. Falls unsere Operation keinen Erfolg hat, dann liegt das Ganze wieder in den Händen der Politiker.«

»Diese Vorstellung«, erklärte Pitt mit gespieltem Entsetzen, »würde jedem schlaflose Nächte bereiten.«

Er wollte gerade eindösen, als das Sicherheitssystem ihn aufschrecken ließ. Jemand versuchte, sich Zugang zum Hangar zu verschaffen. Mühsam rappelte er sich von seinem bequemen Bett hoch, ging in die Bibliothek und warf einen Blick auf die kleine Fernseh-Überwachungsanlage.

Stacy Fox stand am Seiteneingang, blickte auf und lächelte in die, wie Pitt sich einbildete, gut versteckte Kamera des Sicherheitssystems.

Er drückte auf einen Knopf, und die Tür öffnete sich. Dann ging er hinaus und blieb auf dem Balkon am oberen Treppenende stehen.

Sie betrat den Hangar. In ihrer blauen, kragenlosen Jacke, einem passenden engen Rock und der schlichten, weißen Bluse wirkte sie gleichzeitig sexy und spröde. Langsam und ehrfürchtig staunend ging sie zwischen den Stücken der großartigen technischen Sammlung hindurch.

»Wie hast du mich aufgespürt?« fragte er, und seine Stimme hallte in der Weite des Innenraums wider.

Sie sah zu ihm hoch. »Ich habe zwei Tage lang deine Akte studiert, bevor ich zum Pazifik geflogen und an Bord der *Invincible* gegangen bin.«

»Irgendwas Interessantes entdeckt?« fragte er und ärgerte sich, daß sein Leben für jemanden, der die Genehmigung hatte, Erkundigungen über ihn einzuziehen, ein offenes Buch war.

»Du bist ein irrer Typ.«

»Das ist schmeichelhaft.«

Wieder blickte sie zu ihm hoch. »Können wir uns unterhalten?«

»Wenn ich es schaffe wachzubleiben. Komm rauf.«

Sie stieg die Wendeltreppe hoch, und er zeigte ihr kurz das Apartment. »Darf ich dir etwas zu trinken anbieten?« erkundigte sich Pitt.

»Nein, danke.« Sie sah ihn an, und plötzlich flackerte Leidenschaft in ihren Augen auf. »Ich hätte nicht herkommen sollen. Du siehst aus, als würdest du jeden Augenblick zusammenklappen.«

»Wenn ich erst mal eine Nacht durchgeschlafen habe, bin ich wieder auf dem Damm«, erwiderte er entschuldigend.

»Was du brauchst, ist eine ordentliche Massage«, stellte sie fest.

»Ich dachte, du seist hierhergekommen, um dich zu unterhalten.«

»Ich kann reden, während ich dich massiere. Schwedisch oder Shiatsu? Welche Art von Massage magst du lieber?«

»Ist egal. Versuch's mit beiden.«

Sie lachte. »In Ordnung.« Sie griff nach seiner Hand, führte ihn ins Schlafzimmer und gab ihm einen Schubs, so daß er auf dem Bauch landete. »Zieh deinen Bademantel aus.«

»Darf ich meine Blöße nicht mit einem Laken bedecken?«

»Hast du was an dir, das ich vorher noch nicht gesehen habe?« erkundigte sie sich und zog ihm die Ärmel des Bademantels von den Armen.

Er lachte. »Bitte mich bloß nicht, mich umzudrehen.«

»Ich wollte mich entschuldigen, bevor Tim und ich zur Westküste fahren«, erklärte sie ernst.

»Tim?«

»Dr. Weatherhill.«

»Ihr habt früher schon zusammengearbeitet, nehme ich an.«

»Ja.«

»Werde ich dich irgendwann wiedersehen?« fragte er.

»Ich weiß es nicht. Unser Einsatz könnte uns in entgegengesetzte Richtungen führen.« Sie zögerte einen Moment. »Ich wollte dir sagen, daß ich mich wirklich mies fühle. Du hast mir das Leben gerettet und hättest, weil ich den freien Platz im letzten Tauchboot bekam, deins fast verloren.«

»Eine gute Massage, und wir sind quitt«, erklärte Pitt und schenkte ihr ein müdes Lächeln.

Sie blickte auf seinen ausgestreckten Körper. »Dafür, daß du monatelang unter Wasser gelebt hast, bist du ganz schön braun.«

»Mein Zigeunerblut«, murmelte er mit müder Stimme.

Nur mit dem Druck ihrer Finger, der ursprünglichen Shiatsu-Technik, massierte Stacy die empfindlichen Stellen unter Pitts bloßen Füßen.

»Großartig«, murmelte er. »Hat Jordan dich über das, was wir über die Sprengköpfe rausgefunden haben, unterrichtet?«

»Ja, du hast ihn ganz schön an der Nase rumgeführt. Er war der Meinung, du hättest ihn im Stich gelassen. Jetzt, da Tim und ich genau wissen, welche Richtung wir bei unseren Nachforschungen einschlagen müssen, dürften wir beim Aufspüren der Autobomben gute Fortschritte machen.«

»Werdet ihr die Häfen an der Westküste unter die Lupe nehmen?«

»Seattle, San Francisco und Los Angeles sind die Häfen, in denen die Autotransporter von Murmoto anlegen.«

Pitt schwieg, während Stacy sich an seinen Beinen hocharbeitete und dabei die Shiatsu- und die schwedischen Massagetechniken kombinierte. Sie massierte seine Arme, Rücken und Nacken. Dann gab sie ihm einen leichten Klaps auf den Po und befahl ihm, sich umzudrehen. Doch sie erhielt keine Antwort.

Pitt war tief und fest eingeschlafen.

Irgendwann in den Morgenstunden wurde er wach und fühlte, wie ihr Körper ihn wild umklammerte. Die Bewegungen, das Gefühl, die leisen Schreie von Stacy drangen wie ein Traum durch den Nebel seiner Erschöpfung. Es kam ihm vor, als rauschte ein Gewitter über ihn hinweg, dann verblaßte alles, und er fiel wieder in den schwarzen Abgrund des Schlafs.

»Überraschung, Langschläfer«, flüsterte die Kongreßabgeordnete Loren Smith und fuhr mit dem Finger Pitts Rücken entlang.

Pitt wischte die Spinnweben von seinem Bewußtsein, als er sich auf die Seite rollte und zu ihr aufsah. Sie saß mit untergeschlagenen Beinen und bloßen Füßen auf der leeren Seite des Bettes und trug ein geblümtes Baumwolltop mit rundem Ausschnitt und dunkelgrüne Segeltuchshorts mit Aufschlägen. Das Haar war mit einem langen Schal zurückgebunden.

Dann erinnerte er sich plötzlich und warf einen besorgten Blick zur anderen Seite des Bettes. Erleichtert stellte er fest, daß es leer war.

»Erwartet man von dir nicht große Taten im Kongreß?« erkundigte er sich.

»Wir machen Urlaub.« Sie hielt eine Tasse Kaffee in der Hand, gerade außerhalb seiner Reichweite.

»Was muß ich für den Kaffee tun?«

»Kostet dich einen Kuß.«

»Das ist ziemlich teuer, aber ich verdurste.«

»Und eine Erklärung.«

Jetzt kommt's, dachte er und versuchte schnell, seine Gedanken zu sammeln. »In bezug auf was?«

»Nicht in bezug auf etwas, sondern auf jemanden. Du weißt schon, die Frau, mit der du die Nacht verbracht hast.«

»Was für eine Frau soll das sein?« erkundigte er sich unschuldig.

»Diejenige, die die letzte Nacht in diesem Bett verbracht hat.«

»Kannst du hier irgendwo eine Frau entdecken?«

»Ich muß sie nicht sehen«, erklärte Loren, der es offenbar einen Mordsspaß machte, ihn aufzuziehen. »Ich kann sie riechen.«

»Würdest du mir glauben, daß es meine Masseuse war?«

Sie beugte sich herab und gab ihm einen langen Kuß. Als sie sich schließlich wieder aufrichtete, reichte sie ihm den Kaffee und sagte: »Nicht schlecht. Du kriegst eine Eins für Kreativität.«

»Du hast mich reingelegt«, stellte er fest und hoffte, der Unterhaltung eine andere Wendung geben zu können. »Die Tasse ist nur halb voll.«

»Du wolltest doch sicher nicht, daß ich sie über das Laken verschütte?« Sie lachte, als ob Pitts Verschwiegenheit sie tatsächlich amüsierte. »Jetzt wälz deinen großen, behaarten Körper aus dem Bett und wasch das Parfüm ab. Kein schlechter Duft, muß ich zugeben. Ziemlich kostspielig. Ich kümmer' mich ums Frühstück.«

Loren stand am Tisch und schälte eine Grapefruit, als Pitt zum zweitenmal innerhalb von acht Stunden aus der Dusche kam. Er wickelte sich ein Handtuch um die Hüften, trat hinter sie und legte die Arme um ihre Hüften. Er küßte ihren Nacken.

»Lange nicht gesehen. Wie bist du nur so lange ohne mich ausgekommen?«

»Ich habe mich in die Gesetzgebung vergraben und vollkommen vergessen, daß es dich gibt.«

»Hast du keine Zeit gefunden, dich zu amüsieren?«

»Ich war ein braves Mädchen. Nicht, daß ich die Gelegenheit nicht wahrgenommen hätte, wenn sie sich ergeben hätte – vor allem, wenn ich gewußt hätte, daß du in dieser Hinsicht überhaupt keine Zeit verschwenden würdest.«

Loren kam ganz gut damit zurecht, dachte Pitt. Sie war nur ein bißchen eifersüchtig, aber sie ritt nicht darauf herum. Pitt war nicht der einzige Mann in ihrem Leben. Sie verlangten voneinander keine Eifersucht und gingen sich auch nicht gegenseitig mit entsprechenden Szenen auf die Nerven. Das machte ihre Affäre um so interessanter.

Er knabberte an ihrem Ohrläppchen; sie drehte sich um und schlang die Arme um seinen Nacken. »Jim Sandecker hat mir von der Vernichtung deines Projekts erzählt, und wie du nur knapp dem Tod entronnen bist.«

»Das ist eigentlich ein Geheimnis«, erklärte er und rieb seine Nase an der ihren.

»Kongreßabgeordnete haben so ihre Privilegien.«

»Bei mir hast du jederzeit Privilegien.«

Ihre Augen verschleierten sich. »Im Ernst, es tut mir leid, daß die Anlage verloren ist.«

»Wir werden eine neue bauen.« Er lächelte sie an. »Die Ergebnisse unserer Tests wurden gerettet. Nur darauf kommt es an.«

»Jim erzählte, du seist nur um Haaresbreite mit dem Leben davongekommen.«

Pitt grinste. »Das ist Schnee von gestern, wie es so schön heißt.« Er ließ sie los und nahm am Tisch Platz. Alles wirkte wie ein ganz normaler Sonntagmorgen im Hause eines glücklich verheirateten Ehepaars, doch weder Loren noch Dirk waren jemals verheiratet gewesen.

Er griff zu einer Zeitung, die sie mitgebracht hatte, und überflog die Artikel. Auf einem Bericht verharrten seine Augen, und nachdem er ihn gelesen hatte, blickte er hoch.

»Du hast es also wieder mal geschafft, in die *Post* zu kommen«, sagte er grinsend. »Fahren wir mit unseren orientalischen Freunden Schlitten?«

Loren schob gekonnt ein Omelette auf den Teller. »Tokio hat mittlerweile an unseren Unternehmen ein Drittel der Eigentumsrechte erworben und damit zugleich unseren Wohlstand und unsere Unabhängigkeit als Nation. Amerika gehört nicht länger den Amerikanern. Wir sind zu einer finanziellen Kolonie Japans geworden.«

»Steht es so schlimm?«

»Die Öffentlichkeit hat keine Ahnung, wie schlimm«, erklärte Loren und stellte das Omelette und einen Teller mit Toast vor Pitt hin. »Unsere riesigen Defizite haben ein Tor aufgestoßen, durch das unsere Wirtschaftsleistungen abfließen und japanisches Geld hereinströmt.«

»Das haben wir uns selbst zuzuschreiben«, sagte er und wedelte mit seiner Gabel. »Die konsumieren weniger, wir konsumieren zuviel und geraten immer tiefer in Schulden. Wir haben die Führung in jedem technologischen Bereich, der nicht gestohlen war, verschenkt oder verkauft. Und wir stehen mit offenen Portemonnaies und vor Gier heraushängenden Zungen Schlange, um denen unsere Unternehmen und unsere Immobilien zu verkaufen, nur um das schnelle Geld zu machen. Sieh den Tatsachen doch mal ins Auge, Loren. Nichts von alledem hätte passieren können, wenn die Öffentlichkeit, die Wirtschaft, ihr Abgeordneten im Kongreß und die ökonomischen Kretins im Weißen Haus gemerkt hätten, daß wir uns in einem erbarmungslosen Wirtschaftskrieg mit einem Feind befanden, der uns als minderwertig betrachtet. So wie's jetzt aussieht, haben wir jede Chance, noch zu gewinnen, verschenkt.«

Loren setzte sich mit einer Tasse Kaffee an den Tisch und reichte Pitt ein Glas Orangensaft. »Das ist die längste Rede, die ich je von dir gehört habe. Spielst du mit dem Gedanken, für den Senat zu kandidieren?«

»Lieber würde ich mir die Zehennägel rausreißen lassen. Außerdem, ein Pitt auf dem Capitol Hill ist genug«, erklärte er in Anspielung auf seinen Vater, den Senator von Kalifornien, George Pitt.

»Hast du den Senator schon getroffen?«

»Noch nicht«, erklärte Pitt und schob sich einen Löffel mit Ei in den Mund. »Bisher hatte ich dazu noch keine Gelegenheit.«

»Was hast du jetzt vor?« erkundigte Loren sich und sah erwartungsvoll in Pitts opalgrüne Augen.

»Ich werde mich um meine Autos kümmern und es in den nächsten paar Tagen langsam angehen lassen. Vielleicht kriege ich den Stutz noch rechtzeitig hin, um an dem Oldtimerrennen teilnehmen zu können.«

»Ich kann mir was Angenehmeres vorstellen, als sich mit Öl vollzuschmieren«, sagte sie mit kehliger Stimme.

Sie kam um den Tisch herum und packte ihn erstaunlich fest am Arm.

Pitt merkte, wie ihre Begierde auf ihn übersprang, und plötzlich begehrte er sie stärker als je zuvor. Er hoffte nur, daß er es ein zweitesmal schaffte. Dann ließ er sich auf die Couch hinunterziehen.

»Nicht im Bett«, murmelte sie heiser. »Nicht, bevor du nicht die Laken gewechselt hast.«

26

Gefolgt von Moro Kamatori entstieg Hideki Suma seinem privaten Murmoto Schwenkrotor-Firmenjet. Das Flugzeug war auf einem Heliport neben einem riesigen Solardach gelandet, das fünfzig Meter in den Himmel aufragte. Mitten in einem sorgsam angelegten Park bedeckte das Dach ein weitläufiges Atrium, unter dem sich ein unterirdisches Projekt namens ›Edo‹ verbarg, benannt nach jener Stadt, die im Jahre 1868, während der Meiji-Restauration, wieder den Namen Tokio erhalten hatte.

Als erster Teil von Japans neuem unterirdischen Vorhaben war Edo City, in dem sechzigtausend Menschen arbeiteten, von Suma als Forschungs- und Erprobungszentrum entworfen und gebaut worden. Wie ein großer Zylinder legte sich der runde, zwanzig Stockwerke umfassende Komplex um das Atrium. Er barg die Wohnungen der Wissenschaftler, Büros, öffentliche Bäder, Versammlungsräume, Restaurants, eine Geschäftsstraße, die Bibliothek und verfügte über eine eigene, tausend Mann starke Sicherheitstruppe.

Kleinere unterirdische Zylinder, die mit dem Hauptkomplex durch Tunnel verbunden waren, enthielten die Kommunikationseinrichtungen, die Heiz- und Kühlsysteme, Temperatur- und Luftfeuchtigkeitssteuerung, die Energieversorgung und umfangreiche Computersysteme. Die hochkomplizierte Konstruktion bestand aus Keramikbeton und reichte hundertfünfzig Meter weit in den Vulkanfelsen.

Suma hatte dieses Projekt selbst finanziert, ohne die Hilfe der Regierung. Sämtliche Gesetze oder Restriktionen, die diesen Bau hätten behindern können, waren mittels der enormen Macht, die Sumas Unternehmen und seine Unterweltkontakte besaß, schnell außer Kraft gesetzt worden.

Kamatori und er bestiegen einen verborgenen Lift, der sie zu einer Suite seiner Büros brachte, die das gesamte vierte Stockwerk des äußeren Zylinders einnahmen. Toshie Kudo, seine Sekretärin, wartete bereits, als sich die Türen öffneten, die zu seinem schwerbewachten Privatbüro und seiner Wohnung führten. Die geräumigen, übereinanderliegenden Zimmer waren mit feinen Landschaftsbildern, Wandgemälden und Schaukästen ausgestattet, in denen wunderschöne Keramiken und kunstvoll gewobene Roben aus Brokat, Satin und Seide aus dem sechzehnten Jahrhundert ausgestellt waren. Der größte Teil der Wände war mit Landschaftsbildern und Seestücken bedeckt; einige zeigten Drachen, Leoparden, Tiger und Falken, die das Heldentum der Kriegerkaste versinnbildlichten.

Suma setzte sich in einen Sessel und streckte die Beine von sich. Toshie erinnerte ihn: »Sie haben in zehn Minuten einen Termin mit Mr. Yoshishu.«

»Der große alte Dieb und Anführer der Goldenen Drachen«, frotzelte Kamatori. »Kommt, um seinen Anteil an Ihrem Finanzimperium zu fordern.«

Suma deutete durch das große, gewölbte Fenster, hoch über dem Atrium. »Nichts von alledem wäre ohne die Organisation möglich gewesen, die Korori Yoshishu und mein Vater während und nach dem Krieg aufgebaut haben.«

»Der Goldene Drachen und die übrigen Geheimgesellschaften haben keinen Platz im Nippon der Zukunft«, erklärte Kamatori.

»Angesichts unserer modernen Technologie mögen sie überflüssig erscheinen«, gab Suma zu, »doch noch immer besetzen sie eine wichtige Nische in unserer Kultur. Meine Verbindungen zu den Geheimgesellschaften haben sich im Laufe der Jahre als außerordentlich wertvoll für mich erwiesen.«

»Sie sind doch auf fanatische Gruppierungen, Personenkult und Unterweltsyndikate überhaupt nicht angewiesen«, meinte Kamatori ernst. »Sie haben die Macht, eine Regierung, die aus Ihren eigenen Marionetten besteht, tanzen zu lassen, und dennoch sind Sie an korrupte Gestalten aus der Unterwelt gekettet. Sollte jemals offenbar werden, daß Sie Drache Nummer zwei sind, dann wird Sie das einen enormen Preis kosten.«

»Ich bin an niemanden gekettet«, erklärte Suma in geduldigem Ton. »Die kriminellen Aktivitäten, wie das Gesetz sie bezeichnet, haben in meiner Familie eine zweihundert Jahre lange Tradition. Ich habe den Eid befolgt, indem ich in die Fußstapfen meiner Vorfahren getreten bin und eine Organisation aufgebaut habe, die mächtiger ist als viele Nationen der Welt. Ich schäme mich meiner Freunde aus der Unterwelt nicht.«

»Ich wäre glücklicher, wenn Sie dem Kaiser Respekt erweisen und sich an den alten Moralwerten orientieren würden.«

»Bedaure, Moro. Obwohl ich am Yasukuni-Schrein für den Geist meines Vaters bete, habe ich doch nicht das Verlangen, den Mythos eines gottgleichen Kaisers wieder auferstehen zu lassen. Ich nehme auch nicht an Teezeremonien teil, suche keine Geishas auf, nehme nicht an Kabuki-Spielen teil, schaue mir kein Sumoringen an oder glaube an die Überlegenheit der Kultur unseres Volkes. Auch hänge ich nicht der neuen Theorie an, wir seien, was unser Zollsystem, unseren Nachrichtendienst, unsere Gefühle, unsere Sprache und insbesondere die Anlage unseres Gehirns angeht, den Völkern des Westens überlegen. Ich lehne es ab, meine Konkurrenten zu unterschätzen und mich der nationalen Konformität und dem Gruppendenken hinzugeben. Ich bin mein eigener Herr, und meine Zuversicht gründet sich auf Geld und Macht. Stört Sie das?«

Kamatori blickte auf seine Hände hinab, die in seinem Schoß lagen. Schweigend saß er da, und sein Gesichtsausdruck wurde immer trauriger. Schließlich sagte er: »Nein, es bekümmert mich. Ich verbeuge mich vor dem Kaiser und unserer traditionellen Kultur. Ich glaube an seine göttliche Herkunft und daran, daß wir und unsere Inseln gleichfalls göttlichen Ursprungs sind. Und ich glaube an die Reinheit unseres Blutes und die geistige Verbundenheit unserer Rasse. Doch Ihnen folge ich auch, Hideki, weil wir alte Freunde sind und Sie, trotz Ihrer finsteren Machenschaften, sehr viel zu Nippons neuem Anspruch, die mächtigste Nation auf Erden zu sein, beigetragen haben.«

»Ich weiß Ihre Loyalität sehr zu schätzen, Moro«, sagte Sumo aufrichtig. »Von jemandem, der mit Stolz auf seine Samurai-Ahnen zurückblickt und so geschickt mit der *Katana* umzugehen weiß, hatte ich nichts anderes erwartet.«

»Der *Katana* ist mehr als nur ein Schwert, er ist die Seele des Samurai«, erwiderte Kamatori ehrfürchtig. »Die Klinge gekonnt zu führen, ist göttlich. Sie in Verteidigung des Kaisers zu ziehen, bedeutet, daß meine Seele in Yasukuni ruhen wird.«

»Dennoch haben Sie Ihre Klinge für mich gezogen, wenn ich Sie darum bat.«

Kamatori blickte ihn fest an. »In Ihrem Namen töte ich gerne, weil Sie Gutes für unser Volk tun.«

Suma sah in die leblosen Augen eines Berufskillers, eines Überbleibsels vergangener Zeiten, als die Samurai-Krieger für jeden Feudalfürsten mordeten, der ihnen Sicherheit und Aufstieg versprach. Ihm war allerdings auch bewußt, daß sich die absolute Loyalität eines Samurai über Nacht ins Gegenteil umkehren konnte. Als er sprach, war seine Stimme fest.

»Einige Menschen jagen das Wild mit Pfeil und Bogen, die meisten benutzen ein Gewehr. Sie sind der einzige, den ich kenne, Moro, der menschliches Wild mit dem Schwert jagt.«

»Sie sehen gut aus, alter Freund«, sagte Suma, als Korori Yoshishu von Toshie in sein Büro geleitet wurde. Yoshishu wurde von Ichiro Tsuboi begleitet, der gerade von der Debatte vor dem Untersuchungsausschuß des Senats aus den Vereinigten Staaten zurückgekommen war.

Der alte Mann, ein eingeschworener Realist, grinste Suma an. »Nicht gut, sondern älter. Noch einige Monde, und ich werde im Kreise meiner verehrten Ahnen ruhen.«

»Sie werden noch Hunderte von Neumonden erleben.«

»Die Aussicht, all diese altersbedingten Schmerzen und Wehwehchen los zu sein, läßt mich meinem Abgang erwartungsvoll entgegensehen.«

Toshie verließ das Zimmer und schloß die Tür, als Suma sich vor Tsuboi verbeugte. »Schön, Sie zu sehen, Ichiro. Willkommen daheim. Mir wurde berichtet, Sie hätten den Amerikanern ein weiteres Pearl Harbor bereitet.«

»So dramatisch war es nicht«, erklärte Tsuboi. »Aber ich glaube, daß ich für ein paar Risse in ihrem Capitol verantwortlich bin.«

Es war nur ein paar Auserwählten bekannt, daß Tsuboi im zarten Alter von vierzehn Jahren Mitglied der Goldenen Drachen geworden war. Der Junge hatte Yoshishus Interesse geweckt, und der Ältere hatte für seinen Aufstieg in der Geheimgesellschaft Sorge getragen und ihn die Kunst gelehrt, Finanzmanipulationen in großem Stil durchzuziehen. Heute, als Chef von Kanoya Securities, kümmerte sich Tsuboi persönlich um Yoshishus und Sumas Finanzimperien und überwachte ihre geheimen Transaktionen.

»Ihnen beiden ist mein vertrauter Freund und Ratgeber bekannt, Moro Kamatori.«

»Ein Mann, der das Schwert beinahe so gut handhabt wie ich in meiner Jugend«, sagte Yoshishu.

Kamatori verbeugte sich tief. »Ich bin sicher, Ihr *Katana* ist noch heute schneller als das meine.«

»Ich habe Ihren Vater kennengelernt, als er Fechtmeister an der Universität war«, erklärte Tsuboi. »Ich war sein unbegabtester Schüler. Er hat mir empfohlen, eine Kanone zu kaufen und es mit dem Schießen von Elefanten zu versuchen.«

Suma nahm Yoshishus Arm und führte ihn zu einem Stuhl. Japans einstmals gefürchtetster Mann ging langsam und steifbeinig, doch auf seinem Gesicht lag ein wie in Granit gemeißeltes Lächeln, und seinen Augen entging nichts.

Er setzte sich auf einen Stuhl mit gerader Rückenlehne, blickte zu Suma auf und kam direkt auf den Zweck seines Besuchs zu sprechen. »Wie ist der Stand des Kaiten-Projekts?« fragte er.

»Wir haben achtzehn Wagen mit Bomben auf dem Meer. Das sind die letzten. Vier davon sind für die Vereinigten Staaten bestimmt, fünf für die Sowjetunion, und der Rest wird unter den europäischen und pazifischen Staaten aufgeteilt.«

»Wie lange dauerte es, bis sie in der Nähe ihrer Ziele versteckt sind?«

»Nicht länger als drei Wochen. Bis dahin wird unsere Kommandozentrale mit ihren Verteidigungs- und Detonationssystemen einsatzbereit sein.«

Yoshishu sah Suma erstaunt an. »Die zur Unzeit erfolgte Explosion an Bord der *Divine Star* hat das Projekt nicht zurückgeworfen?«

»Glücklicherweise habe ich den möglichen Verlust eines Schiffes durch Sturm, Kollision oder einen Unfall auf dem Meer in Rechnung gestellt. Ich habe sechs Sprengköpfe als Reserve zurückgehalten. Die drei, die bei der Explosion verlorengegangen sind, wurden ersetzt. Nachdem sie in den Autos eingebaut waren, wurden sie nach Veracruz, Mexiko, verschifft. Von dort aus werden sie über die texanische Grenze in die Vereinigten Staaten und dann in ihre Zielgebiete gefahren.«

»Die restlichen sind sicher versteckt, hoffe ich.«

»Auf einem ausrangierten Tanker, der fünfzig Meilen vor einer verlassenen Küste Hokkaidos vor Anker liegt.«

»Ist uns bekannt, was die Detonation an Bord der *Divine Star* ausgelöst hat?«

»Wir haben keinerlei Erklärung für die frühzeitige Explosion«, erläuterte Suma. »Alle nur denkbaren Sicherheitsmaßnahmen wurden getroffen. Eines der Autos muß sich in der rauhen See losgerissen haben, und der Behälter mit dem Sprengkopf muß beschädigt worden sein. Dadurch sind radioaktive Strahlen freigesetzt worden, die die Ladedecks verseucht haben. Die Mannschaft ist in Panik geraten und hat das Schiff verlassen. Ein norwegisches Schiff sichtete das Wrack und hat eine Prisenbesatzung an Bord geschickt. Kurz danach ist die *Divine Star* auf unerklärliche Weise in die Luft geflogen.«

»Und die geflohene Besatzung?«

»Keine Spur. Im Sturm verschwunden.«

»Wie viele Wagen sind insgesamt im System?« fragte Yoshishu.

Suma trat an seinen Schreibtisch und drückte auf einen Knopf auf einer kleinen Fernbedienung. Die gegenüberliegende Wand verschwand nach oben in der Decke und enthüllte einen großen Bildschirm. Suma gab ein weiteres Kommando ein, und eine holographische Abbildung der Erde in leuchtenden Neonfarben erschien. Dann programmierte er die Detonationsstellen ein, die als winzige Goldpunkte an strategischen Stellen in rund zwanzig Ländern aufblinkten. Erst jetzt beantwortete Suma Yoshishus Frage.

»Einhundertdreizehn in fünfzehn Ländern.«

Yoshishu saß schweigend da und starrte auf die kleinen Lichtpunkte, die bei der Drehung des Globus im Raum aufblitzten und reflektiert wurden wie die Strahlen einer verspiegelten Kugel, die sich über einer Tanzfläche dreht.

Die Sowjetunion wies mehr Lichtpunkte auf als jede andere Nation. Japan empfand dieses Land offenbar als eine größere Bedrohung als die Handelsrivalen Europa und die Vereinigten Staaten. Eigenartigerweise waren keine Militäreinrichtungen oder größeren Städte als Ziele ausgewählt worden. Sämtliche Lichter blinkten in menschenleeren oder nur schwach besiedelten Landstrichen und ließen die Bedrohung durch das Kaiten-Projekt nur um so geheimnisvoller erscheinen.

»Der Geist Ihres Vaters ist stolz auf Sie«, erklärte Yoshishu mit ruhiger Bewunderung. »Dank Ihrer genialen Fähigkeiten können wir wieder unseren rechtmäßigen Platz als Weltmacht erster Ordnung einnehmen.

Das einundzwanzigste Jahrhundert gehört Nippon. Amerika und Rußland haben abgewirtschaftet.«

Suma war geschmeichelt. »Das Kaiten-Projekt hätte ohne Ihre Unterstützung gar nicht entwickelt und verwirklicht werden können, mein lieber alter Freund – und ganz sicher nicht ohne die Hexenkünste Ichiro Tsubois im Finanzbereich.«

»Sie sind sehr freundlich«, erwiderte Tsuboi und verbeugte sich. »Die Aufgabe, Geheimfonds bereitzustellen, um eine geheime Atomfabrik zu bauen, bedeutete eine außerordentliche Herausforderung.«

»Die westlichen und russischen Geheimdienste wissen, daß wir die Fähigkeit dazu besitzen«, erklärte Kamatori, um die Unterhaltung wieder zu versachlichen.

»Wenn sie's vor der Explosion nicht wußten«, fügte Suma hinzu, »dann wissen sie's jetzt.«

»Die Amerikaner haben uns seit einigen Jahren im Verdacht«, erklärte Suma. »Aber es ist ihnen nicht gelungen, unseren Sicherheitsring zu durchbrechen und die genaue Lage unserer Fabrikationsstätte festzustellen.«

»Wir haben Glück gehabt, daß diese Dummköpfe in horizontaler und nicht in vertikaler Richtung gesucht haben.« Yoshishus Stimme klang ironisch. »Doch wir müssen der Möglichkeit ins Auge sehen, daß CIA oder KGB früher oder später die Fabrik finden werden.«

»Wahrscheinlich früher«, meinte Kamatori. »Einer unserer Geheimagenten hat mich dahingehend informiert, daß die Amerikaner ein paar Tage nach der Explosion der *Divine Star* insgeheim eine Operation in Gang gesetzt haben, die unsere Beteiligung feststellen soll. Sie haben bereits bei einer Marketingabteilung von Murmoto-Automobilien herumgeschnüffelt.«

Eine Sorgenfalte erschien auf Yoshishus Stirn. »Die amerikanischen Geheimdienstleute sind gut. Ich fürchte, das Kaiten-Projekt ist in Gefahr.

»Noch vor dem morgigen Tag werden wir wissen, wieviel sie in Erfahrung gebracht haben«, erwiderte Kamatori. »Ich treffe mich mit unserem Agenten, der soeben aus Washington zurückgekehrt ist. Er behauptet, im Besitz der neuesten Informationen zu sein.«

Yoshishus Befürchtungen verstärkten sich. »Wir können nicht zulassen, daß das Projekt gefährdet wird, bevor das Kommandozentrum nicht voll einsatzbereit ist. Die Konsequenzen könnten für unser neues Reich das Ende bedeuten.«

»Das sehe ich auch so«, erklärte Tsuboi ernst. »In den kommenden drei Wochen sind wir verwundbar, weil die Sprengköpfe nutzlos sind. Wenn auch nur das Geringste durchsickert, würden sich die westlichen Nationen zusammenschließen und uns von allen Seiten angreifen. Auf wirtschaftlichem Gebiet ebenso wie auf militärischem.«

»Keine Sorge«, erwiderte Suma. »Ihre Agenten mögen zwar über die Atomwaffenfabrik stolpern, aber sie werden nie entdecken, wo sich das Gehirn des Kaiten-Projekts befindet. Nicht in hundert Jahren, und schon gar nicht in drei Wochen.«

»Und selbst wenn das Glück ihnen hold sein sollte«, sagte Kamatori, »könnten sie es nie im Leben rechtzeitig ausschalten. Es gibt nur einen Zugang, und dieser ist mit massiven Stahlbarrieren befestigt und wird von einer schwerbewaffneten Sicherheitstruppe verteidigt. Die Anlage kann den Volltreffer einer Atombombe hinnehmen und funktioniert immer noch.«

Ein schmales Lächeln umspielte Sumas Lippen. »Alles entwickelt sich zu unserem Vorteil. Der leiseste Hinweis auf den Versuch, dort einzudringen, oder auf einen Angriff feindlicher Elitetruppen, und wir können drohen, einen oder mehrere der Atomsprengköpfe zur Detonation zu bringen.«

Tsuboi war nicht überzeugt. »Was bedeutet schon eine leere Drohung?«

»Hideki hat vollkommen recht«, erklärte Kamatori. »Niemand außerhalb dieses Raums, nicht mal ein Techniker im Kommandozentrum, weiß, daß unser System erst in drei Wochen fertiggestellt sein wird. Die

Führer der westlichen Nationen können leicht im Glauben gewiegt werden, das System sei voll funktionsfähig.«

Yoshishu nickte befriedigt. »Dann haben wir nichts zu befürchten.«

»Garantiert nicht«, versicherte Suma, ohne zu zögern. »Wir machen uns unnötige Gedanken um einen Alptraum, der niemals Wahrheit werden wird.«

Schweigen senkte sich über das üppig ausgestattete Büro. Die vier Männer saßen da, und jeder hing seinen eigenen Gedanken nach. Nach einer Minute summte Sumas Gegensprechanlage auf dem Schreibtisch. Er nahm den Hörer ab und hörte einen Moment lang zu, ohne selbst etwas zu sagen. Dann legte er auf.

»Meine Sekretärin hat mich informiert, daß der Küchenchef im privaten Speisezimmer serviert hat. Ich würde mich glücklich schätzen, wenn meine hochgeehrten Gäste mit mir speisen würden.«

27

Marvin Showalter saß in einem Zug der sauberen und effizienten Untergrundbahn Tokios. Er versuchte gar nicht erst, den Eindruck zu erwecken, als läse er eine Zeitung oder ein Buch. Ruhig musterte er seine Mitreisenden, »markierte«, wie es in Geheimdienstkreisen hieß, die beiden japanischen Geheimagenten, die ihn vom folgenden Wagen aus beschatteten.

Kurz nach einem langweiligen Treffen mit einem aufgebrachten Kongreßabgeordneten, der sich über das japanische Verbot, beim Bau eines neuen Gebäudes, das für eine amerikanische Ölgesellschaft hochgezogen wurde, amerikanische Maschinen zu verwenden, ziemlich verärgert gezeigt hatte, hatte Showalter die U.S. Botschaft verlassen. Das Ganze war lediglich ein weiteres Beispiel dafür, daß man protektionistische Hemmnisse errichtete, während die Japaner nach Belieben in die Vereinigten

Staaten kommen und mit ihren Architekten, Vorarbeitern, Materialien und ihrer Ausrüstung Gebäude errichten konnten, ohne sich mit größeren Problemen wegen irgendwelcher Restriktionen von seiten der Regierung konfrontiert zu sehen.

Showalter gab vor, auf dem Weg zu seiner kleinen Wohnung zu sein, die seine Frau und seine beiden Kinder für die Dauer seiner Dienstzeit in Japan ihr Zuhause nannten. Das Gebäude gehörte der amerikanischen Regierung, und hier waren die meisten Angestellten der Botschaft mitsamt ihren Familien untergebracht. Der Bau des zehnstöckigen Gebäudes hatte nur ein Drittel dessen gekostet, was für das Grundstück, auf dem es stand, hatte bezahlt werden müssen.

Seine Beschatter kannten seinen Weg genau. Er war immer der gleiche, und auch die Zeiten änderten sich nur, wenn er mal eine oder zwei Stunden länger arbeitete. Innerlich mußte er lächeln, als seine Haltestelle näher kam und die beiden Agenten in Erwartung seines Ausstiegs schon aufstanden. Zusammen mit den übrigen Fahrgästen ging er auf die Tür zu und wartete darauf, daß sie sich zum Bahnsteig hin öffnete. Es handelte sich um den ältesten Trick der Welt; man hatte ihn schon im Film *The French Connection* sehen können.

Als die Tür aufging, ließ sich Showalter mit der Menge auf den Bahnsteig treiben und fing an zu zählen. Er zögerte und warf den beiden japanischen Agenten einen verstohlenen Blick zu. Sie waren aus der mittleren Tür des folgenden Wagens ausgestiegen und kamen hinter einer Gruppe Fahrgäste langsam auf ihn zu.

Als er bei fünfundzwanzig angekommen war, drehte er sich schnell um und stieg wieder in den Wagen. Zwei Sekunden später schlossen sich die Türen, und der Zug setzte sich in Bewegung. Zu spät erkannten die japanischen Agenten, daß sie hereingelegt worden waren. Wild zerrten sie an den Türen, um wieder in den Zug hineinzukommen. Doch das war zwecklos. Sie sprangen auf den Bahnsteig zurück, während der Zug Fahrt aufnahm und in einem Tunnel verschwand.

Showalter war nicht gerade begeistert, daß er diesen Trick hatte anwenden müssen. Beim nächsten Mal würden seine Verfolger auf der Hut sein, und ein Entkommen wäre dann schwieriger. An der nächsten Haltestelle stieg er um und fuhr nach Asakusa, einer malerischen Gegend nordöstlich von Tokio im Stadtteil Shitamachi. Asakusa war Teil der Altstadt Tokios und hatte viel von seiner Vergangenheit bewahrt.

Showalter saß ruhig da und musterte die Leute um sich herum, wie er das viele Male zuvor getan hatte. Einige seiner Mitreisenden starrten zurück. Sie bezeichneten jeden, der nicht ihre dicken, glatten, schwarzen Haare, ihre dunklen Augen und ihre Hauttönung hatte, als *Gaijin*, was wörtlich übersetzt soviel heißt wie »Außenstehender«. Er dachte darüber nach, daß ein Grund für die Einheit und Gleichheit der Japaner möglicherweise in ihrem ähnlichen Äußeren zu suchen war. Ein anderer Grund war die Isolation ihrer Inselheimat.

In ihrer Gesellschaft konzentrierte man sich vor allem auf die Familie und dann auf die, mit denen man zusammenarbeitete. Man lebte nach einem komplizierten Muster, das sich aus Verpflichtungen, Anspruchslosigkeit, Pflichterfüllung und persönlicher Vervollkommnung zusammensetzte. Die Japaner akzeptierten ihr geordnetes Leben, als seien sämtliche anderen Lebensformen bedauernswerte Verirrungen.

Eine Verschmelzung der Rassen wie in den Vereinigten Staaten war undenkbar und würde in Japan, einem Land mit den striktesten Einwanderungsgesetzen, die es auf der Welt gab, auch nicht toleriert werden.

Der Zug hielt in der U-Bahnstation Tawaramachi; Showalter stieg aus und verschwand in der Menge, die zur belebten Kappabashi-Straße hochfuhr. Er hielt ein Taxi an, fuhr an den Restaurant-Einrichtungsläden vorbei, in denen man Plastikimitationen verschiedener Gerichte kaufen konnte. Er wies den Fahrer an, in eine Gegend zu fahren, in der sich jede Menge Handwerksbetriebe, kleine Läden und alte Tempel auf einem mehrere Blocks großen Areal zusammendrängten.

An einer Kreuzung stieg er aus, bezahlte den Fahrer und lief eine schmale, blumengesäumte Straße hinunter, bis er zu einem japanischen Gasthaus, einem *Ryokan*, kam.

Außen heruntergekommen und schlecht in Schuß gehalten, war das *Ryokan* im Innern makellos sauber und hübsch eingerichtet. An der Tür wurde Showalter von einem Ober begrüßt. Der Mann verbeugte sich und sagte: »Willkommen im Ritz.«

»Ich dachte, das hier sei die Asakusa Dude Ranch«, erwiderte Showalter.

Ohne ein weiteres Wort begleitete der muskelbepackte Türsteher, dessen Arme und Beine den Umfang von Bahnschwellen hatten, ihn über den glatten, mit Flußsteinen gepflasterten Boden des Eingangs. Sie erreichten den polierten Eichenfußboden des Empfangsraums, wo man Showalter höflich bat, die Schuhe auszuziehen und ein Paar Plastikslipper überzustreifen.

Anders als die meisten japanischen Slipper, die für die Füße der Amerikaner zu klein waren, paßten diese, als seien sie extra für Showalter bestellt. Das war tatsächlich der Fall, denn das *Ryokan* gehörte einem amerikanischen Geheimdienst, der sichere Orte für geheime Zusammentreffen bereitstellte.

Von Showalters Zimmer ging eine Schiebetür aus Shoji-Papier auf eine kleine Veranda hinaus, die über einem hübsch angelegten Garten lag, in dem ein Wasserrinnsal aus Bambusröhren beruhigend auf die darunterliegenden Felsen plätscherte. Der Boden war mit der traditionellen Tatami-Strohmatte ausgelegt. Auf den dünnen Matten mußte er seine Slipper ausziehen und auf Socken gehen.

Stühle oder sonstige Einrichtungsgegenstände fehlten. Auf dem Boden lagen lediglich einige Polster und ein Bett, das aus vielen Kissen und dicken Decken bestand, die die Japaner »Futons« nennen. Eine kleine Feuerstelle mit glühenden Holzkohlen stand in der Mitte des Gastzimmers.

Showalter zog sich aus und warf eine leichte Baumwoll-*Yukata* über, einen kurzen Mantel. Dann führte ihn ein Mädchen in die Gemeinschaftsbaderäume des Gasthauses. Er legte *Yukata* und Armbanduhr in einem Weidenkorb ab, hüllte sich in ein Badetuch und betrat den von

Wasserdampf dunstigen Badebereich. Er ging um die niedrigen Stühle und Holzkübel herum und blieb dann unter einer einfachen Brause stehen. Er seifte sich ein und spülte anschließend den Schaum ab. Erst jetzt war er bereit, sich in das heiße Wasser eines riesigen hölzernen Wasserkübels gleiten zu lassen.

Eine schattenhafte Gestalt saß bereits in dem brusttiefen Wasser. Showalter begrüßte den Mann.

»Team Honda, nehme ich an.«

»Nur die eine Hälfte«, erwiderte Roy Orita. »Jim Hanamura müßte jeden Augenblick eintreffen. Einen Sake?«

»Verstößt zwar gegen die Vorschriften, während eines Einsatzes etwas zu trinken«, meinte Showalter und ließ sich langsam im dampfenden Wasser nieder. »Aber was soll's. Mir ist fürchterlich kalt. Gießen Sie mir einen doppelten ein.«

Aus einer Flasche, die auf dem Rand des Kübels stand, füllte Orita eine kleine Porzellanschale. »Wie läuft's denn so in der Botschaft?«

»Der normale Mist, den man vom Außenministerium erwarten kann.« Showalter nahm einen großen Schluck Sake und genoß das Gefühl, als der Schnaps in seinen Magen strömte. »Wie laufen die Nachforschungen? Haben sich aufgrund der Hinweise, die wir vom Team Lincoln bekommen haben, irgendwelche Informationen ergeben?«

»Ich habe die Geschäftsleitung von Murmoto überprüft. Eine direkte Verbindung zwischen den Vorstandsmitgliedern und den Sprengköpfen konnte ich nicht feststellen. Meiner Ansicht nach sind die Herren sauber. Die haben nicht die leiseste Ahnung, was da unter ihrer Nase abläuft.«

»Einige von ihnen müssen Bescheid wissen.«

Orita grinste. »Es bräuchten nur zwei Monteure eingeweiht zu sein.«

»Wieso nur zwei?«

»Mehr sind nicht nötig. Der Monteur, der den Einbau der Klimaanlagen beaufsichtigt, hat die Möglichkeit, die Wagen auszuwählen, in die die Sprengköpfe eingebaut werden sollen. Und der Inspektor, der die

Anlagen auf ihr Funktionieren hin überprüft, bevor die Wagen zu den Händlern verschifft werden, erklärt die falschen Anlagen, die nicht funktionieren, für in Ordnung.«

»Es muß noch einen Dritten geben«, widersprach Showalter. »Einen Agenten in der Computerabteilung des Frachtwesens, der sämtliche Spuren der Wagen mit den Bomben löscht, außer den Frachtpapieren, die benötigt werden, damit die ausländischen Zollbeamten zufriedengestellt werden können.«

»Haben Sie den Weg von der Fabrik zum Zulieferer der Klimaanlagen und von dort aus zur Atomfabrik verfolgt?«

»Zum Zulieferer, ja. Dann verlor sich die Spur. Ich hoffe, ich erhalte in den nächsten Tagen einen Hinweis und kann den Weg bis zur Quelle verfolgen.«

Oritas Stimme verstummte, als ein Mann aus dem Umkleideraum kam und auf den heißen Kübel zuging. Er war klein, hatte silbergraues Haar, einen Schnurrbart und hielt sich einen kleinen Waschlappen vor den Penis.

»Wer zum Teufel sind Sie?« wollte Showalter wissen, ganz aufgebracht, daß ein Fremder die Sicherheitsvorkehrungen des *Ryokan* hatte unterlaufen können.

»Mein Name ist Ashikaga Enshu.«

»Wie?«

Der Mann blieb sekundenlang einfach stehen und gab keine Antwort. Aufgeregt sah Showalter sich um und fragte sich, wieso keine Wachen zugegen waren.

Dann fing Orita an zu lachen. »Eine großartige Verkleidung, Jim. Sie haben uns alle beide gewaltig aufs Kreuz gelegt.«

James Hanamura zog sich die silberne Perücke vom Kopf und entfernte Augenbrauen und Schnurrbart. »Nicht schlecht, wenn ich das sagen darf. Ich habe damit auch Hideki Suma und seine Sekretärin getäuscht.«

Showalter stieß erleichtert den Atem aus und sank bis zum Kinn in die

Wanne. »Mein Gott, haben Sie mir einen Schrecken eingejagt. Ich war der Meinung, Sie wären hier eingedrungen, und drauf und dran, Orita und mich umzulegen.«

»Der Sake sieht gut aus. Ist noch was in der Flasche drin?«

Orita goß ihm eine Schale ein. »In der Küche steht ein ganzer Karton.« Dann runzelte er plötzlich die Stirn. »Was haben Sie da gerade gesagt?«

»Wie bitte?«

»Über Hideki Suma.«

»Mein Teil der Operation. Ich habe die Eigentumsverhältnisse der Murmoto Automotive and Aircraft Corporation und der Sushimo Steamship Company über eine Reihe von Briefkastenfirmen bis hin zu Hideki Suma, dem zurückgezogen lebenden Großindustriellen, verfolgt. Murmoto und Sushimo bilden nur die Spitze des Eisberges. Dieser Kerl hat mehr Geld als die Staaten Kalifornien, Nevada und Arizona zusammen.«

»Hat das Schiff, das in die Luft geflogen ist, die *Divine Star*, nicht der Sushimo Steamship gehört?« fragte Showalter.

»Ja. Eigenartiges Zusammentreffen, oder? Für mich sieht es so aus, als stecke Hideki Suma bis über beide Ohren in dieser Scheiße mit drin.«

»Suma ist ein überaus mächtiger Mann«, erklärte Showalter. »Seine Unternehmen prosperieren auf seltsame und verschlungene Weise. Es heißt, wenn er Premierminister Junshiro und seinen Kabinettsmitgliedern befehlen würde, mit den Armen zu wedeln und loszufliegen, würden sie sich darum streiten, wer zuerst aus dem Fenster hüpfen darf.«

»Sie sind tatsächlich zu Suma vorgelassen worden?« fragte Orita höchst verwundert.

»War nicht weiter schwer. Sie sollten mal sein Büro und seine Sekretärin sehen. Beides außerordentlich exquisit.«

»Und wieso die Verkleidung?«

»War eine Idee von Team Lincoln. Suma sammelt die Werke eines japanischen Malers aus dem sechzehnten Jahrhundert, eines gewissen

Masaki Shimzu. Jordan hat einen ausgezeichneten Fälscher verpflichtet, ein Bild zu malen, das man in Kunstkreisen als bisher unentdeckten Shimzu bezeichnen würde und von dem bekannt war, daß Suma es nicht in seiner Sammlung hatte. Danach hat Ashikaga Enshu, bekannter Spürhund verschollener Kunstwerke, es ihm verkauft.«

Showalter nickte. »Geschickt, geschickt. Sie müssen die japanische Kunst genau studiert haben.«

»Das war ein Crash-Kurs«, lachte Hanamura. »Suma verbreitete sich darüber, wie Shimzu die Inseln von einem Ballon aus gemalt hätte. Er hätte mich ersäufen und vierteilen lassen, wenn ihm bewußt gewesen wäre, daß er einhundertfünfundvierzig Millionen Yen für eine Fälschung ausgab, die von einem Satellitenfoto abgepinnt wurde.«

»Und der Zweck?« fragte Orita mit eigenartig gespannter Miene.

»Natürlich, um in seinem Büro eine Wanze anzubringen.«

»Wieso habe ich davon nichts gewußt?«

»Ich hielt es für das beste, daß Sie beide nicht wußten, welche Aufgabe der andere hatte«, beantwortete Showalter Oritas Frage, »so daß keiner von Ihnen etwas Wichtiges hätte verraten können, wenn er aufgeflogen wäre.«

»Wo haben Sie die Wanzen angebracht?« fragte Orita Hanamura.

»Zwei im Bilderrahmen, eine an einer Staffelei, die bei ihm vor dem Fenster steht, und eine weitere im Innern des Griffs der Vorhangschnur. Die letzteren zwei sind perfekt auf einen Sender abgestimmt, den ich in einem Baum außerhalb des Atriumdachs der Stadt angebracht habe.«

»Was ist, wenn Suma eine verborgene elektronische Überwachungsanlage besitzt?«

»Ich habe mir die Pläne des Elektronetzes seiner Etage ›ausgeborgt‹. Seine Überwachungsanlage ist erstklassig, doch sie wird die Signale unserer Wanzen nicht auffangen. Und wenn ich ›Wanzen‹ sage, dann meine ich das wörtlich.«

Orita begriff nicht, was Hanamura damit meinte. »Das verstehe ich nicht.«

»Unsere Sende- und Empfangsgeräte sehen überhaupt nicht aus wie kleine Elektronikgeräte. Sie sind so geformt, daß sie wie Käfer aussehen. Wenn sie entdeckt werden, dann wird man sie einfach ignorieren oder ahnungslos zerquetschen.«

Showalter nickte. »Sehr geschickt.«

»Selbst unsere japanischen Brüder hinken hinter unserer in der Heimat entwickelten Abhörtechnik hinterher.« Hanamura grinste breit. »Der Sender, ungefähr von der Größe eines Golfballs, überträgt sämtliche Gespräche, inklusive der am Telefon oder über die Gegensprechanlage geführten, von den Wanzen im Büro an einen unserer Satelliten, der die Daten dann an Mel Penner und sein Team Chrysler auf Palau weiterleitet.«

Orita starrte ins Wasser. »Wissen wir mit Sicherheit, daß Sumas Gespräche aufgefangen werden?«

»Das System ist voll funktionsbereit«, versicherte Showalter ihm. »Ich habe mit Penner Kontakt aufgenommen, bevor ich mich zu unserem Treffen auf den Weg gemacht habe. Er empfängt die Signale klar und deutlich. Wir ebenfalls. Ein Mitglied meines Teams in der Botschaft hört Jims Überwachungsgeräte ebenfalls ab.«

»Sie werden uns hoffentlich benachrichtigen, wenn sie auf irgendwelche Informationen stoßen, die uns bei unseren Nachforschungen helfen können.«

»Na klar.« Showalter goß sich noch einen Sake ein. »Als ich die Botschaft verließ, führten Suma und Korori Yoshishu gerade eine aufschlußreiche Unterhaltung. Zu schade, daß ich nur die ersten paar Minuten mitbekommen habe.«

»Yoshishu?« murmelte Hanamura. »Mein Gott, lebt der alte Gauner immer noch?«

»Einundneunzig, und durchtrieben wie eh und je«, erwiderte Showalter.

Hanamura schüttelte den Kopf. »Der bedeutendste Kriminelle des Jahrhunderts, persönlich verantwortlich für mehr als eine Million Tote.

Wenn Yoshishu und eine weltweite Organisation hinter Suma und den Atomsprengköpfen stecken, dann sind wir alle ganz tief in Schwierigkeiten.«

Eine Stunde vor Tagesanbruch. Eine Murmoto-Limousine hielt an, eine Gestalt trat aus dem Schatten und stieg schnell durch die geöffnete Tür ein. Dann fuhr der Wagen langsam durch die engen Gäßchen von Asakusa.

»Mr. Sumas Büro wird abgehört«, erklärte Orita. »Einer unserer Agenten, der als Kunsthändler auftrat, hat hochentwickelte Abhörgeräte im Bilderrahmen, an einer Staffelei und im Griff der Jalousiekordel versteckt.«

»Sind Sie sicher?« fragte Kamatori verblüfft. »Der Händler ist mit einem echten Shimzu aufgetaucht.«

»Eine Fälschung, die nach Vorlage eines Satellitenfotos gemalt wurde.«

»Sie hätten mich früher informieren müssen«, zischte Kamatori.

»Ich habe es selbst erst vor ein paar Stunden erfahren.«

Kamatori sagte nichts, sondern starrte Orita im Halbdunkel der Limousine an, als müsse er sich von der Vertrauenswürdigkeit des Mannes von neuem überzeugen.

Ebenso wie George Furukawa war auch Roy Orita ein Schläfer im Geheimdienst. Seine Eltern waren Japaner, er selbst war in den Vereinigten Staaten geboren und ausgebildet für eine Stelle beim CIA.

Schließlich sagte Kamatori: »Heute nachmittag wurde über vieles gesprochen, das sich als schädlich für Mr. Suma erweisen könnte. In dieser Angelegenheit ist ein Irrtum unmöglich?«

»Hat der Händler seinen Namen mit Ashikaga Enshu angegeben?«

Kamatori schüttelte beschämt den Kopf. Seine Aufgabe war es, die Organisation Sumas vor Eindringlingen zu schützen. Er hatte entsetzlich versagt und sein Gesicht verloren.

»Ja, Enshu.«

»Sein richtiger Name ist James Hanamura. Mein Team-Partner, dessen Aufgabe darin besteht, die Quelle der Atom-Autobomben zu ermitteln.«

»Wer ist auf die Verbindung zwischen den Wagen und den Sprengköpfen gekommen?«

»Ein Amateur namens Dirk Pitt. Er wurde von der National Underwater and Marine Agency NUMA ausgeborgt.«

»Kann der Mann uns gefährlich werden?«

»Er könnte Schwierigkeiten machen. Aber ich bin mir nicht sicher. Er ist nicht den Operationen zugeteilt, die mit den Nachforschungen befaßt sind. Doch er steht im Ruf, unmöglich erscheinende Projekte erfolgreich durchzuziehen.«

Kamatori lehnte sich zurück und sah nachdenklich durch das Fenster hinüber zu den dunklen Gebäuden. Schließlich wandte er sich wieder Orita zu.

»Können Sie mir eine Namensliste der Agenten geben, mit denen Sie zusammenarbeiten, und eine Übersicht von ihren Aktivitäten?«

Orita nickte. »Die Namensliste, ja. Was die Aktivitäten angeht, da besteht keine Möglichkeit. Wir arbeiten allesamt getrennt. Wie bei einem Zauberkunststück; keiner weiß, was die andere Hand gerade tut.«

»Halten Sie mich soweit wie möglich auf dem laufenden.«

»Was wollen Sie im Falle Pitt unternehmen?«

Kamatori warf Orita aus kalten Augen einen boshaften Blick zu. »Wenn sich eine gute Gelegenheit ergibt, legen Sie ihn um.«

28

Von Loren Smith auf der einen und Al Giordino auf der anderen Seite gelotst, fuhr Pitt die Stutz-Limousine vorsichtig im Rückwärtsgang die Rampe des Anhängers hinunter und parkte den Wagen zwischen einem roten Hispano-Suiza aus dem Jahre 1926, einem großen Kabriolett, das in Frankreich gebaut worden war, und einem wunderschönen Marmon V-16, Baujahr 1931. Er horchte zufrieden auf das gleichmäßige Brummen des Motors.

Es war ein Spätsommertag. Der Himmel war klar, und für diese Jahreszeit war es recht warm. Pitt trug eine Cordhose und einen kurzen Sportmantel, Loren einen atemberaubenden blaßrosa Overall.

Giordino fuhr Lieferwagen und Anhänger auf einen Parkplatz, Loren stand auf dem Trittbrett des Stutz und warf einen Blick über das Feld der über hundert Oldtimer, die sich rings um das Mittelfeld der Virginia Memorial Rennstrecke aufgereiht hatten. Der Concours d'elegance, eine Ausstellung, auf der die Wagen nach dem äußeren Erscheinungsbild beurteilt wurden, wurde mit Rennen kombiniert, die jeweils über eine Runde gingen und an denen die Klassiker teilnahmen, die als Straßen- und Tourenwagen konzipiert worden waren.

»Sie sind alle so prachtvoll«, sagte Loren bewundernd. »Ich habe noch nie so viele exotische Wagen auf einem Fleck gesehen.«

»Eine starke Konkurrenz«, erklärte Pitt, schob die Haube hoch und wischte über den Motor.

»Wann findet die Beurteilung statt?«

»Kann jederzeit losgehen.«

»Und die Rennen?«

»Nachdem die Gewinner bekanntgegeben und die Preise überreicht worden sind.«

»Gegen welchen Wagen wirst du das Rennen bestreiten?«

»Gegen den roten Hispano neben uns.«

Loren sah zu dem schönen, in Paris gebauten offenen Kabriolett hinüber. »Glaubst du, du kannst ihn schlagen?«

»Ich weiß nicht. Der Stutz ist sechzehn Jahre jünger, aber der Hispano hat den größeren Motor und die leichtere Karosserie.«

Die Richter tauchten auf und fingen an, Pitts Wagen für die Schau zu überprüfen. Er wurde in Klasse D, amerikanische Klassiker zwischen 1930 und 1941, Typ Limousine, eingeteilt. Nachdem sie sich den Wagen fünfzehn Minuten lang sorgfältig angeschaut hatten, reichten sie ihm die Hand und gingen zum nächsten Auto in seiner Klasse, einem 1933er Lincoln V-12 Berline, weiter.

Kurz darauf wurden die Gewinner über Lautsprecher bekanntgegeben. Der Stutz landete auf dem dritten Platz, hinter einem Packard Sportcoupé aus dem Jahre 1938 und einer Lincoln Limousine, Baujahr 1934.

»Besser als ich erwartet hatte«, erklärte Pitt stolz. »Ich hätte nicht gedacht, daß wir uns plazieren könnten.«

»Meinen Glückwunsch«, sagte Frank Mancuso.

Fassungslos starrte Pitt den Bergbauingenieur an, der aus dem Nichts aufgetaucht zu sein schien. »Wo kommen Sie denn her?«

»Die Buschtrommeln haben mir verraten, ich würde Sie hier finden«, erklärte Mancuso herzlich. »Also bin ich vorbeigekommen, um mir die Wagen anzusehen und mit Ihnen und Al ein bißchen zu fachsimpeln.«

»Zeit für uns, an die Arbeit zu gehen?«

»Im Augenblick noch nicht.«

Pitt wandte sich um und stellte Mancuso Loren vor. Giordino nickte ihm zu und reichte dem Neuankömmling ein Glas Wein von einer gerade entkorkten Flasche. Mancuso riß die Augen auf, als er Loren vorgestellt wurde.

Dann sagte er: »Sie haben's vielleicht schon von Admiral Sandecker gehört. Team Mercedes wurde gestoppt. Ihr Projekt, die Überreste des Schiffes, das die Autobomben an Bord hatte, zu bergen, wurde auf Eis gelegt.«

»Gibt es dafür einen besonderen Grund?«

»Der Präsident hat entschieden, es sei das beste, wenn wir im Augenblick die Hände davon ließen. Die sowjetische Propaganda versucht bereits, uns die Detonation in die Schuhe zu schieben. Der Kongreß debattiert darüber, eine Untersuchung anzuordnen, und der Präsident hat nicht die Absicht, Auskunft über unsere Geheimoperation zu geben. Er kann es sich nicht leisten, daß Ihr Unterwasser-Bergwerksunternehmen entdeckt wird. Es verstößt gegen internationales Recht, auf dem Meeresboden zu schürfen.«

»Wir haben nur Proben zusammengetragen«, verteidigte sich Pitt. »Das Ganze war ein reines Experiment.«

»Vielleicht, aber die übrige Welt wird das nicht so sehen. Vor allem die Nationen der Dritten Welt würden in der UN ein Mordsgeschrei anstimmen, wenn sie der Auffassung wären, sie seien von dieser Unterwasser-Bonanza ausgeschlossen worden.«

Pitt sah Mancuso fest an. »Wie viele Wagen mit Sprengköpfen wurden inzwischen gefunden?«

»Bis jetzt nur sechs Stück. Stacy und Weatherhill haben über ihre Fortschritte an der Westküste noch nicht berichtet.«

»Die Japaner müssen eine ganze Flotte von den Dingern im Land verstreut haben«, sagte Pitt. »Jordan wird eine Armee brauchen, um sie alle ausfindig zu machen.«

»An Arbeitskräften besteht kein Mangel, doch das Knifflige dabei ist, daß wir die Sache durchziehen müssen, ohne die Japaner in die Enge zu treiben. Wenn die der Meinung sind, ihr Atombombenprojekt sei in Gefahr, dann könnten sie überreagieren und eine Bombe von Hand zünden.«

»Wäre schön, wenn Team Honda bis zur Quelle vordringen und sich eine Karte besorgen könnte, auf der die Stellen verzeichnet sind«, bemerkte Giordino ruhig.

»Die sind schon dabei«, sagte Mancuso.

Pitt beugte sich vor und musterte den Kristalldeckel von Lalique, der den Kühler eines Pierce-Arrow Roadsters zierte. »Inzwischen sind uns die Hände gebunden.«

»Sie brauchen sich nicht ausgeschlossen zu fühlen. In den ersten vier Stunden haben Sie mehr erreicht, als das gesamte Team in zwei Tagen. Man wird uns benachrichtigen, wenn wir gebraucht werden.«

»Ich warte nicht gern im Dunkeln, bis etwas geschieht.«

Giordino wandte seine Aufmerksamkeit von den Wagen ab und einem Mädchen zu, das in einem engen Lederrock vorbeiging und sagte: »Was soll schon bei einer Autoausstellung passieren?«

Der Rennleiter informierte Pitt, er und der Stutz würden an der Startlinie erwartet. Zusammen mit seinen Freunden, die mitfahren wollten, fuhr er den Grasweg zwischen den Wagenreihen entlang und rollte dann durch ein Tor auf die ovale Rennstrecke zu, die eine Länge von einer Meile hatte.

Giordino hob die Haube und überprüfte ein letztes Mal den Motor, während Mancuso zusah. Loren wünschte Pitt mit einem Kuß viel Glück und lief dann an den Rand der Strecke, wo sie sich auf eine niedrige Mauer setzte.

Der Hispano-Suiza hielt neben ihm, und Pitt ging hinüber, um sich vorzustellen, während der Fahrer ausstieg, um noch einmal die Riemen der Motorhaube zu überprüfen.

»Ich vermute, wir fahren das Rennen gegeneinander. Mein Name ist Dirk Pitt.«

Der Fahrer des Hispano, ein hochgewachsener Mann mit ergrauendem Haar, weißem Bart und blaugrauen Augen, streckte die Hand aus. »Clive Cussler.«

Pitt sah ihn unsicher an. »Kennen wir uns nicht irgendwoher?«

»Schon möglich«, erwiderte Cussler lächelnd. »Ihr Name kommt mir bekannt vor, doch ich weiß nicht, wo ich Ihr Gesicht unterbringen soll.«

»Möglicherweise sind wir uns auf einer Gesellschaft oder dem Klubtreffen der Oldtimerliebhaber über den Weg gelaufen.«

»Möglicherweise.«

»Viel Glück«, wünschte Pitt ihm höflich.

Cussler erwiderte das Lächeln. »Ihnen auch.«

Pitt klemmte sich hinters Steuerrad, und seine Augen musterten prüfend die Instrumente auf dem Armaturenbrett. Dann richtete er seinen Blick auf den offiziellen Starter, der gerade langsam die grüne Flagge entrollte. So sah er die langgestreckte weiße Lincoln-Limousine nicht, die auf dem Sicherheitsstreifen, der vor der Betonbegrenzungsmauer verlief, direkt vor Loren anhielt. Er sah auch den Mann nicht aus dem Wagen aussteigen, zu ihr hinübergehen und ein paar Worte mit ihr wechseln.

Giordino war ganz auf den Stutz konzentriert. Nur Mancuso, der einige Meter entfernt stand, sah, wie sie dem Mann, einem Japaner, zunickte und ihn zur Limousine begleitete.

Giordino senkte die Motorhaube und rief über die Windschutzscheibe hinweg: »Kein Öl- oder Wasserverlust. Aber jag ihn nicht zu sehr. Wir haben zwar den Motor überholt, aber er ist nun mal über sechzig Jahre alt. Und Ersatzteile für den Stutz bekommst du nicht im Versandhandel.«

»Ich werde nicht in den roten Bereich gehen«, versprach Pitt ihm. Erst jetzt vermißte er Loren und sah sich um. »Was ist mit Loren passiert?«

Mancuso beugte sich über die Tür und deutete auf den weißen Lincoln. »Ein japanischer Geschäftsmann, dort drüben in der Limousine, wollte sich mit ihr unterhalten. Wahrscheinlich ein Lobbyist.«

»Sieht ihr gar nicht ähnlich, das Rennen zu verpassen.«

»Ich behalte sie im Auge«, versprach Mancuso.

Giordino beugte sich in den Wagen und packte Pitt an der Schulter. »Verschalte dich bloß nicht.«

Dann, als der Rennleiter zwischen die beiden Wagen trat und die grüne Flagge hob, traten Mancuso und er zurück und verließen die Rennstrecke.

Es wurde ein meisterhaftes Rennen, das die Masse begeisterte und aus dem Pitt schließlich knapp als Sieger hervorging. Er warf den Kopf in den Nacken, lachte und winkte den Zuschauern zu. Eigentlich sollte er weiterfahren und eine Siegerrunde drehen, doch dann sah er Giordino und Mancuso vom Sicherheitsstreifen auf ihn zulaufen und wild gestikulieren. Er lenkte den Wagen an den Rand der Rennstrecke und verlangsamte das Tempo.

Aufgeregt zeigte Mancuso zu der weißen Limousine hinüber, die auf den Ausgang zufuhr. »Die Limousine«, schrie er im Laufen.

Pitts Reaktion war blitzartig, beinahe übermenschlich. Im Bruchteil einer Sekunde hatte er seine Gedanken vom Rennen gelöst und begriffen, was Mancuso ihm zu sagen versuchte.

»Loren?« schrie er zurück.

Giordino sprang auf das Trittbrett des noch rollenden Wagens. »Ich glaube, die Japaner in der Limousine haben sie entführt«, stieß er hervor.

Mancuso erreichte sie, schwer atmend. »Die sind davongefahren, bevor ich merkte, daß sie noch im Wagen war.«

»Sind sie bewaffnet?« fragte Pitt ihn.

»Eine Colt-Automatik, Kaliber fünfundzwanzig im Knöchelholster.«

»Steigen Sie ein!« befahl Pitt. Dann wandte er sich an Giordino. »Al, schnapp dir einen Wächter mit Funkgerät und alarmier die Polizei. Frank und ich nehmen die Verfolgung auf.«

Giordino nickte wortlos und rannte auf zwei Wächter am Sicherheitsstreifen zu, während Pitt dem Stutz die Sporen gab und durch das Tor schoß, das die Rennstrecke von den hinter den Tribünen liegenden Parkplätzen trennte.

Er wußte, daß der Stutz gegen die große, modernere Limousine keinerlei Chancen hatte, doch wie immer hielt er unerschütterlich an dem Glauben fest, daß unüberwindliche Hindernisse durchaus überwindlich waren.

Er setzte sich bequem hin, ergriff das Lenkrad und nahm, das willensstarke Kinn vorgestreckt, die Verfolgung auf.

29

Pitt hatte einen guten Start. Der Bedienstete der Rennleitung am Tor sah ihn kommen und scheuchte die Leute aus dem Weg. Der Stutz erreichte mit achtzig Stundenkilometern den Parkplatz, zwanzig Sekunden hinter dem weißen Lincoln.

Sie schossen durch die Gasse zwischen den geparkten Wagen; Pitt hatte die Hand auf der Hupe in der Mitte des Steuerrades. Glücklicherweise befanden sich keine Menschen auf dem Parkplatz. Alle Zuschauer und Teilnehmer des Wettbewerbs waren auf der Tribüne und beobachteten die Rennen, und viele drehten sich jetzt um und sahen dem türkisfarbenen Stutz nach, der mit lautem Gehupe aus den chromglänzenden Zwillingsfanfaren auf die Straße einbog.

Pitt war wild vor Wut. Die Chancen, die Limousine zu stoppen und Loren zu retten, waren gleich Null. Das Ganze war eine Verfolgungsjagd, die reiner Verzweiflung entsprang. Es bestand so gut wie keine Hoffnung, daß eine sechzig Jahre alte Maschine eine moderne Limousine einholte, die von einem großen V-8 Motor angetrieben wurde und beinahe die doppelte PS-Zahl hatte. Zudem war dies mehr als eine Entführung durch Kriminelle, das wußte er. Er hatte Angst, die Entführer würden Loren umbringen.

Pitt hielt das Lenkrad umklammert, als sie seitwärts schleudernd mit quietschenden Reifen auf den Highway kamen, der außen am Rennkurs entlangführte, und nahm mit leichtem Heckwedeln die Verfolgung des Lincoln auf.

»Die haben einen ganz schönen Vorsprung«, meinte Mancuso scharf.

»Den können wir aufholen«, erwiderte Pitt entschlossen. Er schlug das Lenkrad ein, um einem Wagen auszuweichen, der aus einer Seitenstraße kommend auf den Highway einbog, und fuhr dann wieder geradeaus. »Solange die nicht wissen, daß sie verfolgt werden, werden sie die Geschwindigkeitsbegrenzung einhalten, um nicht zu riskieren, von einem Polizisten angehalten zu werden. Das Beste, was wir tun können, ist, in Sichtweite zu bleiben, bis die Staatspolizei eingreifen kann.«

Pitts Theorie hatte Hand und Fuß. Der Abstand zur Limousine begann sich zu verringern.

Mancuso deutete nach vorn. »Sie biegen auf Highway Fünf ein, der am James River entlangführt.«

Pitt fuhr wie der Teufel, wagemutig und selbstbewußt. Auf einer geraden Straße mit leichten Kurven war der Stutz in seinem Element. Er liebte den alten Wagen, seine komplizierte Mechanik, das großartige Styling und die fabelhafte Maschine.

Pitt trieb den Oldtimer hart an. Der Abstand war für den Stutz zu groß, doch Pitt redete ihm gut zu, ignorierte die verwirrte Miene Mancusos, flehte den Wagen an und drängte ihn, schneller zu fahren, als er konnte.

Der Stutz reagierte.

Mancuso kam es unglaublich vor. Er hatte das Gefühl, daß Pitt den Wagen durch persönliche Anstrengung zu einer höheren Geschwindigkeit brachte. Er starrte auf das Tachometer und sah, daß die Nadel auf achtundneunzig Meilen pro Stunde stand. Selbst als der Motor neu war, war die dynamische Maschine sicher nie so schnell gefahren worden. Mancuso hielt sich am Türgriff fest, als Pitt Personenwagen und Lastwagen überholte, manchmal mehrere nacheinander und mit einer solchen Geschwindigkeit, daß Mancuso sich wunderte, daß sie in engen Kurven nicht von der Straße flogen.

Plötzlich hörte er ein Geräusch, das den Auspufflärm des Stutz übertönte, und blickte aus dem offenen Fahrerhaus zum Himmel. »Wir haben Helikopterbegleitung«, stellte er fest.

»Polizei?«

»Keine Kennzeichen. Sieht nach einer Privatmaschine aus.«

»Schade, daß wir kein Funkgerät haben.«

Sie waren bis auf zweihundert Meter an die Limousine herangekommen, als man den Stutz offenbar entdeckte und der Lincoln mit Loren an Bord unverzüglich beschleunigte und davonzog.

»Was macht der Hubschrauber?« fragte Pitt beiläufig.

Mancuso legte den Kopf in den Nacken. »Ist immer noch da. Hält sich auf der rechten Seite über der Limousine.«

»Ich habe das böse Gefühl, daß die beiden zusammenarbeiten.«

»Eigenartig, daß der Vogel keine Markierungen trägt«, pflichtete ihm Mancuso bei.

»Wenn sie bewaffnet sind, sitzen wir in der Patsche.«

Mancuso nickte. »Soviel ist sicher. Meine Erbsenpistole vermag gegen Automatik-Schnellfeuerwaffen aus der Luft nicht viel auszurichten.«

»Andererseits hätten sie das Feuer längst eröffnen und uns in Bedrängnis bringen können.«

»Da wir gerade von Bedrängnis reden«, sagte Mancuso und zeigte auf den Kühler.

Die Beanspruchung machte sich am Oldtimer langsam bemerkbar. Wasserdampf drang zischend unter dem Filterverschluß unterhalb der Sonnengöttin hervor, und Öl floß in breiten Bächen aus den Lüftungsklappen über die Motorhaube. Als Pitt vor einer engen Kurve bremste, war es, als trete er auf Watte. Die Bremstrommeln waren überhitzt und ließen in ihrer Wirkung stark nach. Das einzige, was passierte, als Pitt auf das Pedal trat, war, daß die Bremslichter aufleuchteten.

Vor Pitts innerem Auge tauchte Lorens Bild auf, gefesselt und geknebelt auf der dick gepolsterten Rückbank der Limousine. Wie ein eisiger Windhauch durchfuhr ihn die Angst. Wer immer sie entführt haben mochte, hatte sie vielleicht schon umgebracht. Er schob die entsetzliche Vorstellung beiseite und tröstete sich damit, daß die Kidnapper es sich nicht leisten konnten, sie als Geisel zu verlieren. Doch wenn sie ihr etwas zuleide taten, dann würden sie sterben, das schwor er sich.

Er fuhr wie besessen, beherrscht nur von dem einzigen Gedanken, Loren zu retten. Erbarmungslos verfolgte er den Lincoln, war mit jeder Zelle seines sturen Hirns bei der Sache.

»Wir bleiben dran«, stellte Mancuso fest.

»Die spielen bloß mit uns«, erwiderte Pitt und musterte die Straße zwischen der Sonnengöttin und der hinteren Stoßstange der weißen Limousine, die nur fünfzig Meter vor ihnen dahinraste. »Die müßten eigentlich so schnell sein, daß wir nur noch eine Staubwolke von ihnen sehen dürften.«

Die Sonnenstrahlen fielen durch die Baumwipfel, die über die Straße ragten, und Mancuso sah auf die Uhr. »Wo, zum Teufel, bleibt die Staatspolizei?«

»Sucht die ganze Gegend ab. Giordino hat ja keine Ahnung, in welche Richtung wir gefahren sind.«

»Diese Geschwindigkeit können Sie nicht mehr lange halten.«

»Al wird unsere Spur aufnehmen«, erklärte Pitt, der seinem langjährigen Freund vollkommen vertraute.

Mancuso neigte den Kopf nach vorne, als ein neues Geräusch an sein Ohr drang. Er kniete sich auf den Sitz, drehte sich um und blickte durch die überhängenden Äste nach oben. Dann winkte er wild.

»Was ist denn?« fragte Pitt und nahm in einer scharfen Kurve, vor einer kurzen Brücke, die einen kleinen Fluß überspannte, Gas weg, während sein Fuß auf die nahezu nutzlose Bremse trat.

»Ich glaube, die Kavallerie ist da«, schrie Mancuso aufgeregt.

»Ein weiterer Helikopter«, bemerkte Pitt. »Können Sie seine Markierungen ausmachen?«

Die dahinrasenden Autos tauchten unter den Bäumen hervor und fuhren ins Freie. Der anfliegende Hubschrauber legte sich in die Kurve, und Mancuso konnte die Schrift auf dem Rumpf unter Maschine und Rotorblättern lesen.

»Henrico County Sheriff's Department!« überschrie er das dumpfe Rumoren der Rotorblätter. Dann erkannte er Giordino, der ihm von der offenen Tür her zuwinkte. Der kleine Italiener war gekommen, und keine Minute zu früh. Der Stutz pfiff aus dem letzten Loch.

Der Pilot in dem fremden Hubschrauber, der über der Limousine dahinflog, sah den Neuankömmling offenbar ebenfalls. Plötzlich drehte er ab, ging tief herunter, rauschte mit voller Fahrt in Richtung Norden davon und verschwand schnell hinter einer Baumreihe, die ein Kornfeld begrenzte.

Der Lincoln schien auf der Straße wie im Zeitlupentempo von einer Seite zur anderen zu schleudern. Pitt und Mancuso sahen in ohnmächtigem Schrecken zu, wie die lange weiße Limousine auf die Bankette geriet, über eine kleine Böschung schoß und im Kornfeld verschwand, als wolle sie hinter dem Hubschrauber herjagen.

Mit schnellem Blick erfaßte Pitt den Szenenwechsel. Er reagierte instinktiv, wirbelte das Steuerrad herum, und der Stutz schoß hinter dem Lincoln her. Mancusos Unterkiefer fiel vor Schreck herunter, als die trockenen, welken Ähren, die nach der Ernte stehengeblieben waren, gegen die Windschutzscheibe peitschten. Instinktiv duckte er sich auf seinem Sitz und hielt sich die Arme über den Kopf.

Der Stutz holperte hinter der Limousine her, bockte heftig auf seinen alten Blattfedern und Stoßdämpfern. Der Staub war so dicht, daß Pitt die Sonnengöttin kaum noch erkennen konnte, doch sein Fuß trat das Gaspedal immer noch gegen das Bodenblech.

Sie durchbrachen einen Zaun. Ein Stück traf Mancuso am Kopf, dann hatten sie das Kornfeld hinter sich gelassen und fuhren direkt hinter der Limousine her. Sie war mit einer unglaublichen Geschwindigkeit ins Freie geschossen und hielt direkt auf einen Betonsilo zu, den Stutz noch immer im Nacken.

»Mein Gott«, murmelte Mancuso, der das schreckliche Ende ahnte.

Trotz der schrecklichen Gewißheit, einen Zusammenstoß mitansehen zu müssen, den er nicht verhindern konnte, schlug Pitt geistesgegenwärtig das Steuerrad nach rechts ein, und der Stutz schoß um die andere Seite des Silos herum und verfehlte den Lincoln um eine Armlänge.

Er hörte es eher, als er es sah – das gewaltsame Knirschen von berstendem Metall, gefolgt vom Krachen des Glases, das am Beton zersprang. Eine große Staubwolke stieg vom unteren Ende des Silos auf und umhüllte die zerstörte Limousine.

Pitt war schon aus dem Stutz gesprungen, bevor der Wagen zum Stillstand gekommen war, und lief auf die Unfallstelle zu. Angst und Sorge erfüllten ihn, als er um den Silo bog und das zerstörte und verbogene Auto sah. Kein Mensch konnte einen derart entsetzlichen Zusammenprall überlebt haben. Der Motor hatte die hintere Wand des Motorraums durchschlagen und sich in den Vordersitz gebohrt. Das Lenkrad war bis zum Dach hochgeschoben worden. Pitt konnte den Fahrer nicht entdekken und vermutete, daß seine Leiche auf der anderen Seite aus dem Wagen geschleudert worden sein mußte.

Die Fahrgastzelle war zusammengedrückt, das Dach in seltsamem Winkel nach oben geknickt, die Türen nach innen gebogen und so verkantet, daß man sie nur mit einer Metallsäge aufbekommen würde. Verzweifelt trat Pitt mit dem Fuß ein paar Glasscherben weg, die noch vom kaputten Türfenster übriggeblieben waren, und schob seinen Kopf ins Innere.

Der zerstörte Innenraum war leer.

Wie betäubt ging Pitt langsam um den Wagen herum und suchte darunter nach Spuren von Leichen. Er fand nichts, nicht einmal eine Blutspur oder zerrissene Kleidungsfetzen. Dann sah er sich das eingedrückte Armaturenbrett an und erkannte, weshalb dieses Geisterfahrzeug leer war. Er löste ein kleines Instrument von der Elektroverbindung und betrachtete es genau. Vor Wut lief sein Gesicht puterrot an.

Er stand noch neben dem Wrack, als der Hubschrauber landete und Giordino herbeigerannt kam, gefolgt von Mancuso, der sich ein blutbeschmiertes Taschentuch gegen sein Ohr preßte.

»Loren?« erkundigte sich Giordino besorgt.

Pitt schüttelte den Kopf und warf Giordino das seltsame Gerät zu. »Man hat uns an der Nase herumgeführt. Dieser Wagen war ein Köder, der von einer elektronischen Roboteinheit gefahren und von jemandem, der im Helikopter saß, gelenkt wurde.«

Mancuso suchte mit wilden Blicken die Limousine ab. »Ich hab' doch gesehen, wie sie eingestiegen ist«, sagte er verstört.

»Ich auch«, unterstützte Giordino ihn.

»Nicht in diesen Wagen«, sagte Pitt ruhig.

»Aber wir haben ihn doch nie aus den Augen verloren.«

»Doch. Denken Sie mal nach. Die zwanzig Sekunden Vorsprung, als er die Rennstrecke verließ und unter der Tribüne hindurch zum Parkplatz fuhr. Da muß der Austausch stattgefunden haben.«

Mancuso zog das Taschentuch fort. Über seinem Ohrläppchen sah man einen sauberen Schnitt. »Das paßt. Den hier jedenfalls haben wir, nachdem wir auf dem Highway waren, keine Sekunde aus den Augen verloren.«

Dann schwieg Mancuso und blickte bekümmert auf die kaputte Limousine. Eine Zeitlang rührte sich keiner der drei von der Stelle, und keiner sagte etwas.

»Wir haben sie verloren«, sagte Giordino mit wie vor Schmerz verzerrtem, bleichem Gesicht. »Möge Gott uns beistehen. Wir haben sie verloren.«

Mit leerem Blick starrte Pitt den Wagen an, die großen Hände vor Wut und Verzweiflung zu Fäusten geballt. »Wir werden Loren wiederfinden«, sagte er. Seine Stimme klang hohl und kalt wie das Eis der Arktis. »Und die, die sie entführt haben, werden dafür bezahlen.«

DRITTER TEIL

Ajima Island

12. Oktober 1993
Bielefeld, Westdeutschland

30

Der Herbstmorgen war frisch, und von Norden blies ein schneidender Wind. August Clausen trat aus seinem schindelgedeckten Haus in der Nähe von Bielefeld in Nordrhein-Westfalen und blickte über seine Felder zu den Hängen des Teutoburger Waldes hinüber. Sein Bauernhof lag im Tal und wurde von einem flachen, breiten Flußlauf begrenzt, dessen Wasser er vor kurzem gestaut hatte. Er knöpfte sich seinen dicken Wollmantel zu, atmete ein paarmal tief durch und ging dann einen schmalen Pfad entlang zu seiner Scheune.

Clausen, ein großer, grobknochiger Mann, der gerade die Siebzig überschritten hatte, schuftete noch immer von Sonnenaufgang bis Sonnenuntergang. Der Hof war seit fünf Generationen im Besitz seiner Familie. Seine Frau und er hatten fünf Töchter großgezogen, die inzwischen geheiratet hatten und ausgezogen waren. Sie wohnten lieber in Bielefeld als auf dem Hof. Abgesehen von einigen Erntearbeitern im Herbst bewirtschafteten Clausen und seine Frau den Hof alleine.

Clausen schob die Scheunentore auf und bestieg einen großen Traktor. Der rauhe, alte Dieselmotor sprang bei der ersten Umdrehung an. Er legte den höchsten Gang ein, fuhr auf den Hofplatz hinaus, bog in einen unbefestigten Weg ein und hielt auf die Felder zu, die bereits abgeerntet waren und jetzt für die nächste Frühjahrsaussaat vorbereitet wurden.

Heute wollte er eine kleine Vertiefung einebnen, die sich an der Südwestecke des Salatfelds gebildet hatte. Es handelte sich um eine der wenigen Außenarbeiten, die er abschließen wollte, bevor der Winter kam.

Am Abend zuvor hatte er eine Baggerschaufel vorn am Traktor angebracht, um die Senke mit Erde von einem Hügel in der Nähe eines alten Bunkers aus dem letzten Krieg zu füllen.

Früher hatte ein Teil von Clausens Land einer Gruppe von Jagdflugzeugen der Luftwaffe als Landeplatz gedient. Als er nach seiner Dienstzeit in einer Panzerbrigade heimgekehrt war, die kämpfend vor Pattons Dritter Armee durch Frankreich und halb Deutschland zurückgewichen war, hatte er einen Schrotthaufen ausgebrannter und zerstörter Flugzeuge und Autos vorgefunden, die über den größten Teil seiner brachliegenden Felder verstreut waren. Das wenige, was sich reparieren ließ, hatte er behalten, den Rest an Schrotthändler verkauft.

Der Traktor fuhr ziemlich schnell den Weg entlang. In den letzten beiden Wochen hatte es kaum geregnet, und die Fahrspuren waren trocken. Das Laub der Pappeln und Birken hatte sich schon hellgelb gefärbt und hob sich von der blaßgrünen Umgebung ab. Clausen lenkte den Traktor schwungvoll durch eine Öffnung im Zaun und hielt neben der Vertiefung an. Er kletterte hinunter und musterte die Senke aus der Nähe. Seltsamerweise kam sie ihm noch breiter und tiefer vor als am Tag zuvor. Zuerst fragte er sich, ob sie wohl vom Wasser des Flußlaufs, den er gestaut hatte, unterspült sein mochte. Andererseits aber war das Erdreich in der Mitte der Senke völlig trocken.

Er bestieg den Traktor wieder, fuhr zu dem Erdhaufen neben dem alten Bunker, der halb verborgen hinter Büschen und Weinreben lag, und senkte die Baggerschaufel. Nachdem er eine Ladung Erde aufgenommen hatte, setzte er zurück und fuhr wieder auf die Senke zu, bis die Vorderräder genau an deren Rand standen. Er ließ die Schaufel hochschwenken, um die Erde auszukippen, doch die Schnauze des Treckers neigte sich plötzlich nach vorn, und die Vorderräder versanken im Boden.

Clausen schnappte nach Luft, als die Senke sich plötzlich öffnete und der Traktor in das sich schnell erweiternde Loch kippte. Schreckensstarr nahm er wahr, wie das Fahrzeug mit ihm in die Dunkelheit hinabsauste. Obwohl er vor Angst wie gelähmt war, preßte er instinktiv die Füße gegen das Bodenblech und umklammerte das Steuerrad. Der Traktor schoß gut zwölf Meter abwärts, bevor er in einem tiefen unterirdischen Flußlauf steckenblieb. Riesige Erdklumpen prasselten ins Wasser und verwandelten es in einen Mahlstrom, der bald vom Dunst herabrieselnden Staubs bedeckt war. Der Krach war noch lange nicht verhallt, als der Traktor, bis zur Oberkante seiner großen Hinterreifen im Wasser versunken, schließlich zum Halt kam.

Der Aufprall trieb Clausen die Luft aus den Lungen. Lähmender Schmerz schoß ihm durch den Rücken, und er wußte sofort, daß das nur eine Wirbelsäulenverletzung bedeuten konnte. Zwei seiner Rippen, vielleicht auch mehr, brachen, als er mit der Brust auf das Steuerrad krachte. Clausen hatte einen Schock, sein Herz schlug wild, und er atmete in kurzen, schmerzhaften Stößen. Das Wasser, das seine Brust umspülte, bemerkte er kaum.

Clausen war froh, daß der Traktor auf seinen Rädern gelandet war. Wenn er zur Seite gekippt oder auf dem Dach gelandet wäre, dann hätte das Fahrzeug ihn zerdrückt oder eingequetscht, und er wäre ertrunken. Während er dasaß, versuchte er zu begreifen, was geschehen war. Er blickte nach oben, sah den blauen Himmel und versuchte seine mißliche Lage einzuschätzen. Dann sah er sich im Dämmerlicht inmitten der aufgewirbelten Staubwolken um.

Der Traktor war in den Teich einer Kalksteinhöhle gestürzt. Das eine Ende der Höhle war überflutet, doch das gegenüberliegende stieg an, lag höher als das Wasserbecken und ging in eine weitläufige Höhle über. Er konnte keinerlei Anzeichen von Stalagtiten, Stalagmiten oder irgendwelchen sonstigen natürlich gewachsenen Gesteinsformationen entdekken. Sowohl die kleine Eingangshöhle als auch die größere Höhle hatten eine sechs Meter hohe, flache Decke, die von Menschenhand gemacht worden sein mußte.

Trotz seiner Schmerzen hangelte er sich mühsam aus dem Sitz des Traktors. Halb kriechend, halb schwimmend erreichte er den rampenartigen Boden, der in die trockene Höhle führte. Auf den Knien rutschend, mit den Händen im schlüpfrigen Matsch Halt suchend, kämpfte er sich auf allen vieren vorwärts, bis er trockenen Boden unter sich hatte. Erschöpft rappelte er sich zum Sitzen hoch, sah sich um und starrte in die dämmrige Weite der Höhle.

Sie war voller Flugzeuge. Dutzende standen da, in gleichmäßigen Reihen geparkt, so als warteten sie auf eine Gruppe Geisterpiloten. Clausen erkannte darunter den ersten Düsenjäger der Luftwaffe, Typ Messerschmidt Me-262. In ihrem blassen graugrünen Tarnanstrich sahen sie gespenstisch aus, und obwohl sie fünfzig Jahre lang nicht gewartet worden waren, schienen sie in erstklassigem Zustand zu sein. Lediglich die platten Reifen deuteten darauf hin, daß sich lange niemand um die Flugzeuge gekümmert hatte. Der geheime Luftwaffenstützpunkt mußte vor dem Eintreffen der alliierten Armeen evakuiert und versiegelt worden sein. Danach war er offenbar vollkommen in Vergessenheit geraten.

Clausen vergaß seine Verletzungen zeitweilig, während er ehrfürchtig durch die Reihen der Flugzeuge lief und auf die Quartier- und Reparaturbereiche zuging. Als seine Augen sich an die Dunkelheit gewöhnt hatten, war er überrascht, als er die vollkommene Ordnung erblickte, die hier herrschte. Es gab keinerlei Anzeichen für einen überstürzten Aufbruch. Man hätte meinen können, die Piloten und ihre Mechaniker stünden oben in Reih und Glied auf dem Flugplatz und könnten jederzeit hier auftauchen.

Begeistert begriff er, daß diese ganzen Kriegskunstwerke sich auf seinem Land befanden, oder besser darunter, und rechtmäßig ihm gehörten. Für Sammler und Museen mußten die Flugzeuge einen Wert von mehreren Millionen D-Mark haben.

Clausen ging zurück zum Rand des Unterwassersees. Der Traktor bot einen traurigen Anblick, wie er da stand und nur noch das Steuerrad und der obere Teil der Hinterräder aus dem Wasser ragten. Noch einmal blickte er durch das Loch nach oben zum Himmel auf. Es bestand keinerlei Aussicht, alleine hier herausklettern zu können, die Öffnung lag zu hoch, und die Wände waren zu steil.

Er machte sich keine Sorgen. Irgendwann würde seine Frau nach ihm Ausschau halten und die Nachbarn zu Hilfe rufen, wenn sie ihn inmitten seines gerade entdeckten unterirdischen Schatzes gefunden hätte.

Irgendwo mußte sich ein Elektrogenerator befinden. Er beschloß, danach zu suchen. Vielleicht, so dachte er, ist es möglich, ihn in Gang zu bringen und das Licht in der Höhle einzuschalten. Er warf einen Blick auf seine Uhr und schätzte, daß es noch etwa vier Stunden dauern würde, bevor seine Frau sich seiner langen Abwesenheit wegen sorgen würde.

Er zögerte, blickte gedankenverloren zum gegenüberliegenden Ende der Höhle, die in den bedrohlich daliegenden Teich abfiel, und fragte sich, ob sich dahinter wohl eine weitere Höhle befinden mochte.

31

»Wenn die Leute wüßten, was so hinter ihrem Rücken passiert, würden sie Washington niederbrennen«, stellte Sandecker fest, während die Landschaft Virginias an den dunkel getönten Panzerscheiben des speziell angefertigten beweglichen Kommandozentrums vorbeiflog, das als Bus eines bekannten Linienunternehmens getarnt war.

»Wir befinden uns mitten in einem Krieg«, knurrte Donald Kern, Stellvertretender Leiter des MAIT. »Und wir sind die einzigen, die das wissen.«

»Was den Krieg angeht, haben Sie recht«, bemerkte Pitt und blickte nachdenklich auf das Glas Sodawasser, das er in seiner Rechten hielt. »Ich kann immer noch nicht fassen, daß diese Leute die Frechheit besessen haben, Loren und Senator Diaz am gleichen Tag zu entführen.«

Kern zuckte die Achseln. »Der Senator hat heute morgen, Punkt sechs Uhr, seine Fischerhütte verlassen, ist auf einen See rausgerudert, der kaum größer als ein Fischteich ist, und spurlos verschwunden.«

»Woher wissen Sie, daß er nicht zufällig ertrunken ist oder Selbstmord begangen hat?«

»Wir haben keine Leiche gefunden.«

»Sie haben seit heute morgen den gesamten See durchkämmt und durchsucht?« fragte Pitt skeptisch.

»So primitiv sind wir nicht vorgegangen. Wir haben die Gegend von unserem neuesten Spionagesatelliten überfliegen lassen. Keine Leiche, weder auf noch unter dem Wasser.«

»Sie verfügen über eine Technologie, mit der man aus dem All ein Objekt, das so klein ist wie ein menschlicher Körper, unter Wasser erkennen kann?«

»Vergessen Sie, was Sie gerade gehört haben«, erwiderte Kern grinsend. »Glauben Sie mir einfach, daß eine andere Gruppe japanischer Profiagenten Diaz am hellen Tag mitsamt seinem Boot und dem Außenbordmotor geschnappt hat. Und das in Sichtweite von mindestens fünf Fischern, die Stein und Bein schwören, nichts bemerkt zu haben.«

Pitt sah Kern an. »Aber Lorens Entführung wurde von Zeugen beobachtet.«

»Von Al und Frank, die ahnten, was da vor sich ging, klar. Aber die Zuschauer auf den Rängen haben sich aufs Rennen konzentriert. Wenn zufällig einer von denen in der ganzen Aufregung einen Blick in Lorens Richtung geworfen hat, dann hat er bloß eine Frau gesehen, die freiwillig in eine Limousine stieg.«

»Was die sorgfältig geplante Operation der Entführer vermasselte«, erklärte Sandecker, »war die Tatsache, daß ihr drei gemerkt habt, daß sie entführt wurde, und die Verfolgung aufgenommen habt. Dank Ihrer prompten Reaktion können wir zudem sicher davon ausgehen, daß die Japaner auch hinter Diaz' Entführung stecken.«

»Wer auch immer die beiden Operationen geplant hat, war gut«, sagte Kern anerkennend. »Viel zu gut, als daß die Bruderschaft der Roten Sonne dahinterstecken könnte.«

»Die berüchtigte Terrororganisation?« fragte Pitt.

»Ja. Die Japaner möchten uns glauben machen, daß es deren Werk war. Das FBI hat einen Telefonanruf von einem Mann bekommen, der behauptete, Mitglied der Terrororganisation zu sein, und der die Verantwortung für die Entführungen hat. Mit absoluter Sicherheit eine falsche Spur. Wir haben nicht einmal eine Minute gebraucht, das Spiel zu durchschauen.«

»Was ist mit dem Helikopter, von dem aus die Limousine gesteuert wurde?« fragte Pitt. »Haben Sie den verfolgt?«

»Bis Hampton Roads. Dort ist er mitten in der Luft explodiert und über dem Wasser abgestürzt. Inzwischen taucht ein Bergungsteam der Navy nach dem Wrack.«

»Ich wette um eine Flasche Scotch, daß sie keine Leichen finden werden.«

Kern warf Pitt einen mißmutigen Blick zu. »Die Wette dürften Sie wohl gewinnen.«

»Irgendeine Spur von der geflüchteten Limousine?«

Kern schüttelte den Kopf. »Bis jetzt noch nicht. Wahrscheinlich wurde sie versteckt und zurückgelassen, nachdem man die Kongreßabgeordnete Smith in einem anderen Wagen untergebracht hat.«

»Wer leitet die Suche?«

»Das FBI. Die besten Außenagenten haben sich bereits an die Arbeit gemacht, sämtliche uns bekannten Daten zusammenzutragen.«

»Glauben Sie, daß das Ganze mit unserer Suche nach den Autobomben zusammenhängt?« fragte Giordino, der mit Pitt und Mancuso von Kern und Sandecker ein paar Meilen von der Unfallstelle entfernt abgeholt worden war.

»Es besteht die Möglichkeit, daß es sich um eine Warnung handelt, die Hände von der Sache zu lassen«, antwortete Kern. »Doch unserer Auffassung nach wollten sie den Untersuchungsausschuß des Senats lahmlegen und die Abgeordneten aus dem Verkehr ziehen, die sich dafür einsetzen, japanischen Investitionen in den Vereinigten Staaten einen Riegel vorzuschieben.«

Sandecker steckte sich eine seiner teuren Zigarren an. »Der Präsident steckt ganz schön in der Klemme. Solange die Chance besteht, daß Smith und Diaz noch leben, kann er nicht zulassen, daß die Entführung an die Medien durchsickert. Weiß Gott, was das für einen Aufstand im Kongreß gäbe, wenn die Öffentlichkeit davon Wind bekäme.«

»Die haben uns die sprichwörtliche Pistole auf die Brust gesetzt«, stellte Kern grimmig fest.

»Wenn es nicht die Bruderschaft der Roten Sonne war, wer dann?« fragte Giordino und zündete sich eine Zigarre an, die er in Washington aus dem Vorrat von Admiral Sandecker geklaut hatte.

»Nur die japanische Regierung hat die Möglichkeit, eine derartig sorgfältig geplante Entführungsoperation durchführen zu lassen«, meinte Pitt.

»Soweit wir im Augenblick informiert sind«, erwiderte Kern, »sind Premierminister Junshiro und sein Kabinett nicht unmittelbar in die Sache verwickelt. Sehr wahrscheinlich haben die Herren überhaupt keine Ahnung, was da hinter ihrem Rücken abläuft. Das ist in der japanischen Innenpolitik nichts Außergewöhnliches. Wir vermuten, daß eine Geheimorganisation dahintersteckt, deren Mitglieder reiche, international bedeutende Industrielle und Führer der Unterwelt sind. Die Gruppe will weiter expandieren und Japans wachsendes wirtschaftliches Imperium ebenso schützen wie die eigenen Interessen. Nach unseren Informationen, vom Team Honda und aus weiteren Quellen zusammengetragen, deutet alles auf einen außerordentlich einflußreichen Industriellen, einen gewissen Hideki Suma, hin. Showalter ist davon überzeugt, daß Suma als treibende Kraft hinter den Autobomben steckt.«

»Ein übler Zeitgenosse«, fügte Sandecker hinzu. »Gerissen, gänzlich materialistisch eingestellt, ein brillanter Stratege, der seit drei Jahrzehnten in der Politik Japans die Fäden in der Hand hält.«

»Wie sein Vater in den drei Jahrzehnten davor«, sagte Kern. Er wandte sich an Mancuso. »Frank ist Experte, was die Familie Suma betrifft. Er hat ein umfangreiches Dossier über sie zusammengestellt.«

Mancuso saß in einem großen Schaukelstuhl und trank ein alkoholfreies Bier, da Alkoholausschank im Kommandobus des Nationalen Sicherheitsdienstes nicht gestattet war. Er blickte hoch. »Suma, Vater oder Sohn. Was wollen Sie wissen?«

»Geben Sie uns einen kurzen Abriß über ihre Organisation«, erwiderte Kern.

Mancuso trank ein paar Schlucke und blickte dann zur Decke hoch, als wolle er seine Gedanken ordnen. Dann fing er an zu sprechen. Es klang, als halte er einen Vortrag.

»Im Zweiten Weltkrieg, während des japanischen Vormarschs, beschlagnahmten Japans Armeen ungeheure Reichtümer von Orden, Banken, Unternehmen und gestürzten Regierungen. Was in der Mandschurei und Korea als Rinnsal begann, wurde bald zu einem breiten Strom, als China, ganz Südostasien, Malaya, Singapore, Holländisch Ost-Indien und die Philippinen vor dem Ansturm des Reichs der aufgehenden Sonne kapitulierten. Der Gesamtwert des gestohlenen Goldes, der Edelsteine und Kunstwerke kann nur geschätzt werden, aber es dürfte sich um die Größenordnung von um die zweihundert Milliarden, ich wiederhole: Milliarden Dollar handeln, bei Zugrundelegung der gegenwärtigen Kaufkraft.«

Sandecker schüttelte den Kopf. »Unglaublich.«

»Der Goldschatz allein wurde auf über siebentausend Tonnen geschätzt.«

»Und das alles wurde nach Japan transportiert?« fragte Giordino.

»Bis zum Jahre 1943. Danach unterbrachen amerikanische Kriegsschiffe, insbesondere unsere U-Boote, diesen Fluß. Berichte deuten darauf hin, daß über die Hälfte des gesamten Schatzes zunächst zur Inventur auf die Philippinen geschickt wurde, bevor man das Zeug weiter nach Tokio transportierte. Doch gegen Ende des Krieges wurde der Schatz auf den Inseln an geheimen Orten vergraben und ist seither unter dem Namen ›Yamashitas Gold‹ bekannt.«

»Und wie passen die Sumas da hinein?« fragte Pitt.

»Zu denen komme ich gleich«, sagte Mancuso. »Die japanischen Unterweltorganisationen folgten den Besatzungstruppen auf dem Fuß und schnitten sich ebenfalls ihre Scheibe von den Guthaben auf den Banken, den Nationalvermögen und vom Reichtum der Bürger ab; und das alles im Namen des Kaisers. Zwei unbedeutende Mitglieder einer kriminellen Organisation, die als ›Schwarzer Himmel‹ bekannt war und Japans Unterwelt nach der Jahrhundertwende beherrschte, verließen ihre angestammte Organisation, gründeten ihre eigene kriminelle Vereinigung und gaben ihr den Namen ›Goldene Drachen‹. Einer davon war Korori Yoshishu. Der andere war Koda Suma.«

»Koda, der Vater von Hideki«, schloß Sandecker.

Mancuso nickte. »Yoshishu war der Sohn eines Tempelschreiners in Kyoto. Mit zehn Jahren wurde er von seinem Vater aus dem Haus geworfen. Er ließ sich mit dem Schwarzen Himmel ein und stieg schnell auf. Im Jahre 1927, er war achtzehn, beschlossen seine Chefs, daß er in die Armee eintreten solle. Auch hier wurde er schnell befördert, so daß er zur Zeit, als die Kaiserliche Armee die Mandschurei besetzte, bereits Hauptmann war. Er leitete eine Heroin-Operation, die der Bande etliche Millionen Dollar einbrachte. Der Betrag wurde mit der Armee geteilt.«

»Warten Sie mal«, unterbrach Giordino. »Sie behaupten, die japanische Armee war ins Drogengeschäft verwickelt?«

»Die hatte eine Operation laufen, um die die Drogenkönige von Kolumbien sie beneiden würden«, erwiderte Mancuso. »In enger Zusammenarbeit mit den japanischen Bandenführern organisierte das Militär den Opium- und Heroinhandel, zwang die Bevölkerung in den besetzten Gebieten, an getürkten Lotterien teilzunehmen und Spielhöllen zu besuchen, in denen falschgespielt wurde. Natürlich kontrollierten die ebenfalls die Verkäufe auf dem Schwarzmarkt.«

Der Bus hielt an einer roten Ampel, und Pitt sah in das Gesicht eines Lastwagenfahrers, der vergeblich versuchte, mit seinen Blicken die dunkel getönten Scheiben des Busses zu durchdringen. Pitt konzentrierte sich auf jedes Wort, das Mancuso sagte.

»Koda Suma war genauso alt wie Yoshishu, der älteste Sohn eines gewöhnlichen Matrosen in der Kaiserlichen Marine. Sein Vater hatte ihn gezwungen, sich freiwillig zu melden, doch er desertierte und wurde vom Schwarzen Himmel rekrutiert. Ungefähr zur selben Zeit, als die Bandenführer Yoshishu in der Armee unterbrachten, gelang es ihnen auch, den Bericht über Sumas Desertion verschwinden zu lassen, und er tat wieder Dienst in der Flotte, diesmal als Offizier. Man erwies sich hier und da gefällig, schmierte die richtigen Hände, und so stieg er schnell zum Rang eines Captain auf. Da sie beide für dieselbe kriminelle Vereinigung tätig waren, war es ganz natürlich, daß sie zusammenarbeiteten. Yoshishu koordinierte die Heroinoperationen, während Suma die Plünderungen organisierte und für den Transport durch Schiffe der Kaiserlichen Marine sorgte.«

»Ein Raubzug im Monumentalstil«, bemerkte Giordino mißmutig.

»Das volle Ausmaß der Organisation wird niemand je kennen.«

»Waren die Operationen noch lukrativer als die Plünderungen in Europa durch die Nazis?« fragte Pitt und öffnete eine weitere Flasche Sodawasser.

»Erheblich«, erwiderte Mancuso lächelnd. »Die Japaner waren schon damals eher an wirtschaftlichen Gütern interessiert – Gold, Edelsteine, harte Währungen –, wohingegen sich die Nazis auf Meisterwerke der Kunst, Skulpturen und seltene Fundstücke konzentrierten.« Seine Miene wurde plötzlich wieder ernst. »Yoshishu und Suma, die den japanischen Streikräften nach China und dann durch das übrige Südostasien folgten, erwiesen sich als geniale Planer. Wie die Helden aus Hellers Buch ›*Catch-22*‹ machten auch sie einträgliche Geschäfte mit ihren Feinden. Sie verkauften Luxusgüter und Kriegsmaterial an Chiang Kaischek, wurden gut Freund mit dem Generalissimus – eine Beziehung, die später, nachdem die Kommunisten China überrannt hatten und die chinesische Regierung nach Formosa, dem späteren Taiwan, auswich, reiche Früchte trug. Die beiden kauften, verkauften, plünderten, schmuggelten, erpreßten und mordeten in einem unerhörten Ausmaß und ließen jedes Land ausbluten, das ihnen unter den Absatz kam. Natürlich beherrschten Suma und Yoshishu das Spiel ›eins für dich, zwei für mich‹, wenn es um die Inventur und das Teilen der Beute mit den kaiserlichen Streitkräften ging, ganz ausgezeichnet.«

Pitt stand auf, reckte sich und berührte dabei leicht das Dach des Busses. »Wie groß war denn der Anteil der Beute, der tatsächlich Japan erreichte?«

»Nur ein kleiner Prozentsatz wurde dem Kaiserlichen Kriegsschatz zugeschlagen. Die leichter zu transportierenden Schätze, wie Edelsteine und Platin, schmuggelten Suma und Yoshishu an Bord von U-Booten nach Tokio und versteckten sie auf einem Bauernhof auf dem Land. Der eigentliche Schatz jedoch blieb auf der Hauptinsel Luzon zurück. Er wurde in Tunnels verstaut, die Hunderte von Kilometern lang sind und von Tausenden von alliierten Kriegsgefangenen gebaut worden waren, die Sklavenarbeit verrichten mußten und sich entweder zu Tode schufteten oder umgebracht wurden, damit die Verstecke geheim blieben und man die Schätze nach dem Krieg heben konnte. Ich habe einen Tunnel auf Corregidor ausgegraben, der die Gebeine von dreihundert Gefangenen enthielt, die lebendig begraben worden waren.«

»Wieso ist das nie an die Öffentlichkeit gedrungen?« fragte Pitt.

Mancuso zuckte die Achseln. »Das weiß ich nicht. Erst vierzig Jahre später wurde diese Barbarei in einigen Büchern erwähnt. Inzwischen waren der Todesmarsch auf Bataan und die Armeen amerikanischer, britischer und philippinischer Soldaten, die in den Kriegsgefangenenlagern umgekommen waren, fast in Vergessenheit geraten.«

»Die Deutschen verfolgt die Vernichtung der Juden noch heute«, überlegte Pitt laut, »während die Japaner die von ihnen begangenen Grausamkeiten offenbar gänzlich kalt gelassen hat.«

Giordinos Miene war finster. »Haben die Japaner nach dem Krieg Teile des Schatzes geborgen?«

»Einiges wurde von japanischen Baugesellschaften ausgegraben, die vorgaben, dabei behilflich sein zu wollen, daß sich die Philippinen von den Schrecken des Krieges schnell erholen konnten, und die deshalb verschiedene Industrieprojekte hochgezogen haben. Natürlich arbeiteten sie in den Gegenden, die direkt über den Verstecken lagen. Anderes wiederum wurde von Ferdinand Marcos ausgegraben, der einige hundert Tonnen Gold auf Schiffen aus dem Land schaffte und es auf den Weltmärkten heimlich zu Geld machte. Ein großer Teil wurde zwanzig Jahre nach dem Krieg von Suma und Yoshishu fortgebracht. Möglicherweise sind noch bis zu siebzig Prozent des Schatzes vergraben, und man wird ihn niemals wiederentdecken.«

Pitt sah Mancuso fragend an. »Was passierte nach Kriegsende mit Suma und Yoshishu?«

»Die beiden waren keine Dummköpfe. Bereits im Jahre 1943 ahnten sie, daß der Krieg verloren war, und bereiteten sich darauf vor, das Ende in Glanz und Gloria zu überleben. Sie beabsichtigten nicht, nach MacArthurs Rückkehr in der Schlacht um Luzon zu sterben oder im Angesicht der Niederlage auf traditionelle Weise Selbstmord zu begehen. Suma befahl ein U-Boot herbei. Dann fuhren sie nach Valparaiso, Chile – wobei ihnen ein Teil der Schätze, die eigentlich dem Kaiser zustanden, zustatten kam – und lebten in den folgenden fünf Jahren dort in Saus und Braus. Als MacArthur sich um den Koreakrieg kümmern mußte, kehrten die Meisterdiebe nach Hause zurück und mauserten sich zu meisterhaften Organisatoren. Suma entwickelte auf wirtschaftlichem und politischem Gebiet eine enorme Begabung, während Yoshishu seine Herrschaft über die Unterwelt und die neue Generation asiatischer Schlitzohren konsolidierte. Innerhalb von zehn Jahren waren sie im Fernen Osten zu einem Begriff geworden.«

»Ein richtiges Gaunerpärchen«, sagte Giordino sarkastisch.

»1973 starb Koda Suma an Krebs«, fuhr Mancuso fort. »Ähnlich wie die Chicagoer Gangster während der Prohibition, verständigten sich Sumas Sohn Hedeki und Yoshishu, die weitläufige Organisation in verschiedene Tätigkeitsfelder aufzuspalten. Yoshishu dirigierte den kriminellen Teil, während Hideki sich eine Machtposition in Industrie und

Regierung aufbaute. Der Alte hat sich weitgehend aus den Geschäften zurückgezogen, hat seine Finger jedoch immer noch in verschiedenen lukrativen Geschäften drin, steht der gegenwärtigen Führung der Goldenen Drachen vor und macht gelegentlich mit Suma gemeinsame Sache.«

»Nach Informationen von Team Honda«, informierte Kern, »arbeiten Suma und Yoshishu bei der Waffenfabrik und beim Kaiten-Projekt zusammen.«

»Beim Kaiten-Projekt?« wiederholte Pitt.

»Das ist der Codename für die Autobomben-Operation. Wörtlich übersetzt bedeutet das soviel wie ›Wechsel des Himmels‹. Für die Japaner hat es eine tiefere Bedeutung: ›Ein neuer Tag bricht an, ein bedeutsamer Wechsel der Ereignisse‹.«

»Aber Japan lehnt doch angeblich Atomwaffen ab«, erklärte Pitt. »Eigenartig, daß Suma und Yoshishu eine Atomwaffenfabrik bauen konnten, ohne von der Regierung unterstützt oder gedeckt zu werden.«

»Es sind nicht die Politiker, die in Japan den Ton angeben. Es sind die Figuren im Hintergrund, im Rücken der Bürokratie, die die Fäden spinnen. Es war kein Geheimnis, als Japan einen Schnellen Brüter baute. Aber es war nicht allgemein bekannt, daß die Anlage, abgesehen von ihrer Funktion als Energieversorger, auch Plutonium produziert und Lithium in Tritium verwandelt, beides wichtige Bestandteile bei Thermonuklearwaffen. Meine Vermutung geht dahin, daß der Premierminister der Schaffung eines Atomwaffenarsenals insgeheim seinen Segen gegeben hat, allerdings unter Vorbehalt, weil die Gefahr eines öffentlichen Aufruhrs besteht. Vom Kaiten-Projekt allerdings wurde er absichtlich ausgeschlossen.«

»Die führen die Regierungsgeschäfte ganz bestimmt nicht so wie wir«, stellte Sandecker fest.

»Hat Team Honda die Waffenfabrik bereits lokalisiert?« fragte Pitt Kern.

»Sie haben die Lage auf ein sechzig Quadratkilometer großes Gebiet in der Nähe der unterirdischen Stadt Edo eingegrenzt.«

»Und trotzdem haben sie die Fabrik nicht finden können?«

»Jim Hanamura glaubt, daß es in der Stadt tiefliegende Tunnel gibt, die eine Verbindung zur Fabrik bilden. Eine eindrucksvolle Tarnung. Keine verräterischen Gebäude oder Straßen an der Erdoberfläche, lediglich einlaufende Versorgungsgüter für Tausende von Menschen, die in Edo leben und arbeiten und deren Abfälle entsorgt werden müssen. Beinahe jede Ausrüstung für die Atomfabrik könnte da rein- oder rausgeschmuggelt werden.«

»Irgendwelche Hinweise auf die Kommandozentrale?« fragte Giordino.

»Das Drachenzentrum?«

»So nennen die das also?«

»Die haben eine Bezeichnung für alles und jeden«, grinste Kern. »Nichts Handfestes. Hanamuras letztem Bericht zufolge war er auf einer Spur, die irgend etwas mit einem Gemälde zu tun hatte.«

Die Tür zu einem engen Kommunikationszentrum im Heck des Busses öffnete sich, ein Mann trat heraus und reichte Kern drei Blatt Papier.

Er überflog das Geschriebene, und seine Miene wurde ernst. Schließlich, als er am Ende der dritten Seite angekommen war, fuhr er erschüttert mit den Fingerknöcheln über die Armlehne seines Sessels. »Mein Gott.«

Sandecker beugte sich zu ihm hinüber. »Was ist los?«

»Ein Lagebericht von Mel Penner auf Palau. Marvin Showalter wurde auf dem Weg zur Botschaft entführt. Ein amerikanisches Touristenehepaar hat gemeldet, es habe beobachtet, wie zwei Japaner sich Zugang zu Showalters Wagen verschafften, als dieser wegen eines liegengebliebenen Lastwagens einen Häuserblock von der Botschaft entfernt anhalten mußte. Der Mann und seine Frau haben ihre Beobachtung den Beamten in der Botschaft rein zufällig gemeldet, weil sie die US-Nummernschilder gesehen hatten und ihnen das Erstaunen des Fahrers auffiel, als die Eindringlinge in den Wagen stiegen. Mehr konnten sie nicht sehen, weil ein Omnibus vor ihnen hielt und ihnen die Sicht nahm. Als sie die Straße wieder überblicken konnten, war Showalters Wagen im Verkehr verschwunden.«

»Weiter.«

»Jim Hanamura hat sich nicht rechtzeitig gemeldet. In seinem letzten Bericht an Penner hat Jim gemeldet, er hätte die Bestätigung, daß die Waffenfabrik sich hundertfünfzig Meter unter der Erdoberfläche befindet. Die Hauptfertigungsanlage ist durch eine Elektrobahn mit der Stadt Edo, die vier Kilometer weiter nördlich liegt, verbunden und führt durch eine Reihe von Tunnels zu Arsenalen, einer unterirdischen Mülldeponie und den Konstruktionsbüros.«

»Gibt's noch weitere Informationen?« fragte Sandecker weiter.

»Hanamura hat noch berichtet, er verfolge eine vielversprechende Spur, die ihn zum Drachenzentrum führen könnte. Das war alles.«

»Was gibt's Neues von Roy Orita?« erkundigte sich Pitt.

»Er wird nur kurz erwähnt.«

»Ist er auch verschwunden?«

»Nein, das sagt Penner nicht. Er berichtet nur, daß Orita darauf besteht, so lange nicht aktiv zu werden, bis wir klarsehen.«

»Ich würde sagen, die Gäste haben unsere Mannschaft drei zu eins besiegt«, erklärte Pitt gelassen. »Sie haben zwei unserer Männer geschnappt und die Teams Honda und Cadillac außer Gefecht gesetzt. Das Schlimmste ist jedoch, daß sie jetzt wissen, hinter was wir her sind und aus welcher Richtung wir angreifen.«

»Suma hält sämtliche hohen Karten im Spiel«, gab Kern zu. »Besser, ich informiere sofort Mr. Jordan, damit er den Präsidenten warnen kann.«

Pitt lehnte über der Rückenlehne eines Stuhls und musterte Kern kühl. »Warum wollen Sie sich diese Mühe machen?«

»Wie bitte?«

»Ich kann keinen Grund sehen, in Panik zu geraten.«

»Der Präsident muß gewarnt werden. Wir sehen uns nicht nur einer atomaren Bedrohung gegenüber, sondern im Falle Diaz und Smith auch einer politischen Erpressung. Suma kann jeden Moment die Axt fallen lassen.«

»Nein, das wird er nicht. Jedenfalls jetzt noch nicht.«

»Woher wollen Sie das wissen?« fragte Kern.

»Irgend etwas hindert Suma. Er hat diese Autoflotte mit den Bomben gut versteckt. Er braucht nur einen Wagen in die Straßen von Manhattan oder Los Angeles zu fahren, um dem Weißen Haus und der amerikanischen Öffentlichkeit einen Heidenschrecken einzujagen. Er hat die Regierung buchstäblich im Sack. Doch was tut er? Er spielt den Kidnapper. Nein, tut mir leid. Irgend etwas läuft da nicht so, wie es sollte. Suma ist noch nicht bereit. Er hält sich zurück.«

»Ich glaube, da hat Dirk recht«, nickte Mancuso. »Es wäre doch möglich, daß Sumas Agenten die Autobomben in Position gebracht haben, bevor das Kommandozentrum fertig ist.«

»Das würde passen«, stimmte Sandecker zu. »Es könnte sein, daß wir noch die Zeit hätten, ein weiteres Team loszuschicken, es zu finden und zu zerstören.«

»Im Moment hängt alles von Hanamura ab«, zögerte Kern. »Wir können nur hoffen, daß er das Drachen-Zentrum entdeckt hat. Doch wir müssen ebenfalls der Möglichkeit ins Auge sehen, daß er entweder tot ist oder von Sumas Sicherheitskräften gefaßt wurde.«

Sie schwiegen, während die Landschaft Virginias an den Fenstern des Busses vorbeirollte. Die Blätter der Bäume schimmerten golden im Licht der untergehenden Sonne. Nur wenige Menschen, die die Straße entlanggingen, schenkten dem vorbeifahrenden Bus ihre Aufmerksamkeit. Wenn überhaupt jemand das ›Besetzt‹-Zeichen oben an der Windschutzscheibe auf der Fahrerseite gesehen hätte, hätte er gedacht, es handle sich einfach um eine Touristengruppe, die dabei war, die Schlachtfelder des Bürgerkriegs zu besichtigen.

Zuletzt sprach Sandecker den Gedanken aus, der sie alle bewegte: »Wenn wir bloß wüßten, welchem Hinweis Hanamura gefolgt ist.«

32 Jim Hanamura, der sich auf der anderen Seite des Erdballs befand, hätte in diesem Moment liebend gern seine neue Corvette und seine hervorragende Stereoanlage, die in seiner Junggesellenbude von Redondo Beach stand, hergegeben, wenn er mit einem der Männer im Bus in Virginia den Platz hätte tauschen können.

Kalter Regen durchtränkte seine Kleider und drang bis auf die Haut durch, während er schlammverschmiert und von faulen Blättern bedeckt in einem Graben lag. Die Polizei und die uniformierten Wachmannschaften, die ihn jagten, hatten die Gegend durchkämmt und waren zehn Minuten zuvor weitergezogen. Doch er lag immer noch im Schlamm, versuchte sich auszuruhen und einen Plan zu schmieden. Mühsam rollte er sich über seinen unverletzten Ellenbogen ab, hob den Kopf und sah zur Straße hinüber. Das einzige Lebenszeichen kam von einem Mann in der Garage eines Häuschens, dessen Kopf unter der Haube eines kleinen Lieferwagens steckte.

Hanamura ließ sich in den Graben zurückfallen und wurde zum dritten Mal, seit er bei seiner Flucht aus der Stadt Edo angeschossen worden war, ohnmächtig. Als er wieder zu sich kam, überlegte er, wie lange er wohl ohnmächtig dagelegen haben mochte. Er hob sein rechtes Handgelenk, doch die Uhr war stehengeblieben, war zersprungen, beim Unfall mit dem Wagen. Sehr lange konnte es nicht gedauert haben, denn der Fahrer des Lieferwagens arbeitete immer noch am Motor.

Die drei Kugeln aus den Automatikgewehren der Wachen hatten ihn am linken Arm und an der Schulter getroffen. Es war ein dummer Zufall gewesen, eine jener überaus seltenen, unvorhergesehenen Gelegenheiten, bei denen ein Agent einmal auf dem falschen Fuß erwischt wurde.

Sein Plan war äußerst genau gewesen, und er hatte ihn exakt ausgeführt. Er hatte den Ausweis von einem der Chefingenieure Sumas, einem gewissen Jiro Miyaza gefälscht, der Hanamura im Gesicht und von der Figur her ziemlich ähnelte.

In die Stadt Edo hineinzugelangen und die Sperren vor den Konstruktions- und Entwicklungsbüros zu passieren, war kinderleicht gewesen. Keine der Wachen hegte den leisesten Verdacht einem Mann gegenüber, der nach einigen Stunden in sein Büro zurückkehrte, um noch bis weit nach Mitternacht zu arbeiten. Die Japaner waren es gewohnt, lange zu arbeiten, die allerwenigsten ließen es bei acht Stunden bewenden.

Die Überprüfung war allerdings immer noch strenger gewesen als etwa beim Pentagon in Washington. Die Wachen nickten Hanamura zu und beobachteten, wie er seinen Ausweis in den Computerschlitz des Identifizierungssystems schob. Das richtige Summen ertönte, das Licht einer Videokamera leuchtete grün auf, und die Wachen winkten ihn durch. Sie waren sicher, daß Hanamura die Berechtigung hatte, diesen Teil des Gebäudes zu betreten. Bei so vielen Menschen, die hier ein- und ausgingen, konnten sie sich nicht daran erinnern, daß der Mann, der Hanamura vorgab zu sein, erst ein paar Minuten zuvor gegangen war.

Hanamura durchsuchte anderthalb Stunden lang drei Büros, bis er fündig wurde. Hinten in der Schublade eines Zeichentischs stieß er auf eine Rolle, die Rohskizzen geheimer Einrichtungen enthielt. Die Zeichnungen hätten längst vernichtet sein müssen. Er konnte nur von der Annahme ausgehen, daß man vergessen hatte, sie in den Reißwolf zu stecken. Er nahm sich Zeit, kopierte die Zeichnungen, steckte sie in einen Umschlag und verstaute die Originale wieder an der gleichen Stelle, an der er sie gefunden hatte. Den Umschlag faltete er zusammen und befestigte ihn mit einem Klebeband an einem seiner Unterschenkel.

Sobald er auf dem Weg nach draußen an den Wachen vorbei war, glaubte Hanamura, ihm könne nichts mehr passieren. Er ging hinaus in das weitläufige Atrium und wartete auf einen Aufzug zum Fußgängertunnel, von dem aus man das Parkdeck erreichte, auf dem er seinen Wagen abgestellt hatte. In der Kabine drängten sich auf engstem Raum zwanzig Menschen zusammen, und Hanamura hatte das Pech, in der ersten Reihe zu stehen. Als sich die Türen auf seinem Parkdeck öffneten, glaubte er seinen Augen nicht zu trauen.

Aus dem benachbarten Aufzug stieg eben der Ingenieur, dessen Identität Hanamura sich ausgeborgt hatte. Er, seine Frau und zwei Kinder waren auf dem Weg zum selben Parkdeck, um mit dem Auto noch einmal auszufahren. Miyazas Augen wanderten sofort zu dem Ausweis, der mit einem Klip an Hanamuras Tasche befestigt war.

Einen Augenblick lang starrte er fassungslos darauf, dann riß er die Augen auf und blickte Hanamura ungläubig an.

»Was machen Sie mit meinem Ausweis?« fragte er ungehalten.

»Innere Sicherheit«, erwiderte Hanamura kühl und autoritär. »Wir überprüfen die Sicherheitsbereiche, um zu sehen, ob die Wachen aufpassen und uns aufgreifen. Mir wurden rein zufällig Ihr Name und Ihre Identifikationsnummer zugeteilt.«

»Mein Bruder ist Leiter der Sicherheitsabteilung. Von einer derartigen Inspektion hat er mir nichts erzählt.«

»Wir machen dafür nicht gerade Reklame«, erklärte Hanamura und warf Miyaza einen scharfen Blick zu. Aber der Mann ließ sich nicht einschüchtern.

Hanamura versuchte sich an Miyaza vorbeizudrängen, doch der Ingenieur hielt ihn am Arm fest.

»Warten Sie! Ich will das überprüfen.«

Hanamuras blitzschnelle Bewegung war kaum zu sehen. Er rammte seine Handfläche gegen Miyazas Brust und brach ihm dabei das Brustbein. Der Ingenieur rang nach Luft, griff sich mit beiden Händen an die Brust und brach zusammen. Hanamura schob ihn beiseite und ging ruhigen Schritts auf seinen Wagen zu, den er rückwärts eingeparkt hatte. Schnell öffnete er die Tür des Murmoto V-6 Vans, die er nicht abgeschlossen hatte, glitt hinter das Lenkrad und drehte den Zündschlüssel um. Bei der zweiten Umdrehung sprang der Motor an. Er schob den Wahlhebel der Automatik auf ›Drive‹ und fuhr auf die Rampe zu, die zur Ausfahrt ins Stockwerk darüber führte.

Er hätte es schaffen können, wenn Miyazas Frau und Kinder nicht fürchterlich geschrien und wild in seine Richtung gezeigt hätten. Ein Wachmann in der Nähe der Sicherheitsabteilung lief auf sie zu und befragte sie. Er konnte zwar kaum etwas von dem verstehen, was sie sagten, aber er war clever genug, über sein Funkgerät die Wachen zu alarmieren, die sofort das Haupttor besetzten.

Nichts lief zu Hanamuras Gunsten. Er war einen Sekundenbruchteil zu spät dran. Ein Wachposten trat aus der Pförtnerloge und hob die Hand, um ihn aufzuhalten. Zwei seiner Kollegen standen zu beiden Seiten des Ausgangstunnels auf Posten und hoben ihre Waffen in Schußposition. Und dann war da noch die massive Eisenstange, die die Auffahrt blockierte.

Hanamura erfaßte die Situation mit geübtem Blick. Es bestand keine Möglichkeit anzuhalten und sich an den Wachen vorbeizubluffen. Er bereitete sich innerlich auf den Aufprall vor, drückte den Fuß aufs Gaspedal und schob sich so tief er konnte in seinen Sitz. Mit einem Teil der hochgezogenen Stoßstange des Vans knallte er gegen die Sperre, die Scheinwerfer wurden in die Kotflügel gedrückt und der Grill gegen den Kühler geschoben.

Der Aufprall war nicht so heftig gewesen, wie Hanamura erwartet hatte; es gab nur ein Knirschen von Metall und Glassplittern, dann ein Kreischen, als der Van die Stahlstange aus ihren Angeln riß, die in einem Betonpfeiler verankert waren. Dann zerbarsten die Fenster in einem Splitterregen, als die Wachen mit ihren Automatikgewehren das Feuer eröffneten. In einer Hinsicht hatte er Glück. Die Wachen zielten hoch, statt den Motor oder den Benzintank zu durchlöchern oder ihm die Reifen in Fetzen zu schießen.

Abrupt hörte die Schießerei auf, als er aus dem Tunnel herauskam und an der Schlange der Autos vorbeiraste, die aus der entgegenkommenden Richtung in die unterirdische Stadt hineinfuhren. Hanamura achtete ebensosehr auf den Rückspiegel wie auf die Straße und den Verkehr vor ihm. Er zweifelte keinen Moment daran, daß Sumas Sicherheitskräfte die Polizei alarmieren würden, damit diese Straßensperren errichtete. Er schaltete den Vierradantrieb seines Murmoto ein, fuhr über den Straßenrand und schoß einen Feldweg entlang, der vom niederprasselnden

Regen vollkommen schlammig war. Erst nachdem er ungefähr zehn Kilometer durch bewaldetes Gebiet gefahren war, wurde er auf den brennenden Schmerz in seiner Schulter aufmerksam und auf das klebrige Rinnsal, das an seiner linken Seite herunterlief. Unter einer großen Pinie hielt er an und untersuchte seine linke Schulter und den linken Arm.

Er war dreimal getroffen worden. Eine Kugel hatte den Bizeps durchschlagen, eine weitere seinen Schulterknochen angekratzt, und die dritte war durchs Fleisch an seiner Schulter gedrungen. Das waren keine tödlichen Verwundungen, doch wenn er sich nicht darum kümmerte, konnten sie ihm sehr zu schaffen machen. Es war aber vor allem der große Blutverlust, der Hanamura Sorgen bereitete. Ihm war schon leicht schwindelig. In dem Versuch, die Blutungen so gut es ging zu stoppen, zerriß er sein Hemd und verband sich.

Schock und Schmerz wichen langsam einem Gefühl der Taubheit; ein Schleier legte sich wie Nebel über sein Gehirn. Die Botschaft lag hundertsechzig Kilometer weit entfernt, mitten in Tokio. Niemals würde er es schaffen, durch die zahllosen Straßen zu kommen, ohne von einem Polizisten angehalten zu werden, den der von Kugeln durchsiebte Van mißtrauisch machte. Außerdem würde er ganz sicher Sumas bewaffneten Wachen in die Hände laufen, die bestimmt jede größere Straße, die in Richtung Stadt führte, blockierten. Er überlegte kurz, ob er bis zum getarnten Gasthaus des MAIT-Teams fahren könnte, doch Asakusa lag ganz im Nordosten Tokios und die Stadt Edo weit davon entfernt im Westen.

Er blickte durch die zerschmetterte Windschutzscheibe zum Himmel empor. Die niedrigen Wolken würden eine Jagd aus der Luft mit Hubschraubern vereiteln. Das war ein Vorteil. Hanamura beschloß, sich auf den Vierradantrieb des zerbeulten Murmoto zu verlassen, um querfeldein und über Nebenstraßen zu fahren, den Wagen dann stehenzulassen und wenn möglich ein Auto zu stehlen.

Hanamura fuhr weiter durch den Regen, umfuhr Bäche und Reisfelder und hielt dabei auf die Stadt zu, deren Lichterglanz sich blaß am bewölkten Himmel abzeichnete. Je näher er der Metropole kam, desto dichter besiedelt war die Gegend. Das offene Land endete beinahe abrupt, und die kleinen Landstraßen verbreiterten sich zu belebten Schnellstraßen und Autobahnen.

Der Murmoto gab langsam den Geist auf. Der Kühler war bei dem Aufprall gegen die Absperrung beschädigt worden, und Wasserdampf drang in immer dichteren Wolken unter der Motorhaube hervor. Er warf einen Blick auf das Armaturenbrett. Die Nadel der Wassertemperaturanzeige bewegte sich zitternd auf den roten Bereich zu. Es war an der Zeit, einen anderen Wagen aufzutreiben.

Dann wurde er vom Blutverlust ohnmächtig und brach über dem Lenkrad zusammen.

Der Murmoto kam von der Straße ab und rammte mehrere geparkte Wagen, bevor er die dünne Holzwand eines Hauses durchbrach. Der Ruck brachte ihn wieder zu Bewußtsein, und dumpf sah er sich auf einem kleinen Hof um, den der Murmoto verwüstet hatte. Er war froh, daß die Bewohner nicht zu Hause waren und daß er offenbar die Wohnräume verfehlt hatte.

Ein Scheinwerfer funktionierte noch und tauchte ein Tor auf der Hinterseite des Hofes in helles Licht. Hanamura stolperte durch das Tor und hatte gerade die Allee hinter dem Haus erreicht, als hinter ihm die Schreie aufgeschreckter Nachbarn ertönten. Zehn Minuten später, nachdem er stolpernd einen kleinen Park durchquert hatte, fiel er erschöpft zu Boden und versteckte sich in einem sumpfigen Graben.

Hier blieb er liegen und lauschte dem Klang der Sirenen, die auf seinen kaputten Van zurasten. Einmal, als er sich stark genug fühlte, wollte er weiter in eines der Wohngebiete Tokios vordringen, doch dann sah er ein Fahrzeug des Sicherheitsdienstes langsam die Straße auf- und abfahren und Suchscheinwerfer auf den Park und die ihn umgebenden, engen Straßen richten. Erneut verlor er das Bewußtsein.

Als er wieder zu sich kam, wurde ihm endgültig bewußt, daß er zu schwach war, einen Wagen zu stehlen und weiterzufahren. Langsam, steif und mit vor Schmerz zusammengebissenen Zähnen überquerte er schwankend die Straße und näherte sich dem Mann, der am Motor seines Lastwagens arbeitete.

»Könnten Sie mir bitte helfen?« bat Hanamura schwach.

Der Mann wandte sich um und starrte den verletzten Fremden, der so plötzlich vor ihm aufgetaucht war, dümmlich an. »Sie sind verletzt«, stellte er fest. »Sie bluten.«

»Ich hatte einen Unfall weiter oben auf der Straße und brauche Hilfe.«

Der Mann schlang einen Arm um Hanamuras Hüfte. »Ich bringe Sie ins Haus, und meine Frau kann sich um Sie kümmern, während ich einen Krankenwagen rufe.«

Hanamura machte sich los. »Bitte machen Sie sich keine Mühe. Mir geht's schon besser.«

»Dann sollten Sie sich direkt in ein Krankenhaus begeben«, empfahl der Mann ernst. »Ich werde Sie fahren.«

»Nein, bitte«, wich Hanamura aus. »Aber ich wäre Ihnen außerordentlich dankbar, wenn Sie für mich ein Paket in die amerikanische Botschaft bringen würden. Es ist äußerst dringend. Ich bin Kurier und war auf dem Weg von der Stadt Edo zur Botschaft, als mein Wagen ins Schleudern geriet und von der Straße abkam.«

Der Mann sah verwirrt zu, wie Hanamura etwas in Englisch auf der Rückseite des Briefumschlags notierte und ihm diesen dann reichte. »Sie wollen, daß ich dies hier zur amerikanischen Botschaft bringe, anstatt Sie zum Krankenhaus zu fahren?«

»Ja. Ich muß zur Unfallstelle zurück. Die Polizei wird sich um einen Krankenwagen kümmern.«

Nichts von alledem ergab für den anderen einen Sinn, doch er akzeptierte die Bitte widerspruchslos. »Nach wem frage ich in der Botschaft?«

»Nach einem Mr. Showalter.« Hanamura zog seine Brieftasche hervor und gab dem Fahrer einen dicken Packen Yen-Noten. »Für alle Fälle. Kennen Sie den Weg?«

Angesichts dieses unerwarteten Gewinns hellte sich die Miene des

Fahrers auf. »Ja. Die Botschaft befindet sich in Nähe der Kreuzung der Autobahnen Nummer drei und Nummer vier.«

»Wie bald können Sie losfahren?«

»Ich bin gerade mit der Reparatur des Verteilers fertig. In wenigen Minuten kann ich los.«

»Gut.« Hanamura verbeugte sich. »Vielen Dank. Sagen Sie Mr. Showalter, er solle beim Empfang des Briefumschlags den Betrag, den Sie von mir bekommen haben, verdoppeln.« Dann drehte sich Hanamura um und lief schwankend hinaus in den Regen und die Dunkelheit der Nacht.

Er hätte mit dem Fahrer zur Botschaft fahren können, doch er wollte nicht riskieren, ohnmächtig zu werden oder gar zu sterben. In beiden Fällen hätte der Fahrer womöglich in Panik geraten, zum nächstgelegenen Krankenhaus fahren oder einen Polizisten anhalten können. Dann wären die wertvollen Zeichnungen wahrscheinlich konfisziert und zu Sumas Hauptquartier zurückgebracht worden. Besser, er vertraute auf sein Glück und die Zuverlässigkeit des Lieferwagenfahrers, während er seine Jäger auf eine andere Fährte lenkte.

Hanamura, nur noch von einem Rest Mut und Willenskraft angetrieben, marschierte fast einen Kilometer weit, bevor ein Panzerwagen aus der Dunkelheit des Parks rollte, in die Straße einbog und hinter ihm herfuhr. Hanamura war zu erschöpft, um zu fliehen. Er sank neben einem geparkten Auto in die Knie und kramte in seiner Jacke nach der Todespille. Seine Finger hatten sich gerade um die Giftkapsel geschlossen, als der Panzerwagen mit militärischer Beschriftung anhielt. Das Licht seiner Scheinwerfer warf Hanamuras Schatten gegen die Wand eines Lagerhauses, das sich wenige Meter hinter ihm befand.

Eine schemenhafte Gestalt stieg aus dem Fahrzeug aus und kam auf ihn zu. Seltsamerweise trug der Mann einen eigenartig geschnittenen Lederüberwurf, der wie ein Kimono geschnitten war, und das *Katana*-Schwert eines Samurai, dessen polierte Klinge im Scheinwerferlicht glitzerte. Als er sich umwandte, so daß man sein Gesicht im Licht der

Scheinwerfer erkennen konnte, blickte er auf Hanamura hinab und sagte mit arroganter Stimme:

»Na, da haben wir ja den berühmten Kunsthändler Ashikaga Enshu. Ohne Perücke und falschen Bart hätte ich Sie kaum erkannt.«

Hanamura blickte auf und sah in das Schlangengesicht von Moro Kamatori. »Na«, erwiderte er, »wenn das nicht Hideki Sumas Wasserträger ist.«

»Wasserträger?«

»Höfling, na Sie wissen schon, Arschkriecher, Speichellecker.«

Kamatoris Miene verzog sich, und zornig entblößte er die schimmernden Zähne. »Was haben Sie in Edo gefunden?« wollte er wissen.

Hanamura beantwortete Kamatoris Frage nicht. Sein Atem ging heftig, und die Lippen zu einem verächtlichen Grinsen verzogen, schob er sich plötzlich die Todespille in den Mund und zerbiß sie mit den Backenzähnen, damit die Flüssigkeit austreten konnte. Das Gift wurde von den Schleimhäuten sofort absorbiert. In dreißig Sekunden würde sein Herz stehenbleiben.

»Wiedersehen, du Arschloch«, murmelte er.

Kamatori hatte nur einen winzigen Augenblick, um zu reagieren, doch er hob das Schwert, packte den langen Griff mit beiden Händen und schwang es mit aller Kraft in weitem Bogen durch die Luft. In Hanamuras Augen standen einen Moment lang Schock und Unglauben, bevor sich der Schleier des Todes über sie senkte.

Kamatori blieb noch die letzte Befriedigung, zu sehen, wie sein Schwert den Wettlauf gegen das Gift gewann und die Klinge so sauber wie eine Guillotine Hanamuras Kopf von den Schultern trennte.

33

Die kaffeebraunen Murmotos standen in einer Reihe hinter der Rampe geparkt, die zum höhlenartigen Innern des großen Sattelschleppers hinaufführte. George Furukawa war erleichtert, daß es sich bei diesen vier Wagen um die letzte Lieferung handelte. Die Frachtpapiere, die er wie gewöhnlich unter dem Vordersitz seines Sportwagens vorgefunden hatte, enthielten ein kurzes Memo, das ihn davon in Kenntnis setzte, daß seine Aufgabe bei diesem Projekt hiermit erfüllt sei.

Zugleich hatte er die neue Instruktion erhalten, die Wagen daraufhin zu überprüfen, ob Sender angebracht worden waren, um die Bestimmungsorte herauszufinden. Eine Erklärung war nicht gegeben worden, doch er schloß daraus, daß Hideki Suma sich auf einmal Sorgen machte, dieser letzten Lieferung könnten irgendwelche Leute auf der Spur sein. Die Vorstellung, es könne sich dabei um Ermittlungsbeamte der Bundesbehörden handeln, versetzte Furukawa in große Unruhe. Er ging mit einem elektronischen Gerät, das Funkwellen zu entdecken vermochte, schnell um die Wagen herum und achtete dabei genau auf die Digitalanzeige.

Nachdem er sich davon überzeugt hatte, daß die häßlich braun lackierten Sportwagen sauber waren, gab er Fahrer und Beifahrer einen Wink. Wortlos verbeugten sie sich leicht und fuhren einen Wagen nach dem anderen über die Rampe in den Anhänger.

Furukawa drehte sich um und ging auf sein Auto zu. Er freute sich, daß er die Aufgabe, die seiner Meinung nach unter der Würde eines Vizepräsidenten der Samuel J. Vincent Laboratorien war, erfüllt hatte. Die hübsche Summe, die Suma ihm für seine Bemühungen und seine Loyalität bereits gezahlt hatte, würde er in japanischen Unternehmen anlegen, die dabei waren, Niederlassungen in Kalifornien zu gründen.

Er fuhr zum Tor und reichte dem Wächter Kopien der Frachtpapiere. Dann fädelte er sich mit seinem schnittigen Murmoto-Sportwagen in den dichten Lastwagenverkehr ein, der in der Gegend der Docks herrschte, und fuhr zu seinem Büro. Diesmal war er nicht neugierig. Er warf keinen Blick zurück. Sein Interesse am geheimen Bestimmungsort des Autotransporters war erloschen.

Stacy zog den Reißverschluß ihrer Windjacke bis zum Kragen hoch. Die Seitentür des Helikopters war ausgehängt worden, und die kühle Luft vom Ozean pfiff in die Kabine. Das lange, blonde Haar peitschte ihr ums Gesicht, und sie band es mit einer kurzen Lederschnur nach hinten. Auf ihrem Schoß hatte sie eine Videokamera, die sie jetzt anhob und einstellte. Dann drehte sie sich, soweit die Sitzgurte es ihr erlaubten, seitwärts und visierte durch das Teleobjektiv das Heck des Murmoto-Sportwagens an, der gerade das Gebiet der Docks verließ.

»Haben Sie die Wagennummer erwischt?« erkundigte sich der blonde Pilot, während er den Hubschrauber auf Horizontalflug hielt.

»Ja, scharf und deutlich. Danke.«

»Ich kann ein bißchen näher rangehen, wenn Sie möchten.«

»Halten Sie Abstand«, sagte Stacy in das Helmmikrofon hinein, während sie durch den Sucher der Kamera blickte. Sie ließ den Auslöser los und setzte die Kamera wieder auf ihrem Schoß ab. »Die müssen gewarnt worden sein, daß ihnen jemand auf der Spur ist, sonst hätten sie die Wagen nicht nach Peilsendern abgesucht.«

»Da hat der alte Weatherhill aber Glück gehabt, daß er nicht gerade gesendet hat.«

Stacy fröstelte bereits, wenn sie Bill McCurry nur ansah. Er trug abgeschnittene Jeans, ein bedrucktes T-Shirt mit der Reklame eines mexikanischen Biers und an den Füßen Sandalen. Als sie einander an diesem Morgen vorgestellt worden waren, hatte Stacy in ihm eher einen Rettungsschwimmer vermutet als einen der Topermittler des Nationalen Sicherheitsdienstes.

McCurrys langes Haar war sonnengebleicht und er selbst von der Sonne Südkaliforniens tiefbraun gebrannt. Seine hellblauen Augen waren hinter einer Sonnenbrille mit rotem Plastikgestell versteckt.

»Der Lastzug biegt auf den Harbour Freeway ab«, sagte Stacy. »Lassen Sie sich zurückfallen, so daß der Fahrer uns nicht mehr sieht. Wir folgen dann Timothys Peilsender.«

»Eigentlich wäre mehr Unterstützung notwendig«, erklärte McCurry ernst. »Ohne ein Team, das den Lastzug auf der Straße verfolgt, und einen zweiten Hubschrauber, der uns im Falle von Motorproblemen ersetzen könnte, könnten wir unser Wild leicht verlieren und Weatherhill in Gefahr bringen.«

Stacy schüttelte den Kopf. »Timothy weiß Bescheid. Sie nicht. Ich gebe Ihnen mein Wort drauf: Wir können keine Straßenfahrzeuge verwenden und auch nicht mehrere Hubschrauber. Die Typen im Lastzug wurden gewarnt und achten auf eine eventuelle Beschattung.«

Plötzlich drang Weatherhills Texasslang durch die Kopfhörer: »Seid ihr da oben, Team Buick?«

»Wir hören Sie, Tim«, antwortete McCurry.

»Können wir senden?«

»Die Bösewichte haben die Wagen überprüft«, erwiderte Stacy, »aber Sie können jetzt senden.«

»Haben Sie Sichtkontakt?«

»Zeitweise, aber wir fallen jetzt ein paar Kilometer ab, damit wir aus dem Fahrerhaus nicht mehr gesehen werden können.«

»Verstanden.«

»Vergessen Sie nicht, auf der festgelegten Frequenz weiterzusenden.«

»Ja, Mama«, erwiderte Weatherhill gutgelaunt. »Ich verlasse die Kiste jetzt und mache mich an die Arbeit.«

»Bleiben Sie in Verbindung.«

»Verstanden. Würde mir nicht im Traum einfallen, Sie im Stich zu lassen.«

Weatherhill entfernte die falsche Verkleidung unterhalb des Rücksitzes, schlängelte sich aus seinem Versteck heraus und kroch in den Kofferraum des Murmoto, der als drittes Auto in den Anhänger geladen worden war. Er öffnete das Kofferraumschloß von innen und schob die Heckklappe nach oben. Dann kletterte er hinaus, stand auf und streckte die schmerzenden Glieder.

Nachdem Männer einer Spezialabteilung des Zolls dabei geholfen hatten, ihn zu verstecken, hatte Weatherhill fast vier Stunden zusammengekauert darin verbracht, bevor Furukawa und der Sattelschlepper aufgetaucht waren. Die Sonne, die auf das Dach brannte, und der Mangel an Luft – die Fenster konnten nicht mal einen Spalt weit geöffnet werden, um den Verdacht der Fahrer nicht zu wecken – hatten ihm schnell den Schweiß aus den Poren getrieben. Er hätte nie gedacht, daß ihm vom Geruch eines neuen Wagens einmal so übel werden würde.

Es war dunkel im Anhänger. Er nahm eine Taschenlampe aus der Tasche, die am Gürtel seines Automechanikeroveralls hing, und richtete sie auf die im Anhänger verstauten Wagen. Die vier Wagen standen auf Rampen jeweils paarweise übereinander.

Da der Sattelschlepper über den schnurgeraden Freeway durch Kalifornien fuhr, war die Fahrt ruhig. Weatherhill beschloß, zunächst die Murmotos auf der oberen Rampe zu untersuchen. Er kletterte hinauf und öffnete leise die Motorhaube des Wagens, der dem Fahrerhaus des Lastzugs am nächsten stand. Dann zog er einen kleinen Geigerzähler aus der Tasche und beobachtete die Anzeige, während er das Gerät um den Kompressor der Klimaanlage herumbewegte.

Die Zahlen notierte er sich auf dem Handrücken. Danach legte er ein paar kleine Werkzeuge auf dem Kotflügel zurecht. Er hielt in seiner Tätigkeit inne und meldete sich über Funk.

»Hallo, Team Buick.«

»Bitte kommen«, antwortete Stacy.

»Beginne mit Überprüfung.«

»Passen Sie auf und durchtrennen Sie keine Arterie.«

»Keine Angst.«

»Bleiben auf Sendung.«

Innerhalb von fünfzehn Minuten hatte Weatherhill das Kompressorgehäuse auseinandergebaut und die Bombe entschärft. Er war ein bißchen enttäuscht. Die Konstruktion war keineswegs so raffiniert, wie er erwartet hatte. Sie war nicht schlecht, doch er selber hätte einen wirkungsvolleren Sprengsatz entwerfen und bauen können.

Weatherhill hielt inne, als er das Quietschen der Luftdruckbremsen hörte und merkte, wie der Sattelschlepper langsamer wurde. Doch der Fahrer nahm offenbar nur eine Abfahrt auf einen anderen Freeway und beschleunigte wieder. Er baute den Kompressor wieder zusammen und ging zum nächsten Wagen weiter.

»Hören Sie mich noch?« fragte er.

»Wir hören Sie noch«, antwortete Stacy.

»Wo befinden wir uns?«

»Sie passieren gerade West Covina und fahren in Richtung San Bernardino.«

»Bin mit dem ersten Wagen fertig. Bleiben noch drei.«

»Viel Glück.«

Eine Stunde später schloß Weatherhill die Motorhaube des vierten und letzten Autos. Erleichtert seufzte er auf. Alle Bomben waren entschärft. Keine von ihnen würde auf ein Funksignal aus Japan hin hochgehen. Der Schweiß rann ihm übers Gesicht, und er vermutete, daß der Sattelschlepper östlich von San Bernardino auf die Wüste zufuhr.

»Ich habe sämtliche Guthaben vom Konto abgehoben und damit alle Bankgeschäfte erledigt«, funkte er. »An welcher Haltestelle soll ich aussteigen?«

»Einen Moment, ich überprüfe den Fahrplan«, gab Stacy zurück. Wenige Augenblicke später meldete sie sich wieder. »Vor Indio gibt es eine Kontrollwaage. Der Fahrer muß dort zur Inspektion halten. Sollten die beiden Männer aus irgendeinem Grund abbiegen, dann lassen wir den Lastzug von einem Polizeiwagen anhalten. Ansonsten müßten Sie innerhalb der nächsten fünfundvierzig oder fünfzig Minuten an der Wiegestation ankommen.«

»Bis dann«, sagte Weatherhill.

»Gute Reise.«

Nun, da der schwierige Teil der Operation vorbei war, entspannte sich Weatherhill und langweilte sich, weil es für ihn so gut wie nichts mehr zu tun gab. Jetzt mußte er nur noch durch die Belüftungsklappe im Dach kriechen und abspringen, wobei er sich außerhalb des Blickwinkels der Rückspiegel halten mußte.

Er öffnete das Handschuhfach und zog das Paket hervor, das Garantieunterlagen und Bedienungsanleitung enthielt. Dann schaltete er die Innenbeleuchtung ein und fing an, die Bedienungsanleitung durchzulesen. Obwohl er Atomphysiker war, faszinierte ihn die Elektronik. Er schlug die Seite mit den Schaltplänen des Murmoto auf, um sich die Art der Verkabelung anzusehen.

Doch die entsprechende Seite im Handbuch zeigte keinen Schaltplan. Statt dessen fand er dort eine Karte mit Instruktionen, zu welchen Zielen die Wagen gefahren werden und wo sie detonieren sollten.

Sumas Strategie stand Weatherhill plötzlich sonnenklar vor Augen. Es war kaum zu fassen. Die Autobomben waren nicht einfach nur Teil einer latenten Bedrohung, um die ökonomischen Expansionspläne Japans abzusichern. Die grausame Wahrheit lautete vielmehr:

Die Bomben sollten benutzt werden.

34

Mindestens zehn Jahre waren verstrichen, seit Raymond Jordan das letzte Mal irgendwo eingebrochen war; ganz sicher hatte er das nicht mehr getan, seit er im Geheimdienst aufgestiegen war. Aus einer Laune heraus entschloß er sich, auszuprobieren, ob er es noch konnte.

Er schob eine kleine Computersonde in die Verdrahtung von Pitts Sicherheitssystem. Dann drückte er auf einen Knopf und gab die Kombination in die Sonde ein. Das Alarmsystem entschlüsselte den Code und zeigte ihn auf einem LCD-Display an. Souverän und lässig gab Jordan die entsprechende Ziffernkombination ein, die die Alarmanlage ausschaltete, knackte das Türschloß und trat lautlos ein.

Er entdeckte Pitt, der mit dem Rücken zu ihm vor einem türkisfarbenen Stutz kniete, auf der gegenüberliegenden Seite des Hangars. Pitt schien sich ganz und gar darauf zu konzentrieren, einen Scheinwerfer zu reparieren.

Unbeobachtet stand Jordan da und sah sich die Sammlung an. Er war verblüfft, als er den Wert überschlug. Er hatte Sandecker zwar davon erzählen hören, doch dessen Ausführungen hatten dieser Sammlung keine Gerechtigkeit widerfahren lassen. Leise ging er an der ersten Reihe Autos entlang, bog um die Ecke und näherte sich Pitt von der Seite des Hangars, an der die Wohnung lag. Es war ein Test. Ihn interessierte, wie Pitt auf einen Eindringling reagierte, der plötzlich direkt hinter ihm stand.

Jordan blieb stehen, bevor er die letzten drei Schritte machte, und musterte einen Moment das Auto und Pitt. Der Stutz war an vielen Stellen schlimm zerkratzt und würde eine vollkommen neue Lackierung benötigen. Die Windschutzscheibe war gesprungen, und der linke Scheinwerfer schien nur noch an einer Strippe zu hängen.

Pitt trug eine legere Kordhose und einen Pullover. Sein schwarzes, gewelltes Haar war nachlässig gekämmt. Er wirkte entschlossen; die grünen Augen unter den dichten, schwarzen Brauen schienen alles zu durchdringen, worauf sie sich richteten. Im Augenblick war er offenbar dabei, einen Scheinwerferreflektor in einen Chromring zu schrauben.

Jordan machte gerade einen Schritt nach vorn, als Pitt, ohne sich umzudrehen, plötzlich sagte: »Guten Abend, Mr. Jordan. Schön, daß Sie vorbeikommen.«

Jordan erstarrte, doch Pitt fuhr in seiner Beschäftigung mit der Gleichgültigkeit eines Busfahrers fort, der erwartet, daß seine Fahrgäste den Fahrpreis abgezählt bereithalten.

»Ich hätte klopfen sollen.«

»Nicht nötig. Ich wußte, daß Sie kamen.«

»Sind Sie Hellseher, oder haben Sie Augen im Hinterkopf?«, fragte Jordan und schob sich langsam in Pitts Blickfeld.

Pitt blickte auf und grinste. Dann hob er den alten Spiegel des Scheinwerfers hoch und bewegte ihn so, daß Jordans Bild sich auf der silbernen Oberfläche abzeichnete. »Ich habe Sie auf Ihrem Weg durch den Hangar verfolgt. Der Einbruch war außerordentlich professionell. Schätze, Sie haben kaum zwanzig Sekunden gebraucht.«

»Die zweite Kamera ist mir nicht aufgefallen. Allmählich scheine ich senil zu werden.«

»Auf der anderen Straßenseite. Das kleine Gehäuse oben auf dem Telefonmast. Die meisten Besucher erwarten eine Kamera am Gebäude selbst. Es handelt sich um eine Infrarotkamera, die eine Alarmklingel in Gang setzt, sobald sich jemand an der Tür rumtreibt.«

»Sie haben da ja eine unglaubliche Sammlung«, sagte Jordan anerkennend. Pitt überging diese Bemerkung.

»Bitte kommen Sie mit«, sagte er und deutete zur Treppe hinüber, die zu seinem Apartment hinaufführte. »Ist mir eine Ehre, den Chef selbst empfangen zu dürfen und nicht einen seiner Stellvertreter geschickt zu bekommen.«

Auf der ersten Stufe zögerte Jordan und sagte: »Meiner Ansicht nach bin ich derjenige, der es Ihnen mitteilen muß. Die Kongreßabgeordnete Smith und Senator Diaz wurden außer Landes gebracht.«

Es war totenstill, als Pitt sich langsam umdrehte und ihn ansah. In seinen Augen stand Erleichterung. »Loren ist unverletzt.« Die Worte klangen eher nach einer Forderung als nach einer Frage.

»Wir haben es nicht mit verrückten Terroristen zu tun«, antwortete Jordan. »Die Entführungsoperation war viel zu gut durchorganisiert, als daß es Verletzte oder Tote hätte geben können. Wir haben Grund zu der Annahme, daß sie und Diaz zuvorkommend behandelt werden.«

»Wie konnten die durchs Netz schlüpfen?«

»Unsere Nachrichtendienste vermuten, daß Diaz und sie in einem Privatjet, der einem von Sumas amerikanischen Unternehmen gehört, von Newport News, Virginia, aus fortgeschafft wurden. Bis wir jeden Flug, ob planmäßig oder außerplanmäßig, bei sämtlichen Flughäfen auf einem tausend Quadratkilometer großen Gebiet überprüft und in Erfahrung gebracht hatten, auf wen jedes Flugzeug zugelassen ist, und bis wir schließlich eines davon mit Suma in Verbindung bringen und seinen Kurs über Satellit verfolgen konnten, befand sich die Maschine schon über dem Bering Meer auf dem Weg nach Japan.«

»Zu spät, um die Maschine durch einen Abfangjäger zur Landung auf einer unserer Basen zu zwingen?«

»Viel zu spät. Das Flugzeug wurde von einer Schwadron FSX-Jäger der Verteidigungsstreitkräfte Japans erwartet und eskortiert. Die Jagdflugzeuge wurden in Zusammenarbeit zwischen General Dynamics und Mitsubishi gebaut, darf ich anfügen.«

»Und dann?«

Jordan drehte sich um und blickte zu den schimmernden Autos hinüber. »Haben wir sie verloren«, erklärte er tonlos.

»Nachdem sie gelandet waren?«

»Ja. Auf dem Internationalen Flughafen von Tokio. Es hat wenig Zweck, in die Details zu gehen, weshalb man sie nicht aufgehalten oder wenigstens verfolgt hat. Doch aus Gründen, die nur diesen Kretins drüben im Außenministerium bekannt sind, haben wir keine Agenten in Japan, die sie hätten aufhalten können. Das ist im Augenblick alles, was wir haben.«

»Die besten Geheimdienstleute auf der Welt, und das ist alles, was Sie haben.« Pitt klang plötzlich sehr müde. »Und was ist mit Ihren großartigen Spezialteams in Japan? Wo waren die, als der Jet landete?«

»Nachdem Marvin Showalter und Jim Hanamura ermordet worden sind –«

»Beide Männer umgebracht?« unterbrach Pitt ihn.

»Die Polizei von Tokio hat Hanamuras Leiche enthauptet in einem Straßengraben gefunden. Showalters Kopf, ohne den Körper, wurde vor wenigen Stunden aufgespießt auf dem Zaun vor unserer Botschaft entdeckt. Wir müssen leider vermuten, daß Roy Orita ein Schläfer ist. Der Mann hat uns von Anfang an verraten. Weiß Gott, wieviel Informationen der an Suma weitergegeben hat. Möglicherweise werden wir niemals erfahren, wie groß der Schaden ist.«

Pitts Wut legte sich, als er in Jordans Miene Trauer und Frustration entdeckte. »Tut mir leid, Ray. Ich hatte keine Ahnung, daß die Sache dermaßen schiefgelaufen ist.«

»Noch nie zuvor hat ein MAIT-Team derartige Verluste hinnehmen müssen.«

»Wie sind Sie auf Orita gekommen?«

»Durch ein paar allgemeine Hinweise. Showalter war zu geschickt, als daß man ihn ohne Hilfe aus dem Umfeld hätte erwischen können. Nie ist er bestimmten Gewohnheiten gefolgt oder hat denselben Weg zweimal genommen. Er wurde von jemandem verraten, dem er vertraute und der seine Absichten genau kannte. Und dann war da noch Jim Hanamura: Der hatte, was Orita anging, ein ungutes Gefühl, wenn auch keine stichhaltigen Beweise. Orita hat sich nicht mehr gemeldet und ist offensichtlich untergetaucht. Seit Showalter verschwunden ist, hat er keinen Kontakt mehr zu Mel Penner aufgenommen. Kern vermutet, daß er sich unter Sumas Rockschößen in Edo City versteckt hält.«

»Wie sieht's mit seiner Herkunft aus?«

»Amerikaner der dritten Generation. Sein Vater wurde in Italien mit dem Silver Star ausgezeichnet. Wir haben keinerlei Ahnung, welchen Köder Suma benutzt hat, um ihn zu rekrutieren.«

»Wer war für die Exekution Hanamuras und Showalters verantwortlich?«

»Bis jetzt liegen uns noch keine handfesten Hinweise vor. Das Ganze sieht nach einem Ritualmord aus. Nach Ansicht eines Polizeiarztes wurden ihre Köpfe mit einem Samurai-Schwert abgeschlagen. Es ist bekannt, daß Sumas Hauptgehilfe die alten Kriegskünste schätzt, doch wir können nicht beweisen, daß er dahinter steckt.«

Pitt ließ sich langsam in einen Sessel gleiten. »Ein Verlust, ein böser Verlust.«

»Jim Hanamura ist nicht als Verlierer auf der ganzen Linie angetreten«, erwiderte Jordan mit plötzlicher Verbissenheit. »Er hat uns den einzigen Hinweis zum Kontrollzentrum geliefert, über den wir bislang verfügen.

Pitt blickte gespannt auf. »Sie wissen, wo es liegt?«

»Noch kein Grund zum Feiern, aber wir sind einen Schritt weitergekommen.«

»Welche Information hat Hanamura denn ausgegraben?«

»Jim ist in die Büros von Sumas Architekten eingedrungen und hat etwas gefunden, das so aussieht wie der Rohentwurf eines elektronisch gesteuerten Kontrollzentrums, das in seiner Anlage in etwa dem entspricht, wonach wir suchen. Alles deutet darauf hin, daß es sich unter der Erde befindet und der Zugang dazu ein Tunnel ist.«

»Irgend etwas in bezug auf die Lage?«

»Eine kurze Notiz, die er auf dem Rücken eines Briefumschlags geschrieben hat, der vom Fahrer eines Lieferwagens in der Botschaft abgegeben wurde, ist verschlüsselt und konnte noch nicht eindeutig entziffert werden.«

»Worin bestand die Notiz?«

»Er hat geschrieben: ›Sucht auf Ajima Island‹.«

Pitt zuckte leicht die Achseln. »Also, und wo ist das Problem?«

»Es gibt keine Insel Ajima«, erwiderte Jordan niedergeschlagen.

»Hanamura muß einen triftigen Grund gehabt haben, um trotzdem Ajima als den Ort des Kontrollzentrums anzugeben«, meinte Pitt.

»Er war kunstbegeistert. Seine Vorgehensweise, um in Sumas Büro Wanzen anzubringen, gründete sich auf seine Kenntnis der frühen japanischen Kunst. Wir wußten, Suma sammelte Gemälde, darunter besonders die Werke eines japanischen Künstlers des sechzehnten Jahrhunderts, der eine Serie über kleine Inseln gemalt hat, die der Hauptinsel Honshu vorgelagert sind. Aus diesem Grund habe ich ein Bild fälschen lassen. Das einzige Inselgemälde, das Suma noch nicht besitzt, ist das der Insel Ajima. Das wäre die einzige Verbindung, die ich mir vorstellen könnte.«

»Dann muß Ajima existieren.«

»Da bin ich mir sicher, doch der Name trifft auf keine der bekannten Inseln zu. Weder auf alten noch auf neuen Karten taucht er auf. Ich kann nur davon ausgehen, daß es sich um einen Spitznamen handelt, der dieser Insel von Masaki Shimzu, dem Künstler, gegeben wurde, und der auch in den Kunstkatalogen auftaucht, in denen seine Werke Erwähnung finden.«

»Haben Hanamuras Wanzen irgendeine interessante Unterhaltung aufgefangen?«

»Ein höchst informatives Gespräch zwischen Suma, seinem Henker Kamatori, dem alten Korori Yoshishu und einem Schlitzohr namens Ichiro Tsuboi.«

»Dem Finanzgenie, das sich hinter Kanoya Securities verbirgt. Ich hab' von ihm gehört.«

»Ja, er hat an einer hitzigen Debatte mit dem Senator und der Kongreßabgeordneten teilgenommen, die während der Anhörungen des Untersuchungsausschusses im Capitol stattgefunden hat. Das war ein paar Tage, bevor die beiden entführt wurden.«

»Und Sie behaupten, er steht mit Suma in Verbindung?«

»In einer außerordentlich engen sogar«, erwiderte Jordan. »Jims Wanzen in Sumas Büro verdanken wir die Erkenntnis, daß Tsuboi die Finanzierung für den Bau des Atomwaffenarsenals besorgt hat, die hinter dem Rücken der politischen Führung Japans und ganz sicher hinter dem Rücken des Volkes ablief. Wir haben auf diese Weise auch erstmals erfahren, daß der Codename für die ganze Operation ›Kaiten-Projekt‹ ist.«

Pitt goß eine Tasse alten, abgestandenen Kaffee ein und stellte sie in den Mikrowellenherd. Mit nachdenklich zusammengekniffenen Augen starrte er die Tasse an, die sich auf dem Teller drehte.

Jordan brach das Schweigen. »Ich weiß, was Sie denken, aber ich habe nicht die Leute, um Senator Diaz und Mrs. Smith zu retten und gleichzeitig das Kaiten-Projekt zum Scheitern zu bringen.«

»Ich kann nicht glauben, daß der Präsident die beiden im Stich läßt.«

»Der Präsident hat nicht die Absicht, an die Öffentlichkeit zu gehen und wegen der Entführungen einen Krieg zu riskieren, solange er sich im Nachteil wähnt. Unsere vordringlichste Aufgabe besteht darin, das Kaiten-Projekt zu Fall zu bringen. Erst wenn es uns gelungen ist, wird der Präsident uns seinen Segen geben, alle Mittel einzusetzen, die für die Befreiung von Smith und Diaz notwendig sind.«

»Dann also zurück zu dieser mysteriösen Insel Ajima«, stellte Pitt knapp fest. »Sie sagen, es sei das einzige Gemälde einer Serie, das Suma nicht besitzt?«

»Ja«, erwiderte Jordan. »Nach Hanamuras Worten benahm er sich so, als gäbe er alles darum, es in die Hand zu bekommen.«

»Irgendein Hinweis, wo es sich befinden könnte?«

»Das Bild von Ajima wurde zum letztenmal in der japanischen Botschaft in Berlin, kurz vor der Kapitulation Deutschlands, gesehen. Angeblich wurde es zusammen mit Kunstschätzen, die die Nazis in Italien geplündert hatten, in den letzten Wochen des Krieges vor der vorrückenden russischen Armee mit einem Zug nach Nordwestdeutschland transportiert. Danach ist es spurlos verschwunden.«

»Es gibt also keinen Hinweis darauf, daß es gerettet wurde?«

»Überhaupt keinen.«

»Das ist schade«, meinte Pitt. »Man braucht nur das Gemälde zu finden und den Umriß der Küste, wie sie vom Künstler gemalt wurde, mit einer der Inseln zur Deckung zu bringen, und schon hat man den genauen Ort von Hideki Sumas geheimem Versteck – so geht doch die Gutenachtgeschichte, oder?«

Jordan kniff die Augen zusammen. »Das ist nun mal im Augenblick die aussichtsreichste Spur.«

Pitt war nicht überzeugt. »Spionageflugzeuge und -satelliten müßten die Stelle mit Leichtigkeit entdecken können.«

»Die vier Hauptinseln Japans – Honshu, Kyushu, Hokkaido und Shikoku – sind von fast tausend kleineren Inseln umgeben. Das Finden der richtigen kann da wohl kaum als *leicht* bezeichnet werden.«

»Warum konzentrieren wir uns dann nicht einfach auf jene Inseln, die durch einen Tunnel mit einer der Hauptinseln verbunden werden können?«

»Jetzt halten Sie uns mal nicht für dämlich«, sagte Jordan unwirsch. »Wir haben bereits jede Insel, die mehr als zehn Meilen vor der Küste liegt, gestrichen und uns auf die restlichen konzentriert. Zunächst einmal sind auf den Inseloberflächen keinerlei verdächtige Aktivitäten oder Gebäude zu sehen. Das ist auch nicht ungewöhnlich, wenn wir davon ausgehen, daß sich die gesamte Einrichtung tief unter der Erde verbirgt. Und schließlich bestehen beinahe alle Inseln aus Vulkanfelsen, die unsere Sensoren nicht durchdringen können. Habe ich Ihnen damit Ihre Fragen beantwortet?«

Pitt ließ nicht locker: »Niemand kann einen Tunnel ausheben, ohne Erde und Gestein abtransportieren zu müssen.«

»Genau das ist den Japanern aber offensichtlich gelungen. Eine Analyse unserer Satelliten-Aufnahmen zeigt, daß keinerlei Hinweise auf Tunnelgrabungen an der Küste oder an Straßen, die zu einem Eingang führen, wahrnehmbar sind.«

Pitt zuckte die Schultern und gab auf. »Also sind wir auf ein Gemälde angewiesen, das auf irgendeine Weise den großen Zusammenhang herstellen könnte.«

Jordan beugte sich plötzlich vor und starrte Pitt an. »Und genau in diesem Punkt werden Sie sich Ihr Geld verdienen.«

Pitt glaubte zu wissen, was da auf ihn zukam. »Sie wollen mich nach Japan schicken, damit ich in der Nähe der Inseln tauche, stimmt's?«

»Falsch«, entgegnete Jordan mit einem überlegenen Lächeln, das Pitt überhaupt nicht gefiel. »Sie fahren nach Deutschland und tauchen in einen Bunker der Luftwaffe.«

35

»Die sind dort untergetaucht, und weg waren sie.« Pitt kauerte auf einem Knie und sah an dem halb versunkenen Traktor vorbei ins schwarze, geheimnisvolle Wasser. Er war müde wegen des Zeitunterschieds und hatte auf dem Flug von Washington hierher nur ein paar Stunden geschlafen. Es ärgerte ihn, daß er nicht einmal die Zeit gefunden hatte, im Gasthof des Ortes ein gutes Frühstück zu sich zu nehmen und bis nachmittags zu schlafen, und er erging sich in Selbstmitleid.

»Die Sicherheitsleinen wurden durchtrennt.« Der junge Offizier, der das deutsche Tauchteam leitete, hielt zwei Enden einer Nylonleine hoch. »Wodurch? Wir haben überhaupt keine Ahnung.«

»Die Kommunikationsleitungen auch?« Pitt schlürfte gemächlich eine Tasse Kaffee. Lässig griff er mit einer Hand nach einem kleinen Stein, warf ihn ins Wasser und beobachtete die Ringe, die sich bildeten.

»Die Telefonleitung zu den Tauchern wurde ebenfalls durchtrennt«, gab der Deutsche zu. Er war groß und muskulös. Sein Englisch hatte nur einen leichten Akzent. »Kurz nachdem die beiden Männer in dem kleinen See abgetaucht waren, haben sie einen Unterwassertunnel gefunden, der in Richtung Westen verlief. Dann sind sie neunzig Meter weit geschwommen und haben gemeldet, der Tunnel ende in einer kleinen Kammer mit einer Stahltür. Ein paar Minuten später hingen die Telefonleitung und die Sicherheitsleinen durch. Ich habe ein weiteres Team runtergeschickt, doch auch diese beiden Männer sind verschwunden.«

Pitt drehte sich um und musterte die Männer der Bundesmarine, die angesichts des Verschwindens ihrer Freunde hilflos und gedrückt hinter ihm standen. Sie hatten sich um die Campingtische und Klappstühle der Einsatzleitung versammelt, die von einer Gruppe Polizeitauchern gebildet wurde. Drei Herren in Zivil, von denen Pitt annahm, es handele sich um Regierungsbeamte, befragten die Taucher mit gedämpfter Stimme.

»Wann ist der letzte Mann getaucht?« fragte Pitt.

»Vier Stunden, bevor Sie eintrafen«, erwiderte der junge Offizier, der sich als Leutnant Helmut Reinhardt vorgestellt hatte. »Ich hatte ziemliche Schwierigkeiten, den Rest meiner Männer davon abzuhalten, ihnen zu folgen. Doch ich werde kein weiteres Menschenleben aufs Spiel setzen, bevor ich nicht weiß, was da unten vor sich geht.« Er schwieg und deutete mit einer Kopfbewegung hinüber zu den Polizeitauchern, die hellorangefarbene Taucheranzüge trugen. »Diese dämlichen Polizisten wollen eines ihrer Teams runterschicken.«

»Manche Leute haben von Geburt an einen Hang zum Selbstmord«, erklärte Giordino gähnend. »Ich für mein Teil würde da nicht ohne die Eskorte eines Atom-U-Boots runtertauchen. Mrs. Giordinos Sohn geht keinerlei Risiken ein. Ich habe die Absicht, im Bett zu sterben. In den Armen einer exotischen, fernöstlichen Schönheit.«

»Beachten Sie ihn nicht«, riet Pitt. »Im Dunkeln fängt der meistens an rumzuspinnen.«

»Verstehe«, murmelte Reinhardt, doch das war ganz offensichtlich keineswegs der Fall.

Schließlich erhob sich Pitt und nickte Frank Mancuso zu. »Eine Falle«, erklärte er schlicht.

Mancuso nickte. »Stimmt. Die Eingänge der Schatztunnel auf den Philippinen waren mit Bomben versehen, die explodierten, wenn sie von Bohrgerät berührt wurden. Der Unterschied ist der, daß die Japaner die Absicht hatten, zurückzukommen und den Schatz zu heben, während die Nazis mit ihren Fallen beabsichtigten, den Schatz zusammen mit den Schatzsuchern in die Luft zu jagen.«

»Was für eine Falle es auch sein mag, in die meine Männer getappt sind«, erklärte Reinhardt bitter, der es nicht fertig brachte, das Wort ›getötet‹ auszusprechen, »es handelt sich bestimmt nicht um Bomben.«

Einer der Beamten von der Einsatzleitung kam herüber und wandte sich an Pitt. »Wer sind Sie, und auf wessen Veranlassung sind Sie hier?« fragte er auf deutsch.

Pitt wandte sich an Reinhardt, der die Frage übersetzte. Dann musterte er den Beamten. »Erklären Sie ihm, wir seien eingeladen worden.«

»Sie sind Amerikaner?« fuhr der Unbekannte Pitt plötzlich in gebrochenem Englisch an. In seiner Miene zeigte sich Mißbilligung und Erstaunen. »Wer hat Ihnen erlaubt, sich hier aufzuhalten?«

»Wer ist dieser Spaßvogel?« fragte Giordino in schönster Unschuld.

Reinhardt konnte sich ein leichtes Grinsen nicht verkneifen. »Herr Gert Halder, vom Kultusministerium. Darf ich Ihnen Mr. Dirk Pitt und seinen Stab von der American National Underwater and Marine Agency in Washington vorstellen. Sie halten sich auf persönliche Einladung von Kanzler Lange hier auf.«

Halder sah aus, als habe er einen Hieb in den Magen bekommen. Doch er erholte sich schnell, reckte sich und versuchte Pitt mit deutscher Überheblichkeit zu beeindrucken. »Ihr Anliegen?«

»Wir sind aus demselben Grund hier wie Sie«, erwiderte Pitt und betrachtete angelegentlich seine Fingernägel. »Wenn es stimmt, was in den alten Vernehmungsakten der Nazigrößen in Ihren Berliner Archiven und unserer Kongreßbibliothek steht, dann wurden achtzehntausend Kunstwerke in Tunneln unter einem geheimen Flugplatz versteckt. Es könnte sehr gut sein, daß es sich hier um eben diesen geheimen Flugplatz handelt und daß sich die Lagerkammer mit den Kunstschätzen irgendwo unterhalb dieser Wasserbarriere befindet.«

Halder erkannte klugerweise, daß er mit diesen rauhen, entschlossenen Männern in ihren blaugrünen Viking-Tauchanzügen nicht Schlitten fahren konnte. »Ihnen ist natürlich bekannt, daß jedes Kunstwerk, das gefunden wird, rechtmäßig der Bundesrepublik gehört; jedenfalls solange es nicht zum ursprünglichen Eigentümer zurückverfolgt und diesem zurückerstattet werden kann.«

»Dessen sind wir uns bewußt«, nickte Pitt. »Wir sind nur an einem einzigen Stück interessiert.«

»Und welches ist das?«

»Bedaure, das darf ich Ihnen nicht verraten.«

Halder spielte seine letzte Karte aus. »Ich muß darauf bestehen, daß das Tauchteam der Polizei zuerst in die Kammer eindringt.«

»Ich habe bereits vier Männer verloren«, erklärte Reinhardt ernst. »Möglicherweise sind sie tot. Sie dürfen nicht zulassen, daß noch mehr Männer ihr Leben verlieren, weil wir nicht wissen, was sich dort unten verbirgt.«

»Es handelt sich um Berufstaucher«, sagte Halder.

»Das waren die Männer, die ich runtergeschickt habe, auch. Die besten Taucher der Bundesmarine, in überragender Form und viel besser ausgebildet als die Rettungstaucher der Polizei.«

»Darf ich einen Kompromiß vorschlagen?« schaltete Pitt sich ein.

Halder nickte. »Ich höre.«

»Wir bilden ein sieben Mann starkes Aufklärungsteam. Wir drei, weil Mancuso Bergwerksingenieur und Experte für Tunnelbau und Grabungen ist, während Al und ich uns in der Bergungsarbeit auskennen. Dazu zwei von Leutnant Reinhardts Marinetauchern, weil sie im Entschärfen von Sprengladungen ausgebildet sind, auf die wir stoßen könnten. Und weiterhin zwei Polizeitaucher zur Unterstützung, falls Rettungsaktionen oder medizinische Hilfe notwendig werden sollten.«

Halder erkannte in Pitts Augen grimmige Entschlossenheit. Das Ganze war ein guter, durchdachter Vorschlag. Er zwang sich zu einem Lächeln. »Wer taucht als erster?«

»Ich«, erwiderte Pitt ohne Zögern.

Das einzelne Wort schien sekundenlang von den Höhlenwänden widerzuhallen, bevor sich die Situation wieder entspannte und Halder die Hand ausstreckte.

»Wie Sie wünschen.« Er schüttelte Pitt die Hand, warf sich in die Brust und bemühte sich darum, seine würdevolle Haltung wiederzugewinnen. »Aber Sie sind mir verantwortlich, Herr Pitt, für den Fall, daß Sie auf eine Sprengladung stoßen und die Kunstwerke zerstört werden.«

Pitt bedachte Halder mit einem verächtlichen Grinsen. »In diesem Fall, Herr Halder, halte ich im wahrsten Sinne des Wortes meinen Kopf hin.«

Pitt stellte die Zeit am Mikroelektronik-Computer ein, der durch eine Leine mit seiner Sauerstoffflasche verbunden war, überprüfte ein letztes Mal die Luftzufuhr und den Auftriebskompensator. Dann starrte er zum fünfzigsten Mal, seit er die Leiter von Bauer Clausens Feld heruntergestiegen war, auf den drohenden Tümpel.

»Du machst dir Sorgen«, bemerkte Giordino, während er die Gurte seiner Sauerstoffflasche überstreifte.

Nachdenklich und ohne zu antworten, rieb Pitt sich das Kinn.

»Was, glauben Sie, passiert da unten?« fragte Mancuso.

»Ich glaube, die eine Hälfte des Puzzles habe ich gelöst«, erwiderte Pitt. »Aber das Durchtrennen der Leinen – also das ist mir wirklich ein Rätsel.«

»Funktioniert das Mikrophon?« erkundigte sich Mancuso.

Pitt schob das Mundstück in den Mund und sagte: »Zehn kleine Negerlein...« Die Worte klangen gedämpft, doch sie waren gut zu verstehen.«

»Ich glaube, es wird Zeit, furchtloser Recke«, brummte Giordino.

Pitt nickte Reinhardt zu, der von einem seiner Männer begleitet wurde. »Bereit, Gentlemen? Bitte versuchen Sie, einen Abstand von zwei Metern zu Ihrem Vordermann zu halten. Die Sichtweite beträgt wahrscheinlich vier Meter, also dürften Sie keine Schwierigkeiten haben, den Abstand einzuhalten. Mein Team wird sich über Mikrophon verständigen.«

Reinhardt hob bestätigend die Hand, drehte sich um und gab die Anweisungen auf deutsch an die beiden Polizeitaucher, die hinter ihm standen, weiter. Dann salutierte er Pitt zackig. »Nach Ihnen, Sir.«

Es hatte keinen Zweck, länger zu warten. Pitt streckte beide Hände auf Armlänge von sich, die Zeigefinger deuteten nach außen. »Ich übernehme die Position in der Mitte. Frank, zwei Meter hinter mir, links. Al, du übernimmst die rechte Position. Haltet scharf Ausschau nach irgendwelchen ungewöhnlichen Mechanismen, die aus den Wänden hervortreten.«

Mehr gab es nicht zu sagen; Pitt schaltete die Taucherlampe an, ruckte kurz an seiner Sicherheitsleine, um sich zu vergewissern, daß sie eingehakt war, und ließ sich nach vorn ins Wasser fallen. Einen Augenblick ließ er sich treiben, dann senkte er langsam den Kopf und tauchte auf den Boden zu. Dabei hielt er die Taucherlampe vor sich.

Das Wasser war kalt. Er warf einen flüchtigen Blick auf die Anzeige seines Computers. Die Wassertemperatur betrug 14 Grad Celsius. Der Betonboden war mit grünem Schlick und einer dünnen Dreckschicht überzogen. Sorgsam achtete er darauf, ihn nicht mit seinen Flossen zu berühren, um ihn nicht aufzuwirbeln und den Männern hinter sich die Sicht zu nehmen.

Pitt machte das Ganze richtig Spaß. Wieder einmal fühlte er sich vollkommen in seinem Element. Er richtete die Taucherlampe nach oben und blickte zur Bunkerdecke hoch. Sie war nach unten geneigt, mit Wasser gefüllt und verengte sich, wie erwartet, zu einem Tunnel. Das Wasser am Boden war trübe, und die Partikel, die an seiner Maske vorbeitrieben, verringerten die Sichtweite auf drei Meter. Er hielt inne und gab den anderen Männern zu verstehen, sie sollten etwas aufrücken. Dann schwamm er locker und gleichmäßig weiter. Schemenhaft konnte er erkennen, daß der Boden vor ihm leicht abfiel, sich dann aber horizontal vor ihm erstreckte und sich im Dunkel verlor.

Nach zwanzig Metern hielt er wieder inne und ließ sich eine Minute lang im Wasser treiben, während er sich umdrehte und nach Giordino und Mancuso Ausschau hielt. Hinter dem schwachen Glühen ihrer Lampen waren die beiden nur schattenhafte Figuren, doch sie hielten genau wie verabredet ihre Position. Wieder warf er einen Blick auf seinen Computer. Die Druckanzeige gab die Tiefe mit sechs Metern an.

Kurz darauf schien sich der Unterwasser-Tunnel zu verengen, und der Boden stieg an. Pitt bewegte sich vorsichtig und hielt im Dämmerlicht angestrengt Ausschau. Er hob seine freie Hand über den Kopf und fühlte, wie sie die Wasseroberfläche durchbrach. Er rollte sich auf den Rücken und deckte die Lampe ab. Die Wasseroberfläche glitzerte und schimmerte durch seine Bewegungen nur wenige Zentimeter vor seiner Tauchermaske wie Quecksilber.

Wie ein Ungeheuer, das aus der Tiefe auftaucht, durchbrach sein gummibehelmter Kopf mit Maske und Atemgerät das kalte Wasser. Im Dämmerlicht seiner Taucherlampe fand er sich in einer kleinen Kammer. Pitt machte einen leichten Flossenschlag und stieß gegen eine niedrige Betontreppe. Er kroch hinauf und zog sich auf den Absatz hoch.

Der gefürchtete Augenblick ließ noch auf sich warten. Pitt stieß nicht auf die Leichen der deutschen Taucher. Er sah die Stellen, an denen ihre Flossen auf dem algenbewachsenen Beton ihre Spuren hinterlassen hatten, doch das war das einzige Zeichen von ihnen.

Vorsichtig musterte er die Wände der Kammer, fand jedoch keinerlei verdächtige Einschnitte. Am gegenüberliegenden Ende entdeckte er im Licht der Taucherlampe eine große verrostete Eisentür. Zögernd stieg er mit seinen Flossen die Treppe weiter empor und ging auf die Tür zu. Er stemmte sich mit der Schulter dagegen. Die Zapfen drehten sich unglaublich leicht und leise in den Angeln, so als wären sie erst in der vergangenen Woche geölt worden. Die Tür schwang nach innen und schloß sich durch einen Federzug schnell wieder, als Pitt den Druck verringerte.

»Hallo, was haben wir denn hier?« Die Worte waren verständlich, doch Mancuso hörte sich an, als gurgelte er durch das Mikrophon an seinem Atemgerät.

»Wenn Sie erraten, was sich hinter der ersten Tür verbirgt, gewinnen Sie eine Reise rund um die Welt«, sagte Giordino trocken.

Pitt zog seine Flossen aus, kniete nieder und schob die Tür noch ein paar Zentimeter weiter auf. Einen Augenblick lang musterte er die Schwelle und deutete dann auf die untere Kante der verrosteten Tür. »Dies hier erklärt die gekappte Telefonleitung und die durchtrennte Sicherheitsleine.«

Giordino nickte. »Von der scharfen Bodenkante durchtrennt, nachdem die Taucher eingedrungen waren und das Federsystem die Tür wieder zugeschlagen hat.«

Mancuso sah Pitt an. »Sie haben gesagt, Sie hätten die andere Hälfte des Rätsels gelöst.«

»Ja«, murmelte Giordino, »jenen Teil, der erklärt, weshalb die besten Taucher der Bundesmarine getötet wurden.«

»Gas«, antwortete Pitt kurz. »Giftgas, das ausströmt, wenn diese Tür passiert wird.«

»Eine einleuchtende Theorie«, stimmte Mancuso zu.

Pitt richtete die Taucherlampe auf das Wasser und sah die näherkommenden Luftblasen von Reinhardt und seinem Kameraden. »Frank, Sie bleiben hier und hindern die übrigen daran einzutreten. Al und ich dringen alleine weiter vor. Und egal was passiert, achten Sie verdammt gut darauf, daß jeder nur die Luft aus den Flaschen einatmet. Unter keinen Umständen dürfen die Mundstücke aus dem Mund entfernt werden.«

Mancuso hob bestätigend die Hand und drehte sich zum nächsten Team um.

Giordino lehnte sich gegen die Wand, beugte ein Bein und zog sich eine Flosse aus. »Hat keinen Sinn, wie eine Ente dort hineinzuwatscheln.«

Pitt zog sich ebenfalls die Flossen aus. Dann fuhr er mit den Gummischuhen über den rauhen Zementboden, um ein Gefühl dafür zu bekommen, wie schlüpfrig die Oberfläche war. Sie bot keinerlei Halt. Beim geringsten Verlust der Balance würde er ausrutschen.

Eine letzte Überprüfung des Flaschendrucks auf dem Computer. Bei Normaldruck blieb ihm genug Luft für eine weitere Stunde. Seit er das kalte Wasser verlassen hatte, war die Temperatur so, daß er sich in seinem Taucheranzug einigermaßen wohl fühlte.

»Paß auf, wo du hintrittst«, ermahnte er Giordino. Dann drückte er die Tür halb auf und trat so leichtfüßig ein, als bewege er sich über ein Drahtseil. Die Luft wurde abrupt trocken, und die Luftfeuchtigkeit sank beinahe bis auf null Prozent. Er blieb stehen und fuhr mit dem Lichtkegel über den Zementfußboden, wobei er vorsichtig nach Stolperdrähten Ausschau hielt, die womöglich zu Sprengladungen oder Gascontainern führten. Eine dünne, graue Angelschnur, im Dämmerlicht kaum auszumachen, lag zerrissen beinahe unter seinen Zehen.

Der Lichtkegel folgte dem einen Ende der Schnur zu einem Kanister, auf dem PHOSGEN stand. Gott sei Dank, dachte Pitt erleichtert. Phosgen ist nur tödlich, wenn man es einatmet. Während des Zweiten Weltkrieges hatten die Deutschen Nervengas erfunden, doch aus irgendeinem Grund, der in ferner Vergangenheit zu suchen war, hatten sie versäumt, es hier einzusetzen. Glück für Pitt, Giordino und die Männer, die ihnen folgten. Das Nervengas war bei Hautkontakt tödlich, und bei allen war die Haut um die Gesichtsmaske herum und an den Händen entblößt.

»Du hast recht gehabt, was das Gas anging«, stellte Giordino fest.

»Zu spät, um diesen armen Seeleuten zu helfen.«

Er fand vier weitere Gasfallen, von denen noch zwei funktionierten. Das Phosgen hatte seine tödliche Aufgabe erfüllt. Die Leichen der Marinetaucher lagen in verkrampfter Haltung nur ein paar Meter voneinander entfernt. Sie alle hatten die Sauerstoffflaschen und die Atemgeräte abgenommen. Das Gas hatten die Männer erst bemerkt, als es zu spät war. Pitt machte sich gar nicht erst die Mühe, nach dem Puls zu tasten. Die blaue Gesichtsfarbe und die starren Augen sprachen für sich.

Er richtete den Lichtstrahl auf eine lange Galerie und fuhr zusammen.

Fast in Augenhöhe starrte ihn eine Frau an, den Kopf kokett zur Seite geneigt. Ihr hübsches Gesicht mit hohen Wangenknochen und einer glatten, rosa Hautfarbe lächelte ihn an.

Sie war nicht alleine. Neben und hinter ihr standen weitere Frauenfiguren, deren starre Augen auf Pitt gerichtet schienen. Sie waren nackt, bis auf die lange Haarpracht, die beinahe bis zu den Knien reichte.

»Ich bin gestorben und befinde mich im Himmel der Amazonen«, murmelte Giordino ergriffen.

»Reg dich nicht auf«, warnte Pitt ihn, »das sind nur bemalte Skulpturen.«

»Ich wünschte, ich könnte sie mir selber so formen.«

Pitt ging um die lebensgroßen Skulpturen herum und hielt die Taucherlampe über seinen Kopf. Ein Meer kunstvoller Bilderrahmen glitzerte golden auf. So weit der Lichtstrahl reichte und noch weiter, viel weiter, war die lange Galerie mit Regalen gefüllt, die eine immense Sammlung von Gemälden, Skulpturen, Reliquien, Wandbehängen, seltenen Büchern, antiken Möbeln und archäologischen Fundstücken enthielten, alle sorgsam in großen Behältern und offenen Kisten verstaut.

»Ich glaube«, murmelte Pitt durch sein Mikrofon, »wir haben gerade viele Menschen sehr glücklich gemacht.«

36

Wie nicht anders zu erwarten, machten die Deutschen sich zielstrebig an die Arbeit. Innerhalb von vier Stunden traf ein Entgiftungstrupp ein, baute eine Pumpe auf und legte Leitungen in die Schatzgalerie. Die vergiftete Luft wurde schnell und sicher in einen chemischen Tank im Lastwagen, der an der Erdoberfläche stand, abgesaugt. Während die Entgiftung im Gange war, entschärften Reinhardt und seine Männer den Auslösemechanismus des Phosgens und übergaben die Kanister den Männern vom Entgiftungstrupp. Erst danach trugen die Marinetaucher ihre toten Kameraden zu den wartenden Krankenwagen.

Danach wurde ein großes Aluminiumrohr durch die Öffnung im Boden nach unten geführt und an eine Pumpstation angeschlossen, das dann wie ein gigantischer Strohhalm das Wasser aus dem unterirdischen Tunnel in einen nahe gelegenen Bach pumpte. Eine Pioniereinheit tauchte mitsamt ihrer Ausrüstung auf und fing an, den ursprünglichen Tunneleingang freizulegen, der gegen Ende des Krieges mit Erde aufgefüllt worden war.

Mancuso ging ungeduldig im Bunker hin und her, blieb alle paar Minuten stehen und warf einen Blick auf die Instrumente, die den nachlassenden Giftgehalt in der Luft maßen. Hin und wieder ging er an den Rand der Schräge und starrte auf den schnell sinkenden Wasserspiegel. Unruhig beobachtete er die Fortschritte, zählte die Minuten, bis er die Galerie mit dem von den Nazis geplünderten Schatz betreten konnte.

Giordino blieb sich treu und schlief während der ganzen Zeit. Er hatte im Quartier eines früheren Luftwaffenmechanikers eine alte, klamme Pritsche entdeckt und war prompt eingedöst.

Nachdem Pitt Halder und Reinhardt Bericht erstattet hatte, schlug er die Zeit tot, indem er die Einladung zu einem Essen annahm, das Frau Clausen in ihrem warmen, gemütlichen Bauernhaus vorbereitet hatte. Später schlenderte er durch den Bunker und sah sich die alten Flugzeuge an. Er blieb stehen und ging um eine der Me 262 herum, bewunderte die schlanke, zigarrenähnliche Form der Tanks, das dreieckige Seitenruder und die plumpen Düsen, die unter den rasiermesserscharfen Flügeln hingen. Abgesehen von den weiß eingefaßten schwarzen Kreuzen auf den Flügeln und den Tanks sowie dem Hakenkreuz am Rumpf bestand die einzige weitere Markierung aus einer großen 9, die unmittelbar vor dem Cockpit aufgemalt war.

Der erste einsatzfähige Düsenjäger der Welt war zu spät in Produktion gegangen, um Deutschland retten zu können, doch ein paar Monate lang hatte er der britischen und amerikanischen Luftwaffe eine Mordsangst eingejagt.

»Sie flog, als schiebe sie ein Engel.«

Beim Klang der Stimme drehte Pitt sich um und stellte fest, daß Gert Halder hinter ihm stand. Die blauen Augen des Deutschen waren sehnsüchtig auf das Cockpit der Messerschmitt gerichtet.

»Sie sind zu jung, um sie geflogen zu haben«, stellte Pitt fest.

Halder schüttelte den Kopf. »Das waren die Worte eines unserer erfolgreichsten Jagdflieger während des Krieges, Adolf Galland.«

»Dürfte nicht schwierig sein, sie wieder in einen flugfähigen Zustand zu versetzen.«

Halder warf einen Blick auf die Flotte der Flugzeuge, die in gespenstischer Stille im weitläufigen Bunker standen. »Für ein derartiges Projekt wird die Regierung kaum Geld ausgeben. Ich kann von Glück reden, wenn ich fünf oder sechs als Ausstellungsstücke für die Museen behalten darf.«

»Und die übrigen?«

»Die werden verkauft oder auf Auktionen an Museen und Sammler in aller Welt versteigert.«

»Ich wünschte, ich könnte es mir leisten mitzubieten«, murmelte Pitt sehnsüchtig.

Halder sah ihn an; alle Arroganz war verschwunden. Ein durchtriebenes Lächeln spielte um seine Lippen. »Wie viele Flugzeuge zählen Sie?«

Pitt machte einen Schritt zurück und addierte im Kopf die Zahl der Flugzeuge im Bunker. »Ich komme genau auf vierzig.«

»Stimmt nicht. Es sind neununddreißig.«

Pitt zählte erneut, und wieder kam er auf vierzig. »Ich widerspreche nicht gerne, aber –«

Halder winkte ab. »Wenn eines entfernt und über die Grenze transportiert werden kann, nachdem der Zugang freigelegt ist und bevor ich offiziell Inventur mache...«

Halder mußte den Satz nicht zu Ende sprechen. Pitt hatte ihn genau verstanden, doch er wußte nicht, ob er glauben sollte, was Halder da andeutete. Eine Me 262 mußte in gutem, restaurierbarem Zustand über eine Million Dollar wert sein.

»Wann beabsichtigen Sie, Inventur zu machen?« fragte er vorsichtig.

»Nachdem ich die geplünderten Kunstwerke katalogisiert habe.«

»Das kann Wochen dauern.«

»Wahrscheinlich noch länger.«

»Warum?« fragte Pitt Halder geradeheraus.

»Nennen Sie es Wiedergutmachung. Vorhin war ich Ihnen gegenüber außerordentlich unhöflich. Und ich habe das Gefühl, daß Ihre mutigen Bemühungen, an den Schatz zu kommen und möglicherweise vier Menschenleben zu retten, eine Belohnung verdienen. Abgesehen davon haben Sie verhindert, daß ich mich zum Narren gemacht und sehr wahrscheinlich meine Stelle verloren hätte.«

»Sie bieten mir also an, in die andere Richtung zu gucken, wenn ich ein Flugzeug stehle?«

»Da sind so viele, daß eines gar nicht vermißt werden wird.«

»Danke«, erwiderte Pitt ernst.

Halder sah ihn an. »Ich habe einen Freund von mir, der beim Geheimdienst arbeitet, gebeten, Sie zu überprüfen, während Sie im Tunnel beschäftigt waren. Ich glaube, eine Messerschmitt 262 wird sich in Ihrer Sammlung gut ausmachen und eine vorzügliche Ergänzung zu Ihrer dreimotorigen Fordmaschine sein.«

»Ihr Freund war sehr gründlich.«

»Als Sammler hochwertiger Mechanik, glaube ich, werden Sie der Maschine den gebührenden Respekt zollen.«

»Sie wird originalgetreu restauriert«, versprach Pitt.

Halder zündete sich eine Zigarette an, lehnte sich lässig gegen ein Düsentriebwerk und blies den Rauch aus. »Ich schlage vor, Sie mieten sich einen Tieflader. Bis heute abend müßte der Tunneleingang so sehr erweitert sein, daß man ein Flugzeug ans Tageslicht ziehen kann. Ich bin sicher, daß Leutnant Reinhardt und die Überlebenden seiner Gruppe Ihnen gerne behilflich sein werden, Ihre neueste Erwerbung fortzubringen.«

Bevor ein völlig verblüffter, dankbarer Pitt noch ein Wort sagen konnte, hatte Halder sich umgedreht und ging davon.

Weitere acht Stunden vergingen, bevor die mächtige Pumpe den größten Teil des Wassers abgesaugt hatte und die Luft in der Galerie, die das Raubgut aus dem Krieg enthielt, gefahrlos eingeatmet werden konnte. Halder stand mit einem Megaphon auf einem Stuhl und informierte seinen Stab, bestehend aus Kunstexperten und Historikern, sowie eine Reihe hoher Regierungsbeamter und Politiker, die sich das Schauspiel nicht entgehen lassen wollten. Eine ganze Armee von Fernseh- und Zeitungsreportern drängelten sich auf Clausens inzwischen zertrampelten Salatfeld und verlangten, in den Bunker gelassen zu werden. Doch Halder hatte Anweisung aus Bonn erhalten, den Vertretern der Medien den Zugang zu versagen, bevor der Schatz nicht genau überprüft worden war.

Hinter der Stahltür erstreckte sich die Galerie einen guten halben Kilometer weit. Die Regale und Kisten waren bis zum anderen Ende und gut vier Meter hoch gestapelt. Trotz des Wassers im Tunnel war die Eingangstür luftdicht versiegelt gewesen, und die Betonkonstruktion war erstklassig, so daß keine Feuchtigkeit hatte eindringen können. Selbst die empfindlichsten Objekte waren in ausgezeichnetem Zustand erhalten.

Die Deutschen richteten umgehend ein Foto- und Konservierungslabor ein, eine Werkstatt sowie einen Bereich, in dem die Fundstücke katalogisiert wurden. Sofort nach seiner Ansprache begab sich Halder in die Kammer mit den Kunstschätzen und dirigierte die dortigen Aktivitäten von einem Büro aus, das aus Fertigteilen bestand und eilig, sogar mit Telefonen und Telefax ausgerüstet, aufgestellt worden war.

Pitt schüttelte den Kopf, ging zusammen mit Mancuso durch den inzwischen trockenen Tunnel und wunderte sich, wieviel in weniger als vierundzwanzig Stunden passiert war.

Er und Mancuso fanden das Regal, das das Inventar der japanischen Botschaft enthielt, ungefähr fünfzig Meter hinter den Skulpturen, die einstmals die Museen Europas geziert hatten. Die Deutschen hatten schon ein Kabel mit Lampen aufgehängt, die von einem transportablen Generator gespeist wurden und den Schatz, der sich bis ins Unendliche zu erstrecken schien, in helles Licht tauchten.

Die japanische Abteilung war leicht auszumachen. Die Kisten waren mit *Kana*-Zeichen beschriftet und sehr viel sorgfältiger geschreinert als die rohen Kisten, die von den Nazi-Tischlern zusammengenagelt worden waren.

»Lassen Sie uns mit dem da anfangen«, erklärte Mancuso und deutete auf einen schmalen Behälter. »Der sieht aus, als hätte er die richtige Größe.«

»Sie haben doch in Japan gearbeitet. Was steht drauf?«

»Behälter Nummer vier«, übersetzte Mancuso. »Eigentum seiner Majestät, des Kaisers von Japan.«

»Das ist eine enorme Hilfe.« Pitt machte sich an die Arbeit und hebelte mit Hammer und Stemmeisen vorsichtig den Deckel auf. Der Behälter enthielt ein kleines, hübsches Seidengemälde, das Vögel zeigte, die verschiedene Berggipfel umschwirrten. »Bestimmt keine Insel.« Er zuckte die Achseln.

Er öffnete zwei weitere Kisten, doch die Gemälde, die er ans Licht zog, stammten aus einer späteren Periode als der Masaki Shimzus, des Meisters aus dem sechzehnten Jahrhundert. Hinten im Regal stand nur noch eine weitere kleine Kiste, die ein Gemälde enthalten konnte.

Bei Mancuso zeigten sich die ersten Anzeichen von Streß. Schweiß glitzerte auf seiner Stirn, und nervös fingerte er an seiner Pfeife herum. »Das muß es sein«, murmelte er, »oder wir haben eine Menge Zeit vertrödelt.« Pitt erwiderte nichts, sondern machte sich ans Werk. Diese Kiste schien stabiler als die vorhergehenden. Er hob den Deckel und sah hinein. »Ich sehe Wasser. Ich glaube, wir haben ein Seestück. Noch besser, es handelt sich um eine Insel.«

»Gott sei Dank. Ziehen Sie's raus, Mann. Wir wollen's uns anschauen.«

»Warten Sie.« Das Bild hatte keinen kostbaren Rahmen, deshalb tastete Pitt nach dem hinteren Bildrand und zog dann das Gemälde vorsichtig aus der Kiste. Als er es draußen hatte, hob er es unters Licht, damit sie es sich besser ansehen konnten.

Mancuso zog schnell einen kleinen Katalog mit Farbabbildungen der Bilder Masaki Shimzus aus seiner Tasche, blätterte die Seiten durch und verglich die Fotos mit dem Gemälde. »Ich bin kein Experte, doch das hier sieht nach der Malweise Shimzus aus.«

Pitt drehte das Bild um und warf einen Blick auf die Rückseite. »Da steht etwas. Können Sie das entziffern?«

Mancuso kniff die Augen zusammen. »›Insel Ajima von Masaki Shimzu‹«, rief er triumphierend. »Wir haben den genauen Ort von Sumas Kommandozentrum gefunden. Jetzt müssen wir nur noch den Küstenverlauf des Gemäldes mit den Satellitenfotos vergleichen.«

Abwesend richtete Pitt den Blick auf das Bild, das Shimzu vor vierhundertfünfzig Jahren von einer Insel gemalt hatte, die damals Ajima hieß. Als Touristenparadies war sie denkbar ungeeignet. Steile Klippen aus Vulkanfelsen ragten über einer donnernden Brandung auf. Ein Strand war nicht zu entdecken, und Vegetation gab es so gut wie keine. Die Insel wirkte öde und abweisend, unfreundlich und undurchdringlich. Es bestand keine Möglichkeit, sich ihr vom Meer aus zu nähern und dort zu landen, ohne entdeckt zu werden. Eine natürliche Festung, die Suma zum Schutz vor einem Überraschungsangriff noch zusätzlich schwer befestigt haben würde.

»In diesen Felsen einzudringen«, bemerkte Pitt nachdenklich, »das ist, verdammt noch mal, fast unmöglich. Wer das versucht, stirbt mit Sicherheit.«

Der triumphierende Ausdruck verschwand aus Mancusos Gesicht. »Sagen Sie das nicht«, murmelte er. »Denken Sie das nicht mal.«

Pitt sah in die Augen des Bergwerkingenieurs. »Wieso? Es ist doch nicht unsere Aufgabe, dort hineinzugelangen.«

»Da liegen Sie aber falsch.« Müde wischte sich Mancuso den Schweiß von der Stirn. »Nachdem die Teams Honda und Cadillac ausgefallen sind, bleibt Jordan gar keine andere Wahl, als Sie, Giordino und mich einzusetzen. Denken Sie mal darüber nach.«

Das tat Pitt, und er mußte Mancuso recht geben. Jetzt war alles sonnenklar. Der gerissene Jordan hatte sie drei als Reserve zurückgehalten für einen geheimen Schlag gegen Sumas Atombombenkontrollzentrum.

37

Der Präsident starrte auf die offene Akte auf seinem Schreibtisch. Er wirkte erschüttert, als er aufblickte. »Die beabsichtigen wirklich, diese Dinger zu zünden? Das ist kein Bluff?«

Jordan nickte mit unbewegter Miene. »Die bluffen nicht.«

»Unvorstellbar.«

Jordan antwortete nicht, sondern überließ den Präsidenten seinen eigenen Gedanken.

»Wir bedrohen deren Inseln doch nicht mit einer Invasionsflotte, um Himmels willen.«

»Die sind paranoid geworden, weil sich die öffentliche Meinung in aller Welt plötzlich gegen sie richtet«, erklärte Donald Kern. »In Rußland hält die Demokratie Einzug, die Länder des Ostblocks werden unabhängig, in Südafrika finden freie Wahlen statt, der Nahe Osten köchelt auf Sparflamme vor sich hin – da richtet sich eben die Aufmerksamkeit der Welt auf die Japaner, die viel zu schnell vorpreschen.«

Kern nickte. »Deren unternehmerisches Vorgehen ist nicht von allzu großer Zurückhaltung gekennzeichnet. Je mehr Märkte sie erobern, desto unverschämter werden sie.«

»Man kann ihnen doch keinen Vorwurf daraus machen, daß sie eine Wirtschaftsordnung schaffen wollen, wie sie sie sich vorstellen«, sagte Jordan. »Die Ethik der Japaner entspricht im wirtschaftlichen Bereich nicht der unsrigen. Ihrer Auffassung nach ist es nicht unmoralisch, geschäftliche Chancen zu nutzen und aus den wirtschaftlichen Schwächen anderer Länder Vorteile zu ziehen – egal, wieviel Porzellan dabei zerschlagen wird. In ihren Augen besteht das einzige Verbrechen darin, ihren systematischen Fortschritt aufzuhalten. Ehrlich gesagt waren unsere Handelspraktiken nach dem Zweiten Weltkrieg nicht anders.«

»Das kann ich nicht bestreiten«, gab der Präsident zu. »Nur wenige unserer früheren und gegenwärtigen Wirtschaftsführer können als Heilige bezeichnet werden.«

»Der Kongreß und die Länder der Europäischen Gemeinschaft stemmen sich gegenwärtig gegen die japanischen Geschäftsmethoden. Wenn sie sich für ein Handelsembargo und die Nationalisierung japanischer Unternehmen entscheiden, dann wird Tokio versuchen zu verhandeln, doch Suma und seine Spießgesellen haben sich zum Vergeltungsschlag entschlossen.«

»Aber gleich mit einem Atomkrieg zu drohen ...«

»Die spielen auf Zeitgewinn«, erklärte Jordan. »Der weltweite wirtschaftliche Prozeß ist nur Teil eines größer angelegten Plans. Die Japaner leben unter fürchterlichen Bedingungen auf engstem Raum beieinander. Hundertfünfundzwanzig Millionen Menschen auf einem Gebiet von der Größe Kaliforniens, und der größte Teil davon ist auch noch zu gebirgig, als daß man dort wohnen könnte. Ihr geheimes Ziel ist es, Millionen der bestausgebildeten Bürger in andere Länder zu exportieren und dort Kolonien zu bilden, deren Bewohner Japan gegenüber loyal sind und enge Beziehungen zur Heimat pflegen. Das ist in Brasilien der Fall und in den Vereinigten Staaten ebenfalls, wenn man an die Massenimmigration nach Hawaii und Kalifornien denkt. Die Japaner sind beseelt vom Überlebenswillen, und anders als wir planen sie Jahrzehnte im voraus. Mit ihrem Handel schaffen sie eine weltweite Wirtschaftsgesellschaft, die von japanischen Traditionen und japanischer Kultur zusammengehalten wird. Was aber selbst die Japaner nicht erkannt haben, ist, daß Suma die Absicht hat, sich selbst als Vorstandsvorsitzenden an die Spitze dieser Bewegung zu setzen.«

Wieder warf der Präsident einen Blick auf die aufgeschlagene Akte. »Und sein kriminelles Reich schützt er dadurch, daß er an strategisch günstigen Orten in fremden Ländern Atombomben versteckt.«

»In dieser Hinsicht können wir der japanischen Regierung oder der großen Masse des Volkes keinerlei Vorwürfe machen«, erklärte Jordan. »Ich bin fest davon überzeugt, daß Premierminister Junshiro von Hideki Suma und seinem Kartell von Industriellen, Financiers und Unterweltbossen, die insgeheim ein Atomwaffenarsenal aufgebaut und das Kaiten-

Projekt entwickelt haben, hinters Licht geführt und getäuscht worden ist.«

Der Präsident spreizte die Hände. »Vielleicht sollte ich ein Treffen mit Junshiro arrangieren und ihn über die Erkenntnisse unserer Geheimdienste informieren.«

Jordan schüttelte den Kopf. »Das möchte ich im Augenblick noch nicht empfehlen, Sir. Nicht, bevor wir nicht die Gelegenheit hatten, das Kaiten-Projekt auffliegen zu lassen.«

»Bei unserem letzten Zusammentreffen war Ihnen der Ort, an dem sich das Kommandozentrum befindet, noch nicht bekannt.«

»Durch neueste Informationen haben wir eine Ahnung.«

Der Präsident warf Jordan einen anerkennenden Blick zu. Er wußte, was den Chef seines Geheimdienstes antrieb, mit welcher Hingabe er für sein Land arbeitete, und das schon seit vielen Jahren, angefangen mit seiner Ausbildung zum Agenten als blutjunger Mann kurz nach dem High-School-Abschluß. Dem Präsident entging auch nicht, welchen Preis die Jahre unglaublichen Stresses gekostet hatten. Jordan schluckte in einem fort Maalox-Tabletten, als handle es sich um Popcorn.

»Ist Ihnen bereits bekannt, an welchen Stellen die Autobomben untergebracht werden sollen, um später zur Explosion gebracht zu werden?«

Kern schaltete sich ein: »Ja, Sir. Eines unserer Teams hat bei der Verfolgung einer Schiffsladung von Autos den Plan entdeckt. Sumas Ingenieure haben sich eine teuflische Katastrophe ausgedacht.«

»Ich nehme an, die Wagen sollen in dicht besiedelten Gebieten hochgehen, um eine möglichst große Anzahl Amerikaner zu vernichten.«

»Vollkommen falsch, Mr. President. Sie werden strategisch so plaziert, daß möglichst wenig Menschen ums Leben kommen.«

»Das verstehe ich nicht.«

»In den Vereinigten Staaten und den Industrieländern«, erklärte Kern, »werden die Wagen in einem Gittermuster in abgelegenen Landstrichen plaziert, so daß die gleichzeitig stattfindenden Explosionen auf dem Boden einen elektromagnetischen Impuls auslösen, der sich in die

Atmosphäre fortsetzt. Die Folge ist eine schirmförmige Kettenreaktion, die weltweit die Satelliten-Kommunikationssysteme ausschaltet.«

»Sämtliche Funk, Fernseh- und Telefonnetze hören einfach auf zu existieren«, fügte Jordan hinzu. »Bundes- und Länderregierungen, Militärkommandostellen, Polizei- und Sheriff-Dienststellen, Feuerwehr, Krankenwagen und sämtliche Transportmittel kommen zum Stillstand, weil sie ohne Informationen nicht arbeiten können.«

»Eine Welt ohne jede Kommunikation«, murmelte der Präsident. »Das ist unvorstellbar.«

»Das Bild wird noch düsterer«, fuhr Kern fort. »Viel düsterer. Ihnen ist natürlich bekannt, Mr. President, was passiert, wenn man einen Magneten in die Nähe einer Computer-Diskette oder eines Tonbandes bringt.«

»Die Daten werden gelöscht.«

Kern nickte langsam. »Der elektromagnetische Impuls als Folge der Atomexplosionen hätte dieselbe Wirkung. Im Umkreis Hunderter von Meilen um jeden Explosionsherd werden alle Speicher vollkommen gelöscht. Silikonchips und Transistoren, Rückgrat unserer modernen computerisierten Welt, sind einem Impuls, der sich in der Luft und durch die Elektro- und Telefonsysteme fortsetzt, wehrlos ausgeliefert. Jeder aus Metall bestehende Gegenstand würde diesen Impuls weiterleiten, angefangen bei Rohrleitungen über Eisenbahnschienen bis hin zu den Sendemasten und den Stahlgerüsten im Innern der Gebäude.«

Der Präsident starrte Kern ungläubig an. »Dann stehen wir vor einem totalen Chaos.«

»Ja, Sir. Vor einem vollkommenen Zusammenbruch auf nationaler Ebene mit katastrophalen Folgen. Vieles wäre unwiederbringlich verloren. Jede Aufzeichnung, die jemals von Banken, Versicherungen, Großunternehmen, Kleinunternehmen, Krankenhäusern, Supermärkten, Einzelhandelsgeschäften – die Liste ist endlos – in irgendeinen Computer eingegeben wurde, würde gelöscht werden, zusammen mit sämtlichen wissenschaftlichen und technischen Daten.«

»Jede Diskette, jedes Band?«

»In jedem Haus, in jedem Büro«, erklärte Jordan.

Kern hielt dem Blick des Präsidenten stand, um die Wirkung seiner Ausführungen noch zu verstärken. »Die gesamte speichergesteuerte Computerelektronik, dazu gehören bei modernen Autos die Zündungs- und Vergasersteuerungen, die Steuerungen von Dieselloks und die Steuerungen der Flugzeuge, die sich in der Luft befinden, würden sofort aufhören zu funktionieren. Besonders in der Luftfahrt würde das entsetzliche Konsequenzen haben, weil viele Maschinen abstürzen würden, bevor die Crews auf manuelle Steuerung umschalten könnten.«

»Dann gäb's da noch die ganz normalen, alltäglichen Gerätschaften, deren Funktionieren wir einfach als selbstverständlich hinnehmen«, sagte Jordan, »und die ebenfalls in Mitleidenschaft gezogen würden – beispielsweise Mikrowellenherde, Videokassettenrecorder und Alarmanlagen. Wir haben uns derartig an computergestützte Systeme gewöhnt, daß wir nie bedacht haben, wie verwundbar die sind.«

Der Präsident griff nach einem Füllfederhalter und klopfte damit nervös auf den Schreibtisch. Sein Gesicht war angespannt, seine Miene verriet großes Unbehagen. »Ich kann nicht zulassen, daß dieser Fluch das amerikanische Volk bis weit ins nächste Jahrhundert hinein verfolgt«, stellte er mit tonloser Stimme fest. »Ich muß einen Erstschlag, atomar wenn nötig, ernsthaft ins Auge fassen, um das japanische Atomwaffenarsenal und das Kommandozentrum zu vernichten.«

»Davon rate ich ab, Mr. President«, erwiderte Jordan ruhig und bestimmt, »es sei denn, es wäre die allerletzte Möglichkeit.«

Der Präsident sah ihn an. »Worauf wollen Sie hinaus, Ray?«

»Sumas Einrichtungen sind erst in einer Woche einsatzbereit. Am beste wäre es, einen Plan zu entwickeln, wie wir in sein Kommandozentrum eindringen und es von innen heraus zerstören können. Wenn wir damit Erfolg haben, dann wird uns das vor den Folgen einer weltweiten Empörung bewahren, denn ein Erstschlag würde mit Sicherheit als unprovozierter Angriff auf eine befreundete Nation angesehen werden.«

Der Präsident schwieg. Seine Miene war nachdenklich geworden. Dann sagte er langsam: »Sie haben recht. Ich müßte mich in Ausflüchte retten, die ohnehin niemand glauben würde.«

»Die Zeit ist auf unserer Seite, solange außer unserem MAIT-Team und uns dreien niemand ahnt, was vor sich geht«, fuhr Jordan fort.

»Ein Glück«, murmelte Kern. »Wenn die Russen wüßten, daß ihr Land mit ausländischen Sprengköpfen gespickt wäre, dann würden die kaum zögern, Japan mit einer Invasion zu drohen.«

»Und das können wir ganz und gar nicht gebrauchen«, bemerkte der Präsident ruhig.

»Und die unschuldigen Japaner, die keine Ahnung von der Bedrohung durch Sumas krankhaftes Hirn haben, auch nicht«, ergänzte Jordan.

Der Präsident stand auf, um die Besprechung zu beenden. »Vier Tage, meine Herren. Sie haben sechsundneunzig Stunden Zeit.«

Jordan und Kern lächelten verkniffen.

Der Angriff auf Suma hatte als Plan bereits vorgelegen, bevor sie das Oval Office betreten hatten. Man mußte nur noch den Telefonhörer abnehmen, um ihn anlaufen zu lassen.

38

Um vier Uhr morgens lag der schmale Landestreifen auf einem Sperrgebiet der Regierung in der Nähe von Seneca, Maryland, vollkommen verlassen da. Es gab keinerlei Landebefeuerung, die das schmale Asphaltband begrenzte – den einzigen Hinweis für den Piloten, der hier nachts landen wollte, bildete ein Dreieck blauschimmernder Quecksilberdampflampen über der Kreuzung zweier Feldwege, das das südliche Ende der Landebahn ausleuchtete.

Die Stille des frühen Morgens wurde plötzlich vom Lärm heulender Düsen durchbrochen. Ein Paar Landelichter flammten auf; ihre Lichtkegel trafen die Mitte der Landebahn. Der Gulfstream Jet mit der Beschriftung CIRCLEARTH AIRLINES auf den Tanks setzte auf, rollte langsam auf einen am Rand geparkten Jeep zu und hielt daneben an.

Kaum drei Minuten später, nachdem sich die Passagiertür geöffnet hatte und zwei Männer mitsamt ihrem Gepäck ausgestiegen waren, rollte das Flugzeug auf das Ende des Runways zu und startete wieder. Während das Donnern im schwarzen Himmel verklang, schüttelte Admiral Sandecker Pitt und Giordino die Hände.

»Meinen Glückwunsch«, erklärte er, »zu einer sehr erfolgreichen Operation.«

»Wir kennen die Ergebnisse noch nicht«, erwiderte Pitt. »Stimmen die Fotos von dem Gemälde, die Mancuso überspielt hat, mit einer existierenden Insel überein?«

»Haargenau«, sagte Sandecker. »Und dabei hat sich herausgestellt, daß die Insel den Namen Ajima von Fischern bekommen hat, nachdem einer von ihnen im fünfzehnten Jahrhundert dort gestrandet war. Auf den Karten ist sie als Insel Soseki eingezeichnet. Der Name Ajima ging irgendwann verloren.«

»Wo genau liegt sie?« wollte Giordino wissen.

»Ungefähr sechzig Kilometer vor der Küste, östlich von Edo City.«

Pitts Miene war sorgenvoll. »Was gibt's von Loren Neues?«

Sandecker schüttelte den Kopf. »Nur daß Diaz und sie noch leben und an einem geheimen Ort versteckt sind.«

»Das ist alles?« fragte Pitt irritiert. »Keinerlei Nachforschungen, keine Operation, die beiden zu befreien?«

»Solange die Bedrohung durch die Autobomben nicht beseitigt ist, sind dem Präsidenten die Hände gebunden.«

»Bett«, murmelte Giordino in dem Versuch, vom Thema abzulenken. »Irgendwer soll mich ins Bett bringen.«

Pitt deutete mit dem Kopf zu dem kleinen Italiener hinüber. »Hör sich einer das an. Seit wir Deutschland verlassen haben, hat der seine Augen überhaupt nicht mehr aufgemacht.«

»Frank Mancuso ist bei den Kunstwerken zurückgeblieben?« erkundigte sich Sandecker.

Pitt nickte. »Kurz bevor wir gestartet sind, hat er eine Nachricht von Kern bekommen, der ihm befahl, die Kunstwerke aus der japanischen Botschaft zusammenzupacken und damit nach Tokio zu fliegen.«

»Ein Ablenkungsmanöver, um die Deutschen zu beruhigen«, grinste Sandecker. »In Wirklichkeit landen die Kunstwerke in einem Tresor in San Francisco. Wenn die Zeit reif dafür ist, wird der Präsident sie dem japanischen Volk als Geste seines guten Willens schenken.« Er deutete auf die Sitze des Jeeps. »Steigen Sie ein. Da Sie so helle und ausgefuchst sind, dürfen Sie fahren.«

»Mir recht«, nickte Pitt.

Nachdem sie ihre Gepäckstücke im Kofferraum verstaut hatten, ließ Pitt sich hinter das Lenkrad gleiten. Sandecker nahm auf dem Beifahrersitz Platz, Giordino krabbelte auf die Rückbank. Pitt lenkte den Jeep auf das in einer Baumgruppe versteckte Pförtnerhaus zu. Ein uniformierter Wächter trat heraus, warf einen kurzen Blick in den Wagen, salutierte Sandecker und winkte sie auf eine kleine Landstraße hinaus.

Nach drei Kilometern bog Pitt mit dem Jeep auf den Capitol Beltway ab und fuhr auf das Lichtermeer von Washington zu. Morgens um diese Zeit herrschte so gut wie kein Verkehr. Er stellte den Tempomat auf 110 km/h ein und lehnte sich in seinem Sitz zurück, während der große, vierradangetriebene Wagen leicht und mühelos über den Asphalt rollte.

Ein paar Minuten fuhren sie schweigend dahin. Sandecker starrte abwesend aus dem Fenster. Pitt war klar, daß der Admiral wohl kaum ohne guten Grund aus seinem warmen Bett gekrochen war, um sie abzuholen. Seltsamerweise fehlte die Riesenhavanna, die er normalerweise im Mund hatte, und seine Hände waren über der Brust verschränkt, ein sicheres Anzeichen für innere Anspannung. Seine Augen wirkten eisig. Ganz offensichtlich machte ihm irgend etwas schwer zu schaffen.

Pitt entschied sich, ihm entgegenzukommen. »Wohin geht's von hier aus?« erkundigte er sich.

»Wie bitte?« murmelte Sandecker gespielt unaufmerksam.

»Was hat der Große Häuptling denn als nächstes mit uns vor? Hoffentlich ein hübsches ruhiges Wochenende?«

»Wollen Sie das wirklich wissen?«

»Sicher nicht, aber Sie werden's mir trotzdem erzählen, stimmt's?«

Sandecker gähnte, um die Quälerei noch zu verlängern. »Nun, ich fürchte, euch beiden steht ein weiterer Flug bevor.«

»Wohin?«

»In den Pazifik.«

»Wohin genau im Pazifik?«

»Palau. Das Team, oder besser das, was von ihm übrig ist, soll sich am Informationssammelpunkt einfinden, um vom Leiter der Operationen vor Ort neue Instruktionen in Empfang zu nehmen.«

»Wenn man den ganzen Titelzirkus mal wegläßt, heißt das wohl im Klartext, daß wir Mel Penner treffen.«

Sandecker grinste, und sein Blick wurde merklich weicher. »Sie haben eine unnachahmliche Art, direkt zum Kern des Problems vorzustoßen.«

Pitt war argwöhnisch. Er ahnte, daß die Axt gleich niedersausen würde. »Wann?« fragte er schnell.

»In genau einer Stunde und fünfzig Minuten. Sie nehmen den Linienflug von Dulles aus.«

»Schade, daß wir dann nicht dort gelandet sind«, erwiderte Pitt säuerlich, »und Ihnen die Fahrt erspart haben.«

»Das geschah aus Sicherheitsgründen. Kern hielt es für das beste, wenn Sie mit dem Auto am Flughafen ankommen, sich die Tickets abholen und wie jeder gewöhnliche Tourist, der in die Südsee fliegt, an Bord gehen.«

»Es wäre nicht verkehrt, wenn wir uns mal umziehen könnten.«

»Kern hat jemanden losgeschickt, saubere Klamotten einzupacken. Die Koffer wurden schon aufgegeben.«

»Wie rücksichtsvoll. Ich muß unbedingt daran denken, daß ich bei meiner Rückkehr die Alarmanlage auswechsele –«

Pitt brach mitten im Satz ab und warf einen prüfenden Blick in den Rückspiegel. Seit sie auf den Beltway eingebogen waren, hatten sie ein und dasselbe Paar Scheinwerfer hinter sich. Während der letzten Kilometer hatten die beiden Wagen exakt den gleichen Abstand gehalten. Er schaltete den Tempomat aus und beschleunigte etwas. Die Scheinwerfer fielen zurück und kamen dann wieder näher.

»Stimmt was nicht?« fragte Sandecker.

»Wir werden verfolgt.«

Giordino drehte sich um und blickte durch das große Rückfenster. »Das ist mehr als einer. Ich sehe drei Lieferwagen, die im Convoy fahren.«

Nachdenklich blickte Pitt in den Rückspiegel. Er grinste. »Wer da auch hinter uns her ist – er geht keinerlei Risiko ein. Diesmal haben sie gleich einen ganzen Trupp losgeschickt.«

Sandecker griff nach dem Autotelefon und wählte die Nummer des MAIT-Teams. »Hier ist Admiral Sandecker«, knurrte er kurzangebunden, ohne sich um den normalen Code zu scheren. »Ich befinde mich auf dem Capitol Beltway in der Nähe von Morning Side und fahre in Richtung Süden. Wir werden verfolgt –«

»Sagen Sie ruhig gejagt«, unterbrach Pitt ihn. »Die holen jetzt schnell auf.«

Plötzlich krachte eine Salve aus einer Maschinenpistole durch das Dach des Jeeps, unmittelbar über ihre Köpfe hinweg. »Irrtum«, bemerkte Giordino seelenruhig. »Es muß heißen: angegriffen.«

Sandecker kauerte auf dem Boden des Jeeps, sprach schnell ins Telefon und gab Richtungsanweisungen und Befehle.

Pitts Fuß drückte bereits das Gaspedal durch. Das gewaltige Drehmoment der großen 5.9 Liter V-8 Maschine setzte ein, und der Jeep schoß mit hundertfünfzig Kilometern in der Stunde über den Beltway.

»Der diensthabende Agent alarmiert die örtliche Polizei«, sagte Sandecker.

»Sagen Sie denen, sie sollen sich beeilen«, empfahl Pitt und fuhr mit dem großen Jeep in Schlangenlinien über drei Fahrbahnen hinweg, um den Verfolgern das Zielen zu erschweren.

»Die sind unfair«, beklagte sich Giordino. Er ließ sich auf den Boden zwischen Vorder- und Hintersitzen fallen, als ein erneuter Feuerstoß das Glas des Rückfensters über ihm zersplittern ließ, den Wagen durchschlug und die halbe Windschutzscheibe mitnahm. »Die haben Schrotflinten, und wir nicht.«

»Ich glaube, den Mangel kann ich beheben.« Pitt warf ihm einen kurzen Blick zu und sah dann wieder geradeaus.

»Wie denn?«

»Indem ich von diesem verdammten Highway runterkomme, auf dem wir ein perfektes Ziel abgeben, und dann auf der Landstraße jede Kurve nehmen, die ich kriegen kann, bis wir in eine Stadt kommen.«

»Da kommt die Abfahrt nach Phelps Point«, sagte Sandecker und linste übers Armaturenbrett.

Pitt warf noch einen schnellen Blick in den Rückspiegel. Er sah jetzt, daß die Lieferwagen als Krankenwagen mit blau und rot aufleuchtenden Lampen getarnt waren. Die Sirenen schwiegen allerdings, während die Fahrer nebeneinander auf den drei Spuren des Beltways dahinfuhren, um ihre Feuerkraft zu verstärken.

Pitt konnte die Männer in Schwarz erkennen, die mit Automatikwaffen von den Seitenfenstern aus auf ihn zielten. Wer den Anschlag auch geplant hatte, er hatte alles bedacht. Zwölf bis an die Zähne Bewaffnete gegen drei Männer, von denen allenfalls einer ein Schweizer Armeemesser bei sich trug.

Doch Pitt hatte eine Idee, wie man dieses Mißverhältnis ein wenig ausgleichen konnte. Bis zur Abfahrt nach Phelps Point waren es noch zweihundert Meter. Zeit blieb ihnen nicht mehr. Die nächste konzentrierte Salve würde sie von der Straße fegen. Ohne auf die Bremse zu treten und damit die Verfolger durch rot aufblitzende Bremslichter auf seine Absicht aufmerksam zu machen, stellte er den Jeep plötzlich quer, schoß über zwei Fahrbahnen und donnerte über die Böschung.

Das Timing war perfekt. Ein Kugelhagel verfehlte den großen Jeep nur knapp, als er über das Gras der Böschung polterte und durch einen schmalen Graben fuhr, in dem das Wasser einen halben Meter hoch stand. Dann flog der Jeep über den gegenüberliegenden Rand des Grabens, alle vier Räder in der Luft, und landete mit quietschenden Reifen auf einer Parallelstraße, die neben dem Beltway herführte.

Die Verfolger stiegen in die Bremsen und kamen schleudernd zum Stehen, doch sie hatten Zeit verloren. Pitt fuhr, als gälte es, ein Straßenrennen zu gewinnen. Doch anders als ein Rennfahrer hatte er keinen Helm mit Visier. Die kalte Morgenluft pfiff ihm um das Gesicht, und er mußte den Kopf wenden und blinzeln, um im eiskalten Fahrtwind überhaupt etwas erkennen zu können.

Sie schossen durch eine lange, von Eichen begrenzte Straße, bevor sie ein Wohngebiet erreichten. Pitt bog ein paarmal scharf ab, beim ersten Block links, dann wieder links und dann nach rechts. Den Fahrern der Lieferwagen war so etwas nichts Neues. Sie teilten sich auf und versuchten ihn an den Straßenkreuzungen abzufangen, doch er schaffte es jedesmal, um Haaresbreite an ihnen vorbeizuflitzen.

Da es sich um ein Wohngebiet handelte, hatten die Verfolger das Feuer eingestellt, doch sie zogen das Netz immer enger und sperrten die Straßen, auf denen er entkommen konnte. Einmal konnte Pitt abbiegen, bevor sie in Sichtweite waren; er schaltete das Licht aus und raste durch die Dunkelheit. Unglücklicherweise verrieten ihn die Straßenlaternen. Er probierte jeden Trick aus, den er kannte; gewann hier ein paar Meter, da ein paar Sekunden, doch er wußte, daß es unmöglich war, die zu allem entschlossenen Verfolger endgültig abzuhängen.

Pitt umkreiste den Häuserblock und schoß mit dem Jeep auf der Hauptstraße in die Stadt. Eine Tankstelle, ein Kino, ein paar kleine Geschäfte flitzten vorbei. »Achtet auf einen Eisenwarenladen«, überschrie er das Kreischen der Reifen.

»Worauf?«

»Auf ein Eisenwarengeschäft. Irgendwo muß doch eins sein.«

»Oscar Brown's Hardware Emporium«, rief Giordino. »Ich hab' das Schild gesehen, kurz nachdem wir vom Beltway gesegelt sind.«

»Egal, was Sie im Sinn haben«, sagte der Admiral ruhig, »besser, Sie beeilen sich. Gerade ist die rote Lampe der Tankanzeige aufgeflackert.«

Pitt warf einen Blick aufs Armaturenbrett. »Die müssen den Tank getroffen haben.«

»Oscar's Emporium kommt gleich auf der rechten Straßenseite«, rief Giordino und deutete durch die kaputte Windschutzscheibe.

»Haben Sie eine Taschenlampe?« fragte Pitt Sandecker kurzangebunden.

»Im Handschuhfach.«

»Holen Sie sie raus.«

Pitt sah ein letztes Mal in den Rückspiegel. Der erste Wagen schlitterte gerade zwei Häuserblocks hinter ihnen um die Kurve. Pitt steuerte den Jeep gegen den Rinnstein auf der linken Straßenseite und riß dann das Steuer nach rechts.

Sandecker fuhr erschrocken zusammen.

Giordino krächzte: »O Gott, nein!«

Der Jeep rutschte einen Augenblick seitwärts, dann faßte der Vierradantrieb, und er schoß über Bordstein und Gehsteig und krachte durch eine riesige Schaufensterscheibe direkt in den Metallwarenladen. Der Jeep durchbrach krachend den Kassenbereich; Kassen flogen durch die Luft und verschwanden in der Dunkelheit. Die Gartenrechen auf einem Stand mit Sonderangeboten zersplitterten wie Streichhölzer. Der Wagen schoß zwischen Regalen mit Wasserrohren, Muttern, Bolzen und Schrauben hindurch.

Giordino und Sandecker hatten den Eindruck, Pitt sei verrückt geworden, weil er noch immer nicht anhielt. Er hatte weiter den Fuß auf dem Gaspedal und fuhr, ein Chaos hinter sich lassend, durch die Gänge, als suche er etwas Bestimmtes. Der Krach, den der Jeep verursachte, wurde vom plötzlichen Kreischen der Alarmanlage noch verstärkt.

Zuletzt ließ Pitt den vorderen Kotflügel in einen Schaukasten krachen, und ein Splitterhagel flog durch die Luft. Der einzige noch funktionierende Scheinwerfer warf ein dämmriges Licht auf zwanzig oder dreißig Handfeuerwaffen, die in wirrem Haufen im Schaukasten durcheinanderlagen und auf die ordentlich angeordneten Reihen von Gewehren und Schrotflinten, die in einem großen Schrank an der Wand standen.

»Sie sind doch ein gerissener Bastard«, murmelte Sandecker voller Bewunderung.

39

»Wählen Sie Ihre Waffen«, schrie Pitt gegen das kreischende Heulen der Alarmanlage an und trat die Tür auf.

Dazu brauchte Sandecker keine Extraaufforderung. Er war bereits aus dem Jeep gesprungen, hatte sich die Taschenlampe unter den Arm geklemmt und durchsuchte den Schrank nach Munition. »Was hätten Sie denn gern, meine Herren?« rief er.

Pitt griff sich zwei Colt Combat Commander Automatikpistolen, die eine stahlblau, die andere verchromt. Er ließ die Magazine herausspringen. »Fünfundvierziger Automatik!«

Sandecker fummelte nur ein paar Sekunden in den Schubladen herum, dann hatte er das richtige Kaliber entdeckt. Er warf Pitt zwei Schachteln zu. »Winchester Silver Tips.« Dann wandte er sich an Giordino. »Was brauchen Sie, Al?«

Giordino hatte drei Remington-1100 Schrotflinten aus dem Regal gezogen. »Kaliber zwölf. Doppel-Null-Schrot.«

»Bedaure«, erwiderte Sandecker kurzangebunden. Er reichte Giordino ein paar Schachteln mit Schrotpatronen. »Im Augenblick kann ich Ihnen leider nur Nummer vier Magnum anbieten.« Dann ging er in Deckung und verschwand blitzschnell in der Farbenabteilung.

»Beeilen Sie sich und schalten Sie die Lampe aus«, warnte Pitt ihn und zerschlug mit dem Knauf eines Colts den noch funktionierenden Scheinwerfer.

Ihre Verfolger hatten vor einem Häuserblock gehalten, außer Sichtweite der drei Männer im Ladeninnern. Schnell und geschmeidig stiegen sie in ihren schwarzen *Ninja*-Anzügen aus dem Wagen. Sie liefen nicht geradewegs auf den Eisenwarenladen zu, sondern blieben erst einmal stehen, nahmen sich Zeit.

Ihre ursprüngliche Absicht, den Jeep und dessen Insassen abzuknallen, war an Pitts überraschendem Abbiegen vom Beltway und der Fahrt nach Phelps Point gescheitert. Jetzt waren sie gezwungen zu improvisieren, sich eine neue Vorgehensweise zu überlegen. Kühl schätzten sie die Situation ab.

Übersteigertes Selbstbewußtsein trübte ihre Beurteilung der Lage. Das Feuer war von den vier Männern im Jeep nicht erwidert worden, also waren sie überzeugt, daß ihre Opfer unbewaffnet waren, und jetzt wollten sie den Laden so schnell wie möglich stürmen und die Angelegenheit hinter sich bringen.

Der Anführer war erfahren genug, zur Vorsicht zu raten. Er stand in einem Hauseingang auf der gegenüberliegenden Straßenseite und spähte in die Dunkelheit im Innern des Eisenwarenladens. Außer der Verwüstung, die man im Licht einer einzelnen Straßenlaterne erkennen konnte, sah er nichts. Der Jeep stand im Schatten, und das nervtötende Schrillen der Alarmanlage verhinderte, daß aus dem Ladenraum irgend etwas zu hören war.

In einigen Wohnungen über verschiedenen Läden gingen bereits die Lichter an. Er konnte es sich nicht leisten, eine Schar von Zeugen anzulocken. Dann war da auch noch die örtliche Polizei zu bedenken. Man mußte damit rechnen, daß der Sheriff und seine Hilfskräfte innerhalb weniger Minuten auf der Bildfläche erscheinen würden.

Und dann gestattete er sich – eine Folge der falschen Beurteilung – einen fatalen Fehler. Er ging davon aus, die Männer im Jeep seien bei dem

Unfall schwer verletzt worden oder versteckten sich aus Angst, und versäumte es daher, zwei Männer zum Hinterausgang zu schicken, um diesen abzuriegeln.

Er schätzte, daß es drei Minuten dauern würde, zum Jeep zu stürmen, die Opfer zu erledigen und mit den Lieferwagen zu verschwinden. Das Ganze, dachte er, müßte sich leicht und schnell bewerkstelligen lassen. Zur Vorsicht schoß er die Straßenlaterne aus, so daß die Straße im Dunkel lag und seine Männer sich vor dem Lichtkegel nicht als Silhouetten abzeichneten, wenn sie angriffen. Er hob eine Pfeife an die Lippen und gab das Signal, die Waffen bereitzuhalten und den Sicherungshebel an den einundfünfzigschüssigen Sawa-Maschinenpistolen vom Kaliber 5.56 Millimeter auf ›feuerbereit‹ umzuschalten. Dann pfiff er dreimal kurz, und sie griffen an.

Wie Wassermokassins in einem Tümpel in Georgia glitten die Männer blitzartig durch das Zwielicht, schlängelten sich paarweise durch das zerstörte Schaufenster und verschwanden schnell im Schatten. Die ersten sechs Mann, die in den Laden eindrangen, verharrten, ließen die Läufe ihrer Waffen von links nach rechts und wieder zurück schwenken und versuchten mit ihren Blicken die Dunkelheit zu durchdringen.

Da flog plötzlich ein Zwanzig-Liter-Kanister mit Nitroverdünnung, in dessen Öffnung ein brennendes Stück Stoff steckte, durch die Luft, knallte auf den Gehsteig und explodierte in einem Meer blauer und orangefarbener Flammen. Pitt und Giordino eröffneten das Feuer gleichzeitig, während Sandecker einen weiteren Kanister mit der leicht brennbaren Flüssigkeit hinausschleuderte.

Pitt hielt in jeder Hand einen Colt. Er schoß auf die Männer, gab sich aber nicht die Mühe, sorgfältig zu zielen. In seinem Kugelhagel gingen drei Männer zu Boden, die rechts vom Fenster liegenblieben, bevor sie überhaupt mitbekommen hatten, daß sie getroffen waren. Einem von ihnen blieb noch die Zeit, eine kurze Salve abzugeben, die in einer Reihe von Farbdosen einschlug und Lack über die Ware spritzte, die kaputt auf dem Boden verstreut lag.

Giordino feuerte, und der erste Mann auf der linken Seite flog rückwärts durch die Scheibe bis fast zur Straßenmitte. Die beiden anderen waren bloß Schatten in der Dunkelheit, doch er nahm sie unter Beschuß, bis die Remington leer geschossen war. Er ließ die Flinte fallen, riß die andere hoch, die er zuvor geladen hatte, und schoß so lange weiter, bis niemand mehr sein Feuer erwiderte.

Pitt blickte durch die Flammen und den Rauch, der um die vordere Fassade des Ladens wirbelte, und lud seine Magazine nach Gefühl. Die Mörder in ihren schwarzen *Ninja*-Anzügen waren verschwunden, suchten Deckung oder lagen im Rinnstein und hatten Glück, weil der hohe Bürgersteig ihnen Schutz bot. Doch geflohen waren sie nicht. Sie warteten noch immer da draußen, noch ebenso gefährlich wie zuvor. Pitt war klar, daß sie überrascht worden waren und jetzt so gereizt wie Hornissen sein mußten.

Sie würden sich neu gruppieren und wieder angreifen; doch diesmal geschickter, vorsichtiger. Und beim nächsten Mal würden sie sehen können – das Innere des Eisenwarenladens wurde von den Flammen erhellt, die inzwischen auf die hölzerne Fassade des Geschäfts übergegriffen hatten. In wenigen Minuten würden das gesamte Gebäude und die drei Männer mit ihm zu Asche verbrannt sein.

»Admiral?« rief Pitt.

»Hier drüben«, meldete sich Sandecker. »In der Farbenabteilung.«

»Wir sind schon zu lange geblieben. Können Sie nach der Hintertür suchen, während Al und ich die Stellung halten?«

»Bin schon unterwegs.«

»Bist du okay, Junge?«

Giordino machte eine Bewegung mit der Remington. »Keine neuen Einschüsse.«

»Zeit zu verschwinden. Wir müssen das Flugzeug noch erreichen.«

»Verstehe.«

Pitt warf noch einen letzten Blick auf die zusammengekrümmten Leichen der Fremden, die er umgelegt hatte. Er griff nach unten und zog einem der Toten die Kapuze vom Kopf. Im Licht der Flammen sah er die asiatischen Gesichtszüge. Wut stieg in ihm hoch. In seinem Hirn dröhnte der Name Hideki Suma. Ein Mann, den er niemals zuvor gesehen hatte, von dem er gar nicht wußte, wie er aussah. Doch der Gedanke, daß Suma alles Böse und Schlechte verkörperte, hinderte Pitt daran, auch nur mit einem der Männer, die er getötet hatte, Mitleid zu empfinden. Für ihn stand vollkommen fest, daß der Mann, der für diese Toten und das Chaos verantwortlich war, ebenfalls sterben mußte.

»Durch die Holzabteilung«, schrie Sandecker plötzlich. »Da ist eine Tür, die auf die Laderampe führt.«

Pitt ergriff Giordinos Arm und gab seinem Freund einen Schubs. »Du gehst zuerst. Ich gebe dir Deckung.«

Giordino schnappte sich eine der Remingtons, schlüpfte zwischen den Regalen hindurch und war verschwunden. Pitt drehte sich um und gab zum letzten Mal ein paar Schüsse aus den Colts ab. Er betätigte die Abzüge so schnell, daß es sich fast wie Maschinengewehrfeuer anhörte. Dann waren die Magazine leer; die Waffen waren nutzlos. Schnell entschloß er sich, sie trotzdem zu behalten und das Bezahlen auf später zu verschieben. Er schob sich die Colts in den Gürtel und rannte auf die Tür zu.

Fast hätte er es geschafft.

Der Anführer der Mörder, der, nachdem er sechs Männer verloren hatte, nun außerordentlich vorsichtig war, warf zwei Handgranaten in den bereits lodernden Laden; es folgte ein Kugelhagel, daß Pitt das Blei nur so um den Kopf pfiff.

Dann explodierten die Granaten mit donnerndem Krachen. Diese Explosion gab Oscar Brown's Hardware Emporium den Rest. Die Schockwellen brachten das Dach splitternd zum Einsturz, während der donnernde Knall jede Fensterscheibe in Phelps Point erbeben ließ, bevor er sich rumpelnd in der Ferne verlor. Was übrig blieb, war ein lodernder Hexenkessel innerhalb der noch stehenden Ziegelwände.

Der Explosionsdruck schleuderte Pitt durch die Hintertür über die Laderampe auf die Straße hinter dem Laden. Er landete auf dem Rücken, der Aufprall nahm ihm den Atem. Er lag dort, keuchte und versuchte mühsam Luft zu schnappen. Giordino und Sandecker zerrten ihn auf die Beine und stützten ihn, während er unsicher über den Hinterhof des Nachbargebäudes lief und alle drei sich hinter einem Orchesterpodium im Park auf der gegenüberliegenden Seite der nächsten Straße wenigstens für den Augenblick in Sicherheit brachten.

Die Alarmanlage verstummte, als das Feuer auf die Elektrokabel übergegriffen hatte, und jetzt hörten sie die Sirenen der Polizei und der Freiwilligen Feuerwehr, die auf die Flammen zurasten.

»Meint ihr«, fragte Giordino trocken und starrte abwesend auf das Feuer, das in der Morgendämmerung loderte, »wir haben irgendwas Falsches gesagt?«

40

Es war Samstagnacht, und auf dem Strip in Las Vegas krochen die Autos Stoßstange an Stoßstange über den Boulevard.

Stacy lehnte ihren Kopf gegen die Nackenstütze des Avanti-Cabrios und blickte zu der großen Tafel hoch, auf der für die Shows der Hotels geworben wurde. Sie wünschte, sich ausruhen und den Aufenthalt als Touristin genießen zu können, doch Weatherhill und sie hatten für ihre Rolle als jungverheiratetes Paar genaueste Anweisungen zu befolgen.

»Wieviel Geld haben wir denn zum Verspielen?« fragte sie.

»Zweitausend Dollar, vom Steuerzahler«, erwiderte Weatherhill und wich im dichten Verkehr einem anderen Wagen aus.

Sie lachte. »Das dürfte mich an den Automaten einige Stunden lang in Trab halten.«

Nachdem Weatherhill aus dem Sattelschlepper, der die Autobomben transportierte, entkommen war, hatte Jordan Stacy und ihm befohlen, nach Los Angeles zurückzukehren. Ein anderes Überwachungsteam hatte übernommen und war dem Autotransporter bis Las Vegas zum Pacific Paradise Hotel gefolgt, aus dem der Transporter, nachdem er die Wagen an sicherer Stelle in der Tiefgarage entladen hatte, leer wieder herausgefahren war.

Jordan und Kern hatten für Stacy und Weatherhill dann einen Einsatz geplant, bei dem sie einen der Kompressoren der Klimaanlage, der eine Bombe enthielt, stehlen sollten, damit man sich die Konstruktion näher ansehen konnte. Das wäre während der Fahrt einfach zu riskant gewesen. Außerdem brauchte man Zeit, um nach den Maßangaben, die Weatherhill sich notiert hatte, eine Nachbildung anzufertigen, die man statt dessen einsetzen konnte.

»Da ist das Hotel«, stellte Weatherhill fest und nickte zu einer großen Reklametafel hinüber, die mit Palmen aus Neonröhren und blitzenden Delphinen verziert war. Als Hauptattraktion wurde die größte Wassershow der Welt angepriesen. Eine zweite Tafel, die am Dach die gesamte Front des Hauptgebäudes einnahm, verkündete in rosa, blau und grün aufleuchtenden Buchstaben, daß es sich bei diesem gewaltigen Komplex um das Pacific Paradise handelte.

Stacy starrte das Hotel an. »Gibt's irgend etwas, das Hideki Suma nicht gehört?«

»Das Pacific Paradise ist nur eines von zehn Luxushotels auf der Welt, an denen er beteiligt ist.«

Weatherhill hielt vor dem Haupteingang und gab dem Portier, der ihre Gepäckstücke aus dem Kofferraum holte, ein Trinkgeld. Ein Hoteldiener parkte den Avanti, und sie trugen sich an der Rezeption ein. In ihrem Zimmer angekommen, öffnete Weatherhill unverzüglich einen Koffer, zog Baupläne vom Hotel hervor und breitete sie auf dem Bett aus.

»Sie haben die Wagen in einem großen Gewölbe im dritten Untergeschoß verborgen«, erklärte er.

Stacy sah sich das Blatt mit der Aufteilung des gesamten Untergeschosses genau an und nahm sich den Bericht eines der Männer vom Überwachungsteam vor. »Doppelt gehärteter Stahlbeton«, las sie laut. »Eine große Stahltür, die zur Decke aufschwingt. Kameraüberwachung und drei Wächter mit Dobermannpinschern. Auf direktem Weg können wir nicht eindringen. Es wäre zwar leicht, die Elektroniksysteme auszuschalten, doch allein die Wächter und die Hunde würden uns beiden die Sache ziemlich erschweren.«

Weatherhill tippte auf einen Teil des Plans. »Wir gehen durch den Ventilatorschacht rein.«

»Was für ein Glück, daß es dort einen gibt.«

»Ist baupolizeilich vorgeschrieben. Ohne Ventilation, die verhindert, daß sich der Beton ausdehnt oder zusammenzieht, könnten sich Risse bilden und dadurch die Grundmauern des Hotels angegriffen werden.«

»Wo fängt der Ventilatorschacht an?«

»Auf dem Dach.«

»Die Strecke ist für unsere Ausrüstung zu weit.«

»Wir können von einem Wartungsraum im zweiten Untergeschoß der Tiefgarage aus eindringen.«

»Soll ich das tun?«

Weatherhill schüttelte den Kopf. »Sie sind zwar kleiner als ich, doch die Entschärfung von Atomsprengsätzen fällt in mein Ressort. Ich werde dort einbrechen; Sie kümmern sich um die Leinen.«

Sie warf einen prüfenden Blick auf die Maße des Ventilatorschachts. »Das wird eng werden. Ich hoffe, Sie leiden nicht an Klaustrophobie.«

Mit Tennistaschen, Schlägern und weißer Tenniskleidung gingen Weatherhill und Stacy ohne weiteres als Paar durch, das auf den Plätzen des Hotels spielen wollte. Nachdem sie auf einen unbesetzten Aufzug gewartet hatten, fuhren sie ins zweite Untergeschoß der Tiefgarage hinunter, wo Weatherhill das Türschloß des Wartungsraums in weniger als fünf Sekunden knackte.

Der kleine Innenraum war voller Dampf- und Wasserleitungen und Digitalinstrumente, die ständig die Temperaturen und die Luftfeuchtigkeit maßen. Eine Schrankreihe enthielt Besen, Reinigungsgeräte und Zündkabel für Wagen, die in der Tiefgarage eine Panne hatten.

Stacy zog blitzschnell die Reißverschlüsse der Tennistaschen auf und breitete eine Reihe Ausrüstungsgegenstände nebeneinander aus. Weatherhill schlüpfte in einen Nylonoverall, legte eine Kletterausrüstung an und ließ den Sicherheitshaken am Gürtel zuschnappen.

Danach setzte Stacy das Rohr mit dem Federkolben und dem breiteren Stahlmantel zusammen, die ›Kanone‹, und verband sie mit dem ›Stachelschwein‹, einem seltsamen Gebilde, um das ein Kugellager lief, das an ein Speichenrad erinnerte. Als nächstes entrollte sie drei dünne Nylonschnüre und knotete diese am ›Stachelschwein‹ fest.

Weatherhill vergewisserte sich ein letztes Mal auf der Blaupause über den Verlauf des Ventilatorsystems. Ein Vertikalschacht mit großem Durchmesser verlief in Verästelungen mit geringerem Durchmesser horizontal zwischen den Decken und Böden der Parkdecks. Der Schacht, der zu dem Gewölbe führte, in dem die Wagen mit den Bomben standen, verlief unter ihren Füßen zwischen Boden und Decke des nächstgelegenen Tiefgeschosses. Mit einer kleinen, batteriebetriebenen Säge schnitt er ein großes Loch in die dünne Metallwand. Dann stellte er die Abdekkung beiseite, zog eine kleine Taschenlampe hervor und leuchtete damit ins Innere des Schachts.

»Fällt vor der Abzweigung zum Gewölbe ungefähr noch einen Meter ab«, erklärte er.

»Und wie weit ist's dann noch?« erkundigte sich Stacy.

»Nach der Blaupause ungefähr zehn Meter.«

»Schaffen Sie's durch die Biegung, an der der Schacht von der vertikalen in die horizontale Lage übergeht?«

»Nur wenn ich ganz stark den Bauch einziehe«, erwiderte er grinsend.

»Funküberprüfung«, kündigte sie an und stülpte sich einen winzigen Kopfhörer mit Empfänger über.

Er drehte sich um und flüsterte etwas in den Sender an seinem Handgelenk: »Überprüfung, Überprüfung. Wie ist die Verbindung?«

»Kristallklar. Und umgekehrt?«

»Ebenfalls.«

Stacy umarmte ihn aufmunternd, beugte sich dann in den Ventilatorschacht und drückte auf den Abzug der ›Kanone‹. Der federgetriebene Kolben schoß das ›Stachelschwein‹ in die Dunkelheit, wobei der Schwung und die Kugellagerräder es glatt um die Biegung trugen. Sie hörten es ein paar Sekunden durch den Schacht rollen, die drei Nylonschnüre hinter sich herziehend, bevor ein hörbares ›Klick‹ anzeigte, daß es durch den Aufprall auf das Filtergitter in der Wand des Gewölbes aufgehalten worden war. Dann betätigte Stacy einen anderen Hebel, und zwei Haltestangen schossen aus dem ›Stachelschwein‹ und verkeilten es unverrückbar im Schacht.

»Ich hoffe, Sie haben kräftig trainiert«, sagte Weatherhill, während er die Schnur durch die Ösen im Gürtel seiner Kletterausrüstung zog. »Denn Ihre mickrigen kleinen Muskeln kriegen ganz schön was zu tun.«

Sie grinste und deutete auf einen Flaschenzug, den sie zwischen einem Seil und einem Wasserrohr bereits montiert hatte. »Alles nur eine Frage der Hebelwirkung«, erklärte sie.

Weatherhill befestigte die kleine, starke Taschenlampe an einem Handgelenk. Er bückte sich und nahm einen Gegenstand aus seiner Tasche, der genauso aussah wie der Kompressor der Klimaanlage. Dann nickte er. »Es kann losgehen.«

Er schob sich in den vertikalen Schacht und ließ sich dann langsam kopfüber nach unten. Den nachgebildeten Kompressor hielt er über seinem Kopf, während Stacy das Gewicht an einer Schnur hielt. Hier war noch genug Raum, doch als er an die Biegung kam, von der an der Schacht horizontal weiterverlief, mußte er sich winden wie eine Schlange. Auf dem Rücken liegend zog er sich um die enge Ecke. Dann war er drin.

»Okay, Stacy, ziehen«, sagte er.

»Ist es eng?«

»Sagen wir mal, ich kann gerade noch atmen.«

Sie zog Handschuhe an und begann, an einem der Nylonseile zu ziehen, das um die Speiche des ›Stachelschweins‹ lief und auf der andere Seite am Gürtel von Weatherhills Kletterausrüstung befestigt war. Auf diese Weise beförderte sie ihn durch den engen Ventilatorschacht.

Er konnte ihr nur dadurch helfen, daß er ausatmete, wenn er merkte, daß sie zog. Langsam fing er in seinem Nylonanzug an zu schwitzen. Der Ventilatorschacht gehörte nicht zur Klimaanlage, und die Luft, die von der Öffnung im Dach des Hotels her hereinwehte, war heiß und stikkig.

Stacy ging es kaum besser. Die Dampfröhren, die durch den Wartungsraum verliefen, gaben so viel Hitze und Luftfeuchtigkeit ab, daß das Klima dem in einem türkischen Bad ähnelte.

»Ich sehe das ›Stachelschwein‹ und das Ventilatorgitter«, gab er nach acht Minuten durch.

Noch fünf Meter, und er war da. Auf den Blaupausen waren im Gewölbe keine TV-Kameras eingezeichnet, doch um sicherzugehen, spähte er zunächst in den dämmrigen Raum. Dann zog er einen kleinen Sensor aus der Hemdtasche und überprüfte damit den Raum auf Laserstrahlen und Wärmetaster. Glücklicherweise war nichts dergleichen zu entdekken.

Er mußte grinsen. Die ausgefeilten Abwehr- und Sicherheitsmaßnahmen beschränkten sich auf den Außenbereich des Gewölbes. Ein Fehler, der bei vielen Sicherheitssystemen zu beobachten war.

Weatherhill knotete eine dünne Schnur an das Ventilatorgitter und ließ es langsam auf den Boden hinunter. Er löste den Verschluß, der die Verankerung des ›Stachelschweins‹ freigab, so daß es zusammen mit dem nachgebildeten Kompressor langsam in das Gewölbe hinabschwebte. Dann ließ er sich selber hinunter, Kopf voraus, bis er schließlich auf dem Betonfußboden lag.

»Ich bin drin«, teilte er Stacy mit.

»Verstanden.«

Er leuchtete mit der Lampe das Gewölbe ab. Die Wagen mit den Bomben wirkten hier in der stickigen Dunkelheit, umgeben von dicken Zementwänden, doppelt bedrohlich. In einer derart abgeschlossenen Umgebung konnte man sich die fürchterliche Zerstörungskraft nur schwer vorstellen.

Weatherhill stand auf und legte die Bergsteigerausrüstung ab. Er ging um den nächststehenden Wagen herum und breitete ein kleines Werkzeugset, das er sich um ein Bein geschnallt hatte, auf einem Kotflügel aus. Den nachgebauten Kompressor stellte er auf den Fußboden. Dann griff er, ohne sich die Mühe zu machen, einen Blick in den Wagen zu werfen, unter das Armaturenbrett und zog den Hebel für die Motorhaube.

Einen Moment lang starrte er die echte Bombe an. Sie war so konstruiert, daß sie durch ein codiertes Funksignal gezündet werden konnte. Soviel wußte er. Daß der Sprengmechanismus durch eine plötzliche Bewegung aktiviert werden konnte, war unwahrscheinlich. Sumas Atomingenieure hatten ganz sicher eine Bombe entwickelt, die die Stöße eines Autos, das mit hoher Geschwindigkeit über schlechte Straßen gefahren wurde, aushalten konnte. Doch er wollte kein Risiko eingehen, ganz besonders deshalb nicht, weil die Ursache der Explosion auf der *Divine Star* immer noch ungeklärt war.

Weatherhill schob alle Befürchtungen beiseite und machte sich daran, die Halteklammern vom Kompressor zu lösen. Wie er vermutet hatte, waren die Elektrokabel, die zu den Verdunstungsspiralen führten und als Antenne dienten, in einem Schlauch verborgen. Die Elektronik war genauso, wie auch er sie entworfen hätte. Vorsichtig löste er die Verbindungsstecker und steckte sie sofort auf den nachgebauten Kompressor, ohne den Stromkreis zu unterbrechen. Er konnte sich jetzt Zeit nehmen, die Montageschrauben zwischen Kompressor und Karosserie zu lösen.

»Bombe sicher aus dem Wagen entfernt«, gab er durch. »Nehme nun den Austausch vor.«

Nach weiteren sechs Minuten saß der nachgebaute Kompressor an Ort und Stelle und war angeschlossen.

»Ich komme jetzt raus.«

»Bin bereit, Sie zurückzuziehen«, antwortete Stacy.

Weatherhill ging zurück zur Ventilatoröffnung und legte seine Ausrüstung wieder an. Plötzlich fiel ihm etwas auf, das ihm in der Dunkelheit des Gewölbes fast entgangen wäre.

Irgend etwas saß auf dem Fahrersitz.

Er ließ den Schein der Lampe durch das Gewölbe wandern. Jetzt erkannte er, daß in jedem Wagen eine Art Mechanismus hinter dem Steuerrad saß. Das Gewölbe war kühl, doch Weatherhill hatte das Gefühl, in einer Sauna zu sein. Unter seinem Nylonanzug war er schweißgebadet. Die Taschenlampe immer noch in einer Hand, wischte er sich mit einem Ärmel über das Gesicht und ging dann in die Knie, bis sich sein Kopf auf der Fahrerseite in Höhe des Fensterrahmens des Wagens befand, an dem er gerade gearbeitet hatte.

Es wäre lächerlich gewesen, das Ding hinter dem Steuer einen mechanischen Fahrer zu nennen. Noch abwegiger schien es, es als Roboter zu bezeichnen, doch genau das war es. Den Kopf bildete eine Art computergestütztes visuelles System, das auf einer metallenen Wirbelsäule saß, der Brustkorb war ein Kasten voller Elektronik. Klauenartige, stählerne Hände mit drei Fingern hielten das Steuerrad. Arme und Beine entsprachen, was die Maße anging, genau denen eines Menschen, doch hier hörte auch schon jede Ähnlichkeit auf.

Weatherhill nahm sich einige Minuten Zeit, betrachtete den Roboterfahrer genau und prägte sich die Konstruktionsmerkmale ein.

»Bitte melden Sie sich«, forderte Stacy, die wegen der Verzögerung der Rückkehr langsam Angst bekam.

»Ich habe etwas Interessantes gefunden«, erwiderte er. »Ein neues Spielzeug.«

»Besser, Sie beeilen sich.«

Er war froh, diesen Ort verlassen zu können. Die Roboter, die schweigend in der Dunkelheit saßen und auf das Kommando warteten, die Wagen zu ihren vorbestimmten Zielen zu lenken, erweckten allmählich den Eindruck von Skeletten. Er hakte die Seile an seinem Gürtel fest, legte sich auf den kalten Fußboden und schob die Beine an der Wand hoch, bis der Rücken die Wand berührte.

»Ziehen.«

Stacy stemmte ein Bein gegen das Rohr und zog an dem Seil, das durch die Rollen des Flaschenzugs am ›Stachelschwein‹ lief. Am anderen Ende erreichten Weatherhills Füße den Ventilationsschacht, und er verschwand darin, wie er herausgekommen war, auf dem Rücken, mit dem kleinen Unterschied, daß er diesmal in seinen über den Kopf gestreckten Händen einen Kompressor hielt, der eine Atombombe beherbergte.

Sobald sein ganzer Körper im Schacht war, meldete er sich über Funk. »Okay. Halt. Ich entferne das ›Stachelschwein‹ und montiere das Ventilationsgitter wieder. Wäre schlecht, einen Hinweis auf unseren Besuch zurückzulassen.«

Langsam hob er das ›Stachelschwein‹ an und ließ die Sicherungsstäbe ausfahren, so daß sie sich wieder in die Wände des Schachts gruben, immer darauf bedacht, den Kompressor nicht zu berühren. Dann zog er das Gitter an dem dünnen Seil nach oben und schraubte es schnell wieder fest. Erst jetzt gönnte er sich eine Verschnaufpause und entspannte sich. Er konnte nur ruhig daliegen, sich von Stacy, die die ganze Arbeit tun mußte, durch den Schacht ziehen lassen, die Bombe anstarren und sich Gedanken über seine Lebenserwartung machen.

»Ich seh' schon Ihre Füße«, sagte Stacy endlich. Ihre Armmuskeln wurden langsam gefühllos, und ihr Herz schlug heftig vor Anstrengung.

Als er den engen Horizontalschacht verlassen hatte, drückte er sich mit den Händen nach oben ab. Jetzt hatte er ausreichend Platz, die Bombe über seine Schulter zu reichen, bis sie nach unten greifen und sie sicher in den Wartungsraum heben konnte. Nachdem sie den Zylinder in ein weiches Tuch eingeschlagen und in der Tennistasche verstaut hatte, zog sie Weatherhill durch die Öffnung im Ventilationsschacht.

Schnell löste er die Nylonseile und legte die Kletterausrüstung ab, während Stacy mit einem zweiten Auslöser die Haltestangen des ›Stachelschweins‹ einfuhr. Dann zog sie das Gerät durch den Schacht hoch, wickelte das Nylonseil darum und verstaute es in der Tennistasche. Während Weatherhill wieder in seinen Tennispullover und die Shorts schlüpfte, befestigte sie mit Klebeband die Verkleidung über der gewaltsam geöffneten Einstiegstelle.

»Keine Störungen?« fragte Weatherhill sie.

Sie schüttelte den Kopf. »Ein paar Leute sind vorbeigelaufen, nachdem sie ihre Autos geparkt hatten. Von den Hotelangestellten ist niemand reingekommen.« Sie deutete auf die Tasche mit dem Kompressor. »Kaum zu glauben, daß da eine Atombombe drin ist.«

Er nickte. »Eine, die stark genug ist, das gesamte Hotel in Schutt und Asche zu legen.«

»Irgendwelche Probleme?« wollte Stacy wissen.

»Nein, aber ich bin dahintergekommen, daß sich unser Freund Suma etwas Neues hat einfallen lassen«, erklärte er und stopfte Anzug und Ausrüstung in die Tasche. »Die Wagen haben Roboter als Fahrer. Die brauchen gar keine Menschen, um die Bomben an die Explosionsstellen zu fahren.«

»Dieser Schweinehund.« Müdigkeit und Anstrengung waren plötzlich wie weggeblasen, Stacy empfand nur noch Wut. »Keine menschlichen Gefühle, auf die man Rücksicht nehmen müßte, keine Schwierigkeiten mit einem Überläufer, der sich weigert, die Bombe wegzubringen; niemand, den man befragen oder der die Quelle verraten könnte, wenn die Polizei den Wagen anhalten sollte.«

»Suma hat seine gegenwärtige Position nicht erreicht, weil er dumm ist. Roboter zu verwenden, die die Drecksarbeit erledigen, ist verdammt schlau. Japan ist in der Robotermechanik weltführend, und eine Ermittlung dürfte zweifelsfrei ergeben, daß die Entwicklungs- und Konstruktionsabteilungen in Edo City stark an der Planung und am Bau derartiger Maschinen beteiligt sind.«

Eine schreckliche Ahnung schimmerte in Stacys Augen. Ihre Stimme war nur ein Wispern, als sie sagte: »Das Kontrollzentrum. Was ist, wenn es von Robotern bemannt ist und von ihnen auch bewacht wird?«

Mit einem Ruck zog Weatherhill die Tasche zu. »Das ist Jordans Problem. Ich vermute, es ist so gut wie unmöglich, dort einzudringen.«

»Dann können wir Suma also nicht davon abhalten, es in Betrieb zu nehmen und die Bomben scharf zu machen.«

»Möglicherweise gibt es keinen Weg, ihn aufzuhalten«, erklärte er ernst und verbittert. »Er hat einfach die besseren Karten in der Hand.«

41

Toshie, in einen sehr kurzen, nicht nach Geishaart geschnittenen Kimono gehüllt, der mit einem Obi Sash locker um die Hüften gebunden war, neigte ergeben den Kopf und reicht Suma, der aus einem gefliesten Dampfbad kam, ein großes weiches Badetuch. Er schlang sich das Tuch wie eine Toga um den Leib und setzte sich auf einen niedrigen, gepolsterten Stuhl. Toshie kniete nieder und fing an, seine Füße zu massieren.

Toshie, die Tochter eines armen Fischers, das vierte von insgesamt acht Kindern, war ein knochiges, unattraktives Mädchen gewesen, das von den jungen Männern erst beachtet wurde, als sich ihr heute wohlproportionierter Körper zu entwickeln begann und ihr Busen weitaus größer wurde, als es für die meisten Japanerinnen typisch war.

Suma sah sie das erste Mal, als er bei Sonnenuntergang einen einsamen Spaziergang machte und sie gerade ein Netz in die rollende Brandung warf. Gelassen stand sie da und schien in den Strahlen der untergehenden Sonne golden zu schimmern. Sie trug nur ein dünnes Hemd, feucht vom Wasser der Wellen, das alles enthüllte und nichts verbarg.

Ihr Anblick fesselte ihn. Ohne sie anzusprechen, fand er ihren Namen heraus, und als sich die ersten Sterne am Himmel zeigten, hatte er sich mit ihrem Vater geeinigt und ihm Toshie für eine Summe abgekauft, die den ums Überleben kämpfenden Fischer zum reichsten Mann der Insel und zum Eigentümer eines hochmodernen Fischerboots machte.

Toshie war zunächst wie gelähmt vor Angst und Entsetzen, ihre Familie verlassen zu müssen, doch nach und nach zogen Sumas Reichtum und Macht sie in ihren Bann, und schon bald fühlte sie sich zu ihm hingezogen. In gewisser Weise genoß sie ihre dienende Rolle als Sekretärin und Geliebte. Er hatte sie von den besten Lehrern ausbilden, sie in Sprachen, Betriebswirtschaft und Finanzwissenschaften unterrichten lassen und sie gelehrt, mit der Mode zu gehen. Und natürlich hatte er ihr die Feinheiten der Liebe beigebracht.

Sie wußte, er würde sie niemals heiraten. Es gab zu viele andere Frauen, und Hideki war unfähig, nur eine zu lieben. Doch er war ihr zugetan, und wenn die Zeit dafür reif war, sie zu ersetzen, würde er sich – das wußte sie – erkenntlich zeigen.

Kamatori saß in eine gelbe *Yukata*-Robe mit rotem Vogelmuster gehüllt an einem niedrigen schwarzen Lacktisch direkt Roy Orita gegenüber und schlürfte Tee. Respektvoll warteten beide Männer darauf, daß Suma als erster das Wort ergriff.

Einige Minuten lang ignorierte Suma die beiden und genoß Toshies Fußmassage. Dann sprach er. Kamatori senkte die Augen, um einem verärgerten Blick auszuweichen. Zum zweiten Mal innerhalb einer Woche hatte er das Gesicht verloren und fühlte sich zutiefst gedemütigt.

»Also haben Ihre Idioten versagt«, stellte Suma fest.

»Eine unglückliche Fügung«, erwiderte Kamatori und starrte immer noch auf die Tischplatte.

»Unglückliche Fügung!« fuhr Suma ihn an. »Katastrophe entspräche wohl eher den Tatsachen.«

»Pitt, Admiral Sandecker und dieser Giordino hatten unwahrscheinliches Glück.«

»Das war kein Glück. Ihre Männer haben die unglaubliche Überlebensfähigkeit der Amerikaner einfach unterschätzt.«

»Das Verhalten professioneller Agenten läßt sich voraussagen«, erklärte Kamatori in dem lahmen Versuch, sich zu verteidigen. »Zivilisten halten sich nicht an die Regeln.«

Suma gab Toshie ein Zeichen aufzuhören. »Wie viele Männer haben Sie verloren?«

»Sieben, den Anführer eingeschlossen.«

»Ich hoffe, es wurde niemand gefaßt.«

»Sämtliche Leichen konnten aufgesammelt werden, und die Überlebenden entkamen, bevor die örtliche Polizei auftauchte. Es ist keine Spur zurückgeblieben.«

»Raymond Jordan wird wissen, wer dafür verantwortlich war«, erklärte Roy Orita.

»Das spielt keine Rolle.« Kamatoris Miene drückte Verachtung aus. »Er und sein lächerliches MAIT-Team stellen keine Bedrohung mehr dar. Seine Operationen in Japan wurden gestoppt.«

Suma beachtete den Tee nicht, sondern griff nach einem Schälchen Sake, das Toshie ihm reichte. »Jordan kann noch immer gefährlich werden, wenn seine Agenten den Ort unseres Kommandozentrums in Erfahrung bringen.«

»Jordan und Kern waren in einer Sackgasse gelandet, als ich vor vierundzwanzig Stunden den Kontakt abbrach«, versicherte Orita. »Die hatten keine Ahnung, um welchen Ort es sich handeln könnte.«

»Sie versuchen die Wagen mit den Bomben ausfindig zu machen«, gab Suma zu Bedenken. »Soviel wissen wir jedenfalls.«

Gleichgültig zuckte Kamatori die Achseln. »Jordan jagt flüchtigen Schatten hinterher. Die Wagen sind sicher versteckt und werden bewacht. Bis vor einer Stunde war noch keiner gefunden und konfisziert worden. Und selbst wenn seine Agenten über ein paar Autos stolpern und die Bomben entschärfen sollten, dann wird sich das als zu spät und ungenügend herausstellen. Uns stehen immer noch mehr Bomben zur

Verfügung, als nötig sind, um über die halbe Welt einen elektromagnetischen Schild zu legen.«

»Irgendwelche Neuigkeiten vom KGB oder den europäischen Geheimdiensten?« fragte Suma.

»Die tappen völlig im dunkeln«, erwiderte Orita. »Aus uns unbekannten Gründen hat Jordan seine Erkenntnisse nicht an sie weitergegeben.«

Kamatori trank einen Schluck Tee und blickte Suma über den Rand der Tasse hinweg an. »Sie haben sie geschlagen, Hideki. Unsere auf Robotertechnik spezialisierten Techniker haben die Elektroniksteuerung des Waffensystems fast fertiggestellt. Bald, sehr bald schon sind Sie in der Position, der dekadenten westlichen Welt Ihre Bedingungen zu diktieren.«

Sumas Gesicht war eine steinerne Maske des Bösen. Wie so viele reiche Männer hatte er sich mit Reichtum allein nicht begnügen können – jetzt war er vom Verlangen nach absoluter Macht beherrscht.

»Ich glaube, der Zeitpunkt ist gekommen«, sagte er mit einer Stimme, in der sadistische Freude mitschwang, »unsere Gäste über den Grund ihres Aufenthaltes hier in Kenntnis zu setzen.«

»Darf ich eine Empfehlung aussprechen?« fragte Orita und verbeugte sich leicht.

Suma nickte wortlos.

»Die *Gaijins* lassen sich von Ansehen und Macht beeindrucken. Das kann man an der Art erkennen, wie sie Unterhaltungskünstler und reiche Berühmtheiten verehren. Sie sind der bedeutendste Finanzexperte der Welt. Lassen Sie die Kongreßabgeordnete und den Senator im Ungewissen, indem Sie im Hintergrund bleiben und nicht erreichbar sind. Schicken Sie andere zu den beiden, die ihre Neugier weiter anstacheln, indem Sie sie mit kleinen Informationsstückchen füttern, bis sie schließlich innerlich bereit sind, bei Ihrem verehrungswürdigen Erscheinen Ihre göttlichen Befehle entgegenzunehmen.«

Suma dachte über Oritas Rat nach. Es war ein kindisches Spiel, das sei nem Ego entgegenkam, jedoch auch seine praktische Seite hatte. Er warf Kamatori einen Blick zu. »Moro, ich überlasse es Ihnen, mit der Initiation unserer Gäste zu beginnen.«

Loren war verwirrt. Noch nie in ihrem Leben war sie derart verwirrt gewesen. Fast unmittelbar, nachdem man sie beim Oldtimer-Rennen entführt hatte, war sie betäubt worden und hatte erst vor zwei Stunden mühsam das Bewußtsein wiedererlangt.

Als sie den Schleier, der ihre Gedanken trübte, endlich zerrissen hatte, fand sie sich in einem wunderschön eingerichteten Schlafzimmer wieder, an das sich ein luxuriöses Bad mit im Boden eingelassener Marmorbadewanne und Bidet anschloß. Das Zimmer war im Südseestil eingerichtet, mit Rattanmöbeln und unzähligen tropischen Topfpflanzen. Der Fußboden war aus hellem, poliertem Zedernholz, und die Wände schienen mit gewobenen Palmenmatten tapeziert zu sein.

Das Ganze erinnerte sie an ein Feriendorf auf Tahiti, in dem sie früher einmal Urlaub gemacht hatte – bis auf zwei Ausnahmen: Es gab keinen Türgriff und keine Fenster.

Sie öffnete einen Schrank an der Wand und sah hinein. Dort hingen einige teure Seidenkimonos. Sie zog einen über und stellte erfreut und überrascht fest, daß er fast wie angegossen paßte. Dann zog sie eine der Schubladen darunter auf. Sie enthielten Damenunterwäsche, ebenfalls genau in ihrer Größe, und auch die Sandalen auf dem Boden des Schranks paßten ihr.

Besser als in einem Verließ angekettet zu sein, dachte Loren. Derjenige, der sie gefangengenommen hatte, schien sie nicht quälen oder umbringen zu wollen. Die Frage, weshalb sie entführt worden war, schob sie beiseite. Sie beschloß, aus ihrer widrigen Situation das Beste zu machen, und entspannte sich in der Badewanne mit einem Schaumbad. Dann trocknete und richtete sie sich das Haar. Fön, Kämme und Spangen lagen ordentlich aufgereiht auf einer Kommode, zusammen mit einer Auswahl teurer Kosmetikartikel und Parfüms.

Sie schlüpfte gerade in einen weißen Kimono mit Rosenmuster, als es leise an der Tür klopfte und Kamatori den Raum betrat.

Einen Augenblick stand er schweigend da, Unterarme und Hände in den Ärmeln seiner *Yukata* verborgen. Er musterte sie mit arroganter, verächtlicher Miene. Seine Augen wanderten langsam von Lorens bloßen Füßen zu ihren Brüsten und richteten sich dann auf ihr Gesicht.

Loren zog den Kimono eng um ihren Körper, knotete den Gürtel zu und wandte ihm den Rücken zu. »Ist es in Japan üblich, das Zimmer einer Dame ohne Aufforderung zu betreten?«

»Entschuldigen Sie bitte vielmals«, erwiderte Kamatori mit kaum verhohlenem Sarkasmus. »Ich wollte einer bekannten amerikanischen Abgeordneten gegenüber keineswegs respektlos sein.«

»Was wünschen Sie?«

»Mr. Hideki Suma schickt mich, damit ich mich vergewissere, daß Sie sich wohl fühlen. Ich heiße Moro Kamatori und bin Mr. Sumas Freund, Leibwächter und Vertrauter.«

Kühl erwiderte sie: »Ich habe mir schon gedacht, daß er für meine Entführung verantwortlich ist.«

»Die Unbequemlichkeit ist nicht von Dauer, das verspreche ich.«

»Weshalb werde ich als Geisel gehalten? Was verspricht er sich davon, außer den Haß und die Rache der amerikanischen Regierung zu provozieren?«

»Er wünscht, daß Sie Ihrem Präsidenten und dem Kongreß eine Botschaft übermitteln.«

»Sagen Sie Mr. Suma, er könne mich mal, er möge seine Botschaft selbst überbringen.«

Sie ist unverschämt, weil sie in der Defensive ist, überlegte Kamatori. Das gefiel ihm, und er beschloß, Lorens erste Verteidigungslinie zu durchbrechen. »Was für ein Zufall. Beinahe genau dasselbe hat auch Senator Diaz gesagt, nur mit wesentlich schärferen Worten.«

»Mike Diaz?« Lorens Schutzwall zeigte erste Risse. »Sie haben ihn ebenfalls entführt?«

»Ja, Sie wurden zusammen hierhergebracht.«

»Wo ist *hier?*«

»Eine abgelegene Insel vor der Küste Japans.«

»Suma ist verrückt.«

»Kaum«, erwiderte Kamatori geduldig. »Er ist außerordentlich weise, ein vorausschauender Mann. In ein paar Tagen wird er seine Gesetze verkünden, nach denen sich die westlichen Wirtschaftsländer in Zukunft zu richten haben.«

Auf Lorens Gesicht zeigte sich zornige Röte. »Dann ist er noch verrückter, als ich angenommen habe.«

»Ich glaube nicht. Es gibt keinen Menschen in der Geschichte, der je so viel Reichtum zusammengetragen hat. Das ist ihm nicht durch Dummheit gelungen. Bald werden Sie erkennen, daß er auch über Ihre Regierung und die Wirtschaft Ihres Landes die absolute Kontrolle auszuüben vermag.« Kamatori schwieg, senkte die Augen und starrte auf die Rundungen von Lorens Brüsten, die sich unter den Falten des Kimonos abzeichneten. »Angesichts der bevorstehenden Veränderungen täten Sie sicher gut daran, neu zu überlegen, auf welcher Seite Sie stehen wollen.«

Loren konnte einfach nicht glauben, daß sie sich einen derartigen Schwachsinn anhören mußte. »Wenn Senator Diaz oder mir etwas geschieht, werden Sie und Mr. Suma die Folgen zu tragen haben. Der Präsident und der Kongreß werden nicht tatenlos dabei zusehen, wie wir als Geiseln gehalten werden.«

»Seit Jahren nehmen immer wieder moslemische Terroristen Amerikaner als Geiseln, und es wurde nichts unternommen.« In Kamatoris Augen zeigte sich Belustigung. »Bereits eine Stunde nach Ihrem Verschwinden wurde der Präsident informiert, auch darüber, wer für die Entführung verantwortlich war. Glauben Sie mir, er hat befohlen, keinerlei Rettungsversuche zu unternehmen und nichts an die Medien durchdringen zu lassen. Weder Ihre Assistenten noch Ihre Verwandten, noch die übrigen Kollegen im Kongreß wissen, daß Sie heimlich nach Japan entführt wurden.«

»Sie lügen. Meine Freunde würden nie im Leben schweigen.«

»Mit Freunden meinen Sie Dirk Pitt und Alfred Giordino?«

Die Gedanken wirbelten nur so in Lorens Kopf herum. Sie fürchtete, das Gleichgewicht zu verlieren. »Sie kennen sie?«

»Ja, sie haben sich in Dinge eingemischt, die sie nichts angingen, und hatten einen Unfall.«

»Wurden Sie verletzt?« fragte sie stockend.

»Ich weiß es nicht, aber man kann sicher davon ausgehen, daß sie nicht ohne Kratzer davongekommen sind.«

Lorens Lippen bebten. Sie suchte nach Worten. »Warum ich? Warum Senator Diaz?«

»Der Senator und Sie sind lediglich die Bauern im Schach um die Wirtschaftsmacht«, fuhr Kamatori fort. »Also erwarten Sie keinerlei Rettung, es sei denn von Mr. Suma. Ein Angriff Ihrer Special Forces wäre nutzlos, weil Ihre Geheimdienste nicht den leisesten Schimmer haben, wo Sie sich aufhalten. Und selbst wenn es so wäre: Es gibt keine Armee, die unsere Verteidigung durchbrechen könnte. Auf jeden Fall jedoch werden Sie und der Senator übermorgen freigelassen und können nach Washington zurückfliegen.«

Kamatori hatte auf die Verwirrung gehofft, die sich in Lorens Augen zeigte. Er zog die Hände aus den weiten Ärmeln seiner *Yukata*, riß Loren plötzlich den Kimono bis zur Hüfte herunter und hielt ihre Arme fest.

Kamatori grinste gemein. »Ich werde alles in meiner Macht Stehende unternehmen, Ihnen Ihren kurzen Aufenthalt so angenehm wie möglich zu gestalten. Vielleicht erteile ich Ihnen sogar eine Lektion über den Gehorsam, den die Frauen den Männern entgegenzubringen haben.«

Dann drehte er sich um und klopfte zweimal laut an die Tür. Sie wurde von einem unsichtbaren Wächter, der draußen stand, geöffnet, und schon war Kamatori verschwunden. Für Loren bestand kaum ein Zweifel darüber, was sie erwartete, bevor man sie freilassen würde.

42

»Da ist sie«, erklärte Mel Penner, zog mit der geschmeidigen Bewegung eines Zauberkünstlers ein Tuch von einem Tisch und enthüllte das dreidimensionale Modell einer Insel mit winzigen Bäumen und Gebäuden, umgeben von einem blauen, aus Gips geformten Meer. »Die Insel Soseki, früher als Ajima bekannt.«

»Ausgezeichnete Arbeit«, lobte Stacy ihn. »Sie sieht so echt aus.«

»Ich bin ein alter Modelleisenbahner«, erklärte der Leiter der Außeneinsatzes stolz. »Am liebsten bilde ich Landschaften nach.«

Weatherhill beugte sich über den Tisch und musterte die steilen, wirklichkeitsgetreuen Klippen, die aus dem Meer ragten. »Wie groß ist sie?«

»Vierzehn Kilometer lang und fünf Kilometer breit an der breitesten Stelle. Ungefähr so groß wie San Miguel, eine der Kanalinseln vor der Küste Kaliforniens.«

Penner zog ein blaues Taschentuch aus der Tasche und tupfte sich die Schweißperlen ab, die an seinen Schläfen herunterrannen. Die Klimaanlage des kleinen Hauses, das eigentlich kaum größer war als eine Hütte, sorgte zwar für eine angenehme Temperatur, konnte aber gegen die Luftfeuchtigkeit von achtundneunzig Prozent nichts ausrichten, die am Sandstrand von Korror Island in der Nähe von Palau herrschte.

Stacy, in engen Shorts und Trägeroberteil, lief um den Tisch herum und sah sich Penners exaktes Modell von allen Seiten an. Die Felsklippen, überspannt von winzigen asiatischen Brücken, und die verkrüppelten Pinien verliehen der Insel etwas Geheimnisvolles. »Sie muß...« sie zögerte und suchte nach der richtigen Beschreibung, »himmlisch sein«, beendete sie schließlich ihren Satz.

»Nicht gerade das Wort, das mir dabei in den Sinn kommt«, murmelte Pitt und schwenkte ein Glas, das halb mit Tequila, Limonensaft und Eis gefüllt war. Er trug eine Badehose und ein NUMA-T-Shirt. Seine langen, gebräunten Beine lagen auf der Rückenlehne des vor ihm stehenden Stuhles; die Füße steckten in Ledersandalen. »Von außen betrachtet vielleicht eine Schönheit, aber im Innern lauert ein Ungeheuer.«

»Sie glauben also, daß Sumas Atomwaffenarsenal und die Kommandozentrale sich im Innern der Insel befinden?« fragte Frank Mancuso, der als letzter zu dem fünfköpfigen Team, das sich im Südpazifik versammelt hatte, gestoßen war.

Penner nickte. »Wir sind sicher.«

Stacy fuhr mit den Fingern über die hohen Klippen, die fast senkrecht aus dem Meer ragten. »Es gibt keine Anlegestelle. Die müssen das Baumaterial auf dem Luftweg dorthin transportiert haben.«

»Wieso konnten sie dort bauen, ohne daß unsere Aufklärungssatelliten irgend etwas bemerkt haben?« überlegte Weatherhill laut.

Stolz hob Penner einen Teil des Meeres zwischen der Insel und der massiven Tischkante ab und deutete auf eine dünne Röhre, die durch graues Gestein lief. »Ein Tunnel«, erklärte er. »Sumas Ingenieure haben einen Tunnel gebaut, der im untersten Tiefgeschoß von Edo City anfängt, zehn Kilometer bis zur Küste führt und dann weitere fünfzig Kilometer unter dem Meeresboden nach Soseki.«

»Eins zu Null für Suma«, meinte Pitt. »Unsere Satelliten haben keine ungewöhnlichen Erdbewegungen entdeckt, weil der Abraum aus dem Tunnel zusammen mit dem Aushub beim Bau der Stadt forttransportiert wurde.«

»Perfekte Tarnung«, sagte Giordino. Er saß rittlings auf einem Stuhl und starrte nachdenklich auf das maßstabsgetreue Modell. Er hatte außer seinen abgeschnittenen Jeans nichts weiter an.

»Der längste Tunnel der Welt«, erklärte Penner, »noch länger als der, den die Japaner zwischen Honshu und Hokkaido unter dem Meer gebaut haben.«

Bewundernd schüttelte Weatherhill den Kopf. »Ein unglaubliches Unternehmen. Schade, daß diese Anstrengungen sich nicht auf einen friedfertigeren Zweck gerichtet haben.«

»Wenn man nur von einem Ende aus vorgedrungen ist, muß das Ganze gut sieben Jahre gedauert haben«, stellte Mancuso, der sich als Bergwerksingenieur auskannte, tief beeindruckt fest.

Penner schüttelte verneinend den Kopf. »Die haben mit neuentwikkelten Bohrmaschinen rund um die Uhr gearbeitet. Sumas Ingenieure haben das Projekt in vier Jahren durchgezogen.«

»Noch phantastischer, wenn man bedenkt, daß das alles unter absoluter Geheimhaltung geschah.« Stacy hatte das Modell, seit Penner es enthüllt hatte, nicht mehr aus den Augen gelassen.

Penner hob nun einen Abschnitt der Insel hoch und legte damit ein kleines Labyrinth von Gängen und Räumen frei, die wie Speichen von einer großen runden Kammer in der Mitte nach außen liefen.

»Hier haben wir das Innere der Anlage vor uns. Möglicherweise stimmt der Maßstab nicht genau, aber ich habe die Rohskizzen, die Jim Hanamura uns hat zukommen lassen, so gut wie möglich berücksichtigt.«

»Meiner Ansicht nach haben Sie sensationelle Arbeit geleistet«, erklärte Stacy. »Jedes Detail ist so präzise nachgebildet.«

»Vieles davon beruht auf reiner Vermutung, aber Kern hat eine Gruppe von Architekten und Ingenieuren darauf angesetzt, einen maßstabgetreuen Plan zu erarbeiten, der in etwa unseren Vorstellungen vom Original entspricht.« Er unterbrach sich, um den vier anderen in der Hütte einen Stapel Ordner zu reichen. »Hier sind die Pläne vom Anschluß des Tunnels in Edo City und dem Kommandozentrum, wie sie von Kerns Leuten ausgearbeitet worden sind.«

Jeder faltete die Zeichnungen auseinander und musterte den Plan einer Anlage, die für die westliche Welt die schlimmste Bedrohung seit der Kubakrise darstellte. Niemand sagte ein Wort. Sie verfolgten die Gänge, prägten sich die Bezeichnung der Räume ein und machten sich eine Vorstellung vom Ausmaß der Anlage.

»Das Zentrum muß sich gut dreihundert Meter unter der Oberfläche der Insel befinden«, bemerkte Mancuso.

»Auf der Insel gibt es keine Landebahn und keine Anlegestelle«, murmelte Stacy konzentriert. »Den einzigen Zugang böte ein Helikopter oder der Tunnel von Edo City aus.«

Pitt trank den Rest seines Tequilas. »Vom Meer aus hätten jedenfalls nur ausgebildete Bergsteiger eine Chance. Und selbst die wären Sumas Verteidigungstrupps ausgeliefert wie Ameisen, die eine weißgetünchte Wand hochlaufen.«

»Was sind das für Gebäude da auf der Oberfläche?« fragte Weatherhill.

»Eine Luxusferienanlage für Sumas Topmanagement. Dort treffen sie sich zu Geschäftskonferenzen. Gleichzeitig ist es ein idealer Ort für Geheimtreffen mit Politikern, hohen Beamten und Führern der Unterwelt.«

»Shimzus Gemälde zeigte eine Insel, auf der es keinerlei Vegetation gab«, sagte Pitt. »Die halbe Insel scheint aber mit Bäumen bewachsen zu sein.«

»Die Bäume wurden in den letzten zwanzig Jahren von Sumas Landschaftsarchitekten gepflanzt«, erklärte Penner.

Mancuso kratzte sich gedankenverloren die Nase. »Wie sieht's mit einem Lift zwischen der Ferienanlage und dem Kontrollzentrum aus?«

Penner schüttelte den Kopf. »Aus den Plänen geht nichts hervor. Wir können nicht riskieren, durch einen Schacht einzudringen, wenn wir nicht wissen, wohin er führt.«

»Eine unterirdische Anlage dieser Größe muß ein Ventilationssystem besitzen.«

»Unser Ingenieurteam nimmt an, daß einige der Häuser der Ferienanlage als Tarnung für Luftzufuhr- und Entlüftungsschächte dienen.«

»Wir könnten es ja einfach mal versuchen«, lachte Weatherhill. »Was Ventilationsschächte angeht, bin ich der Experte.«

Penner zuckte die Achseln. »Auch hier wieder: nicht genügend Informationen. Es wäre auch möglich, daß die Luft von Edo City aus herangepumpt und die verbrauchte Luft zurückgeleitet und zusammen mit der von Edo City ausgestoßen wird.«

Pitt sah Penner an. »Wie stehen die Chancen, daß Diaz und Loren auf der Insel gefangengehalten werden?«

Penner zuckte die Schultern. »Ganz gut. Wir haben sie bis jetzt noch nicht ausfindig gemacht, aber die Einrichtungen einer Ferienanlage auf einer unzugänglichen Insel eignen sich mit Sicherheit bestens dazu, Geiseln versteckt zu halten.«

»Geiseln, ja«, sagte Stacy, »aber wurden bisher irgendwelche Forderungen genannt? Seit die Abgeordnete Smith und Senator Diaz entführt wurden, hat man doch nichts mehr von ihnen gehört.«

»Es sind bisher keine Forderungen eingegangen«, erklärte Penner, »und das zwingt den Präsidenten dazu abzuwarten. Solange wir ihn nicht mit genügend Informationen versorgen können, anhand derer es ihm möglich ist, sich für eine Rettungsoperation zu entscheiden, wird er den Befehl dazu nicht erteilen.«

Giordino warf Penner einen nachdenklichen Blick zu. »Es muß doch einen Plan geben, wie man da hineinkommt. Es gibt doch immer einen Plan.«

»Wir haben einen«, erwiderte Penner geradeheraus. »Don Kern hat einen komplizierten, aber durchführbaren Operationsplan entwickelt, wie man zu den Elektroniksystemen des Zentrums vordringen und sie zerstören kann.«

»Um welche Art von Verteidigung geht es hier eigentlich?« wollte Pitt wissen. »Suma würde doch weder all diese Mühe noch das viele Geld an ein Achtes Weltwunder der Moderne verschwenden, ohne eine erstklassige Verteidigung zu organisieren.«

»Das können wir nicht mit absoluter Sicherheit sagen.« Penners Augen flogen besorgt über das Modell der Insel. »Wir wissen, was Suma im Sicherheits- und militärischen Bereich an Technologie zur Verfügung steht. Außerdem muß man davon ausgehen, daß er über das beste Sensorsystem verfügt, das für Geld zu haben ist. Die neuesten Radarsysteme zur Land- und Seeüberwachung; Sonarsensoren, die vor einem Angriff unter Wasser warnen, und Wärmedetektoren, die überall an der Küste installiert sein dürften. Dann gibt's da natürlich noch eine Armee bewaffneter Roboter.«

»Das Arsenal versteckter Land-See- und Boden-Luft-Raketen nicht zu vergessen«, fügte Pitt hinzu.

»Die Nuß ist nicht leicht zu knacken«, bemerkte Weatherhill trocken.

Giordino musterte Penner neugierig und amüsiert. »Für mich sieht das ganz so aus, als wäre ein Angriff von fünf Special-Forces-Gruppen nötig. Aber nicht, bevor nicht ein Angriff durch Trägerflugzeuge und ein Beschuß durch die Landungsflotte vorausgegangen ist, um die Verteidiger etwas aus der Ruhe zu bringen. Das scheint mir die einzige Möglichkeit zu sein, in diesen Felsen eindringen zu können.«

»Entweder das«, ergänzte Pitt, »oder eine verdammt große Wasserstoffbombe.«

Penner grinste. »Da keiner Ihrer Vorschläge praktikabel ist, werden wir uns etwas anderes einfallen lassen müssen.«

»Dann lassen Sie mich mal raten.« Mancuso war eiskalt. Er zeigte auf Stacy, Weatherhill und sich. »Wir drei dringen durch den Tunnel ein.«

»Sie sind alle fünf daran beteiligt«, murmelte Penner ruhig. »Obwohl nicht alle durch den Tunnel vorstoßen werden.«

Stacy riß ungläubig die Augen auf. »Frank, Timothy und ich sind hervorragend dafür ausgebildet, irgendwo gewaltsam einzudringen. Dirk und Al sind Marineingenieure. Die beiden haben weder das Geschick noch die Erfahrung, eine derartig komplizierte Operation durchzuführen. Sie wollen die doch hoffentlich nicht auch losschicken?«

»Doch, das habe ich vor«, nickte Penner. »Die beiden sind nicht so unbeholfen, wie Sie annehmen.«

»Ziehen wir schwarze Ninjakleidung an und fliegen wie Fledermäuse durch den Tunnel?« In Pitts Stimme schwang unverkennbar Zynismus mit.

»Keineswegs«, erwiderte Penner ruhig. »Al und Sie werden über der Insel abspringen und für Ablenkung sorgen, während die übrigen von Edo City aus durch den Tunnel vordringen.«

»Doch nicht mit dem Fallschirm«, beschwerte Giordino sich. »Mein Gott, wie ich Fallschirme hasse.«

»So!« murmelte Pitt nachdenklich. »Der Große Pitt und Giordino der Prächtige fliegen unter Schalmeienklang und Trommelwirbeln zu Hideki Sumas Privatfestung. Dann werden sie auf Samurai-Art als zufällig vorbeikommende Spione exekutiert. Erwarten Sie da nicht vielleicht ein bißchen zu viel von uns, Penner?«

»Es ist schon etwas riskant, das gebe ich zu«, erwiderte Penner. »Aber ich habe nicht die Absicht, Sie beide in den Tod zu schicken.«

Giordino sah Pitt an. »Hast du auch das Gefühl, daß man uns mißbrauchen will?«

»Verarschen paßt wohl besser.«

Pitt war klar, daß nicht Penner diesen Plan ausgeheckt hatte. Er stammte wahrscheinlich von Kern, mußte von Jordan gebilligt worden sein und hatte darüber hinaus womöglich noch den Segen des Präsidenten. Er drehte sich um und sah Stacy an. ›Tu's bloß nicht‹, signalisierte ihm ihr Gesichtsausdruck.

»Und wenn wir auf der Insel sind, was dann?« wollte er wissen.

»Sie entziehen sich, solange es geht, der Gefangennahme durch Sumas Sicherheitskräfte und verstecken sich, bis wir den Rettungseinsatz durchführen können, mit dem wir das gesamte Team in Sicherheit bringen.«

»Bei diesen Sicherheitssystemen halten wir keine zehn Minuten durch.«

»Niemand erwartet Wunder von Ihnen.«

»Und weiter?« fragte Pitt.

»Was weiter?«

»Wir fallen vom Himmel, spielen mit Sumas Robotern Verstecken, während die Profis durch einen sechzig Kilometer langen Tunnel schleichen?« Pitt kämpfte mühsam gegen Ärger, Unglauben und Verzweiflung an, die in ihm hochkamen. »Sieht so der Plan aus? Ist das alles?«

»Ja«, erwiderte Penner betreten und wich Pitts stechendem Blick aus.

»Dieses brillante Stück Kreativität müßt ihr Jungs in Washington in der Wundertüte gefunden haben.«

Im Innern war Pitt längst klar, wie er sich entscheiden würde. Wenn auch nur die geringste Chance bestand, daß Loren auf der Insel gefangengehalten wurde, würde er gehen.

»Warum können Sie nicht einfach die Energieversorgung vom Festland unterbrechen?« fragte Giordino.

»Weil das Kontrollzentrum vollkommen autark ist«, erwiderte Penner. »Es besitzt einen eigenen Generator.«

Pitt sah Giordino an. »Was meint der Große Al?«

»Gibt's da Geishas?«

»Suma ist dafür bekannt, nur schöne Frauen zu beschäftigen«, klärte Penner ihn mit leichtem Grinsen auf.

»Wie kommen wir dahin, ohne daß man uns vom Himmel holt?« fragte Pitt.

Penner lächelte, und diesmal schien das Lächeln Gutes zu verheißen. »Also, dieser Teil des Plans ist außerordentlich erfolgversprechend.«

»Das sollte er auch«, erklärte Pitt, und seine grünen Augen glitzerten wie Eis. »Sonst könnte es irgend jemandem ganz schlecht ergehen.«

43

Wie Penner bereits angedeutet hatte, war die Wahrscheinlichkeit, abgeschossen zu werden und brennend abzustürzen, sehr gering. Die ultraleichten, motorisierten Gleiter, mit denen Pitt und Giordino von der Landefläche auf der *Ralph R. Bennett*, einem Spionageschiff der U. S. Navy, aus losfliegen sollten, sahen aus wie kleine Stealth-Bomber. Sie waren dunkelgrau gestrichen und hatten eine verwaschene dreieckige Silhouette, die man unmöglich auf dem Radarschirm entdecken konnte.

Wie seltsame Käfer hockten sie auf dem Schiff im Schatten des riesigen, schachtelartigen Phasen-Radar-Systems. Die sechs Stockwerke hohe Anlage wurde aus 18000 Antennenelementen gebildet, die einen großen Teil der Daten über russische Raketentests mit unglaublicher Genauigkeit auffangen konnten. Auf Befehl des Präsidenten war die *Ralph R. Bennett* von ihrem Einsatz vor der Halbinsel Kamschatka abgezogen worden, um die Motorgleiter zu starten und die Aktivitäten auf und um Soseki zu überwachen.

Lieutenant Commander Raymond Simpson, ein Mann knapp unter Dreißig mit sonnengebleichtem Haar, stand neben den Männern von der NUMA auf dem offenen Deck. Der Mann machte einen kompetenten, erfahrenen Eindruck, wie er so dastand und die Mechaniker im Auge behielt, die die kleinen Flugzeuge umschwärmten, die Tanks füllten und Instrumente und Lenkungen überprüften.

»Glauben Sie, wir schaffen das ohne Probeflug?« fragte Pitt.

»Kein Problem für zwei erfahrene Piloten der Air Force, wie Sie beide es sind«, erwiderte Simpson obenhin. »Wenn Sie erst einmal ein Gefühl dafür entwickelt haben, wie es ist, auf dem Bauch liegend zu fliegen, werden Sie sich wünschen, eines von den Dingern mit nach Hause nehmen und privat fliegen zu können.«

Erst vor einer Stunde waren Giordino und Pitt in einer Osprey, einem Schwenkflügler, auf dem Schiff gelandet. Pitt hatte noch nie eines der seltsamen Ultraleichtflugzeuge aus der Nähe gesehen. Jetzt, nach einer vierzigminütigen Unterweisung, sollten sie die Dinger hundert Kilometer weit über das offene Meer fliegen und wohlbehalten auf der gefährlich zerklüfteten Insel Soseki landen.

»Wie lange gibt's diese Vögel schon?« wollte Giordino wissen.

»Der Ibis X-Twenty«, korrigierte ihn Simpson, »kommt gerade aus der Entwicklung.«

»Mein Gott«, stöhnte Giordino. »Die sind noch nicht einmal erprobt.«

»Genau. Sie haben das Testprogramm noch nicht vollständig absolviert. Tut mir leid, daß ich Ihnen nichts Bewährteres anbieten kann, doch Ihre Leute in Washington hatten es fürchterlich eilig und bestanden darauf, daß wir sie in achtzehn Stunden um den halben Erdball transportierten und so weiter.«

Nachdenklich sagte Pitt: »Aber sie fliegen doch, oder?«

»Na klar«, erwiderte Simpson begeistert. »Ich habe selbst zehn Flugstunden darin absolviert. Superflugzeug. Wurde für Ein-Mann-Aufklärungsflüge entwickelt. Es wird von den allerneuesten Kompaktturbinen angetrieben, die ihm eine Reisegeschwindigkeit von dreihundert Kilometern in der Stunde verleihen und eine Reichweite von hundertzwanzig Kilometern. Der Ibis ist der modernste Motorgleiter, den es gibt.«

»Vielleicht können Sie damit Handel treiben, wenn Sie aus dem Dienst scheiden«, bemerkte Giordino trocken.

»Da gäbe ich was drum«, erwiderte Simpson, der die Spitze gar nicht wahrnahm.

Der Kapitän des Radarschiffs, Commander Wendell Harper, trat auf den Landeplatz hinaus. In einer Hand hielt er ein großes Foto. Harper war groß und massig und sah mit seinem strammen Bauch und den O-Beinen aus, als sei er gerade für den Pony Expreß über die Ebenen von Kansas galoppiert.

»Unser Meteorologe versichert, daß Sie während des Fluges einen vier Knoten starken Rückenwind haben«, erklärte er aufgeräumt. »Also keine Probleme mit dem Treibstoff.«

Pitt begrüßte ihn mit einem Nicken. »Ich hoffe, unser Aufklärungssatellit hat einen geeigneten Landeplatz entdeckt.«

Harper drückte die Computervergrößerung eines Satellitenfotos gegen ein Schott. »Nicht gerade der O'Hare Airport in Chicago. Die einzige ebene Stelle auf der Insel ist grasbewachsen und mißt zwanzig mal sechzig Meter.«

»Viel Platz für eine Landung mit Gegenwind«, warf Simpson optimistisch ein.

Pitt und Giordino traten näher heran und betrachteten das erstaunlich detaillierte Bild. Zu sehen war ein kunstvoll angelegter Garten, der eine rechteckige, nach Osten hin offene Rasenfläche umgab. Die drei übrigen

Seiten waren dicht von Bäumen, Büschen und Gebäuden mit Pagodendächern umgeben, von deren Veranden kleine gewölbte Brücken zu einem kleinen Teich hinunterführten.

Pitt und Giordino sahen sich an wie zwei Verurteilte, die man gerade vor die Wahl gestellt hat, gehängt oder erschossen zu werden, und tauschten ein zynisches Grinsen aus.

»Versteckt euch, bis ihr gerettet werdet«, murmelte Giordino unglücklich. »Wieso habe ich eigentlich die ganze Zeit das dumme Gefühl, daß man uns verschaukeln will?«

»Stimmt was nicht?« erkundigte sich Harper.

»Wir sind nur einem gewieften Verkäufer auf den Leim gegangen«, erwiderte Pitt. »Jemand in Washington hat unser vertrauensseliges Wesen ausgenutzt.«

Harper wirkte verunsichert. »Wollen Sie die Operation abbrechen?«

»Nein«, sagte Pitt. »Wer A sagt, muß auch B sagen.«

»Ich will Sie nicht drängen, aber in einer Stunde ist Sonnenuntergang. Sie brauchen das Tageslicht, um sich zu orientieren.«

In diesem Moment kam Simpsons Chefmechaniker herbei und informierte ihn, daß die Motorgleiter aufgetankt und startbereit seien.

Pitt warf einen Blick auf das zerbrechlich wirkende Flugzeug. Es als Gleiter zu bezeichnen, war irreführend. Ohne den starken Schub seiner Turbine würde es wie ein Stein vom Himmel fallen. Anders als die hohen, breiten Flügel eines richtigen Ultraleichtflugzeugs mit ihrem Gewirr von Drähten und Kabeln waren die Tragflächen des Ibis kurz, stummelartig und in sich geknickt. Auch fehlte ihm der Entenschwanz, der beim herkömmlichen Modell das Trudeln und Absacken verhinderte. Der Ibis erinnerte ihn an die Geschichte von dem Brummer, dem sämtliche Voraussetzungen zum Fliegen fehlten und der dennoch flog – sogar besser als viele andere Insekten, die Mutter Natur erheblich aerodynamischer entworfen hatte.

Nachdem die Vorbereitungen zum Flug abgeschlossen waren, hielt sich die Gruppe der Mechaniker abseits, am Rande des Landeplatzes. Pitt kamen sie vor wie Zuschauer bei einem Autorennen, die jeden Augenblick auf einen Unfall gefaßt waren.

»Vielleicht landen wir noch rechtzeitig zum Cocktail«, sagte er und setzte sich den Helm auf.

Mit der Gelassenheit des Routiniers murmelte Giordino: »Wenn du vor mir da bist, dann bestell mir einen anständigen Wodka Martini.«

»Viel Glück«, wünschte Harper ihnen und drückte jedem fest die Hand. »Wir werden Ihren Weg verfolgen. Bitte achten Sie darauf, nach der Landung das Signal zu aktivieren. Wir würden Washington gerne mitteilen, daß Sie sicher gelandet sind.«

Pitt grinste ihn an. »Wenn ich kann.«

»Ganz ohne Zweifel«, erklärte Simpson wie ein Trainer, der seine Mannschaft anfeuert. »Bitte denken Sie daran, den Selbstzerstörungsmechanismus einzuschalten. Wir wollen den Japanern doch nicht unsere neueste Ultraleichttechnik zum Geschenk machen.«

»Auf Wiedersehen, und Ihnen und Ihrer Mannschaft vielen Dank, daß Sie nach uns Ausschau halten.«

Giordino gab Pitt einen leichten Schlag auf die Schulter, zwinkerte ihm aufmunternd zu und ging, ohne ein weiteres Wort zu verlieren, auf sein Flugzeug zu.

Pitt ging zu seinem Motorgleiter und schob sich von unten durch eine schmale Öffnung in den stoffbespannten Rumpf, legte sich auf den Bauch und rutschte weiter, bis sein Körper bequem auf der Schaumgummiunterlage ruhte. Kopf und Schultern lagen etwas höher als die Beine; die Ellenbogen konnte er frei bewegen, sie befanden sich nur etwa einen Zentimeter über dem Boden. Er schnallte sich an; die Gurte liefen über die Schulterblätter und den Hintern. Dann schob er seine ausgestreckten Füße in die Rasten des Höhenruders und der Bremspedale, ergriff mit einer Hand den kurzen Steuerknüppel und bediente mit der anderen den Hebel, der den Schub regelte.

Er gab der Bedienungsmannschaft, die darauf wartete, die Haltekabel freizugeben, einen Wink durch die winzige Windschutzscheibe und betätigte den Anlasser. Die Turbine, die kleiner als eine Bierdose war, wurde langsam lauter, bis der Ton in hohes Kreischen überging. Pitt blickte zu Giordino hinüber und konnte gerade noch dessen funkelnde braune Augen erkennen. Er reckte den Daumen nach oben und erhielt ein Grinsen zur Antwort.

Ein letzter Blick auf die Instrumente und zur Flagge am Heck des Schiffes, die in einer steifen, von Backbord einfallenden Brise flatterte.

Der Augenblick der Entscheidung war da. Er signalisierte den Mechanikern, die Haltekabel loszulassen. Dann gab Pitt vollen Schub; der Ibis erbebte. Die Augen auf das Ende der Landeplattform geheftet, löste Pitt die Bremsen, und der Ibis machte einen Satz nach vorn. Fünf Meter, zehn, und dann zog er sanft, aber entschlossen den Steuerknüppel zurück. Das kleine Bugrad des Flugzeugs hob sich, und Pitt konnte die Wolken sehen. Nur noch drei Meter lagen vor ihm, als er den Ibis über dem unruhigen Meer in den Himmel zog.

In vierzig Metern Höhe ging er im Horizontalflug in die Kurve und beobachtete, wie Giordino hinter ihm startete. Er umkreiste einmal das Schiff, grüßte mit einem kurzen Dippen der Flügel die winkende Mannschaft der *Ralph R. Bennett* und hielt dann Kurs auf die westlich gelegene Insel Soseki. Unter dem Ibis flog das Wasser des Pazifik dahin, von der sinkenden Sonne in funkelndes Gold getaucht.

Pitt nahm Schub weg, bis er die Reisegeschwindigkeit erreicht hatte. Er hätte gerne gewußt, wozu das kleine Flugzeug fähig war, und ein paar Kunstflugfiguren ausprobiert, doch das durfte nicht sein. Jedes ausgefallene Manöver konnte sich auf dem Radarschirm der Japaner abzeichnen. Auf geradem, gleichmäßigem Kurs in Wellenhöhe war der Ibis unsichtbar.

Jetzt machte sich Pitt Gedanken über das Empfangskomitee. Er hatte nur wenig Hoffnung, von der Insel wieder herunterzukommen. Eine hübsche kleine Falle, dachte er grimmig. Aus dem Nichts kommen, vor Sumas Haus eine Bruchlandung machen, die Sicherheitskräfte Sumas an der Nase herumführen und für die übrigen als Ablenkung dienen.

Die Mannschaft im Lagerraum der *Bennett* hatte Radarsignale von Sumas Verteidigungssystemen aufgefangen, doch Commander Harper hatte sich dafür entschieden, nichts dagegen zu unternehmen. Er ging ganz richtig von der Annahme aus, daß die Männer vom Verteidigungskommando der Insel sich wieder entspannen würden, wenn sie erkannten, daß das einzige sich in der Nähe befindende amerikanische Schiff ruhigen Kurs nach Osten nahm, so, als befände es sich auf einer Routinefahrt.

Pitt konzentrierte sich auf die Navigation und behielt den Kompaß im Auge. Bei der gegenwärtigen Geschwindigkeit, so berechnete er, müßten sie in fünfunddreißig Minuten auf der Insel landen. Wenn sie jedoch ein paar Grad nach Norden oder Süden abkamen, konnten sie sie vollkommen verfehlen.

Er mußte sich ganz auf sich selbst und sein Gefühl verlassen. Der Ibis konnte das zusätzliche Gewicht eines Bordcomputers und eines automatischen Piloten nicht tragen. Er überprüfte nochmals Geschwindigkeit, Windrichtung und -stärke und berechnete viermal den angenommenen Kurs, um sicherzugehen, daß ihm keinerlei Fehler unterlaufen waren.

Der Gedanke, daß ihm der Treibstoff ausgehen könnte und er mitten in der Nacht auf einem unruhigen Meer niedergehen müßte, behagte ihm überhaupt nicht; auf einen solchen Zwischenfall konnte er gut verzichten.

Pitt stellte grimmig fest, daß die Funkgeräte entfernt worden waren. Zweifellos auf Jordans Anweisungen hin, damit weder Giordino noch er durch achtloses Geplapper ihre Position verraten konnten.

Nach siebenundzwanzig Minuten, als sich am Horizont nur noch ein schmaler Sonnenbogen abzeichnete, hielt Pitt durch die Windschutzscheibe angestrengt nach vorn Ausschau.

Da war sie. Ein purpurroter Fleck zwischen Himmel und Meer, unwirklich. Erst nach und nach verwandelte er sich in eine tatsächliche, greifbare Insel, deren Klippen senkrecht aus der Brandung ragten, die gegen ihre Fundamente toste.

Pitt drehte sich um und blickte aus dem Seitenfenster. Giordino hing kaum zehn Meter rechts hinter ihm. Pitt wackelte mit den Flügeln und wies nach vorn. Giordino kam näher heran, bis Pitt erkennen konnte, daß er nickte und mit der Handkante in die Richtung der Insel deutete.

Eine letzte Überprüfung der Instrumente, dann legte Pitt den Ibis in eine sanfte Kurve und hielt aus dem dunkler werdenden Himmel im Osten kommend genau auf die Mitte der Insel zu. Einen Kreis zu fliegen und sich erst einmal die Bodenbeschaffenheit anzusehen, kam nicht in Frage; auch kein zweiter Anflug, wenn er zu hoch oder zu tief hereinkäme. Der Überraschungseffekt war ihr einziger Verbündeter. Sie hatten nur diesen einen Versuch, die Ibisse auf der Wiese im Garten zu landen, bevor die Boden-Luft-Raketen vor ihren Nasen explodieren würden.

Jetzt konnte er die Pagodendächer und die freie Fläche zwischen den Bäumen im Garten erkennen. Er sah auch einen Helikopterlandeplatz, der auf Penners Modell nicht vorhanden gewesen war, doch der schied als Ersatzlandeplatz aus, weil er zu klein und ringsum mit Bäumen bestanden war.

Eine leichte Drehung des Handgelenks nach links, rechts und dann geradeaus. Langsam nahm er Schub weg. Die See verschwamm vor seinen Augen, die hohen Klippen kamen rasch näher und füllten schnell die gesamte Windschutzscheibe. Er zog den Knüppel leicht zurück. Und plötzlich, als habe man einen Teppich unter ihm fortgezogen, war das Meer verschwunden, und die Räder seines Flugzeugs huschten nur ein paar Meter über den harten Lavafelsen der Insel.

Geradeaus, ohne einen Blick zur Seite, mit einem sanften Tritt gegen die rechte Ruderpedale, um den Seitenwind zu kompensieren, rauschte er über eine Buschreihe, das Fahrgestell streifte die Spitzen. Schub zurück auf Leerlauf, der Ibis ging hinunter, ein leichter Druck gegen den Knüppel, der Motorgleiter setzte auf. Er fühlte den leichten Schlag, als die Räder kaum fünf Meter vom Rand eines Blumenbeets entfernt auf dem Rasen aufsetzten.

Pitt schaltete die Zündung aus und betätigte mit sanftem, doch festem Druck die Bremsen. Nichts geschah. Das Gras war naß, und die Räder glitten über den Rasen wie auf einer Ölspur.

Das Verlangen, vollen Schub zu geben und am Knüppel zu ziehen, war überwältigend, vor allem deshalb, weil sich sein Gesicht nur wenige Zentimeter von der Nase des Ibis entfernt befand. Ein Aufprall gegen einen Baum, ein Haus, eine Felswand? Direkt vor ihm verdeckte eine Hecke in leuchtenden Herbstfarben, rot und gold, ein massives Hindernis, das sich dahinter befinden mußte.

Pitt spannte sich an, senkte den Kopf und hielt sich fest.

Das Flugzeug war immer noch dreißig Stundenkilometer schnell, als es durch die Büsche schoß. Die Flügel wurden abgerissen, und der Ibis landete mit einem lauten Klatschen mitten in einem kleinen Teich mit großen Karpfen.

Einen Augenblick lang herrschte tödliche Stille, die ein paar Sekunden später von einem splitternden und reißenden Geräusch durchbrochen wurde, als Giordinos Ibis neben Pitts zerstörtem Flugzeug durch die Büsche schoß, schlitternd in einem Sandgarten hielt und dabei die sorgsam geharkten Muster zerstörte.

Pitt mühte sich, die Gurte zu lösen, doch seine Beine waren eingeklemmt, und die Arme hatten keinerlei Bewegungsfreiheit. Sein Kopf hing halb unter dem Wasser des Tümpels, und er mußte das Gesicht zur Seite drehen, um atmen zu können. Ganz deutlich erkannte er einen Schwarm großer weißer, schwarzer und goldfarbener Karpfen, deren Mäuler sich öffneten und schlossen und deren runde Augen überrascht den Eindringling anglotzten.

Der Rumpf von Giordinos Ibis war verhältnismäßig wenig beschädigt, und er konnte sich ohne Probleme daraus befreien. Er kam herübergelaufen, sprang in den Tümpel und kämpfte sich wie ein verrückt gewordenes Nilpferd durch Dreck und dicht stehende Wasserlilien. Mit einer Kraft, die er langen Jahren des Bodybuildings verdankte, riß er die verbogenen Streben, die Pitts Beine einklemmten, auseinander, als handle es sich um Zahnstocher. Dann löste er die Gurte, holte Pitt aus dem zerstörten Flugzeug heraus und zog ihn ans Ufer.

»Alles okay?« fragte er.

»Von verschrammten Schienbeinen und einem verstauchten Daumen abgesehen«, erwiderte Pitt. »Vielen Dank für die Rettung.«

»Ich schick' dir gelegentlich eine Rechnung«, sagte Giordino und warf einen angewiderten Blick auf seine schlammverschmierten Stiefel.

Pitt zog sich den Sturzhelm vom Kopf und warf ihn in den Tümpel. Die gaffenden Karpfen retteten sich eilig zwischen die Lilien. »Die werden gleich auftauchen. Am besten, du gibst das Signal und stellst die Zeituhren für die Zerstörung ein.«

Während Giordino sich an die Arbeit machte, stand Pitt mühsam auf und sah sich im Garten um. Er schien verlassen dazuliegen. Von der Armee der Wächter und Roboter, die die Insel bewachten, war nichts zu sehen. Niemand zeigte sich auf den Veranden und an den Fenstern der Gebäude. Er konnte nicht glauben, daß innerhalb der dünnen Wände der japanischen Häuser niemand das Heulen der Turbinen und den Krach der beiden Bruchlandungen gehört hatte. Irgend jemand mußte hier leben. Die Gärtner mußten sich irgendwo in der Nähe aufhalten, denn die Anlage war tiptop in Ordnung und zeugte von fortwährender Pflege.

Giordino kam zurück. »Uns bleiben weniger als zwei Minuten abzuhauen, bevor die Dinger in die Luft fliegen«, sagte er schnell.

»Bin schon weg«, erwiderte Pitt und rannte auf die Baumgruppe zu, die hinter der Ferienanlage lag.

Dann blieb er plötzlich stocksteif stehen, als ihn eine eigenartige, elektronische Stimme anrief: »Bleiben Sie, wo Sie sind.«

Wie auf Kommando warfen sich Pitt und Giordino hinter dem dichten Buschwerk zu Boden und suchten zwischen den Bäumen Deckung, duckten sich, bewegten sich schnell von einem zum anderen und versuchten, sich von ihrem unbekannten Verfolger zu lösen. Sie hatten kaum fünfzig Meter hinter sich gebracht, als sie plötzlich auf einen hohen Zaun stießen, der von elektrischen Drähten und Isolatoren nur so strotzte.

»Das war die kürzeste Flucht der Geschichte«, murmelte Pitt niedergeschlagen. In diesem Augenblick gingen im Abstand von fünf Sekunden die Sprengladungen in den Ibissen hoch. Pitt stellte sich vor, wie die häßlichen trägen Karpfen durch die Luft flogen.

Giordino und er drehten sich um, um ihrem Schicksal ins Auge zu sehen, und obwohl man sie gewarnt hatte, waren sie nicht auf die drei mechanischen Gebilde vorbereitet, die aus dem Unterholz brachen, einen Halbkreis bildeten und damit jeden Fluchtweg versperrten. Das Robotertrio sah nicht so aus wie die halb menschlichen Gestalten, die man im Fernsehen und im Film zu sehen bekam. Diese hier bewegten sich auf Gummiketten und zeigten keinerlei menschliche Züge, außer dem Sprachvermögen vielleicht.

Die beweglichen automatischen Vehikel waren mit einem Sammelsurium künstlicher Arme, Video- und Infrarotkameras, Lautsprechern, Computern und einer Anzahl automatischer Waffen ausgerüstet, die im Augenblick genau auf Pitts und Giordinos Nabel gerichtet waren.

»Bitte bewegen Sie sich nicht, sonst werden wir Sie töten.«

»Die reden nicht lange um den heißen Brei, was?« Giordino traute seinen Augen und Ohren nicht mehr.

Pitt sah sich den mittleren Roboter näher an und bemerkte, daß er mit Hilfe eines hochentwickelten Telepräsenz-Systems von einem Menschen fernbedient wurde.

»Wir sind darauf programmiert, verschiedene Sprachen zu erkennen und entsprechend zu antworten«, erklärte der mittlere Roboter mit tonloser Stimme. »Sie können nicht lebend entkommen. Unsere Waffen werden von der Wärme Ihrer Körper gesteuert.«

Es entstand eine kurze, unbehagliche Pause. Pitt und Giordino tauschten einen resignierten Blick und hoben vorsichtig die Hände über den Kopf. Sie registrierten, daß die Mündungen der Waffen, die auf sie gerichtet waren, sich keinen Millimeter bewegten.

»Scheint so, als wären wir kurz vor dem Ziel von einer Horde Automaten abgefangen worden«, murmelte Pitt leise.

»Die kauen wenigstens keinen Tabak«, brummte Giordino.

Angesichts der zwölf auf sie gerichteten Waffen und des Elektrozauns hinter ihnen gab es keinen Ausweg. Pitt konnte nur hoffen, daß die Bedienungsmannschaft der Roboter intelligent genug war zu erkennen, daß Giordino und er keine Bedrohung mehr darstellten.

»Ist das der richtige Zeitpunkt, sie zu bitten, uns zu ihrem Führer zu bringen?« fragte Giordino mit eiskaltem Grinsen.

»An deiner Stelle würde ich das bleibenlassen«, erwiderte Pitt leichthin. »Die könnten uns wegen Gebrauchs einer unpassenden Formulierung erschießen.«

44

Niemand schenkte Stacy, Mancuso und Weatherhill auch nur die geringste Beachtung, als sie ohne Schwierigkeiten und genau nach Plan in die Tiefen von Edo City eindrangen. Der Make-up-Experte aus Hollywood, den Jordan nach Tokio hatte einfliegen lassen, hatte ausgezeichnete Arbeit geleistet. Er hatte ihre Augen mit Falten versehen, die Augenbrauen verdichtet und dunkler gefärbt und ihnen Perücken mit dichtem, dicken schwarzen Haar aufgesetzt. Mancuso, der akzentfrei Japanisch sprach, trug einen Anzug und spielte Stacys und Weatherhills Chef, die in den gelben Overalls von Sumas Werksüberwachung steckten.

Dank Jim Hanamuras Bericht über die Sicherheitsprozeduren und dank der Ausweise und Passiercodes, die ein britischer Maulwurf geliefert hatte, der mit Jordan zusammenarbeitete, passierten sie ohne weiteres die Kontrollen und erreichten schließlich den Tunneleingang. Es war nicht schwer gewesen, die Wächter und Identitätskontrollmaschinen zu täuschen; doch wie Penner in der letzten Besprechung erklärt hatte, erfolgte an der letzten Barriere die schwerste Prüfung.

Sie betraten einen vollkommen leeren, blendendweiß gestrichenen Raum und trafen dort auf ein Roboter-Sensorsicherheitssystem. Der Raum war nicht möbliert, die Wände waren weder beschriftet noch mit Bildern geschmückt. Die Tür, durch die sie hereingekommen waren, schien der einzige Ein- und Ausgang zu sein.

»Nennen Sie Ihr Anliegen«, forderte der Roboter sie in künstlich klingendem Japanisch auf.

Mancuso zögerte. Man hatte ihm zwar gesagt, er müsse mit Wachrobotern rechnen, aber er war nicht auf dieses Ding gefaßt, das aussah wie ein Abfalleimer auf Rädern und Befehle gab. »Abteilung Glasfaserkommunikation, das System soll inspiziert und Änderungen durchgeführt werden«, gab er an und versuchte seinen Widerwillen, mit einer künstlichen Intelligenz kommunizieren zu müssen, zu verbergen.

»Arbeitsanweisung und Passiercode.«

»Eilanweisung Vierzig-sechs-R zu Inspektion und Tests des Kommunkationssystems.« Dann legte er die Handflächen zusammen, so daß sich die Fingerspitzen leicht berührten und wiederholte dreimal das Wort ›sha‹.

Mancuso konnte nur hoffen, daß der britische Agent ihnen die zutreffende Nummer und das richtige Paßwort übermittelt und ihren Genetikcode in die Datenbanken der Roboter eingegeben hatte.

»Pressen Sie Ihre Hände nacheinander gegen meinen Abtastbildschirm«, befahl der Roboter.

Nacheinander legten die drei ihre Hände auf einen kleinen blinkenden Bildschirm, der in den runden Torso eingebaut war. Der Roboter verharrte einen Moment unbeweglich, verarbeitete die Daten in seinem Computer und verglich Gesichtszüge und Körpergröße mit den Namen und Beschreibungen, die er gespeichert hatte. Was für ein bemerkenswerter Fortschritt, dachte Weatherhill. Er hatte noch nie einen Computer gesehen, der Daten, die von einer TV-Kamera übertragen wurden, speichern und die Bilder in Echtzeit verarbeiten konnte.

Ruhig und gelassen standen sie da, denn man hatte sie gewarnt, daß der Roboter darauf programmiert war, auch die leichteste Nervosität zu registrieren. Außerdem sahen sie ihn direkt und unverwandt an. Herumirrende Augen, die einen Blickkontakt vermieden, wären verdächtig gewesen. Weatherhill schaffte es, gelangweilt zu gähnen, während ihre Genetikcodes und ihre Hand- und Fingerabdrücke überprüft wurden.

»Identität festgestellt«, sagte der Roboter schließlich. Dann schwang die gesamte gegenüberliegende Wand des leeren Zimmers nach innen, und der Roboter rollte beiseite. »Sie dürfen eintreten. Wenn Sie länger als zwölf Stunden bleiben, müssen Sie bei Sicherheitsabteilung Nummer sechs Meldung machen.«

Der britische Agent hatte es geschafft. Sie hatten das Hindernis überwunden. Langsam durchschritten sie die Tür und kamen in einen mit Teppich ausgelegten Gang, der zum Haupttunnel führte. Sie traten auf einen Bahnsteig, als ein Summer ertönte und ein rotweißes Licht aufblitzte. Ein Arbeitszug, der mit Baumaterial beladen war, fuhr gerade aus dem weitläufigen unterirdischen Bahnhof, dessen Schienen vor dem Eingang zum Haupttunnel zusammenliefen, der, wie Mancuso schätzte, einen Durchmesser von vier Metern hatte.

Nach drei endlosen Minuten in vollkommenem Schweigen näherte sich auf einer einzelnen Schiene ein Aluminiumwagen mit Glaskugel dem Bahnsteig, in dem zehn Menschen Platz fanden. Der Innenraum war leer, die Instrumente nicht bemannt. Mit leisem Zischen glitt eine Tür zurück, und sie stiegen ein.

»Eine Magnetbahn«, stellte Weatherhill ruhig fest.

»Eine was?«

»Magnetbahn. Das Zusammenspiel leistungsfähiger Magnete, die unter dem Zug montiert sind, mit anderen, die entlang der Schiene angebracht sind, läßt den Zug auf einem elektromagnetischen Feld dahingleiten.«

»Die Japaner haben das fortschrittlichste System der Welt entwikkelt«, fügte Mancuso hinzu. »Nachdem sie die Kühlung der an Bord befindlichen elektromagnetischen Supraleiter gemeistert hatten, besaßen sie ein Fahrzeug, das mit der Geschwindigkeit eines Flugzeugs buchstäblich über seinem Schienenstrang dahin fliegt.«

Die Tür schloß sich, und der kleine Wagen blieb noch stehen, während die Computersensoren auf das Signal warteten, das die Strecke freigab. Über dem Gleis blinkte ein grünes Licht auf, sie glitten lautlos in den Haupttunnel und wurden immer schneller, bis die Quecksilberdampflampen, die in die Tunneldecke eingelassen waren, zu einem gelben Schimmer verschwammen, der ihnen in die Augen stach.

»Wie schnell fahren wir wohl?« überlegte Stacy.

»Ich denke, ungefähr dreihundertzwanzig Kilometer pro Stunde«, erwiderte Weatherhill.

Mancuso nickte. »Bei dieser Geschwindigkeit brauchen wir für die Reise nur ungefähr fünf Minuten.«

Es schien, als werde der Magnetzug, kaum hatte er seine Reisegeschwindigkeit erreicht, auch schon wieder langsamer. Sanft und so weich abgefedert wie ein Lift in einem Wolkenkratzer kam er an einem weiteren verlassenen Bahnsteig zum Stehen. Sobald sie ausgestiegen waren, wendete der Wagen mittels einer Drehscheibe, fuhr selbsttätig auf das gegenüberliegende Gleis und beschleunigte, um nach Edo City zurückzufahren.

»Endstation«, sagte Mancuso leise. Er drehte sich um und ging durch die einzige Tür voraus, die zu sehen war. Dahinter befand sich ein weiterer, mit Teppichboden ausgelegter Gang, der vor der Tür eines Lifts endete. Sie stiegen ein.

Weatherhill nickte zu den arabischen Ziffern auf den Bedienungsknöpfen hinüber. »Rauf oder runter?«

»Wie viele Stockwerke sind es, und in welchem befinden wir uns?« fragte Stacy.

»Zwölf. Wir sind im zweiten.«

»Hanamuras Skizzen wiesen nur vier auf«, sagte Mancuso.

»Dann muß es sich um erste Entwürfe gehandelt haben, die später verändert wurden.«

Nachdenklich starrte Stacy auf die Bedienungstafel. »Dann können wir die Vorstellung von einer speichenartigen Anlage wohl vergessen.«

»Wenn wir nicht die genaue Richtung zu den Computerabteilungen kennen«, erklärte Weatherhill, »müssen wir unseren ursprünglichen Plan fallenlassen und uns auf die Energieversorgung konzentrieren.«

»Wenn wir sie finden können, ohne Verdacht zu erregen«, wandte Mancuso ein.

»Uns bleibt nichts anderes übrig. Es wird weniger Zeit in Anspruch nehmen, die Elektroleitungen zu ihrem Ursprung zu verfolgen, als zu versuchen, zufällig über das Kontrollzentrum zu stolpern.«

»Zwölf Stockwerke und die Gänge«, murmelte Stacy nervös. »Da können wir stundenlang hier herumlaufen.«

»Wir sind nun mal hier und haben keinerlei Alternative«, sagte Mancuso und sah auf seine Uhr. »Wenn Pitt und Giordino erfolgreich auf der Insel gelandet sind und Sumas Sicherheitssysteme ablenken, dann müßten wir Zeit genug haben, den Plastiksprengstoff anzubringen und durch den Tunnel nach Edo City zu entkommen.«

Weatherhill warf Stacy und Mancuso einen Blick zu und sah dann auf die Bedienungstafel. Er wußte genau, wie sie sich fühlten. So weit waren sie gekommen, und jetzt hing alles von den Entscheidungen ab, die sie in den kommenden Minuten trafen. Er drückte auf den mit einer Sechs markierten Knopf.

»Versuchen wir es mal mit dem mittleren Stockwerk.«

Mancuso hob die Aktentasche, die zwei Maschinenpistolen verbarg, und klemmte sie sich unter den Arm. Dann standen Stacy, Weatherhill und er selbst unbeweglich, in angespanntem Schweigen da. Ein paar Sekunden später ertönte ein leises ›Bong‹, die Digitalanzeige für das sechste Stockwerk blinkte auf, und die Türen teilten sich.

Mancuso stieg aus, Stacy und Weatherhill waren unmittelbar hinter ihm. Nach zwei Schritten blieb er stehen und merkte kaum, wie die beiden in ihn hineinrannten. Sie standen da und staunten wie Dorftrottel auf einer Reise zum Mars.

Überall im Innern der weitläufigen, hohen Galerie herrschte ein zielgerichtetes Durcheinander, wie man es von einer ganzen Armee außerordentlich tüchtiger Monteure erwartete, nur daß hier weder Befehle noch Rufe noch Unterhaltungen durch den Raum schwirrten. Alle Spezialisten, Techniker und Ingenieure, die an dem großen Halbkreis von Computer- und Instrumentenkonsolen arbeiteten, waren Roboter in unzähligen verschiedenen Größen und Formen.

Auf Anhieb waren sie auf die Goldader gestoßen. Rein zufällig hatte Weatherhill auf den Knopf gedrückt, der sie direkt zu den Elektronengehirnen von Sumas Atomkommandozentrale geführt hatte. Nirgendwo in diesem Komplex gab es menschliche Arbeitskräfte. Die gesamte Belegschaft war vollautomatisiert, bestand aus hochentwickelten Maschinen, die vierundzwanzig Stunden am Tag, ohne Kaffeepause, Mittagessen oder Krankheitsurlaub, schufteten. Für einen amerikanischen Gewerkschaftsführer eine unmögliche Vorstellung.

Die meisten rollten auf Rädern, einige auf Ketten. Manche hatten bis zu sieben künstliche Arme, die wie Tentakel aus den fahrbaren Untersätzen hervorstachen. Ein paar hätten auch als die vielseitig verwendbaren Konsolen durchgehen können, die man aus Zahnarztpraxen kannte. Keiner der Roboter lief auf Beinen und Füßen und erinnerte auch nur entfernt an C3PO aus *Star Wars* oder Robby aus *Forbidden Planet*. Die Roboter waren ganz und gar in ihre individuellen Arbeitsprogramme vertieft und gingen ihren Aufgaben nach, ohne sich im geringsten um die menschlichen Eindringlinge zu kümmern.

»Habt ihr auch das Gefühl, hier überflüssig zu sein?« flüsterte Stacy.

»Das sieht nicht gut aus«, sagte Mancuso. »Besser, wir steigen wieder in den Lift ein.«

Weatherhill schüttelte den Kopf. »Nein. Das hier ist genau der Komplex, den zu zerstören wir hergekommen sind. Diese Dinger da wissen nicht mal, daß wir hier sind. Die sind nicht darauf programmiert, sich um Menschen zu kümmern. Und Roboter, die als Wächter fungieren, sind nicht da. Pitt und Giordino müssen uns aus der Patsche geholfen haben, indem sie sie abgelenkt haben. Meiner Meinung nach sollten wir diesen mechanischen Ameisenhaufen in die Luft jagen.«

»Der Lift ist weitergefahren«, sagte Stacy und drückte auf den ›Abwärts‹-Knopf. »In den nächsten paar Minuten können wir sowieso nirgendwo hin.«

Mancuso verlor keine Zeit mehr mit Diskussionen. Er stellte die Aktentasche auf den Fußboden und fing an, die Pakete mit C-8 Plastiksprengstoff, die er mit einem Klebeband an seinem Unterschenkel befestigt hatte, abzureißen. Die beiden anderen taten unter ihren Overalls das gleiche.

»Stacy, die Computerabteilung. Tim, die Atombomben-Auslösesysteme. Ich kümmere mich um die Kommunikationseinrichtung.«

Sie hatten sich kaum fünf Schritte auf ihre bezeichneten Ziele zubewegt, als eine Stimme ertönte, die sich an den Betonwänden des Raumes brach.

»Bleiben Sie, wo Sie sind! Bewegen Sie sich nicht, sonst sterben Sie!« Perfektes Englisch, kaum eine Spur von japanischem Akzent, und eine kalte, drohende Stimme.

Trotz seiner Überraschung bluffte Mancuso und versuchte, ein Ziel für die Automatikwaffen in seiner Aktentasche auszumachen.

»Wir sind Testingenieure, die ein Inspektions- und Testprogramm durchführen. Wollen Sie unsere Ausweise sehen und den Zugangscode überprüfen?«

»Sämtliche menschlichen Ingenieure und Inspektoren wurden mitsamt ihren Codes abgelöst, als die vollautonomen Roboter ihre Programme ohne Unterbrechung und menschliche Aufsicht weiterführen konnten«, donnerte die körperlose Stimme.

»Von diesem Wechsel wußten wir nichts. Wir haben von unserem Vorgesetzten die Anweisung bekommen, die Kommunikationsleitungen zu überprüfen«, insistierte Mancuso, und seine Hand drückte auf einen Knopf, der als Verstärkungsnaht am Boden seiner Aktentasche getarnt war.

Und dann öffnete sich die Tür des Aufzugs, und Roy Orita betrat die Etage, in der sich das Kontrollzentrum befand. Einen Augenblick blieb er stehen und sah seine früheren Kameraden vom MAIT-Team mit gewissem Respekt an.

»Spart euch den Unsinn«, sagte er mit triumphierendem Lächeln. »Ihr habt versagt. Eure geheime Operation, das Kaiten-Projekt zu Fall zu bringen, ist ein Reinfall auf der ganzen Linie. Und dafür werdet ihr alle sterben.«

Kurze Zeit später fanden sich die drei in Gefängniszellen ohne Fenster und Türen wieder, aus denen auszubrechen vollkommen ausgeschlossen war. Suma und Kamatori hielten sie für außerordentlich gefährlich und hatten sie in Einzelzellen untergebracht, die nur eine japanische Tatamimatte enthielt, ein Loch im Fußboden, das als Toilette diente, und einen Lautsprecher. Lampen gab es nicht, und sie waren gezwungen, in pechschwarzer Dunkelheit mutterseelenallein dazusitzen. Sie konnten nichts wahrnehmen, und ihre Gedanken drehten sich im Kreis bei der Suche nach einem Ausweg, wie unwahrscheinlich oder abwegig er auch sein mochte.

Dann traf sie die bittere Erkenntnis, daß diese Zellen ausbruchsicher waren, daß es trotz ihrer überragenden Fähigkeiten keinen Weg nach draußen gab. Sie saßen hoffnungslos in der Falle.

45

Pitt und Giordino wurden von Roy Orita zweifelsfrei identifiziert, nachdem er sich die Videoaufzeichnungen von ihrer Gefangennahme angeschaut hatte. Sofort gab er seine Erkenntnisse an Kamatori weiter.

»Sind Sie sicher?«

»Ja. Es besteht überhaupt kein Zweifel. In Washington habe ich mit ihnen an einem Tisch gesessen. Der Stab Ihres Nachrichtendienstes wird sich meiner Meinung anschließen, wenn erst der Genetikcode überprüft wurde.«

»Worauf haben die es abgesehen? Das sind keine professionellen Agenten.«

»Sie dienten einfach als Köder zur Ablenkung von dem Team, das den Auftrag hatte, das Kontrollzentrum zu zerstören.«

Kamatori konnte sein Glück gar nicht fassen, daß der Mann, dessen Ermordung man ihm befohlen hatte, plötzlich aus dem Nichts direkt vor seiner Türschwelle aufgetaucht war.

Er entließ Orita und gab sich einer einsamen Meditation hin. Sein Gehirn entwarf sorgsam ein Katz-und-Maus-Spiel, einen Wettbewerb, in dem er seine Geschicklichkeit als Jäger gegen einen Mann wie Pitt erproben konnte, dessen Mut und Einfallsreichtum wohlbekannt waren und der einen würdigen Gegner abgeben würde.

Es war ein Spiel, das Kamatori schon viele Male mit Männern gespielt hatte, die Suma im Weg waren, und noch niemals hatte er verloren.

Pitt und Giordino wurden rund um die Uhr von einer kleinen Gruppe Roboter bewacht. Giordino schloß mit einem der Roboter sogar so etwas wie eine Freundschaft und nannte ihn McGoon.

»Mein Name ist nicht McGoon«, sagte der Roboter in verhältnismäßig gutem Englisch. »Mein Name ist Murasaki. Das bedeutet Purpur.«

»Purpur«, knurrte Giordino verächtlich. »Du bist gelb lackiert. McGoon paßt viel besser.«

»Nachdem ich voll operationsfähig war, wurde ich von einem Shintopriester, der Opfer brachte und mir Blumengirlanden umhängte, geweiht, und mir wurde der Name Murasaki gegeben.«

»Also bist du ein unabhängiges Wesen«, stellte Giordino fest und war verblüfft, daß diese Maschine in der Lage war, ein Gespräch zu führen.

»Nicht vollkommen. Meine Denkprozesse haben natürlich gewisse Grenzen.«

Giordino drehte sich zu Pitt um. »Nimmt der mich auf den Arm?«

»Keine Ahnung.« Pitt zuckte die Achseln. »Warum fragst du ihn nicht, was er tut, wenn wir fliehen.«

»Ich würde den diensthabenden Beamten des Sicherheitsdienstes alarmieren und scharf schießen, genau so, wie ich programmiert wurde«, antwortete der Roboter.

»Bist du ein guter Schütze?« fragte Pitt, den das Gespräch mit der künstlichen Intelligenz zu faszinieren begann.

»Ich bin nicht darauf programmiert vorbeizuschießen.«

»Jetzt wissen wir, wo wir stehen«, bemerkte Giordino lakonisch.

»Sie können nicht von der Insel fliehen, und hier gibt es keinen Ort, an dem Sie sich verstecken könnten. Sie würden entweder ertrinken, von Haien gefressen oder enthauptet werden. Jeder Fluchtversuch wäre unvernünftig.«

»Der hört sich an wie Spock.«

Von draußen erklang ein Klopfen, und ein finster dreinblickender Mann schob die *Fusama* Schiebetür mit ihren *Shoji* Papierscheiben zur Seite und trat ein. Ruhig stand er da, während seine Augen von Giordino, der neben dem Roboter stand, zu Pitt wanderten, der es sich auf den dreifach gestapelten Tatamimatten bequem gemacht hatte.

»Ich bin Moro Kamatori, Bevollmächtigter von Mr. Hideki Suma.«

»Al Giordino«, begrüßte ihn der untersetzte Italiener, grinste breit und streckte einladend seine Hand aus wie ein Gebrauchtwagenhändler. »Mein Freund dort in der Horizontalen ist Dirk Pitt. Tut uns leid, daß wir so unangemeldet reingeschneit sind, aber –«

»Wir kennen Ihre Namen und auch den Grund, weshalb Sie sich auf der Insel Soseki aufhalten«, unterbrach Kamatori Giordino. »Sie können sich jeglichen Versuch sparen, das abzustreiten und irgendwelche Ausreden zu erfinden. Ich bedaure, Sie davon in Kenntnis setzen zu müssen, daß Ihr Ablenkungsmanöver ein Fehlschlag war. Die Mitglieder des dreiköpfigen Teams wurden gefaßt, kurz nachdem sie den Tunnel verließen, der von Edo City hierher führt.«

Ein paar Sekunden lang herrschte Schweigen. Giordino warf Kamatori einen finsteren Blick zu und wandte sich erwartungsvoll zu Pitt um.

Pitts Miene war vollkommen unbewegt. »Sie haben nicht zufällig etwas zu lesen hier?« Er klang gelangweilt. »Vielleicht einen Führer der örtlichen Gastronomie?«

Kamatori musterte Pitt mit blankem Abscheu. Nach einer fast einminütigen Pause trat er vor, bis er fast über Pitt gebeugt dastand.

»Jagen Sie gerne, Mr. Pitt?« fragte er unvermittelt.

»Eigentlich nicht. Das ist unsportlich, weil das gejagte Wild nicht zurückschießen kann.«

»Dann ist Ihnen der Anblick von Blut und Tod also zuwider?«

»Ist das nicht bei allen zivilisierten Menschen so?«

»Vielleicht sehen Sie sich lieber in der Rolle des Wildes.«

»Sie kennen doch die Amerikaner«, gab Pitt in ruhigem Ton zurück. »Immer auf der Seite der Unterdrückten.«

Kamatori bedachte Pitt mit einem mörderischen Blick. Dann zuckte er die Achseln. »Mr. Suma gibt sich die Ehre, Sie zum Abendessen einzuladen. Sie werden Punkt sieben in das Speisezimmer geleitet. Kimonos finden Sie im Schrank. Bitte kleiden Sie sich dem Anlaß entsprechend.« Dann drehte er sich auf dem Absatz um und stolzierte aus dem Zimmer.

Giordino starrte ihm neugierig nach. »Was war das für ein zweideutiges Gequatsche über die Jagd?«

Pitt schloß die Augen, um ein bißchen zu dösen. »Ich glaube, er will uns erst wie Karnickel jagen und uns dann die Köpfe abschlagen.«

46

Loren und Senator Diaz waren die ersten, die den üppig ausgestatteten Speisesaal betraten. Während Toshie ihnen Drinks mixte, öffnete sich plötzlich eine Tür, und ein kleiner, unauffällig aussehender Japaner kam auf sie zu.

Er verbeugte sich und reichte beiden die Hand. »Hideki Suma.« Seine Hände waren weich, doch der Händedruck fest. »Meinen Bevollmächtigten, Moro Kamatori, haben Sie, glaube ich, schon kennengelernt.«

»Unseren Kerkermeister«, erwiderte Diaz eisig.

»Ein reichlich widerwärtiger Zeitgenosse«, erklärte Loren, die kaum glauben konnte, daß dieser harmlos wirkende Mann der berüchtigte Suma war.

»Aber sehr tüchtig«, erwiderte dieser mit einer gewissen Boshaftigkeit. Er wandte sich an Kamatori. »Zwei unserer Gäste scheinen noch zu fehlen.«

Suma hatte kaum zu Ende gesprochen, als er hinter sich eine Bewegung wahrnahm. Er warf einen Blick über die Schulter. Gerade wurden Pitt und Giordino von zwei Robotern durch die Tür des Speisesaals geschoben. Sie trugen noch ihre Fliegerkombination, und beide hatten sich riesige bunte Schlipse umgebunden; offenbar handelte es sich um die Schärpen der Kimonos, die zu tragen sie ablehnten.

»Sie verweigern Ihnen den Respekt«, sagte Kamatori mürrisch. Er machte einen Schritt auf die beiden Männer zu, doch Suma streckte die Hand aus und hielt ihn zurück.

»Dirk«, rief Loren. »Al!« Sie lief auf sie zu, warf sich in Pitts Arme und küßte ihn begeistert. »Mein Gott, ich habe mich noch nie so gefreut, jemanden zu sehen.« Dann umarmte sie Giordino und gab auch ihm einen Kuß. »Wo kommt ihr her? Wie seid ihr hierher gelangt?«

»Wir sind von einem Kreuzfahrtschiff rübergeflogen«, erklärte Pitt und umarmte Loren wie ein Vater, dessen entführtes Kind zurückgebracht worden ist. »Wir hatten gehört, hier sei ein Vier-Sterne-Hotel, und dachten, wir kommen mal für eine Stunde Golf und Tennis vorbei.«

Giordino grinste. »Stimmt es, daß die Aerobic-Lehrerinnen hier wie wahre Göttinnen gebaut sind?«

»Ihr Verrückten«, lachte Loren glücklich.

»Nun, Mr. Pitt, Mr. Giordino«, sagte Suma. »Es ist mir ein Vergnügen, die Bekanntschaft von Männern zu machen, die wegen ihrer Unterwasserforschungen bereits zu einer lebenden internationalen Legende geworden sind.«

»Wir sind kaum der Stoff, aus dem Legenden gemacht sind«, sagte Pitt bescheiden.

»Ich bin Hideki Suma. Willkommen auf der Insel Soseki.«

»Ich kann nicht gerade sagen, daß das Vergnügen auf meiner Seite ist, Mr. Suma. Es ist schwer, Ihren geschäftlichen Talenten die Bewunderung zu versagen, doch Ihre Methoden erinnern dabei irgendwie an Al Capone und Freddie aus Elm Street.«

An Beleidigungen war Suma nicht gewöhnt. Er schwieg und warf Pitt einen Blick zu, in dem sich Verwirrung und Mißtrauen spiegelten.

»Schön haben Sie's hier«, erklärte Giordino und warf Toshie einen anerkennenden Blick zu, während er auf die Bar zuschlenderte.

Diaz schüttelte Pitt die Hand, und zum erstenmal lächelte er vergnügt.

»Senator Diaz«, sagte Pitt. »Schön, Sie wiederzutreffen.«

»Ich hätte es vorgezogen, Sie mit einem Delta-Team zur Unterstützung anzutreffen.«

»Die Männer werden fürs Finale in Reserve gehalten.«

Suma ignorierte die Bemerkung und nahm auf einem tiefen Rattanstuhl Platz. »Einen Aperitif, Gentlemen?«

»Einen Tequila Martini«, bestellte Pitt.

»Und Sie, Mr. Giordino?«

»Einen Barking Dog, wenn Sie wissen, wie der gemacht wird.«

»Zum Teufel mit den Artigkeiten!« brach es plötzlich aus Diaz heraus. »Ihr benehmt euch alle, als seien wir zu einer Cocktail-Party bei Freunden eingeladen.« Er zögerte und wandte sich dann an Suma. »Ich will wissen, weshalb Sie vorsätzlich Mitglieder des Kongresses entführt und als Geiseln genommen haben. Und verdammt noch mal, ich will es jetzt sofort wissen.«

»Bitte nehmen Sie Platz und beruhigen Sie sich, Senator«, sagte Suma in ruhigem, doch eiskaltem Ton. »Sie sind ein ungestümer Mann, der fälschlicherweise glaubt, daß alles, was getan werden sollte, sofort getan werden muß, umgehend. Es gibt einen Rhythmus im Leben, den die Völker des Westens nie begriffen haben. Deshalb ist unsere Kultur der Ihren überlegen.«

»Sie sind doch weiter nichts als ein Inselvolk von Narzißten, die glauben, sie seien eine Eliterasse«, stieß Diaz hervor. »Und Sie, Suma, sind der Schlimmste der Bande.«

Suma hatte Klasse, dachte Pitt. In der Miene des Mannes war keinerlei Ärger zu entdecken, keine Abneigung, nur überlegene Gleichgültigkeit. Auf Suma schien Diaz nur den Eindruck eines dummen Schwätzers zu machen.

Kamatori andererseits stand da, die Hände an den Seiten zu Fäusten geballt, das Gesicht verzerrt vor Haß auf die Amerikaner und alle Fremden. Seine Augen waren schmale Schlitze, die Lippen zu einem dünnen, geraden Strich zusammengekniffen. Er sah aus wie ein tollwütiger Hund, der jeden Augenblick angreifen würde.

Toshies Timing war nahezu perfekt. Sie verbeugte sich, die Hände zwischen den Knien, die Seide ihres Kimonos raschelte, und gab bekannt, das Abendessen würde serviert.

»Wir werden die Unterhaltung nach dem Essen fortsetzen«, erklärte Suma und begleitete seine Gäste zu ihren Plätzen an der Tafel.

Pitt und Kamatori setzten sich als letzte. Sie blieben stehen und musterten sich aufmerksam, wie zwei Boxer vor einem Kampf. In Kamatoris Schläfen pochte das Blut, seine Miene war finster und böse. Pitt goß Öl auf das Feuer, indem er ihn verächtlich angrinste.

Beide Männer wußten, daß schon bald, sehr bald, einer den anderen töten würde.

Während des Essens wurden sie von zwei Robotern bedient, deren lange Arme die Speisen mit unglaublich schnellen Bewegungen servierten und abräumten. Kein Essenskrümel fiel zu Boden, und kein Geräusch war zu vernehmen, wenn neue Teller auf die harte Tischplatte gestellt wurden. Die Roboter sprachen nur, um zu fragen, ob die Gäste einen bestimmten Gang beendet hatten.

»Sie scheinen vom Gedanken einer automatisierten Gesellschaft besessen zu sein«, sagte Pitt, an Suma gewandt.

»Ja, wir sind stolz, daß wir uns langsam in ein Unternehmen verwandeln, das Roboter für eine Vielzahl von Aufgaben einsetzt. Meine Fabrikation in Nagoya ist die größte der Welt. Dort stehen computerentworfene Robotermaschinen, die jedes Jahr zwanzigtausend voll funktionsfähige Roboter bauen.«

»Eine Armee, die eine neue Armee herstellt«, bemerkte Pitt.

In Sumas Stimme klang Begeisterung mit. »Ohne es zu ahnen, haben Sie genau ins Schwarze getroffen, Mr. Pitt. Wir haben bereits damit begonnen, die japanische Armee auf Roboter umzurüsten. Meine Ingenieure entwickeln und konstruieren vollkommen automatisierte Kriegsschiffe ohne menschliche Besatzung; Flugzeuge, die nur von Robotern geflogen werden; robotergesteuerte Panzer, die selbständig fahren und kämpfen, und ganze Armeen, bestehend aus Hunderttausenden gepanzerter Maschinen, stark bewaffnet und mit weitreichenden Sensoren ausgestattet, die fünfzig Meter weit springen können und eine Geschwindigkeit von sechzig Kilometern in der Stunde erreichen. Sie sind ganz einfach zu reparieren und verfügen über hochempfindliche Sensorfähigkeiten, so daß sie nahezu unbesiegbar sind. In zehn Jahren wird das Militär der Supermächte uns nicht mehr standhalten können. Anders als Ihren Generälen im Pentagon, die sich auf Männer und Frauen verlassen, die im Krieg kämpfen, bluten und sterben, wird es uns möglich sein, großangelegte Schlachten ohne den Verlust eines einzigen Menschenlebens zu führen.«

Eine volle Minute verstrich, in der die Amerikaner am Tisch den wahren Umfang und die Folgen von Sumas Enthüllungen zu erfassen suchten. Nur Giordino schien der ungeheuerliche Gedanke einer Kriegführung, die von künstlichen Wesen abhing, kalt zu lassen. »Unser mechanischer Wächter behauptet, er sei geweiht worden«, erklärte er und nahm sich lässig ein Stück Fisch.

»Wir verbinden unsere Religion, den Shintoismus, mit unserer Kultur«, antwortete Suma, »weil wir glauben, daß sowohl lebende als auch mechanische Geschöpfe eine Seele haben. Das ist ein Vorteil, den wir Ihnen im Westen gegenüber haben. Unsere Erzeugnisse, seien es Industrieerzeugnisse oder das Schwert eines Samurai, werden behandelt wie Personen. Wir besitzen sogar Maschinen, die unsere Arbeiter lehren, sich wie Maschinen zu verhalten.«

Pitt schüttelte den Kopf. »Klingt wie ein Eigentor. Sie nehmen Ihren eigenen Leuten die Arbeit.«

»Ein archaischer Mythos, Mr. Pitt«, erwiderte Suma und klopfte mit seinen Eßstäbchen auf den Tisch. »In Japan sind Mensch und Maschine eine enge Verbindung eingegangen. Kurz nach der Jahrhundertwende werden wir eine Million Roboter haben, die die Arbeit von zehn Millionen Menschen erledigen.«

»Und was passiert mit den zehn Millionen, die entlassen werden?«

»Wir exportieren sie in fremde Länder, ebenso wie wir unsere Waren exportierten«, erklärte Suma ruhig. »Ihrem neuen Vaterland werden sie gute, gesetzestreue Bürger sein, doch ihre Loyalität und die wirtschaftlichen Verbindungen werden sich nach wie vor auf Japan konzentrieren.«

»Eine Art weltweiter Bruderschaft«, meinte Pitt. »Ich habe schon miterlebt, wie das funktioniert. Ich erinnere mich, daß ich gesehen habe, wie in San Diego eine japanische Bank von japanischen Architekten, japanischen Ingenieuren und japanischen Monteuren hochgezogen wurde. Dabei wurden nur japanische Ausrüstung und japanisches Material verwandt, das mit dem Schiff aus Japan hertransportiert worden war. Die örtlichen Bau- und Zulieferfirmen wurden vollkommen übergangen.«

Suma zuckte gleichgültig die Achseln. »Die Eroberung der Märkte kennt keine Regeln. Unsere Ethik und unsere Moralbegriffe wachsen auf einem ganz anderen Boden als die Ihren. In Japan sind Ehre und Disziplin eng mit Loyalität verbunden – zum Kaiser, der Familie, dem Unternehmen. Wir wurden nicht dazu erzogen, demokratischen Prinzipien anzuhängen oder Mitleid zu empfinden. Gemeinsame Anstrengungen – Freiwilligenarbeit, Wohltätigkeitsveranstaltungen zugunsten der hungernden Völker in Afrika und Organisationen, die Waisenkindern in den Nationen der Dritten Welt helfen sollen – so etwas gibt es in meinem Land nicht. Wir konzentrieren unsere Wohltätigkeit auf uns selbst.« Er schwieg und deutete dann auf die Roboter, die gerade den Raum wieder betraten und Tabletts trugen. »Ah, da kommt der nächste Gang.«

»Ist das eigentlich unsere Henkersmahlzeit?« fragte Diaz schroff.

»Ganz im Gegenteil, Senator«, erwiderte Suma freundlich. »Mrs. Smith und Sie werden innerhalb der nächsten vierundzwanzig Stunden an Bord meines Privatjets nach Washington zurückkehren.«

»Warum nicht gleich?«

»Zuerst müssen Sie über meine Ziele instruiert werden. Morgen werde ich Sie und die Abgeordnete Smith persönlich auf einem Rundgang durch mein Drachenzentrum begleiten und Ihnen die Quelle von Japans neuer Macht demonstrieren.«

»Ein Drachenzentrum«, wiederholte Diaz neugierig. »Zu welchem Zweck?«

»Wissen Sie denn nicht, Senator, daß unser Gastgeber Autos mit Atombomben um die halbe Welt verteilt hat?« fragte Pitt provokativ.

Diaz begriff nicht. »Autos mit Atombomben?«

»Suma will in der Oberliga mitspielen, deshalb hat er sich etwas wirklich Ausgefallenes ausgedacht. Sobald sein hochgepriesenes Drachenzentrum fertiggestellt ist, kann er auf einen Knopf drücken und überall dort, wo seine Roboter einen Wagen mit eingebauter Bombe geparkt haben, eine Atomexplosion auslösen.«

Loren riß entsetzt die Augen auf. »Stimmt das? Japan hat heimlich ein Atomwaffenarsenal aufgebaut?«

Pitt nickte Suma zu. »Warum fragst du *ihn* nicht?«

Suma starrte Pitt kampflustig an. »Sie sind ein sehr gerissener Mann, Mr. Pitt. Mir wurde gesagt, daß Sie es waren, der Mr. Jordan und seine Leute vom Geheimdienst auf die Methode gebracht hat, wie wir die Sprengsätze in Ihr Land schmuggeln.«

»Ich muß zugeben, daß die Idee, sie als Kompressoren der Klimaanlage zu tarnen, ein Geniestreich war. Fast wäre die Operation gelungen, wenn da nicht versehentlich eine Bombe an Bord eines Ihre Autotransporter explodiert wäre.«

Loren runzelte die Stirn und fragte: »Was hoffen Sie dadurch zu erreichen?«

»Nichts Besonderes und Unvorstellbares«, erwiderte Suma. »Um eine Ihrer Redewendungen zu benutzen: Japan war immer ein armer Schlukker. Bei den Völkern des Westens sind die Vorurteile Japan gegenüber tief verwurzelt. Dreihundert Jahre lang hat man uns als komische kleine asiatische Rasse verächtlich abgetan. Jetzt ist die Zeit gekommen, die Vorherrschaft zu übernehmen, wie wir es verdienen!«

Zornige Röte breitete sich über Lorens Gesicht. »Dann würden Sie also einen Krieg, in dem Millionen Menschen sterben würden, einzig und allein aus Stolz und Gier vom Zaun brechen? Haben Sie denn aus dem Tod und der Zerstörung, die Sie in den vierziger Jahren angerichtet haben, nichts gelernt?«

»Unsere Führer sind erst in den Krieg gezogen, als die westlichen Nationen uns mit Handelsembargos und Boykottmaßnahmen fast erdrosselt haben. Den Verlust an Menschenleben und die Zerstörungen haben wir seither durch die Ausweitung unserer Wirtschaftsmacht mehr als wettgemacht. Jetzt werden wir erneut durch internationale Barrieren und weltweite Feindschaft bedroht, und das nur wegen unserer außerordentlichen Anstrengungen und unseres Ziels, einen schwungvollen Handel und leistungsfähige Industrien aufzubauen. Da unsere großartige Wirtschaft von ausländischem Öl und Mineralien abhängig ist, können wir es nicht zulassen, auf die Politik in Washington, die europäischen Interessen oder religiöse Konflikte im Nahen Osten Rücksicht zu nehmen. Mit dem Kaiten-Projekt haben wir die Macht, uns selbst und unseren hart erarbeiteten Wohlstand zu schützen.«

»Kaiten-Projekt?« wiederholte Diaz, der davon noch nichts gehört hatte.

»Der finstere Plan, mit dem er die ganze Welt erpressen will«, erklärte Pitt leichthin.

»Sie spielen mit dem Feuer«, warnte Loren Suma. »Die Vereinigten Staaten, die Sowjetunion und Europa werden die Reihen schließen, um Sie zu vernichten.«

»Sie werden davon absehen, wenn sie erkennen, was es sie kosten wird«, erwiderte Suma zuversichtlich. »Die werden nichts weiter tun, als Pressekonferenzen zu veranstalten und zu erklären, man werde den Konflikt auf diplomatischem Wege lösen.«

»Japan interessiert Sie wohl einen Scheißdreck!« knurrte Diaz plötzlich. »Ihre Regierung wäre entsetzt, wenn sie wüßte, was für einen Horrorplan sich Ihr krankes Hirn ausgedacht hat. Das hier ist Ihre ganz persönliche Operation. Ihr Griff nach der Macht. Sie sind machtbesessen!«

»Da haben Sie recht, Senator«, erwiderte Suma seelenruhig. »In Ihren Augen muß ich wohl als Verrückter gelten, der nach der absoluten Macht greift. Ich will das gar nicht abstreiten. Und wie alle anderen Verrückten in der Geschichte, die davon angetrieben wurden, ihre Nationen und deren Souveränität zu bewahren, werde ich nicht zögern, meine Macht in den Dienst der Expansion unserer Rasse in alle Welt zu stellen und dabei gleichzeitig unsere Kultur vor der Korruption des Westens zu bewahren.«

»Was finden Sie an den westlichen Nationen eigentlich so korrupt?« wollte Diaz wissen.

In Sumas Augen zeigte sich Verachtung. »Schauen Sie sich doch Ihr Volk an, Senator. Die Vereinigten Staaten sind ein Land von Drogenabhängigen, Mafiagangstern, Triebtätern und Mördern, Obdachlosen und

Analphabeten. In Ihren Städten wütet der Rassismus, weil ein einziger Kulturmischmasch herrscht. Sie befinden sich auf dem absteigenden Ast wie vor Ihnen Griechenland, Rom und das Britische Empire. Das Land wird zu einem Sodom und Gomorrha, und dieser Prozeß ist nicht mehr aufzuhalten.«

»Sie glauben also, Amerika als Supermacht stünde auf tönernen Füßen und habe abgewirtschaftet«, stellte Loren in verärgertem Ton fest.

»Einen derartigen Niedergang finden Sie in Japan nicht«, erwiderte Suma gelassen.

»Meine Güte, was sind Sie nur für ein Heuchler!« Pitt lachte so laut, daß sämtliche Köpfe an der Tafel zu ihm herumfuhren. »Ihre komische kleine Kultur ist doch korrupt bis in die höchsten politischen Ebenen. Jeden Tag füllen Berichte über Skandale die Zeitungen und Fernsehnachrichten. Japans Unterwelt ist so mächtig, daß sie die Regierung in der Tasche hat. Die Hälfte der Politiker und Bürokraten hält die Hand auf und verkauft politischen Einfluß gegen Geld. Nur um Gewinn zu machen, verkaufen Sie geheime Militärtechnologie an den Ostblock. Die Lebenshaltungskosten für Ihre Bevölkerung, die für japanische Waren doppelt soviel bezahlen muß wie die Amerikaner, sind astronomisch. High-Tech-Entwicklungen werden nach Belieben geklaut. Bei Ihnen gibt es Banden, die regelmäßig die Hauptversammlungen der Unternehmen sprengen, nur um Geld zu erpressen. Uns beschuldigen Sie des Rassismus, während die meistverkauften Bücher in Japan den Antisemitismus predigen. Die Kaufhäuser in Japan stellen Negersexpuppen aus und verkaufen sie, und in den Magazinen, die auf der Straße verhökert werden, sind gefesselte Frauen zu sehen. Und *Sie* besitzen die Unverschämtheit, dort zu sitzen und zu behaupten, Vertreter einer überlegenen Kultur zu sein. Das ist doch haarsträubender Unsinn.«

»Amen, mein Freund«, sagte Diaz und hob seine Teetasse. »Amen.«

»Dirk hat hundertprozentig recht«, fügte Loren stolz hinzu. »Unsere Gesellschaft ist nicht perfekt, aber wenn man die Lebensqualität in unserem und Ihrem Land vergleicht, stehen wir immer noch besser da.«

Sumas Gesicht verzog sich zu einer wütenden Fratze. Seine Augen waren hart wie Topase, die Zähne zusammengepreßt. Es klang wie das Knallen einer Peitsche, als er sagte: »Vor fünfzig Jahren waren wir als Volk besiegt, von den Vereinigten Staaten in den Dreck getreten! Jetzt sind *wir* die Gewinner, und *ihr* habt verloren. Die Vergiftung Japans durch die Vereinigten Staaten und Europa wurde aufgehalten. Unsere Kultur wird siegen. Wir werden die herrschende Nation des einundzwanzigsten Jahrhunderts sein.«

»Sie klingen wie die Kriegstreiber, die uns nach Pearl Harbor eilig ausgezählt haben«, erinnerte ihn Loren scharf. »Die Vereinigten Staaten haben Japan nach dem Krieg viel besser behandelt, als es im umgekehrten Fall zu erwarten gewesen wäre. Ihre Armeen hätten vergewaltigt, gemordet und Amerika geplündert, genauso wie sie es in China gemacht haben.«

»Abgesehen von uns müssen Sie auch noch mit Europa fertig werden«, fügte Diaz hinzu. »Deren Handelspolitik ist Tokio gegenüber bei weitem nicht so tolerant und entgegenkommend wie unsere. Und eines ist sicher: Der neue Europäische Binnenmarkt wird sich Ihren wirtschaftlichen Eroberungsgelüsten entgegenstemmen. Egal, ob Sie mit der Atombombe drohen oder nicht, die Europäer werden ihre Märkte vor den japanischen Exporten abschotten.«

»Auf lange Sicht gesehen brauchen wir einfach nur unsere milliardenhohen Barguthaben einzusetzen und langsam die europäischen Unternehmen aufzukaufen, bis wir schließlich über eine unerschütterliche Basis verfügen. Das ist keineswegs unmöglich, wenn man bedenkt, daß die zwölf größten Banken der Welt in japanischem Besitz sind und beinahe drei Viertel des Marktwertes aller übrigen Geldinstitute zusammengenommen erreichen. Das bedeutet, wir beherrschen die Welt des Großen Geldes.«

»Sie können die Welt nicht auf Dauer unter Druck setzen«, stellte Pitt fest. »Die japanische Regierung und die Japaner selbst werden sich gegen Sie stellen, wenn erst einmal offenbar wird, daß die Atomraketen statt auf die Vereinigten Staaten und die Sowjetunion auf Japan gerichtet sind. Und die Möglichkeit eines Atomangriffs wird sehr bald zur Realität, wenn eine Ihrer Wagenbomben versehentlich explodieren sollte.«

Suma schüttelte den Kopf. »Unsere elektronischen Sicherheitssysteme sind sehr viel wirkungsvoller als die Ihren oder die der Russen. Es wird keine Explosionen geben, es sei denn, ich persönlich programmiere den korrekten Code ein.«

»Sie können doch nicht tatsächlich einen Atomkrieg beginnen.« Loren sah ihn mit schreckgeweiteten Augen an.

Suma lachte. »Sie vergessen, daß wir Japaner wissen, wie es ist, den Schrecken eines Atomkriegs ausgesetzt zu sein. Nein, das Kaiten-Projekt sieht eine technisch viel anspruchsvollere Operation vor, als bloß Massen von Raketen auf Städte und Militäreinrichtungen zu richten. Die Bomben sollen in strategisch ausgewählten, unbesiedelten Gebieten zur Explosion gebracht werden, auf diese Weise einen gewaltigen elektromagnetischen Schirm erzeugen, der die Kraft hat, Ihre gesamte Wirtschaft zu zerstören. Die Zahl der Toten oder Verletzten wäre minimal.«

»Sie haben das allen Ernstes vor, stimmt's?« fragte Pitt und verstand Suma plötzlich. »Sie wollen die Bomben tatsächlich zünden.«

»Und warum nicht, wenn die Umstände das erfordern? Wir brauchen vor einem Gegenschlag keinerlei Angst zu haben, da das elektromagnetische Feld wirksam sämtliche Kommunikations- und Waffensysteme Amerikas, der Nato und der Sowjets lahmlegen wird.« Der Japaner starrte Pitt aus dunklen, entschlossenen Augen an. »Aber egal, ob ich mich zu diesem Schritt entschließe oder nicht, Sie, Mr. Pitt werden nicht mehr da sein, um das herauszufinden.«

Angst schlich sich in Lorens Gesicht. »Werden Dirk und Al nicht zusammen mit Senator Diaz und mir nach Washington zurückfliegen?«

Suma atmete mit einem langen Seufzer aus und schüttelte ganz langsam den Kopf. »Nein ... ich habe sie meinem guten Freund Moro Kamatori zum Geschenk gemacht.«

»Das verstehe ich nicht.«

»Moro ist ein ausgezeichneter Jäger. Seine Leidenschaft ist die Jagd auf menschliches Wild. Ihren Freunden und den drei Agenten, die während ihres Versuchs, das Zentrum zu zerstören, gefaßt wurden, wird die Chance geboten, von der Insel zu entkommen. Doch nur dann, wenn sie sich vierundzwanzig Stunden Moro entziehen können.«

Kamatori warf Pitt einen ausdruckslosen Blick zu. »Mr. Pitt wird die Ehre zuteil, den ersten Versuch zu wagen.«

Pitt drehte sich zu Giordino um. Auf seinem versteinerten Gesicht zeigte sich der Hauch eines Grinsens.

»Siehst du, hab' ich's dir nicht gesagt?«

47

»Entkommen«, knurrte Giordino und lief, sorgsam bewacht von McGoon, in der kleinen Hütte auf und ab, »entkommen, wohin? Der beste Langstreckenschwimmer der Welt könnte die sechzig Kilometer im kalten Wasser bei einer Strömung von fünf Knoten nicht schaffen. Und selbst wenn, würden Sumas Schergen auf dich warten, um dich genau in der Minute umzulegen, in der du den Strand der Hauptinsel hochkriechst.«

»Wie soll das Spiel also laufen?« fragte Pitt zwischen zwei Liegestützen auf dem Fußboden.

»So lange am Leben bleiben wie möglich. Oder siehst du noch eine andere Möglichkeit?«

»Tapfer sterben.«

Giordino zog eine Augenbraue hoch und warf Pitt einen mißtrauischen Blick zu. »Ja, klar. Entblöße die Brust, lehn die Augenbinde ab und rauch noch eine letzte Zigarette, während Kamatori das Schwert hebt.«

»Hat doch keinen Sinn, gegen das Unvermeidliche anzukämpfen.«

»Seit wann gibst du von vornherein auf?« sagte Giordino und fragte sich, ob sein alter Freund wohl noch alle Tassen im Schrank hatte.

»Wir können versuchen, uns, solange es geht, irgendwo auf der Insel zu verstecken, aber das Ganze ist ein hoffnungsloses Unterfangen. Ich bin sicher, daß Kamatori ein falsches Spiel spielt und Robotsensoren einsetzt, um uns ausfindig zu machen.«

»Was ist mit Stacy? Du kannst doch nicht mit ansehen, wie dieses mondgesichtige Scheusal auch sie umbringt.«

Pitt stand auf. »Was erwartest du denn, ohne Waffen? Muskeln allein können gegen mechanische Spürhunde und einen Meister der Klinge nichts ausrichten.«

»Ich erwarte, daß du den Schneid an den Tag legst, den du bei hundert Gelegenheiten gezeigt hast, die wir zusammen durchgestanden haben.«

Pitt humpelte an McGoon vorüber und blieb, den Rücken dem Roboter zugewandt, stehen. »Du hast leicht reden, mein Freund. Du bist in ausgezeichneter körperlicher Verfassung. Ich habe mir das Knie verstaucht, als ich in diesem Fischteich gelandet bin, und kann kaum laufen. Ich habe überhaupt keine Chance gegen Kamatori.«

Dann sah Giordino das verschlagene Grinsen in Pitts Gesicht und begann allmählich zu begreifen. Er kam sich wie ein Trottel vor. Abgesehen von McGoons Sensoren mußten im Raum und der unmittelbaren Umgebung Dutzende von Abhöranlagen und Videokameras versteckt sein. Jetzt wußte er, worauf Pitt hinauswollte, und spielte mit.

»Kamatori ist viel zu sehr Samurai, als daß er einen verletzten Mann jagen würde. Wenn auch nur etwas Sportgeist in ihm steckt, dann wird er sich seinerseits ein Handikap auferlegen.«

Pitt schüttelte den Kopf. »Ich wäre schon mit einem Schmerzmittel zufrieden.«

»McGoon«, rief Giordino zum Roboter hinüber, »gibt's hier im Hause einen Arzt?«

»Auf eine derartige Anfrage sind meine Daten nicht programmiert.«

»Dann ruf deinen Boß an und erkundige dich danach.«

»Bitte warten Sie.«

Der Roboter schwieg, während sein Kommunikationssystem die Anfrage ans Kontrollzentrum weitergab. Die Antwort kam fast augenblicklich. »Es gibt eine Klinik mit einem kleinen Personalstab im vierten Stock. Wünscht Mr. Pitt ärztliche Hilfe?«

»Ja«, erwiderte Pitt. »Ich benötige eine Schmerzmittelinjektion und eine Bandage, wenn ich Mr. Kamatori beim Wettkampf mit einigermaßen erfolgversprechenden Chancen gegenübertreten soll.«

»Vor ein paar Stunden schienen Sie noch nicht zu humpeln«, hakte McGoon bei Pitt nach.

»Mein Knie war taub«, log Pitt. »Aber jetzt haben Schmerz und Steifheit so zugenommen, daß ich kaum laufen kann.« Er machte ein paar zögernde Schritte und verzog das Gesicht, als würde er gleich sterben.

Murasaki, alias McGoon übermittelte pflichtgemäß seine visuelle Wahrnehmung von Pitts ergreifender Vorstellung zu seiner Kontrollstation tief im Innern des Drachenzentrums und bekam die Erlaubnis, seinen verletzten Gefangenen zur Klinik zu begleiten. Ein weiterer Roboter tauchte auf, um ein Videoauge auf Giordino zu haben; Giordino gab dem Neuankömmling sofort den Namen McGurk.

Pitt spielte den Verletzten mit einer Hingabe, als ginge es darum, einen Oscar zu gewinnen. Langsam schlurfte er durch ein Labyrinth von Gängen, bis er schließlich von McGoon in einen Aufzug geschoben wurde.

Der Roboter drückte mit einem Metallfinger auf den Knopf des untersten Stockwerks, und der Lift fuhr lautlos nach unten.

Zu schade, daß das MAIT-Team nichts von einem Aufzug gewußt hatte, der von der Inseloberfläche in das unterirdische Zentrum führte, dachte Pitt während der Fahrt. Ein Eindringen vom Ferienzentrum aus wäre vielleicht erfolgversprechender gewesen. Einen Moment später öffneten sich die Türen, und McGoon begleitete Pitt in einen hell erleuchteten Gang.

»Die vierte Tür links. Treten Sie ein.«

Die Tür war wie jede glatte Fläche im Innern der unterirdischen Anlage weiß gestrichen. Ein kleines rotes Kreuz bot den einzigen Hinweis, daß sich hier eine Ambulanz befand. Einen Türgriff gab es nicht, nur einen Knopf, der in den Rahmen eingelassen war. Pitt drückte darauf, und geräuschlos öffnete sich die Tür. Eine attraktive junge Dame in Schwesterntracht sah von einem Schreibtisch auf und musterte ihn, als er hereinkam, mit ernsten, braunen Augen. Sie sagte etwas auf japanisch zu ihm, doch er verstand sie nicht und zuckte die Achseln.

»Bedaure«, erwiderte er. »Ich spreche bloß Englisch.«

Ohne ein weiteres Wort stand sie auf, ging durch den Raum, in dem sechs leere Betten standen, und verschwand in einem Büro. Ein paar Sekunden später tauchte sie zusammen mit einem jungen, freundlich lächelnden Japaner in Jeans und Pullover mit rundem Ausschnitt unter dem weißen Mantel und einem Stethoskop um den Hals wieder auf.

»Mr. Pitt?« fragte er im Tonfall der amerikanischen Westküste.

»Ja.«

»Sie wurden bereits angemeldet. Josh Nogami. Ist mir eine Ehre. Ich bin ein Fan von Ihnen, seit Sie damals die *Titanic* gehoben haben. Ihretwegen habe ich mit dem Tauchen angefangen.«

»Die Freude ist ganz auf meiner Seite«, erwiderte Pitt beinahe verlegen. »Sie hören sich gar nicht wie ein Einheimischer an.«

»Ich bin in San Francisco im Schatten der Bay Bridge geboren und aufgewachsen. Wo stammen Sie her?«

»Ich bin in Newport Beach, Kalifornien, aufgewachsen.«

»Was für ein Zufall. Ich habe meine internistische Ausbildung im St. Paul's Hospital in Santa Ana absolviert. Früher habe ich bei jeder Gelegenheit in Newport gesurft.«

»Sie sind ein ganzes Stück von zu Hause fort.«

»Sie auch, Mr. Pitt.«

»Hat Suma Ihnen ein Angebot gemacht, das Sie nicht ablehnen konnten?«

Das Lächeln wurde kühl. »Ich bin ein großer Bewunderer von Mr. Suma. Vor vier Jahren habe ich die Arbeit für ihn aufgenommen, ohne daß er mich kaufen mußte.«

»Dann glauben Sie an das, was er tut?«

»Hundertprozentig.«

»Entschuldigen Sie, aber ich glaube, man täuscht Sie.«

»Ich fühle mich nicht getäuscht, Mr. Pitt. Ich bin Japaner und glaube an den Vorsprung, den unsere Kultur auf intellektuellem und künstlerischem Gebiet gegenüber der zusammengewürfelten amerikanischen Gesellschaft gewonnen hat.«

Pitt war nicht in der Stimmung, sich auf eine neuerliche Debatte über Lebensphilosophien einzulassen. Er deutete auf sein Knie. »Das werde ich morgen brauchen. Ich muß es mir verstaucht haben. Können Sie den Schmerz so abtöten, daß ich es gebrauchen kann?«

»Bitte rollen Sie Ihr Hosenbein hoch.«

Pitt kam der Bitte nach, zog die notwendigen Grimassen und atmete zischend, um seine Schmerzen zu demonstrieren, während der Arzt das Knie abtastete.

»Keine Schwellung und keine Abschürfungen. Auch keinerlei Anzeichen für einen Bänderriß.«

»Tut aber dennoch verdammt weh. Ich kann's nicht beugen.«

»Haben Sie es sich verletzt, als Sie auf Mr. Sumas Ferienanlage abgestürzt sind?«

»Neuigkeiten verbreiten sich hier offenbar schnell.«

»Die Roboter haben ein System der Flüsterpropaganda entwickelt, auf das die Gefangenen in San Quentin stolz wären. Nachdem ich von Ihrer Ankunft gehört hatte, bin ich nach oben gefahren und habe mir die Überreste Ihres Flugzeugs angeschaut. Mr. Suma war gar nicht glücklich, daß bei Ihrem Absturz preisgekrönte Karpfen im Wert von vierhunderttausend Yen dran glauben mußten.«

»Dann wissen Sie auch, daß ich den ersten Auftritt beim morgigen Massaker habe«, bemerkte Pitt.

Das Lächeln wich aus Nogamis Gesicht. »Ich möchte Ihnen versichern, daß ich, obwohl ich Mr. Sumas Anweisungen befolge, überhaupt nichts für Kamatoris mörderische Jagden übrig habe.«

»Irgendein Rat, den Sie einem Verurteilten geben könnten?«

Nogami deutete mit vielsagender Geste auf die Wände und die Zimmerdecke. »Die Wände hier haben mehr Ohren und Augen als ein Theaterpublikum. Wenn ich Ihrer Seite Tips geben würde, dann könnte ich mich da draußen gleich zu Ihnen gesellen. Nein danke, Mr. Pitt. Ich bedaure Ihre mißliche Lage, doch Sie können niemanden außer sich selbst dafür verantwortlich machen, daß Sie Ihre Nase in Dinge gesteckt haben, die Sie nichts angehen.«

»Aber Sie werden doch für mein Knie tun, was Sie können?«

»Als Arzt werde ich mein Bestes tun, Ihre Schmerzen zu lindern. Kamatori hat mir auch den Befehl erteilt, dafür zu sorgen, daß Sie morgen fit für die Jagd sind.«

Nogami gab Pitt eine Spritze ins Knie, injizierte ein Medikament mit unaussprechlichem Namen, das den Schmerz lindern sollte, und verband das Knie dann mit einer elastischen Binde. Danach reichte er Pitt eine kleine Flasche Pillen. »Nehmen Sie davon alle vier Stunden zwei Stück. Schlucken Sie nicht mehr, sonst werden Sie müde und sind für Kamatori morgen ein leichtes Opfer.«

Aufmerksam beobachtete Pitt, wie die Schwester in einen kleinen Vorratsraum ging, Binde und Pillen holte und wieder zurückkam. »Würde es Ihnen etwas ausmachen, wenn ich mich auf eines der freien Betten legen und mich etwas ausruhen würde? Diese japanischen Matten sind einfach nicht das richtige für meine alten Knochen.«

»Von mir aus geht das in Ordnung. Ich werde Ihren Roboter davon in Kenntnis setzen, daß ich Sie eine oder zwei Stunden hier unter Beobachtung halte.« Nogami sah ihn ernst an. »Kommen Sie bloß nicht auf die Idee zu fliehen. Hier gibt es keinerlei Fenster oder Hintertüren; und die Roboter wären hinter Ihnen her, ehe Sie noch zwei Schritte in Richtung Aufzug gemacht hätten.«

»Keine Angst«, erwiderte Pitt freundlich lächelnd. »Ich beabsichtige, mir meine Kräfte für das morgige Vergnügen aufzusparen.«

Nogami nickte. »Nehmen Sie das erste Bett. Es hat die weichste Matratze. Ich schlafe selbst drin. Das einzige westliche Laster, das ich nicht ablegen will. Ich habe für diese verdammten Tatamimatten auch nichts übrig.«

»Wo ist das Klo?«

»Durch den Vorratsraum hindurch, links.«

Pitt schüttelte dem Arzt die Hand. »Ich danke Ihnen, Dr. Nogami. Ein Jammer, daß wir die Angelegenheit aus verschiedenen Blickwinkeln betrachten.«

Nachdem Nogami in sein Büro gegangen war und die Schwester, mit dem Rücken zu ihm, wieder am Schreibtisch saß, humpelte Pitt zum Klo, betrat den Raum jedoch nicht, sondern öffnete und schloß die Tür, um die notwendigen Geräusche zu machen und jeden Verdacht zu zerstreuen. Die Schwester war damit beschäftigt, irgendwelche Formulare auszufüllen, und drehte sich nicht um, um sein Tun durch die Tür des Vorratsraums hindurch zu verfolgen.

Dann durchsuchte er leise die Schubladen und Regale, die medizinische Vorräte enthielten, bis er eine Schachtel mit Plastiksäcken gefunden hatte, an denen schmale Schläuche mit einer Kanüle befestigt waren. Die Säcke trugen die Aufschrift »CPDA-1 Rote Blutzellen mit antikoagulationshemmender Lösung«. Er nahm einen davon aus der Schachtel und schob ihn in sein Hemd. Zum Glück zeichnete er sich nicht darunter ab.

In der Ecke des Zimmers stand eine fahrbare Röntgenanlage. Er sah kurz zu ihr hinüber, und plötzlich kam ihm eine Idee. Mit den Fingernägeln löste er das Plastikschildchen der Herstellerfirma und schraubte damit die rückwärtige Verkleidung auf. Schnell zog er die Stecker zu zwei aufladbaren Sechs-Volt-Batterien ab, nahm eine an sich und steckte sie sich vorne in die Hose. Dann riß er so viele Elektrokabel aus dem Gerät, wie er konnte, ohne viel Lärm zu verursachen und Mißtrauen zu erregen, und band sich das Kabel um die Hüfte.

Zuletzt betrat er leise das Klo, benutzte es und zog ab. Die Schwester blickte nicht einmal auf, als er sich auf das Bett legte. Nogami konnte er in seinem Büro mit leiser Stimme telefonieren hören.

Pitt sah, innerlich vollkommen ruhig, zur fleckenlosen Decke empor. Jordan und Kern würden sein Vorhaben nicht gerade als Meisterplan bezeichnen, doch dieser Plan war alles, was er hatte, und er würde ihn bis zum Ende durchziehen.

48

Moro Kamatori sah nicht nur böse aus, er war böse. Der giftige starre Blick wich nie aus seinen violettschwarzen Pupillen, und wenn sich die schmalen Lippen zu einem Lächeln verzogen, was selten der Fall war, dann enthüllten sie Zahnreihen, die mit mehr Gold gefüllt waren, als man in ganz Südafrika findet.

Selbst zu dieser frühen Morgenstunde – es war fünf Uhr und noch dunkel – strahlte er die Arroganz eines Mannes aus, dem nichts recht zu machen ist. Kamatori war makellos gekleidet. Er trug eine *Hakama*, sackartige Hosen, die beinahe wie ein weiter Hosenrock wirkten, und eine *Kataginu* der Edo-Periode, eine ärmellose Jagdweste aus Seidenbrokat. Seine Füße steckten in Sandalen.

Pitt dagegen sah aus wie ein Schiffbrüchiger. Er hatte nur ein T-Shirt an und Shorts, die er sich aus der Hose seines Fliegeranzugs zurechtgeschnitten hatte. An den Füßen trug er weiße Socken.

Nachdem man ihn geweckt und zu Kamatoris Privatbüro geführt hatte, stand er vor Kälte zitternd in dem ungeheizten Raum und musterte jede Einzelheit an den Wänden. Sie hingen voller alter Waffen, aus jeder Epoche der Weltgeschichte. Japanische und europäische Rüstungen standen wie Wachen in Habachtstellung mitten im Raum. Angesichts der Trophäen, die säuberlich aufgespießt zwischen Hunderten von Schwertern, Speeren, Bogen und Gewehren die Wand schmückten, drehte sich ihm der Magen um.

Er zählte dreißig Köpfe, die aus starren Glasaugen ins Leere blickten. Bei den meisten von Kamatoris Opfern handelte es sich um Asiaten, nur vier hatten westliche Gesichtszüge. Er erstarrte, als er Jim Hanamuras Kopf entdeckte.

»Kommen Sie herein, Mr. Pitt, und trinken Sie eine Tasse Kaffee«, lud Kamatori ihn ein und deutete auf ein leeres Kissen neben einem niedrigen Tisch. »Wir werden uns ein paar Minuten unterhalten, bevor –«

»Wo sind die anderen?« unterbrach Pitt ihn.

Kamatori warf ihm einen kalten Blick zu. »Die sitzen in einem kleinen Raum nebenan, von dort aus werden sie die Jagd auf einem Fernsehbildschirm verfolgen.«

»Wie die Zuschauer, die sich einen miserablen Spätfilm ansehen.«

»Vielleicht kann der letzte, der gejagt wird, aus den Fehlern der anderen, die vor ihm abgetreten sind, lernen.«

»Oder vielleicht schließen sie einfach die Augen und verpassen die ganze Show.«

Kamatori saß vollkommen ruhig da. Um seine dünnen Lippen spielte ein kleines Lächeln. »Dies hier ist nicht das erste Mal. Der Ablauf konnte im Laufe der Zeit verfeinert werden. Die Opfer werden an ihre Stühle gefesselt und ihre Augenlider notfalls mit Klebeband fixiert. Denen wird jede Gelegenheit gegeben werden, Ihr Versagen zu verfolgen.«

»Ich hoffe, Sie überweisen die Einnahmen für die Wiederholungen auf mein Konto«, sagte Pitt und tat so, als betrachte er die Köpfe an der Wand, versuchte dabei aber, den schrecklichen Anblick zu ignorieren und sich statt dessen auf ein Gestell zu konzentrieren, das Hieb- und Stichwaffen enthielt.

»Sie spielen die Rolle des mutigen Mannes sehr gut«, bemerkte Kamatori. »Von einem Mann Ihres Rufes hatte ich nichts anderes erwartet.«

»Wer folgt als zweiter?« fragte Pitt unvermittelt.

Der Schlächter zuckte die Achseln. »Ihr Freund Mr. Giordino oder vielleicht auch die weibliche Agentin. Ja, ich glaube, wenn ich sie erlege, dann wird das die übrigen richtig wütend machen, so daß sie als Wild gefährlicher werden.«

Pitt wandte sich um. »Und wenn Sie einen von uns nicht erwischen?«

»Die Insel ist klein. Noch nie hat sich mir jemand länger als acht Stunden entziehen können.«

»Und Sie kennen keine Gnade?«

»Keine«, gab Kamatori zurück, und sein böses Lächeln wurde breiter. »Hier handelt es sich nicht um ein Versteckspiel, wie es Kinder spielen, mit Gewinnern und Verlierern. Ihr Tod wird schnell und sauber über die Bühne gehen. Das verspreche ich.«

Kamatori deutete auf die Tür. »Die Zeit ist gekommen.«

Pitt blieb stehen. »Sie haben mir die Spielregeln noch nicht erklärt.«

»Es gibt keinerlei Spielregeln, Mr. Pitt. Ich lasse Ihnen großzügig eine Stunde Vorsprung. Dann werde ich die Jagd beginnen. Ich bin nur mit meinem Schwert bewaffnet, einer alten Waffe, die schon einige Generationen im Besitz meiner Familie ist und viel Blut gesehen hat.«

»Ihre Samurai-Ahnen müssen mächtig stolz auf einen Abkömmling sein, der ihre Ehre dadurch besudelt, daß er unbewaffnete und wehrlose Menschen ermordet.«

Kamatori wußte, daß Pitt ihn absichtlich provozierte, doch er konnte die Wut, die er diesem Amerikaner gegenüber empfand, der nicht die Spur von Angst zeigte, nicht unterdrücken. »Dort ist die Tür«, zischte er. »Ich beginne in einer Stunde mit der Verfolgung.«

Die gespielte Gleichgültigkeit fiel in dem Moment von Pitt ab, als er das Tor im elektrisch geladenen Zaun hinter sich hatte. Ungezügelte Wut brodelte in ihm, als er an der Baumreihe am Rande der Siedlung vorbeilief und in den Schatten der hohen, nackten Felsen verschwand. Er war außer sich, nicht mehr er selbst: kühl, berechnend, alle Sinne übermenschlich geschärft, wurde er nur noch von einem alles beherrschenden Gedanken angetrieben.

Er mußte sich retten, um die anderen vor ihrem Schicksal zu bewahren.

Der Einfall, in Socken loszulaufen statt in den schweren Stiefeln, die er getragen hatte, als er vom Deck der *Ralph R. Bennett* gestartet war, zahlte sich jetzt aus. Glücklicherweise war der Felsboden von einigen Zentimetern feuchter Erde bedeckt, die sich infolge der Erosion im Laufe der Jahrhunderte über dem Lavafelsen gesammelt hatte.

Er lief tödlich entschlossen los, angetrieben von Wut und der Angst, er könne versagen. Sein Plan war ganz einfach, lächerlich simpel, obwohl die Chancen, Kamatori an der Nase herumzuführen, im Grunde gleich null waren. Allerdings war er vollkommen sicher, daß sein Plan von keinem der bisher gejagten Männer ausprobiert worden war. Der Überraschungseffekt war auf seiner Seite. Die übrigen hatten vermutlich nur versucht, soviel Abstand wie möglich zwischen sich und die Ferienanlage zu bringen, bevor sie kopflos nach einem Versteck gesucht hatten, um ihrem Tod zu entgehen. Not macht erfinderisch, doch alle hatten, mit grausamer Endgültigkeit, versagt. Pitt wollte eine neue Variante ins Spiel ums Entkommen bringen, die gerade verrückt genug sein mochte, um zu funktionieren.

Er besaß gegenüber denen, die vor ihm gejagt worden waren, noch einen weiteren Vorteil. Dank Penners detailliertem Modell war ihm die Geographie der Insel im großen und ganzen vertraut. Er erinnerte sich genau an die Dimensionen und Höhen, wußte exakt, in welche Richtung er sich wenden mußte, und das war nicht der höchste Punkt auf der Insel.

Menschen, die voller Angst flüchten, laufen unwillkürlich nach oben; sie rennen die Treppen in einem Gebäude hoch, erklettern einen Baum, um sich zu verstecken, oder steigen auf die Felsen eines Gipfels. Alles Sackgassen, aus denen ein glückliches Entkommen nicht möglich ist.

Pitt bog ab und lief zur Küste im Osten hinunter. Er rannte hin und her, als sei er unentschlossen, welchen Weg er nehmen sollte, und lief teilweise zurück, damit bei seinem Verfolger der Eindruck entstand, er habe sich verirrt und bewege sich im Kreis. Die zerklüftete, mondähnliche Landschaft und das dämmrige Licht machten es in der Tat schwer, sich zu orientieren, doch die Sterne waren noch nicht verloschen, und in Richtung Norden gab ihm der Polarstern einen Anhaltspunkt. Er blieb ein paar Minuten stehen, ruhte sich aus, um bei Kräften zu bleiben, und schätzte die Lage ab.

Jetzt erkannte er, daß Kamatori, der seine Opfer in Sandalen verfolgte, sie niemals in acht Stunden zur Strecke bringen konnte. Jemand, der sich auch nur einigermaßen im Gelände auskannte, konnte sich mit etwas Glück ein oder zwei Tage der Gefangennahme entziehen, selbst wenn er mit Hunden gehetzt wurde... es sei denn, seine Spur wurde von jemandem verfolgt, der elektronische Körpersensoren einsetzte. Pitt zweifelte nicht eine Sekunde daran, daß er von einem Roboter verfolgt wurde, der mit Sensoren ausgerüstet war. Er lief weiter. Ihm war immer noch kalt, aber er empfand keinerlei Erschöpfung.

Als die Stunde zu Ende ging, war Pitt bei den Klippen am Meer angelangt. Die verkrüppelten Bäume und das Unterholz reichten genau bis zum Rand der steilen Felsen. Er lief nun langsamer und hielt nach einer Lücke in den von der Brandung abgeschliffenen Felsen fast zwanzig Meter unter sich Ausschau. Schließlich gelangte er an eine schmale Lichtung, die von mächtigen Felsen abgeschirmt wurde. Eine kleine Pinie, deren Wurzeln von der Erosion zum Teil freigelegt waren, klammerte sich gerade eben noch am Abhang über dem unruhigen Wasser fest.

Aufmerksam suchte er die nahe Umgebung nach Anzeichen von Videokameras oder Wärmesensoren ab, doch er entdeckte nichts.

Er war ziemlich sicher, daß er nicht beobachtet wurde, und drückte mit seinem ganzen Gewicht gegen die Pinie. Sie gab nach, und die Krone senkte sich weitere fünf Zentimeter nach vorn. Wenn er weit genug hinaufkletterte, würde der Baum durch sein zusätzliches Gewicht sicher entwurzelt werden und ihn mit sich in die Tiefe reißen.

Dann musterte er, wie es die Springer über den Klippen bei Acapulco tun, das dunkle, aufgewühlte Wasser. Er schätzte die Tiefe in einer schmalen Rinne zwischen den Felsen auf drei Meter – vier, wenn ein

Brecher herandonnerte. Niemand, der seine Sinne beisammen hatte, hätte auch nur in Erwägung gezogen, was Pitt im Kopf herumging, während er das Zurückfluten und die gerade Strömung betrachtete. Ohne Taucheranzug würde es ein Schwimmer in diesem kalten Wasser keine zwanzig Minuten aushalten – immer vorausgesetzt, er überlebte den Fall.

Er setzte sich auf einen Felsen, zog den Plastik-Blutsack unter dem Gürtel seiner Shorts hervor und legte ihn neben seinen Füßen auf den Boden. Dann streckte er den linken Arm aus, ballte die Faust und tastete mit seiner Linken, bis er die Vene in der Armbeuge gefunden hatte. Einen Augenblick hielt er inne, fixierte in Gedanken die Vene und stellte sie sich als Schlauch vor. Dann griff er nach der Kanüle, die am Schlauch des Sacks angebracht war, und schob sie in die Vene in der Armbeuge.

Er verfehlte sie und mußte es noch einmal versuchen. Beim dritten Mal glitt sie in die Vene. Jetzt saß er da und entspannte sich, während sein Blut in den Sack floß.

Das Heulen eines Hundes in der Ferne drang an sein Ohr. Er meinte zu träumen. Er konnte einfach nicht glauben, daß er Kamatori so sehr überschätzt hatte. Er hatte die Möglichkeit, von einem Hund verfolgt zu werden, überhaupt nicht in Betracht gezogen. Er war davon ausgegangen, sein Verfolger werde elektronische Geräte oder Roboter benutzen, um sein Wild aufzuspüren. Er konnte sich vorstellen, wie der blutrünstige Samurai es genießen würde, wenn Pitt von einem geifernden Hund einen Baum hochgejagt wurde.

Unglaublich geduldig saß Pitt da und wartete, daß sich der Plastiksack mit seinem Blut füllte. Gleichzeitig lauschte er dem näher kommenden Bellen. Der Hund war ihm hart auf den Fersen und kaum noch zweihundert Meter entfernt, als die Blutmenge 450 ml erreichte und Pitt sich die Nadel aus dem Arm zog. Schnell verbarg er den mit Blut gefüllten Sack unter einem Felsen und tarnte ihn mit loser Erde.

Die meisten der von Kamatori enthaupteten Männer hatten voller Angst und Schrecken versucht, dem Hund zu entkommen, und waren schließlich erschöpft gestellt worden. Nur die Tapfersten waren stehengeblieben und hatten den Kampf mit dem Hund aufgenommen – in den meisten Fällen mit einem Knüppel als Waffe. Pitt, der nicht ahnen konnte, welche Überraschung ihm bevorstand, ging einen Schritt weiter. Er fand einen langen, dicken Stock, nahm jedoch auch noch zwei Felsbrocken mit. Dann warf er seine wenig wirksamen Waffen auf einen großen Felsen und kletterte hinterher.

In diesem Moment schoß der bellende Hund durch die Bäume auf den Klippenrand zu.

Erstaunt und fassungslos starrte Pitt ihn an. Der Hund, der ihn verfolgte, war nicht aus Fleisch und Blut. Dies war so ziemlich der schlimmste Alptraum von Roboter, den Pitt je gesehen hatte.

Hier hatten sich die japanischen Ingenieure in Hideki Sumas Roboter-Laboratorien wirklich selbst übertroffen. Der Schwanz, der kerzengerade in die Luft ragte, war eine Antenne, und die Läufe rotierten wie die Speichen eines Rades, deren Enden um neunzig Grad geknickt waren, um einen besseren Halt auf dem Boden zu gewährleisten. Den Körper bildete eine komplexe Elektronik, die um einen Ultraschallsender montiert war. Es handelte sich um die allerneueste Verfolgungsmaschine: sie konnte menschlichen Speichel, Wärme und Schweiß aufnehmen, und sie war in der Lage, mit der Geschwindigkeit eines Dobermanns um Hindernisse herum oder über Hindernisse hinweg das Wild zu verfolgen.

Die einzige Ähnlichkeit zwischen einem richtigen Hund und diesem Roboter war ein häßliches Gebiß, mit Zähnen, die sich drehten, statt zu malmen. Pitt schob dem Hund ein Ende seines Knüppels in die Schnauze, doch der wurde ihm aus der Hand gerissen und in einer Splitterwolke zerfetzt.

Es war angesichts dieses Ungeheuers ein Wunder, daß von Kamatoris Opfern noch etwas übriggeblieben war, das man an die Wand hängen konnte, dachte Pitt. Doch der künstliche Hund machte keinen Versuch, anzugreifen und ihn zu töten. Er erklomm ein Stück des Felsens, auf dem Pitt stand, hielt aber Abstand, und die kleine Videokamera zeichnete

Pitts Bewegungen und seinen Standort auf. Die eigentliche Aufgabe des Hundes bestand, wie Pitt erkannte, darin, das Wild in die Enge zu treiben und aufzuspüren, damit Kamatori kommen und den rituellen Mord durchführen konnte.

Pitt hob einen der Felsbrocken über seinen Kopf und schleuderte ihn nach vorne. Der Roboter war zu flink. Leichtfüßig wich er nach rechts aus, der Felsbrocken verfehlte ihn und knallte ein paar Zentimeter entfernt auf den Boden.

Pitt hob den anderen Brocken, die einzige Waffe, die ihm noch blieb, auf und tat so, als wolle er werfen. Doch mitten in der Bewegung hielt er inne und beobachtete, daß der Hund wieder nach rechts sprang. Dann stellte Pitt wie ein Kanonier Berechnungen an und ließ den Brocken durch die Luft segeln. Das Timing war perfekt, er hatte gut gezielt. Der Hund, offenbar darauf programmiert, bei einem Angriff nur nach rechts auszuweichen, machte einen Satz, der ihn direkt unter den herabstürzenden Felsen brachte.

Kein Bellen oder Winseln, kein Zischen kurzgeschlossener Stromkreise und auch kein Funkenregen. Das mechanische Tier sackte, nachdem Computer- und Sichtsysteme zerschmettert waren, langsam auf seinen Speichenläufen ein, fiel aber nicht um. Pitt tat es fast leid, als es langsam, wie ein Elektrospielzeug, dessen Batterien zu Ende gingen, zur Ruhe kam. Er sprang von seinem Felsen herunter und trat dem Ding in den Elektronikbauch, so daß es auf die Seite fiel. Pitt vergewisserte sich, daß die Videokamera ausgefallen war, und zog dann den Beutel mit dem Blut wieder unter dem trockenen Holz und den Blättern hervor.

Obwohl er sich so viel Blut abgezapft hatte, schien sein Kreislauf nicht allzu geschwächt zu sein. Das war gut so, denn er brauchte für die Aufgabe, die jetzt vor ihm lag, jedes bißchen Kraft, das ihm zur Verfügung stand.

Kamatori kamen erste Bedenken, als das Bild auf dem winzigen TV-Monitor an seinem Handgelenk plötzlich verschwand. Die letzte Angabe vom Spürsystem des Roboterhundes hatte Pitts Aufenthaltsort mit ungefähr hundertfünfundsiebzig Metern in südöstlicher Richtung bei den Klippen an der Küste bezeichnet. Er war erstaunt, daß Pitt sich bereits zu einem derart frühen Zeitpunkt der Jagd hatte in die Enge treiben lassen. In diese Richtung lief er jetzt, wobei er zunächst an einen Fehler im System dachte. Doch noch während er auf die angegebene Stelle zueilte, begann in seinem Kopf allmählich der Gedanke Gestalt anzunehmen, daß der Grund möglicherweise bei seinem Wild zu suchen war.

Das war ihm bei einem früheren Opfer nie passiert. Niemandem war es je gelungen, den Roboter zu besiegen oder ihm auch nur einen Schaden zuzufügen. Wenn Pitt geschafft hatte, woran alle anderen gescheitert waren, dann mußte er sehr vorsichtig vorgehen, beschloß Kamatori. Er verlangsamte seinen Schritt und kümmerte sich nicht länger darum, wie schnell er vorankam. Er hatte genug Zeit.

Fast zwanzig Minuten brauchte er, um aufzuschließen. Dann erreichte er die kleine Lichtung über den Klippen. Durch das Unterholz machte er undeutlich die Umrisse des Roboterhundes aus. Er befürchtete das Schlimmste, als er sah, daß der Roboter auf der Seite lag.

Im Schatten der Bäume beschrieb er einen weiten Kreis um die im Freien liegenden Felsen. Vorsichtig näherte sich Kamatori dem Hund, der still und bewegungslos dalag. Er zog sein Schwert, packte den Griff mit beiden Händen und hob es hoch über seinen Kopf.

Im *Kiai* erfahren, verstand sich Kamatori darauf, sich durch Aufbietung innerer Kräfte in einen Kampfrausch zu versetzen und so die wilde Entschlossenheit zu erlangen, den Gegner zu überwältigen. Er holte tief Luft, stieß einen gellenden Schrei aus und stürmte vor, in der Hoffnung, genau in dem Moment auf Pitt zu stoßen, in dem der verhaßte Feind seinerseits ausatmete.

Doch da war kein Pitt.

Die kleine Lichtung sah aus wie nach einem Massaker. Überall war Blut verspritzt, auf dem Roboterhund, den Felsen, und kleine Rinnsale liefen an der Außenseite der Klippe hinunter. Er musterte den Boden.

Die Fußabdrücke von Pitt waren tief und derart durcheinander, daß sie keinerlei Aufschlüsse gaben. Von der Lichtung führte jedoch keine Blutspur fort. Er blickte hinunter aufs Meer und die Felsen und entdeckte einen Baum, der vom zurückweichenden Wasser mitgezogen wurde, nur um dann von einer heranrollenden Welle wieder gegen die Felsen geschleudert zu werden. Kamatori sah sich auch das Loch im Boden und die herausgerissenen Wurzeln am Rande des Abgrunds an.

Einige Minuten lang betrachtete er die Szene, untersuchte den zerfetzten Knüppel und den Felsbrocken neben dem Roboter. Der Hund war nicht zur Zerstörung entwickelt worden, sondern nur zur Verfolgung und zum Aufspüren der Beute. Pitt mußte sich gestellt und den Kampf aufgenommen, seinen Verfolger beschädigt und das Computerprogramm so verändert haben, daß der Hund sich in einen wütenden Mörder verwandelt hatte.

Danach war der Roboter offenbar zum Angriff übergegangen und hatte Pitt übel zugerichtet. Da ihm kein Ausweg mehr blieb, mußte Pitt versucht haben zu entkommen, indem er auf den Baum kletterte. Doch sein Gewicht war zu groß gewesen, und der Baum war mit ihm auf die unteren Felsen gestürzt. Von Pitts Leiche fehlte zwar jede Spur, doch kein Mensch konnte einen derartigen Fall überlebt haben. Entweder war er von der Strömung fortgetragen worden, oder die Haie, angelockt von dem blutenden Körper, hatten ihn zerfleischt.

Kamatori explodierte in blinder Wut. Er griff nach dem mechanischen Hund und schmiß ihn über die Klippen. Pitt hatte ihn besiegt. Sein Kopf würde nicht zusammen mit den übrigen Trophäen an der Wand hängen. Der Samurai empfand es als eine Schmach, derart um seinen Sieg betrogen worden zu sein. Niemand war seinem Schwert je entkommen.

Er würde sich an den anderen amerikanischen Geiseln rächen. Er beschloß, daß Stacy das nächste Opfer sein sollte, und stellte sich voller Genugtuung die entsetzten Mienen von Giordino, Weatherhill und Mancuso vor, die auf dem Farbbildschirm dabei zusehen mußten, wie er sie in Stücke hackte.

Er hielt die Schwertklinge in Augenhöhe vor sich und wurde geradezu euphorisch, als die eben aufgegangene Sonne auf der Klinge glitzerte. Dann schwang er es in weitem Bogen über seinen Kopf und ließ es mit einer einzigen, geschmeidigen Bewegung in die Scheide gleiten.

Immer noch wütend und enttäuscht, weil ihm der einzige Mann entgangen war, den er unbedingt hatte töten wollen, machte er sich durch die zerklüftete Landschaft auf den Rückweg zur Ferienanlage, in Gedanken schon bei der nächsten Jagd.

49

In einem Raum tief im Innern von Gebäude C des Nationalen Sicherheitsdienstes in Ford Meade saß Clyde Ingram, Leiter der wissenschaftlichen und technischen Datenauswertung, in einem komfortablen Sessel und blickte auf einen großen Bildschirm. Die Auflösung war infolge der neuesten Entwicklungen bei Aufklärungssatelliten unglaublich.

Der Pyramider Satellit, der im Verlauf einer geheimen Shuttle-Operation in den Weltraum gebracht worden war, war wesentlich vielseitiger als sein Vorgänger Sky King. Statt lediglich detaillierte Fotos und Filme der Land- und Meeresoberfläche zu liefern, enthüllten seine drei Systeme auch Details, die unter der Erde und unter dem Meer lagen.

Durch bloßes Betätigen von Knöpfen auf einer Konsole konnte Ingram den Satelliten über jedem Ziel auf der Erde in Position bringen und seine mächtigen Kameras und Sensoren genau genug ausrichten, um das Kleingedruckte in einer Zeitung zu lesen, die auf einer Parkbank lag, die Konstruktionsmerkmale eines U-Boot-Bunkers zu erkennen oder nachzuschauen, was die Mannschaft eines U-Boots, das sich unter einer Eisscholle versteckt hielt, zu Mittag aß.

An diesem Abend analysierte er die Bilder, die das Meeresgebiet rund um die Insel Soseki zeigte. Nachdem er die Raketensysteme ausgemacht hatte, die sich im Wald rund um das Ferienzentrum verbargen, konzentrierte er sich auf das Aufspüren und Speichern von Unterwassersensoren, die von Sumas Sicherheitskräften angebracht worden waren, um jede U-Boot-Operation und jede heimliche Landung bemerken zu können.

Nach fast einer Stunde entdeckte er ein kleines Objekt, das sechsunddreißig Kilometer nordöstlich von Soseki in dreihundertzwanzig Metern Tiefe auf dem Meeresboden lag. Er gab dem Hauptcomputer den Befehl, die Stelle rund um dieses Objekt zu vergrößern. Der Computer seinerseits gab die Koordinaten weiter und wies die Sensoren des Satelliten an, die Stelle abzutasten.

Nachdem das Signal empfangen und entsprechend verarbeitet worden war, übertrug der Satellit eine vergrößerte Abbildung zu einem Empfänger, der auf einer Insel im Pazifik stand, und von dort aus wurde sie an Ingrams Computer in Ford Meade übermittelt, wo sie wiederum vergrößert und auf dem Bildschirm ausgegeben wurde.

Ingram stand auf, trat näher an den Bildschirm heran und musterte den Gegenstand durch seine Lesebrille. Dann ging er zu seinem Sessel zurück und rief den Stellvertretenden Operationsleiter an, der auf dem Weg nach Washington in einem fürchterlichen Stau steckte.

»Meeker«, meldete sich eine erschöpfte Stimme über das Funktelefon.

»Hier Ingram, Boss.«

»Werden Sie denn niemals müde, sich die ganze Nacht über die finstersten Geheimnisse der Welt anzusehen? Weshalb fahren Sie nicht nach Hause und schlafen mal mit Ihrer Frau?«

»Ich gebe zu, nichts geht über Sex, aber diese unglaublichen Bilder kommen gleich danach.«

Curtis Meeker stieß einen Seufzer der Erleichterung aus, als sich der Stau plötzlich auflöste und er glatt über die letzte Kreuzung vor der Straße, in der er wohnte, fahren konnte. »Haben Sie etwas entdeckt?« fragte er.

»Ich habe hier ein Flugzeug im Meer vor der Insel Soseki.«

»Welches Modell?«

»Sieht wie eine B-29 aus dem Zweiten Weltkrieg aus; oder das, was von ihr übrig ist. Scheint schwer beschädigt zu sein, aber sonst ist sie noch in gutem Zustand dafür, daß sie fünfzig Jahre auf dem Meeresgrund gelegen hat.«

»Irgendwelche Einzelheiten?«

»Ein klares Bild von Nummern und Buchstaben seitlich auf dem Rumpf und am Heck. Ich kann auch eine kleine Figur auf der Wölbung unterhalb des Cockpits erkennen.«

»Beschreiben Sie sie.«

»Es ist nicht ganz deutlich zu erkennen, schließlich sehen wir durch fast vierhundert Meter Wasser hindurch. Doch ich würde sagen, es sieht aus wie ein Teufel mit einer Forke.«

»Können Sie irgendeine Beschriftung erkennen?«

»Ziemlich undeutlich«, erwiderte Ingram. »Das erste Wort ist mit Pflanzen bewachsen.« Er schwieg und gab dem Computer das Kommando, noch mehr zu vergrößern. »Das zweite Wort sieht wie ›Demons‹ aus.«

»Etwas abgelegen für die Flugrouten der Zwanzigsten Luftflotte während des Krieges«, sagte Meeker.

»Glauben Sie, die Sache ist wichtig?«

Meeker schüttelte den Kopf, während er in die Auffahrt seines Hauses einbog. »Wahrscheinlich nur ein Flugzeug, das vom Kurs abgekommen und abgestürzt ist, wie die *Lady Be Good* in der Sahara. Doch überprüfen Sie es besser dennoch, damit eventuell noch lebende Angehörige der Mannschaft benachrichtigt werden können, wo sie ihre letzte Ruhestätte gefunden haben.«

Ingram legte den Hörer auf, betrachtete das verzerrte Bild eines alten Flugzeugs, das im Meer verborgen lag, und fragte sich, wie es wohl dorthin gelangt sein mochte.

50

Man hatte ihnen nicht die Augenlider mit Klebeband fixieren müssen. Stacy, Mancuso und Weatherhill hatten voller Entsetzen auf den Bildschirm gestarrt, bis schließlich während Pitts Kampf mit dem Hund das Bild ausfiel. Fassungslosigkeit und tiefe Trauer ergriff sie nun, als Kamatori in teuflischer Absicht eine zweite Kamera auf den blutgetränkten Boden richtete.

Die vier saßen angekettet auf Metallstühlen, die im Halbkreis angeordnet waren und vor einem großen, hochauflösenden Farbbildschirm standen, der in die Wand eingelassen war. Die beiden Roboter, die Giordino McGoon und McGurk getauft hatte, hielten Wache und hatten die neuesten japanischen Automatikwaffen auf die Hinterköpfe ihrer Gefangenen gerichtet.

Das unerwartete Scheitern ihres Plans und die vollkommene Hilflosigkeit hatten sie mehr aus der Fassung gebracht als die Verurteilung zum Tod. Hunderte von Plänen, wie sie sich aus ihrer mißlichen Lage befreien konnten, wirbelten ihnen durch den Kopf. Keiner davon hatte auch nur die geringste Chance, in die Tat umgesetzt werden zu können. Jetzt blieb ihnen kaum etwas anderes übrig, als auf den Tod zu warten.

Stacy wandte sich zu Giordino um, um zu sehen, wie er den Schicksalsschlag aufnahm, den Freund verloren zu haben. Doch dessen Miene war vollkommen gefaßt und nachdenklich, ohne jede Spur von Sorge oder Wut. Giordino saß eiskalt und seelenruhig dort, so als habe er gerade einen Abenteuerfilm am Samstagvormittag gesehen.

Kurze Zeit später betrat Kamatori den Raum, nahm mit untergeschlagenen Beinen auf einer Matte Platz und goß sich ein Schälchen Sake ein. »Ich nehme an, Sie haben den Ausgang der Jagd verfolgt«, bemerkte er zwischen zwei Schlucken. »Mr. Pitt hat sich nicht an die Regeln gehalten. Er hat den Roboter angegriffen, dabei dessen Programm verändert und ist an seiner eigenen Dummheit gestorben.«

»Er wäre sowieso durch Ihre Hand umgekommen!« knurrte Mancuso. »Zumindest hat er Ihnen das Abschlachten vermasselt.«

Kamatori preßte kurz die Lippen aufeinander, dann lächelte er finster. »Ich versichere Ihnen, es wird keine Wiederholung der Vorstellung Ihres Freundes geben. Ein neuer Roboterhund wird im Augenblick umprogrammiert, so daß eine unerwartete Beschädigung seines Systems nicht zu einem Angriff auf seine Beute führen wird.«

»Das ist ja erfreulich«, brummte Giordino.

»Sie Schweinehund«, zischte Mancuso und zerrte mit rotem Gesicht an seinen Ketten. »Ich habe die Brutalitäten, die Männer Ihres Schlages den alliierten Kriegsgefangenen während des Krieges zufügten, miterlebt. Sie finden Ihr Vergnügen darin, andere zu quälen, doch den Gedanken, selbst zu leiden, können Sie nicht ertragen.«

Kamatori sah Mancuso voller Abscheu an. »Sie werden der letzte sein, den ich erledigen werde, Mr. Mancuso. Sie werden zusehen, wie die übrigen leiden, bis Sie selber dran sind.«

»Ich melde mich freiwillig als nächster«, erklärte Weatherhill ruhig. Er hatte innerlich bereits alle Gedanken an eine Flucht abgeschrieben und konzentrierte sich nur noch auf ein Ziel. Wenn er sonst schon nichts erreichen konnte, dann war die Ermordung von Kamatori etwas, wofür es sich zu sterben lohnte.

Kamatori schüttelte bedächtig den Kopf. »Diese Ehre hat Miss Stacy Fox. Eine professionelle Agentin bedeutet eine interessante Herausforderung. Viel interessanter als Dirk Pitt, hoffe ich. Er war eine herbe Enttäuschung.«

Weatherhill spürte, wie ihm übel wurde. Nie hatte er den Tod gefürchtet, oft genug und immer wieder sein Leben riskiert. Doch hilflos dasitzen zu müssen, während eine Frau brutal umgebracht wurde, eine Frau, die er kannte und die er schätzte, dieser Gedanke machte ihn krank.

Stacys Gesicht war fahl, als Kamatori aufstand und den Robotern befahl, ihre Ketten zu lösen. Doch sie sah ihn mit eisiger Verachtung an. Die Schlösser öffneten sich auf ein Elektroniksignal hin, und sie wurde, nachdem sie von ihren Ketten befreit war, unsanft auf die Beine gezogen.

Kamatori deutete auf die Tür, die sich nach außen öffnete. »Gehen Sie«, befahl er mit schneidender Stimme. »In einer Stunde nehme ich die Verfolgung auf.«

Stacy sah die übrigen, wie sie meinte, ein letztes Mal an. Mancuso schien erschüttert zu sein, während Weatherhill ihren Blick aus tieftraurigen Augen erwiderte. Nur Giordinos Reaktion versetzte sie in Staunen. Er zwinkerte ihr zu, nickte und lächelte.

»Sie vergeuden Ihre Zeit«, erklärte Kamatori kalt.

»Kein Grund zur Eile«, erklang eine Stimme hinter den beiden Robotern.

Stacy drehte sich um und war sicher, daß sie träumte.

Dirk Pitt stand auf der Schwelle, lehnte lässig am Türrahmen und sah an ihr vorbei Kamatori an. Beide Hände ruhten auf dem Griff eines langen Säbels, der im polierten Fußboden stak. Seine dunkelgrünen Augen funkelten, und auf seinem Gesicht lag ein erwartungsvolles Lächeln.

»Tut mir leid, daß ich so spät komme, aber ich mußte erst noch einem Hund Manieren beibringen.«

51

Keiner bewegte sich, niemand sagte ein Wort. Die Roboter standen bewegungslos da und warteten auf einen Befehl von Kamatori. Ihre Prozessoren waren nicht auf eine solche Situation programmiert. Doch der Samurai war offensichtlich sprachlos, als er Pitt dort stehen sah, ohne einen einzigen Kratzer am Körper. Mit offenem Mund und weit aufgerissenen Augen starrte er ihn an. Dann verzogen sich seine Lippen langsam zu einem gezwungenen Lächeln.

»Sie sind nicht tot«, stellte er fest, als er die Fassung wiedergewonnen hatte, und sein Gesicht wurde zu einer finsteren Maske. »Sie haben Ihren Tod vorgetäuscht, aber das Blut –«

»Ich habe mir in Ihrer Krankenstation ein paar Dinge ausgeliehen«, erklärte Pitt lässig, »und mir dann selbst Blut abgezapft.«

»Aber Ihnen blieb doch gar kein Ausweg, nur die Brandung und die Felsen unterhalb der Klippen. Und wenn Sie den Fall überlebt hätten und ins Wasser gefallen wären, hätte die starke Unterströmung Sie fortgetragen. Sie konnten einfach nicht überleben.«

»Ich habe den Baum, den Sie in der Brandung treiben sahen, benutzt, meinen Fall ins Wasser zu dämpfen. Dann habe ich mich von der Strömung hinaustragen lassen, bis sie mich einige hundert Meter von der Küste entfernt losließ. Nach einer Weile konnte ich mir die anlaufende Flut zunutze machen und bin in eine kleine Bucht geschwommen. Dort bin ich über die Klippen zur Ferienanlage hochgeklettert.«

Die Verblüffung in Kamatoris Augen schlug in ungläubige Neugierde um. »Die Sicherheitsabsperrung. Wie haben Sie es geschafft, an den Robotern vorbeizukommen?«

»Ich habe sie im wahrsten Sinne des Wortes ausgeschaltet.«

»Kann nicht sein«, Kamatori schüttelte den Kopf. »Ihre Spürsysteme arbeiten fehlerlos. Sie sind nicht darauf programmiert, einen Eindringling passieren zu lassen.«

»Da wette ich mit Ihnen.« Pitt hob den Säbel und rammte dessen Spitze in den Holzfußboden, ließ dann den Griff los, so daß die Waffe im polierten Holz hin- und herschwang. Er zog einen kleinen, in eine Socke gewickelten Gegenstand unter dem Arm hervor. Ungehindert ging er von hinten auf einen der Roboter zu. Bevor dieser sich umwenden konnte, drückte er das Ding in der Socke gegen das Plastikgehäuse, das den Computer barg. Der Roboter stand sofort still und rührte sich nicht mehr.

Kamatori, der zu spät begriff, was Pitt da tat, schrie: »Erschieß ihn!«

Doch Pitt duckte sich unter den Mündungen der Automatikwaffen des zweiten Roboters hindurch und hielt das seltsame Objekt auch gegen dessen Prozessoren. Wie der erste blieb auch dieser Roboter stocksteif stehen.

»Wie hast du das gemacht?« fragte Stacy atemlos.

Pitt zog eine kleine 6-Volt-Batterie, die er aus der mobilen Röntgenanlage ausgebaut hatte, und ein Rohrstück, das mit zwei Metern Kupferdraht umwickelt war, aus der Socke und hielt die Gegenstände hoch, damit alle sie sehen konnten.

»Ein Magnet. Er hat die Programme aus den Speichern der Computer gelöscht und die integrierten Schaltkreise lahmgelegt.«

»Ein kurzfristiger Erfolg, mehr nicht«, bemerkte Kamatori. »Ich habe Ihren Einfallsreichtum schwer unterschätzt, Mr. Pitt. Doch letztlich haben Sie kaum mehr erreicht, als Ihr Leben um wenige Minuten zu verlängern.«

»Zumindest sind wir jetzt bewaffnet«, sagte Weatherhill und wies mit dem Kopf zu den Waffen der Roboter hinüber.

Trotz der Wendung, die die Ereignisse genommen hatten, konnte Kamatori den Ausdruck des Triumphes in seinem Gesicht nicht verbergen. Er hatte sich wieder vollkommen unter Kontrolle. Pitts beinahe wunderbare Rettung bedeutete gar nichts. »Die Waffen sind an den beweglichen Armen der Roboter fest montiert. Die können Sie nur mit einer Trennscheibe abtrennen. Sie sind so hilflos wie zuvor.«

»Dann sitzen wir also jetzt im selben Boot, nachdem Ihre Roboter ausgestöpselt wurden«, sagte Pitt und warf Stacy den Magnet zu.

»Ich habe meinen *Katana*.« Kamatoris Hand fuhr an den Griff des alten japanischen Schwerts seiner Ahnen, das in der Scheide auf seinem Rücken steckte. Die einundsechzig Zentimeter lange Klinge bestand aus elastischem, magnetisiertem Eisen mit einer harten Stahlschneide. »Und ich trage einen *Wakizashi* bei mir.« Er zog ein Messer, ungefähr vierundzwanzig Zentimeter lang, aus einer Scheide unter seiner Schärpe, dessen Klinge kurz aufblitzte, bevor er es wieder wegsteckte.

Pitt ging zurück zum Eingang, der zu Kamatoris Arsenal antiker Waffen führte, und zog den Säbel aus dem Fußboden. »Das hier ist vielleicht nicht Excalibur, aber immer noch besser als gar nichts.«

Die Waffe, die Pitt von der Wand in Kamatoris Büro genommen hatte, war ein italienischer Duellsäbel aus dem neunzehnten Jahrhundert, dessen Klinge vom Handschutz bis zur Spitze neunzig Zentimeter maß. Er war schwerer als die modernen Säbel, mit denen Pitt während seiner Zeit an der Air Force Academy gefochten hatte, und nicht so flexibel, doch in der Hand eines erfahrenen Fechters konnte er sehr wirkungsvoll sein.

Pitt war sich vollkommen im klaren darüber, worauf er sich hier einließ. Er zweifelte keinen Augenblick daran, daß Kamatori Experte im japanischen Schwertkampf des *Kenjutsu* war, während er selber die Klinge vor zwei Jahren, bei einem Wettkampf, das letzte Mal geführt hatte. Doch wenn es ihm nur gelang, so lange am Leben zu bleiben, bis Stacy Mancuso und Weatherhill befreit hatte oder sie Kamatori ablenken konnte, so daß Pitt die Oberhand gewann, dann bestand noch eine kleine Chance, von der Insel zu fliehen.

»Sie wagen doch nicht, mich damit herauszufordern?« höhnte Kamatori.

»Warum nicht?« Pitt zuckte die Achseln. »Im Grunde waren die Samurai-Krieger kaum etwas anderes als aufgeblasene Schwuchteln. Ich nehme an, daß Sie aus demselben Sumpf gekrochen sind.«

Kamatori beachtete die Beleidigung nicht. »Sie wollen also mit einem Heiligenschein in der Rolle des Sir Galahad gegen den schwarzen Ritter auftreten.«

»Eigentlich hatte ich eher Errol Flynn gegen Basil Rathbone im Sinn.«

Kamatori schloß auf einmal die Augen, ging in die Knie und versenkte sich in einen meditativen Trancezustand, aus dem die Samurai jene innere Kraft des *Kiai* schöpfen, um für einen Kampf über sich selbst hinauszuwachsen.

Pitt stellte sich auf einen schnellen Angriff ein, federte zurück und ging in Grundstellung.

Fast zwei Minuten vergingen, dann sprang Kamatori plötzlich auf und zog mit einer geschmeidigen Bewegung mit beiden Händen blitzschnell seinen *Katana* aus der Scheide. Er schwang die Klinge nicht erst über den Kopf, um von oben nach unten zu schlagen, sondern setzte die Bewegung schwungvoll in einem leicht aufwärts gerichteten diagonalen Hieb fort, um Pitt von der Hüfte bis zur Schulter aufzuschlitzen.

Pitt ahnte, was Kamatori vorhatte, konnte den hinterhältigen Schlag knapp parieren und machte einen schnellen Ausfall. Er traf Kamatori an der Hüfte, bevor er zurücksprang, um der nächsten wilden Attacke seines Gegners zu entgehen.

Die Techniken von *Kenjutsu* und der Olympiadisziplin des Säbelfechtens sind grundverschieden. Es war, als stehe ein Basketballspieler einem Footballverteidiger gegenüber. Die traditionelle Fechtkunst besteht aus geradlinigen Bewegungen mit gelegentlichen Ausfällen, während *Kenjutsu* keinerlei Beschränkungen kennt und der Kämpfer mit seinem *Katana* versucht, den Gegner mit einem wilden Hagel von Hieben niederzuzwingen. Doch beide Techniken beruhen auf Geschwindigkeit und dem Überraschungsmoment.

Kamatori bewegte sich mit katzenhafter Geschmeidigkeit. Er wußte, daß ein Körpertreffer bei Pitt den Kampf schnell beenden würde. Schnell sprang er von einer Seite zur anderen und stieß gutturale Schreie aus, um Pitt aus dem Gleichgewicht zu bringen. Er griff wütend an und parierte mit beidhändigen Hieben mühelos Pitts Ausfälle. Die Wunde an seiner Hüfte schien er nicht zu bemerken, und sie verlangsamte seine behenden Reaktionen auch nicht.

Kamatoris beidhändige *Katana*-Hiebe durchschnitten die Luft etwas schneller und hatten mehr Wucht als Pitts Säbel. Doch in der Hand eines geübten Fechters konnte die alte Duellklinge eine Winzigkeit schneller kontern. Auch war sie fast dreißig Zentimeter länger, ein Vorteil, den Pitt nutzte, um sich bei Kamatoris blitzschnellen Attacken aus der Gefahrenzone tödlicher Verletzungen zu ziehen. Und der Säbel war eine Hieb- und Stichwaffe, der *Katana* dagegen nur eine Hiebwaffe.

Kamatori wiederum war wegen seiner Erfahrung und der ständigen Übung mit der Klinge im Vorteil. Pitt war eingerostet, aber er war zehn Jahre jünger als der *Kenjutsu*-Experte, und, wenn man von dem Blutverlust absah, in ausgezeichneter körperlicher Verfassung.

Stacy und die übrigen sahen dem spektakulären Schlagabtausch, den Ausfällen und den behenden Attacken, bei denen die Klingen glitzerten und die Schneiden klirrend aufeinanderprallten, fasziniert zu. Ab und zu brach Kamatori seinen Angriff ab, zog sich zurück und ging zwischen Stacy, Mancuso und Weatherhill in Stellung, um Stacy daran zu hindern, die Männer zu befreien, und sich zu vergewissern, daß sie nicht versuchte, ihn von hinten oder von der Seite anzugreifen. Dann nahm er mit einem gutturalen Fluch die wütenden Attacken gegen den verhaßten Amerikaner wieder auf.

Pitt hielt sich zurück, griff an, wenn sich eine Lücke in der Deckung ergab, parierte die explosive Wucht von Kamatoris Hieben und wich den unglaublich wilden Angriffen aus. Er versuchte, Stacy Bewegungsspielraum zu verschaffen, doch sein Gegner war zu gerissen und vereitelte jede Gelegenheit. Obwohl Stacy Judoexpertin war, hätte Kamatori sie in Stücke geschlagen, bevor sie noch auf zwei Meter an ihn herangekommen wäre.

Pitt focht angestrengt und schweigend, während Kamatori bei jedem Hieb wild schreiend gegen ihn anstürmte und Pitt zwang, sich langsam quer durch den Raum zurückzuziehen. Der Japaner lächelte höhnisch, als ein wilder Hieb Pitts ausgestreckten Schwertarm erwischte und in einer dünnen Linie Blut hervortrat.

Die schiere Wucht von Kamatoris Angriff bewirkte, daß Pitt defensiv kämpfen und sich damit begnügen mußte, die fürchterlichen Schläge zu parieren. Kamatori sprang von einer Seite zur anderen und versuchte dabei einen Kreis zu beschreiben.

Pitt erkannte seine Absicht sofort, wich Schritt für Schritt zurück und machte, ganz im Vertrauen auf seine Gewandtheit und die kontrollierte Art zu fechten, einen unvermittelten Ausfall, um am Leben zu bleiben und Kamatoris Timing zu stören.

Ein Stoß traf Kamatori in den Unterarm, verlangsamte jedoch die Bewegungen des *Kenjutsu*-Meisters nicht für einen Moment. Von der Kraft des *Kiai* durchdrungen, schlug er zu, wenn er glaubte, daß Pitt ausatmete und empfand selber offenbar keinerlei Schmerz, ja er schien es nicht einmal wahrzunehmen, wenn Pitts Säbel sein Fleisch durchbohrte. Immer wieder wich er zurück, nur um erneut unerbittlich auf Pitt loszugehen und seinen *Katana* mit kurzen Vor- und Rückhandhieben in unglaublich schneller Folge durch die Luft sausen zu lassen.

Pitt wurde müde. Sein Arm fühlte sich an wie Blei, wie die Fäuste eines Preisboxers nach der vierzehnten Runde in einem ausgeglichenen Kampf. Sein Atem ging stoßweise, und er fühlte das schnelle Pochen seines Herzens.

Auch zeigte der alte Säbel Abnutzungserscheinungen. Seine Schneide war dem guten Stahl des japanischen *Katana* nicht gewachsen. Die matte alte Klinge war an unzähligen Stellen tief eingekerbt, und Pitt war klar, daß ein fester Hieb auf die flache Seite sie wahrscheinlich zerbrechen würde.

Erstaunlicherweise zeigte Kamatori nicht die Spur von Müdigkeit. Seine Augen schienen vor Blutdurst zu glühen, und die Wucht seiner Hiebe war genauso groß wie zu Beginn des Duells. Es war nur noch eine Sache von Minuten, bis er Pitt mit seinem japanischen Schwert niedermetzeln und endgültig erledigen würde.

Pitt sprang zurück, um eine kurze Atempause herauszuschinden und die Lage neu einzuschätzen, während Kamatori innehielt, um aus dem Augenwinkel Stacys Bewegungen zu kontrollieren. Sie stand verdächtig ruhig da, die Hände hinter dem Rücken verborgen. Der Japaner wurde mißtrauisch und machte einen Schritt auf sie zu, doch schon griff Pitt mit einem weiten Ausfall wieder an. Sein schneller Stoß traf die Waffe Kamatoris, fuhr über deren Griff, und die Spitze des Säbels riß die Knöchel der Hand des Japaners auf.

Pitt änderte jetzt seine Taktik und rückte vor. Er entdeckte eine Möglichkeit, die ihm bisher entgangen war. Anders als bei dem kurzen Griff des alten Duellsäbels, dessen Schutz die Hand umschloß, wies der *Katana* nur einen kleinen, runden Schutz am oberen Ende des längeren Griffs auf. Also begann Pitt nun, auf Kamatoris Hand zu zielen. Er täuschte einen Angriff auf den Körper seines Gegners vor, richtete dann aber die Spitze seiner Klinge etwas nach links, erwischte seine Hand, als Kamatori gerade einen wilden Rückhandschlag nach oben machte, und schlitzte die Finger bis zum Knochen auf.

Unglaublicherweise stieß Kamatori nur einen Fluch auf japanisch aus und griff erneut an. Bei jedem Schwerthieb spritzte das Blut. Wenn er die kalte Klaue der Niederlage sich um seinen Hals legen spürte, dann war ihm das nicht anzumerken. Er war für den Augenblick gegen Schmerzen und Verletzungen immun und griff weiter an wie ein Berserker.

Plötzlich flog sein Kopf seitwärts zurück, als ein stählerner Gegenstand sein rechtes Auge traf. Unglaublich zielsicher hatte Stacy das Schloß geworfen, das zuvor ihre Ketten zusammengehalten hatte. Pitt nutzte diesen Moment aus, machte einen Ausfall, stieß seinem Gegner den Säbel in den Brustkorb und durchbohrte einen Lungenflügel.

Kamatori schwankte einen Augenblick und kämpfte dann wie besessen weiter. Erneut schlug er auf Pitt ein und brüllte bei jedem Hieb, während ihm bereits das Blut aus dem Mund rann. Doch seine Schnelligkeit und seine Kraft waren dahin, und Pitt hatte keine Mühe, die schwachen Schläge abzuwehren.

Pitts nächster Hieb legte Kamatoris rechten Bizeps frei. Jetzt erst begann der polierte Stahl des *Katana* zu erbeben und fiel herunter.

Pitt ging näher heran, schwang den Säbel mit aller Kraft und schlug Kamatori den *Katana* aus der Hand. Die Klinge klirrte zu Boden, und Stacy hob das Schwert auf.

Er hielt die Spitze des Säbels gegen Kamatoris Brustkorb und sah ihn an. »Sie haben verloren«, erklärte er.

Die Ehre des Samurai verbot es Kamatori, eine Niederlage zu akzeptieren, solange er sich noch auf den Beinen halten konnte. Auf seinem Gesicht ging eine seltsame Wandlung vonstatten. Die Maske des Hasses und der Wildheit schmolz dahin, und sein Blick schien sich nach innen zu richten.

Er erklärte: »Für einen Samurai liegt in der Niederlage keine Ehre. Sie können dem Drachen einen Zahn ausreißen, aber es werden Tausende nachwachsen.« Dann zog er das lange Messer aus seiner Schärpe und sprang auf Pitt zu.

Pitt, müde und außer Atem, wich leicht zur Seite und parierte den Messerstoß. Zum letzten Mal schwang er den treuen Säbel und trennte Kamatoris Hand von dessen Handgelenk.

In Kamatoris Gesicht standen Schock, ungläubige Verzweiflung, Schmerz und die Erkenntnis, daß er zum erstenmal in seinem Leben von einem Gegner besiegt worden war und sterben mußte. Er stand da und sah Pitt an; die dunklen Augen waren voll rasender Wut, der verkrüppelte Arm hing an der Seite herunter, und das Blut ergoß sich auf den Boden.

»Ich habe meine Vorfahren entehrt. Bitte gestatten Sie mir, das Gesicht zu wahren, indem ich *Seppuku* begehe.«

Interessiert kniff Pitt die Augen halb zu. Er sah Mancuso an. »*Seppuku?*«

»Der allgemein gebräuchliche und elegantere japanische Ausdruck für das, was wir schlicht als Harakiri bezeichnen, was wörtlich soviel bedeutet wie ›Bauch aufschlitzen‹. Er möchte, daß Sie ihm einen fröhlichen Abgang ermöglichen.«

»Verstehe«, sagte Pitt mit müder, leicht gereizter Stimme. »Das verstehe ich tatsächlich, aber es kommt nicht in Frage. Er wird seinen Willen nicht bekommen. Er wird nicht von seiner Hand sterben. Nicht nachdem er all die Menschen so kaltblütig ermordet hat.«

»Die Schande, von einem Ausländer besiegt worden zu sein, muß mit der Hingabe meines Lebens getilgt werden«, murmelte Kamatori mit zusammengepreßten Zähnen. Die geheimnisvolle Kraft des *Kiai* ließ jetzt schnell nach.

»Seine Freunde und seine Familie würden frohlocken«, erklärte Mancuso. »Für ihn bedeutet Ehre alles. Er hält den Tod von der eigenen Hand für etwas Wunderbares, auf das man sich freuen kann.«

»Mein Gott, ist das abscheulich«, murmelte Stacy angewidert und starrte auf Kamatoris Hand auf dem Fußboden. »Kneble und feßle ihn. Wir müssen zusehen, daß wir unsere Aufgabe erfüllen und hier rauskommen.«

»Sie werden sterben, aber nicht auf die Art, die Sie sich erhoffen«, erklärte Pitt und starrte in das herausfordernde, vor Wut dunkelrote Gesicht, dessen Zähne wie bei einem knurrenden Hund gebleckt waren. Doch Pitt sah auch einen Anflug von Angst in den dunklen Augen – nicht die Angst vor dem Tod, sondern davor, nicht auf die vorgeschriebene Art und Weise einer gepriesenen Tradition das Zeitliche zu segnen.

Bevor jemand ahnte, was Pitt vorhatte, packte er Kamatori an dessen unverletztem Arm und zog den Samurai in das Büro, in dem die antiken Waffen und die gräßliche Sammlung menschlicher Köpfe hingen. Behutsam, als rücke er ein Bild zurecht, stellte er Kamatori auf, rammte ihm die Klinge des Säbels durch den Unterleib und nagelte ihn aufrecht, zwischen den Köpfen seiner Opfer, an die Wand.

In Kamatoris Augen standen Unglaube und Angst vor einem elenden und ehrlosen Ende. Auch Schmerz war jetzt da.

»Kein göttliches Geleit für den Mörder von Wehrlosen. Gesellen Sie sich zu Ihrem Wild, und seien Sie verdammt.«

52

Pitt nahm eine Wikinger-Axt aus ihrer Halterung an der Wand und kehrte in das Zimmer mit der Videoanlage zurück. Stacy hatte bereits die Schlösser an den Ketten geknackt, die Giordino und Mancuso fesselten, und befreite gerade Weatherhill.

»Was hast du mit Kamatori gemacht?« fragte Giordino und warf einen neugierigen Blick an Pitts Schulter vorbei in das Zimmer, das die Trophäen enthielt.

»Ich habe ihn zu seiner Sammlung gehängt.« Er reichte Giordino die Axt. »Zerstör die Roboter, und zwar so, daß sie nicht so bald repariert werden können.«

»McGoon zerstören?«

»Und McGurk.«

Giordino sah ihn traurig an, doch er nahm die Axt und hackte auf McGoon ein.

Mancuso schüttelte Pitt die Hand. »Sie haben uns das Leben gerettet. Vielen Dank.«

»Sehr gut gefochten«, sagte Weatherhill. »Wo haben Sie das gelernt?«

»Das hat Zeit«, erwiderte Pitt ungeduldig. »Wie sieht denn Penners grandioser Plan aus, was unsere Rettung betrifft?«

»Das wissen Sie nicht?«

»Penner hat uns seines Vertrauens nicht für würdig befunden.«

Mancuso sah ihn an und schüttelte den Kopf. »Es gibt keinen Rettungsplan«, erklärte er niedergeschlagen. »Ursprünglich sollten wir von einem U-Boot evakuiert werden, doch Penner hat diese Lösung für das U-Boot und dessen Besatzung als zu riskant verworfen, nachdem er sich ein Satellitenfoto von Sumas Verteidigungseinrichtungen zum Meer hin angesehen hatte. Stacy, Tim und ich sollten uns durch den Tunnel nach Edo City durchschlagen und in unserer Botschaft in Tokio Zuflucht suchen.«

Pitt nickte Giordino zu. »Und wir beide?«

»Das Außenministerium war angewiesen, mit Suma und der japanischen Regierung über Ihre Freilassung zu verhandeln.«

»Das Außenministerium?« stöhnte Giordino zwischen zwei Axthieben. »Lieber sähe ich mich von Monty Pythons Flying Circus vertreten.«

»Jordan und Kern haben Sumas und Kamatoris schlechten Charakter nicht in Rechnung gestellt«, erklärte Mancuso zynisch.

Pitts Mund verzog sich zu einem schmalen Strich. »Ihr seid die Experten. Was unternehmen wir als nächstes?«

»Wir erledigen unseren Auftrag und verschwinden so schnell wir können durch den Tunnel«, antwortete Weatherhill, während Stacy das Schloß öffnete und seine Ketten zu Boden fielen.

»Sie haben immer noch vor, das Drachenzentrum zu zerstören?«

»Nicht ganz, aber wir können für eine ordentliche Delle sorgen.«

»Womit?« fragte Giordino. »Mit einem selbstgebauten Magneten und einer Axt?«

»Nur die Ruhe«, erwiderte Weatherhill gemächlich und rieb sich die Handgelenke. »Sumas Sicherheitskräfte haben uns zwar bei unserer Gefangennahme und der anschließenden Durchsuchung die Sprengausrüstung abgenommen, doch für eine kleine Explosion reicht's noch aus.« Er setzte sich, zog seine Schuhe aus, löste die Sohlen und knetete sie zu einem Ball zusammen. »C-acht Plastiksprengstoff«, erklärte er stolz. »Das Allerneueste an Sprengstoff für den anspruchsvollen Spion.«

»Und die Zündkapseln stecken im Absatz«, murmelte Pitt.

»Woher wissen Sie das?«

»Hab's vermutet.«

»Wir müssen los«, sagte Mancuso. »Die Bedienungsmannschaften der Roboter und Kamatoris Kumpane werden sich bestimmt schon fragen, wieso er sein privates Jagdvergnügen abgebrochen hat, und bald hier aufkreuzen.«

Stacy ging auf die Tür zu, die aus Kamatoris Privaträumen hinausführte, zog sie einen Spalt auf und spähte in den Garten. »Unsere erste Hürde wird es sein, das Gebäude mit dem Lift ins unterirdische Zentrum aufzuspüren. Wir wurden mit verbundenen Augen aus unseren Zellen hier hochgebracht und konnten uns nicht richtig orientieren.«

»Ich werde euch führen«, erklärte Pitt.

»Kennst du die Stelle?«

»Ja. Ich bin mit dem Lift nach unten in die Ambulanz gefahren.«

»Ihr Magnet wird uns nicht viel helfen, wenn wir einer ganzen Abteilung Roboter in die Hände fallen«, sagte Mancuso ernst.

»Dann müssen wir eben mal wieder in die Trickkiste greifen«, beruhigte Pitt ihn. Er ging hinüber zu Stacy und warf einen schnellen Blick durch den Türspalt.

»Da liegt ein Gartenschlauch unter dem Busch links. Siehst du ihn?«

Stacy nickte. »Neben der Terrasse.«

Er deutete auf den *Katana* in ihrer Hand. »Schleich dich raus und schneide ein Stück ab.«

Sie sah ihn fragend an. »Darf ich mich erkundigen, weshalb?«

»Wenn man ein Stück Schlauch an einem Stück Seide reibt, dann lädt er sich positiv auf«, erklärte Pitt. »Mit dem Schlauchende kann man dann die integrierten Schaltkreise eines Computers berühren, die Elektronik bekommt einen Schlag, und die komplizierten Komponenten werden zerstört.«

»Eine elektrische Entladung«, murmelte Weatherhill nachdenklich. »Darum handelt es sich doch?«

Pitt nickte. »Derselbe Effekt, wie wenn Sie eine Katze streicheln oder mit den Füßen über einen Teppich rutschen.«

»Sie würden einen guten Physiklehrer an der High School abgeben.«

»Woher bekommen wir die Seide?« fragte Giordino.

»Von Kamatoris Kimono«, warf Weatherhill über die Schulter zurück und lief eilig in das Zimmer mit den Trophäen.

Pitt wandte sich an Mancuso. »An welcher Stelle wollen Sie die Kracher denn hochgehen lassen, damit sie den größten Schaden anrichten?«

»Wir haben nicht genug C-acht, um einen dauerhaften Schaden zu verursachen, aber wir könnten den Sprengstoff in der Nähe der Energieversorgung anbringen und den Zeitplan der Japaner um ein paar Tage, vielleicht sogar Wochen zurückwerfen.«

Stacy tauchte mit einem drei Meter langen Schlauchstück wieder auf. »Wie möchtest du es zerschnitten haben?«

»Teile es in vier Teile auf«, erwiderte Pitt. »Eines für jeden von euch. Ich nehme zur Sicherheit den Magneten.«

Weatherhill kam mit Fetzen von Kamatoris Seidenkimono in der Hand zurück, von denen einige blutdurchtränkt waren. Er verteilte sie.

Dann grinste er Pitt an. »Der Platz, den Sie für unseren Samuraifreund ausgewählt haben, macht ihn zum schönsten Stück der Sammlung.«

»Es gibt keine Skulptur«, erklärte Pitt salbungsvoll, »die einem Original gleichkäme.«

»Ich möchte nicht in der Nähe sein, wenn Hideki Suma entdeckt, was du mit seinem besten Freund gemacht hast.« Giordino lachte und warf die Überreste der kaputten Roboter in der Ecke des Zimmers auf einen Haufen.

»Ja«, erwiderte Pitt ungerührt, »aber das kommt davon, wenn man sich auf den dunklen Hinterhöfen der Macht tummelt.«

Mit wachsendem Entsetzen erkannte Loren die enorme technische und finanzielle Macht, die sich hinter Sumas Wirtschaftsimperium verbarg, während dieser Diaz und sie selbst höchstpersönlich auf einem Rundgang durch den Komplex begleitete, der viel weitläufiger war, als sie es sich in ihren kühnsten Träumen hätte vorstellen können. Es umfaßte sehr viel mehr als nur das Kontrollzentrum, von dem aus die Signale gegeben werden konnten, damit weltweit eine Reihe Atombomben explodierten. Die vielen Stockwerke und scheinbar endlosen Korridore bargen darüber hinaus auch zahlreiche Laboratorien, weiträumige technische und elektronische Entwicklungsabteilungen, eine Fusionsforschungsanlage und eine derartig hochentwickelte Atomreaktoranlage, wie man sie in westlichen Ländern bislang nur auf den Zeichentischen finden konnte.

Stolz erklärte Suma: »Meine normalen Konstruktions- und Verwaltungsbüros und die allgemeine Forschungsabteilung sind in Edo City untergebracht. Doch hier, in absoluter Sicherheit unter der Insel Soseki, befindet sich das Herz meiner Forschungs- und Entwicklungsabteilung.«

Er bat sie in ein Labor und deutete auf einen großen offenen Behälter mit Rohöl. »Sie können es nicht sehen, aber hier ist die zweite Generation genetisch veränderter Mikroben dabei, das Öl zu fressen und zu verdauen und sich währenddessen fortzupflanzen. Die Folge ist eine Kettenreaktion, durch die die Ölmoleküle zerstört werden. Die Rückstände sind wasserlöslich.«

»Das könnte sich als sehr nützlich bei Reinigungsarbeiten nach dem Auftreten von Öllecks erweisen«, bemerkte Diaz.

»Das ist ein nützlicher Zweck«, erwiderte Suma. »Der andere besteht darin, die Ölreserven eines feindlichen Landes zu vernichten.«

Loren warf ihm einen ungläubigen Blick zu. »Aus welchem Grund sollte man ein derartiges Chaos verursachen wollen? Wozu kann das gut sein?«

»Mit der Zeit wird Japan vom Öl fast völlig unabhängig werden. Unsere gesamte Energieversorgung wird auf der Atomkraft beruhen. Unsere neue Technologie auf den Gebieten der Stromspeicherung und der Sonnenenergie wird bald auf unsere Autos angewendet werden können und den Benzinmotor ersetzen. Wenn man die Reserven der Welt mit unseren ölfressenden Mikroben vernichtet, dann kommt schließlich der gesamte internationale Verkehr – Autos, Lastwagen und Flugzeuge – zum Stillstand.«

»Es sei denn, sie werden von japanischen Produkten ersetzt«, stellte Diaz kühl fest.

»Ein ganzes Leben«, sagte Loren plötzlich skeptisch. »Es würde ein Leben dauern, um die Millionen Gallonen, die in unseren unterirdischen Salzstöcken gelagert sind, zu vernichten.«

Suma lächelte nachsichtig. »Diese Mikroben sind in der Lage, die strategischen Ölreserven der Vereinigten Staaten in weniger als neun Monaten zu vernichten.«

Loren schüttelte den Kopf. Sie konnte die schrecklichen Konsequenzen all dessen, was sie in den letzten paar Stunden erlebt hatte, nicht fassen. Sie begriff nicht, wie es einem einzelnen Mann möglich sein sollte, ein derartiges Chaos zu verursachen. Außerdem konnte sie sich mit der schrecklichen Möglichkeit, daß Pitt vielleicht schon tot war, nicht abfinden.

»Warum zeigen Sie uns das alles?« fragte sie flüsternd. »Warum halten Sie das nicht geheim?«

»Damit Sie Ihrem Präsidenten und Ihren Kollegen im Kongreß klarmachen können, daß die Vereinigten Staaten und Japan nicht länger auf gleicher Ebene verhandeln. Wir haben einen Vorsprung, der nicht mehr einzuholen ist, und Ihre Regierung muß unseren Forderungen daher nachkommen.«

Suma schwieg und starrte sie an. »Was die großzügige Offenbarung von Geheimnissen angeht – Senator Diaz und Sie sind weder Wissenschaftler noch Ingenieure. Sie können das, was Sie gesehen haben, nur sehr laienhaft beschreiben. Ich habe Ihnen keinerlei wissenschaftliche Daten an die Hand gegeben, sondern Ihnen lediglich einen allgemeinen Überblick über meine Projekte verschafft. Sie nehmen nichts mit nach Hause, was sich als brauchbar erweisen könnte, von unserer technologischen Überlegenheit zu profitieren.«

»Wann werden Sie der Kongreßabgeordneten Smith und mir erlauben, nach Washington abzureisen?« fragte Diaz.

Suma warf einen Blick auf seine Uhr. »Schon bald. Sie werden innerhalb der nächsten Stunde zu meinem Privatflugzeug bei Edo City gebracht. Von dort aus wird einer meiner Firmenjets Sie nach Hause bringen.«

»Wenn dem Präsidenten Ihre Verrücktheiten erst zu Ohren kommen«, knurrte Diaz, »wird er dem Militär den Befehl geben, diese Anlage hier in Schutt und Asche zu legen.«

Suma lächelte. »Er kommt zu spät. Meine Ingenieure und Roboterarbeiter liegen vor dem Zeitplan. Das Kaiten-Projekt wurde ein paar Minuten, nachdem wir mit dem Rundgang begannen, vollendet.«

»Es funktioniert?« flüsterte Loren erschüttert.

Suma nickte. »Sollte Ihr Präsident dumm genug sein, das Drachenzentrum anzugreifen, dann werden meine Spürsysteme mich rechtzeitig warnen, um die Roboter loszuschicken und die Bomben in den Wagen zu zünden.« Er machte eine Kunstpause und grinste hämisch. »Wie Buson, ein japanischer Dichter, einmal schrieb: Nun, da ihr Hut davongeflogen, steht sie da, die Vogelscheuche: erbärmlich und besiegt.

Der Präsident ist die Vogelscheuche, und er steht geschlagen da, weil seine Zeit abgelaufen ist.«

53

Pitt führte sie schnell, aber nicht hastig, in das Gebäude der Anlage, in der sich der Lift befand. Er ging aufrecht und ungeschützt, während die übrigen hinter ihm von Deckung zu Deckung sprangen. Auf Menschen traf Pitt nicht, doch am Eingang des Aufzugs wurde er von einem Roboter angehalten.

Dieser hier war darauf programmiert, nur Japanisch zu sprechen, doch Pitt fiel es nicht schwer, aus dem drohenden Tonfall und der Waffe, die auf seine Stirn gerichtet war, schlau zu werden. Er streckte die Arme vor seinem Körper aus, hielt die Handflächen nach vorn und ging langsam weiter, wobei er die anderen vor dem Videoempfänger und den Spürsensoren des Roboters abschirmte.

Unbemerkt näherten sich Weatherhill und Mancuso von beiden Seiten und stießen ihre aufgeladenen Schlauchstücke gegen das Gehäuse, in dem die integrierten Schaltkreise untergebracht waren. Der bewaffnete Roboter blieb auf der Stelle stocksteif stehen.

»Außerordentlich wirksam«, bemerkte Weatherhill und lud sein Stück Schlauch wieder auf, indem er es kräftig gegen die Seide rieb.

»Glaubst du, er hat die nächsthöhere Kontrolle alarmiert?« fragte Stacy.

»Wahrscheinlich nicht«, erwiderte Pitt. »Seine Sensoren haben sehr lange gebraucht, um zu entscheiden, ob ich eine Bedrohung darstelle oder einfach ein unprogrammiertes Mitglied des Projekts bin.«

Als sie alle vor dem Aufzug standen, schlug Weatherhill vor, ins vierte

Stockwerk zu fahren. »Das sechste ist das Hauptstockwerk mit dem Kontrollzentrum«, sagte er. »Besser, wir steigen weiter unten aus.«

»Die Ambulanzräume und die Wartungsräume befinden sich im vierten Stock«, erklärte Pitt.

»Wie sieht's da mit Sicherheitsvorkehrungen aus?«

»Ich habe keine Wachen oder Videomonitoren entdeckt.«

»Sumas Außenverteidigung ist so stark, daß er sich um die innere Sicherheit keine Gedanken machen muß«, sagte Stacy.

Weatherhill pflichtete ihr bei. »Vor abtrünnigen Robotern braucht er wohl kaum Angst zu haben.«

In großer Anspannung warteten sie, bis der Lift kam und die Türen auseinanderglitten. Glücklicherweise war die Kabine leer. Sie traten ein, doch Pitt blieb mit gesenktem Kopf zurück, als lausche er auf etwas. Dann kam auch er herein und drückte auf den Knopf des vierten Stocks. Ein paar Sekunden später betraten sie einen verlassenen Korridor.

Schnell und leise gingen sie weiter und folgten Pitt. An der Tür zu den Ambulanzräumen hielt er inne.

»Weshalb bleiben Sie hier stehen?« fragte Weatherhill leise.

»Wir werden uns in diesem Komplex ohne Karte oder Führer niemals zurechtfinden«, murmelte Pitt. »Kommt mit rein.« Er drehte den Türknopf und stieß die Tür sperrangelweit auf.

Überrascht sah die Empfangsschwester auf, als Pitt durch den Eingang stürmte. Es war nicht dieselbe Schwester, die bei Pitts früherem Besuch Dr. Nogami assistiert hatte. Diese hier war häßlich und untersetzt wie ein Bulldozer. Sie fing sich schnell, und ihr Arm fuhr zum Alarmknopf auf einem internen Kommunikationssystem. Ihr Finger war nur noch einen Zentimeter davon entfernt, als Pitts flache Handfläche sie mit einem gewaltigen Schlag am Kinn erwischte, so daß sie einen Salto rückwärts machte und ohnmächtig auf dem Fußboden liegenblieb.

Dr. Nogami hörte den Krach und kam aus seinem Büro geeilt. Abrupt blieb er stehen und starrte Pitt und die Mitglieder des MAIT-Teams an, die gerade durch die Tür kamen und diese hinter sich schlossen.

»Tut uns leid, daß wir so reinplatzen, Doc«, sagte Pitt, »aber wir haben uns verirrt.«

Nogami blickte auf die Schwester, die bewußtlos am Boden lag. »Sie können mit Frauen umgehen.«

»Sie wollte gerade Alarm schlagen«, erklärte Pitt entschuldigend.

»Sie haben Glück gehabt, daß Sie sie überrascht haben. Schwester Oba kennt sich in Karate so gut aus wie ich in der Medizin.« Jetzt erst nahm sich Nogami ein paar Sekunden Zeit und musterte die zusammengewürfelte Gruppe von Menschen, die um die am Boden liegende Schwester herumstand. Beinahe traurig schüttelte er den Kopf. »Sie sind also das beste Team, das die Vereinigten Staaten für derartige Spezialaufträge ins Feld führen können. So sehen Sie aber nicht aus. Wo, um alles auf der Welt, hat Ray Jordan Sie bloß aufgetrieben?«

Giordino war der einzige, der den Arzt nicht völlig überrascht anstarrte. Er blickte zu Pitt hinüber. »Weißt du etwas, was wir nicht wissen?«

»Darf ich euch Dr. Josh Nogami vorstellen, den britischen Maulwurf, der den Löwenanteil der Informationen über Suma und seine Operation geliefert hat?«

»Sie haben's also herausgefunden«, stellte Nogami fest.

Pitt hob bescheiden die Hände. »Ihre Hinweise waren eindeutig. In Santa Ana, Kalifornien, gibt es kein St. Paul's Hospital. Aber es gibt eine St. Pauls Cathedral in London.«

»Sie reden gar nicht wie ein Brite«, sagte Stacy.

»Mein Vater wuchs zwar als Brite auf, aber meine Mutter stammte aus San Francisco, und ich habe an der medizinischen Fakultät der University of California in Los Angeles studiert. Ich spreche ein recht gutes Amerikanisch, ohne mich allzusehr anstrengen zu müssen.« Er zögerte und musterte Pitt. Das Lächeln war verschwunden. »Ihnen ist hoffentlich klar, daß dadurch, daß Sie zurückgekommen sind, meine Tarnung aufgeflogen ist.«

»Tut mir leid«, erwiderte Pitt ernst, »aber im Augenblick stehen wir vor drängenderen Problemen.« Er nickte zu den anderen hinüber. »Vielleicht vergehen noch zehn oder fünfzehn Minuten, bevor man entdeckt, daß Kamatori und drei seiner Wachroboter... äh, außer Gefecht gesetzt sind. Verdammt wenig Zeit, eine Sprengladung anzubringen und zu verschwinden.«

»Warten Sie mal.« Nogami hob eine Hand. »Wollen Sie damit sagen, daß Sie Kamatori getötet und drei Wachroboter ausgeschaltet haben?«

»Toter geht's nicht«, erwiderte Giordino aufgeräumt.

Mancuso war am Austausch von Höflichkeiten nicht interessiert. »Wenn Sie uns bitte schnell einen Plan des Komplexes zur Verfügung stellen könnten, dann sind wir über alle Berge und machen Ihnen keine Scherereien mehr.«

»Ich habe die Blaupausen auf Mikrofilm aufgenommen, aber ich fand keine Möglichkeit mehr, den Film an Ihre Leute rauszuschmuggeln, nachdem ich meinen Kontaktmann verloren hatte.«

»Jim Hanamura?«

»Ja. Ist er tot?« fragte Nogami, obwohl er die Antwort bereits kannte.

Pitt nickte. »Wurde von Kamatori in Stücke gehackt.«

»Jim war ein guter Mann. Ich hoffe, Kamatori ist ganz langsam gestorben.«

»Er hat die Reise ganz sicher nicht genossen.«

»Können Sie uns bitte helfen?« drängte Mancuso. »Unsere Zeit läuft allmählich ab.«

Nogami schien es überhaupt nicht eilig zu haben. »Sie hoffen, durch den Tunnel nach Edo City zu entkommen, vermute ich.«

»Wir haben gedacht, wir könnten den Zug nehmen«, sagte Weatherhill und spähte durch die Tür in den Korridor.

»Keine Chance.« Nogami zuckte die Achseln. »Nachdem ihr Jungs in den Komplex eingedrungen seid, hat Suma befohlen, daß der Zug auf der Inselseite von einer Armee Roboter bewacht wird und auf der anderen Seite, in Edo City, von einer großen Sicherheitsabteilung speziell ausgebildeter Männer. Da kommt keine Fliege durch.«

Stacy sah ihn an. »Was schlagen Sie vor?«

»Das Meer. Sie könnten Glück haben und von einem vorbeifahrenden Schiff aufgefischt werden.«

Stacy schüttelte den Kopf. »Ausgeschlossen. Jedes ausländische Schiff, das sich der Insel bis auf fünf Kilometer nähert, würde aus dem Wasser geblasen.«

»Ihr habt doch schon genug zu tun«, stellte Pitt mit ruhiger Stimme fest, und seine Augen fixierten die Wand, als könne er auf der anderen Seite etwas erkennen. »Konzentriert euch auf die Sprengladungen. Um die Flucht kümmern Al und ich uns.«

Stacy, Weatherhill und Mancuso sahen sich an. Dann nickte Weatherhill. »Sie übernehmen das. Sie haben uns das Leben gerettet und uns überhaupt so weit gebracht. Es wäre geradezu unverschämt, Ihnen jetzt nicht zu vertrauen.«

Pitt wandte sich an Nogami. »Wie steht's, Doc. Kommen Sie mit?«

Nogami zuckte die Achseln und lächelte leicht. »Ist ja egal. Ihretwegen bin ich hier sowieso aufgeflogen. Hat wenig Sinn, hier weiter rumzuhängen, damit Suma mir den Kopf abschlagen lassen kann.«

»Gibt's irgendeinen Vorschlag, wo wir den Sprengstoff plazieren sollten?« fragte Weatherhill.

»Ich werde Ihnen eine Zugangsöffnung zu den Hauptelektro- und Glasfaserkabeln des Komplexes zeigen. Wenn Sie da die Ladungen anbringen, setzen Sie die Anlage für einen Monat außer Gefecht.«

»In welchem Stockwerk?«

Nogami deutete mit dem Kopf zur Decke. »Eins über uns, im fünften.«

»Wir warten auf Sie«, sagte Weatherhill zu Pitt.

»Bin bereit.« Vorsichtig schlüpfte Pitt in den Korridor und lief langsam zum Lift zurück. Die anderen folgten ihm, stiegen ein und warteten schweigend, auf alles gefaßt, daß die Kabine zum fünften Stock hinauffuhr. Plötzlich setzte sich der Lift jedoch nach unten in Bewegung. Irgend jemand war ihnen zuvorgekommen und hatte auf den Knopf für das Stockwerk unter ihnen gedrückt.

»Verdammt«, fluchte Mancuso bitter. »Auch das noch.«

»Paßt auf«, befahl Pitt. »Drückt die Türen zusammen, damit sie sich nicht öffnen. Al, du betätigst den Knopf ›Türen schließen‹.«

Der Aufzug hielt, und sie alle preßten ihre Hände gegen die Türen und drückten. Die Türen versuchten sich zu teilen, ruckelten aber nur, ohne sich zu öffnen.

»Ah!« sagte Pitt leise. »Jetzt drück auf ›fünf‹.«

Giordino hatte einen Finger so fest auf den Knopf ›Türen schließen‹ gepreßt, daß sich seine Knöchel weiß verfärbt hatten. Jetzt ließ er los und drückte auf den Knopf mit der Fünf.

Der Lift bebte einen Moment, dann folgte ein Ruck, und er fuhr aufwärts.

»Das war knapp, verdammt knapp«, seufzte Stacy.

»Nach oben«, sagte Giordino ruhig. »Haushaltswaren, Küchenbedarf, Porzellan –« Abrupt brach er ab. »Oh, wir sind noch nicht da. Jemand möchte zusteigen. Gerade leuchtet das Lämpchen vom fünften Stock auf.«

Wieder richteten sich aller Augen angespannt auf die Bedienungstafel und dann, wie auf Kommando, auf die Tür.

Draußen stand ein Ingenieur in weißem Mantel, einen Schutzhelm auf dem Kopf, und war offenbar in seine Notizen auf einem Clipboard vertieft. Er blickte nicht einmal auf, als er die Kabine betrat. Erst als ihm dämmerte, daß sich der Aufzug nicht von der Stelle rührte, sah er hoch und blickte in die Gesichter von Europäern. Keine der Mienen war zu einem Lächeln verzogen.

Er öffnete die Lippen, um einen Schrei auszustoßen, doch Pitt legte ihm eine Hand über den Mund und preßte die andere gegen die Halsschlagader des Mannes. Noch bevor der Ingenieur die Augen verdrehte und sein Körper im Lift zu Boden sackte, war Nogami ausgestiegen und führte die übrigen durch einen Gang.

Weatherhill ging als letzter. Er blieb kurz stehen und sah Pitt an. »Wann und wo sollen wir uns wieder treffen?« fragte er.

»In zwölf Minuten oben. Wir halten solange den Lift an.«

»Viel Glück«, murmelte Mancuso, der hinter den übrigen herlief und sich fragte, was der Mann von der NUMA in seiner Gerissenheit wieder einmal ausbrütete.

Giordino sah auf den ohnmächtigen Ingenieur hinunter. »Wo sollen wir den verstauen?«

Pitt deutete auf die Wartungsklappe in der Kabinendecke. »Reiß den weißen Mantel in Streifen, feßle und kneble ihn. Wir verstecken ihn auf dem Kabinendach.«

Giordino zog ihm den weißen Mantel aus und fing an, ihn zu zerreißen. Dabei warf er Pitt ein verschmitztes Lächeln zu. »Ich hab's auch gehört.«

Pitt grinste zurück. »Ah, ja, der süße Ton der Freiheit.«

»Wenn wir ihn erhaschen können.«

»Ein bißchen Optimismus, bitte«, murmelte Pitt gutgelaunt, während er den Aufzug nach oben fahren ließ. »Jetzt sollten wir uns aber beeilen. In zwölf Minuten geht die Show los.«

54

Das MAIT-Team tief im Innern des Drachenzentrums konnte kaum unter größerem Streß stehen als die beiden Männer, die im Kommunikationsraum des Federal Headquarters Building die Minuten verstreichen sahen. Raymond Jordan und Donald Kern saßen schwitzend da, blickten auf eine große Uhr und lauerten angespannt auf das Signal des Teams, das von einem über Japan in Position gebrachten Satelliten übertragen werden sollte.

Wie von der Tarantel gestochen fuhren sie zusammen, als ein Telefon klingelte, das zwischen ihnen stand. Sie sahen sich nervös an. Jordan nahm den Hörer ab, als sei er verseucht.

»Ja, Mr. President«, meldete er sich ohne Zögern.

»Irgendwelche Nachrichten?«

»Nein, Sir.«

Der Präsident schwieg und sagte dann ernst: »Noch fünfundvierzig Minuten, Ray.«

»Verstanden, Sir. Fünfundvierzig Minuten bis zum Angriff.«

»Ich habe mich gegen den Einsatz der Spezialeinheit der Delta Forces, wie wir ihn zunächst geplant hatten, entschieden. Nach einer Konferenz mit meinen übrigen Sicherheitsberatern und den Vereinigten Stabschefs bin ich zu der Überzeugung gelangt, daß uns die Zeit für ein militärisches Eingreifen fehlt. Das Drachenzentrum muß zerstört werden, bevor es einsatzbereit ist.«

Jordan hatte das Gefühl, als zöge man ihm den Teppich unter den Füßen weg. Noch einmal setzte er alles auf eine Karte. »Ich halte es nach wie vor für möglich, daß sich Senator Diaz und die Kongreßabgeordnete Smith auf der Insel befinden.«

»Selbst wenn Sie recht haben, hätte ihr möglicher Tod keinen Einfluß auf meine Entscheidung.«

»Können Sie die Sache nicht wenigstens noch um eine Stunde hinauszögern?« bat Jordan.

»Ich wünschte, ich könnte Ihnen noch mehr Zeit geben, aber unsere nationale Sicherheit steht auf dem Spiel. Wir können nicht zulassen, daß Suma die Gelegenheit erhält, diese internationale Erpressung in Szene zu setzen.«

»Da haben Sie natürlich recht.«

»Zumindest stehe ich mit meiner Ansicht nicht allein da. Staatssekretär Oates hat die Staatschefs der Natoländer und den sowjetischen Präsidenten Antonow über unsere Absichten in Kenntnis gesetzt, und alle stimmen überein, daß ein entsprechendes Vorgehen in unser aller Interesse liegt.«

»Dann schreiben wir das Team also ab«, stellte Jordan bitter fest, »und möglicherweise auch Diaz und Smith.«

»Ich bedaure ganz außerordentlich, das Leben von Patrioten, darunter guten Freunden, aufs Spiel setzen zu müssen. Tut mir leid, Ray. Ich stehe vor dem jahrhundertealten Problem, einige wenige dem Gemeinwohl opfern zu müssen.«

Jordan legte den Hörer auf. Er wirkte niedergeschlagen und erschöpft. »Der Präsident«, erklärte er geistesabwesend.

»Kein Aufschub?« fragte Kern ernst.

Jordan schüttelte den Kopf. »Er hat den Angriff abgeblasen und will statt dessen einen Atomsprengkopf abfeuern.«

Kern wurde aschfahl. »Dann ist alles verloren.«

Jordan nickte schwer, schaute zur Uhr und sah, daß nur noch dreiundvierzig Minuten blieben. »Warum, in Gottes Namen, können sie sich nicht befreien? Was ist mit dem britischen Agenten passiert? Warum meldet der sich nicht?«

Jordan und Kern konnten nicht ahnen, daß ihnen Ereignisse bevorstanden, die ihre Befürchtungen noch bei weitem übertreffen sollten.

Nogami schleuste das MAIT-Team durch eine Reihe schmaler Seitengänge, die voller Heizungs- und Belüftungsrohre waren, vermied dichtbesetzte Büros und Produktionsbereiche und hielt sich so weit wie möglich vom Zentrum aller Aktivitäten fern. Wenn sie auf einen Roboter trafen, verwickelte Nogami ihn in ein Gespräch, während einer der übrigen in weitem Bogen auf ihn zuschlich und seine Schaltkreise mit einem elektrischen Schlag kurzschloß.

So gelangten sie in einen verglasten, weitläufigen Raum voller gebündelter Elektro- und Glasfieberkabel, die in lauter engen Schächten durch das gesamte Drachenzentrum geleitet wurden. Ein Roboter stand vor einer riesigen Schaltkonsole mit verschiedenen analogen und digitalen Anzeigen.

»Ein sogenannter Inspektor«, erklärte Nogami leise. »Er ist darauf programmiert, die Systeme zu überwachen und sämtliche Kurzschlüsse oder Unterbrechungen zu melden.«

»Wenn wir seine Schaltkreise lahmgelegt haben, wie lange dauert es dann, bis seine Kontrollstation jemanden herschickt, um ihn zu überprüfen?« fragte Mancuso.

»Von der Hauptteleprásenzkontrolle aus fünf oder sechs Minuten.«

»Genug Zeit, die Sprengladung anzubringen und abzuhauen«, sagte Weatherhill.

»Wie sollen wir die Uhr des Zünders einstellen?« fragte Stacy ihn.

»Auf zwanzig Minuten. Diese Zeitspanne müßte genügen, um sicher an die Erdoberfläche zu gelangen und die Insel zu verlassen, falls Pitt und Giordino solange durchhalten.«

Nogami stieß die Tür auf und trat beiseite. Mancuso und Weatherhill betraten den Raum und näherten sich dem Roboter aus verschiedenen Richtungen. Stacy blieb an der Schwelle stehen und paßte auf. Der mechanische Inspektor blieb wie eine Metallskulptur reglos auf seiner Konsole stehen, als die statisch aufgeladenen Schläuche mit dem Gehäuse seiner Schaltkreise in Berührung kamen.

Ruhig und geschickt drückte Weatherhill den winzigen Zünder in den Plastiksprengstoff und stellte die Zeit ein. »Mitten zwischen die Kabel und Glasfaserleitungen, würde ich vorschlagen.«

»Warum jagen wir nicht die Schaltkonsole hoch?« fragte Nogami.

»Die haben in irgendeinem Lager doch bestimmt noch eine Ersatzkonsole«, erklärte Mancuso.

Weatherhill nickte zustimmend und stopfte die Sprengladung hinter einige gebündelte, stark isolierte Elektro- und Glasfaserkabel in einem der Gänge. »Die können in vierundzwanzig Stunden die Konsole austauschen und neue Anschlüsse legen«, erklärte er. »Aber wenn man mitten aus Tausenden von Kabeln einen Meter raussprengt, dann müssen sie das gesamte System von beiden Seiten aus überprüfen und ersetzen. Dazu brauchen die fünfmal so lange.«

»Klingt einleuchtend«, stimmte Nogami zu.

»Passen Sie auf, daß man's nicht sofort sieht«, empfahl Mancuso.

Weatherhill warf ihm einen tadelnden Blick zu. »Die werden nicht nach etwas suchen, von dem sie gar nicht wissen, daß es überhaupt existiert.« Er gab der Uhr am Zünder einen liebevollen Klaps und trat aus dem Gang heraus.

»Die Luft ist rein«, meldete Stacy, die am Eingang stand.

Einer nach dem anderen trat schnell in den Gang hinaus und eilte zum Aufzug zurück. Sie waren fast zweihundert Meter weit gekommen, als Nogami plötzlich stehenblieb und die Hand hob. Der Klang menschlicher Stimmen brach sich an den Betonwänden eines Seitenkorridors, gefolgt vom leisen Surren eines Elektromotors. Nogami gestikulierte wild, daß sie sich beeilen sollten, und sie schossen an der Abzweigung vorbei und verschwanden um die nächste Ecke, bevor die Eindringlinge auf den Hauptkorridor einbogen.

»Ich habe deren Effizienz unterschätzt«, flüsterte Nogami, ohne sich umzudrehen. »Die sind früh dran.«

»Kontrolleure?« fragte ihn Stacy.

»Nein«, antwortete er schnell. »Leute von der Telepräsenz mit einem Ersatz für den Roboter, den Sie ausgeschaltet haben.«

»Glauben Sie, die sind hinter uns her?«

»Das hätten wir gemerkt. Dann würden jetzt überall die Alarmglokken schrillen, und eine Horde von Sumas Wachmannschaften zusammen mit einer Armee von Robotern wäre bereits dabei, jeden Korridor zu durchsuchen und sämtliche Durchgänge abzuriegeln.«

»Da haben wir ja Glück gehabt, daß bei all den Robotern, die wir ausgeschaltet haben, noch niemand Unrat gewittert hat«, brummte Mancuso und rannte hinter Nogami her den Korridor entlang.

»Ohne offensichtliche Anzeichen äußerer Schäden wird die Telepräsenzkontrolle annehmen, sie seien aufgrund eines einfachen elektronischen Defekts ausgefallen.«

Sie erreichten den Lift und verloren zwei volle Minuten, während sie darauf warteten, daß er von unten hochkam. Nach einer halben Ewigkeit öffneten sich schließlich die Türen zur leeren Kabine. Weatherhill war als erster drin und drückte auf den obersten Knopf.

Die drei Männer und die Frau standen ernst und schweigend da, während der Aufzug im Schneckentempo nach oben fuhr. Nur Nogami besaß eine Uhr, den übrigen waren die Uhren bei der Leibesvisitation abgenommen worden. Er warf einen verstohlenen Blick darauf.

»Noch dreißig Sekunden«, informierte er sie.

»Bis wir aus dem Regen heraus sind«, murmelte Mancuso. »Hoffen wir, daß wir nicht in der Traufe landen.«

Jetzt ging es nur noch ums Entkommen. Welchen Plan mochte Pitt wohl ausgebrütet haben? War Giordino und ihm womöglich etwas zugestoßen? Hatte Pitt sich verrechnet und war wieder gefaßt worden oder gar tot? Wenn das der Fall war, dann war alle Hoffnung dahin und sie hatten keinerlei Aussicht, die Freiheit wiederzuerlangen.

Sie vermochten gar nicht mehr zu zählen, wie oft sie sich in der letzten Zeit schon aufs Schlimmste vorbereitet hatten. Zu äußerster Anspannung warteten sie nun darauf, daß der Lift hielt und die Türen sich teilten.

Draußen stand Giordino, breit grinsend, als habe er gerade das Große Los gezogen. »Darf ich bitte Ihre Bordkarten sehen?« begrüßte er sie.

55

Suma wurde immer wütender und ungeduldiger. Diaz und Smith schienen nicht müde zu werden, mit ihm zu streiten, ihrem Mißfallen und ihrer Verachtung seiner Leistungen lautstark Ausdruck zu geben, ihn zu bedrohen, als sei er ein gewöhnlicher Straßendieb. Er sehnte den Augenblick herbei, in dem er sie los war.

Er musterte sie von der gegenüberliegenden Tischseite aus, trank einen Schluck Sake und bereitete sich auf den nächsten harten Wortwechsel vor. Er wollte gerade ein weiteres Argument vorbringen, als Toshie den Raum betrat und ihm leise etwas ins Ohr flüsterte. Suma setzte die Sakeschale ab und stand auf.

»Sie müssen uns jetzt verlassen.«

Loren stand auf und blickte Suma in die Augen. »Ich werde erst gehen, wenn ich weiß, daß Dirk und Al leben und anständig behandelt werden.«

Suma lächelte aalglatt. »Sie sind heimlich auf fremdes Gebiet eingedrungen, meinen Grund und Boden, als Spione eines fremden Landes –«

»Was die Spionage angeht, so entspricht japanisches Recht dem unsrigen«, unterbrach sie. »Die beiden haben ein Recht auf einen ordentlichen Prozeß.«

Suma war voller Schadenfreude. »Ich sehe wenig Sinn darin, die Unterhaltung weiterzuführen. Inzwischen wurden Mr. Pitt und Mr. Giordino zusammen mit dem Rest ihres Spionageteams von meinem Freund Moro Kamatori exekutiert. Denken Sie darüber, was Sie wollen.«

Loren hatte das Gefühl, ihr Herz sei zu Eis erstarrt. Eine beklemmende Stille folgte. Loren zweifelte nicht eine Sekunde daran, daß Sumas Worte der Wahrheit entsprachen. Sie wurde kreidebleich, wankte und konnte plötzlich keinen klaren Gedanken mehr fassen.

Toshie ergriff Lorens Arm und zog sie zur Tür. »Kommen Sie, das Flugzeug bringt Sie nach Edo City. Mr. Sumas Privatjet wartet bereits.«

»Keine Fahrt durch Ihren bezaubernden Tunnel unter dem Meer?« fragte Diaz.

»Es gibt einige Dinge, von denen ich nicht wünsche, daß Sie sie sehen«, erklärte Suma kurzangebunden.

Wie in einem Alptraum ließ Loren, der nun alles völlig egal war, es zu, daß Toshie sie durch ein Foyer auf einen gepflasterten Weg hinauszog, der einen kleinen Teich überspannte. Suma verbeugte sich und gab Diaz zu verstehen, er möge die Dame begleiten.

Diaz zuckte ergeben die Schultern und hinkte an seinem Stock vor Suma her, während zwei Wachroboter die Nachhut bildeten.

Auf der anderen Seite des Teiches stand eine schlanke Düsenmaschine, mitten auf dem Rasen, der von einer hohen, sorgsam gestutzten

Hecke eingefaßt war, ein Schwenkflügler. Die Motoren des Jet begannen leise zu pfeifen. Zwei Mitglieder der Crew standen in roten Nylonfliegeranzügen und Schirmmützen in Habachtstellung zu beiden Seiten der Stufen, die zur Hauptkabine führten. Beide waren klein, der eine schlank, der andere so muskulös, daß die Nähte über seinen Schultern zu platzen drohten. Respektvoll neigten sie die Köpfe, als Suma sich mit seiner Gesellschaft näherte.

»Einen angenehmen Heimflug, Kongreßabgeordnete Smith«, sagte Suma. »Ihr Besuch ist hiermit beendet.«

Er drehte sich um und wollte davongehen, doch er hatte erst einen Schritt gemacht, als die beiden Männer von der Crew ihn zu beiden Seiten an den Armen ergriffen, ihn hochhoben und rückwärts durch die offene Tür in die Kabine des Flugzeugs zogen. Das alles passierte derartig schnell, daß Loren und Diaz wie versteinert dastanden. Nur Toshie reagierte und trat nach dem muskulösen Mannschaftsmitglied.

»Was für eine Art, eine intime Beziehung einzugehen«, lachte Giordino, hielt Toshies Fuß fest, wirbelte sie herum, so daß sie in seinen Armen landete, und hob sie, als sei sie federleicht, durch die Tür, wo Weatherhill und Mancuso bereits warteten.

Loren rang nach Atem und wollte etwas zu Giordino sagen, doch Stacy schob sie schnell die kurze Treppe hoch. »Wir dürfen keine Zeit verlieren, Mrs. Smith. Beeilen Sie sich.« Dann zog sie Diaz am Ärmel mit. »Beeilung Senator. Die Begrüßung ist vorüber.«

»Wo... wo kommen Sie denn alle her?« stammelte er, als Mancuso und Weatherhill ihn durch die Luke zogen.

»Wir sind die freundlichen Entführer von nebenan«, erwiderte Weatherhill aufgeräumt. »Eigentlich waren es aber Pitt und Giordino, die sich um die Crew gekümmert, sie gefesselt und im Gepäckraum verstaut haben.«

Giordino hob Stacy in die Kabine und kam die Stufen hinter ihr hoch. Er grüßte die beiden Roboterwachen zackig. Sie hielten die Waffen auf ihn gerichtet, standen aber unschlüssig da.

»Auf Nimmerwiedersehen, ihr Blödmänner.«

Er warf die Tür zu und verriegelte sie. Dann drehte er sich um und schrie nur ein Wort ins Cockpit.

»Los!«

Das sanfte Pfeifen der beiden Turbinen verstärkte sich zu ohrenbetäubendem Kreischen, und der Luftdruck ihrer Düsen drückte das Gras unter den Stummelflügeln nieder. Die Räder hoben sich aus dem feuchten Grund, und das Flugzeug stieg steil in die Luft, wo es einen Augenblick verharrte, bis die Motoren es in horizontale Position gebracht hatten. Dann schoß es über dem Meer in einer weiten Kurve in Richtung Osten.

Loren umarmte Giordino. »Gott sei Dank ist euch nichts passiert. Ist Dirk auch da?«

»Wer, glaubst du, fährt den Bus?« Giordino grinste breit und nickte zum Cockpit hin.

Ohne ein weiteres Wort rannte Loren den Gang entlang und riß die Cockpittür auf. Pitt saß im Sitz des Piloten und konzentrierte sich angestrengt darauf, ein ihm völlig unbekanntes Flugzeug zu fliegen. Er zuckte nicht mit der Wimper, noch drehte er den Kopf, als sie ihn von hinten umfaßte, ihre Hände unter die geborgte Fliegermontur der Suma Corporation schob und ihn mindestens ein dutzendmal küßte.

»Du lebst«, rief sie fröhlich. »Suma hat gesagt, du seist tot.«

»War nicht gerade ein angenehmer Tag«, brachte Pitt mühsam zwischen ihren Küssen hervor. »Heißt das, daß du froh bist, mich zu sehen?«

Sie fuhr mit ihren Fingernägeln leicht über seine Brust. »Kannst du denn nie ernst sein?«

»Lady, im Augenblick bin ich so ernst wie möglich. Ich habe acht Leute an Bord, die sich auf mich verlassen, und fliege eine Maschine, die ich nicht kenne. Und ich sollte möglichst schnell ein Gefühl fürs Flugzeug kriegen, sonst gehen wir allesamt baden.«

»Du schaffst es«, erklärte sie zuversichtlich. »Dirk Pitt schafft alles.«

»Ich wünschte, die Leute würden so was nicht sagen«, knurrte Pitt.

Mit einer knappen Kopfbewegung deutete er zur Seite. »Setz dich auf den Sitz des Copiloten und kümmer dich mal ums Funkgerät. Wir müssen die Kavallerie zu Hilfe rufen, bevor die Samurai Air Force die Jagd aufnimmt. Düsenjägern können wir nicht entkommen.«

»Das japanische Militär gehört Suma schließlich nicht.«

»Dem gehört hier in der Gegend einfach alles. Ich werde kein Risiko eingehen. Schalt das Funkgerät ein. Ich nenne dir die Frequenz.«

»Wohin fliegen wir?«

»Zur *Ralph R. Bennett.*«

»Einem Boot?«

»Einem Schiff«, korrigierte Pitt sie. »Es handelt sich um ein Spionageschiff der U.S. Navy. Wenn wir das erreichen, bevor wir abgefangen werden, haben wir's geschafft.«

»Die würden es doch nicht wagen, uns abzuschießen, wenn wir Hideki Suma an Bord haben.«

Pitts Augen richteten sich von den Instrumenten auf das Wasser, das unter ihnen vorbeihuschte. »Ich will stark hoffen, daß du recht hast.«

Hinter ihnen versuchte Giordino Toshie zu beruhigen, doch damit hatte er wenig Erfolg. Sie kreischte und kratzte wie eine hysterische Katze und spuckte, verfehlte knapp seine Wange und traf ihn am Ohr. Schließlich packte er sie von hinten und hielt sie mit eisernem Griff fest.

»Ich weiß, daß ich auf Anhieb keinen guten Eindruck mache«, bemerkte er glücklich. »Doch wer mich näher kennt, mag mich.«

»Du Yankeeschwein«, schrie sie.

»Ganz und gar nicht. Meine italienischen Vorfahren hätten nie zugegeben, daß sie Yankees sind.«

Stacy ignorierte Giordino und die um sich schlagende Toshie und fesselte Suma an einen der vielen Ledersessel in der luxuriösen Hauptkabine des Firmenflugzeugs. In seinem Gesicht stand Fassungslosigkeit.

»Na, sehen Sie«, sagte ein glücklicher Mancuso. »Was für eine Überraschung. Der Boß fliegt höchstpersönlich mit.«

»Sie sollten doch alle tot sein«, murmelte Suma erschüttert.

»Ihr Kumpel Kamatori ist derjenige, der ins Gras gebissen hat«, informierte Mancuso ihn.

»Wie?«

»Pitt hat ihn an die Wand genagelt.«

Pitts Name schien wie ein Stimulans zu wirken. Suma riß sich zusammen und sagte: »Sie haben einen verhängnisvollen Fehler gemacht. Durch meine Gefangennahme setzen Sie entsetzliche Gewalten frei.«

»Wie du mir, so ich dir. Jetzt sind wir mal gemein und häßlich.«

Sumas Stimme glich dem Zischen einer Giftschlange. »Sie sind zu dumm, um zu begreifen. Meine Leute werden das Kaiten-Projekt starten, wenn sie erfahren, was Sie getan haben.«

»Sollen sie es doch versuchen«, erwiderte Weatherhill sanft. »In drei Minuten gehen in Ihrem Drachenzentrum sämtliche Lichter aus.«

Roboter Otokodate, der den Auftrag hatte zu überprüfen, warum der Elektroinspektor Taiho ausgefallen war, fand – ganz entgegen der Voraussage Weatherhills – die Sprengladung, die an den Glasfaserleitungen befestigt war, sehr bald. Mit Gewalt riß er sie ab und rollte zu seiner Konsole zurück. Einen Moment lang sah er sich das Paket an und identifizierte die Uhr, doch er war nicht darauf programmiert, Plastiksprengstoff zu erkennen, und hatte keine Ahnung, wozu er diente. Er sendete ein Signal an seinen Vorgesetzten von der Roboterkontrolle.

»Hier ist Otokodate in Energiezentrum fünf.«

»Ja, was gibt es?« kam es von einem Robotermonitor.

»Ich möchte mit meinem Vorgesetzten, Mr. Okuma sprechen.«

»Er ist noch in der Teepause. Weshalb senden Sie?«

»Ich habe ein fremdes Objekt gefunden, das am Hauptstrang der Glasfaserleitung befestigt war.«

»Was für ein Objekt?«

»Eine knetbare Substanz mit einer Digitaluhr.«

»Es könnte sich um ein Werkzeug handeln, das einer der Kabelingenieure während der Installation zurückgelassen hat.«

»Mein Speicher verfügt nicht über die notwendigen Daten, das Objekt sicher zu identifizieren. Soll ich es zur Überprüfung in den Kontrollraum bringen?«

»Nein, bleiben Sie auf der Station. Ich schicke einen Kurier, um es abzuholen.«

»Ich gehorche.«

Ein paar Minuten später kam ein Kurierroboter namens Nakajima ins Energiezentrum gerollt. Der Roboter war darauf programmiert, sich in sämtlichen Gängen und Korridoren zurechtzufinden, und hatte Zugang zu allen Büros und Arbeitsbereichen im Komplex. Wie befohlen, übergab Otokodate Nakajima ohne weiteres den Sprengstoff.

Nakajima war ein mechanischer Bote der sechsten Generation, er verstand gesprochene Befehle, konnte jedoch nicht antworten. Stumm streckte er seinen künstlichen Greifarm aus, nahm das Paket entgegen, legte es in einen Behälter und machte sich auf den Weg in den Kontrollraum, wo es inspiziert werden sollte.

Fünfzig Meter von der Tür des Energiezentrums und weit von Menschen und anfälligen Einrichtungen entfernt, detonierte der C-8-Plastiksprengstoff mit donnerndem Getöse, das durch sämtliche Betongänge von Stockwerk fünf drang.

Das Drachenzentrum war so konzipiert und gebaut worden, daß es den heftigen Erdbeben standzuhalten vermochte, und so waren die Beschädigungen an der Anlage minimal. Das Kaiten-Projekt blieb intakt und funktionsfähig. Das einzige Ergebnis von Weatherhills Sprengladung bestand in der fast totalen Zerstörung des Kurierroboters Nakajima.

56

Die Roboterwachen alarmierten ihr Sicherheitskommando über das eigenartige Drama, das sich im Garten abgespielt hatte, bevor Pitt mit dem Düsenschwenkflügler von der abgegrenzten Fläche aus gestartet war. Zuerst hielt man die Warnungen der Roboter für eine Fehlfunktion der Wahrnehmungssysteme, doch als eine sofort eingeleitete Suche nach Suma ergebnislos blieb, konnte man in den Büros des Sicherheitskommandos Szenen eines hektischen Durcheinanders erleben.

Aufgrund seiner ungeheuerlichen Selbstüberschätzung und der krankhaften Sucht nach Geheimhaltung hatte es Hideki Suma versäumt, eine Gruppe auf höchster Ebene zu benennen, die im Notfall, falls er nicht zu erreichen war, das Kommando übernehmen konnte. In ihrer Panik wollten sich die Direktoren der Sicherheitsabteilung an Kamatori wenden, doch sie merkten schnell, daß sämtliche Privattelefonate und Rufe über die Kommunikationssysteme nicht beantwortet wurden, auch nicht von den Robotern, die ihm als Leibwächter dienten.

Erst jetzt entdeckten sie, daß Kamatori tot war und seine Gefangenen sich offenbar hatten befreien können.

Die Konfusion wurde dadurch noch größer. Die Boden-Luft-Raketen, die überall auf der Insel installiert worden waren, hoben sich aus ihren versteckten Bunkern, start- und schußbereit. Doch weil man nicht wußte, ob Suma sich an Bord des Flugzeuges befand, zögerte man.

Bald jedoch geriet die Situation wieder unter Kontrolle. Die gespeicherten Videoaufzeichnungen der Roboter wurden abgespielt, und es war klar zu erkennen, daß Suma gewaltsam an Bord des Flugzeuges gebracht worden war.

Der alte Führer der Goldenen Drachen, Korori Yoshishu, und sein Finanzberater, Ichiro Tsuboi, befanden sich gerade in Tsubois Büros in Tokio, als der Anruf von Sumas Sicherheitsdirektor kam. Sumas beide Partner nahmen sofort das Heft in die Hand.

Innerhalb von acht Minuten nach der Explosion hatte Tsuboi seinen beträchtlichen Einfluß in den Kreisen des japanischen Militärs geltend gemacht und ein paar Düsenjäger zusammengetrommelt, um die Jagd auf den Schwenkflügler aufzunehmen. Seine Befehle lauteten, das Flugzeug abzufangen und es zu zwingen, zur Insel Soseki zurückzufliegen. Wenn das mißlang, sollten die Piloten das Flugzeug mit jedem, der an Bord war, abschießen. Tsuboi und Yoshishu waren sich darin einig, daß es für das Kaiten-Projekt und ihr neues Reich trotz ihrer langen Freundschaft zu Suma besser wäre, wenn er stürbe, als wenn er als Geisel in die Hände einer Macht geriete, die ihn zu Erpressungsversuchen benutzen könnte. Oder, was noch schlimmer wäre, wenn er von der amerikanischen Justiz wie ein gewöhnlicher Krimineller abgeurteilt würde. Darüber hinaus war noch zu bedenken, daß man Suma zwingen würde, den Verhörspezialisten des amerikanischen Geheimdienstes die Einzelheiten von Japans Geheimtechnologie und die Pläne zur Gewinnung der wirtschaftlichen und militärischen Vorherrschaft zu enthüllen.

Pitt flog auf die Position zu, an der das Schiff gekreuzt hatte, als er zur Insel Soseki gestartet war. Er holte das Letzte aus den Motoren heraus, während Loren verzweifelt versuchte, mit der *Bennett* Kontakt aufzunehmen.

»Ich kann sie einfach nicht erreichen«, stellte sie fest.

»Bist du auf der richtigen Frequenz?«

»Kanal sechzehn, VHF?«

»Falsches Band. Schalte auf sechzehn UF um und nenn meinen Namen zur Identifizierung.«

Loren wechselte zur Ultrakurzwelle über und stellte die Frequenz ein. Dann sprach sie in das Mikrophon, das an ihrem Helm befestigt war.

»Pitt ruft USS *Bennett*«, sagte sie. »Pitt ruft USS *Bennett*. Hören Sie mich? Hören Sie mich? Bitte antworten.«

»Hier ist *Bennett*.« Die Stimme kam so laut und deutlich durch den Helmlautsprecher, daß Loren fast die Trommelfelle geplatzt wären.

»Sind Sie das tatsächlich, Mr. Pitt? Sie klingen, als hätten Sie eine Geschlechtsumwandlung durchgemacht, seit wir Sie das letzte Mal gesehen haben.«

Pitt ging mit der Maschine auf viertausend Meter und hielt sie in dieser Höhe. Die Notwendigkeit für den Tiefflug über dem Meer war nicht mehr gegeben. Er befand sich außerhalb der Reichweite der Raketenabwehrsysteme der Insel und hielt jetzt schnurgerade auf die *Ralph R. Bennett* zu. Er entspannte sich und zog den Fliegerhelm über, der an einer Armlehne seines Sitzes hing.

»Noch achtzig Kilometer«, sagte er ruhig. »Das Schiff müßte direkt voraus in Sicht kommen.«

Giordino hatte Loren im Copilotensitz abgelöst und betrachtete gedankenverloren die Tankanzeige. »Sumas Bodenpersonal ist mit dem Treibstoff ganz schön geizig umgegangen. Reicht höchstens noch für zehn Minuten.«

»Die brauchten für den kurzen Flug von Soseki zurück nach Edo City ja nicht vollzutanken«, erwiderte Pitt. »Ich hab' die Maschine ganz schön gescheucht und jede Menge Treibstoff in die Luft geblasen.«

»Besser, du machst jetzt langsam und sparst ein bißchen.«

In ihren Kopfhörern ertönte ein Klicken, und eine sonore Stimme meldete sich. »Hier ist Commander Harper.«

»Schön, daß Sie sich melden, Commander. Hier ist Dirk Pitt.«

»Ich spiele nicht gerne den Unglücksboten, aber Sie haben ein paar japanische Moskitos am Schwanz.«

»Was kommt denn noch alles?« murmelte Pitt erschöpft. »Wie bald werden die uns abfangen?«

»Unsere Computer sagen, daß sie Ihnen zwölf bis fünfzehn Kilometer vor unserem Rendezvous im Nacken sitzen werden.«

»Wenn die angreifen, machen sie Hackfleisch aus uns«, sagte Giordino und tippte auf die Treibstoffanzeige.

»So schlecht, wie Sie glauben, steht's nicht um Sie«, erklärte Harper gemütlich. »Unsere elektronischen Abwehrmaßnahmen blockieren deren Raketensuchsysteme. Die müssen schon direkt hinter Ihnen sein, um anzugreifen.«

»Haben Sie etwas zur Hand, was Sie denen in den Weg schmeißen können, um sie von ihrem Ziel abzulenken?«

»Unsere einzige Waffe ist eine dreißig Millimeter See-Vulkan.«

»Nicht viel besser als eine Schrotflinte«, beklagte sich Giordino.

»Ich kann Ihnen versichern, daß unsere alte Schrotflinte, wie Sie sie nennen, viertausendzweihundert Schuß pro Minute acht Kilometer weit schießen kann«, erwiderte Harper.

»Gut, fünf Kilometer zu kurz. Zu spät«, erwiderte Pitt. »Sonst noch eine Idee?«

»Bleiben Sie dran.« Zwei Minuten verstrichen, dann meldete Harper sich wieder. »Sie könnten es unter Feuerdeckung schaffen, wenn Sie mit der Maschine runtergehen und in Höhe des Decks einfliegen. Die höhere Geschwindigkeit beim Sinkflug gibt Ihnen weitere vier Minuten Vorsprung.«

»Soweit ich das sehe, gewinnen wir dabei nichts«, erklärte Giordino. »Unsere Verfolger werden ebenfalls runtergehen.«

»Negativ«, meldete Pitt Harper. »Wir würden wie eine hilflose Ente dicht über der Wasseroberfläche dahinfliegen. Besser, wir halten unsere Höhe, da bleibt uns Platz, Ausweichmanöver zu fliegen.«

»Das sind verdammt gerissene Burschen«, erwiderte Harper. »Die haben vorausgeplant. Wir verfolgen ihre Annäherung in zwölfhundert Metern Höhe, zweitausendachthundert Meter tiefer als Sie. Scheint, daß die vorhaben, Ihnen den Weg abzuschneiden.«

»Reden Sie weiter.«

»Wenn Sie sich für die Taktik entscheiden, die von unseren Computern ausgeheckt wurde, dann erhöhen Sie Ihre Chancen, es mit unserem Feuerschutz zu schaffen. Außerdem, und das ist von ausschlaggebender Bedeutung, haben wir dann freies Schußfeld, sobald sie sich in Reichweite unserer Vulcan befinden.«

»Sie haben mich überzeugt«, erwiderte Pitt. »Wir beginnen in vierzig Sekunden mit dem Sinkflug.« Er drehte sich zu Loren um, die den Sitz direkt hinter der Cockpittür eingenommen hatte. »Achte darauf, daß sich jeder gut anschnallt. Gleich wird's ein bißchen unruhig.«

Loren machte schnell die Runde durch die Kabine, überprüfte Suma und Toshie und alarmierte die übrigen. Alle Begeisterung, die die Mitglieder des MAIT-Teams gerade noch empfunden hatten, verflüchtigte sich schnell, und finstere Stimmung machte sich in der Kabine breit. Nur der japanische Industrielle wirkte plötzlich vergnügt. Suma grinste wie ein Buddha.

Im Cockpit machte Pitt kurz isometrische Übungen, um Muskeln und Gelenke zu lockern. Er atmete ein paarmal tief durch und massierte sich dann Hände und Finger wie ein Pianist, der vorhat, Liszts Zweite Ungarische Rhapsodie in Angriff zu nehmen.

»Achtzehn Kilometer, nähert sich schnell«, meldete sich Harpers Stimme.

Pitt griff nach dem Knüppel über der Steuersäule und nickte Giordino zu. »Al, gib mir Geschwindigkeit und Höhe an.«

»Ist mir ein Vergnügen«, erwiderte Giordino ohne den leichtesten Anflug von Erregung. Er hatte vollkommenes Vertrauen zu Pitt.

Pitt drückte an seinem Funkgerät auf den Übertragungsknopf. »Gehen in Sturzflug über«, erklärte er im Ton eines Pathologen, der sich anschickt, eine Leiche zu öffnen. Dann packte er den Knüppel mit festem Griff, schob die Steuersäule vor und überlegte, was er dem Teufel sagen sollte, wenn er ihn traf. Die Nase des Flugzeugs kippte vornüber; die Düsenmotoren heulten, als er auf das weite blaue Meer zuschoß, das die gesamte Fläche der Windschutzscheibe einnahm.

57 Tsuboi legte den Telefonhörer auf und starrte trübsinnig über seinen Schreibtisch hinweg Korori Yoshishu an. »Unsere Jäger haben durchgegeben, daß Hidekis Flugzeug Ausweichmanöver fliegt. Die Piloten schaffen es nicht mehr, es zur Rückkehr zur Insel Soseki zu zwingen, bevor es mit dem Schiff der amerikanischen Marine zusammentrifft. Der Staffelführer verlangt eine Bestätigung unseres Befehls, das Flugzeug abzuschießen.«

Yoshishu war in Gedanken versunken. Innerlich hatte er Sumas Tod bereits akzeptiert. Er zog an seiner Zigarette und nickte. »Wenn es keine andere Möglichkeit gibt, muß Hideki sterben, damit wir all das retten können, für das wir uns so lange abgemüht haben.«

Tsuboi sah in die Augen des alten Drachen, doch dort entdeckte er nur stählerne Härte. Dann sprach er ins Telefon: »Befehl zur Zerstörung wird bestätigt.«

Tsuboi legte den Hörer auf, und Yoshishu zuckte die Achseln. »Hideki ist nur einer in einer langen Reihe von Leuten, die ihr Leben für das neue Reich geopfert haben.«

»Mag sein, aber die amerikanische Regierung wird nicht gerade glücklich sein, bei ein und demselben Flugzeugabsturz zwei Abgeordnete zu verlieren.«

»Unsere Lobbyisten und Freunde in der Regierung werden den Präsidenten so unter Druck setzen, daß er wenig sagen und nichts unternehmen wird«, erklärte Yoshishu überzeugt. »Der öffentliche Aufruhr wird sich auf Hideki konzentrieren. Wir bleiben im Schatten und kriegen von diesem Sturm nichts ab.«

»Und reißen in aller Ruhe die Kontrolle über Hidekis Unternehmen an uns.«

Yoshishu nickte bedächtig. »So lautet das Gesetz unserer Bruderschaft.«

Tsuboi sah den alten Mann mit neu erwachtem Respekt an. Jetzt begriff er, wieso Yoshishu überlebt hatte, während zahllose andere Unterweltführer und Goldene Drachen gescheitert waren. Er wußte, daß Yoshishu ein Meister in der Manipulation seiner Umwelt war, und egal wer ihn betrogen hatte oder wer seine Feinde waren, er war nie besiegt worden. Er war, das begriff Tsuboi in diesem Augenblick, der mächtigste nicht in einem öffentlichen Amt stehende Mann der Welt.

»Die Medien«, fuhr Yoshishu fort, »sind wie ein hungriger Drachen, der einen Skandal verschlingt. Doch bald schon werden sie des Geschmacks überdrüssig und wenden sich dem nächsten zu. Die Amerikaner vergessen schnell. Die Erinnerung an den Tod zweier ihrer zahllosen Politiker wird bald verblaßt sein.«

»Hideki war ein Dummkopf«, zischte Tsuboi plötzlich. »Er hielt sich allmählich für Gott. Er hat, wie die meisten Männer, die zu mächtig und selbstherrlich werden, einen schweren Fehler gemacht. Zwei Mitglieder des amerikanischen Kongresses aus ihrem Land zu entführen, war idiotisch.«

Yoshishu antwortete nicht sofort, sondern sah Tsuboi über seinen Schreibtisch hinweg an. Dann sagte er schnell: »Sie sind für mich wie ein Enkel, und Hideki war der Sohn, den ich nie hatte. Die Schuld trifft mich. Wenn ich ihn stärker an die Leine genommen hätte, dann hätte sich dieses Unglück niemals ereignet.«

»Im Grunde hat sich nichts geändert«, sagte Tsuboi achselzuckend. »Der Versuch der amerikanischen Agenten, das Kaiten-Projekt zu sabotieren, wurde vereitelt. Wir sind genauso mächtig wie zuvor.«

»Trotzdem werden wir Hideki schmerzlich vermissen. Ihm verdanken wir viel.«

»Ich hätte von ihm nichts anderes erwartet, wenn unsere Positionen umgekehrt wären.«

»Ich bin sicher, Sie würden niemals zögern, sich, wenn nötig, mit dem Schwert aufzuschlitzen«, erklärte Yoshishu mit spöttischem Lächeln.

Tsuboi war sich seiner Fähigkeiten zu sicher, um auch nur den Gedanken zuzulassen, er könne versagen. Er gehörte der neuen Generation an und würde niemals den Weg freimachen, indem er sich eine Klinge in den Unterleib stieße. »Unser Finanz- und Industrieimperium wird auch ohne Hideki weiter expandieren«, stellte er ohne Bedauern fest. »Wir müssen unsere Herzen stählen und weitermachen.«

Yoshishu sah den Ausdruck von Ehrgeiz in Tsubois Augen. Der junge Finanzkünstler war darauf versessen, in Sumas Fußstapfen zu treten. »Ich überlasse es Ihnen, Ichiro, eine passende Zeremonie für unseren Freund zu arrangieren, wenn wir seinen Geist dem Schrein von Yasukuni anvertrauen«, sagte Yoshishu, so als sei Suma längst tot.

Tsuboi tat dies mit einer Handbewegung ab. Er stand auf und beugte sich über den Schreibtisch. »Jetzt, da das Kaiten-Projekt einsatzbereit ist, Korori, müssen wir die Gelegenheit am Schopf packen und die wirtschaftliche Unabhängigkeit der Europäer und Amerikaner unterminieren.«

Yoshishu nickte, und sein weißes Haar fiel ihm über die Brauen. »Ich stimme zu. Wir können nicht zulassen, daß Hidekis Tod unsere Planungen verzögert. Sie müssen sofort nach Washington zurückkehren und dem Präsidenten unsere Forderungen nach Ausweitung unserer geschäftlichen Aktivitäten in Amerika diktieren.«

»Und wenn er unsere Forderungen nicht akzeptiert?«

»Ich habe den Mann jahrelang studiert. Er ist Realist. Er wird erkennen, daß wir seinem sterbenden Land ein Rettungstau zuwerfen. Er weiß über unser Kaiten-Projekt Bescheid und über das, was wir anzurichten vermögen. Keine Angst, der Präsident der Vereinigten Staaten wird verhandeln, und der Kongreß ebenso. Welche Wahl bleibt ihnen denn sonst?«

»Zweitausendzweihundert«, leierte Giordino. Er gab Pitt laufend ihre Höhe in Metern und ihre Geschwindigkeit in Knoten an. »Geschwindigkeit fünf-zwanzig.«

Der Ozean flog auf sie zu, die weißen Schaumkronen der Wellen wurden größer. Sie schossen durch ein Wolkengebilde. Nur die kreischenden Düsen, die Pitt immer noch auf vollem Schub hatte, gaben ihnen noch ein Gefühl für die Geschwindigkeit. Es war fast unmöglich, die Höhe über dem Wasser abzuschätzen. Pitt vertraute Giordino, und dieser wiederum verließ sich auf die Instrumente, um Pitt rechtzeitig zu sagen, wann er in Horizontalflug übergehen mußte.

»Wo stecken sie?« fragte Pitt in sein Mikrofon.

»Hier ist Ray Simpson, Dirk«, ertönte die Stimme des Commanders, der sie mit den Ibissen vertraut gemacht hatte. »Ich hol' sie rein.«

»Wo stecken sie?« wiederholte Pitt.

»Dreißig Kilometer entfernt, nähern sich schnell.«

»Das ist kein Wunder«, knurrte Pitt. »Die fliegen mehr als tausend Knoten schneller als dieser Omnibus.«

»Fünfzehnhundert«, las Giordino ab. »Geschwindigkeit fünf-neunzig.«

»Ich wünschte, ich hätte das Flughandbuch gelesen«, murmelte Pitt verbissen.

»Zwölfhundert Meter. Geschwindigkeit sechs-fünfzig. Sieht gut aus.«

»Woher willst du das wissen?«

»Schien mir eine passende Bemerkung.« Giordino zuckte die Achseln.

In diesem Augenblick schrillte eine Alarmglocke im Cockpit. Das Flugzeug hatte die Sicherheitsmarge verlassen und drang ins Unbekannte vor.

»Eintausend Meter. Geschwindigkeit sieben-vierzig. Flügel, laßt uns jetzt nicht im Stich!«

Mittlerweile in Sichtweite, zentrierte der Pilot des führenden japanischen Jägers den roten Punkt auf dem Monitor seines Zielsystems auf den Düsenschwenkflügler. Der Zielcomputer übernahm die Daten und schoß die Rakete ab.

»Luft-Luft-Rakete abgefeuert«, warnte Simpson sie mit unheilverkündender Stimme.

»Sagen Sie Bescheid, wenn sie auf einen Kilometer herangekommen ist«, befahl Pitt schnell.

»Sechshundert Meter«, warnte Giordino Pitt. »Geschwindigkeit achthundert. Jetzt ist der Zeitpunkt gekommen.«

Pitt verschwendete keine Zeit auf eine Antwort, sondern zog sofort die Steuersäule nach hinten. Der Schwenkflügler reagierte wie ein Segelflugzeug, das von einer gewaltigen Böe ergriffen wurde. Ruhig und in perfektem Halbbogen ging die Maschine in weniger als siebzig Metern über dem Wasser in den Horizontalflug über.

»Rakete kommt näher. Drei Kilometer«, gab Simpson mit flacher, ausdrucksloser Stimme durch.

»Al, schalte auf maximalen Vertikalschub.« Pitt zögerte noch.

Beinahe gleichzeitig, so schien es, schrie Simpson: »Ein Kilometer.«

»Jetzt.«

Giordino betätigte die Hebel, die die Düsen von horizontal auf vertikal umschalteten.

Das Flugzeug schien aus dem Tiefflug im Winkel von neunzig Grad senkrecht in die Luft zu schießen. Die Düsen bebten, und durch den plötzlichen Wechsel der Triebkraft und den Antrieb der Düsen, die mit voller Kraft das Flugzeug nach oben drückten, wurden alle Insassen nach vorn geschleudert.

Die Rakete kreischte unter ihnen vorbei. Sie verfehlte den Rumpf der Maschine um weniger als zwei Meter. Dann war sie verschwunden, in der Ferne verglüht, wo sie schließlich ins Meer abstürzen würde.

»Gute Arbeit«, lobte Simpson. »Sie kommen jetzt in Reichweite unserer Vulcan. Versuchen Sie so tief wie möglich zu bleiben, damit wir über Sie hinweg freies Schußfeld haben.«

»Es dauert, bis man diese Maschine wieder im Horizontalflug hat«, erklärte Pitt Simpson, und in seinem zerfurchten Gesicht stand die Anspannung der letzten Minuten. »Ich habe meine Geschwindigkeit verloren.«

Giordino stellte die Düsen auf Horizontalflug um, während Pitt wieder Kurs nahm. Die Maschine richtete sich aus und schoß kaum zwanzig Meter über dem Wasser auf die verschwommenen Umrisse des Schiffes zu. Pitt, der über die Wellen darauf zuhielt, kam es vor wie ein Papierschiff auf einem Plastiksee.

»Jäger nähert sich, doch keine Anzeichen für einen Raketenangriff«, meldete sich Simpsons besorgte Stimme. »Die halten sich bis zum letzten Moment zurück, um Ihr nächstes Ausweichmanöver kompensieren zu können. Besser, Sie kommen herein und landen verdammt schnell.«

»Ich berühre ja jetzt schon die Wellen«, gab Pitt gereizt zurück.

»Die auch. Und sie fliegen übereinander, Ihren Stunt von vorhin können Sie also nicht noch einmal machen.«

»Die können unsere Gedanken lesen«, bemerkte Giordino ruhig.

»Da Sie keinen Scrambler haben, der Ihre Stimmenübertragung verschlüsselt, hören die genau, was Sie vorhaben«, warnte Simpson sie.

»Das erzählt der uns erst jetzt.«

Pitt starrte durch die Windschutzscheibe zur *Ralph R. Bennett* hinüber. Er hatte das Gefühl, die Hand ausstrecken und ihre riesige Radaranlage berühren zu können. »Die nächste Vorstellung müssen Sie übernehmen, *Bennett*. Uns fallen keine Überraschungen mehr ein.«

»Das Tor des Forts steht sperrangelweit offen«, meldete sich plötzlich die Stimme Harpers. »Schwenkt fünf Grad nach Backbord ab und zieht den Kopf ein, wenn die Post abgeht.«

»Rakete gestartet«, rief Simpson.

»Verstanden«, erwiderte Pitt. »Aber ich kann nicht ausweichen.«

Pitt und Giordino duckten sich unwillkürlich in Erwartung des Einschlags und der Explosion. Sie waren hilflos wie Tauben, die von einem Falken angegriffen werden. Plötzlich nahte Rettung in Form eines Feuerstoßes, der vor der Nase ihres Schwenkflüglers losging und über ihre Köpfe hinwegdonnerte.

Die dreißig-Millimeter-Vulcan der *Bennett* hatte das Feuer eröffnet. Die sieben Magazine der modernen Gatling-Kanone rotierten und spuckten viertausendzweihundert Schuß pro Minute aus. Der Feuerhagel war so dicht, daß man den Granaten mit bloßem Auge folgen konnte. Der Feuerstoß durchschnitt den Himmel, bis er auf die Rakete traf und sie weniger als zweihundert Meter hinter der fliehenden Maschine in einem Flammenpilz explodieren ließ.

Dann wanderte er weiter auf den führenden Jäger zu, erwischte ihn und fraß sich durch einen Flügel. Der Mitsubishi Raven Düsenjäger trudelte in der Luft und schlug in einer Riesenfontäne auf dem Meer auf. Der zweite Jet ging in eine enge Kurve und entkam dem Abwehrfeuer knapp. Die Granaten folgten ihm rücksichtslos, während der Jäger abdrehte und Kurs auf Japan nahm. Erst jetzt schwieg die Sea Vulcan. Die letzten Granaten zischten durch den blauen Himmel, kamen wieder herunter und peitschten das Wasser.

»Bringen Sie die Maschine rein, Mr. Pitt.« Harpers Erleichterung war unüberhörbar. »Der Wind fällt mit acht Knoten von Steuerbord ein.«

»Danke, Commander«, erwiderte Pitt. »Und vielen Dank auch Ihrer Mannschaft. Das war ausgezeichnet geschossen.«

»Das hängt alles nur davon ab, wie zärtlich man die Elektronik behandelt.«

»Beginnen Landeanflug.«

»Wir bedauern, daß wir keine Kapelle zum stilvollen Empfang an Bord haben.«

»Die Stars and Stripes genügen.«

Vier Minuten später setzte Pitt die Maschine auf dem Helikopterlandeplatz auf. Jetzt erst atmete er tief durch, lehnte sich im Sitz zurück und entspannte sich, während Giordino die Motoren abstellte.

Zum erstenmal seit Wochen fühlte er sich absolut sicher. Seine unmittelbare Zukunft barg weder Risiko noch Gefahr. Seine Rolle als Mitglied des MAIT-Teams war gespielt. Ihn bewegten jetzt nur noch die Gedanken an die Heimkehr. Danach würde er vielleicht in den warmen Gewässern und im Sonnenschein der Tropen auf Puerto Rico oder Haiti tauchen gehen. Er hoffte, daß Loren mitkommen würde.

Pitt hätte ungläubig aufgelacht, wenn jemand ins Cockpit gekommen wäre und ihm gesagt hätte, daß Admiral Sandecker in wenigen Wochen an seinem Grab stehen und die Trauerrede halten würde.

VIERTER TEIL

Mother's Breath

58

»Sie sind entkommen!« rief Jordan überschwenglich und warf den Hörer vom Telefon der Haussprechanlage im Lagebesprechungsraum des Nationalen Sicherheitsrats, tief unter dem Weißen Haus, auf die Gabel. »Wir haben gerade eine Nachricht empfangen, daß unser MAIT-Team soeben von der Insel Soseki geflohen ist.«

Dale Nichols warf Jordan einen mißtrauischen Blick zu. »Ist das bestätigt?«

Jordan nickte voller Überzeugung. »Sie wurden von Düsenjägern der japanischen Selbstverteidigungsstreitkräfte angegriffen, doch sie konnten entkommen und sind in Sicherheit.«

Der Präsident beugte sich auf seinem Stuhl vor. »Wo befinden sie sich jetzt?«

»Sie sind sicher an Bord der *Ralph R. Bennett* gelandet, einem Spionageschiff der Marine, das hundert Kilometer vor der Küste der Insel in Position gegangen war.«

»Irgendwelche Verluste?«

»Keine.«

»Gott sei Dank.«

»Es gibt noch mehr Neuigkeiten, noch einige«, fuhr Jordan aufgekratzt fort. »Sie haben die Kongreßabgeordnete Smith, Senator Diaz und Hideki Suma mitgebracht.«

Der Präsident und die übrigen Anwesenden starrten ihn verblüfft und sprachlos an. Schließlich murmelte Nichols: »Wie war das möglich?«

»Die Details sind noch unklar, doch Commander Harper, der Kapitän der *Bennett*, hat durchgegeben, daß Dirk Pitt und Al Giordino ein Flugzeug entführt haben, das Smith und Diaz nach Edo City bringen sollte. Irgendwie haben sie es auch geschafft, sich Suma und seine Sekretärin zu schnappen und in der allgemeinen Verwirrung zu starten.«

»Suma«, murmelte Martin Brogan, der Direktor der CIA, verblüfft. »Das ist wirklich ein unvermuteter Glücksfall.«

Überrascht und erfreut, aber auch nachdenklich sagte der Präsident: »Das gibt der ganzen Sache eine völlig neue Wendung.«

»Unter diesen Umständen, Mr. President«, erklärte Verteidigungsminister Jesse Simmons, »empfehle ich, den Atomangriff auf das Drachenzentrum abzublasen.«

Der Präsident warf einen Blick auf die Uhr an der Wand des Lagerraums, die den Ablauf des Countdowns anzeigte. Neun Minuten bis zum Start. »Gütiger Himmel, ja, blasen Sie ihn sofort ab.«

Simmons nickte General Clayton Metcalf, dem Vorsitzenden der Vereinigten Stabschefs, zu, der sofort einen Telefonhörer aufnahm und Befehle erteilte. Nach knapp einer halben Minute nickte Metcalf.

»Die Startvorbereitungen wurden eingestellt.«

In Staatssekretär Douglas Oates' Miene lag ein Ausdruck von Triumph. »Eine knappe Sache, Mr. President. Ich war von Anfang an gegen einen Atomschlag.«

»Das Drachenzentrum und das Kaiten-Projekt sind nicht aus der Welt geschafft«, erinnerte der Präsident Oates. »Immer noch stellen beide eine gefährliche Bedrohung dar. Die Krise ist lediglich vorübergehend überwunden.«

»Das stimmt«, meinte Oates, »aber jetzt, da wir Suma in der Gewalt haben, halten wir die Schlange sozusagen beim Genick.«

»Ich kann's gar nicht abwarten, bis die Vernehmungsexperten sich ihn vorknöpfen«, murmelte Brogan voller Vorfreude.

Oates war mit dieser Vorstellung gar nicht einverstanden und schüttelte den Kopf. »Suma ist nicht irgendein kleiner Fisch. Er ist einer der reichsten und mächtigsten Männer der Welt. Sie können ihn nicht einfach unter Druck setzen, ohne daß das ernsthafte Konsequenzen hat.«

»Wie du mir, so ich dir.« Aus Jordans Stimme klang Genugtuung heraus. »Ich sehe überhaupt keinen Grund, weshalb wir einem Mann gegenüber Gnade walten lassen sollten, der zwei Mitglieder des Kongresses entführt hat und dessen Plan es war, auf amerikanischem Gebiet Atombomben detonieren zu lassen.«

»Da haben Sie vollkommen recht, Ray«, erklärte Brogan und warf Oates einen eisigen Blick zu. »Dieser Kerl ist von Grund auf schlecht. Ich wette um ein Abendessen für jeden der hier Anwesenden, daß die japanische Regierung Ruhe bewahren und keinerlei Protest einlegen wird.«

Oates gab nicht nach. »Es liegt nicht in unserem nationalen Interesse, wie Barbaren zu reagieren.«

»Die netten Jungs gehen als letzte durchs Ziel«, stellte Jesse Simmons lakonisch fest. »Wenn wir hart durchgegriffen hätten wie die Russen, dann gäbe es im Libanon keine Geiseln.«

»Jesse hat recht«, stimmte Nichols zu. »Wir wären Idioten, wenn wir ihn laufenließen, damit er nach Japan zurückkehren und seinen Privatkrieg gegen uns erneut aufnehmen kann.«

Brogan fügte hinzu: »Premierminister Junshiro und sein Kabinett werden schon kein Geschrei anstimmen, sonst sickert die ganze Angelegenheit an die internationalen Medien durch, und der Skandal würde wie ein Tornado über sie hinwegfegen. Nein, Sie haben unrecht, Doug: Der nächste Schritt muß sein, Suma den Arm so lange umzudrehen, bis er die genauen Standorte der Bombenwagen preisgibt.«

Der Präsident blickte mit erschöpfter, geduldiger Miene in die Runde. »Mr. Suma ist kein Freund unseres Landes. Er gehört Ihnen mit Haut und Haaren, Martin. Sorgen Sie dafür, daß er singt wie ein Kanarienvogel. Wir müssen diese Bomben aufspüren und verdammt schnell entschärfen.«

»Wie schnell kann die Navy Suma mit einem Flugzeug von der *Bennett* abholen?« wandte sich Brogan fragend an Simmons.

»Wir haben keinen Flugzeugträger in dieser Gegend des Ozeans«, erwiderte der Verteidigungsminister. »Also müssen wir warten, bis sich das Schiff in Helikopterreichweite von Wake Island befindet, das ist der nächstgelegene Ort, von dem wir sie abholen können.«

»Je schneller wir Suma nach Washington bringen, desto schneller bekommen wir die nötigen Daten von ihm«, erklärte Brogan.

Der Präsident nickte. »Ich bin außerdem sehr daran interessiert zu hören, was die Kongreßabgeordnete Smith und Senator Diaz beobachtet haben.«

Don Kern betrat den Raum und sagte leise etwas zu Jordan, der daraufhin nickte und den Präsidenten ansah. »Es scheint, daß unsere Freunde von der NUMA ein weiteres Problem für uns gelöst haben. Commander Harper hat durchgegeben, daß der Schwenkflügler, das Düsenflugzeug, das Pitt und Giordino für ihren Flug von der Insel entführt hatten, an Bord der *Bennett* aufgetankt wurde. In diesem Augenblick befinden sie sich bereits in der Luft und fliegen Wake Island an.«

Der Präsident wandte sich an Metcalf. »General, ich überlasse es Ihnen, so schnell wie nur menschenmöglich den Militärtransport für Suma und unsere Abgeordneten in die Hauptstadt zu organisieren.«

»Ich werde General Duke Mackay, den Kommandeur der Anderson Air Base auf Guam anweisen, seinen Privatjet nach Wake Island zu schicken. Wenn Pitt landet, müßte das Flugzeug ihn schon erwarten.«

Der Präsident wandte sich an Jordan. »Wie sieht's mit dem Drachenzentrum aus?«

»Bedaure Sir«, erwiderte Jordan. »Commander Harpers Meldung war nur kurz. Sie enthielt keinerlei Erklärungen unseres MAIT-Teams, ob ihre Operation erfolgreich war.«

»Dann tappen wir also im dunkeln, bis sie Wake Island erreichen?«

»Ja, Sir.«

Oates warf Jordan einen drohenden Blick zu. »Wenn Ihre Leute bei dem Versuch, das Drachenzentrum auszuschalten, versagt haben, dann könnten wir vor einer schrecklichen Katastrophe stehen.«

Jordan hielt seinem Blick stand. »Wenn sie unverletzt entkommen sind, dann haben sie auch das erreicht, wozu sie dort hingeschickt worden sind.«

»Das wissen wir nicht mit Bestimmtheit.«

»Und selbst wenn nicht«, fügte Simmons hinzu, »damit, daß wir den Architekten und Erbauer des Drachenzentrums in unserer Hand haben, haben wir uns mit Sicherheit eine Atempause erkauft. Die Mitverschwörer Sumas werden ohne den Steuermann am Ruder fürs erste nicht an größere Aggressionen denken.«

»Ich fürchte, Ihre Theorie steht auf tönernen Füßen«, wandte Jordan ein. »Wir haben Harpers Nachricht von der *Bennett* übersehen.«

»Was ist damit?« fragte der Präsident.

»Er hat durchgegeben, daß das Flugzeug vor einem Angriff japanischer Jäger gerettet wurde«, erklärte Brogan.

Jordan nickte. »Die müssen gewußt haben, daß Suma sich an Bord befand. Und trotzdem haben sie versucht, das Flugzeug abzuschießen.«

Simmons kritzelte beim Sprechen auf einem Notizblock herum. »Dann müssen wir davon ausgehen, daß sie... um wen es sich auch handeln mag –«

»Es handelt sich um Korori Yoshishu, den König der japanischen Unterwelt, und um Ichiro Tsuboi, seinen Finanzkünstler«, unterbrach ihn Jordan. »Sie sind an Sumas Industrieimperium beteiligt.«

»Dann müssen wir davon ausgehen«, wiederholte Simmons, »daß Hideki ihnen entbehrlich erscheint.«

»Darauf läuft's hinaus«, stellte Kern fest.

»Was gleichzeitig bedeutet, daß Yoshishu und Tsuboi einspringen und die Bomben hochgehen lassen können«, überlegte der Präsident.

Brogans optimistische Miene verfinsterte sich zusehends. »Wenn Suma sich in unserer Hand befindet, können wir gar nicht vorhersagen, wie sie reagieren werden.«

»Vielleicht sollte ich den Atomangriff doch anordnen«, schlug der Präsident halbherzig vor.

Jordan schüttelte den Kopf. »Jetzt noch nicht, Mr. President. Es gibt noch eine andere Möglichkeit, wie wir die Situation unter Kontrolle bringen könnten.«

»Woran denken Sie, Ray?«

»Wir lassen die Japaner eine Nachricht von Commander Harper abfangen, in der mitgeteilt wird, das Flugzeug sei mit Diaz, Smith und Suma an Bord über dem Meer abgestürzt und Überlebende gäbe es nicht.«

Brogan sah ihn zweifelnd an. »Meinen Sie wirklich, Yoshishu und Tsuboi werden das glauben?«

»Wahrscheinlich nicht«, erklärte Jordan mit verschlagenem Lächeln, »doch ich wette, die beiden werden lange genug darüber nachgrübeln, damit wir das Kaiten-Projekt endgültig ausschalten können.«

59

Wie versprochen hatte der Vorsitzende der Stabschefs dafür gesorgt, daß General Mackays Privatjet – eine C-20 der Air Force, die zwanzig Passagieren Platz bot – bereits neben der Landebahn wartete, die sich quer über Wake Island erstreckte, als Pitt den Schwenkflügler auf einem markierten Landeplatz vor dem kleinen Flughafengebäude aufsetzte.

Mel Penner war von Palau hergeflogen und wartete schon auf sie. Als die Räder den Beton berührten, hielt er sich wegen des Turbinenkreischens die Ohren zu. Die Stelle war von Militärpolizei abgeriegelt. Penner ging auf das Flugzeug zu und lauerte gespannt vor der Tür. Sie schwang auf, und Weatherhill kam als erster heraus.

Penner machte einen Schritt auf ihn zu, und sie gaben sich die Hand. »Ich freue mich, Sie noch unter den Lebenden zu sehen.«

»Da sind Sie in guter Gesellschaft«, erwiderte Weatherhill mit breitem Grinsen. Er warf einen Blick auf die Absperrung der Militärpolizei. »Wir hatten gar kein Empfangskomitee erwartet.«

»Ihr seid gegenwärtig im Weißen Haus Thema Nummer eins. Stimmt es, daß Sie zusammen mit Suma geflohen sind?«

Weatherhill nickte. »Und mit Diaz und Smith.«

»Da haben Sie ja einen ganz schönen Fang gemacht.«

Stacy kam die Stufen herunter und war ebenfalls überrascht, als sie Penner und die Wachen sah. »Irgendwie habe ich das Gefühl, daß wir nicht auftanken und nach Hawaii weiterfliegen werden«, murmelte sie und umarmte Penner.

»Tut mir leid, nein. Eine Maschine der Air Force steht schon bereit, um Suma und die Abgeordneten nach Washington zu fliegen. Die übrigen von uns haben den Befehl bekommen, sich hier mit einer Gruppe hochrangiger Experten zu treffen, die Jordan und der Präsident hergeschickt haben.«

»Tut mir leid, daß wir Ihnen nicht ausführlicher berichten konnten«, erklärte Weatherhill, »doch wir hielten es für das beste, keine Funksprüche abzusetzen, sondern persönlich Meldung zu machen.«

»Jordan war ebenfalls dieser Meinung. Sie haben die richtige Entscheidung getroffen.«

Weatherhill reichte Penner eine Akte mit säuberlich getippten Blättern. »Ein vollständiger Bericht.«

Penner starrte verblüfft auf den Bericht. »Wie haben Sie denn das geschafft?«

Weatherhill deutete hinter sich auf das Flugzeug. »Suma macht's möglich. Die Maschine hat sämtliche Einrichtungen, die man fürs Geschäftliche braucht, an Bord. Wir haben den Bericht während des Fluges mit einem Textverarbeitungssystem geschrieben.«

Mancuso steckte den Kopf durch die Tür. »Hallo, Mel. Haben Sie Mädchen und Champagner mitgebracht?«

»Freue mich, Sie zu sehen, Frank. Wann lerne ich Ihre Passagiere kennen?«

»Ich schicke sie jetzt raus. Auf unsere japanischen Gäste müssen Sie noch etwas warten. Bevor sie aussteigen können, muß ich sie erst losbinden.«

»Sie hatten sie gefesselt.«

»Waren von Zeit zu Zeit etwas ungehalten, die beiden.«

Loren und Diaz stiegen aus, blinzelten in die grelle Sonne und wurden Penner vorgestellt, der sie über den Weiterflug informierte. Dann wurden Suma und Toshie von Mancuso aus der Maschine geschoben, der beide am Arm festhielt.

Penner verbeugte sich leicht. »Willkommen auf dem Boden der Vereinigten Staaten, Mr. Suma. Allerdings glaube ich nicht, daß Sie Ihren Aufenthalt genießen werden.«

Suma warf Penner einen Blick zu, den er für Untergebene reserviert hatte, und benahm sich, als sei der Agent überhaupt nicht anwesend.

Toshie sah Penner mit ungezügeltem Haß an. »Sie haben Mr. Suma gefälligst respektvoll zu behandeln. Er verlangt, auf der Stelle freigelassen und nach Japan zurückgebracht zu werden.«

»Oh, das wird er«, erwiderte Penner süffisant grinsend. »Nach einem Freiflug in die Landeshauptstadt, den die amerikanischen Steuerzahler ihm spendieren.«

»Sie verletzen Internationales Recht«, erklärte Suma verärgert. »Und wenn Sie uns nicht freilassen, dann wird die Vergeltung umgehend erfolgen, und viele Ihrer Landsleute werden sterben.«

Penner wandte sich an Weatherhill. »Kann er seine Drohung wahrmachen?«

Weatherhill sah Suma an. »Bedaure, das Drachenzentrum können Sie vergessen. Dem haben wir den Saft abgedreht.«

»Sie waren erfolgreich?« fragte Penner. »Ray Jordan und Don Kern gehen schon die Wände hoch, weil sie auf Einzelheiten warten müssen.«

»Eine Notlösung. Wir hatten gerade genug Sprengstoff, um ein Glasfaserbündel zu sprengen. In ein paar Tagen sind die wieder im Geschäft.«

Dr. Josh Nogami kam aus dem Flugzeug und wurde von Penner begrüßt. »Ist mir wirklich eine Freude, Sie zu sehen, Doc. Wir bedanken uns für Ihre Bemühungen, uns die Informationen zu übermitteln. Ihre Hilfe war überaus wertvoll.«

Nogami zuckte bescheiden die Achseln. »Tut mir leid, daß ich Jim Hanamura nicht retten konnte.«

»Sie hätten sich nur selbst verraten und wären ebenfalls umgebracht worden.«

»Mr. Pitt hat sein Bestes getan, das zu verhindern.« Nogami sah sich um, konnte jedoch keine vertrauten Gesichter erkennen. »Sieht so aus, als sei ich als Agent jetzt arbeitslos.«

»Als Don Kern, unser Stellvertretender Einsatzleiter, erfuhr, daß Sie an Bord sind, hat er darum gebeten, daß Sie uns für eine Weile zugeteilt werden. Ihre Vorgesetzen waren damit einverstanden. Es macht Ihnen doch hoffentlich nichts aus, ein paar Tage mit ein paar ungehobelten Siedlern zusammenzuarbeiten. Ihr Wissen über das Innere des Drachenzentrums käme uns sehr zustatten.«

Nogami nickte. »Das Wetter hier ist auf jeden Fall besser als der Regen in London.«

Bevor Penner antworten konnte, sprang Giordino aus der Maschine und lief zu der Gruppe Militärpolizisten hinüber, die Suma und Toshie gerade an Bord der wartenden C-20 brachten. Er eilte auf den diensthabenden Offizier zu und bat ihn, die Gruppe einen Augenblick anhalten zu lassen.

Giordino war nur einen halben Zentimeter größer als Toshie. Er sah ihr in die Augen. »Mein Liebes, warte auf mich.«

Verärgert und überrascht sah sie ihn an. »Wovon reden Sie überhaupt?«

»Werben, den Hof machen, kuscheln, Liebesgeflüster, Heiratsantrag. Sobald ich kann, komme ich nach. Ich werde dich zur glücklichsten Frau der Welt machen.«

»Sie sind verrückt.«

»Nur einer meiner vielen charmanten Wesenszüge«, erwiderte Giordino verbindlich. »Im Laufe der Jahre wirst du noch eine Menge weiterer kennenlernen.«

Erstaunlicherweise wurde Toshie schwankend. Aus irgendeinem unerfindlichen Grund, den sie selbst gar nicht begriff, begann sie, an Giordinos so ganz unjapanischem Annäherungsversuch Gefallen zu finden. Sie mußte die Gefühle, die sie ihm gegenüber empfand, gewaltsam unterdrücken.

Giordino bemerkte ihre Unentschlossenheit und umfaßte mit seinen starken Händen ihre schlanken Schultern, gab ihr einen flüchtigen Kuß auf die Lippen und lächelte. »Ich komme nach, sobald ich kann.«

Sie starrte ihm immer noch stumm über die Schulter nach, als Penner sie am Ellenbogen ergriff und entschlossen wegführte.

Pitt begleitete Loren zum C-20 Jet, nachdem Suma, Toshie und Diaz bereits an Bord waren. Schweigend gingen sie nebeneinander her, genossen die Wärme der Sonne und spürten die Feuchtigkeit, die über ihre Haut strich.

Ein paar Meter vor dem Flugzeug blieb Loren stehen und blickte Pitt in die Augen. »Es scheint, als müsse einer von uns beiden immer unterwegs sein.«

Er nickte. »Wir führen beide ein ausgefülltes Leben. Unsere Terminpläne stimmen einfach nie überein.«

»Vielleicht irgendwann ...« Ihre Stimme erstarb.

»Irgendwann«, wiederholte er und nickte.

»Du gehst doch nicht zurück?« fragte sie zögernd.

Er zuckte die Achseln. »Ich weiß es nicht. Al und ich haben Anweisung bekommen hierzubleiben.«

»Die können euch nicht zu dieser Insel zurückschicken. Nicht jetzt.«

»Ich bin Marineingenieur, erinnerst du dich? Ich bin der letzte, der versuchen würde, das Drachenzentrum mit rauchendem Colt zu stürmen.«

»Ich werde mit dem Präsidenten reden und verlangen, daß ihr beide, Al und du, nach Hause geschickt werdet.«

»Mach dir keine Mühe«, sagte er leichthin. »Wahrscheinlich sitzen wir schon im nächsten Flugzeug in Richtung Osten.«

Sie stellte sich auf die Zehenspitzen und gab ihm einen sanften Kuß auf den Mund. »Vielen Dank für alles.«

Pitt lächelte. »Für ein hübsches Mädchen tut man alles.«

In Lorens Augen standen Tränen. Irgendwie spürte sie, daß er ihr in nächster Zeit nicht folgen würde. Unvermittelt drehte sie sich um und stieg schnell die Gangway hoch.

Pitt stand da und sah ihr nach. Als ihr Gesicht am Fenster erschien, winkte er. Doch als Loren, während das Flugzeug anrollte, noch einmal nach ihm Ausschau hielt, war er bereits verschwunden.

60

Tsuboi wollte es einfach nicht wahrhaben. Nachdem er Yoshishu verlassen hatte, eilig von Tokio nach Edo City gefahren war und von dort aus weiter ins Drachenzentrum, um persönlich den Befehl zu übernehmen, stand er nun im Kontrollraum und kochte vor Wut.

»Was wollen Sie damit sagen, daß Sie die Bomben in den Wagen nicht zünden können?« wollte er wissen.

Takeda Kurojima, der Direktor des Drachenzentrums, war verzweifelt. Hilfesuchend blickte er zu der Gruppe der Wissenschaftler und Ingenieure hinüber und erhoffte sich von dort moralischen Beistand, doch sie sahen allesamt so aus, als würden sie am liebsten im Boden versinken.

»Nur Mr. Suma kennt den Code«, erwiderte Kurojima und hob beschwichtigend die Hände. »Er hat das Codesystem zum Scharfmachen und Zünden der Bomben höchstpersönlich programmiert.«

»Wie lange wird es dauern, bis Sie die Codes umprogrammiert haben?«

Kurojima blickte wieder zu seinem Stab hinüber. Die Männer diskutierten das Problem eilig. Dann, nachdem sie sich offenbar geeinigt hatten, trat einer vor und murmelte irgend etwas so leise, daß Tsuboi ihn nicht verstehen konnte.

»Was – was haben Sie gesagt?«

Schließlich sah Kurojima Tsuboi an. »Drei Tage. Es wird mindestens drei Tage dauern, Mr. Sumas Kommandocodes zu löschen und die Systeme umzuprogrammieren.«

»So lange?«

»Es handelt sich nicht um eine schnelle, einfache Prozedur.«

»Wie sieht es mit den Roboterfahrern aus?«

»Auf das Programm der Roboter haben wir Zugriff«, erwiderte Kurojima. »Mr. Suma hat die Codes, die das Fahr- und Zielsystem betreffen, nicht programmiert.«

»Zwei Tage, achtundvierzig Stunden. Soviel Zeit steht Ihnen zur Verfügung, das Kaiten-Projekt voll operationsfähig zu machen.« Tsuboi preßte Lippen und Zähne zusammen. Ungeduldig ging er im Kontrollraum des Drachenzentrums auf und ab. Er verfluchte die gewundenen Gedankengänge des Mannes, der ihnen allen einen Streich gespielt hatte. Suma hatte niemandem vertraut, nicht einmal seinem ältesten und engsten Freund Yoshishu.

Ein Telefon klingelte, und einer der Techniker hob ab. Er nahm Haltung an und reichte Tsuboi den Hörer. »Mr. Yoshishu aus Tokio für Sie.«

»Ja, Korori, Ichiro am Apparat.«

»Unsere Leute vom Nachrichtendienst haben eine Meldung von dem amerikanischen Schiff aufgefangen. Die behaupten, daß Hidekis Flugzeug abgeschossen wurde. Haben unsere Piloten gesehen, daß Hidekis Jet ins Meer abgestürzt ist?«

»Es ist nur einer zurückgekehrt. Der überlebende Pilot hat offenbar nur berichtet, er sei zu beschäftigt gewesen, dem Abwehrfeuer des Schiffes auszuweichen, um feststellen zu können, ob seine Rakete ihr Ziel getroffen hat.«

»Könnte ein Bluff der Amerikaner sein.«

»Das wissen wir erst dann, wenn wir einen unserer Beobachtungssatelliten darauf programmieren, das Schiff zu überfliegen.«

»Und wenn der Beweis erbracht wird, daß sich das Flugzeug an Bord befindet?«

Yoshishu zögerte. »Dann wissen wir, daß wir zu spät kommen. In diesem Fall ist Hideki für uns verloren.«

»Und unter strikter Bewachung des amerikanischen Geheimdienstes«, beendete Tsuboi den Satz.

»Eine sehr ernste Situation. In den Händen des amerikanischen Geheimdienstes kann Hideki zur akuten Bedrohung Japans werden.«

»Bei einem unter Drogeneinfluß vorgenommenen Verhör wird er sehr wahrscheinlich die Stellen verraten, an denen die Wagen mit den Bomben versteckt sind.«

»Dann müssen wir schnell handeln, um das Kaiten-Projekt zu retten.«

»Es gibt ein weiteres Problem«, sagte Tsuboi mit grimmiger Miene. »Nur Hideki kannte die Einsatzcodes für die Signale, mit denen die Bomben scharf gemacht und gezündet werden.«

Am anderen Ende der Leitung herrschte Schweigen. Dann sagte Yoshishu langsam: »Wir haben ja immer gewußt, daß er gerissen war.«

»Nur zu gut«, stimmte ihm Tsuboi zu.

»Dann überlasse ich es Ihnen, einen Ausweg zu finden.«

»Ich werde Ihr Vertrauen nicht enttäuschen.«

Tsuboi legte den Hörer auf und sah aus dem Beobachtungsfenster. Im Raum herrschte Stille, während jeder der Anwesenden auf seine Weisungen wartete. Es mußte eine weitere Möglichkeit geben, irgendwelchen Racheakten der Vereinigten Staaten und der übrigen westlichen Nationen zuvorzukommen. Tsuboi war ein kluger Mann und benötigte nur ein paar Sekunden, um einen Alternativplan zu entwerfen.

»Wie kompliziert ist es, eine der Bomben manuell zu zünden?« fragte er die im Kontrollraum versammelten Ingenieure und Wissenschaftler.

Kurojimas Augenbrauen hoben sich fragend. »Sie ohne das Codesignal zu zünden?«

»Ja, ja.«

Der Techniker, der das Kaiten-Projekt von Anfang bis Ende geleitet hatte, senkte den Kopf und antwortete: »Es gibt zwei Methoden, durch die eine Masse spaltbaren Materials *in einen subkritischen Zustand* versetzt und zur Explosion gebracht werden kann. Die eine besteht darin, die Masse in hochexplosiven Sprengstoff zu packen, der seinerseits das spaltbare Material zur Explosion bringen kann. Die andere ist, die Masse zu beschießen.«

»Wie bringen wir einen Wagen mit einer Bombe zur Explosion?« fragte Tsuboi ungeduldig.

»Geschwindigkeit«, erwiderte Kurojima kurz. »Der Einschlag eines Hochgeschwindigkeitsgeschosses, das das Kompressorgehäuse durchschlägt und auf die Masse trifft, müßte genügen.«

Tsuboi sah ihn fragend an. »Wollen Sie damit sagen, daß die Bomben einfach durch einen Gewehrschuß hochgejagt werden können?«

Kurojima verbeugte sich. »Aus der Nähe, ja.«

Tsuboi traute seinen Ohren kaum. »Warum programmieren Sie dann nicht einfach einen Roboter, mit einem Hochleistungsgewehr auf das Gehäuse der Klimaanlage zu schießen?«

»Da stehen wir erneut vor einem Zeitproblem«, erwiderte Kurojima. »Die Roboter, die die Wagen zur Explosionsstelle fahren, sind für nichts anderes konstruiert und programmiert.«

»Und die Wachroboter? Könnte man die nicht einfach modifizieren?«

»Dasselbe in Grün. Die Sicherheitsroboter verfügen über Beweglichkeit und Feuerkraft. Sie sind nicht in der Lage, einen Wagen zu fahren.«

»Wie lange dauert es, einen zu bauen, der einen Wagen fahren kann?«

»Wochen. Bestimmt nicht weniger als einen Monat. Sie müssen wissen, daß wir es da mit einer sehr komplizierten Maschine zu tun haben.

Wir haben bisher keine Roboter hergestellt, die einen Wagen fahren, mit Hilfe künstlicher Beine aussteigen, die Motorhaube öffnen und ein Gewehr abfeuern können. Ein Roboter, der all diese Bewegungen beherrscht, müßte von Grund auf neu konstruiert werden, und das dauert seine Zeit.«

Tsuboi starrte ihn an. »Wir müssen innerhalb der nächsten fünf Stunden eine Bombe hochjagen, damit die Amerikaner glauben, das System sei einsatzbereit.«

Kurojimas Zuversicht war zurückgekehrt. Er hatte die Lage unter Kontrolle, und seine Angst vor Tsuboi war verflogen. Er blickte ihn lange und ruhig an. »Na, dann müssen Sie eben einen Menschen finden, der das erledigt.«

61

Penner erhob sich von seinem Stuhl, drehte sich um und musterte die überlebenden Mitglieder des MAIT-Teams, die in einem Büro im Innern des kommerziell genutzten Flugzeughangars saßen. Er klopfte seine Pfeife über einem Sandeimer aus, der neben dem Schreibtisch stand, und nickte zwei Männern zu, die auf der anderen Seite des Raumes an der Wand lehnten.

»Ich erteile das Wort jetzt Clyde Ingram, dem Herrn in dem grellbunten Hawaiihemd. Clyde ist mit dem ausgefallenen Titel ›Direktor für wissenschaftliche und technische Dateninterpretation‹ gesegnet. Er wird Ihnen nun seine Entdeckung zeigen. Danach wird Curtis Meeker, ein alter Freund aus meiner Zeit beim Geheimdienst und Stellvertretender Leiter für Schwierige Technische Operationen, erklären, was für Gedanken sein krauses Hirn bewegen.«

Ingram ging zu einer Staffelei hinüber, die mit einem Tuch abgedeckt war. Seine blauen Augen verbargen sich hinter einer teuren Designerbrille, die an einer um seinen Hals baumelnden Kordel befestigt war. Sein braunes Haar war sorgsam gekämmt, er war mittelgroß und mit einem schwarzen Alohahemd bekleidet, das aussah, als hätte es Tom Selleck bereits als Thomas Magnum in Honolulu getragen.

Er zog das Tuch von der Staffelei und deutete lässig mit dem Daumen auf zwei große Fotos, die ganz offensichtlich ein altes Flugzeug zeigten. »Was Sie hier sehen, ist eine B-29 Superfortress aus dem Zweiten Weltkrieg, die sechsunddreißig Kilometer von der Insel Soseki entfernt in dreihundertzwanzig Metern Tiefe auf dem Meeresboden liegt. Für diejenigen unter Ihnen, die Schwierigkeiten bei der Umrechnung metrischer Maße haben: etwas mehr als tausend Fuß unter der Meeresoberfläche.«

»Das Bild ist so klar«, äußerte Stacy. »Wurde es von einem U-Boot aus aufgenommen?«

»Das Flugzeug wurde ursprünglich von einem unserer Pyramider Elf Aufklärungssatelliten auf der Umlaufbahn über der Insel Soseki entdeckt.«

»Sie können ein derart scharfes Bild vom Meeresboden von einem Satelliten im Orbit aufnehmen?« fragte sie ungläubig.

»Das können wir.«

Giordino saß im hinteren Teil des Raums und hatte die Beine auf den vor ihm stehenden Stuhl gelegt. »Wie funktioniert das Ding?«

»Ich will Sie nicht mit einer detaillierten Beschreibung langweilen, denn die würde Stunden dauern. Um es kurz zu machen: das System benutzt pulsierende Schallwellen, die mit einem Radar auf sehr niedriger Frequenz zusammenwirken, um eine geophysikalische Abbildung von Objekten und Gebieten unter Wasser zu erzeugen.«

Pitt streckte sich, um seine verkrampften Muskeln zu lockern. »Was passiert, wenn das Bild aufgenommen ist?«

»Der Pyramider Satellit speist das Bild, das nicht viel größer ist als ein Punkt, in einen zweiten Satelliten ein, der zur Datenübertragung dient, und dieser wiederum übermittelt es nach White Sands, New Mexico, zur Computerbearbeitung und -vergrößerung. Das Bild wird dann an den

Nationalen Sicherheitsdienst weitergegeben, wo es sowohl von Wissenschaftlern als auch von Computern analysiert wird. In diesem speziellen Fall wurde unser Interesse geweckt, und wir haben eine SR-Neunzig Casper angefordert, um ein detaillierteres Bild zu bekommen.«

Stacy hob eine Hand. »Verwendet die Casper dasselbe Aufnahmesystem wie der Pyramider?«

Ingram schüttelte bedauernd den Kopf. »Tut mir leid, ohne in Schwierigkeiten zu geraten, kann ich Ihnen nur soviel sagen, daß die Casper ein Echtzeitaufnahmesystem hat, das die Abbildung auf einem Analogband aufzeichnet. Die Systeme der Casper und des Pyramider zu vergleichen, wäre etwa so, als vergleiche man den Strahl eines Blitzlichts mit einem Laserstrahl. Der eine fächert weit aus, während der andere zu einem kleinen Flecken gebündelt ist.«

Mancuso neigte den Kopf zur Seite und sah sich die Vergrößerung neugierig an. »Was gibt's denn so Besonderes an einem alten abgesoffenen Bomber? Welche mögliche Verbindung könnte zwischen ihm und dem Kaiten-Projekt bestehen?«

Ingram warf Mancuso einen schnellen Blick zu und tippte dann mit einem Bleistift auf das Foto. »Dieses Flugzeug, oder besser das, was von ihm übrig ist, wird die Insel Soseki und das Drachenzentrum zerstören.«

Niemand schenkte ihm Glauben, keinen einzigen Augenblick lang. Sie starrten ihn an, als sei er ein Schwindler, der auf dem Jahrmarkt einer Gruppe Bauern ein Allheilmittel andrehen wolle.

Giordino brach das Schweigen. »Wäre ein bißchen aufwendig, das Flugzeug zu heben und für den Bombenanflug zu reparieren.«

Dr. Nogami lächelte gezwungen. »Eine fünfzig Jahre alte Bombe wird nicht mal eine Delle ins Drachenzentrum schlagen. Dazu braucht man etwas erheblich Stärkeres.«

Ingram erwiderte Nogamis Lächeln. »Glauben Sie mir, die Bombe in dieser B-29 hat die Kraft dazu.«

»Das Geheimnis wird immer undurchsichtiger«, bemerkte Pitt düster. »Gleich werden die Kaninchen aus dem Zylinder gezogen.«

Ingram wich geschickt aus. »Diesen Teil des Vortrags wird mein Partner Curtis Meeker übernehmen.«

Pitts finsterer Blick flog von Ingram zu Meeker. »Ihr beide müßt mit Ray Jordan und Don Kern in einem Sandkasten spielen.«

»Gelegentlich treffen wir uns«, erwiderte Meeker, ohne zu lächeln.

Ingram drehte sich wieder zur Staffelei um, nahm das Foto weg, stellte es auf einen Stuhl, und die Nahaufnahme eines kleinen Teufels erschien, der auf die eine Seite des vorderen Teils der Maschine gemalt war.

»*Dennigs' Demons*«, verkündete er und tippte mit einem Bleistift auf die verblichenen Buchstaben unterhalb des kleinen Teufels. »Befehligt von Major Charles Dennings. Bitte beachten Sie, daß der kleine Dämon auf einem Goldbarren steht, der mit vierundzwanzig Karat bezeichnet ist. Die Männer der Crew nannten sich selbst gerne vierundzwanzigkarätige Raufbolde, nachdem sie einen Verweis bekommen hatten, weil sie während der Ausbildung in Kalifornien eine Bierkneipe auseinandergenommen hatten.«

»Die Jungs sind mir sympathisch«, murmelte Giordino.

»Unbeachtet, vergessen und, bis Curtis und ich vor ein paar Tagen die Fakten ans Licht brachten, tief vergraben in den Archiven von Langley. Es ging um die Geschichte einer sehr tapferen Gruppe von Männern, die den Geheimauftrag hatten, eine Atombombe über Japan abzuwerfen –«

»Was sollten die?« Weatherhill starrte ihn genauso fassungslos an wie die anderen.

Ingram ignorierte die Unterbrechung und fuhr fort. »Ungefähr zur selben Zeit, als Colonel Tibbets von der Insel Tinian im Pazifik in der *Enola Gay* mit der Bombe, die als ›Little Boy‹ berühmt wurde, startete, hob Major Dennings von der Insel Shemya weit im Norden der Aleuten mit seiner Bombe ab. Ihr Codename war ›Mother's Breath‹. Das wenige, was an Berichten über den Einsatz vorlag, war stark zensiert worden, doch wir glauben, daß Dennings' Flugplan keinen Rückflug vorsah. Er sollte die Bombe über dem Ziel abwerfen, wahrscheinlich Osaka oder Kyoto, dann nach Okinawa weiterfliegen, um aufzutanken, und schließlich Kurs auf Tinian nehmen. Wie wir alle aus den Geschichtsbüchern wissen, warf Tibbets seine Bombe erfolgreich über Hiroshima ab. Dennings verschwand unglücklicherweise, und die ganze Angelegenheit wurde auf Befehl des Präsidenten vertuscht.«

»Warten Sie mal einen Augenblick«, bat Mancuso. »Wollen Sie damit sagen, daß wir neunzehnhundertvierundvierzig mehr als drei Bomben gebaut haben?«

Stacy räusperte sich. »Außer ›Little Boy‹, der ersten Trinity Bombe in Los Alamos und ›Fat Man‹, die auf Nagasaki geworfen wurde, war von keinen weiteren Bomben je die Rede.«

»Die genaue Zahl kennen wir bis heute noch nicht, doch es scheint, als wären es mindestens sechs gewesen. Die meisten vom Implosionstyp wie Fat Man.«

Pitt sagte: »Mit Dennings' Bombe sind es vier. Bleiben noch zwei.«

»Eine Bombe, mit dem Codenamen ›Mother's Pearl‹, wurde auf Guam an Bord einer Superfestung namens *Lovin' Lil* geladen, kurz nachdem die Insel von den Japanern befreit worden war. *Lovin' Lil* war in der Luft und flog auf Japan zu, als *Bock's Car*, geflogen von Major Charles Sweeney, ›Fat Man‹ über Nagasaki abwarf. Nachdem die Nachricht eingetroffen war, daß der Bombenangriff planmäßig ausgeführt war, wurden *Lovin' Lil* und ihre Besatzung nach Guam zurückbeordert, wo die Bombe entschärft und anschließend nach Los Alamos zurücktransportiert wurde.«

»Bleibt noch eine.«

»›Ocean Mother‹ befand sich auf der Insel Midway, doch diese Bombe wurde nie irgendwohin geflogen.«

»Wer hat sich nur diese fürchterlichen Namen einfallen lassen?« murmelte Stacy.

Ingram zuckte die Achseln. »Wir haben keine Ahnung.«

Pitt sah Ingram an. »Gehörten Dennings und die Crews auf Guam und Midway zu Colonel Tibbets 509ter Bomberschwadron?«

»Auch das wissen wir nicht. Achtzig Prozent der Unterlagen wurden vernichtet. Wir können nur vermuten, daß General Groves, der Direktor des Manhattan Bombenbauprojekts, und sein Stab im letzten Moment einen komplizierten Alternativplan entwickelt haben, weil starke Bedenken bestanden, der Zündmechanismus der Bomben könnte nicht funktionieren. Außerdem war die Möglichkeit zu bedenken, obwohl das eher unwahrscheinlich war, daß die *Enola Gay* oder *Bock's Car* beim Start verunglücken und die Bomben hochgehen könnten, so daß die gesamte 509te Schwadron vernichtet worden wäre, und dann hätte man kein ausgebildetes Personal und keine Ausrüstung mehr zur Verfügung gehabt, um die Bomben zu transportieren. Darüber hinaus gab es natürlich noch eine Vielzahl weiterer Gefahren, mit denen sich Groves und Tibbets konfrontiert sahen. Etwa die Bedrohung durch japanische Bombenangriffe auf Tinian, Defekte während des Fluges an der Mechanik, die die Besatzung hätten zwingen können, die Bomben über dem Meer auszuklinken, oder die Gefahr, beim Einsatz feindlicher Jäger oder japanischer Flak abgeschossen zu werden. Erst in letzter Minute sah Groves die dunklen Wolken, die über diesem Bombeneinsatz hingen. Major Dennings und die Demons und auch die Besatzungen auf Guam und Midway durchliefen in nicht einmal einem Monat ein komprimiertes Ausbildungsprogramm und wurden danach losgeschickt.«

»Weshalb wurden diese Informationen nach dem Krieg der Öffentlichkeit vorenthalten?« fragte Pitt. »Welchen Schaden hätte die Geschichte über *Dennings' Demons* fünfzig Jahre nach dem Krieg noch anrichten können?«

»Was soll ich dazu sagen?« Ingram zuckte ratlos die Achseln. »Nachdem dreißig Jahre verstrichen waren, fielen die Unterlagen über diesen Einsatz unter den ›Freedom of Information Act‹, und ein paar übereifrige Beamte entschieden auf eigene Faust, die amerikanische Öffentlichkeit, die ihnen die Gehälter bezahlt, sei zu naiv, als daß man sie mit einer derartig erschütternden Nachricht konfrontieren könnte. Sie stuften die ganze Sache erneut als streng geheim ein und ließen den ganzen Vorgang in den Gewölben der CIA in Langley verschwinden.«

»Tibbets erntete den ganzen Ruhm, und Dennings verschwand in der Versenkung«, stellte Weatherhill fest.

»Aber was haben *Dennings' Demons* mit uns zu tun?« fragte Pitt Ingram.

»Das sollten Sie besser Curtis fragen.« Ingram nickte Meeker zu und nahm Platz.

Meeker ging zu einer Tafel an der Seitenwand und nahm ein Stück Kreide zur Hand. Er skizzierte grob eine B-29 und zeichnete eine lange, gezackte Linie, die den Meeresboden darstellte und bis zur Insel Soseki verlief, wo sie plötzlich anstieg. Nachdem er seiner Skizze schließlich noch einige geologische Details auf dem Meeresboden hinzugefügt hatte, drehte er sich um und lächelte.

»Clyde hat Ihnen nur einen kurzen Überblick über unser Satellitenbeobachtungs- und -aufklärungssystem gegeben«, begann er. »Es gibt weitere Systeme, die aus eindrucksvoller Entfernung feste Materialien und eine Vielzahl der verschiedensten Energiequellen durchdringen können. Ich werde mir nicht die Mühe machen, näher darauf einzugehen – schließlich halten Clyde und ich hier keine Vorlesung –, doch ich kann Ihnen immerhin so viel verraten, daß der Sprengsatz, den Sie im Netz der Elektroversorgung des Drachenzentrums angebracht haben, seine Aufgabe nicht erfüllt hat.«

»Ich habe noch nie eine Sprengladung angebracht, die nicht hochgegangen wäre«, verteidigte sich Weatherhill.

»Der Sprengsatz ist ordnungsgemäß detoniert«, erklärte Meeker, »doch nicht an der Stelle, an der Sie ihn versteckt hatten. Wenn Dr. Nogami noch als Agent im Komplex tätig wäre, könnte er Ihnen verraten, daß sich die Explosion gut fünfzig Meter vom Energiezentrum fünf entfernt ereignet hat.«

»Das ist unmöglich«, wandte Stacy ein. »Ich habe Timothy dabei zugesehen, wie er die Ladung hinter einem Strang Glasfaserkabeln in einem Zugangsschacht angebracht hat.«

»Dann wurde sie wegtransportiert«, sagte Dr. Nogami nachdenklich.

»Und wie?«

»Der Inspektionsroboter hat wahrscheinlich einen leichten Abfall in der Energieversorgung festgestellt, nachgeforscht und die Ladung gefunden. Dann hat er sie entfernt und die Roboterkontrolle verständigt. Der Zeitzünder muß den Sprengsatz gezündet haben, als er gerade durch die Korridore zur Roboterkontrolle befördert wurde, wo er untersucht werden sollte.«

»Dann ist das Drachenzentrum also voll funktionsfähig«, stellte Mancuso resigniert fest.

»Und die Autobomben können scharf gemacht und gezündet werden«, fügte Stacy hinzu, bittere Enttäuschung im Gesicht.

Meeker nickte. »Wir fürchten, so ist es.«

»Dann war unsere Operation, das Zentrum lahmzulegen, also ein Fehlschlag«, sagte Weatherhill wutentbrannt.

»Eigentlich nicht«, erklärte Meeker geduldig. »Sie haben Suma entführt, und ohne ihn können die Wagen nicht zur Explosion gebracht werden.«

Stacy war verwirrt. »Was könnte seine Mitverschwörer daran hindern, die Wagen ohne seine Hilfe detonieren zu lassen?«

Pitt warf Nogami einen nachdenklichen Blick zu. »Ich vermute, der gute Doktor hier kennt die Antwort.«

»Eine kleine Information, die ich von den Computertechnikern erhalten habe, nachdem ich mich mit ihnen angefreundet hatte«, erklärte Nogami vergnügt lächelnd. »Die haben mir erlaubt, mich frei in ihrem Datenzentrum zu bewegen. Bei einer Gelegenheit stand ich zufällig hinter einem Programmierer und sah zu, wie er Daten eingab, die das Kaiten-Projekt betrafen. Ich habe mir den Zugangscode gemerkt und bin bei der ersten Gelegenheit in das System eingedrungen. Es gab zwar die Stellen aus, an denen die Wagen versteckt sind – Daten, die Sie bereits erhalten haben –, doch das System blockierte, als ich versuchte, einen Virus ins Detonationsprogramm zu schmuggeln. Dabei habe ich bemerkt, daß nur Suma allein Zugang zu den Detonationscodes hat.«

»Also kann niemand außer Hideki Suma das Kaiten-Projekt starten«, rief Stacy erleichtert.

»Seine Komplizen arbeiten wie besessen daran, diese Situation zu ändern«, antwortete Meeker. Er sah die Mitglieder des MAIT-Teams an. »Aber Glückwünsche sind dennoch angebracht; Sie haben einen Haupttreffer gelandet. Ihre Bemühungen haben dazu geführt, daß das Drachenzentrum im Grunde geommen nicht einsatzbereit ist, und Sie haben uns genug Zeit verschafft, einen Plan zu entwickeln, wie wir es ein für allemal zerstören können.«

»Was – ohne Sie in Ihrem Vortrag ablenken zu wollen – uns wieder zurück zu *Dennings' Demons* bringt«, bemerkte Pitt mit ruhiger Stimme.

»Da haben Sie vollkommen recht«, bestätigte Meeker. Er zögerte einen Augenblick und setzte sich auf einen Schreibtisch. »Der Präsident war bereit, seine politische Zukunft zu riskieren, und hatte einen Atomschlag gegen das Drachenzentrum angeordnet. Diesen hat er jedoch abgeblasen, als die Nachricht von Ihrer Flucht eintraf. Ihre Operation hat ihm etwas Zeit verschafft, nicht viel, doch genug, um das durchzuziehen, was wir für die paar Stunden, die uns bleiben, geplant haben.«

»Sie spielen darauf an, daß die Bombe in der B-29 gezündet werden soll«, stellte Pitt fest. Er konnte seine Augen vor Müdigkeit kaum noch aufhalten.

»Nein«, seufzte Meeker, »sie wird noch eine kurze Strecke transportiert werden müssen.«

»Also, verdammt noch mal, ich sehe überhaupt nicht, wie sie einer Insel Schaden zufügen könnte, die fast vierzig Kilometer entfernt liegt«, murmelte Giordino.

»Eine Gruppe unserer besten Ozeanographen und Geophysiker ist der Meinung, daß eine Unterwasseratomexplosion das Drachenzentrum ausschalten kann.«

»Da würde ich aber gerne wissen, wie«, knurrte Stacy und erledigte eine Mücke, die sich auf ihrem bloßen Knie niedergelassen hatte.

Meeker wandte sich wieder zur Tafel um. »Als sein Flugzeug ins Meer abstürzte und auf den Meeresboden sank, konnte Major Dennings natürlich nicht ahnen, daß dies ganz in der Nähe der geeigneten Stelle war, achtundvierzig Jahre später sein Land vor einer ernsthaften Bedrohung zu bewahren.« Er schwieg und zog eine weitere, gezackte Linie, die unter dem Meeresboden vom Flugzeug auf Soseki zu- und in einer Kurve weiter nach Süden verlief. »Der Abschnitt einer weitläufigen seismischen Verwerfung. Verläuft fast genau unter dem Drachenzentrum hindurch.«

Nogami schüttelte zweifelnd den Kopf. »Das Zentrum wurde darauf ausgelegt, einem starken Erdbeben und einem Atomangriff standzuhalten. Wenn man eine alte Atombombe detonieren läßt – vorausgesetzt, sie kann nach fünf Jahrzehnten im Salzwasser überhaupt noch zur Explosion gebracht werden –, um eine Veränderung in der Verwerfung zu verursachen, so würde sich das als vergebliche Liebesmühe erweisen.«

»Dr. Nogami hat recht«, sagte Pitt. »Die Insel besteht fast vollkommen aus gewachsenem Felsen. Selbst bei einer heftigen Schockwelle wird es dort keine Erschütterungen und Verschiebungen geben.«

Einen Augenblick sagte Meeker nichts, sondern grinste nur. Dann ließ er die Axt fallen. »Es geht ja auch nicht um die Erschütterungen und Verschiebungen«, erwiderte er mit hinterhältigem Lächeln, »sondern darum, daß die ganze Insel im Meer versinkt.«

62

Ungefähr fünfundzwanzig Meilen nordwestlich von Sheridan, dicht an der Südgrenze von Montana, dort, wo sich in Wyoming die Füchse gute Nacht sagen, saß Dan Keegan im Sattel seines Pferdes auf der Suche nach Jägern, die auf seinen Besitz eingedrungen waren. Während er sich vor dem Essen die Hände wusch, hatte er in der Ferne das Echo zweier Gewehrschüsse gehört und sofort seine Frau gebeten, sie möge das gebackene Hühnchen im Ofen warmstellen. Dann hatte er sich sein altes Mauser-Gewehr geschnappt und sein Lieblingspferd gesattelt.

Aber er war zu spät gekommen und fürchterlich wütend. Die Jäger und ihr geschossenes Wild waren verschwunden. Um mit einem Wagen auf seine Ranch fahren zu können, mußten die Eindringlinge entweder seinen Zaun durchschnitten oder das Schloß am Tor seiner Privatstraße, die zum Highway führte, zerschossen haben. Bald wurde es dunkel. Er beschloß, bis zum Morgen zu warten, bevor er einen seiner Helfer losschicken würde, um den Zaun abzureiten und das Tor zu überprüfen. Er saß auf und wendete das Pferd, um nach Hause zu reiten.

Nachdem er ein kurzes Stück geritten war, hielt er an.

Der Wind trug aus der Ferne das Geräusch eines Automotors heran. Er legte eine Hand ans Ohr und lauschte. Das Geräusch wurde lauter. Er trieb das Pferd den Hang einer kleinen Mesa empor und blickte aufs Flachland hinunter. Auf der Straße kam ein Fahrzeug heran und zog eine Staubwolke hinter sich her.

Keegan war überrascht zu sehen, daß es sich nicht um einen Lieferwagen, sondern um ein ganz gewöhnliches Auto handelte, die braune, viertürige Limousine eines japanischen Herstellers.

Der Fahrer bremste und hielt auf einem freien Stück der Straße an. Einen Augenblick stand der Wagen da, während der Staub über das Dach hinwegtrieb und sich auf das umliegende Gras senkte. Der Fahrer stieg aus, öffnete die Motorhaube und verschwand für einen Moment darunter. Danach ging er zum Heck des Wagens, hob den Kofferraumdeckel und holte ein Vermessungsgerät heraus. Neugierig sah Keegan zu, wie der Eindringling das dreibeinige Gestell aufbaute, das Gerät auf verschiedene hervorstechende Geländepunkte ausrichtete und dann die Entfernungen auf einem Clipboard notierte und sie mit den Angaben einer Landkarte verglich, die er auf dem Boden ausgebreitet hatte.

Keegan verstand selbst etwas von Landvermessungen, doch noch nie hatte er eine Vermessung erlebt, die auf diese Art durchgeführt wurde.

Der Fremde schien eher Interesse daran zu haben, seinen Standort zu bestätigen, als grundsätzliche Messungen anzustellen. Er sah zu, wie der Mann das Clipboard lässig ins Gebüsch warf, zur Vorderseite des Wagens ging und wie hypnotisiert den Motor anstarrte. Dann schien er sich selbst aus seinen Gedanken zu reißen, griff in den Wagen und zog ein Gewehr heraus.

Keegan hatte genug gesehen. Für einen Landvermesser, der heimlich ein Stück Wild schießen wollte – noch dazu in Anzug und Schlips –, benahm sich dieser Eindringling allzu seltsam. Er ritt näher heran und beobachtete, wie der Fremde sich abmühte, eine Patrone in die Kammer zu schieben; eine Aufgabe, die ihm offensichtlich Schwierigkeiten bereitete. Er hörte Keegan nicht kommen. Jedes Hufgeräusch wurde durch die lockere Erde und das trockene Gras gedämpft. Keegan meldete sich erst, als er nur noch acht Meter entfernt war, und zog die Mauser aus einem Lederfutteral, das an seinem Sattel befestigt war.

»Sie wissen, daß Sie sich auf Privatgrund befinden, Mister?« fragte er, das Gewehr in der Armbeuge.

Der Fahrer des braunen Wagens machte einen Satz und fuhr herum. Er ließ die Patrone fallen und rammte den Gewehrkolben gegen die Tür. Erst jetzt sah Keegan seine asiatischen Gesichtszüge.

»Was wollen Sie?« fragte der Mann verblüfft.

»Sie sind auf meinem Besitz. Wie sind Sie hier herein gelangt?«

»Das Tor war offen.«

Genau wie Keegan gedacht hatte. Die Jäger, die er verpaßt hatte, hatten das Tor gewaltsam geöffnet. »Was machen Sie da mit dem Vermessungsgerät? Für wen arbeiten Sie? Für die Regierung?«

»Nein... ich bin Ingenieur bei der Firma Miyata Communications.« Sein Englisch hatte einen starken japanischen Akzent. »Wir suchen nach einer geeigneten Stelle für eine Relaisstation.«

»Besorgt ihr Kerle euch nie eine Erlaubnis, bevor ihr auf privatem Grund und Boden rumrennt? Woher, zum Teufel, wollen Sie wissen, ob ich es Ihnen überhaupt gestatte, eine zu bauen?«

»Meine Vorgesetzten hätten sich mit Ihnen in Verbindung setzen müssen.«

»Ganz recht«, knurrte Keegan. Er wollte gerne noch bei Tageslicht nach Hause zum Abendessen zurückkehren. »Also fahren Sie weiter, Mister. Und das nächste Mal, wenn Sie auf mein Land fahren, fragen Sie vorher.«

»Tut mir außerordentlich leid, Ihnen derartige Umstände zu machen.«

Keegan war ein recht guter Menschenkenner und erkannte am Tonfall des Mannes, daß es ihm kein bißchen leid tat. Seine Augen waren aufmerksam auf Keegans Mauser gerichtet, und er schien verärgert.

»Haben Sie vor, hier zu schießen?« Keegan deutete auf das Gewehr, das der Mann immer noch mit der Mündung nach oben unbeholfen in der Hand hielt.

»Nur Zielübungen.«

»Na, damit bin ich nicht einverstanden. In dieser Gegend hier läuft Vieh frei herum. Ich würde es begrüßen, wenn Sie Ihre Sachen zusammenpackten und auf demselben Weg verschwinden würden, auf dem Sie hergekommen sind.«

Der Eindringling tat wie befohlen. Er packte eilig Vermessungsgerät und Dreibein zusammen und verstaute beides im Kofferraum. Das Gewehr legte er auf den Rücksitz. Dann ging er zur Vorderseite des Wagens und warf noch einen Blick unter die offene Haube.

»Der Motor läuft nicht richtig.«

»Springt er an?«

»Ich glaube schon.« Der japanische Vermesser lehnte sich aus dem Wagenfenster und drehte den Zündschlüssel. Der Motor zündete und lief rund. »Ich fahre dann«, sagte er.

Keegan entging, daß die Motorhaube zwar wieder geschlossen, jedoch nicht verriegelt war. »Tun Sie mir einen Gefallen, schließen Sie das Tor hinter sich und befestigen Sie die Kette.«

»Mach' ich gerne.«

Keegan winkte ihm zu, schob die Mauser ins Futteral und ritt auf sein Haus zu, das gut vier Kilometer entfernt lag.

Suboro Miwa gab Gas, wendete den Wagen und fuhr die Straße entlang. Ein Zusammentreffen mit dem Rancher in einer derart abgelegenen Gegend war unvorhersehbar gewesen, doch beinahe hätte es seine Mission zum Scheitern gebracht. Sobald etwa zweihundert Meter zwischen dem Wagen und Keegan lagen, stieg Miwa plötzlich auf die Bremsen, sprang aus dem Auto, schnappte sich das Gewehr vom Rücksitz und öffnete die Motorhaube.

Keegan hörte, daß der Motor abgestellt wurde, drehte sich um und warf einen verwunderten Blick über die Schulter nach hinten.

Miwa hielt das Gewehr mit schwitzenden Handflächen umklammert und zielte, die Mündung war nur ein paar Zentimeter vom Kompressor der Klimaanlage entfernt. Ohne Zögern hatte er sich freiwillig für dieses Himmelfahrtskommando gemeldet, denn es war eine Ehre, für das neue Imperium zu sterben. Seine weiteren Beweggründe waren die Loyalität den Goldenen Drachen gegenüber, das von Korori Yoshishu persönlich gegebene Versprechen, seine Frau werde für den Rest ihres Lebens finanziell versorgt sein, und die Garantie, daß seine drei Söhne von der besten Universität ihrer Wahl angenommen würden und ein Stipendium bekämen. Noch einmal hörte er die aufmunternden Worte Yoshishus, die dieser ihm vor seiner Abreise in die Vereinigten Staaten gesagt hatte.

»Sie opfern sich für die Zukunft von hundert Millionen Ihrer Landsleute. Ihre Familie wird Sie über Generationen hinweg in Ehren halten. Ihr Erfolg bedeutet auch den Erfolg Ihrer Familie.«

Miwa drückte auf den Abzug.

63

In einer Millisekunde waren Miwa, Keegan, das Auto und das Pferd verdampft. Ein unvorstellbar grelles Licht flammte auf und verwandelte sich, während es sich über dem hügeligen Land ausbreitete, in einen weißen Blitz. Die Druckwelle folgte wie eine unsichtbare Springflut. Der Feuerball dehnte sich aus, schien weiter zu wachsen und sich, wie die Sonne am Horizont, vom Boden zu lösen.

Der Feuerball löste sich vom Grund und schoß in den Himmel empor, vermischte sich mit den Wolken und verfärbte sich durch die glühende Radioaktivität purpurn. Hinter sich her zog er eine wirbelnde Säule radioaktiv verseuchter Erde und Trümmer, die sich bald zu einer pilzförmigen Wolke verbreiterte und bis in eine Höhe von vierzehn Kilometern aufstieg, um schließlich dort niederzugehen, wo die Winde den pulverisierten Staub hintrugen.

Die einzigen Menschenleben, die zu beklagen waren, waren Keegan und Miwa. Einige Kaninchen, Präriehunde, Schlangen und zwanzig Stück von Keegans Vieh wurden ebenfalls getötet, die meisten von der Druckwelle. Mrs. Keegan und vier Ranchhelfer, die sich vier Kilometer entfernt befanden, wurden von herumschwirrenden Splittern verletzt. Die Hügel schirmten das Gebäude von den schlimmsten Auswirkungen der Detonation ab, und bis auf ein paar zerstörte Fenster blieb der Schaden gering. Durch die Explosion entstand ein riesiger Krater mit einem Durchmesser von hundert und einer Tiefe von dreißig Metern. Das trokkene Gebüsch und das Gras entzündeten sich, das Feuer breitete sich schnell aus, und zu der braunen Staubwolke gesellte sich der schwarze Rauch des Feuers.

Die letzten Schallwellen wurden von den Bergen und Canyons zurückgeworfen. Sie ließen in den umliegenden kleinen Bauerngemeinden und auf den Ranchen die Häuser erbeben und die Bäume schwanken, bevor sie 112 Kilometer weiter nördlich über Custers Schlachtfeld am Little Bighorn donnerten.

Außerhalb von Sheridan stand ein Asiate vor einem Fernfahrerlokal neben einem Mietwagen und beobachtete die Leute, die sich aufgeregt und wild gestikulierend über den in der Ferne aufsteigenden Rauchpilz unterhielten. Aufmerksam blickte er durch sein Fernglas auf die Wolke, die sich in der Dämmerung gebildet hatte und jetzt hoch genug aufgestiegen war, um von den Strahlen der untergehenden Sonne in sanft glühendes Licht getaucht zu werden.

Langsam senkte er das Glas und ging zu einer nahen Telefonzelle. Er warf eine Münze ein, wählte eine Nummer und wartete. Dann sprach er ein paar leise japanische Worte und legte auf. Danach stieg er, ohne noch einen Blick auf die Wolke zu werfen, in seinen Wagen und fuhr davon.

Der Präsident befand sich an Bord der Air Force One auf dem Weg zu einem Abendessen in San Francisco, das dazu dienen sollte, Spenden für politische Zwecke lockerzumachen, als er den Anruf von Jordan erhielt.

»Wie ist die Lage?«

»Uns liegen Berichte über eine Atomexplosion in Wyoming vor«, erwiderte Jordan.

»Verdammt!« fluchte der Präsident leise. »Eine von uns oder eine von den anderen?«

»Mit Sicherheit keine von uns verursachte. Es muß sich um eine der Wagenbomben handeln.«

»Gibt's schon Verlustmeldungen?«

»Kaum. Die Explosion hat sich in einem schwach besiedelten Teil des Staates ereignet. In der Hauptsache Farmland.«

Der Präsident hatte Angst, die nächste Frage zu stellen. »Gibt's Anzeichen für weitere Explosionen?«

»Nein, Sir. Die Explosion in Wyoming ist im Augenblick die einzige.«

»Ich dachte, das Kaiten-Projekt sei für achtundvierzig Stunden außer Gefecht gesetzt.«

»Das stimmt auch«, erklärte Jordan. »Die hatten nicht genug Zeit, um die Codes umzuprogrammieren.«

»Was halten Sie davon, Ray?«

»Ich habe mich mit Percy Nash darüber unterhalten. Er glaubt, die Bombe wurde mit einem Gewehr an Ort und Stelle gezündet.«

»Von einem Roboter?«

»Nein, von einem Menschen.«

»Also ist das Kamikaze-Syndrom noch vorhanden.«

»Scheint so.«

»Warum jetzt diese Selbstmordtaktiken?« fragte der Präsident.

»Wahrscheinlich zur Warnung. Die Gegenseite ist verhältnismäßig sicher, daß wir Suma haben, und versucht uns mit einem Atomschlag zu täuschen, während sie verzweifelt daran arbeitet, die Detonationscodes für das gesamte System umzuprogrammieren.«

»Die leisten mal wieder ganze Arbeit.«

»Wir sind im Vorteil, Mr. President. Jetzt haben wir vor aller Welt eine Entschuldigung, wenn wir mit einem Atomschlag antworten.«

»Mag ja sein, doch wie stichhaltig sind Ihre Beweise, daß das Kaiten-Projekt tatsächlich noch nicht funktionsfähig ist? Möglicherweise ist den Japanern ein kleines Wunder gelungen, und sie haben die Codes bereits umprogrammiert. Nehmen wir mal an, die bluffen nicht?«

»Wir haben keinerlei Beweise«, gab Jordan zu.

»Wenn wir eine Atomrakete auf Soseki abschießen, deren Anflug vom Drachenzentrum aus bemerkt würde, dann bestünde deren letzte Handlung doch wohl darin, die Bombenwagen zu zünden, bevor die Roboter sie zu abgelegenen Zielen überall im Land fahren können.«

»Ein erschreckender Gedanke, Mr. President. Vor allem, wenn man bedenkt, an was für Orten – einige sind uns ja bekannt – die Wagen versteckt sind. Die meisten stehen direkt in großen Ballungsgebieten oder in deren unmittelbarer Umgebung.«

»Diese Wagen müssen gefunden und ihre Bomben so schnell und unauffällig wie möglich entschärft werden. Wir können es uns nicht leisten, daß diese schreckliche Angelegenheit an die Öffentlichkeit durchsickert. Jedenfalls nicht im Augenblick.«

»Das FBI hat schon eine ganze Armee von Agenten rausgeschickt, um die Gegenden zu durchkämmen.«

»Wissen die denn, wie man die Bomben entschärft?«

»Jeder Gruppe wurde ein Atomwissenschaftler zugeteilt, der das erledigen kann.«

Jordan konnte die Sorgenfalten im Gesicht des Präsidenten nicht sehen. »Das ist unsere letzte Chance, Ray. Wir setzen alles auf Ihren Plan.«

»Dessen bin ich mir bewußt, Mr. President. Morgen um diese Zeit werden wir wissen, ob wir eine zum Sklaven eines anderen Landes gemachte Nation sind.«

Beinahe im selben Moment näherten sich der Spezialagent Bill Frick vom FBI und sein Team dem Gewölbe in der Tiefgarage des Pacific Paradise Hotels in Las Vegas, in dem die Bombenwagen versteckt waren.

Auf Wächter stießen sie nicht, und die Stahltüren waren nicht verriegelt. Ein schlechtes Zeichen, dachte Frick. Sein ungutes Gefühl verstärkte sich, als seine Techniker bemerkten, daß das Sicherheitssystem abgeschaltet war.

Vorsichtig führte er die Gruppe durch mehrere Türen in einen Raum, der wie eine Werkstatt aussah. Auf der gegenüberliegenden Seite befand sich ein großes Metalltor, das hochgerollt und in der Decke versenkt war. Der Zugang war breit und hoch genug, daß ein Sattelschlepper hindurchfahren konnte.

Die Männer betraten das weitläufige Gewölbe und fanden es vollkommen leer vor. Kein Staubkörnchen und kein Spinnennetz waren zu entdecken. Hier war gründlich saubergemacht worden.

»Vielleicht sind wir im falschen Stockwerk«, meinte einer von Fricks Agenten.

Frick starrte die Betonwände an, richtete den Blick auf die Ventilationsöffnung, durch die Weatherhill gekrochen war, und sah dann auf den Boden, auf dessen Kunststoffbeschichtung sich, kaum wahrnehmbar, Reifenspuren abzeichneten. Zuletzt schüttelte er den Kopf. »Das ist schon der richtige Ort. Paßt genau auf die Beschreibungen, die uns der Geheimdienst übermittelt hat.«

Ein kleinwüchsiger Atomphysiker mit Vollbart drängte sich neben Frick und starrte in den leeren Raum. »Wieso verlangt man von mir, Bomben zu entschärfen, die gar nicht vorhanden sind?« fragte er wütend, als habe Frick das Verschwinden der Autos zu verantworten.

Ohne etwas zu erwidern, ging Frick schnell durch das unterirdische Parkdeck auf einen Kommandowagen zu. Er goß sich eine Tasse Kaffee ein und stellte auf dem Funkgerät die Frequenz ein.

»Schwarzes Pferd, hier Rotes Pferd«, meldete er sich mit müder Stimme.

»Schießen Sie los, Rotes Pferd«, antwortete der Einsatzleiter des FBI.

»Fehlschlag. Die Gegenseite ist uns zuvorgekommen.«

»Sie sind in guter Gesellschaft, Rotes Pferd. Der größte Teil der Herde hat nichts gefunden. Nur Blaues Pferd in New Jersey und Graues Pferd in Minnesota haben im Corral etwas entdeckt.«

»Sollen wir mit der Operation fortfahren?«

»Bestätigt. Sie haben noch zwölf Stunden. Wiederhole, zwölf Stunden, um Ihre Herde in eine neue Gegend zu bringen. Weitere Daten werden Ihnen zugefaxt. Alle verfügbaren Einheiten der Polizei, des Sheriffs und der Highway Patrol haben Anweisung bekommen, sämtliche Lastwagen und Sattelschlepper anzuhalten, auf die die Beschreibung des Geheimdienstes zutrifft.«

»Ich brauche einen Hubschrauber.«

»Sie können eine ganze Flotte haben, wenn Sie die benötigen, um die Bombenwagen zu finden.«

Frick schaltete das Funkgerät aus und blickte auf seinen Kaffee. »Zu dumm, daß die keine Anleitungen rüberfaxen, wie man in zwölf Stunden eine Nadel in einem eine Million Quadratkilometer großen Wüstengebiet finden kann«, murmelte er vor sich hin.

Als Yoshishu am Ende des Tunnels, der von Edo City zur Insel führte, aus der Magnetbahn ausstieg, erwartete Tsuboi ihn bereits auf dem Bahnsteig, um ihn zu begrüßen.

»Vielen Dank, daß Sie gekommen sind, alter Freund«, sagte Tsuboi.

»Ich möchte hier an Ihrer Seite sein, wenn wir unser Blatt ausspielen«, erwiderte der Alte. Sein Gang war lebhafter, als Tsuboi es seit Monaten erlebt hatte.

»Die Explosion in einem Staat des Mittleren Westens hat planmäßig stattgefunden.«

»Sehr gut. Das sollte die amerikanische Regierung das Fürchten lehren. Irgendwelche Reaktionen aus dem Weißen Haus?«

Tsubois Miene wirkte besorgt. »Nichts. Es scheint, als wollten die das unter den Teppich kehren.«

Yoshishu hörte ungerührt zu. Dann hellte sich sein Gesicht auf. »Wenn der Präsident nicht befohlen hat, eine Atomrakete auf uns abzuschießen, dann hat er Angst vor dem, was ihn in Zukunft erwarten könnte.«

»Dann haben wir das Spiel gewonnen.«

»Vielleicht. Aber wir können unseren enormen Triumph erst feiern, wenn das Kaiten-Projekt einsatzfähig ist.«

»Takeda Kurojima hat versprochen, das Programm irgendwann morgen abend fertig zu haben.«

Yoshishu legte Tsuboi seine Hand auf die Schulter. »Ich glaube, jetzt ist die Zeit gekommen, direkt mit dem Präsidenten zu verhandeln und ihn mit unseren Bedingungen für das neue Japan vertraut zu machen.«

»Und für ein neues Amerika«, sagte Tsuboi großspurig.

»Ja, in der Tat.« Yoshishu sah stolz den Mann an, der sein bester Schüler geworden war. »Ein neues japanisches Amerika.«

64

Die Lockheed C-5 Galaxy, das größte Transportflugzeug der Welt, setzte mit der zweifelhaften Eleganz eines schwangeren Albatross' auf der Landebahn von Wake Island auf, rollte aus und kam zum Stehen. Ein Wagen näherte sich dem Flugzeug und hielt unter einer der enormen Tragflächen an. Pitt und Giordino verließen das Fahrzeug und stiegen durch eine kleine Luke kurz hinter dem Fahrwerksgehäuse ins Flugzeug ein.

Admiral Sandecker erwartete sie drinnen bereits. Er schüttelte ihnen die Hand und ging dann durch den höhlenartigen Frachtraum voraus, in dem sechs Omnibusse und hundert Passagiere Platz fanden. Sie kamen an einem Tiefsee-Schürffahrzeug der NUMA vorbei, das auf zwei breiten Stahlschienen festgemacht war. Pitt blieb stehen und fuhr mit der Hand über eine der großen Raupen, betrachtete einen Augenblick die riesige Maschine und mußte an die knappe Flucht in *Big John* denken. Dieses Gefährt war ein neueres Modell und trug den Namen *Big Ben*.

Die beiden großen künstlichen Arme mit dem Schaufelkopf und die Zange, die normalerweise an Tiefseefahrzeugen angebracht waren, hatte man abmontiert und durch Verlängerungsstücke ersetzt, die mit einer Reihe ferngesteuerter Manipulatoren zum Greifen und Durchtrennen von Metall ausgestattet waren.

Außerdem befand sich, auch dies eine Modifikation, ein riesiges Nylonbündel auf dem Dach über der Kontrollkabine. Dicke Taue führten von diesem Bündel weg und waren an zahllosen Stellen rund um das Fahrzeug vertäut.

Traurig schüttelte Giordino den Kopf. »Ich habe das ungute Gefühl, wir sollen wieder mal mißbraucht werden.«

»Diesmal haben sie's wirklich auf uns abgesehen«, gab Pitt zurück und fragte sich, wie das Flugzeug mit einem derartigen Gewicht überhaupt starten konnte.

»Kommen Sie, wir gehen nach vorn«, sagte Sandecker. »Die wollen starten.«

Pitt und Giordino folgten dem Admiral in ein büroähnliches Abteil, in dem ein Schreibtisch und Stühle am Boden festgeschraubt waren. Sie hatten sich gerade angegurtet, als der Pilot auch schon Gas gab und das große Flugzeug auf seinen achtundzwanzig Fahrwerkrädern die Startbahn entlangrollte. Die riesige C-5 Galaxy, der man liebevoll den Spitznamen *Gentle Giant*, der sanfte Riese, gegeben hatte, stieg mit donnerndem Gebrüll in die Tropenluft auf und gewann in einer leichten Nordkurve langsam an Höhe.

Giordino sah auf die Uhr. »Drei Minuten. Das war eine schnelle Zwischenlandung.«

»Wir haben keine Zeit zu verlieren«, stellte Sandecker ernst fest.

Pitt streckte die Beine aus. »Ich vermute, Sie haben einen Plan.«

»Die besten Köpfe, die zur Verfügung standen, haben bis zur letzten Minute eine Menge Energie darauf verwandt.«

»Soviel ist klar, wenn man bedenkt, daß dieses Flugzeug und *Big Ben* in weniger als vierundzwanzig Stunden hier waren.«

»Was haben Ihnen Ingram und Meeker verraten?« fragte Sandecker.

»Die beiden haben uns die Geschichte von dieser B-29 erzählt, die auf dem Meeresboden liegt«, erwiderte Pitt. »Und sie haben uns einen kurzen Abriß über die Geologie und die seismische Verwerfung rund um Soseki gegeben. Meeker hat behauptet, daß bei einer Detonation der Bombe, die sich noch an Bord des Flugzeugs befindet, die Druckwellen dafür sorgen, daß die Insel im Meer versinkt.«

Giordino zog eine Zigarre aus der Tasche, die er dem Admiral entwendet hatte, und zündete sie an. »Eine irre Idee, wenn man so sagen darf.«

Pitt nickte zustimmend. »Dann hat Mel Penner Al und mir Anweisung gegeben, am Sandstrand von Wake Island Urlaub zu machen, während der Rest des Teams und er selbst in die Staaten geflogen sind. Als ich wissen wollte, wieso wir zurückgelassen würden, hat er zugeknöpft reagiert und nur verraten, Sie seien auf dem Weg und würden uns alles erklären.«

»Penner hat nicht mehr erzählt«, erklärte Sandecker, »weil ihm mehr nicht bekannt war. Auch Ingram und Meeker wurden nicht über die neuesten Details von ›Arizona‹ in Kenntnis gesetzt.«

»Arizona?« fragte Pitt neugierig.

»Das ist der Codename für unsere Operation.«

»*Unsere* Operation?« wiederholte Giordino wenig begeistert.

»Das hat natürlich überhaupt nichts mit *Big Ben* zu tun«, warf Pitt sarkastisch ein, »oder mit der Tatsache, daß Arizona der Name eines Staates oder, präziser, der Name eines Schlachtschiffs in Pearl Harbor ist, oder?«

»Die Bezeichnung ist so gut wie jede andere. Codenamen ergeben ohnehin nie einen Sinn.«

Sandecker betrachtete seine alten Freunde aufmerksam. Der Ruhetag war ihnen gut bekommen, aber sie sahen noch immer todmüde und vollkommen erschöpft aus. Er hatte bohrende Schuldgefühle. Er hatte es zu verantworten, daß sie so viel hatten durchmachen müssen. Und jetzt hatte er Jordan und dem Präsidenten ihre Dienste schon wieder angeboten, weil er ganz genau wußte, daß ihnen niemand das Wasser reichen konnte, wenn es um ein Unternehmen in der Tiefsee ging. Wie entsetzlich ungerecht, sie so schnell schon wieder tödlicher Gefahr auszusetzen. Doch auf Gottes weiter Erde gab es sonst niemanden, an den er sich hätte wenden können. Sandecker hatte das Gefühl, die Zerknirschung auf der Zunge schmecken zu können, auch weil er genau wußte, daß Pitt und Giordino niemals versuchen würden, seine Bitte abzuschlagen.

»Also gut. Ich will euch keinen Blödsinn erzählen oder ›America the Beautiful‹ vorsingen. Ich komme gleich zur Sache.« Er unterbrach sich und breitete auf dem Schreibtisch eine geologische Karte aus, die den Meeresboden im Umkreis von fünfzig Kilometern um Soseki zeigte. »Ihr seid aufgrund eurer Fähigkeiten am besten dafür geeignet, einen letzten Versuch zu wagen, das Drachenzentrum auszuschalten. Niemand sonst verfügt über eine derartige Erfahrung mit einem Tiefseeschürffahrzeug.«

»Schön, wenn man so gebraucht wird«, erwiderte Giordino resigniert.

»Was haben Sie gesagt?«

»Al möchte wissen, was genau wir tun sollen.« Pitt beugte sich über die Karte und blickte auf ein Kreuz, das die Stelle markierte, wo *Dennings' Demons* lag. »Unsere Aufgabe besteht wohl darin, das Gefährt zu benutzen, um die Bombe hochzujagen, vermute ich.«

»Ihre Vermutung trifft zu«, erwiderte Sandecker. »Wenn wir das Zielgebiet erreicht haben, werden *Big Ben* und Sie beide das Flugzeug per Fallschirm verlassen.«

»Das Wort hasse ich«, erklärte Giordino und umfaßte mit beiden Händen seinen Kopf. »Allein beim Gedanken daran bekomme ich eine Gänsehaut.«

Sandecker warf ihm einen kurzen Blick zu und fuhr fort. »Nach der Landung im Meer werden Sie auf den Meeresboden sinken, wobei die Fallschirme Sie weiterhin abbremsen werden. Wenn Sie startklar sind, fahren Sie zur B-29, entfernen die Atombombe aus dem Innern des Rumpfes, transportieren sie zum Zielgebiet und zünden sie.«

Giordino erbleichte, als hätte er ein Gespenst gesehen. »Mein Gott, das ist ja noch viel schlimmer, als ich gedacht hatte.«

Pitt warf Sandecker einen eisigen Blick zu. »Meinen Sie nicht, daß Sie da etwas zu viel verlangen?«

»Über fünfzig Wissenschaftler und Ingenieure aus Universitäten, Regierung und High-Tech-Unternehmen wurden zusammengetrommelt, um ›Arizona‹ zu entwickeln. Und glauben Sie mir, dieser Plan wird ein Erfolg.«

»Wieso können die so sicher sein?« fragte Giordino. »Noch niemals hat jemand ein fünfunddreißig Tonnen schweres Tiefseefahrzeug von einem Flugzeug aus über dem Meer abgeworfen.«

»Jeder Faktor wurde genau kalkuliert und so lange überdacht, bis jegliche Fehlerquelle zuverlässig ausgeschaltet war«, erklärte Sandecker und entdeckte seine teure Zigarre, die zwischen Giordinos Lippen steckte. »Sie müßten das Meer so leicht berühren wie ein fallendes Blatt eine schlafende Katze.«

»Mir wäre wohler, wenn ich vom Sprungbrett in ein Waschbecken springen müßte«, knurrte Giordino.

Sandecker warf ihm einen düsteren Blick zu. »Mir sind die Gefahren wohl bewußt, und ich kann Ihre Bedenken verstehen, doch wir kommen auch ohne Ihre Kassandratöne aus.«

Giordino sah Pitt fragend an. »Was für Töne?«

»Von jemandem, der ein Unglück voraussagt«, erklärte Pitt.

Giordino zuckte mißgelaunt die Achseln. »Ich habe nur versucht, meinen ehrlichen Gefühlen Ausdruck zu verleihen.«

»Bedauerlich, daß wir *Big Ben* nicht über eine Rampe von einem Schiff absetzen und ihn mit diversen Drucktanks zum Boden absinken lassen können, wie wir das mit *Big John* gemacht haben.«

Nachsichtig bemerkte Sandecker: »Es hat damals zwei Wochen gedauert, *Big John* übers Meer zu befördern. So viel Zeit haben wir einfach nicht.«

»Darf ich fragen, wer zum Teufel uns instruieren wird, wie man eine Atombombe aus einem verzogenen Wrack birgt und anschließend detonieren läßt?« wollte Pitt wissen.

Sandecker reichte beiden Männern vierzig Seiten starke Aktenordner, die Fotos, Diagramme und Instruktionen enthielten. »Steht alles hier drin. Sie haben, bis wir die Abwurfzone erreichen, Zeit genug, sich das anzusehen und die Handgriffe zu üben.«

»Die Bombe hat über fünfzig Jahre lang in einem verzogenen Rumpf unter Wasser gelegen. Wie kann man sicher sein, daß sie überhaupt noch gezündet werden kann?«

»Die Fotos des Pyramider Bildaufzeichnungsgeräts zeigen, daß der Rumpf der B-29 intakt ist, was darauf hinweist, daß die Bombe beim Absturz nicht beschädigt wurde. ›Mother's Breath‹ war so konstruiert, daß sie im Notfall über Wasser abgeworfen und später gehoben werden konnte. Die Panzerteile der Ballistikhülle waren maschinelle Präzisionsanfertigungen, so daß die Garantie bestand, daß das Innere wasserdicht blieb. Die Männer, die sie gebaut haben und noch leben, schwören, daß sie auf dem Meeresboden liegenbleiben und noch in fünfhundert Jahren hochgehen könnte.«

Giordino machte ein ziemlich säuerliches Gesicht. »Ich hoffe, die Explosion erfolgt durch Zeitzünder.«

»Sie haben eine Stunde Zeit, bevor die Bombe detoniert«, erwiderte Sandecker. »Die Höchstgeschwindigkeit von *Big Ben* liegt höher als die von *Big John*. Die Auswirkungen der Explosion werden Ihnen nichts anhaben können, Sie sind dann schon weit weg.«

»Was heißt denn ›weit weg‹?« hakte Pitt nach.

»Zwölf Kilometer.«

»Und das Endresultat?« fragte Pitt Sandecker.

»Das Konzept sieht ein Unterwasserbeben vor, das von der alten Bombe ausgelöst wird und ähnliche Auswirkungen haben wird wie jenes, das unsere Anlage in der Tiefsee zerstörte.«

»Wir stehen hier vor einer völlig anderen Situation. Die Explosion an der Meeresoberfläche hat vielleicht ein Unterwasserbeben verursacht, doch unsere Behausung wurde von einer Lawine ausgelöscht, die den Wasserdruck von mehreren tausend Kilo noch verstärkte. Diese Kräfte werden auf dem Meeresboden nicht freigesetzt«, wandte Pitt ein.

»Was den Wasserdruck angeht, haben Sie recht. Bei der Lawine nicht.« Sandecker tippte mit dem Finger auf die Karte. »Die Insel Soseki entstand vor Millionen Jahren durch einen längst verloschenen Vulkan, der unmittelbar vor der Küste Japans ausbrach und von dem aus ein Lavafluß weit ins Meer floß. Früher einmal bildete dieses Lavabett einen Ausläufer des japanischen Festlandes und ragte bis zu zweihundert Meter aus dem Wasser. Natürlich ruhte die Lava auf weicheren Gesteinsschichten. Nach und nach sorgte die Erdanziehungskraft dafür, daß dieser Ausläufer immer mehr absackte, bis er schließlich unter der Wasseroberfläche zur Ruhe kam, wobei nur der leichtere und weniger massive Gipfel noch über dem Wasserspiegel blieb.«

»Soseki?«

»Ja.«

Pitt studierte die Karte und sagte langsam: »Wenn ich das recht verstehe, dann werden die Schockwellen der Bombe ein Meeresbeben auslösen, das das unter der Insel liegende Sediment verschiebt und schwächt, so daß das Gewicht der Insel sie unters Meer drückt.«

»So ähnlich wie wenn man am Strand steht und die Wellen die Füße unterspülen.«

»Klingt alles so einfach.«

Sandecker schüttelte den Kopf. »Das ist nur die eine Hälfte. Die Schockwellen alleine genügen nicht. Aus diesem Grund muß die Bombe zehn Kilometer vom Flugzeug fort transportiert werden, bevor sie gezündet wird.«

»Wohin?«

»Zum Abhang eines tiefen Grabens, der parallel zur Insel verläuft. Die Gewalt der Atomdetonation wird, so erwartet man, einen Teil des Walles dieses Grabens zum Einsturz bringen. Die ungeheure Energie, die entsteht, wenn eine Millionen Tonnen Gestein schwere Lawine im Zusammenspiel mit den Schockwellen der Bombe diesen Abhang heruntersaust, wird eine der zerstörerischsten Kräfte der Natur freisetzen.«

»Eine Tsunami«, kam Pitt dem Admiral zuvor. »Eine durch ein Seebeben hervorgerufene Riesenwelle.«

»Während die Insel infolge des Bebens sinkt«, fuhr Sandecker fort, »wird sie endgültig durch die Welle vernichtet werden, die eine Höhe von zehn Metern und eine Geschwindigkeit zwischen drei- und vierhundert Kilometern pro Stunde erreichen wird. Was auch bis dahin von Soseki übriggeblieben sein sollte, wird einschließlich des Drachenzentrums untergehen.«

»Und *wir* sollen dieses Monster freisetzen?« fragte Giordino skeptisch. »Wir beide?«

65

Mit ihrer maximalen Reisegeschwindigkeit von 460 Knoten fraß die C-5 Galaxy die Kilometer nur so, als die Dunkelheit über dem Nordpazifik einfiel. Im Laderaum überprüfte Giordino anhand einer Liste die Elektronik- und Antriebssysteme. Sandecker arbeitete im Büroabteil, sorgte für die neuesten Informationen und beantwortete die Anfragen, die vom Präsidenten und den Mitgliedern des Nationalen Verteidigungsrates gestellt wurden, die im Lageraum die Operation gespannt verfolgten. Der Admiral befand sich außerdem in ständiger Kommunikation mit Geophysikern, die ihn mit den neuesten Daten zur Beschaffenheit des Meeresbodens versorgten. Payload Percy beantwortete die Anfragen Pitts, was den Abtransport der Bombe aus dem Flugzeug und deren Detonation betraf.

Jedem, der Pitt während der letzten Stunde des Fluges beobachtet hätte, wäre sein Verhalten höchst eigenartig vorgekommen. Anstatt mit letzter Anstrengung zu versuchen, sich tausendundein Detail einzuprägen oder zusammen mit Giordino das Tiefseeschürffahrzeug zu überprüfen, sammelte er sämtliche Butterbrotpakete, die er von der Besatzung erbetteln oder erstehen konnte, ein. Er borgte sich auch jeden Tropfen Trinkwasser aus, insgesamt dreißig Liter, und die gesamte Produktion der Kaffeemaschine im Flugzeug, vier Liter, und verstaute alles an Bord von *Big Ben.*

Er beriet sich mit einem Flugingenieur der Air Force, der die C-5 von allen an Bord befindlichen Männern am besten kannte. Zusammen befestigten sie eine Elektrowinde über dem kleinen Abteil, in dem die Toilette der Crew untergebracht war, und montierten ein Kabel. Sehr zufrieden mit seiner Arbeit stieg Pitt in das Fahrzeug, nahm im Fahrersitz Platz und ließ den beinahe aussichtslosen Auftrag, der vor ihnen lag, im Kopf Revue passieren. Die Bombe aus der B-29 herauszuschweißen und zur Explosion zu bringen, war schlimm genug; doch zwölf Kilometer über unbekanntes Terrain fahren zu müssen, um der Explosion zu entkommen, das war ein wirklich abenteuerliches Ansinnen.

Kaum eine Minute nachdem die Maschine der Air Force auf Langley Field gelandet war, wurden Loren und Mike Diaz von einer Limousine mit bewaffneter Eskorte in Empfang genommen und zum Weißen Haus gefahren. Suma und Toshie wurden in einen beigefarbenen Wagen gesteckt und zu einem geheimen Ziel in Maryland gebracht.

Sofort nach ihrer Ankunft wurden Loren und Diaz nach unten in den Lageraum gebracht. Der Präsident, der am Kopfende des Tisches saß, stand auf und ging ihnen entgegen.

»Sie wissen gar nicht, wie froh ich bin, Sie wiederzusehen«, rief er strahlend. Er umarmte Loren sanft und gab ihr einen Kuß auf die Wange; danach umarmte er auch Diaz, als sei der Senator ein enger Verwandter.

Die angespannte Atmosphäre im Raum lockerte sich etwas, und alle begrüßten die entkommenen Geiseln freudig. Dann trat Jordan an sie heran und bat sie, mit ihm in ein benachbartes Büro zu kommen. Der Präsident begleitete sie und schloß die Tür.

»Tut mir leid, diese Eile«, sagte er entschuldigend. »Ich weiß, daß Sie Ruhe brauchen, doch es ist für Ray Jordan extrem wichtig, soviel wie möglich aus Ihnen herauszuholen, solange die Operation im Gange ist, um die Bedrohung durch das Kaiten-Projekt auszuschalten.«

»Das verstehen wir«, erwiderte Diaz, froh wieder mitten im Tumult politischer Aktivitäten zu stecken. »Ich bin sicher, daß ich auch für die Kongreßabgeordnete Smith spreche, wenn ich sage, daß wir nur zu gerne behilflich sind.«

Der Präsident wandte sich höflich an Loren. »Es macht Ihnen doch nichts aus?«

Loren hätte liebend gern ein entspannendes Bad genommen. Sie hatte kein Make-up aufgelegt, ihr Haar war zerzaust, und sie trug eine Hose und Schuhe, die ihr eine Nummer zu klein waren und die sie sich von der Frau eines Mechanikers auf Wake Island ausgeliehen hatte. Außerdem war sie total erschöpft. Trotzdem sah sie immer noch bemerkenswert attraktiv aus.

»Ganz und gar nicht, Mr. President. Was möchten Sie wissen?«

»Wenn wir im Augenblick die Einzelheiten Ihrer Entführung, Ihrer Behandlung durch Hideki Suma und Ihrer unglaublichen Flucht zurückstellen könnten«, sagte Jordan mit ruhiger, fester Stimme, »dann würden wir gerne erfahren, was Sie uns über Sumas Unternehmungen und das Drachenzentrum berichten können.«

Loren und Diaz wechselten schweigend angespannte Blicke, die sehr viel beredter als Worte das Ausmaß der schrecklichen Bedrohung verrieten, die in Edo City und unter der Insel Soseki entstand. Rücksichtsvoll nickte sie Diaz zu, der als erster das Wort ergriff.

»Nach allem, was wir gehört und gesehen haben, fürchte ich, daß die Bedrohung, die von Sumas Plan mit den Wagenbomben ausgeht, nur die Spitze des Eisberges ist.«

»Fünfzehn Minuten bis zum Absetzen, Gentlemen«, ertönte die Stimme des Piloten durch die Bordlautsprecher im Frachtraum.

»Zeit, sich fertig zu machen«, bemerkte Sandecker angespannt.

Pitt legte Giordino die Hand auf die Schulter. »Laß uns nochmals aufs Klo gehen, bevor wir uns auf die Beine machen.«

Giordino sah ihn an. »Weshalb denn? *Big Ben* ist doch mit einer chemischen Toilette ausgerüstet.«

»Reine Sicherheitsmaßnahme. Man kann nie wissen, wie hart wir auf dem Wasser auftreffen. Die Fahrer der Formel Eins und der Fünfhundert Meilen von Indianapolis gehen vor dem Rennen immer pinkeln, um bei einem Unfall innere Verletzungen zu vermeiden.«

Giordino zuckte die Achseln. »Wenn du darauf bestehst.« Er ging zu der Toilette für die Crew hinüber, die hinter dem Cockpit lag, und öffnete die Tür.

Kaum hatte er das Klo betreten, gab Pitt dem Flugingenieur einen Wink. Der nickte kurz bestätigend, ein paar Taue lösten sich von oben, wickelten sich um die Toilettenkabine und wurden dann mit der Winde festgezurrt, so daß die Tür verschlossen war.

Giordino merkte sofort, was geschah. »Dirk, nein! Tu das nicht!«

Auch Sandecker verstand, was da passierte. »Sie können's alleine nicht schaffen«, rief er und griff nach Pitts Arm. »Die Arbeitsabläufe verlangen zwei Mann.«

»Ein Mann kann *Big Ben* bedienen. Es wäre dumm, zwei Menschenleben aufs Spiel zu setzen.« Pitt seufzte, während Giordinos Bemühungen, aus dem Klo herauszukommen, immer wütender wurden. Der kleine Italiener hätte die Aluminiumtür leicht auftreten können, doch das darumgewickelte Stahlkabel hielt. »Sagt Al, es täte mir leid, und eines Tages würde ich es wiedergutmachen.«

»Ich kann der Crew befehlen, ihn zu befreien.«

Pitt lächelte verkniffen. »Das können Sie, aber die müßten erst mal mit mir fertigwerden.«

»Ihnen ist klar, daß Sie die Operation gefährden? Was ist, wenn Sie während des Aufpralls verletzt werden? Ohne Al haben Sie niemanden, der Sie ersetzen könnte.«

Einen Moment lang sah Pitt Sandecker an. Dann sagte er: »Ich möchte einfach ohne die Sorge losfahren, einen Freund verlieren zu können.«

Sandecker wußte, es gab nichts, was diesen Mann noch umstimmen konnte. Bedächtig ergriff er Pitts Hand. »Was soll auf Sie warten, wenn Sie zurückkommen?«

Pitt schenkte dem Admiral ein warmes Lächeln. »Ein Krabbensalat und ein Tequila auf Eis.« Dann drehte er sich um, kletterte durch die Luke in das Fahrzeug und verschloß sie von innen.

Die C-5 war für den Abwurf besonders umgerüstet. Im Cockpit zog der Copilot einen roten Hebel auf seiner Seite der Instrumententafel und schaltete die Elektromotoren ein, die einen Großteil der Ladefläche nach unten absenkten.

Sandecker und zwei Männer von der Besatzung standen vor *Big Ben*. Sie trugen ein Sicherheitsgeschirr und Gurte, die in an der Decke des Flugzeugs entlanglaufenden Ringen eingeklinkt waren. Die Männer stemmten sich gegen den Wind, der durch die große Öffnung hereinfegte, und ihre Augen hingen an Pitt, der in der Steuerungskabine von *Big Ben* saß.

»Sechzig Sekunden bis zur Abwurfzone«, ertönte die Stimme des Piloten aus dem Mikrofon in ihren Helmen. »Gegenwind beständig fünf Knoten. Klarer Himmel, dreiviertel Mond. Wellengang etwa ein Meter. Auf dem Radar sind keine Überwasserschiffe zu sehen.«

»Akzeptable Bedingungen«, bestätigte Sandecker.

Von dort, wo er stand, konnte Sandecker nur ein gähnendes Loch in der Ladefläche erkennen. Tausend Meter weiter unten glitzerte das Meer silbern im Mondlicht. Er hätte einen Abwurf am Tage, ohne Wind und bei ruhiger See vorgezogen, doch im Augenblick war er schon glücklich, daß es keinen Taifun gab.

»Zwanzig Sekunden noch. Ich fange an zu zählen.« Der Pilot begann mit dem Countdown.

Pitt winkte kurz durch den durchsichtigen Bug des großen Fahrzeuges. Wenn er sich Sorgen machte, dann war in seinem Gesicht jedenfalls nichts davon zu erkennen. Giordino trommelte immer noch voller Wut und Verzweiflung gegen die Toilettentür, doch das Geräusch wurde durch den Wind abgeschwächt, der durch den Laderaum heulte.

»Fünf, vier, drei, zwei, eins, Abwurf.«

Die vorderen Enden der massiven Schienen wurden plötzlich durch Hydraulikpumpen angehoben, *Big Ben* rutschte rückwärts und verschwand durch die Öffnung in der Dunkelheit. Das Ganze dauerte nur drei Sekunden. Sandecker und die Männer der Besatzung waren einen Augenblick völlig verblüfft, als sie sahen, wie das dreißig Tonnen schwere Ungeheuer so mir nichts dir nichts aus ihrem Blickfeld verschwand. Vorsichtig gingen sie zum Rand der Ladefläche und sahen hinunter.

Man konnte im Mondlicht die gewaltige Masse des Tiefseeschürffahrzeugs gerade eben ausmachen. Sie schoß auf das Meer zu wie ein Meteor aus dem Weltall.

66 Die Fallschirme öffneten sich automatisch; die nächtliche Luft ruckte gewaltig, als die drei riesigen Halbkugeln nach oben in den dunklen Himmel schossen. Dann füllten sie sich und dehnten sich aus, und das Ungetüm verlangsamte seinen rasanten Absturz und segelte mit erheblich gedrosselter Geschwindigkeit auf die Wellen.

Pitt beobachtete das beruhigende Schauspiel von unten und atmete etwas leichter. Die erste Hürde war genommen. Jetzt mußte *Big Ben* nur noch mit beiden Raupenketten auf das Meer treffen, dreihundertzwanzig Meter tief absinken und mit der richtigen Seite nach oben auf dem Meeresboden landen.

Dieser Teil des Unternehmens entzog sich vollkommen seinem Einfluß, dachte er. Er konnte nichts tun, sich nur zurücklehnen und den Flug leicht schwitzend genießen.

Er sah nach oben und konnte im Mondlicht die C-5 Galaxy ohne weiteres ausmachen. Sie zog langsame Kreise über ihm. Er fragte sich, ob Sandecker Giordino schon aus der Toilette befreit hatte. Er konnte sich seinen Freund vorstellen, wie er fluchte, daß selbst alte Matrosen noch rot wurden.

Mein Gott, wie lange war es schon her, daß die Mannschaft der NUMA und er sich am Meeresboden häuslich eingerichtet hatten? Drei Monate, vier? Es kam ihm wie eine Ewigkeit vor. Andererseits schien das Unglück, das die Tiefseestation zerstört hatte, erst gestern stattgefunden zu haben.

Er sah wieder zu den Fallschirmen hoch und überlegte, ob sie im Wasser wohl ebenfalls den notwendigen Zug entfalten würden.

Die Ingenieure, die sich diesen verrückten Einsatz ausgedacht hatten, mußten das ja wohl geglaubt haben. Doch die waren Tausende von Meilen von Pitts augenblicklichem Standort entfernt und stützten sich lediglich auf eine Menge Formeln und physikalische Gesetze, die etwas über den Fall schwerer Gegenstände aussagten. Sie würden entweder auf die

Schnelle das Große Los ziehen oder, wenn sie sich verrechnet hatten, auf Pitts Kosten verlieren.

Die Entfernung über dem Wasser ist schon am Tage außerordentlich schwer abzuschätzen; bei Nacht ist es fast unmöglich, doch Pitt sah das Glitzern des Mondlichts in der Gischt, die in der leichten Brise von den Wellenkämen wehte. Bis zum Aufschlag würde es keine fünfzehn Sekunden mehr dauern, schätzte er. Er senkte seinen Sitz nach hinten ab und bettete sich auf das Extrakissen, das eine besorgte Seele untergelegt hatte. Ein letztes Mal winkte er dem kreisenden Flugzeug zu; eine dumme Geste, das wußte er. Sie waren viel zu weit entfernt, um ihn in der Dunkelheit ausmachen zu können. Der Pilot hielt sich in sicherer Entfernung, um Pitts Fallschirme vor den Turbulenzen seines Flugzeugs zu bewahren.

Der plötzlich erfolgende Aufschlag wurde von einer riesigen Fontäne begleitet, als *Big Ben* in ein Wellental einschlug. Das Fahrzeug stanzte einen weiten Krater aus dem Meer und warf eine ringförmige, phosphorisierende Welle auf. Dann verschwand es aus dem Blickfeld, und das Meer schloß sich über *Big Ben*, so als verheile eine riesige Pockennarbe.

Der Aufprall war nicht so schlimm gewesen, wie Pitt erwartet hatte. *Big Ben* und er selbst hatten den Fallschirmabwurf ohne Kratzer oder Verletzungen überstanden. Er kurbelte seinen Sitz wieder in eine aufrechte Position und fing sofort an, die Energieversorgungssysteme zu überprüfen. Er war froh, als er auf der Instrumentenkonsole reihenweise grüne Lämpchen aufblinken sah und der Computer alle Systeme funktionsbereit meldete. Als nächstes schaltete er die Außenscheinwerfer an und richtete sie nach oben. Zwei der Fallschirme schwebten noch über ihm, der dritte hatte sich in seinen Leinen verheddert.

Pitt konzentrierte sich schnell auf den Computermonitor und betätigte die entsprechenden Knöpfe, mit denen er die Sinkgeschwindigkeit prüfen konnte. Die Zahlen erschienen auf dem Bildschirm und blinkten warnend. *Big Ben* sank mit einer Geschwindigkeit von einundsechzig Metern pro Minute in die dunkle Tiefe.

Als Höchstgeschwindigkeit für das Abtauchen war man von zweiundvierzig Metern pro Minute ausgegangen. *Big Ben* sank neunzehn Meter pro Minute zu schnell.

»Zu beschäftigt, um Meldung zu machen?« ertönte Sandeckers Stimme durch Pitts Kopfhörer.

»Ich habe ein kleines Problem«, erwiderte Pitt.

»Die Fallschirme?« fragte Sandecker.

»Einer der Schirme hat sich verheddert, und der entsprechende Zug fehlt.«

»Wie hoch ist Ihre Sinkgeschwindigkeit?«

»Einundsechzig.«

»Das ist nicht gut.«

»Was Sie nicht sagen.«

»Der Vorfall wurde in Rechnung gestellt. Ihr Landeplatz wurde ausgewählt, weil der Boden flach und sandig ist. Trotz der hohen Sinkgeschwindigkeit wird der Aufprall nicht so heftig sein wie der Aufprall auf der Wasseroberfläche.«

»Ich mache mir keine Gedanken wegen des Aufpralls«, erwiderte Pitt und hielt vorsichtig die Augen auf den TV-Monitor gerichtet, dessen Kamera unterhalb des schnell sinkenden Fahrzeugs angebracht und auf den Boden gerichtet war. »Aber ich mache mir Sorgen wegen einer dreißig Tonnen schweren Maschine, die sich zehn Meter tief in Sand und Schlick bohren wird. Ohne die Schaufel kann *Big Ben* sich nicht aus dem Schlamm befreien, wie das bei *Big John* möglich war.«

»Wir bringen Sie da schon raus«, versprach Sandecker.

»Und was ist mit der Operation?«

Sandeckers Stimme wurde so leise, daß Pitt ihn kaum verstehen konnte. »Die brechen wir ab.«

»Warten Sie!« rief Pitt plötzlich. »Der Boden ist in Sichtweite.«

Das dumpfe Braun des Meeresbodens zeichnete sich in der Dunkelheit ab. Angespannt verfolgte er, wie das leere Terrain auf die Kamera zuschoß. Das Fahrzeug schlug ein und versank in dem Schlick wie eine

Faust in einem Bisquitteig. Im kalten, schwarzen Wasser wallte eine riesige Wolke auf und nahm Pitt jede Sicht.

An Bord des Flugzeugs trafen sich Giordinos und Sandeckers Blicke; die Mienen der beiden Männer waren angespannt und ernst, während sie auf die nächsten Worte Pitts warteten.

Nachdem man Giordino aus seinem Gefängnis befreit hatte, war alle Wut von ihm abgefallen. Jetzt wurde er nur noch von ungeheurer Sorge beherrscht, während er auf Neuigkeiten über das Schicksal seines Freundes in den Tiefen des Meeres lauerte.

Pitt konnte nicht sofort sagen, ob sein Gefährt sich im Meeresboden vergraben hatte. Er hatte lediglich das Gefühl, von einem Mordsgewicht in den Sitz gepreßt zu werden. Jegliche Sicht war ihm genommen. Die Kameras und die Außenscheinwerfer registrierten nur dichten braunen Dunst. Er hatte keine Ahnung, ob die Steuerkabine nur von einer dünnen Sandschicht bedeckt war, oder ob sich über ihm fünf Meter Treibsand türmten.

Glücklicherweise wurden die Fallschirme von einer drei Knoten starken Strömung erfaßt und seitwärts vom Fahrzeug fortgetrieben. Pitt zog an einem Hebel, der die Halterungen löste, an denen die dicken Leinen der Schirme befestigt waren.

Er schaltete den Atomantrieb an und schaltete auf ›Vorwärts‹. Pitt fühlte die Vibrationen, als die großen Raupen ihre Kettenglieder in den Schlick krallten und anfingen, sich zu bewegen. Fast eine ganze Minute lang passierte gar nichts. Die Ketten schienen ohne jeden Halt durchzudrehen.

Plötzlich rutschte *Big Ben* nach Steuerbord. Pitt korrigierte die Lenkung und ließ das Fahrzeug wieder nach Backbord schwenken. Er merkte, wie er sich langsam nach vorne schob. Er wiederholte dieses Vorgehen, ließ es vor- und zurückschaukeln, bis es sich schließlich, Zentimeter für Zentimeter, weiter vorschob, Fahrt aufnahm und schneller wurde.

Plötzlich griffen die Ketten. *Big Ben* schoß nach oben, machte einen

Satz nach vorne und fuhr mehr als fünfzig Meter, bevor es aus der Dreckwolke hervorbrach und Pitt klare Sicht hatte.

Die Sekunden verstrichen wie eine Ewigkeit, und in Pitt machte sich ein leises Triumphgefühl breit. Ruhig und völlig entspannt saß er da und überließ das Fahrzeug sich selbst. Er schaltete den Autopiloten ein, steckte auf dem Computer einen Kurs in Richtung Westen ab und wartete dann einen Moment, um sich zu vergewissern, daß *Big Ben* ordnungsgemäß funktionierte. Tatsächlich erreichte sein Gefährt bald seine Höchstgeschwindigkeit und rollte so mühelos über die leere Unterwasserebene, als pflüge er ein Kornfeld in Iowa unter.

Erst jetzt nahm Pitt Kontakt mit Sandecker und Giordino auf und berichtete, er sei auf dem Weg zu *Dennings' Demons.*

67

Dale Nichols kam eilig auf den Präsidenten zu, als dieser aus dem Aufzug stieg. Der Präsident erkannte sofort, daß sein persönlicher Assistent etwas Dringendes auf dem Herzen hatte. »Sie sehen aus, als hätten Sie Hummeln im Hintern, Dale. Was ist los?«

»Bitte kommen Sie in den Kommunikationsraum, Mr. President. Ichiro Tsuboi ist irgendwie in unser abgeschirmtes Kommunikationssystem eingedrungen und hat eine Videokonferenz geschaltet.«

»Ist er derzeit im Bild?«

»Noch nicht. Er verlangt, nur mit Ihnen allein zu sprechen.«

»Alarmieren Sie den Lagebesprechungsraum, damit die Anwesenden der Unterredung folgen können.«

Der Präsident betrat einen Raum, der von der Halle vor dem Oval Office aus zu erreichen war, nahm in einem Ledersessel am Ende einer kleinen Bühne gegenüber einer großen, rechteckigen Öffnung Platz. Er drückte auf einen Knopf an der Armlehne und wartete. Plötzlich schienen Raum und Zeit in einem Ort, einem Augenblick zusammenzufließen: Auf der anderen Seite der Bühne erschien das lebensgroße, dreidimensionale Bild von Ichiro Tsuboi.

Dank der geheimnisvollen Technologie der Sichtgeräte – Glasfaserübertragung – und der Computerzauberei konnten beide Männer sich gegenüber sitzen und sich unterhalten, als befänden sie sich im selben Zimmer. Das Bild war so unglaublich scharf, daß nicht einmal die Umrisse von Tsubois Gestalt den leisesten Anschein von Verschwommenheit hatten.

Tsuboi kniete steif auf einer Bambusmatte. Seine Hände waren locker zu Fäusten geballt und lagen in seinem Schoß. Er trug einen teuren Anzug, hatte jedoch keine Schuhe an. Er verbeugte sich leicht, als das Bild des Präsidenten in seinem Raum erschien.

»Sie wollten mit mir sprechen, Mr. Tsuboi?« eröffnete der Präsident die Unterhaltung.

»Das ist korrekt«, erwiderte Tsuboi und verzichtete einfach darauf, den Präsidenten mit seinem Titel anzureden.

Der Präsident beschloß, es mit einem Schuß aus der Hüfte zu versuchen. »Na, mit dieser Atomexplosion in Wyoming haben Sie es ja geschafft, meine Aufmerksamkeit zu erregen. Sollte das so etwas wie eine Botschaft sein?«

Die Wirkung der Worte des Präsidenten wurde durch seine offensichtliche Unbekümmertheit noch verstärkt. Der Präsident, ein Vollblutpolitiker, war ein ausgezeichneter Menschenkenner. Er hatte die Anspannung in Tsubois Augen sofort entdeckt und daraus geschlossen, daß der Japaner nicht aus einer Position der Stärke heraus verhandelte.

Der international bekannte Finanzkünstler und Erbe von Sumas Unterwelt- und Industrieimperium gab sich nach außen hin ruhig und kontrolliert, doch die Tatsache, daß der Präsident bis dahin überhaupt nicht auf die Detonation eingegangen war, hatte ihn aus der Ruhe gebracht.

Yoshishu und er begriffen nicht, wieso der Regierungschef die Atomexplosion einfach ignorierte.

»Wir können es kurz machen, Mr. President«, erklärte Tsuboi. »Sie kennen unseren technischen Fortschritt und unseren Vorsprung im Bereich der Verteidigungstechnologie. Und nun haben die Leute Ihres Geheimdienstes Sie – dank Senator Diaz und der Kongreßabgeordneten Smith – auch mit den Möglichkeiten unserer Anlage auf der Insel Soseki vertraut gemacht.«

»Ich bin über das Drachenzentrum und das Kaiten-Projekt voll im Bilde«, konterte der Präsident, dem nicht entging, daß Tsuboi Hideki Suma mit keinem Wort erwähnt hatte. »Und wenn Sie glauben, es gäbe keinen massiven Vergeltungsschlag, wenn Sie noch eine einzige Ihrer Wagenbomben zünden sollten, dann sind Sie einem verhängnisvollen Irrtum erlegen.«

»Es ist nicht unsere Absicht, Millionen Menschen zu töten«, erwiderte Tsuboi.

»Ich weiß, was Sie beabsichtigen, Mr. Tsuboi. Versuchen Sie es nur, und bei Ihnen geht das Licht aus.«

»Wenn Sie als größtes Ungeheuer seit Adolf Hitler in die Geschichte eingehen wollen, weil Sie vollkommen irrational handeln, dann gibt es kaum noch etwas zu sagen.«

»Sie waren es doch, der etwas sagen wollte, sonst hätten Sie wohl kaum den Kontakt zu mir gesucht.«

Tsuboi schwieg und fuhr dann fort: »Ich möchte Ihnen verschiedene Angebote auf den Tisch legen.«

»Ich höre.«

»Sie brechen die Suche nach den Wagen ab. Wenn noch ein einziger ausgeschaltet wird, wird das Signal gegeben, das die übrigen explodieren läßt. Da Sie damals eine derartige Waffe gegen mein Volk eingesetzt haben, versichere ich Ihnen, daß ich nicht zögern werde, die verbliebenen Bomben in Wohngebieten zu zünden.«

Der Präsident kämpfte gewaltsam gegen die in ihm aufsteigende Wut an. »Dann stehen wir vor einem Patt. Sie töten ein paar Millionen Amerikaner, und wir vernichten Ihr ganzes Volk.«

»Nein, das werden Sie nicht. Ein solch kaltblütiges Abschlachten wird die Große, Weiße, Christliche Amerikanische Nation nicht zulassen.«

»Wir sind weder alle weiß noch Christen.«

»Die Minoritäten, die Ihre Kultur untergraben, werden Ihren Standpunkt niemals unterstützen.«

»Es handelt sich trotzdem um Amerikaner.«

»Egal, mein Volk ist entschlossen und bereit, für das neue Reich zu sterben.«

»Das ist eine verdammte Lüge«, schoß der Präsident zurück. »Bis jetzt haben Sie, Suma und die übrigen Mitglieder Ihrer Gangsterbande heimlich operiert. Das japanische Volk hat keine Ahnung, daß Sie sein Leben aufs Spiel setzen, um die wirtschaftliche Vorherrschaft zu erringen. Die Japaner werden die Vernichtung ihres Landes nicht für eine Sache riskieren, die auf der Gier von ein paar Kriminellen beruht. Sie sprechen weder für das Volk, noch für die Regierung.«

Über Tsubois Miene huschte der Anflug eines Lächelns, und der Präsident wußte, daß er in die Falle getappt war. »Sie können beiden Ländern diese fürchterliche Vernichtung ersparen, indem Sie einfach meine Angebote akzeptieren.«

»Sie meinen Forderungen.«

»Wie Sie wünschen.«

»Dann schießen Sie mal los«, erwiderte der Präsident, dessen Stimme jetzt leicht angestrengt klang. Er hatte seinen Vorteil verspielt und machte sich Vorwürfe.

»Eine Verstaatlichung oder eine Übernahme von Unternehmen in japanischem Besitz wird es nicht geben. Auch wird man unseren projektierten Unternehmen oder den geplanten Firmenübernahmen keine juristischen Steine in den Weg legen.«

»Das ist keine große Sache. Eine Verstaatlichung hat nie im Interesse der Vereinigten Staaten gelegen. Kein Parlament hat in unserer über zweihundert Jahre alten Geschichte je einen solchen verfassungswidrigen Gesetzesentwurf diskutiert. Und was den zweiten Punkt angeht, so wurde keiner japanischen Firma von Gesetzes wegen verboten, Land oder Unternehmen in den Vereinigten Staaten zu erwerben.«

»Bei der Einreise in die Vereinigten Staaten wird von japanischen Bürgern nicht länger die Vorlage eines Visums verlangt.«

»In dieser Angelegenheit werden Sie sich mit dem Kongreß auseinandersetzen müssen.«

Tsuboi fuhr in kaltem Ton fort: »Keinerlei Handelsschranken oder höhere Zölle auf japanische Produkte.«

»Und umgekehrt?«

»Nicht verhandelbar«, sagte Tsuboi, der offenbar auf diese Frage vorbereitet war. »Es gibt triftige Gründe, weshalb viele von Ihren Produkten in Japan nicht willkommen sind.«

»Machen Sie weiter«, forderte der Präsident ihn auf.

»Der Staat Hawaii wird japanisches Hoheitsgebiet.«

Der Präsident war vor diesem abwegigen Ansinnen schon gewarnt worden. »Die Leute auf der Insel sind schon stocksauer über das, was ihr mit den Immobilienpreisen gemacht habt. Ich bezweifle, daß sie die Stars and Stripes mit der aufgehenden Sonne vertauschen möchten.«

»Gleichfalls der Staat Kalifornien.«

»Unmöglich und lächerlich sind die ersten Worte, die mir dazu einfallen«, erklärte der Präsident sarkastisch. »Ist das etwa schon alles? Fahren Sie fort?«

»Da es unser Geld ist, das Ihr Schatzamt füllt, erwarten wir, in Ihrer Regierung repräsentiert zu werden. Dazu zählen ein Sitz in Ihrem Kabinett und Leute von uns in hohen Positionen im Innen-, Finanz- und Wirtschaftsministerium.«

»Wer wählt denn die Leute Ihrer Seite aus? Yoshishu und Sie oder die Regierung?«

»Mr. Yoshishu und ich.«

Der Präsident war erschüttert. Es war, als lade man Vertreter des Organisierten Verbrechens ein, sich in der Regierung auf höchster Ebene zu beteiligen. »Ihre Wünsche sind absolut indiskutabel, Mr. Tsuboi. Das amerikanische Volk wird niemals zulassen, daß es von einer fremden Macht auf wirtschaftlichem Gebiet zum Sklaven gemacht wird.«

»Das Volk wird einen hohen Preis bezahlen müssen, wenn Sie meine Forderungen ignorieren. Wenn wir dagegen in der amerikanischen Regierung und in der Wirtschaft das Sagen haben, wird Ihre gesamte Volkswirtschaft eine drastische Kehrtwendung vollziehen und einen höheren Lebensstandard für Ihre Bürger schaffen.«

Der Präsident spürte, wie er sich immer mehr verkrampfte. »Bei einer monopolartigen Stellung japanischer Produkte würden Preise und Profite steil ansteigen.«

»Außerdem ginge die Arbeitslosigkeit zurück und die nationale Verschuldung würde gestoppt«, fuhr Tsuboi fort, als habe der Präsident gar nichts gesagt.

»Es steht nicht in meiner Macht, Versprechen zu geben, die der Kongreß niemals halten würde«, erklärte der Präsident, dessen Wut sich wieder etwas gelegt hatte. Er überlegte, wie er jetzt am besten vorgehen sollte. Er senkte die Augen, damit es so aussah, als sei er schwer angeschlagen. »Sie wissen doch, wie das in Washington geht, Mr. Tsuboi, und Ihnen ist bekannt, wie unsere Regierung arbeitet.«

»Mir sind Ihre Beschränkungen als Exekutivorgan wohl bewußt. Doch es gibt vieles, was Sie ohne die Zustimmung des Kongresses tun können.«

»Entschuldigen Sie einen Moment; ich muß den enormen Umfang Ihrer Forderungen erst einmal durchdenken.« Der Präsident schwieg, um seine Gedanken zu sammeln. Er konnte nicht einfach lügen und so tun, als wolle er sämtliche lächerlichen Forderungen Tsubois erfüllen. Das würde allzu offensichtlich auf eine Verzögerungstaktik hindeuten, ein Spiel auf Zeit. Er mußte einen brüskierten Eindruck machen und verärgert wirken. Er blickte auf und sah Tsuboi in die Augen. »Ich kann guten Gewissens keine Bedingungen akzeptieren, die auf eine bedingungslose Kapitulation hinauslaufen.«

»Es handelt sich um bessere Bedingungen als die, die Sie uns 1945 gestellt haben.«

»Unsere Besatzung war sehr viel großzügiger und rücksichtsvoller, als das japanische Volk hätte erwarten dürfen«, erwiderte der Präsident, und seine Nägel krallten sich in die Armlehne.

»Ich bin nicht hier, um historische Differenzen zu diskutieren«, stellte Tsuboi klar. »Sie haben die Bedingungen gehört und kennen die Konsequenzen. Mangelnde Entscheidungsbereitschaft oder Verzögerungen auf Ihrer Seite werden die Tragödie nicht verhindern.«

Ein Blick in Tsubois Augen sagte dem Präsidenten, daß er nicht bluffte. Ihm war bewußt, daß die Drohung durch die Wagen, die in den Ballungsgebieten versteckt waren, noch an Schrecklichkeit gewann und daß selbstmörderische Idioten nur darauf warteten, das Signal zu geben, das die Bomben zündete.

»Das Ausmaß Ihrer Forderungen läßt wenig Verhandlungsspielraum.«

»Überhaupt keinen«, erwiderte Tsuboi rigoros.

»Denken Sie, ich brauche nur mit dem Finger zu schnippen, und schon arbeitet die Opposition begeistert mit mir zusammen?« murmelte der Präsident wütend. »Sie wissen doch nur zu gut, daß ich dem Kongreß nicht vorschreiben kann, was er zu tun hat. Senator Diaz und die Kongreßabgeordnete Smith sind in beiden Häusern sehr einflußreich, und die beiden sind bereits dabei, ihre Kolleginnen und Kollegen gegen Sie aufzuwiegeln.«

Gleichgültig zuckte Tsuboi die Achseln. »Mir ist vollkommen klar, daß sich die Räder Ihrer Regierung in einem Sumpf von Emotionen drehen, Mr. President. Und die amerikanischen Abgeordneten stimmen nach Maßgabe ihrer Partei ab und nicht im nationalen Interesse. Doch sie werden sich davon überzeugen lassen, das Unvermeidliche zu akzeptieren, wenn Sie die Damen und Herren davon in Kenntnis setzen, daß in Washington zwei Bombenwagen herumfahren – und zwar jetzt in diesem Moment, in dem wir uns unterhalten.«

Das war nicht gut. Der Ball war wieder im Feld des Präsidenten gelandet. Er strengte sich fürchterlich an, um ungerührt zu erscheinen und seinen Ärger nicht zu zeigen. »Ich brauche Zeit.«

»Sie haben Zeit bis heute nachmittag drei Uhr Ihrer Zeitrechnung. Dann werden Sie zusammen mit Ihren Ratgebern und den führenden Kongreßmitgliedern, die sich zur Unterstützung um Sie scharen werden, landesweit im Fernsehen auftreten und die neuen Kooperationsvereinbarungen zwischen Japan und den Vereinigten Staaten öffentlich bekanntgeben.«

»Sie verlangen zuviel.«

»Auf diese Weise hat es zu geschehen«, stellte Tsuboi klar. »Und noch eines, Mr. President. Jedes Anzeichen für einen Angriff auf die Insel Soseki wird mit der Detonation der Bombenwagen beantwortet. Habe ich mich klar ausgedrückt?«

»Kristallklar.«

»Dann einen guten Morgen. Ich freue mich darauf, Sie heute nachmittag im Fernsehen zu sehen.«

Der Präsident warf einen Blick zur Uhr an der Wand. Neun Uhr. Jetzt blieben nur noch sechs Stunden. Genau die Zeit, die Jordan für Pitt vorgesehen hatte, um die alte Atombombe zu zünden und das Meeresbeben mitsamt der Tsunami zu verursachen.

»Mein Gott«, flüsterte er. »Was ist, wenn alles schiefgeht?«

68

Big Ben fuhr mit fünfzehn Kilometern pro Stunde durch die endlos erscheinende Landschaft unter dem Meer. Für ein großes Fahrzeug, daß sich unter Wasser durch die Tiefe wühlt, bedeutete dies fast Lichtgeschwindigkeit. Eine große Schlickwolke wirbelte hinter ihm her und verschleierte, bevor sie sich auflöste und langsam wieder zu Boden sank, die gähnende Schwärze.

Pitt betrachtete aufmerksam den Sichtbildschirm, der mit einem Laser-Sonar-System gekoppelt war, das den Meeresboden vor ihm abtastete und dreidimensional wiedergab. Die Unterwasserwüste barg nur wenige Überraschungen, und bis auf eine Umleitung um einen schmalen, aber tiefen Spalt kam er gut voran.

Genau siebenundvierzig Minuten, nachdem er die Fallschirme gelöst und *Big Ben* in Gang gesetzt hatte, tauchten die Konturen der B-29 vor ihm auf und wurden immer größer, bis sie den gesamten Bildschirm ausfüllten. Pitt war nahe genug, um Wrackteile am Rande der Lichtkegel seiner Außenscheinwerfer ausmachen zu können. Er drosselte seine Geschwindigkeit und fuhr um das trostlose, zerstörte Flugzeug herum. Es sah aus wie ein weggeworfenes Spielzeug auf dem Boden eines Tümpels hinter dem Haus. Pitt starrte es mit der Ehrfurcht eines Tauchers an, der sich zum erstenmal einem von Menschen hergestellten Objekt im Meer nähert. Das Gefühl, ein versunkenes Auto, ein vermißtes Flugzeug oder ein Wrack zu berühren, ist atemberaubend, aber die Begeisterung kann wohl nur von denen geteilt werden, die auch wagemutig nach Mitternacht durch ein Gespensterhaus schleichen würden.

Dennings' Demons war etwas mehr als einen Meter tief im losen Boden versunken. Ein Motor fehlte, und die Steuerbordtragfläche war nach oben und schräg nach hinten abgeknickt und sah aus wie ein Arm, der nach der Wasseroberfläche greift. Die Propellerblätter der restlichen drei Motoren waren beim Aufschlag der Maschine auf dem Wasser nach hinten gebogen worden – wie die Blätter einer verwelkten Blume.

Das drei Stockwerke hohe Heck zeigte deutliche Anzeichen von Beschuß. Es war abgebrochen und lag einige Meter schräg hinter dem Hauptrumpf. Die Kabine des Heckschützen war zersplittert und zerstört; die rostigen Läufe der 20-mm-Kanonen zeigten auf den Boden.

Die Aluminiumoberfläche des dreißig Meter langen Rumpfes war mit Schlick bedeckt und verkrustet, doch die Glasscheiben am Bug waren eigenartigerweise sauber. Auch der kleine Dämon, der auf der Seite des Piloten unter dessen Seitenfenster aufgemalt war, war erstaunlich sauber und frei von Ablagerungen und Bewuchs. Pitt hätte schwören können, daß die gehässigen kleinen Augen ihn anstarrten und daß er die Zähne in satanischem Grinsen gefletscht hatte.

Jetzt durfte er nur seiner Phantasie keinen freien Lauf lassen und sich die Skelette der Crew noch auf ihren Posten, die Schädel und Kiefer in tödlichem Schweigen und die leeren, starren Augenhöhlen vorstellen. Pitt hatte genug Zeit im Meer verbracht, war durch genügend gesunkene Schiffe geschwommen, um zu wissen, daß die weichen organischen Substanzen des menschlichen Körpers schnell von den am Meeresboden hausenden Lebewesen verspeist wurden. Als nächstes lösten sich die Knochen im eiskalten Wasser auf und erst als letztes die Kleidung; besonders Fliegerjacken aus Leder und Stiefel waren sehr widerstandsfähig. Doch irgendwann würden auch sie verschwinden, ebenso wie das gesamte Flugzeug.

»Habe Ziel in Sicht«, meldete er Sandecker, der in der C-5 über ihm durch die Nacht kreiste.

»Wie ist die Beschaffenheit?« fragte Sandecker schnell.

»Ein Flügel ist schwer beschädigt. Das Heck ist weggebrochen, aber der Hauptrumpf ist intakt.«

»Die Bombe ist im vorderen Bombenschacht. Sie müssen *Big Ben* an der Stelle in Position bringen, wo die Vorderseite der Tragfläche am Rumpf montiert ist. Von dort aus schneiden Sie das Dach auf.«

»Wir haben heute abend Glück«, erwiderte Pitt. »Der Steuerbordflügel wurde abgerissen, so daß man von dort leicht Zugang hat. Ich kann also von der Seite leicht die Spanten durchtrennen.«

Pitt manövrierte das Fahrzeug in Position, bis die Greifarme über den vorderen Bombenschacht der Maschine reichten. Er schob seine Hand in eine Art Bedienungshandschuh, mit Hilfe dessen die mechanischen Arme elektronisch gesteuert wurden, und wählte von den drei Werkzeugen an der Vorderseite des linken Arms eine Trennscheibe, die man in alle Richtungen ausfahren konnte. Das System ließ sich bedienen, als handele es sich um eine Verlängerung seiner Hand und seines Arms, und so bestimmte und vermaß Pitt den Schnitt auf einem Monitor, der die Schnittstellen an den einzelnen Bauteilen des Flugzeugs außerordentlich genau zeigte. Er konnte seine Arbeit aus verschiedenen nahen Blickwinkeln verfolgen, anstatt sich auf die Beobachtung durch den durchsichtigen Bug verlassen zu müssen. Er führte die Trennscheibe an die Aluminiumaußenhaut des Flugzeuges und programmierte Ausmaße und Tiefe der Schnitte in einen Computer ein. Dann schaltete er das Werkzeug an und sah zu, wie es sich, präzise wie das Skalpell eines Chirurgen, den Rumpf von *Dennings' Demons* vornahm.

Die scharfen Zähne der Trennscheibe drangen mit der Leichtigkeit einer Rasierklinge, die das Balsaholz eines Modellsegelflugzeugs durchschneidet, durch das alte Aluminium des Rumpfs. Es gab keine Funken und auch kein Glühen des von der Reibung erhitzten Metalls. Das Metall war zu weich und das Wasser zu kalt. Stützstreben und Kabelbäume wurden ebenfalls mühelos durchtrennt. Als die Schneidearbeiten fünfzig Minuten später erledigt waren, fuhr Pitt den anderen Manipulator aus. Am Handgelenk dieses künstlichen Arms war ein Greifsystem angebracht, das in fingergleiche Pinzetten auslief.

Mit diesem griff er durch die Aluminiumhaut und traf auf ein Schott; die Pinzetten schlossen sich, und der Arm hob sich langsam, schwenkte zurück und riß ein großes Stück Aluminium von der Seite und dem Dach des Flugzeugs ab. Vorsichtig ließ Pitt den künstlichen Arm neunzig Grad seitwärts schwenken und das abgerissene Stück des Wracks vorsichtig auf den Boden sinken, damit keine Schlickwolke aufwallte, die ihm die Sicht nehmen konnte.

Jetzt hatte er eine Öffnung von drei mal vier Metern vor sich. Von der Seite war die Bombe vom Typ ›Fat Man‹, Codename ›Mother's Breath‹, deutlich zu sehen. Sie hing sicher und frei an einem großen Haken und einstellbaren Schwingungsdämpfern.

Pitt mußte sich seinen Weg nun noch durch einen Abschnitt des Kriechgangs bahnen, der über dem Bombenschacht verlief und das Cockpit mit dem Geschützstand des Heckschützen verband. Einen Teil davon hatte man schon entfernt, damit die große Bombe überhaupt in den Rumpf des Flugzeugs paßte. Er mußte aber noch die Leitschienen abschneiden, die eingebaut worden waren, um dafür zu sorgen, daß sich beim Abwurf die Flossen der Bombe nicht verbogen.

Auch diese Operation verlief nach Plan. Die restlichen Hindernisse waren bald auf den Wrackteilen aufgestapelt, die er bereits zuvor abgeschnitten hatte. Der nächste Schritt, die Entfernung der Bombe, war der schwierigste.

›Mother's Breath‹ schien Tod und Verderben auszustrahlen. Neun Fuß lang und fünf Fuß breit – das waren die Konstruktionsmaße –, sah sie aus wie ein großes, dickes, häßliches Ei, verrostet und mit kurzen Flossen auf der einen Seite und einer Art Reißverschluß in der Mitte.

»Okay, ich kümmere mich jetzt um die Bombe«, meldete Pitt.

»Sie müssen beide Manipulatorarme benutzen, um sie rauszuheben und zu transportieren«, wies ihn Sandecker an. »Wiegt nach den alten Maßen fast fünf Tonnen.«

»Einen Arm brauche ich, um Haken und Schwingungsdämpfer abzuschneiden.«

»Für einen Arm ist das Gewicht zu groß. Er kann die Bombe nicht halten, ohne beschädigt zu werden.«

»Das weiß ich. Aber ich muß warten, bis ich das Auslösekabel durchtrennt habe, bevor ich die Trennscheibe durch ein Greifsystem ersetzen kann. Erst dann werde ich wagen, die Bombe anzuheben.«

»Warten Sie«, befahl Sandecker. »Ich überprüf's mal eben und melde mich gleich wieder.«

Während er wartete, brachte Pitt das Schneidewerkzeug an Ort und Stelle in Position und griff mit dem Greifarm nach der Öse unter dem Haken.

»Dirk?«

»Bitte kommen, Admiral.«

»Lassen Sie die Bombe fallen.«

»Wiederholen Sie.«

»Durchschneiden Sie die Auslösekabel und lassen Sie die Bombe fallen. ›Mother's Breath‹ gehört zum Typ der Implosionsbomben und kann einen harten Aufprall vertragen.«

Pitt starrte das fürchterliche Monster an, das nur ein paar Meter entfernt von ihm baumelte, und alles, was er sah, war ein explodierender Feuerball, eine Aufnahme, die in Dokumentarfilmen andauernd wiederholt wurde.

»Sind Sie noch da?« fragte Sandecker mit hörbarer Nervosität in der Stimme.

»Entspricht das den Tatsachen, oder handelt es sich lediglich um ein Gerücht?« meldete Pitt sich wieder.

»Eine erwiesene Tatsache.«

Pitt holte tief Atem, stieß ihn aus und schloß die Augen. Dann gab er der Trennscheibe den Befehl, das Auslösekabel zu durchschneiden. Nach fast fünfzig Jahren im Meer, halb verrostet, gaben die Stahlfasern schnell nach, und die große Bombe knallte auf die geschlossenen Klappen des Bombenschachts. Die einzige Explosion kam von dem Schlick, der eingedrungen war und sich dort gesammelt hatte.

Eine fürchterliche, einsame Minute lang saß Pitt völlig erstarrt da und fühlte die Stille beinahe körperlich, während er darauf wartete, daß der Schlick verschwand und die Bombe wieder auftauchte.

»Ich habe keine Explosion gehört«, bemerkte Sandecker mit geradezu unverschämter Ruhe.

»Das werden Sie, Admiral«, murmelte Pitt, der sich langsam wieder in den Griff bekam und klare Gedanken fassen konnte. »Das werden Sie.«

69 Die Hoffnung sank und stieg abwechselnd. Sie hatten nur noch zwei Stunden Zeit, und *Big Ben* holperte, mit ›Mother's Breath‹ sicher in den Greifsystemen beider künstlicher Arme, über den Meeresboden. Wie in den letzten Minuten eines Spiels mit ungewissem Ausgang stieg die Spannung in der C-5 Galaxy und im Weißen Haus stetig an und wurde um so unerträglicher, je mehr sich die Operation ihrem Höhepunkt näherte.

»Er liegt acht Minuten vor dem Zeitplan«, sagte Giordino leise, »und es sieht alles soweit gut aus.«

»Wie einer, der auf einsamer Straße schreitet voll Angst und Grauen dahin«, zitierte Sandecker abwesend.

Giordino blickte auf. »Was war das denn, Admiral?«

»Coleridge.« Sandecker lächelte entschuldigend. »›The Ancient Mariner‹. Ich habe an Pitt da unten gedacht, allein in der Tiefe, auf seinen Schultern die Last von Millionen Menschenleben und nur Zentimeter vom Tod in den Flammen getrennt.«

»Ich hätte bei ihm sein müssen«, meinte Giordino bitter.

»Uns allen ist klar, daß Sie *ihn* eingeschlossen hätten, wenn Ihnen der Gedanke zuerst gekommen wäre.«

»Stimmt.« Giordino zuckte die Achseln. »Aber das war nicht der Fall. Und jetzt blickt er dem Tod ins Auge, während ich hier sitze und Däumchen drehe.«

Sandecker warf einen Blick auf die Karte und die rote Linie, die Pitts Kurs über den Meeresboden zur B-29 und von da aus zu der Stelle, an der die Bombe explodieren sollte, bezeichnete.

»Er wird's schaffen und überleben«, murmelte er. »Dirk ist nicht so leicht umzubringen.«

Mauji Koyoma, Sumas technischer Experte in Verteidigungsfragen, stand vor einem Radarbildschirm und machte Yoshishu, Tsuboi und Takeda Kurojima, die um ihn herumstanden, auf ein Ziel aufmerksam.

»Eine sehr große amerikanische Transportmaschine der Air Force«, erklärte er. »Die Computervergrößerung zeigt, daß es sich um ein Flugzeug vom Typ C-5 Galaxy handelt, die über weite Strecken eine extrem schwere Last transportieren kann.«

»Sie sagen, das Flugzeug verhält sich höchst eigenartig?« fragte Yoshishu.

Koyoma nickte. »Es näherte sich aus Südosten, mit Kurs auf die Basis der amerikanischen Air Force in Shimodate. Das Flugzeug benutzte einen militärischen Luftkorridor, der siebzig bis hundert Kilometer entfernt an unserer Insel vorbeiführt. Während wir die Maschine verfolgten, bemerkten wir einen Gegenstand, der sich von ihr löste und ins Meer fiel.«

»Er wurde vom Flugzeug abgeworfen?«

»Ja.«

»Können Sie ihn identifizieren?« fragte Tsuboi.

Koyoma schüttelte den Kopf. »Alles, was ich sagen kann, ist, daß er langsam zu fallen schien; als hinge er an einem Fallschirm.«

»Vielleicht ein Unterwasser-Sensorsystem?« überlegte Kurojima, der Direktor des Drachenzentrums.

»Möglich, obwohl er für einen Geräusch-Sensor reichlich groß schien.«

»Sehr eigenartig«, meinte Yoshishu.

»Seitdem«, fuhr Koyoma fort, »ist das Flugzeug in der Gegend geblieben und kreist über dem Gebiet.«

Tsuboi sah ihn an. »Wie lange schon?«

»Fast vier Stunden.«

»Haben Sie den Funkverkehr abgehört?«

»Wir haben nur ein paar Signale aufgefangen, doch die waren allesamt elektronisch verschlüsselt.«

»Ein Aufklärer!« rief Koyoma, als habe er plötzlich die Lösung des Rätsels gefunden.

»Was«, fragte Yoshishu, »ist ein Aufklärer?«

»Ein Flugzeug mit einer hochentwickelten Spür- und Kommunikationsausrüstung«, erklärte Koyoma. »Flugzeuge dieser Art werden als fliegende Befehlsstände benutzt, um militärische Angriffe zu koordinieren.«

»Der Präsident ist ein elender Lügner!« zischte Tsuboi plötzlich. »Er hat uns hinters Licht geführt und uns in seiner Verhandlungsposition getäuscht. Jetzt steht fest, daß er es mit einem Angriff auf die Insel versuchen wird.«

»Doch weshalb derart offensichtlich?« fragte Yoshishu leise. »Der amerikanische Geheimdienst kennt unsere Möglichkeiten, Zielobjekte auf diese Entfernung zu erfassen und zu beobachten.«

Koyoma starrte auf den Radarschirm, der das Flugzeug als kleinen Punkt wiedergab. »Könnte sich um einen Einsatz handeln, mit dem elektronisch unser Verteidigungssystem überprüft werden soll.«

Tsubois Gesicht verzerrte sich vor Wut. »Ich werde Verbindung zum Präsidenten aufnehmen und verlangen, daß das Flugzeug aus unserem Luftraum entfernt wird.«

»Nein, ich habe einen besseren Plan.« Yoshishus Lippen verzogen sich zu einem gehässigen, frostigen Lächeln. »Eine Botschaft, die der Präsident verstehen wird.«

»Und wie sieht Ihr Plan aus, Korori?« fragte Tsuboi respektvoll.

»Ganz einfach«, erwiderte Yoshishu völlig emotionslos. »Wir zerstören die Maschine.«

Innerhalb von sechs Minuten lösten sich zwei Toshiba Infrarot-Land-Luft-Raketen aus ihren Werfern und nahmen Kurs auf die schutzlose und erschreckend verwundbare C-5. Das Flugzeug hatte kein Angriffswarnsystem. Die Mannschaft ging weiter in aller Seelenruhe ihrem Geschäft nach, das darin bestand, das Vordringen *Big Bens* zu verfolgen, nicht ahnend, daß in diesem Moment eine zerstörerische Kraft erbarmungslos auf den riesigen Rumpf ihrer Maschine zuraste.

Sandecker war ins Kommunikationsabteil gegangen, um einen Lagebericht ans Weiße Haus durchzugeben, während Giordino im Büro geblieben war. Er stand über den Schreibtisch gebeugt und studierte den Bericht eines Meeresgeologen, der den unter Wasser liegenden Graben betraf, den Pitt überqueren mußte, um sicher die japanische Küste zu erreichen.

Er schätzte wahrscheinlich gerade zum fünften Mal die Entfernung, als die erste Rakete das Flugzeug traf und donnernd explodierte. Die Schall- und Druckwelle warf Giordino zu Boden. Verblüfft stützte er sich auf einen Ellenbogen auf, als die zweite Rakete den unteren Laderaum traf und ein riesiges Loch in den Rumpf riß.

Es hätte eigentlich ein schnelles, dramatisches Ende sein müssen, doch die erste Rakete war nicht direkt beim Aufschlag explodiert. Sie war im oberen Teil des Flugzeuges zwischen zwei Fenstern eingeschlagen, hatte den Frachtraum durchquert und war erst losgegangen, als sie die Streben der gegenüberliegenden Wand durchschlagen hatte. Die Wucht der Explosion war zum großen Teil nach draußen in die nächtliche Luft verpufft und das Flugzeug so davor bewahrt worden, auseinandergerissen zu werden.

Noch halb unter Schock dachte Giordino: Jetzt stürzen wir ab. Wir können uns nicht in der Luft halten. Doch in beiden Fällen irrte er sich. Die große Galaxy wollte nicht so ohne weiteres sterben. Wie durch ein Wunder waren keine Brände ausgebrochen, und nur das Flugkontrollsystem war ausgefallen. Trotz ihrer klaffenden Wunden lag sie ruhig in der Luft.

Der Pilot hatte das angeschossene Flugzeug in einen flachen Sinkflug übergehen lassen, bevor er die Maschine kaum dreißig Meter über dem Meer auf südlichem Kurs, der sie von Soseki wegführte, abfing. Die Motoren liefen normal, und abgesehen von der Vibration und dem höheren Luftwiderstand, der von den Löchern im Rumpf herrührte, machte dem Piloten in erster Linie der Ausfall der Höhensteuerung Sorge.

Sandecker kam in Begleitung des Flugingenieurs nach hinten, um den Schaden abzuschätzen. Sie trafen auf Giordino, der sich auf Händen und

Knien vorsichtig über den Boden des Laderaums schob. Er klammerte sich an ein Schott und warf einen neugierigen Blick durch die klaffende Öffnung auf das unter ihm vorbeirasende Meer, das wie Quecksilber glitzerte.

»Da springe ich nicht runter«, überschrie er den tosenden Wind, der durch das Flugzeug heulte.

»Ich hab' auch keine Lust dazu«, schrie Sandecker zurück.

Der Flugingenieur besah sich entsetzt den Schaden. »Was, zum Teufel, ist da bloß passiert?«

»Wir haben ein paar Treffer von Land-Luft-Raketen eingesteckt«, rief Giordino ihm zu.

Giordino bedeutete Sandecker, sie sollten sich nach vorne begeben, um aus dem Windzug herauszukommen. Sie gingen ins Cockpit, während der Flugingenieur im zerstörten unteren Teil des Rumpfes die Schäden begutachtete. Die Piloten waren mit der Steuerung beschäftigt und unterhielten sich in ruhigem Ton, so als spielten sie gerade eine Notsituation im Flugsimulator durch.

Giordino ließ sich vorsichtig auf dem Fußboden nieder, dankbar, noch am Leben zu sein. »Ich kann gar nicht glauben, daß dieser Riesenvogel noch fliegt«, murmelte er erleichtert. »Erinnern Sie mich bloß daran, daß ich den Konstrukteuren einen Kuß gebe.«

Sandecker beugte sich über die Konsole zwischen den beiden Piloten und gab ihnen eine kurze Zusammenfassung der Schäden. Dann fragte er: »Wie stehen unsere Chancen?«

»Uns stehen noch die elektrische und ein Teil der hydraulischen Energieversorgung zur Verfügung, und wir haben noch genug Kontrolle über das Flugzeug, um zu manövrieren«, erwiderte der Chefpilot, Major Marcus Turner, ein großer, meistens gut gelaunter Texaner mit grobschlächtigem Gesicht, der jetzt angespannt und grimmig dasaß. »Aber die Explosion muß die Leitungen des Haupttanks unterbrochen haben. Die Nadeln der Anzeigeninstrumente sind in den letzten zwei Minuten drastisch gefallen.«

»Können Sie außerhalb der Reichweite der Raketen auf Posten bleiben?«

»Negativ.«

»Ich kann das als Anordnung des Oberbefehlshabers ausfertigen lassen«, knurrte Sandecker.

Turner machte keinen glücklichen Eindruck, doch er gab auch nicht nach. »Bei allem Respekt, Admiral, aber dieses Flugzeug kann jeden Augenblick auseinanderfallen. Wenn Sie unbedingt sterben wollen, dann ist das Ihre Sache. Meine Pflicht ist es, meine Mannschaft und die Maschine zu retten. Als früherer Berufssoldat wissen Sie, wovon ich rede.«

»Ich verstehe Ihren Standpunkt, dennoch gilt mein Befehl und an den halte ich mich.«

»Wenn die Maschine nicht auseinanderfällt und wir sorgsam mit dem Treibstoff umgehen«, erklärte Turner unbeeindruckt, »könnten wir es bis Naha Airfield auf Okinawa schaffen. Das ist die nächstgelegene längere Landebahn, die sich nicht direkt in Japan befindet.«

»Okinawa kommt nicht in Frage«, schnauzte Sandecker ihn an. »Wir halten uns vom Abwehrsystem der Insel fern und bleiben in einer Entfernung, von der aus wir mit unserem Mann Verbindung halten können. Dieser Einsatz ist für die nationale Sicherheit zu wichtig, als daß wir ihn abbrechen könnten. Halten Sie uns so lange wie möglich in der Luft. Wenn es zum Schlimmsten kommt, gehen Sie auf dem Meer nieder.«

Turners Kopf war rot, und der Schweiß lief ihm übers Gesicht, doch er lächelte gezwungen. »In Ordnung, Admiral, aber ich hoffe, Sie können gut und ausdauernd schwimmen.«

Dann fühlte Sandecker eine Hand auf seiner Schulter. Er drehte sich schnell um. Es war der Funker. Er sah Sandecker an und schüttelte ratlos den Kopf. Das verhieß nichts Gutes.

»Bedaure, Admiral. Das Funkgerät ist ausgefallen. Wir können weder senden noch empfangen.«

»Das wär's«, erklärte Turner. »Damit, daß wir mit einem kaputten Funkgerät hier in der Gegend rumfliegen, erreichen wir gar nichts.«

Sandecker sah Giordino an. In seinem Gesicht standen Sorge und Furcht. »Dirk hat keine Ahnung. Er wird glauben, wir hätten ihn im Stich gelassen.«

Giordino fixierte durch die Windschutzscheibe ausdruckslos einen Punkt irgendwo zwischen dem schwarzen Meer und dem schwarzen Himmel. Er fühlte sich elend. Das war das zweite Mal in den vergangenen paar Wochen, daß er das Gefühl hatte, seinen besten Freund im Stich gelassen zu haben. Schließlich blickte er auf, und seltsamerweise lächelte er.

»Dirk braucht uns nicht. Wenn überhaupt jemand die Bombe zur Explosion bringen und *Big Ben* am Strand parken kann, dann ist er es.«

»Ich würde mein Geld ebenfalls auf ihn setzen«, erklärte Sandecker voller Überzeugung.

»Okinawa?« fragte Turner, die Hand fest am Steuerknüppel.

Ganz langsam und mit großer Anstrengung, als ringe er mit dem Teufel um seine Seele, sah Sandecker Turner an und nickte. »Okinawa.«

Das große Flugzeug legte sich in die Kurve und schleppte sich auf neuem Kurs durch die Dunkelheit. Ein paar Minuten später verklang das Geräusch der Motoren. Zurück blieb ein schweigendes Meer, menschenleer bis auf einen einzelnen Mann.

70

Big Ben stand bewegungslos am Rande eines großen Unterwassergrabens, der zehn Kilometer breit und zwei Kilometer tief war. Es sah grotesk aus, wie die Bombe in den beiden künstlichen Armen hing. Pitt blickte grimmig den Abhang hinunter, der sich im Dunkel verlor.

Die Geologen hatten für die Explosion, die zum Erdrutsch führen und damit die Tsunami auslösen sollte, einen Punkt ungefähr zwölfhundert

Meter unterhalb des Böschungsrandes ausgewählt. Doch die Steigung lag fünf Grad über den Messungen aufgrund der Satellitenfotos. Und schlimmer, sehr viel schlimmer war, daß die obere Sedimentschicht des Grabens aus einer Art Ölschmiere bestand.

Pitt hatte die ausfahrbare Sonde eingesetzt und eine Probe vom Schlick genommen und war angesichts der geologischen Testresultate, die über den Monitor flimmerten, alles andere als begeistert. Er erkannte die Gefahr, in der er sich befand. Es würde ungeheuer schwierig sein, das schwere Fahrzeug davon abzuhalten, in einem Rutsch den ganzen Abhang bis zum Boden hinunterzuschlittern.

Und wenn er sich erst einmal entschlossen hatte, *Big Ben* über den Rand des Grabens rollen zu lassen, dann gab es kein Zurück mehr. Die Kettenglieder konnten nie im Leben genügend festen Halt finden, das Fahrzeug den Abhang hoch und über den Rand vor der Explosion in Sicherheit zu bringen. Er beschloß, wie ein Skifahrer schräg zum Hang weiterzufahren, sobald er die Bombe scharfgemacht hatte. Seine einzige Chance war die, daß die Erdanziehungskraft seine Geschwindigkeit steigern würde und *Big Ben* auf diese Weise den Ausläufern der Lawine entkommen konnte, bevor sie beide von deren Gewalt erfaßt, davongetragen und für die nächsten zehn Millionen Jahre begraben würden.

Pitt war sich der schmalen Gratwanderung zwischen Überleben und Tod wohl bewußt. Er vermißte Giordino an seiner Seite und überlegte, warum wohl jegliche Kommunikation mit der C-5 Galaxy unterbrochen war. Es mußte einen triftigen Grund geben. Giordino und Sandecker hätten ihn nie grundlos allein zurückgelassen. Doch jetzt war es zu spät für Erklärungen und zu früh für einen endgültigen Abschied.

Es war unheimlich und einsam, wenn man keine menschliche Stimme hörte, die einen moralisch aufrüstete. Pitt merkte, wie die Erschöpfung ihn in dichte Wolken hüllte. Er sackte in seinem Sitz zusammen, jeglicher Optimismus schien ihn zu verlassen. Er überprüfte noch einmal die Koordinaten der Stelle, an der die Explosion stattfinden sollte, und sah zum letztenmal auf seine Uhr.

Dann schaltete er den Autopiloten ab, übernahm selbst die Kontrolle über *Big Ben*, legte den Vorwärtsgang ein und holperte mit der riesigen Raupe den steilen Hang hinunter.

Nach den ersten hundert Metern wurde der Schwung immer größer, und Pitt begann daran zu zweifeln, ob er das Fahrzeug überhaupt anhalten konnte, bevor er bis zum Boden des Grabens gefahren war. Er merkte, daß ein Abbremsen der beiden Ketten so gut wie keine Wirkung zeigte. Zwischen den Kettengliedern und dem glatten Schlick gab es keinerlei Haftung. *Big Ben* schlitterte über die glatte Oberfläche wie ein Sattelschlepper mit Anhänger auf einer steil abfallenden Straße.

Die kugelrunde Bombe schlingerte wild im Griff der künstlichen Arme. Sie hing direkt in seinem Blickfeld, so daß Pitt gar nicht vermeiden konnte, andauernd dieses scheußliche Ding anzusehen, das möglicherweise seinen eigenen Tod herbeiführen würde.

Plötzlich tauchte ein weiterer entsetzlicher Gedanke in seinem Hirn auf. Wenn die Bombe sich löste und den Abhang hinunterrollte, dann würde er sie wahrscheinlich niemals wiederfinden. Er verkrampfte sich vor Verzweiflung und Angst – und es war nicht die Angst zu sterben, sondern zu guter Letzt doch noch zu versagen.

Er mußte sich beeilen. Ohne weiter darüber nachzudenken, daß er ein Risiko eingegangen war, das kein Mann, der noch ganz bei Sinnen war, auch nur in Erwägung gezogen hätte, schaltete er kurzerhand in den Rückwärtsgang und gab Vollgas. Wild wühlten sich die wirbelnden Ketten rückwärts durch den schlüpfrigen Sumpf; dann verlangsamte *Big Ben* ganz allmählich seine Fahrt, bis das Fahrzeug nur noch im Schnekkentempo dahinkroch.

Eine dichte Schlickwolke hüllte das Fahrzeug ein, als er es völlig zum Stehen brachte. Geduldig wartete er, bis er wieder etwas sehen konnte, dann fuhr er fünfzig Meter weiter, schaltete in den Rückwärtsgang und hielt erneut an. Dieses Manöver wiederholte er etliche Male, bis er das Fahrzeug vollkommen unter Kontrolle und ein Gefühl für die Reibung zwischen Kette und Untergrund entwickelte hatte.

Seine Bewegungen an der Lenkung wurden immer hastiger. Mit jeder Minute, die verstrich, wuchs seine Verzweiflung. Endlich, nach fast dreißig Minuten Anstrengung, signalisierte der Navigationscomputer, daß er sein Ziel erreicht hatte. Dankbar entdeckte er einen kleinen Vorsprung, der aus dem Hang ragte. Er schaltete den Antrieb aus und parkte *Big Ben*.

»Ich bin am Explosionsort angekommen und beginne jetzt damit, die Bombe scharfzumachen«, meldete er über Funk in der schwachen Hoffnung, daß Sandecker und Giordino ihn irgendwo weiter oben hören würden.

Pitt verlor keine Zeit. Er senkte die künstlichen Arme und setzte die Bombe im weichen Untergrund ab. Er löste die Griffe und ersetzte die Pinzetten durch Werkzeuge. Wieder schob er die Hand in den Handschuh der Armsteuerung und schnitt mit einer Metallschere das Gehäuse am hinteren Ende des Bombengehäuses auf, das das Hauptzündsystem enthielt.

Im Innern des Gehäuses befanden sich vier kleine Radargeräte und ein Druckauslöser. Wenn die Bombe wie geplant abgeworfen worden wäre, dann hätte das Ziel die Radarstrahlen reflektiert. Schließlich, wenn die Angaben von zwei Geräten übereingestimmt hätten, wäre in einer bestimmten Höhe das Zündsystem, das vor der Implosionskugel montiert war, aktiviert worden. Das Ersatzzündsystem bestand aus einem Druckschalter, der sich ebenfalls beim Erreichen einer bestimmten Höhe elektrisch, durch Schließen der Kontakte, auslöste.

Die Zündkreise konnten jedoch nicht geschlossen werden, solange sich das Flugzeug in der Luft befand. Sie wurden durch ein Zeitschaltsystem aktiviert, das so lange nicht umgangen werden konnte, wie die Bombe im Bombenschacht hing. Sonst wäre *Dennings' Demons* schon längst vorher in einem Feuerball explodiert.

Nachdem er die Verkleidung entfernt hatte, montierte Pitt eine kleine Videokamera auf das vordere Ende des linken Arms. Schnell fand er den Druckauslöser und richtete die Kamera darauf. Der Auslöser bestand aus

Messing, Stahl und Kupfer und zeigte Spuren von Korrosion, doch sonst schien er noch intakt zu sein.

Als nächstes kuppelte Pitt eine schmale dreifingrige Hand an einen der Arme an. Der Arm bog sich zum Bug des Fahrzeugs zurück, wo die Finger einen schweren Metalldeckel eines Werkzeugbehälters aufschoben und einen seltsamen Gegenstand aus Keramik herausnahmen, der wie ein Fußball aussah, dem man die Luft abgelassen hatte. In den konkaven Boden war eine Kupferplatte eingelassen, die von einem geschmeidigen, biegsamen Material umrahmt war. Der erste Blick täuschte. Der Gegenstand war in Wirklichkeit ein hochempfindlicher Druckbehälter, der mit einer wachsartigen Mischung aus Plastik und Säure gefüllt war. Die Keramikabdeckung, die die Mischung umgab, war so geformt, daß sie genau über den Druckauslöser paßte und ihn wasserdicht abschloß.

Pitt bediente die künstliche Hand und stülpte den Behälter über den Auslöser. Als er fest an Ort und Stelle saß, zog er einen winzigen Stöpsel heraus, so daß das Meerwasser nach und nach in den Behälter einsickern konnte. Wenn die Masse im Innern mit Salzwasser in Kontakt käme, würde sie chemisch aktiv, aggressiv und brächte Metall schnell zur Korrosion. Nachdem sie sich durch die Kupferplatte gefressen hätte – was etwa eine Stunde dauern konnte –, würde die Säuremischung das Kupfer im Druckschalter angreifen, der dann einen Stromkreis schließen und so das elektrische Zündsignal geben würde, das die Bombe zum Explodieren brächte.

Während Pitt die künstlichen Arme *Big Bens* wieder einfuhr und behutsam zurücksetzte, fort von dem Ungeheuer, das wie eine fette, schleimige Masse dort im Schlick lag, warf er einen schnellen Blick auf die Digitaluhr auf seiner Instrumentenkonsole.

Es war ein knappes Rennen gewesen. ›Mother's Breath‹ würde achtundvierzig Jahre zu spät explodieren und dennoch den Wettlauf mit der Zeit vielleicht gewinnen können.

»Irgendwelche Nachrichten?« erkundigte sich der Präsident besorgt vom Oval Office aus.

»Wir haben hier einen nicht erklärbaren Kommunikationszusammenbruch«, berichtete Jordan im Lagebesprechungsraum.

»Sie haben keine Verbindung mehr zu Admiral Sandecker?«

»Das befürchte ich, Mr. President. Wir haben alles Menschenmögliche versucht, doch es gelingt uns nicht, mit seinem Flugzeug Verbindung aufzunehmen.«

Der Präsident spürte, wie lähmende Angst in ihm aufstieg. »Was ist schiefgegangen?«

»Wir können lediglich Vermutungen anstellen. Beim letzten Überflug eines Pyramider-Satelliten haben wir festgestellt, daß das Flugzeug offenbar den Kontakt mit dem Tiefseeschürffahrzeug abgebrochen und Kurs auf die Insel Okinawa genommen hat.«

»Das ergibt doch überhaupt keinen Sinn. Wieso sollte Sandecker die Operation abbrechen, nachdem Pitt die Bombe erfolgreich aus *Dennings' Demons* geborgen hat?«

»Das würde er niemals tun, es sei denn, Pitt hatte einen ernsten Unfall und es war ihm nicht mehr möglich, die Explosion auszulösen.«

»Dann ist es also vorbei«, sagte der Präsident sichtlich erschüttert.

Auch in Jordans Stimme schwang Mutlosigkeit mit, als er antwortete: »Das wissen wir nicht mit Sicherheit, solange der Admiral nicht Kontakt mit uns aufgenommen hat.«

»Was gibt's Neues von der Suche nach den Bombenwagen?«

»Das FBI hat drei weitere entdeckt und entschärft. Sie befanden sich alle in größeren Städten.«

»Und die Fahrer?«

»Jeder einzelne ein ergebener Anhänger von Suma und den Goldenen Drachen. Jederzeit bereit, sein Leben zu opfern. Dennoch haben sie keinerlei Widerstand geleistet oder die Bomben zu zünden versucht, als das FBI sie verhaftete.«

»Weshalb sind die so fügsam?«

»Ihre Befehle lauteten, die Bomben in den jeweiligen Wagen nur dann zu zünden, wenn sie ein verschlüsseltes Funksignal aus dem Drachenzentrum erhalten.«

»Wie viele Wagen sind noch in unseren Städten versteckt?«

Eine angespannte Pause folgte, dann antwortete Jordan langsam: »Ungefähr zehn.«

»Allmächtiger!« Angst und Fassungslosigkeit standen dem Präsidenten ins Gesicht geschrieben.

»Ich habe mein Vertrauen zu Pitt noch nicht verloren«, erklärte Jordan ruhig. »Es gibt keinen Hinweis darauf, daß es ihm nicht gelungen wäre, das Zündsystem in der Bombe zu aktivieren.«

In den Augen des Präsidenten flackerte wieder ein Hoffnungsschimmer auf. »Wie lange dauert es noch, bis wir das genau wissen?«

»Wenn Pitt den Zeitplan einhalten konnte, dann müßte sich die Detonation innerhalb der nächsten zwölf Minuten ereignen.«

Der Präsident starrte seinen Computer mit leerem Blick an. Als er schließlich sprach, waren seine Worte so leise, daß Jordan sie kaum verstehen konnte.

»Drücken Sie die Daumen, Ray. Und wünschen Sie ihm alles Gute. Mehr können wir im Augenblick nicht tun.«

71

Die Säuremischung reagierte auf den Kontakt mit dem Salzwasser, fraß sich langsam durch die Zeitverzögerungsplatte und griff dann den Druckschalter an. Die Verbindung, die die Säure mit dem Kupferschalter einging, sorgte bald für eine elektrische Spannung. Der Strom übersprang die Kontakte, und der Stromkreislauf des Zünders wurde geschlossen.

Nachdem sie fast fünf Jahrzehnte gewartet hatten, zündeten die Auslöser an zweiunddreißig verschiedenen Stellen an der Außenseite der Bombe und setzten ein unglaublich kompliziertes Detonationsphänomen in Gang, das darin gipfelte, daß Neutronen das sie umgebende Plutonium durchdrangen und so die Kettenreaktion auslösten. Dann folgte die Kernspaltung, die Abermillionen Kilogramm Druck freisetzte. Der gasförmige Feuerball dehnte sich unter Wasser aus, schoß nach oben, durchbrach die Meeresoberfläche und trieb eine gigantische Wasserfontäne vor sich her, die von der Druckwelle in die Nacht geschleudert wurde.

Da Wasser sich nicht zusammenpressen läßt, ist es beinahe ein perfektes Medium zur Übertragung von Druckwellen. Mit beinahe zwei Kilometern pro Sekunde erfaßte der Druck *Big Ben* und überholte das Fahrzeug, das sich in nur acht Kilometern Entfernung schräg über den Abhang schob. Die Fahrt durch den Schlamm verlief quälend langsam, und das Fahrzeug hatte vier Kilometer weniger zurückgelegt als geplant. Die Druckwelle traf es wie ein Schmiedehammer, der gegen eine Stahltrommel knallt, doch das Fahrzeug steckte auch diesen Schlag noch ein.

Selbst in dem Augenblick, als die Druckwelle mit einer riesigen Staubwolke über *Big Ben* hinwegraste und Pitt jede Sicht nahm, empfand er nichts als Jubel. Die Explosion hatte jegliche Angst vor einem Versagen beiseite gefegt. Jetzt vertraute er blind auf die Sonarsensoren und fuhr im Zickzackkurs durch aufgewirbelten Schlamm und Sand ins Unbekannte. Er befand sich auf einem langgezogenen Bergrücken, der schräg in der Mitte des Abhangs nach unten verlief. Auch jetzt war seine Geschwindigkeit nicht sehr viel höher, als sie es an den steileren Stellen gewesen war. Die Haftung zwischen den Ketten und dem Schlamm hatte sich nur unwesentlich verbessert. Jeder Versuch, das Ungetüm in gerader Linie nach unten zu fahren, war zum Scheitern verurteilt. Es würde den Hang hinunterrasen wie ein Lastwagen, der auf eisglatter Fahrbahn ins Schleudern geriet.

Pitt war völlig klar, daß sein Leben am sprichwörtlichen Faden hing und daß er sich in einem Wettlauf mit dem Tod befand, in dem er der ihm folgenden Lawine zu entgehen suchte. Die Wahrscheinlichkeit, daß er als Verlierer daraus hervorgehen würde, war groß. Doch jetzt hatte er alle Angst beiseite gewischt; geblieben war nur noch sein unbeugsamer Überlebenswille.

An der Meeresoberfläche – im Dunkeln nicht wahrnehmbar – stieg die Wasserfontäne zweihundert Meter hoch und fiel dann in sich zusammen, doch tief in der Bruchzone, unterhalb des Grabenbodens, bewirkten die Druckwellen eine vertikale Verschiebung in der Erdkruste. Druckwelle auf Druckwelle folgte, die Bruchstelle in der Erdkruste hob, senkte und weitete sich, die Folge war ein starkes Erdbeben.

Die vielen Ablagerungsschichten, die sich im Laufe von Millionen Jahren gebildet hatten, verschoben sich und sorgten dafür, daß sich der schwere Lavafelsen der Insel Soseki senkte, als stünde er auf Treibsand. Abgefedert durch den weichen, nachgiebigen Unterboden schien die Insel zunächst gegen die Druckwellen des Bebens immun zu sein. Doch dann versank sie allmählich im Meer, und das Wasser stieg an den Klippen hoch.

Soseki sank ständig weiter, bis die tragenden Sandschichten zusammengepreßt waren, das Sinken der Felsmasse langsamer wurde und sie auf neuem Niveau zur Ruhe kam. Jetzt brachen sich die Wellen nicht länger am Fuße der Klippen, sondern schlugen über die zerklüfteten Spitzen und umspülten die dahinter gelegenen Bäume.

Sekunden nach der Explosion und den darauf folgenden seismischen Beben erzitterte ein erheblicher Teil der östlichen Grabenwand und wölbte sich drohend. Dann rutschten etliche hundert Millionen Tonnen Schlick abwärts und trafen unter Donnergetöse auf den Boden der Schlucht. Eine unglaubliche Druckwelle war die Folge. Sie breitete sich bis zur Wasseroberfläche aus und bildete darunter einen gebirgshohen Wasserwall.

Eine unzerstörbare Tsunami war entstanden.

Im offenen Meer nur einen Meter hoch wurde sie bald schneller, beschleunigte auf eine Geschwindigkeit von 500 Kilometern pro Stunde und rollte westwärts. Unbesiegbar, fürchterlich in ihrer Vernichtungskraft; es gibt auf der Erde keine zerstörerischere Kraft. Und nur zwanzig Kilometer entfernt lag Soseki mitten auf ihrem Weg.

Das Unglück nahm seinen Lauf.

Der Tod des Drachenzentrums stand unmittelbar bevor.

Tsuboi, Yoshishu und ihre Leute standen noch immer im Abwehr-Kontrollraum und verfolgten den Kurs der beschädigten C-5 Galaxy, die nach Süden abgedreht hatte.

»Zwei Raketentreffer, und die fliegt immer noch«, wunderte sich Yoshishu.

»Sie kann trotzdem noch abstürzen.« Tsuboi brach plötzlich ab, als er das ferne Rumpeln der Explosion von ›Mother's Breath‹ wahrnahm. »Hört ihr das?« fragte er.

»Ja, sehr schwach, wie weit entferntes Donnern«, sagte Koyoma, ohne die Augen vom Radarschirm zu wenden. »Kommt wahrscheinlich von einem Gewitter und dringt als Echo durch die Ventilationsschächte.«

»Sie fühlen es auch?«

»Ich fühle eine leichte Erschütterung«, erwiderte Yoshishu.

Kurojima zuckte gleichgültig die Achseln. Japaner sind an die Bewegungen der Erde gewöhnt. Jedes Jahr werden auf den Hauptinseln mehr als tausend Beben registriert, und keine Woche vergeht, ohne daß die Japaner ein Zittern der Erde erleben. »Ein kleines Beben. Wir befinden uns in der Nähe einer seismischen Verwerfung. Haben wir hier die ganze Zeit über. Aber keine Sorge. Die Insel besteht aus massivem Felsen, und das Drachenzentrum wurde so konstruiert, daß ein Erdbeben ihm nichts anhaben kann.«

Die herumstehenden Gegenstände im Raum klapperten leise, als die ersterbende Energie der Bombe das Drachenzentrum erreichte. Dann traf die Druckwelle, die durch die Verschiebung in der subozeanischen Verwerfung entstanden war, die Insel wie ein gewaltiger Rammbock. Das ganze Drachenzentrum erbebte, schien in alle Richtungen zu schwanken. Auf den Gesichtern zeichnete sich Überraschung ab, dann Besorgnis und schließlich Angst.

»Das ist ein starkes Beben«, sagte Tsuboi nervös.

»Eines in dieser Stärke haben wir noch nie erlebt«, stieß Kurojima erschreckt hervor, während er sich mit dem Rücken an die Wand lehnte und den Arm ausstreckte, um sich abzustützen.

Yoshishu stand ganz still da, als sei er über das, was da passierte, schrecklich wütend. »Sie müssen mich hier herausbringen«, forderte er.

»Hier sind wir sicherer als im Tunnel«, überschrie Koyoma den wachsenden Tumult.

Diejenigen, die sich nicht irgendwo festklammerten, wurden zu Boden geschleudert, als die Druckwelle unter dem Lavafelsen hindurchlief und sich durch das tiefere Sediment fortsetzte. Das Kontrollzentrum wurde jetzt heftig durchgeschüttelt, da sich die sinkende Insel im Sandboden hin- und herbewegte. Ausrüstungsgegenstände, die nicht befestigt waren, fielen um und trudelten durch den Raum.

Tsuboi drückte sich in eine Ecke und starrte Kurojima benommen an. »Fühlt sich an, als würden wir fallen.«

»Die Insel senkt sich«, schrie Kurojima entsetzt auf.

Die zu Tode erschrockenen Männer im Drachenzentrum wußten nicht, konnten nicht wissen, daß die gewaltige Masse der Tsunami der Druckwelle nur in einem Abstand von zwei Minuten folgte.

Mit Pitt an der manuellen Steuerung rumpelte *Big Ben* im Zickzackkurs durch den Schlick und schlitterte auf den Boden des Grabens zu. Die Ketten verloren ständig ihren Halt und brachten damit das DSMV zum seitlichen Abrutschen, bis die Führungsräder sich wieder soweit in den Schlick gefressen hatten, daß sie erneut griffen.

Pitt hatte das Gefühl, das Kettenfahrzeug als Blinder in einer blinden Welt zu fahren. Geleitet nur von ein paar Anzeigen, Zeigern und einem Bildschirm mit farbigen Anweisungen, wog er seine Chancen anhand der Daten ab, die der Sonar-Laser Scanner von der Lage draußen aufzeichnete, und kam zu dem Schluß, daß er, solange er noch im Schlick saß, nur durch ein Wunder entkommen konnte. Nach den Berechnungen der Geophysiker war er noch nicht einmal annähernd weit genug gefahren, um den vorhergesagten Ausläufern des Erdrutsches zu entgehen.

Jetzt hing alles davon ab, festen Grund oder einen Felsen zu finden, der stabil war und ihn nicht abrutschen ließe. Selbst in diesem Fall bildete jedoch der Graben die gefährlichste Hürde. Er befand sich auf der falschen Seite. Um sich an der japanischen Küste in Sicherheit zu bringen, hätte er mit dem mächtigen Fahrzeug bis zum Grund fahren und den Hang auf der anderen Seite wieder hochfahren müssen.

Er konnte es nicht sehen, und sein Scanner konnte es ihm nicht mitteilen, doch es gab weder festen Untergrund noch sanfte Hänge, über die das DSMV auf flaches Terrain nach oben hätte fahren können. Die große Fraktur im Meeresboden vertiefte sich, wand sich in südöstlicher Richtung und bot für die nächsten achthundert Kilometer keinerlei Chancen auf ein Entkommen. Zu spät informierte sein Scanner ihn über den mächtigen, von einem Erdbeben verursachten Erdrutsch, der an der Ostwand des Grabens entlangraste – ähnlich wie Sand durch eine Eieruhr – und sich ihm mit gewaltigem Tempo näherte.

Big Ben schob sich noch immer durch den weichen Untergrund, als die Lawine das Fahrzeug einholte. Pitt merkte, wie der Boden unter dem Fahrzeug wegrutschte, und wußte, er hatte das Rennen verloren. Das Donnern der Lawine hörte sich an wie ein Wasserfall in einem gekachelten Raum. Er sah die Hand des Todes, die nach ihm griff und ihn berührte, und fand gerade noch Zeit, seinen Körper anzuspannen, bevor eine riesige Schlammwand das DSMV einhüllte, herumwirbelte, in die schwarzen Tiefen nach unten schob und es unter einer riesigen Schlickmasse verbarg.

Das nächtliche Meer schien verrückt zu spielen, als die gewaltige Masse der Tsunami sich turmhoch aufrichtete, wütend, wild und zerstörerisch.

Sie kam aus der Dunkelheit geschossen, nur um noch höher anzusteigen, wenn sie auf die Sandbänke der Insel traf; die schiere Größe ihrer Macht überstieg jedes menschliche Vorstellungsvermögen.

Während sich die Front der Riesenwelle verlangsamte, als der Meeresboden anstieg, staute sich dahinter das Wasser an und stieg mit phantastischer Geschwindigkeit, bis es die Höhe eines achtstöckigen Gebäudes erreicht hatte. Schwärzer als die Nacht selbst, mit Wogenkämmen, die in phosphoreszierendem Feuer zu explodieren schienen, und ohrenbetäubendem Brüllen türmte sich das alptraumhafte Ungeheuer zu einem Berggipfel auf und stürmte gegen die schon versunkenen Klippen der schutzlosen Insel an.

Der ungeheure Wall des Todes und der Vernichtung zermalmte jeden Baum und jede Pflanze und riß sie mit sich. Die Ferienhäuser auf der Insel zersplitterten wie Zahnstocher in einem Tornado. Nichts, was Mensch oder Natur geschaffen haben, kann dieser katastrophalen Gewalt länger als für die Dauer eines Augenzwinkerns standhalten. Trillionen Liter Wasser vernichteten alles, was sich ihnen in den Weg stellte. Die Insel wurde wie von der Hand eines Riesen noch tiefer ins Meer gedrückt.

Ein Großteil der unvorstellbaren Kraft der Tsunami wurde beim Aufprall auf die Landmasse abgefangen. Der Rückwärtssog verwandelte sich in eine Art Rückschlag, der die Energie der Welle wieder hinaus auf die offene See lenkte. Der restliche Teil der Welle lief westlich an der Insel vorbei und traf auf die Hauptinsel Hanshu. Mittlerweile war die Welle nur noch einen Meter hoch. Sie verursachte in einigen Fischerhäfen Schäden; Tote waren nicht zu beklagen.

In ihrem Kielwasser ließ die Tsunami, ausgelöst durch ›Mothers' Breath‹, die Insel Soseki und das Drachenzentrum im turbulenten Meer versinkend zurück. Beide sollten für immer unter der Meeresoberfläche verschwinden.

Tief unter der Insel hielten die Nachbeben noch an. Sie klangen wie das Rumpeln heftigen Artilleriefeuers. Gleichzeitig rauschten unzählige Tonnen schwarzen Wassers durch die Ventilationsschächte und den Aufzugschacht nach unten. Rinnsale bildeten sich an den Bruchstellen der Betondecke, und Wasser sickerte durch die immer breiter werdenden Risse im darüberliegenden Lavagestein, das durch das Sinken der Insel unvorstellbarem Druck ausgesetzt war.

Das gesamte Drachenzentrum erzitterte von dem Getöse herunterstürzenden Wassers und einem tiefen Donnern, das entstand, als es sich explosionsartig in die Räume und Korridore der oberen Stockwerke ergoß. Unter dem gewaltigen Druck schob sich die Flut zum Herzen des Komplexes vor und drückte dabei eine Masse komprimierter Luft vor sich her.

Jetzt herrschten nur noch Durcheinander und Panik. Die Erkenntnis, daß sie alle dem sicheren Tod ins Auge sahen, traf die vielen hundert Arbeiter mit erschreckender Wucht. Nichts konnte sie retten. Es gab keinen Ort, wo sie dem Ertrinken entrinnen konnten. Als die Insel abgesackt war, war der Tunnel aufgeplatzt, und nun drang das Meer durch die Röhre auf Edo City zu.

Durch den Luftdruck dröhnte Tsuboi der Kopf. Lautes Brüllen drang aus dem Innern des Kontrollraums, und er erkannte es als das Geräusch einer näher kommenden Wasserwand. Für einen weiteren Gedanken blieb ihm keine Zeit mehr. In diesem Augenblick brach eine Wasserwoge in den Raum. Es war zu spät, um zu fliehen, zu spät sogar, um einen Schrei auszustoßen. In seinen letzten Augenblicken sah er seinen Mentor, den alten Erzschurken Yoshishu, der von der Säule, an der er sich festgehalten hatte, fortgerissen wurde wie eine Fliege vom Gartenschlauch. Mit einem leisen Schrei verschwand er im reißenden Wasser.

Die Wut beherrschte bei Tsuboi alle anderen Empfindungen. Er hatte keine Angst vor Schmerzen oder vor dem Tod, sondern verspürte nichts als Wut gegen die Elemente, die ihm die Führerschaft des neuen Imperiums versagten. Nun, da Suma und Yoshishu nicht mehr lebten, hätte alles ihm gehört. Doch das war nur noch die flüchtige Halluzination eines sterbenden Mannes.

Tsuboi fühlte, wie der Wassersog ihn mitriß und durch den Korridor schwemmte. Seine Ohren stachen vor Schmerz durch den Druck, die Lungen wurden bis zum Bersten zusammengedrückt. Dann wurde er gegen die Wand geschleudert und sein Körper zermalmt.

Nur acht Minuten waren vergangen, seit ›Mother's Breath‹ explodiert war, mehr nicht. Die Vernichtung des Drachenzentrums war vollständig. Das Kaiten-Projekt existierte nicht mehr, und die Insel, die einmal Ajima geheißen hatte, war nur noch ein Berg unter dem Meer.

72

Der Präsident und seine enorm erleichterten Ratgeber im Nationalen Sicherheitsrat nahmen die Nachricht von der Ausschaltung des Drachenzentrums mit müdem Lächeln und leisem Applaus auf. Sie alle waren viel zu erschöpft, um unbeschwerte Freude zu zeigen. Martin Brogan, der Chef der CIA, verglich es mit der Nacht, als er in der Klinik die ganze Nacht über gewartet hatte, bis seine Frau ihr erstes Baby bekommen hatte.

Der Präsident kam in den Lagebesprechungsraum, um Ray Jordan und Don Kern persönlich zu gratulieren. Er war in blendender Laune und strahlte wie ein Weihnachtsbaum.

»Sie haben ganze Arbeit geleistet«, erklärte er und schüttelte Jordan die Hand. »Das Land steht in Ihrer Schuld.«

»Diese Ehre gebührt den Mitgliedern des MAIT-Teams«, erklärte Kern. »Sie haben das Unmögliche vollbracht.«

»Aber nicht ohne Opfer«, murmelte Jordan leise. »Jim Hanamura, Marv Showalter und Dirk Pitt; es war eine kostspielige Operation.«

»Keinerlei Nachricht von Pitt?« fragte der Präsident.

Kern schüttelte den Kopf. »Es scheint kaum ein Zweifel darüber zu bestehen, daß er und sein Fahrzeug vom Erdrutsch fortgeschwemmt und darunter begraben wurden.«

»Irgendein Zeichen von ihm über Pyramider?«

»Während des ersten Überflugs nach der Explosion und der Erschütterung gab es derartig viele Turbulenzen, daß die Kameras nichts von dem Fahrzeug gesehen haben.«

»Vielleicht entdecken Sie ihn beim nächsten Überflug«, sagte der Präsident hoffnungsvoll. »Wenn auch nur die leiseste Chance besteht, daß er gerettet werden könnte, möchte ich, daß eine großangelegte Aktion in die Wege geleitet wird, um ihn aufzuspüren. Wir verdanken Pitt alles, und ich habe nicht vor, ihn im Stich zu lassen.«

»Wir kümmern uns darum«, versprach Jordan. Doch seine Gedanken waren bereits bei ganz anderen Projekten.

»Was gibt's Neues von Admiral Sandecker?«

»Sein Beobachtungsflugzeug wurde von Raketen getroffen, die vom Drachenzentrum aus gestartet worden waren. Der Pilot hat eine sichere Bruchlandung auf Naha Air Field auf Okinawa gemacht. Den ersten Berichten zufolge war das Flugzeug schlimm zerschossen, sämtliche Kommunikationsmöglichkeiten waren zerstört.«

»Verluste?«

»Keine«, antwortete Kern. »Ein Wunder, daß sie nur mit ein paar Abschürfungen und Schnittwunden davongekommen sind.«

Der Präsident nickte nachdenklich. »Jetzt wissen wir zumindest, weshalb sie den Kontakt abgebrochen haben.«

Staatssekretär Douglas Oates trat vor. »Es gibt noch weitere gute Nachrichten, Mr. President«, sagte er lächelnd. »Die gemeinsamen Suchtrupps der Sowjets und der Europäer haben fast alle Bombenwagen entdeckt, die in ihren Ländern versteckt waren.«

»Wir haben dem MAIT-Team dafür zu danken, daß sie die Orte in Erfahrung bringen konnten.«

»Leider hat uns das wenig genutzt«, meinte Jordan.

Kern nickte. »Die Vereinigten Staaten stellten die Hauptbedrohung für das Kaiten-Projekt dar, nicht die Europäische Gemeinschaft oder die Länder des Ostblocks. Bei uns ist die Sache aus dem Tritt geraten, nachdem Tsuboi und Yoshishu sicher waren, daß Suma sich in unserer Hand befand, und den Befehl gaben, die Autos in unserem Land an anderen Stellen zu verstecken.«

Der Präsident sah Jordan an. »Sind noch weitere gefunden worden?«

»Sechs.« Der Direktor des Geheimdienstes grinste. »Nun, da wir etwas Zeit zum Luftholen haben, müßten wir die übrigen ohne größeres Risiko für die nationale Sicherheit ausfindig machen können.«

»Tsuboi und Yoshishu?«

»Vermutlich ertrunken.«

Der Präsident machte einen gutgelaunten Eindruck, und das war er wirklich. Er drehte sich um und musterte jeden der Anwesenden. »Meine Herren«, sagte er, »im Namen eines dankbaren amerikanischen Volkes, das niemals ahnen wird, vor was für einem ungeheuren Unglück Sie es bewahrt haben, danke ich Ihnen.«

Die Krise war überstanden, doch schon zeigte sich die nächste. Später an diesem Nachmittag brachen an der Grenze zwischen dem Iran und der Türkei Kämpfe aus. Und erste Berichte trafen ein vom Abschuß eines amerikanischen Verkehrsflugzeugs voller Touristen, die gerade aus Jamaika zurückkehrten, durch eine kubanische MIG-25.

Die Suche nach einem einzelnen Mann wurde bei all der Aufregung vergessen. Die Aufnahmetechnologie an Bord des Pyramider Satelliten wurde nun für Ereignisse gebraucht, die für die Welt von größerer Bedeutung zu sein schienen. Erst nach vier Wochen richteten sich die Augen des Satelliten wieder auf das Meer vor der Küste Japans.

Doch von *Big Ben* keine Spur.

NACHRUF

19. November 1993
The Washington Post

73

Heute wurde offiziell bekanntgegeben, daß Dirk Pitt, Leiter für Sonderprojekte der National Underwater and Marine Agency (NUMA), vermißt wird und vermutlich bei einem Unfall im Meer vor der Küste Japans ums Leben gekommen ist.

Berühmt durch seine Forschungen zu Lande und unter dem Meer, die unter anderem zur Entdeckung des präkolumbianischen, byzantinischen Wracks *Serapis* vor Grönland, des Schatzes der Bibliothek von Alexandria und des *La Dorada* Schatzes auf Cuba führten, war Pitt auch als Einsatzleiter dabei, als die *Titanic* gehoben wurde.

Pitt wurde als Sohn des Senators von Kalifornien, George Pitt, und seiner Frau Susan in Newport Beach, Kalifornien, geboren. Er besuchte die Air Force Academy, wo er im Falcon-Football Team als Quarterback spielte und als Zwölfter seines Jahrgangs sein Examen ablegte. Nach seiner Pilotenausbildung verbrachte Pitt zehn Jahre im aktiven Militärdienst und stieg zum Rang eines Majors auf. Danach wurde er auf Bitten Admiral James Sandeckers dauerhaft der NUMA überstellt.

Der Admiral betonte gestern in einer knappen Ansprache, Dirk Pitt sei ein außerordentlich findiger und wagemutiger Mann gewesen. Im Verlaufe seiner Karriere hat er vielen Menschen das Leben gerettet, darunter das von Sandecker selbst, sowie das des Präsidenten bei einem Zwischenfall im Golf von Mexiko.

Pitt mangelte es nie an Einfallskraft oder Kreativität. Kein Projekt, keine Aufgabe war ihm zu schwierig.

Er war ein Mann, den man nicht vergißt.

Sandecker saß auf dem Trittbrett des Stutz in Pitts Hangar und starrte traurig auf den Nachruf in der Zeitung. »Er hat so viel getan, irgendwie kommt es mir ungerecht vor, sein Leben mit so wenigen Worten zu beschreiben.«

Giordino ging mit ausdruckslosem Gesicht um die Messerschmitt ME-262A-1a, den Düsenjäger der ehemaligen Luftwaffe, herum. Wie versprochen hatte Gert Halder in die andere Richtung geschaut, als Pitt und Giordino das Flugzeug aus dem Bunker geschmuggelt, unter Planen auf einen Tieflader verladen und dafür gesorgt hatten, daß es von einem dänischen Frachter, der auf dem Weg in die Staaten war, an Bord genommen wurde. Erst vor zwei Tagen hatte das Schiff in Baltimore angelegt, wo Giordino es erwartet hatte, um das Flugzeug zu Pitts Hangar in Washington zu transportieren. Jetzt stand es auf seinem dreirädrigen Fahrwerk inmitten von Pitts Sammlung alter Technik.

»Dirk müßte hier sein, um sich das anzusehen«, murmelte Giordino schwermütig. Er fuhr mit der Hand über den mattgrünen Rumpf mit dem hellgrauen Bauch und sah sich die Mündungen der vier Dreißig-Millimeter-Kanonen an, die in die Nase des Flugzeugs eingebaut waren. »Daran hätte er Spaß gehabt.«

Es war ein Augenblick, den keiner der beiden vorhergesehen hatte, ja sich überhaupt hätte vorstellen können. Sandecker hatte das Gefühl, einen Sohn verloren zu haben, Giordino einen Bruder.

Giordino blieb stehen und sah zum Appartement über den alten Autos und Flugzeugen hinauf. »Ich hätte mit ihm in dem Fahrzeug sein sollen.«

Sandecker blickte auf. »Dann wären Sie jetzt auch vermißt und möglicherweise ebenfalls tot.«

»Ich werde immer bedauern, nicht bei ihm gewesen zu sein«, erklärte Giordino.

»Dirk ist im Meer gestorben, ein Tod, den er sich immer gewünscht hat.«

»Er könnte jetzt hier stehen, wenn einer der künstlichen Arme von

Big Ben mit einem Schaufelbagger statt mit Schneidewerkzeugen ausgestattet gewesen wäre«, sagte Giordino.

Sandecker schüttelte traurig den Kopf. »Wenn Ihre Phantasie mit Ihnen durchgeht, dann bringt ihn das auch nicht zurück.«

Giordinos Blick richtete sich auf Pitts Behausung. »Ich denke immer, ich brauche nur einen Pfiff auszustoßen, dann kommt er runter.«

»Denselben Gedanken hatte ich auch«, gab Sandecker zu.

Plötzlich öffnete sich die Tür des Appartements. Beide Männer zuckten zusammen und entspannten sich dann, als Toshie mit einem Tablett, Tassen und einer Teekanne erschien. Mit unglaublicher Grazie kam sie die eiserne Wendeltreppe herunter und ging auf Sandecker und Giordino zu.

Verwirrt runzelte Sandecker die Stirn. »Es ist mir immer noch ein Rätsel, wie Sie Jordan dazu überreden konnten, sie in Ihre Obhut zu entlassen.«

»Das ist kein Geheimnis«, grinste Giordino, »eher ein Handel. Er machte sie mir zum Geschenk, unter der Bedingung, daß ich den Mund über das Kaiten-Projekt hielte.«

»Sie haben Glück gehabt, daß er ihre Füße nicht in Zement gießen und sie im Potomac versenken ließ.«

»Ich habe geblufft.«

»Ray Jordan ist kein Dummkopf«, bemerkte Sandecker trocken. »Der hat das gewußt.«

»Na gut. Dann war sie eben ein Geschenk für geleistete Dienste.«

Toshie setzte das Tablett auf dem Trittbrett des Stutz neben dem Admiral ab. »Tee, meine Herren?«

»Ja, vielen Dank«, sagte Sandecker und stand auf.

Toshie ging geschmeidig in die Knie und führte eine kurze Teezeremonie durch, bevor sie die dampfenden Tassen weiterreichte. Dann stand sie auf und starrte bewundernd auf die Messerschmitt.

»Was für ein schönes Flugzeug«, murmelte sie und übersah den Dreck, die platten Reifen und den verblaßten Anstrich.

»Ich werde es wieder in seinen Originalzustand versetzen«, erklärte Giordino ruhig und stellte sich im Geiste das kleine Flugzeug vor, wie es wohl neu ausgesehen haben mochte. »Um Dirk eine Freude zu machen.«

»Sie reden, als würde er wiederauferstehen«, sagte Sandecker knapp.

»Er ist nicht tot«, murmelte Giordino. So hart er war, jetzt standen Tränen in seinen Augen.

»Darf ich dir helfen?« fragte Toshie.

Giordino wischte sich unbewußt über die Augen und sah sie neugierig an. »Wie bitte, meine Schöne, helfen wobei?«

»Das Flugzeug zu reparieren.«

Giordino und Sandecker wechselten einen verblüfften Blick. »Bist du ausgebildete Mechanikerin?« fragte Giordino.

»Ich habe meinem Vater geholfen, sein Fischerboot zu bauen und zu warten. Er war sehr stolz, wenn ich seinen klapprigen Motor repariert habe.«

Giordinos Miene hellte sich etwas auf. »Diese Verbindung wurde im Himmel geschlossen.« Er schwieg und besah sich das schäbige Kleid, das man Toshie gegeben hatte, als sie aus Jordans Gewahrsam entlassen worden war. »Bevor du und ich damit anfangen, das Flugzeug auseinanderzunehmen, werde ich dich in die besten Boutiquen Washingtons mitnehmen und dir eine neue Garderobe kaufen.«

Toshie riß die Augen auf. »Dann hast du viel, viel Geld, wie Mr. Suma?«

»Nein«, knurrte Giordino, »nur jede Menge Kreditkarten.«

Loren lächelte und winkte über die Menge der Gäste, die zum Mittagessen gekommen waren, hinweg, als der Oberkellner von Washingtons elegantem Restaurant »Twenty-One Federal« Stacy durch den in hellem Holz und Marmor gehaltenen Speisesaal an ihren Tisch führte. Stacy hatte das Haar mit einem langen Schal zurückgebunden und trug einen blaßgelben Kaschmir-Rollkragenpullover unter einer grauen Wolljacke mit dazu passender Hose. Sie sah sehr schick aus.

Loren trug über einer Khakibluse ein gemustertes Wolljackett und einen braungrauen Faltenrock. Sie blieb nicht sitzen, wie es die meisten Frauen getan hätten, sondern stand auf und reichte Stacy die Hand. »Ich bin froh, daß Sie gekommen sind.«

Stacy lächelte warmherzig und schüttelte Loren die Hand. »Ich habe hier schon immer mal essen wollen. Für diese Gelegenheit bin ich dankbar.«

»Möchten Sie mir bei einem Drink Gesellschaft leisten?«

»Draußen pfeift ein kalter Wind. Ich glaube, ein Manhattan Straight könnte mich wärmen.«

»Ich wollte nicht warten und habe bereits einen Martini getrunken.«

»Dann trinken Sie besser noch einen, bevor wir gehen, um mit der Kälte fertig zu werden«, lachte Stacy gutgelaunt.

Der Ober nahm ihre Bestellung auf und ging zu der eleganten Bar.

Loren legte sich die Serviette wieder auf dem Schoß zurecht. »Ich hatte auf Wake Island gar nicht die Gelegenheit, Ihnen zu danken. Wir waren alle so in Eile.«

»Dirk ist derjenige, dem wir alles verdanken.«

Loren wandte sich ab. Sie dachte, sie hätte sich schon ausgeweint, seit sie von Pitts Tod gehört hatte, doch jetzt merkte sie, wie ihr die Tränen wieder in die Augen schossen.

Stacys Lächeln verging, und sie sah Loren voller Mitgefühl an. »Das mit Dirk tut mir sehr leid. Ich weiß, daß Sie beide sich nahestanden.«

»Im Laufe der Jahre hatten wir manche Höhen und Tiefen, aber wir haben uns nie sehr weit voneinander entfernt.«

»Haben Sie je eine Heirat in Erwägung gezogen?« fragte Stacy.

Loren schüttelte kurz den Kopf. »Dieses Thema kam nie auf. Dirk gehörte nicht zu den Männern, die man besitzen konnte. Seine Geliebte war die See, und ich kümmerte mich um meine Karriere im Kongreß.«

»Sie können sich glücklich schätzen. Sein Lächeln war verheerend, und diese grünen Augen... Mein Gott, da ist jede Frau dahingeschmolzen.«

Plötzlich wirkte Loren unruhig. »Sie müssen meine Frage entschuldigen. Ich weiß gar nicht, was mir einfällt, aber ich muß es einfach wissen.« Sie zögerte, als hätte sie Angst weiterzusprechen, und rückte einen Löffel zurecht.

Stacy sah Loren gleichmütig in die Augen. »Die Antwort ist nein«, log sie. »Ich habe ihn eines Abends spät zu Hause aufgesucht, doch das war auf Anweisung Jordans, um ihm Instruktionen zu überbringen. Es ist nichts passiert. Ich bin zwanzig Minuten später gegangen. Von diesem Moment an bis zu dem Augenblick, als wir uns auf Wake Island getrennt haben, war es eine rein geschäftliche Beziehung.«

»Ich weiß, es muß dumm klingen. Dirk und ich sind oft eigene Wege gegangen, wenn es um andere Männer und Frauen ging. Aber ich wollte sicher sein, daß ich zum Schluß die einzige Frau in seinem Leben war.«

»Sie haben ihn mehr geliebt, als Sie dachten, stimmt's?«

Loren nickte kurz. »Ja, das habe ich zu spät bemerkt.«

»Es wird andere geben«, sagte Stacy, wie um Loren aufzuheitern.

»Aber keiner wird seinen Platz einnehmen.«

Der Kellner kam mit den Drinks zurück. Stacy hob ihr Glas. »Auf Dirk Pitt, einen verdammt guten Mann.«

Sie stießen an.

»Auf einen verdammt guten Mann«, wiederholte Loren und fing an zu weinen. »Ja... genau das war er.«

74

Im Speisezimmer eines sicheren, abgelegenen Hauses irgendwo in Maryland saß Jordan am Tisch und aß mit Hideki Suma zu Abend.

»Gibt es irgend etwas, womit ich Ihnen Ihren Aufenthalt angenehmer machen kann?« erkundigte sich Jordan.

Suma hielt inne und genoß den delikaten Geschmack einer Nudelsuppe mit Ente und Lauch, Radieschen und goldgelbem Kaviar. Ohne aufzusehen sagte er: »Es gibt nur eines, das Sie für mich tun können.«

»Ja?«

Suma nickte in Richtung des Agenten, der an der Tür Wache hielt, und seines Kollegen, der das Essen servierte. »Ihre Freunde haben mir nicht gestattet, den Küchenchef kennenzulernen. Er ist sehr gut. Ich möchte ihm mein Lob aussprechen.«

»*Sie* hat in einem der besten japanischen Restaurants gearbeitet. Ihr Name ist Natalie, und derzeit wird sie im Staatsdienst für besondere Aufgaben eingesetzt. Und nein, bedaure, Sie können sie nicht kennenlernen.«

Jordan musterte Sumas Miene. Es lag keine Feindschaft darin, auch keine Frustration darüber, daß man ihn isoliert hatte und daß er schwer bewacht wurde – sondern nichts als größte Zufriedenheit. Man sah ihm kaum an, daß er unter milde Drogen gesetzt worden war und mehr als vier Wochen stundenlange, endlose Verhöre über sich hatte ergehen lassen müssen. Die Augen unter dem dichten, ergrauenden Haar waren noch immer hart wie Onyx. Doch genauso sollte es auch sein. Durch eine in Hypnose gegebene Anweisung von Jordans Verhörspezialisten fehlte Suma jede Erinnerung, und er wußte auch nicht, daß er einer Gruppe neugieriger Ingenieure und Wissenschaftler unschätzbare technische Daten geliefert hatte. Sein Gehirn war sondiert und geplündert worden – so geschickt wie von professionellen Dieben, die, nachdem sie ein Haus durchsucht hatten, alles so wieder zurückließen, wie sie es vorgefunden hatten.

Dieses mußte eines der wenigen Male sein, überlegte Jordan, daß der amerikanische Geheimdienst Industriespionage betrieben hatte, die sich als profitabel erweisen könnte.

»Schade«, Suma zuckte die Achseln. »Ich hätte sie gerne in meine Dienste genommen, wenn ich Sie verlasse.«

»Das ist kaum möglich«, erwiderte Jordan aufrichtig.

Suma aß seine Suppe auf und schob die Schüssel beiseite. »Sie können mich nicht festhalten wie einen gewöhnlichen Kriminellen. Ich bin nicht irgendein Bauer, den man nach Belieben hinter Gitter bringen kann. Ich glaube, es wäre klug, wenn Sie mich ohne weitere Verzögerung freilassen würden.«

Keine Forderung, sondern eher die verschleierte Drohung eines Mannes, dem man nicht mitgeteilt hatte, daß seine unglaubliche Macht mit Bekanntgabe seines Todes in ganz Japan erloschen war. Man hatte die erforderlichen Zeremonien durchgeführt, und sein Geist ruhte bereits im Schrein von Yasukuni. Suma hatte keine Ahnung, daß er für die Außenwelt gar nicht mehr existierte. Auch hatte man ihm weder von Tsubois und Yoshishus Tod erzählt noch von der Vernichtung des Drachenzentrums. Soweit er informiert war, waren die Bombenwagen des Kaiten-Projekts immer noch sicher versteckt.

»Nach dem, was sie da versucht haben«, erwiderte Jordan kalt, »sollten Sie sich glücklich schätzen, daß Sie nicht vor einem internationalen Tribunal stehen, das Sie wegen Verbrechen gegen die Menschlichkeit verurteilen würde.«

»Ich habe ein göttliches Recht, Japan zu schützen.« Die ruhige, autoritäre Stimme kam Jordan vor, als dringe sie von einer Kanzel herunter.

Ärger rötete Jordans Schläfen. »Abgesehen davon, daß Japan die abgeschottetste Gesellschaft der Erde ist, besteht das Problem des Landes darin, daß die japanischen Unternehmer weder ethische Grundsätze noch Prinzipien haben und den Begriff des Fair Play im westlichen Sinne nicht begreifen. Sie und Ihre Kollegen in den Vorständen springen mit fremden Völkern in einer Weise um, die sie sich von Fremden nie gefallen lassen würden.«

Suma hob eine Teetasse und leerte sie. »Japan ist eine sehr ehrenwerte Gesellschaft. Unsere Loyalitäten reichen sehr tief.«

»Natürlich, untereinander und auf Kosten von Außenseitern, wie beispielsweise Ausländern.«

»Für uns besteht zwischen einem Wirtschaftskrieg und einer militärischen Auseinandersetzung kein Unterschied«, erwiderte Suma freundlich. »Wir sehen in den Industrienationen bloß Konkurrenten auf einem weiten Schlachtfeld, auf dem keine Regeln und Verträge gelten und man auf Handelsabkommen nicht vertrauen kann.«

Diese Verschrobenheit in Anbetracht der harten Realität kam Jordan plötzlich lächerlich vor. Er merkte, daß der Versuch, Sumas Position zu erschüttern, zwecklos war. Vielleicht hatte dieser Verrückte ja recht und Amerika würde schließlich tatsächlich in verschiedene Länder zerfallen, die dann jeweils von einer Rasse bewohnt würden. Er schob diesen unerfreulichen Gedanken beiseite und stand vom Tisch auf.

»Ich muß gehen«, sagte er kurz angebunden.

Suma sah ihn an. »Wann kann ich nach Edo City zurückkehren?«

Jordan warf ihm einen nachdenklichen Blick zu. »Morgen.«

»Das wäre mir recht«, sagte Suma. »Bitte sorgen Sie dafür, daß eines meiner Privatflugzeuge auf dem Flughafen Dulles bereitsteht.«

Der Typ hat Stil, dachte Jordan. »Ich werde die notwendigen Vorkehrungen zusammen mit der japanischen Botschaft treffen.«

»Guten Tag, Mr. Jordan.«

»Guten Tag, Mr. Suma. Ich hoffe, Sie entschuldigen die Ungelegenheiten, die Sie erleiden mußten.«

Suma preßte die Lippen zu einem dünnen Strich zusammen und blinzelte Jordan zwischen halbgeschlossenen Lidern verächtlich an. »Nein, Mr. Jordan, ich entschuldige nichts. Seien Sie versichert, Sie werden für meine Gefangenschaft einen hohen Preis zu bezahlen haben.« Dann war Jordan ganz offensichtlich entlassen, und Suma goß sich eine weitere Tasse Tee ein.

Kern wartete bereits, als Jordan die Panzertüren hinter sich schloß, die die Eingangshalle von den Wohnräumen abtrennte. »Haben Sie das Abendessen genossen?«

»Das Essen war gut, aber die Gesellschaft stinklangweilig. Und Sie?«

»Ich habe zugehört, während ich in der Küche etwas gegessen habe. Natalie hat mir einen Hamburger gemacht.«

»Da haben Sie Glück gehabt.«

»Was passiert mit unserem Freund?«

»Ich habe ihm gesagt, er würde morgen freigelassen.«

»Das habe ich gehört. Aber denkt er dran zu packen?«

Jordan grinste. »Dieser Gedanke wird während des Verhörs heute abend ausgelöscht.«

Kern nickte langsam. »Wie lange, glauben Sie, macht er das noch mit?«

»Bis wir alles wissen, was er weiß; bis wir jedes Geheimnis und sämtliche Gedanken, die diesen dunklen Vorgang betreffen, entschlüsselt haben.«

»Das könnte ein oder zwei Jahre dauern.«

»Und?«

»Und nachdem wir ihn ausgequetscht haben?«

»Was wollen Sie damit sagen?«

»Wir können ihn nicht bis in alle Ewigkeit versteckt halten. Und wenn wir ihn freilassen und ihm erlauben, nach Japan zurückzukehren, können wir uns auch gleich selbst die Kehle durchschneiden.«

Jordan sah Kern an und sagte, ohne mit der Wimper zu zucken: »Wenn Suma nichts mehr zu liefern hat, dann wird Natalie seiner Nudelsuppe ein ganz besonderes Gewürz beimischen.«

»Bedaure, Mr. President, aber wie Sie im Westen sagen, mir sind die Hände gebunden.«

Der Präsident blickte über den Konferenztisch im Kabinettszimmer hinweg den lächelnden kleinen Mann mit dem kurzgeschnittenen Haar und den abweisenden braunen Augen an. Er wirkte wie der Kommandeur eines Elite-Infanterieregiments und nicht wie ein führender Politiker.

Premierminister Junshiro, der sich anläßlich eines offiziellen Staatsbesuchs in Washington aufhielt, wurde von zweien seiner Minister flankiert; außerdem waren noch fünf Herren seines Stabes zugegen.

»Bedaure, Herr Premierminister, aber wenn Sie glauben, daß Sie einfach die Tragödien der letzten paar Wochen unter den Teppich kehren können, dann müssen Sie wohl umdenken.«

»Meine Regierung war für die Handlungen von Hideki Suma, Ichiro Tsuboi und Korori Yoshishu nicht verantwortlich. Wenn, wie Sie behaupten, es tatsächlich Japaner waren, die hinter der Atomexplosion im Staat Wyoming und auf hoher See steckten, dann haben sie eigenverantwortlich und geheim gehandelt.«

Das Treffen zwischen den Staatsoberhäuptern würde nicht angenehm verlaufen. Junshiro und sein Kabinett hatten sämtliche Untersuchungen unterbunden und beleidigt reagiert, als die westlichen Geheimdienste die ganze Angelegenheit an die Öffentlichkeit gebracht hatten.

Der harte Blick des Präsidenten richtete sich auf die gegenüberliegende Seite des Tisches. Die Japaner konnten keine Verhandlung führen, ohne als Gruppe aufzutreten. »Wenn Sie so freundlich wären und Ihre Minister und Ihren Stab, mit Ausnahme Ihres Dolmetschers, bitten würden, den Raum zu verlassen, wäre ich Ihnen verbunden. In Anbetracht unseres besonderen Themas, glaube ich, daß wir schneller weiterkämen, wenn wir die Unterhaltung unter vier Augen fortsetzten.«

Junshiros Gesicht verdunkelte sich, als die Bitte übersetzt wurde. Ihm gefiel offenbar ganz und gar nicht, was er da hörte. Der Präsident lächelte, doch seine Augen blieben ernst. »Ich möchte Sie bitten, sich das noch einmal zu überlegen. Ich bin sicher, wir können mehr erreichen, wenn meine Ratgeber zugegen sind.«

»Wie Sie sehen«, erwiderte der Präsident, »habe auch ich keine Ratgeber.«

Der Premierminister war verunsichert, genauso wie der Präsident es erwartet hatte. In schnellem Japanisch konferierte er mit den Männern, die sich um ihn geschart hatten und heftig widersprachen.

Der Dolmetscher des Präsidenten verkniff sich ein Grinsen. »Das gefällt denen gar nicht«, murmelte er. »So gehen die ein Geschäft nicht an. Die halten Sie für unvernünftig und sehr undiplomatisch.«

»Wie wär's mit barbarisch?«

»Nur aus ihrer Sicht, Mr. President. Nur aus ihrer Sicht.«

Schließlich wandte sich Junshiro an den Präsidenten. »Ich muß gegen dieses unübliche Protokoll protestieren, Mr. President.«

Nachdem der Satz übersetzt war, erwiderte der Präsident mit kalter Stimme: »Ich bin die Spielchen leid, Herr Premierminister. Entweder verlassen Ihre Leute das Zimmer, oder ich gehe.«

Nachdem er einen Moment darüber nachgedacht hatte, verbeugte sich Junshiro tief. »Wie Sie wünschen.« Dann gab er seinen Mitarbeitern mit einer Handbewegung zu verstehen, sie möchten das Zimmer verlassen.

Nachdem die Tür geschlossen war, sah der Präsident seinen Dolmetscher an und sagte: »Übersetzen Sie genau das, was ich sage. Keinerlei Höflichkeitsfloskeln, keinen Sirup über die harten Worte.«

»Verstanden, Sir.«

Der Präsident sah Junshiro direkt in die Augen. »Herr Premierminister, Tatsache ist, daß Ihnen und den Mitgliedern Ihres Kabinetts bekannt war und Sie es gebilligt haben, daß von Suma Industries ein Atomwaffenarsenal aufgebaut wurde. Ein Vorhaben, das teilweise von einer Unterweltorganisation finanziert wurde, die unter dem Namen ›Goldene Drachen‹ bekannt ist. Dieses Vorhaben wiederum führte zum Kaiten-Projekt, einem abscheulichen Plan, der der internationalen Erpressung in großem Stil diente. Das Ganze wurde in aller Heimlichkeit entwickelt, auch wenn es jetzt abgestritten wird. Sie kannten diese Planung von Anfang an, und dennoch haben Sie sie durch Ihr Schweigen und Ihr Nichteingreifen gebilligt.«

Sobald er die übersetzten Sätze angehört hatte, schlug Junshiro wütend und beleidigt auf den Tisch. »Das ist nicht wahr. Nichts davon. Diese Anschuldigungen können nicht bewiesen werden.«

»Die Informationen aus einer Vielzahl von Geheimdienstquellen lassen kaum einen Zweifel daran, daß Sie in der Sache mit drinsteckten. Insgeheim haben Sie diesem Gebilde Ihre Zustimmung gezollt, das bekannte Kriminelle der Unterwelt errichteten und das als das ›Neue Imperium‹ bezeichnet wurde. Ein Imperium, das auf wirtschaftspolitischer und nuklearer Erpressung errichtet werden sollte.«

Junshiro wurde blaß, doch er sagte nichts. Er sah die Botschaft an der Wand, und sie verhieß politisches Unglück und großen Gesichtsverlust.

Der Präsident musterte ihn immer noch. »Worauf wir in diesem Augenblick verzichten können, ist irgendeine dämliche Rechtfertigung. Zwischen den japanischen und amerikanischen Interessen wird es immer einen Konflikt geben, doch wir können ohne einander nicht existieren.«

Junshiro erkannte, daß der Präsident ihm einen Rettungsring zugeworfen hatte, und griff danach. »Was schlagen Sie vor?«

»Um Ihrem Land und dem japanischen Volk den Schock und den Skandal zu ersparen, werden Sie zurücktreten. Das Vertrauen zwischen Ihrer Regierung und der meinen ist zerstört. Der Schaden ist irreparabel. Nur ein neuer Premierminister und ein Kabinett, bestehend aus ehrlichen, anständigen Männern, die keinerlei Verbindung zur japanischen Unterwelt haben, können die gegenseitigen Beziehungen zwischen unseren beiden Ländern wieder auf eine neue Ebene heben. Ich hoffe, dann können wir in enger Gemeinschaft die Aufgabe angehen, unsere kulturellen und ökonomischen Differenzen zu lösen.«

»Das Geschehene wird geheim bleiben?«

»Ich verspreche, daß sämtliche Daten, die das Drachenzentrum und das Kaiten-Projekt betreffen, von diesem Augenblick an als geheim gelten.«

»Und wenn ich nicht zurücktrete?«

Der Präsident lehnte sich zurück und spreizte die Hände. »Dann sollten sich die japanischen Geschäftsleute auf eine Rezession vorbereiten.«

Junshiro stand auf. »Darf ich das so verstehen, Mr. President, daß Sie damit drohen, den Markt der Vereinigten Staaten vor sämtlichen japanischen Waren zu schließen?«

»Das muß ich gar nicht«, erwiderte der Präsident. Seine Miene machte eine seltsame Wandlung durch. Die blauen Augen verloren ihr wütendes Glitzern und wirkten plötzlich nachdenklich. »Denn wenn durchsickert, daß eine japanische Atombombe in die Vereinigten Staaten geschmuggelt worden und dort explodiert ist, wo sich Fuchs und Hase gute Nacht sagen ...« Er schwieg und ließ die Worte wirken. »Ich bezweifle stark, daß der amerikanische Konsument dann noch jemals wieder mit japanischen Produkten liebäugelt.«

75

Weit abgelegen von den normalen Touristenzentren, 1125 Kilometer südöstlich von Japan, liegt in ursprünglicher Einsamkeit die Insel Marcus. Ein verstecktes Korallenatoll, ohne eine Nachbarinsel, dessen Küsten ein beinahe gleichschenkliges Dreieck bilden, wobei jede Seite ungefähr anderthalb Kilometer mißt.

Bis auf eine kurze Phase der Berühmtheit im Zweiten Weltkrieg, als amerikanische Marineeinheiten die Insel bombardierten, war das Atoll nur sehr wenigen Leuten bekannt – so lange jedenfalls, bis ein japanischer Unternehmer zufällig über die verlassenen Strände stolperte. Er erkannte die Entwicklungsfähigkeit der Insel, die für wintermüde Japaner ein ausgesuchtes Reiseziel abgeben würde, und baute umgehend eine Luxus-Ferienanlage auf dem Atoll.

Im zeitgenössischen polynesischen Stil entworfen, umfaßte die dorfähnliche Anlage einen 18-Löcher-Golfplatz, ein Kasino, drei Restaurants mit Cocktail-Bars und Tanzflächen, ein Theater, einen weitläufigen Swimming-Pool in Form einer Lotusblüte sowie sechs Tennisplätze. Der weitläufige Komplex bedeckte, zusammen mit dem Golfplatz und dem Flugplatz, die gesamte Insel.

Als die Anlage fertig war und das Personal zur Verfügung stand, ließ der Unternehmer eine ganze Armee von Reisejournalisten einfliegen, die die Annehmlichkeiten der Insel kostenlos genossen und anschließend heimkehrten, um davon zu berichten. Die Anlage wurde im Kreis der

Abenteuertouristen, denen es auf exotische und abgelegene Ziele ankam, schnell bekannt. Doch statt einer Flut von Japanern trafen Reservierungen aus anderen Gegenden des Pazifikbeckens ein, und bald hatten Australier, Neuseeländer, Taiwanesen und Koreaner die feinen, milchweißen Sandstrände der Insel erobert.

Die abgelegene Insel entwickelte sich schnell auch zu einem beliebten Ziel für Verliebte und Hochzeitspärchen, die die zahlreichen Sportmöglichkeiten genossen oder einfach faulenzten und sich in ihren kleinen Bungalows, die zwischen den Palmen verstreut standen, liebten.

Brian Foster aus Brisbane stieg aus dem eisblauen Wasser innerhalb des äußeren Riffs und ging über den Strand auf seine Braut Shelly zu, die in einem Liegestuhl döste. Der feine Sand unter seinen nackten Füßen war heiß, und die späte Nachmittagssonne glitzerte in den Wassertropfen, die ihm über den Körper rannen. Während er sich abtrocknete, warf er einen Blick aufs Meer.

Ein koreanisches Pärchen, Kim und Li Sang, die den benachbarten Bungalow bewohnten, nahmen bei einem der aufmerksamen Animateure der Anlage Surfstunden. Hinter ihnen tauchte Edward Cain aus Wellington mit einem Schnorchel in der Nähe des Riffs. Moira, seine neue Frau, schaukelte auf einer Luftmatratze in seinem Kielwasser.

Foster gab seiner Frau einen leichten Kuß und einen Klaps auf den Po. Dann legte er sich neben sie in den Sand, setzte eine Sonnenbrille auf und beobachtete faul die Leute im Wasser.

Die Sangs schienen Schwierigkeiten mit der Technik und Koordination zu haben, die zum Surfen notwendig waren. Die beiden schienen ungewöhnlich viel Zeit damit zu verbringen, das Brett wieder einzufangen und das Segel wieder aufzurichten, nachdem sie die Balance verloren hatten und ins Wasser gefallen waren.

Foster richtete jetzt seine Aufmerksamkeit auf die Cains und bewunderte Moira, die sich auf den Rücken gerollt hatte, ohne von der Luftmatratze zu fallen. Sie trug einen einteiligen goldfarbenen Badeanzug, der von ihrem Körper wenig verbarg.

Plötzlich sah Foster etwas im Eingang des Kanals, der durch das Korallenriff und ins offene Meer hinaus führte. Irgend etwas passierte da unter dem Wasser. Er war sicher, daß irgendein *Ding* oder ein Meereslebewesen unter der Wasseroberfläche für Bewegung sorgte. Er konnte zwar nicht erkennen, um was es sich handelte, doch es schien sich durch das Riff auf die Lagune zuzubewegen.

»Da draußen ist etwas!« rief er seiner Frau zu und sprang auf. Er rannte zum Wasser, schrie und deutete auf den Kanal. Seine Schreie und die wilden Gesten zogen schnell weitere Gäste an, und bald strömten die Menschen vom nahen Pool und aus den Restaurants zum Strand.

Der Surflehrer der Sangs hörte Foster, und seine Augen folgten dem Zeigefinger des Australiers. Er sah eine Bewegung im Wasser, die näher kam, und scheuchte die Sangs schnell an den Strand. Dann sprang er auf ein Surfbrett und schoß durch die Lagune, um die Cains zu warnen, die nichtsahnend mitten in den Weg der unbekannten Erscheinung trieben, die offensichtlich die Absicht hatte, in die Lagune einzudringen.

Edward Cain, der seine Frau in der Nähe wußte, schwamm gelassen herum und beobachtete durch seine Tauchermaske die vielfältigen Korallenarten in ihren lebhaften Farben.

Von Ferne her hörte er ein Brummen, doch das, so nahm er an, war wahrscheinlich einer der Gäste, der auf einem Jet-Ski über das Wasser glitt. Dann schossen die Fische in seiner Umgebung plötzlich wie auf Kommando mit einer präzisen Wendung davon. Cain spürte auf der Haut das Prickeln der Gefahr. Sein erster Gedanke war, ein Hai habe sich in die Lagune verirrt.

Cain hob den Kopf über die Wasseroberfläche und hielt nach der verräterischen Flosse Ausschau, die irgendwo das Wasser durchschneiden mußte. Glücklicherweise war keine in Sicht. Er sah nur ein Surfbrett, das in seine Richtung glitt, und seine Frau, die auf der Luftmatratze döste. Dann hörte er die Rufe von der Küste, drehte sich um und sah, wie eine Gruppe von Gästen und Angestellten aufgeregt in Richtung des Kanals deuteten.

Ein rumpelndes Zittern schien das Wasser aufzuwühlen, und er ging mit dem Kopf wieder unter die Wasseroberfläche. Was, in Gottes Namen, mochte das sein? Dann sah er, daß keine fünfzig Meter entfernt eine große formlose Masse, mit grünem und braunem Schlamm bedeckt, durch das türkisfarbene Wasser auf ihn zukroch.

Er packte eine Ecke der Luftmatratze seiner Frau und paddelte wild auf ein Korallenriff zu, das in der Nähe aus dem Wasser ragte. Sie hatte keine Ahnung, was er tat, und hielt sich fest. Sie glaubte, er wolle sie ärgern und ins Wasser rollen.

Das furchterregende Ding ignorierte die beiden, rollte am Riff vorbei in die Lagune hinein und hielt direkt auf den Strand zu. Wie ein entsetzliches Monster aus einem Horrorfilm, der in der Tiefsee spielt, stieg es langsam aus der Lagune. Die verblüffte Menge der Feriengäste teilte sich. Das riesige Ding, an dessen Seiten das Wasser herunterströmte und dessen Gewicht den Sandboden erbeben ließ, bewegte sich weiter, bis es zwischen zwei Palmen stehenblieb.

In gelähmtem Schweigen wandten sich die Menschen um und starrten hinüber. Inzwischen war zu erkennen, daß es sich um ein riesiges Fahrzeug handelte, das auf breiten Ketten lief und oben eine Kabine hatte, die an eine große Zigarre erinnerte. Zwei künstliche Arme hingen in der Luft, wie die mutierten Fühler eines gigantischen Insekts. Ganze Krebskolonien klammerten sich in den Rissen und Spalten der Karosserie fest. Im übrigen war das Äußere des Fahrzeuges mit festem, braunem Schlamm und Morast überzogen, der jeden Blick durch den normalerweise durchsichtigen Bug verhinderte.

Dann war ein leises Klicken zu hören, als die Luke auf dem Dach entriegelt und zurückgeworfen wurde.

Langsam schob sich ein schwarzhaariger, bärtiger Kopf in Sicht. Das Gesicht war abgezehrt und schmal, doch die Augen, die in tiefen Höhlen lagen, funkelten in leuchtendem Grün. Sie musterten die verblüfften Zuschauer und richteten sich dann auf einen jungen Mann, der in beiden Händen ein rundes Tablett hielt.

Die Lippen verzogen sich zu einem freundlichen Lächeln, und eine heisere Stimme fragte: »Gehe ich recht in der Annahme, daß Sie ein Kellner sind?«

»Ja... Sir.«

»Fein. Nach meiner Diät, die im vergangenen Monat aus muffigen Wurstbrötchen und Kaffee bestand, würde ich was drum geben, einen Krabbensalat und einen Tequila auf Eis zu bekommen.«

Vier Stunden später, nachdem er sich den Magen vollgeschlagen hatte, schlief Pitt den angenehmsten und ruhigsten Schlaf seines bisherigen Lebens.